Hans Schlag wurde 1948 geboren, machte nach einer Lehre das Begabtenabitur und studierte anschließend Kunstgeschichte, Philosophie und Mediävistik. 1983 promovierte er zum Dr. phil.
Hans Schlag arbeitet als freier Journalist und Fachbuchautor und veröffentlichte zahlreiche Artikel über große Frauengestalten der Geschichte.

W0012185

Dieses Buch wurde auf chlor- und
säurefreiem Papier gedruckt.

Vollständige Taschenbuchausgabe September 1996
Droemersche Verlagsanstalt Th. Knaur Nachf., München
© 1994 edition meyster / nymphenburger
in der F. A. Herbig Verlagsbuchhandlung GmbH, München
Umschlaggestaltung: Manfred Waller, Reinbek
Druck und Bindung: Elsnerdruck, Berlin
Printed in Germany
ISBN 3-426-63067-2

5 4 3 2 1

Hans Schlag

ICH, MONA LISA

Roman

INHALT

Für Gisela Lütke

I

Venus und Mars

Meine Hochzeit ist in unserer Gegend das denkwürdigste Ereignis seit Menschengedenken gewesen. Allerdings auf eine Art, die ich keiner Braut der Welt wünsche.

Alles begann im Jahre des Herrn 1495 an Praxedis. Nach der Sonntagsmesse waren wir zusammen heimgeritten, Vater, meine beiden Brüder und ich zu Pferde, die Zofe Nanna auf ihrem Maultier hinterher. Es war keine schöne Predigt gewesen, weder rührend noch erbauend, nicht einmal belehrend; nun, die Vallombrosanerbrüder des Klosters Santa Trinità sind wahrlich keine Meister des Wortes, aber gütig, und sie verstehen es, mit den Bauern der Gegend auszukommen.

Nach etwa einer Stunde gelangten wir zur Rocca, die wir im Sommer bewohnen. Dieses Castell unserer Familie liegt etwa eine halbe Tagesreise von Florenz entfernt, auf dem Wege nach Prato. Das Gebäude war eigentlich keine richtige Burg mehr, seitdem unser Vater, nicht lange nach dem Tod meiner über alles geliebten Mutter, einige Änderungen angeordnet hatte. Die morsche Zugbrücke war einer bequemen, breiten Auffahrt gewichen, der Graben zugeschüttet und zahlreiche große Fenster mit doppelten Fensterläden in das uralte Gemäuer gebrochen worden. alle besaßen Glas im oberen Teil, nach niederländischer Art, wie es der Baumeister nicht ohne Stolz erwähnt hatte. Anstelle der Zinnen beherrschten jetzt leuchtendrote Ziegeldächer die Türme, was der Rocca einen beinahe heiteren Eindruck verlieh.

9

Bereits am Tor sah ich, daß im Hof Besuch wartete, offenbar einer unserer Nachbarn, dessen Landhaus etwa eine halbe Stunde zu Pferde von unserem Besitztum entfernt lag, ein außerordentlich wohlhabender Florentiner Bürger, Francesco Giocondo. Die Pferde jedenfalls trugen seine Farben auf ihren Schabracken, Rot und Gold, und das Wappen zeigte einen Pfeil und zwei weiße Quadrate. Er war von zwei flachshaarigen Söldnern aus Deutschland oder der Schweiz mit stupiden, vom Trinken geröteten Gesichtern und blaßblauen, leicht vorstehenden Augen begleitet worden. Als sie uns erblickten, verneigten sich die ungeschlachten Gesellen plump vor meinem Vater und verharrten, ungerührt von der brennenden Spätvormittagssonne, bei ihren Pferden.

Mein Lehrer Constantinus, der zugleich als Majordomus fungierte, wenn Vater oder meine Brüder nicht anwesend waren, hatte Giocondo bereits hinauf in den Saal geführt, ihm dort eine Erfrischung gereicht und von einem Hausmädchen den Staub von seinen prachtvollen Gewändern bürsten lassen.

Ich ging sofort in mein Zimmer und ließ mir von Nanna, meiner Zofe und zugleich besten Freundin, beim Umkleiden helfen. Gott sei Dank konnte ich endlich das für die Hitze viel zu schwere sonntägliche Festgewand ablegen und wählte statt dessen als Giornea ein fliederfarbenes Überkleid. Es war vorne geschlitzt und bis zum Gürtel offen. Leider besaß ich nur ein einziges, wirklich schönes langes Unterkleid, das ich jedoch bereits auf dem Ritt angehabt hatte; ein wenig glattgestrichen, würde es schon gehen. Nanna wusch mir noch schnell Gesicht und Hände mit einem in Rosenwasser getränkten Tuch, strich damit noch über die vom Ritt staubigen Haare und befestigte mein schönstes Haarnetz aus Goldfäden über dem Knoten. Dann streifte ich die Giornea über, legte spitze, seidene Pantöffelchen an und wartete darauf, daß ich von Vater gerufen würde, den Gast zu begrüßen.

10

Doch ich wurde nicht gerufen. Es erschien uns fast wie eine Ewigkeit, bis Ettore, mein älterer Bruder, mich mit noch ernsterer Miene als sonst aufsuchte und wortlos in den Saal geleitete. Dort standen Giocondo und Vater. Sie wirkten verkrampft, und fast schien es, als wollten sie sich als besonders bedeutsam darstellen. Gewiß, der Stolz edler Männer gebietet, würdiges und wenn nötig hochfahrendes Wesen zu zeigen, repräsentieren sie doch gleichsam Ehre und Ansehen ihrer Familien. Doch was auf der Piazza angemessen sein mochte, erschien mir in dem leeren Saal ein wenig übertrieben. So war ich beinahe belustigt, als Giocondo mit großer Geste sein Barett lüftete und mich mit einer sehr tiefen, förmlichen Verbeugung begrüßte. Ich machte einen leichten Knicks und beugte den Nacken nur ganz unmerklich, denn unsere Familie war älter und würdiger als die seine, auch wenn Giocondo selbst in Florenz hohes Ansehen genoß.

Seine Stimme klang angenehm. »Sei gegrüßt, Mona Lisa, dein Liebreiz blendet mein Auge und überstrahlt das Licht der Sonne!« Irgendwie kamen mir die Wort bekannt vor, hatte ich sie bei Petrarca gelesen? Jedenfalls war die Begrüßung unangebracht, und ich beschloß, ihm mit einem frei erfundenen Zitat zu antworten: »Der Sonne Weg und jener der Planeten führt um das Innere der Welt – so zumindest steht es im ›Somnium Scipionis‹«, fügte ich in heuchlerischer Bescheidenheit hinzu.

»Nicht nur Liebreiz schmückt dich, sondern auch das Decorum des Wissens.« Giocondo lächelte mit einem Male. »Doch nun«, fuhr er weniger gestelzt fort, »wollen wir hören, was dein Vater, der edle Antonio, zu sagen hat.«

Mein Vater stand da, stolz, hochaufgerichtet, doch irgendwie anders als sonst, zitterte seine Stimme?

»Bester Francesco«, wandte er sich förmlich an Giocondo, »es ist mir eine Freude, unsere beiden ehrwürdigen Familien durch eine Heirat trefflich zu verbinden, mögen unsere Geschlechter so die Zeiten überdauern.«

Ich begriff immer noch nicht. Eine Heirat? Wer heiratete wen? Wo? Wann? Plötzlich traf mich die Erkenntnis wie ein Keulenschlag. Ich, ich war es, die heiraten sollte!

Alle starrten erwartungsvoll zu mir, und ich wußte, was nach alter Sitte von mir erwartet wurde. »Ich danke dir, lieber Vater, daß du mir einen so edlen Gatten gewählt hast, dem ich für alle Zeiten gehorchen werde.« Fast von Sinnen hatte ich die alte Formel heruntergeleiert und dabei die Augen zu Boden gesenkt, wie es der Brauch erforderte. Doch nun schien es mir genug, der Familienehre war Genüge getan, ich erhob den Blick und sah Giocondo lange und eindringlich an. Jetzt erst betrachtete ich ihn genauer, ihn, den Mann, von dem mich von jetzt an nur noch der Tod scheiden konnte, dem ich Söhne gebären sollte und mit dem ich mein Leben mit Gottes Hilfe verbringen würde. Er war groß, schlank und besaß ein ernstes, aber charaktervolles Gesicht, kurzgeschnittene schwarze Haare und dunkle Augen. Besonders gefiel mir seine außerordentlich prächtige Kleidung. Sein Auftreten war gewandt, und nun wußte ich natürlich auch jene von mir etwas übertrieben empfundene Feierlichkeit seiner Gesten und Worte zu deuten.

»Liebste Lisa, nun da wir alles besprochen haben, wie Herkunft und Sitte es erfordern, möchte ich dir ein kleines Geschenk überreichen«, und dabei zog er ein kleines Kästchen mit einem Ring hervor.

Einen Rubin von solcher Farbe und Größe habe ich auch später nie wieder gesehen. Der runde, blutrote Edelstein ragte glattpoliert aus einer leichten, mit wunderschönen Ornamenten der allerneuesten Mode ziselierten Goldfassung heraus.

»Leider darf ich ihn dir noch nicht an den Finger stecken, da die Heirat ja erst stattfinden muß, aber du kannst es ja selbst tun.«

Wie im Traum ergriff ich den herrlichen Ring mit seinem magisch leuchtenden Karfunkel, er paßte ganz genau an meinen Zeigefinger. Ein Schmuckstück – atemberaubend! Man erwartete

12

jetzt eine Geste von mir, und ich gestehe, ich schwebte wie auf Wolken, reichte Giocondo meine Hand, und er küßte sie innig. Das war das erste Mal in meinem Leben, daß mich ein fremder Mann berührte und küßte. Ein seltsames Gefühl ergriff mich, beinahe wie Furcht und doch ganz anders, irgendwie prickelnd, keineswegs unangenehm. Ein leichter Schauer rann über meine Brüste hinunter zur Scham – nur für einen winzigen, kurzen Augenblick, und doch ließ es mich ahnen, was es bedeutete, von einem Mann begehrt zu werden. Sollte es das sein, was in verbotenen Büchern, etwa dem »Decamerone«, beschrieben wird, Leidenschaft, die Mann und Frau zueinanderbringt, sie anzieht, als wäre Magie im Spiel? Ich will diese Leidenschaft spüren, o ja! Giocondo wird jener Mann sein, der mir höchstes Glück und Erfüllung schenkt und dem ich dafür stolze Söhne ins Leben trage!

Noch immer war ich ziemlich verwirrt, meine baldige Heirat hatte mich doch sehr überrascht. Natürlich war mir klargewesen, daß mein Vater einen Gemahl für mich suchen würde und daß ich diesen Mann heiratete, weil es sein Wunsch war. So bestimmte es die göttliche Ordnung, und wir, die Geschöpfe Gottes, müssen seine Gebote befolgen.

Und doch fühlte ich eine tiefe Enttäuschung über die Art und Weise, wie dies alles zustande gekommen war. Hätte mich mein Vater doch nur einmal auf seine Pläne hingewiesen oder mir durch einen meiner Brüder einen Wink gegeben – nein, wie eine Tschaikessen-Sklavin war ich weggegeben worden, einfach so... Aber hatte die Stimme meines Vaters nicht ein wenig gezittert, als er mich dem Giocondo anverlobte? Wer weiß?

»Du darfst dich entfernen, meine Tochter«, sagte Vater ruhig, und er schien sich wieder völlig in der Gewalt zu haben, wenn es denn je anders gewesen sein sollte.

Ich machte einen tiefen Knicks, wobei ich aber nicht züchtig zu Boden sah, sondern direkt in das markante, männliche Gesicht meines zukünftigen Herrn und Gatten. Ich gestehe, daß mir ganz

13

schwach wurde, als unsere Blicke sich trafen und seine dunklen Augen mich fest ansahen. Meinen Vater beachtete ich überhaupt nicht; er hatte mich weggegeben und sollte ruhig spüren, daß von nun an Giocondo mein Leben bestimmen würde.

»Liebe Lisa, ich sehne den Tag herbei, an dem wir uns wiedersehen. Ich hoffe, daß dies schon sehr bald sein wird.«

Ich schenkte ihm noch einen sehr offenen Blick und ging dann mit weichen Knien auf mein Zimmer. Nanna hatte natürlich gelauscht und umarmte mich unter Freudentränen.

»Lisa, du heiratest einen der reichsten und bedeutendsten Männer von Florenz. Er sieht nicht nur blendend aus, sondern wird dir das Leben einer Fürstin bieten!«

Mir war noch ganz schwindelig, und ich mußte mich aufs Bett setzen. Da entdeckte Nanna den Rubinring.

»Bei meiner Seele, hat er dir etwa diesen Ring geschenkt?« Sie ergriff meine Hand und betrachtete verzückt das herrliche Kleinod. »Wie freue ich mich über dein Glück – allein dieser Karfunkel scheint geradewegs aus den Mauern der heiligen Himmelsstadt zu kommen.« Doch mit einem Mal wurde sie ganz still, sah mich mit großen Augen an, dann fiel sie mir um den Hals und weinte heiße Tränen. Ich wußte nicht, warum, aber der Schmerz meiner liebsten, besten Freundin berührte mich derart, daß auch ich hemmungslos zu schluchzen begann. Lange konnten wir uns nicht beruhigen, und als ich mich dann wieder etwas gefaßt hatte, fragte ich sie, warum sie eigentlich so weine.

»Ach Lisa, du weißt doch, wie es kommen wird; seine Heimat ist Florenz, du wirst fortgehen – und ich?« Sie sah mich flehend an.

»Du? Ja liebste Nanna, Nannina, du wirst mit mir kommen und wie bisher meine Zofe und Freundin sein. Niemals würde ich dich hier zurücklassen. Nein, wir gehen zusammen oder gar nicht.« Dann war plötzlich eine große Stille um uns. Ich wußte genau, daß ich gegen den Willen meines Gatten nichts ausrichten

14

konnte. Und da ich nun Mitglied seiner Familie war, würde er meine Dienerin bestimmen. Doch Nanna aufgeben – niemals. Ich beschloß, nicht in Demut zu verharren, sondern um meine Freundin zu kämpfen.

Wir waren zusammen aufgewachsen, fast wie Geschwister. Als ich 1479 geboren wurde, herrschte ein so strenger Winter, daß die Wölfe bis an die Häuser kamen. Nannina muß deshalb etwa gleich alt sein wie ich, denn ihre Mutter hatte ihr erzählt, daß im Jahr ihrer Geburt ein solcher Winter geherrscht habe. Nanna stammt von einem Bauernhof unweit Vignamaggio, wo unser Palagetto steht, den wir damals nur ab und zu bewohnten. Ihre Mutter arbeitete dort als Magd. Ich mochte sie immer besser leiden als die anderen Mädchen, allesamt Kinder unserer Pächter, mit denen ich spielte. Später durfte ich nicht mehr mit ihnen zusammen sein und war darüber so traurig, daß man mir schließlich Nanna als Gefährtin ließ. Seitdem lebt sie bei uns. Mancher hat schon gemeint, wir würden wie Schwestern aussehen, sie ein wenig derber zwar, mit pechschwarzem Haar und dunklerer Haut, ich hingegen hellhäutig, wie es sich für meinen Stand geziemt, und mit einem kastanienbraunen Schimmer auf den Haaren, auf den ich sehr stolz bin. Nanna ist nur wenig kleiner als ich, hat große, runde Brüste und eine kräftige Figur. Ihr eigentlich aufbrausendes Temperament weiß sie jedoch gut zu zügeln.

Mir sagt man Stolz und zugleich Sanftmut nach. Meine Schultern sind schmaler als Nannas, auch ist meine Erscheinung edler. Meine Brüste empfinde ich nicht als ideal, zwar hoch und fest, aber kaum von jener Größe, die dem Schönheitsinn entspräche. Ich tröste mich damit, daß ich schließlich eine Edle bin und keine Bäuerin, die Ferkel an ihrem Busen säugt, wie sie es oben in den Bergen tun. Die Ähnlichkeit liegt wohl in unseren tiefbraunen Augen, doch sollen meine, wie man sagt, manchmal dunkelgrün schimmern.

Nein, Nanna ist keine Bedienstete für mich, die man leicht durch

15

eine andere ersetzen könnte; sie ist meine Freundin, die ich um keinen Preis verlieren möchte.

Ich mußte nun versuchen, die Dinge in eine Ordnung zu bringen und mein Handeln nach den Gesetzen der Logik und der Wahrheit auszurichten. Dreierlei war zu tun. Erstens, ich hatte mich um Dinge zu kümmern, die mit meiner Hochzeit zusammenhingen. Zweitens, jemand mußte mich auf das eheliche Leben vorbereiten – was nicht leicht war, da meine geliebte Mutter schon lange im Reich der Seligen weilte. Und drittens, jedoch vordringlich, ich mußte mit meinem alten Lehrer Constantinus beratschlagen, wie ich vorgehen sollte, um Nannina bei mir zu behalten. Der Gedanke, auf sie verzichten zu müssen, machte mich nun ganz krank, und ich schickte sogleich nach Constantinus, um seinen Rat einzuholen. Sicherlich schrieb er wieder irgendeinen byzantinischen Kodex ab, denn es dauerte einige Zeit, bis endlich die Tür aufging.

»Was befehlt ihr, edle Imperatrix?« fragte er lächelnd, seinem Latein einen gewollt pathetischen Klang gebend.

»Mir ist nicht zum Scherzen zumute. Sicher hast du bereits erfahren, daß ich bald heirate.«

»Natürlich, erhabene Gemahlin des edlen Giocondo, ich selbst habe deinem Vater diesen Vorschlag unterbreitet.« Er lächelte dabei freundlich.

Ich war wie vom Blitz getroffen und völlig fassungslos. »Und du hast mir nie ein Wort davon gesagt, du, mein Lehrer, mein Vertrauter! Du hast meine Seele geformt, meinen Verstand geschärft und mir die Weisheit des Altertums vermittelt – um mich dann zu hintergehen, zu belügen, mich unwissend zu lassen in einer Angelegenheit, die mein Leben von nun an bestimmen soll. Ein Weiser, ein Philosoph willst du sein?« Und mit meinen Tränen übermannte mich ein unbändiger Zorn, wie ihn nur enttäuschtes Vertrauen hervorbringen kann. »Geh mir aus den Augen, gewesener Philosoph, armseliger Graeculus!«

16

Als er ging, konnte ich gerade noch sehen, wie sich sein Gesicht unter dem schlohweißen Bart dunkel färbte vor Scham und Zorn, da ich ihm das furchtbarste, verächtlichste Schimpfwort zugerufen hatte, das man für einen Byzantiner gebrauchen kann, Graeculus, Griechlein, armseliger, kleiner verachtenswerter Grieche. Fast mein ganzes Leben hatte er mich unterrichtet, mehr Weisheit und Wissen in mich zu legen versucht, als es Bologneser Professoren je vermocht hätten. Und nun hatte er mich behandelt, wie die Griechen des Altertums ihre Frauen behandelten: als unmündiges Kind, als Sklavin. Und verraten. Verraten wie die thebanischen Söldner ihren Feldherrn Hannibal, ebensolche treulosen Griechen wie er. Und mit mir, so schien es, schloß sich dieser Kreis. Ich warf mich aufs Bett und schluchzte hemmungslos.

Von einer Stunde auf die andere hatte sich meine schöne, harmonische, so selbstverständlich gewordene Welt aufgelöst. Vater, Brüder und die Rocca, das Haus meiner Kindheit, wann würde ich sie jemals wiedersehen? Und mein guter, alter, weiser Lehrer war ein Verräter. Man würde mir Nanna nehmen und ich allein mit dem mir noch so fremden Ehegemahl in dem noch fremderen Florenz leben. Diese Erkenntnis traf mich so stark, daß meine Tränen fast schlagartig versiegten. Das war zuviel. Entweder ich würde standhaft sein und versuchen, mein Schicksal mit Gottes Hilfe selbst zu bestimmen, oder ich war nicht mehr wert als jene Frauen, die unwissend und ungebildet, ohne Erkenntnis der Dinge blind durchs Leben gingen, den Befehlen ihres Gatten gehorchten, ihre Dienstboten schikanierten und die Zeit mit geistlosem Klatsch totschlugen. Nein, dafür war ich nicht erzogen worden. Ich stand vom Bett auf, strich mein Kleid glatt und begann das zu tun, was Constantinus mich gelehrt hatte, ich dachte nach.

Das Denken der Menschen ist ja ganz unterschiedlich. Die meisten vermögen überhaupt nicht zu denken, sie sind wie

17

Schweine, die sich im Schmutz des Niedrigen suhlen. Wenn es Frühling wird, säen sie, im Herbst ernten sie, wenn die Sonne am höchsten steht, nehmen sie Nahrung zu sich. Diese Menschen-Schweine werden vom Stand der Sonne oder von der Jahreszeit, von ihrem Hunger oder Durst geleitet. Sie stellen die unterste Stufe der menschlichen Art dar. Diese Menschen haben keine Ehre, keine höheren Gedanken, nichts außer ihrer unwürdigen Seele, die durch die Gnade des Herrn unsterblich ist.

Über diesen zum Denken Unfähigen stehen die Handwerker, darüber die Kaufleute und Bankiers. Ihr Denken und Handeln wird von der Materie bestimmt, die an sich etwas Niederes ist – ausgenommen vielleicht ein herrlicher Edelstein wie mein Rubin, der das Licht in sich gefangen hat. Und ich begehe gewiß keine Lästerung des Allerhöchsten, wenn ich behaupte, das Licht in einem solchen Schmuckstück sei göttlicher Natur.

Am höchsten von allen Menschen stehen wir, die Edlen. Wir besitzen eine Ehre, die bis in den Tod verteidigt wird, und wir besitzen eine Geschichte, die, wie in unserem Fall, bis in die Zeit der Langobarden zurückreicht, die Geschichte unseres Geschlechts. Niedere Arbeiten verrichten unsere Bediensteten. Wir beschäftigen uns nur mit schönen, edlen und ehrenhaften Dingen; deshalb sind wir vor allen anderen Wesen, die eine Seele besitzen, ausgezeichnet. Natürlich beschäftigt sich auch der Klerus mit Dingen, die weit über das rein Materielle hinausgehen, doch sind Priester keine Männer und besitzen daher auch keine Ehre; deshalb stehen sie weit unter uns. Nur unsere Ehre erhebt uns so hoch über alle anderen, und niemals würde meine Familie es zulassen, daß etwa ich beleidigt werde. Ebenso muß auch ich durch mein Verhalten diese Ehre bewahren. Neben uns dulden wir nur die Philosophen wie meinen Lehrer Constantinus und die Künstler, weil diese dem göttlichen Willen in Gestalt von Kunstwerken sichtbaren Ausdruck verleihen. Wer jemals eine dieser unsagbar lieblichen Madonnen gesehen hat, die Mei-

18

ster Sandro erschaffen hat, den man auch Botticelli nennt, der weiß, wovon ich spreche.

Doch nun zurück zu meiner wenig beneidenswerten Lage. Was konnte ich tun, um Nanna mitnehmen zu können? Ob es mir paßte oder nicht, Constantinus' Rat erschien mir nötiger denn je, und ich beschloß, ihn aufzusuchen und ihn um Verzeihung zu bitten, da mir die Beleidigung doch zu schwerwiegend erschien, um einfach darüber hinwegzugehen. Selbst wenn mich sein Verhalten sehr verletzt hatte, hätte ich doch Haltung bewahren müssen und ihn bestenfalls mit einem jener lateinischen Sprüche zurechtweisen, von denen ich wirklich genug gelernt hatte, cum summo studio... Irgendwie tat er mir nun leid, mein gütiger alter Lehrer; konnte nicht auch ein Philosoph einen Fehler begehen? Oder war alles ganz anders und beruhte einfach auf einem Mißverständnis? Ich beschloß, unverzüglich zu Constantinus zu gehen und alles aufzuklären.

Als ich an seinem Studiolo ankam, rief ich ihn beim Namen und trat ein. Da ich ihn nicht gleich entdecken konnte, schaute ich umher und bemerkte dann eine Gestalt, die am Boden kauerte. Constantinus!

Er bot einen gräßlichen Anblick. Seine Unterarme hatte er in einen Bottich gelegt, der, wie mir schien, voll Blut war. Unendlich mühevoll und langsam wandte er mir sein Gesicht zu, das gelblich fahl aussah wie Wachs. Er bewegte die Lippen, und ich glaubte, etwas auf Griechisch Gemurmeltes zu vernehmen – dann sackte sein Kopf nach unten weg. Da er zwischen dem Bottich und der Wand kniete, drohte sein Gesicht in das Blut zu tauchen. Ich riß ihn an einer Schulter hoch, und er fiel seitlich auf den Boden. Voller Grauen blickte ich auf die tiefen, klaffenden Schnitte an seinen Unterarmen, die nun aus dem blutgefüllten Bottich zum Vorschein kamen. Ich erkannte sofort, daß Constantinus einen verabscheuungswürdigen Frevel gegen sein Leben begangen hatte, etwas, das die Kirche mit furchtbarsten Strafen

19

ahndete – wenn es bekannt würde. Obwohl mich das Entsetzen fast lähmte, rannte ich zu Nanna, schilderte ihr rasch die Lage und bat sie, schnell mitzukommen, vielleicht war Constantinus noch zu retten. Vor allem durfte niemand von dieser schrecklichen Tat erfahren, die große Schande über unser Haus brächte. Nanna war wie versteinert, als sie den leblos Daliegenden sah. Ich schüttelte sie: »Los, wir müssen ihn aufs Bett legen, beeil dich, damit niemand Verdacht schöpft.«

Sie sah mich groß an.

»Greif unter seine Arme, wir ziehen ihn über den Boden zum Bett.«

»Ich kann nicht, er sieht so schrecklich aus!«

»Nanna, Nannina, bitte reiß dich zusammen, ich brauche deine Hilfe.«

Sie stand da wie eine Salzsäule, und wahrlich, es sah so aus, als sei das Ende von Sodom und Gomorrha nahe: Constantinus vielleicht schon tot und mein Kleid über und über mit Blut bespritzt. Ich tat etwas, das ich noch nie getan hatte und auch nie wieder tun würde: Ich schlug Nanna. Es war, als käme sie nun erst wieder zu sich.

»Ja, ich helfe dir, Lisa, verzeih.«

Dann faßte sie kräftig zu und half mir, den Verletzten auf das Bett zu zerren. Fast war ich froh, ihn stöhnen zu hören, er lebte also noch. Was hatte ich angerichtet! Diesen grundehrlichen Menschen, der wie ein Vater zu mir gewesen war, der mich nie zu den Lektionen geschlagen hatte, was sein gutes Recht als Lehrer gewesen wäre, der geduldig versucht hatte, einem Mädchen die Lehren der alten Philosophen verständlich zu machen, um mich – wie er sich ausdrückte – zu einem denkenden Menschen zu erziehen, zu einer Frau, die geistig dem Manne ebenbürtig ist. Diesen Menschen hatte ich mutwillig in äußerste Verzweiflung gestürzt.

Er röchelte schwer und flüsterte, daß ihm kalt sei. Wir legten

20

trotz der Sommerhitze alle verfügbaren Decken auf ihn. Dann stammelte der Bedauernswerte ein Wort, das wie »Wasser« klang. Nanna huschte fort, einen Krug davon zu holen. Als sie zurück war, benetzte sie ein Tuch und träufelte etwas Wasser auf seine Lippen, er sog es gierig ein und erbrach sich dann würgend. Sein Zustand war erschreckend. Wie der Vorhof zur Hölle erschien mir der Gestank von Blut und Erbrochenem, das qualvolle Stöhnen des alten Lehrers und Blut, Blut, überall Blut. Mein Sommergewand war getränkt davon, der Saum nun schwer und naß. Zu all dem kam unser Entsetzen und das Wissen um die grausamsten Strafen, wenn diese Untat bekannt würde.

In unserer Aufregung hatten wir vergessen, seine Arme zu verbinden. Erst als sich die Bettdecke rot färbte, fiel es mir plötzlich ein.

»Heiliger Rochus«, flehte ich, »hilf!«

Mit dem kleinen Messer, das der Lehrer zum Anschneiden der Federkiele gebrauchte, zerschnitt Nanna eine dünne Decke, und wir umwickelten mit den so gewonnenen Bandagen fest seine Unterarme. Dann hielt Nanna es nicht mehr aus und stürzte zum Fenster.

»Ich kann den Gestank nicht mehr ertragen, selbst wenn er jetzt sterben muß.«

Wie jedermann weiß, ist ein offenes Fenster bei Kranken sehr gefährlich; es kann ein Miasma erzeugen, das den Geschwächten tötet. Deshalb muß das Zimmer dunkel und ganz abgeschlossen sein. Auch auf diese Gefahr hin öffneten wir die Fensterläden und ließen die frische, aber warme Luft hereinströmen. Wider unser Erwarten schien dieser Luftzug den Armen ein wenig zu stimulieren. Er bat um Wasser, das er diesmal bei sich behielt. Wir reinigten das Bettzeug von dem Erbrochenen, so gut es eben ging, und schleppten den Bottich vorsichtig, damit uns niemand sah, zu einem uralten, jetzt nicht mehr benutzten Abtritt, in den wir das Blut hineinkippten. Dabei bemerkte ich, daß es mit Wasser vermischt war. So hatte es der Unglückliche gehalten wie der greise Seneca, der sich aus Verzweiflung über die Verbrechen seines ehemaligen Schülers Nero im Bad die Pulsadern hatte öffnen lassen. Nun, Senecas Vorhaben war damals gelungen, und ich betete inbrünstig, daß es Constantinus nicht ebenso erging.

»Sag, Nanna, bin ich ein Ungeheuer wie der Imperator Nero?«
Sie sah mich verwundert an.

»Sag mir, glaubst du, daß sich der arme Constantinus meinetwegen umbringen wollte?«

»Warum sollte er das tun?«

»Ich habe ihn grausam beleidigt, ihn einen verräterischen Graeculus genannt.«

Nanna wurde blaß. »Das hast du gesagt?«

»Ja.«

»Bei allen Heiligen, das war zuviel, wie konntest du nur!«

»Er hat Giocondo für mich ausgesucht.«

»Ja und? Sei froh! Hättest du lieber einen gebrechlichen alten Magnaten genommen wie unseren Nachbarn Gioacchino di Leone Rossi, nur weil er von altem Adel ist? Lieber würde ich das abgeschlagene Haupt des Johannes küssen!«

Ihre Wort trafen mich – wie alle Worte, die wahr sind. Was hatte ich getan! Dumm und ungerecht war ich gewesen und hatte so den alten Philosophen dazu getrieben, die Hand gegen sich selbst zu erheben. Möge mir der Herr in seiner unendlichen Güte vergeben!

Nanna holte indes Wasser und begann, das Studiolo notdürftig vom Blut zu reinigen, was nicht so einfach war. Wenn wir die Vorhänge von Constantinus' Bett zuzogen, sah das Zimmer unverdächtig aus. Trotzdem mußten wir verhindern, daß irgend jemand in nächster Zeit den Raum betrat. Ein großes Problem bildete mein Gewand, Über- und Unterkleid, das Hemd, alles war voll Blut und sah schlimm aus. Hier konnten wir im Moment nichts mehr tun, auch durfte unser langes Wegbleiben nicht ent-

22

deckt werden. So stellten wir einen Krug Wasser mit viel Wein gemischt an das Bett des Kranken, nachdem wir ihn einen kräftigen Schluck hatten nehmen lassen, und versprachen, bald wieder nach ihm zu sehen. Schnell liefen wir in mein Gemach.

Wir waren beide von den schrecklichen Vorgängen der letzten Stunde ziemlich mitgenommen. Nanna faßte sich als erste.

»Heute nacht werde ich in das Zimmer zurückgehen und weiter versuchen, das Blut vom Boden zu entfernen, damit niemand Verdacht schöpft.«

»Und unsere Kleider?«

Sie sah mich an und dann an sich selbst herunter. »Wir müssen hinaus zum Fluß und das Blut auswaschen.«

»In der Nacht?« Mir graute.

»Es geht nicht anders, Lisa, oder sollen wir vor aller Augen unsere besudelten Gewänder reinigen?«

Ich sah ein, daß es wirklich keinen anderen Ausweg gab. »Und wie kommen wir aus der Rocca hinaus? An der Torwache vorbei?«

»Ich werde dem Wächter einen Soldo geben, dann wird er uns durchlassen«, meinte Nanna, die offenbar damit bereits Erfahrung hatte.

Ich mußte mich doch wundern, daß so etwas offenbar gemacht wurde und nahm mir vor, Nanna zu einer geeigneteren Stunde danach zu fragen.

Wir zogen uns rasch um und kamen fast zu spät zur Abendtafel, wo wir Constantinus mit einer Magenverstimmung entschuldigten. Alle waren recht ernst, besonders Vater, der mir sehr verändert schien. Sollte es ihm doch nahegehen, daß ich ihn bald verließ? Ich weiß es bis heute nicht. In der Regel sind Väter froh, ihre Töchter verheiratet zu sehen. Zwar kostete es eine schöne Summe, Aussteuer und auch Hochzeitsfeier sind ja keineswegs billig, wenn sie standesgemäß ausfallen sollen. Aber letztendlich bedeutet der Weggang der Tochter auch einen lästigen Kostgänger

23

weniger: Bedienstete, Pferd, Kleidung, Nahrung und Schönheitsmittel, das alles belastete auch eine Familie wie die unsere durchaus. Bald waren sie mich also los, dachte ich trotzig, und mein älterer Bruder mochte froh sein, hatte er doch ständig Angst, die Ausgaben für mich würden sein Erbe zu sehr schmälern.

Nach dem Mahl las ich den anderen noch ein wenig aus einer kürzlich erschienenen italienischen Übersetzung des Cicero vor, es war eines jener neuartigen Bücher, die auf völlig andere Art hergestellt worden waren. Es heißt, sie seien nicht mehr von Hand geschrieben, sondern mittels einer geheimnisvollen Maschine hergestellt worden. Eines sähe aus wie das andere, und wirklich, die Schrift war wunderschön, ganz gleichmäßig und klar zu lesen. Ich kann mir zwar nicht vorstellen, wie auf diese Weise ein Codex gemacht werden soll, ohne die Seiten zu beschreiben, doch scheint dies eben eine jener geheimen Künste zu sein, wie etwa das Richten und Abfeuern eines Geschützes. Auf der ersten Seite meines Buches war ein seltsames Bild, das einen zerklüfteten Felsen zeigte, auf dem eine Hand, die aus den Wolken kam, mit einem schweren Hammer Feuer und Funken schlug.

Wie ich vorausgesehen hatte, wirkte der weise Sermon des Cicero einschläfernd auf die Lauschenden, und schon bald nachdem der Mond am Himmel erschienen war, hob Vater die Tafel auf, so daß ich mich zurückziehen konnte.

Oben wartete Nanna bereits ungeduldig. »Endlich, ich glaubte schon, du bliebest ewig unten.«

»Das ist dir nur so vorgekommen; schau, der Mond steht noch nicht allzu hoch, und ich las so monoton aus dem Cicero vor, von Anstand, Würde, Sitte und Zurückhaltung der edlen Römer, daß alle bald zu Bett strebten.«

Nanna lachte leise und schien zufrieden. »Vorhin bin ich bei dem armen Constantinus gewesen. Er konnte sogar schon ein paar Worte sprechen, trank Wein und aß ein paar Bissen von dem Stück Kuchen, das ich ihm gebracht hatte.«

24

Mir fiel ein Stein vom Herzen. »So wird er noch eine Weile warten müssen, bis er vor seinen Schöpfer tritt.«
»Er hat nach dir gefragt.«
»Das habe ich erwartet, also, bleib noch ein wenig hier, ich sehe kurz nach ihm.«
Mit einer kleinen Öllampe in der Linken huschte ich durch die finsteren Gänge bis zum Studiolo, machte leise die Tür auf und flüsterte seinen Namen.
»Tritt ein, Lisa, komm und setz dich zu mir. Das Sprechen fällt mir noch schwer.«
Als ich ihn so leidend im flackernden Licht der kleinen Öllampe unter den Decken liegen sah, empfand ich großes Mitleid mit meinem alten Lehrer. Die Reue packte mich, ich konnte nicht anders und kauerte mich an der Seite des Bettes nieder.
»Meister, liebster, verehrter Meister…«, dann erstickten heiße Tränen meine Stimme.
»Liebes Kind, mach dir keine Vorwürfe. Es ist ja wahr, ich habe dich hintergangen. Aber das geschah auf ausdrücklichen Wunsch deines Vaters, und wie du weißt, ist seinen Wünschen unbedingt Folge zu leisten.« Er atmete schwer, die kurze Rede hatte ihn bereits sichtlich angestrengt.
»Sprich nicht weiter, ich bin ungerecht gegen dich gewesen und habe nur eine Bitte: Verzeih mir!«
»Es soll alles gut sein, Lisa, aber eines mußt du wissen, es waren nicht allein deine ungestümen Worte, sondern…« Er röchelte vor Erschöpfung und blieb eine ganze Weile still, nur sein Atem war zu hören. Dann sagte er: »Es war meine armselige, kleinmütige Furcht vor einem Alter in Armut und Not, das eines wahren Philosophen unwürdig ist.«
»Bitte schweig, es strengt dich zu sehr an, sprechen wir morgen weiter.«
»Nein, es geht schon. Also, nachdem du nun fortgehen würdest, sah ich mich ohne Arbeit und Brot, einsam und verlassen, ein

unnützer alter Mann...« Constantinus konnte nicht mehr weiterreden und machte eine hilflose, schwache Geste mit seiner Hand. Tiefstes Mitgefühl überkam mich. Fast solange ich denken konnte, hatte er mich unterrichtet für eine lächerliche Lira im Jahr, Unterkunft, Kleidung und Verpflegung. Und ich hatte nicht einen Augenblick an sein Schicksal gedacht, sondern nur an das meine, das es, genaugenommen, sehr gut mit mir meinte; ich brauchte nur an den edlen Giocondo und seinen himmlischen Rubinring zu denken.

»Meister Constantinus, sei unbesorgt, ich schwöre bei dem Herzblut Jesu Christi, für dich zu sorgen bis an dein Ende. Möge mein Leib für immer unfruchtbar bleiben, sollte ich dieses Versprechen nicht halten.«

Ich vernahm einen seltsamen Laut – der liebe, alte Mann weinte. Ich reichte ihm den Krug, und er trank in langen, tiefen Zügen. Dann schien er wieder gefaßt.

»Gott segne dich, Lisa, Gott segne dich.« Darauf sank er in die Kissen zurück und war nach einer kurzen Weile in den Schlaf der Erschöpfung gefallen.

Nun waren mir durch den Willen Gottes bereits zwei Menschen anvertraut: meine liebe Nanna und Constantinus. Doch gehörte dies zu jenen Aufgaben, die uns Edlen durch den Herrn im Diesseits zugewiesen worden sind: Freunde, Klienten und weniger mächtige Verwandte der eigenen Familie zu schützen und zu verteidigen.

Ich schlich mich still hinaus und ging in mein Zimmer, wo Nanna ungeduldig wartete. Sie drückte mir eines der Kleiderbündel in die Hand, und wir eilten durch die Dunkelheit an der alten Mauer entlang zum Tor. Nanna drängte mich in eine Nische und flüsterte, ich solle warten. Dann ging sie langsam auf den Torwächter zu. Man hörte die beiden einige Zeit tuscheln, dann kam Nanna zurück und zog mich mit sich hinaus.

Nie in meinem ganzen Leben werde ich diese Stunden verges-

26

sen. Es war offensichtlich, daß die Nacht von den Geistern beherrscht wird: Kobolde narren knackend im Unterholz; der bleiche Mond scheint weiß auf zuckenden Fratzen, die verborgen lauern; der Wind rauscht in den Blättern der Bäume, doch nicht derart, wie wir es tags vernehmen, sondern bedrohlich und unheimlich wie die Brandung eines Geisterozeans. Blutsaugende Vampire gleiten pfeilschnell durch die Lüfte und sind in dem fahlen Mondlicht nur undeutlich wahrzunehmen. Ich war fast wahnsinnig vor Angst, es könnte mich einer davon anfallen.

Nanna und ich trugen alle geweihten Amulette bei uns, die wir besaßen, und ich bin auch heute noch überzeugt, daß nur sie es waren, die uns in jener Nacht vor den Dämonen der Finsternis retteten.

Endlich gelangten wir zu dem kleinen Fluß Terno, der jetzt im Sommer bis auf einen Bach ausgetrocknet war, und verweilten kurz an der steilen Uferböschung. Mein Gewand war schweißdurchnäßt in dieser warmen Nacht. Wir mußten jetzt erst einmal verschnaufen. Auch Nanna hatten Anstrengung und Furcht den Atem geraubt. Wir sahen uns beklommen an. Da ertönte nicht weit von uns ein grausiges Wimmern. Erstarrt vor Angst, konnte ich nicht einmal mehr beten, geschweige denn fortlaufen. Gebannt standen wir da und erblickten eine gespenstische Szene: Im bleichen Mondlicht schimmerte der nackte weiße Körper einer Frau, und darauf lag, ebenso nackt, ein Mann. Beide wanden sich in verbissenem Kampf, der Mann schien die Frau zu würgen. Sie zuckte und stieß spitze Schreie aus, wenn der Mann sich wieder fest auf sie warf. Ihr Körper befand sich in einer seltsam verkrampften Stellung, auf dem Rücken liegend, streckte sie beide Beine angezogen gen Himmel. Dann fing sie schauerlich an zu grunzen, immer wilder, bis sie plötzlich verstummte. Der Mann aber ließ noch nicht von ihr ab, warf sich wie von Sinnen immer wieder auf sie, stöhnte laut und blieb endlich still liegen.

27

Nanna zog mich am Ärmel und flüsterte, ich solle weitergehen. Sie war sichtlich unbeeindruckt von dem Gesehenen. Wir schlichen vorsichtig am Ufer flußaufwärts. Mir schien es wie eine Ewigkeit, bis Nanna hinter einer Flußbiegung haltmachte. Das Erlebnis hatte mich für kurze Zeit die Furcht vor den Schrecken der Nacht vergessen lassen.

»Glaubst du, er hat sie umgebracht?« flüsterte ich Nanna erregt zu.

Nanna kicherte. »Liebste, dumme Lisa, das war doch kein Kampf auf Leben und Tod. Es waren die Freuden der fleischlichen Liebe.«

Ich muß ziemlich verdattert dagestanden haben. Dies sollte jene Liebe sein, die Ovid in seinen »Amores« oder der »Ars amandi« preist und von der ich in Constantinus' Bibliothek heimlich gelesen hatte?

»Nein! Das kann nicht sein!«

»Aber so ist das nun einmal, Lisa. Ich habe es zwar noch nicht am eigenen Leibe erlebt, aber schon öfter gesehen.«

Eigentlich war Nanna stets aufrichtig zu mir gewesen, weshalb also sollte sie mich jetzt anlügen. Und in der Tat, ich wußte ja, daß über bestimmte Dinge nicht geredet wurde und daß es unschicklich war, gewisse Fragen zu stellen.

»Aber warum tun sie das, wenn sie dabei vor Schmerzen stöhnen?«

»Ich weiß es selbst nicht genau, aber ich glaube, das sind keine Schmerzen. Jedenfalls machen es die Knechte und Mägde fast jede Nacht, deshalb sind sie dann am Tage so faul und müde, daß sie ab und zu vom Aufseher die Rute zu spüren bekommen.«

Die neuen Erkenntnisse verwirrten und beschäftigten mich derart, daß ich ganz den Zweck unseres Hierseins vergessen hatte. Erst als Nanna ihr Bündel aufschnürte, dachte ich auch wieder an unsere Aufgabe. Zunächst wässerten wir die Gewänder, indem wir sie ins seichte Wasser legten und mit Steinen beschwer-

28

ten. Nun hatten wir eine Zeitlang zu warten, damit das Blut genügend geweicht war. Das dunkle Wasser gluckerte um unsere Füße. Wie so anders war doch die Nacht. Bei Tage spendete das Wasser herrliche Kühle; es machte Spaß, darin zu waten und den silbrigen Fischlein zuzusehen, die blitzartig davonschwammen. Doch in der Dunkelheit lauern darin nur Wasserdämonen, dazu Elfen und Nymphen im Schilf, um einen Unseligen auf den Grund der Tiefe zu ziehen. Ich war darum froh, daß wir die Kleider in einem kleinen, ganz flachen Seitenarm ausbreiten konnten.

Was mir Nanna erzählt hatte, ließ mir keine Ruhe. Zuviel stimmte hier nicht mit meinem von Constantinus erworbenen Wissen über die Liebe überein.

»Und du sagst, daß die Knechte und Mägde so etwas beinahe jede Nacht tun?«

»Ja, ganz sicher, und nicht nur sie, sondern fast alle anderen auch.«

Welche geheimnisvolle Kraft mochte hier wohl wirken, die Mann und Frau zu solch heimlichem, offensichtlich doch verbotenem Tun zusammenführte?

»Warum hast du mir nie davon erzählt?«

»Nun, ich brauch dir kaum zu sagen, wie unschicklich das ist, und du hast mich auch nie danach gefragt.«

»Wie hätte ich dich etwas fragen können, von dem ich keine Ahnung habe?«

»Und bei der Beichte? Kamen da nicht gewisse Dinge zur Sprache?«

Plötzlich konnte ich einen Zusammenhang herstellen, der mir bisher nicht aufgegangen war. »Don Serafino stellte mir immer so merkwürdige Fragen, wenn du das meinst. Er sprach von unkeuschen Gedanken und Werken, und auf meine demütige Entgegnung, ich wisse nicht, was er meine, antwortete Don Serafino, es beträfe die Erbsünde. Doch auch das verstand ich nicht

29

recht, und ich fing im Beichtstuhl an zu weinen, weil ich nicht wußte, ob ich eine solche Sünde vielleicht begangen hatte, aber aus Unwissenheit nicht beichten konnte, so daß mir die Hölle gewiß war. Mein Beichtvater wollte wissen, warum ich weinte, und ich erzählte ihm von meinen Befürchtungen um die ewige Seligkeit. Gut, meinte Don Serafino, er wolle meine Zweifel zerstreuen, ich sei ein rechtes Gotteskind und müsse erfahren, auf welche Weise die Mächte der Hölle von uns Mädchen Besitz ergreifen. Dazu sei das ehrwürdige Verfahren der Sollicitatio bestimmt. Ich war erleichtert, die Fragen nämlich, die Don Serafino mir dann stellte, konnte ich allesamt reinen Herzens verneinen. Ein wenig seltsam sind sie mir schon erschienen. Ob ich oder gar ein Mann mich je zwischen den Schenkeln oder sonstwo berührt habe und allerlei mehr. Dies seien Unkeuschheiten, die furchtbarste Strafen nach sich zögen. Auch sprach er von nichtehelichem Beilager, und daß die Frucht einer solchen Untat bald offen zutage träte.«

Nanna sagte nichts und machte sich mit der Wäsche zu schaffen.

Die Folge einer solchen Sünde war das ewige Höllenfeuer, wie ich dachte, und darum beschloß ich, daß kein Mann mich jemals berühren dürfe. Nun war dies aber durch Giocondo und dessen Handkuß geschehen. Ich mußte das Don Serafino beichten.

Der Gedanke an meinen zukünftigen Gatten brachte mir die augenblickliche Lage schlagartig zum Bewußtsein: Wenn er mich hier sehen würde! Ich befand mich wahrlich in einer makabren Situation. Ich, die zukünftige Gemahlin des ehrenwerten Giocondo, Tochter des edlen Antonio Gherardini, wasche mit hochgeschlagenen Röcken wie eine Bäuerin im Fluß meine Kleider. Und das mitten in der Nacht. Und was ich auswasche, ist das Blut eines alten Mannes, den ich mit meinen unbesonnenen Worten beinahe umgebracht habe!

Noch dazu war ich auf einige Geheimnisse gestoßen, die hinter einem Schleier des Nichtaussprechens oder mit dem bloßen Hin-

30

weis auf deren Unschicklichkeit vor mir verborgen gehalten worden waren. Nanna hingegen schien mehr zu wissen, als sie zunächst eingestehen wollte. Und, beim Mysterium der Unbefleckten Empfängnis, ich schwor mir, meine Freundin noch eindringlich darüber zu befragen.

Nachdem die Kleider einige Zeit geweicht hatten, zog Nanna eines aus dem Wasser und bearbeitete es mit weißer Asche, die sie in einem kleinen Leinensäckchen mitgenommen hatte. Doch alle Mühe war umsonst; selbst im milchigen Mondlicht sah man noch deutlich die Blutflecken. Unsere Gewänder waren verdorben, und das war mehr als fatal, denn nun besaß jede von uns nur noch ein Kleid, und das würden wir sonntags wie werktags tragen müssen.

»So soll ich meinem Zukünftigen gegenübertreten mit· einem einfachen Kleid? Was wird er von unserer Familie denken?« Eine blamable Vorstellung.

»Ach was, wenn er dich begehrt, wird es ihm gleichgültig sein, und überhaupt betrachtet Giocondo uns sicher als halbe Bauern, was können wir hier schon gegen die Florentiner Eleganz aufbieten?«

Nanna hatte nicht unrecht, aber mein Vater war ein stolzer Mann und würde es gewiß ungern sehen, wenn sich seine Tochter ihrem künftigen Mann im Alltagsgewand präsentierte. Nanna traf das Ganze jedoch noch schlimmer, denn sie besaß nur noch ein recht fadenscheiniges Kleid, das einst meiner Mutter gehört hatte, daneben ein leichtes Sommerüberkleid und zwei lange Hemden. Wenn ich mir nicht etwas einfallen ließ, könnte der nächste Winter sehr, sehr kühl für die arme Nanna werden. Der nächste Winter! Bei dem Gedanken daran erschauderte ich, denn mir wurde schlagartig klar, daß dann schon alles ganz anders sein würde – ich als Gattin des Giocondo und Nanna hoffentlich an meiner Seite.

War Giocondo recht sparsam, wie man es von den meisten Flo-

31

rentiner Patriziern sagte? Nun, ich hatte die Sache mit den verdorbenen Gewändern verschuldet und war eisern gewillt, ein neues Kleid für Nanna bei meinem Gemahl zu fordern. In gedrückter Stimmung wrangen wir die Sachen aus, Nanna verschnürte sie wieder zu zwei Bündeln, und dann gingen wir vorsichtig am Flußufer entlang bis zu der Biegung, von wo aus die Rocca als dunkle, ferne Silhouette zu sehen war.

Am Tor angelangt, schlich sich Nanna lautlos an und gab mir dann einen Wink, daß ich kommen sollte. Die kleine Seitenpforte war nur angelehnt, und das Schnarchen des Wächters drang bis zu uns heraus. Eine unglaubliche Nachlässigkeit, auch von meinen Brüdern, die ein Auge auf die Wachen haben müßten. Da ich nicht gut gestehen konnte, nach Mitternacht vor den Mauern der Rocca umhergeschlichen zu sein, beschloß ich, mich nicht in diese Dinge einzumischen. Außerdem sollen Frauen sich von derartigem fernhalten, die Sicherheit der Familie ist schließlich Sache der Männer – und überhaupt gehörte ich schon gar nicht mehr richtig dazu.

Schon bald würde ich eine Gioconda sein, für alle Zeiten. Dann unter dem Schutz und der Vormundschaft meines Gatten und dessen männlicher Verwandten. Bringe ich einen oder mehrere Knaben zur Welt, so stärkt sich dadurch mein Ansehen in der Familie. Söhne mehren Kraft, Macht und Erfolg; ist man dann einmal alt und gebrechlich, so schützen sie vor der Willkür anderer, sichern das Vermögen und bescheren einem dadurch ein friedliches und beschauliches Alter. Töchter hingegen sind eine Belastung, sie verursachen nur Kosten und gehen später in der Familie ihres Gatten völlig auf, so daß die Eltern nichts mehr von ihnen haben. Natürlich können durch eine Heirat auch dauerhafte Verbindungen von Geschlechtern geschaffen werden, und so mancher Streit hat durch eine Hochzeit einen guten Ausgang genommen. So können Zwistigkeiten durch Übereinkunft der Oberhäupter intern beigelegt werden, und kein minderes Familienmitglied würde es wagen, sich einem solchen Richterspruch zu widersetzen.

Ohne Gemahl ist die Frau nichts. Bleibt ein Mädchen unverheiratet in ihrer Familie, so untersteht sie dem jeweiligen Oberhaupt und ist damit den Launen und der Gnade seiner Ehefrau ausgeliefert. Sie besitzt kein eigenes Vermögen und wird nur geduldet wie ein fünftes Rad am Wagen. Kinderlos verbringt sie ein trauriges Leben ohne Freude und rechte Aufgabe. Nun, Gott sei Dank war ich einem solchen Schicksal offenbar entronnen.

Ich bemerkte, wie Nanna, die als meine Zofe mit in meinem Bett schlief, leise aufstand und hinaushuschte. Nach einiger Zeit kam sie mit meinem Frühstück zurück, einem großen Becher Wasser mit ein wenig Wein gemischt und etwas trockenem Brot, auf dem ich stets bestand, obwohl es eigentlich nicht üblich war, am Morgen etwas zu essen.

»Du siehst so nachdenklich aus, Lisa.«

»Ja, das bin ich, ich mußte gerade an meine bevorstehende Ehe denken, aber auch daran, wie traurig es wäre, unverheiratet zu bleiben.«

»Traurig muß das nicht immer sein. Ich hörte von einer gewissen Laetitia aus Florenz, die eine berühmte Cortigiana und Meretrice ist, mit einem goldenen Wagen umherfährt und Gedichte verfaßt. Strozzi, Pazzi, Vespucci und alle anderen bedeutenden Männer sollen ihr zu Füßen liegen.«

»Vielleicht für einige Jahre; wenn dann ihre Schönheit verblüht ist, sinkt die einst verehrte Kurtisane zur Hure herab.«

Cortigiana und Meretrice, das waren wieder zwei Worte, die zu jenem Zirkel des Unaussprechlichen gehörten, das man vor mir verbergen wollte. Ich wußte zwar, daß es sich um etwas Unziemendes handelte, jedoch nicht, um was genau.

»Ach ja, liebste Nannina«, nahm ich sie mir vor, »wie gut, daß wir gerade davon sprechen, ich habe da ein paar wichtige Fragen an dich.«

33

»Ich wußte, daß es dir keine Ruhe lassen würde, bei mir war es damals genauso.«

»Also sprich, was hat es auf sich mit diesen seltsamen Ereignissen im Flußbett?«

»Na ja«, sie sah mich gönnerhaft an, »so werden eben die Kinder gemacht.«

»Indem ein Mann seine Frau beinahe umbringt? Das ist doch Blödsinn!«

»Nicht ganz, weißt du, das sieht eben nur so aus, in Wirklichkeit ist es jedoch völlig anders.«

»Da bin ich aber gespannt.«

»Hast du schon einmal einen Pene gesehen?«

Ich kannte nicht einmal das Wort. »Nein, was ist das?«

»So etwas haben alle Männer zwischen den Beinen, und wenn sie mit einer Frau zusammen sind, wächst dieses Ding, bis es so groß und hart ist wie eine Wurst; dann stecken sie das bei uns unten rein und reiben damit hin und her.«

»Du bist verrückt!«

»Kaum, es ist nun mal so!«

Ich war wie vor den Kopf geschlagen, so etwas konnte es doch nicht geben. Wahrscheinlich hatte Nanna sich das alles zusammenphantasiert, sich geirrt, war irgendeinem Aberglauben aufgesessen, wie er unter unwissenden Bauern geläufig war.

»Und du glaubst, auf diese Weise wäre auch ich zustande gekommen? Mein Vater und meine selige Mutter auf dieselbe Art wie die beiden unten am Fluß – unmöglich!«

»So wahr ich lebe. Du und ich, jedes Lebewesen entsteht so.«

Ich befand mich nun in einer Zwickmühle. Einerseits sagte mir mein Verstand, daß derartiges völlig unmöglich sein mußte, andererseits hatte ich so ein seltsames Gefühl, daß doch irgend etwas Wahres daran sein könnte. Weshalb gab es bestimmte Dinge, über die man nicht sprach? Warum etwa mußte ich auf mein Zimmer gehen, wenn eine rossige Stute zum Hengst geführt wurde? Ich mußte diesen Dingen systematisch auf den Grund gehen, denn sicher stellten sie sich letztendlich ein wenig anders dar als in der vielleicht ein wenig zu drastischen Weltsicht von Nanna.

Die Pferde! Ja, hier lag wohl der Schlüssel zur Wahrheit. Ich saß mit Nanna auf dem großen Bett, kaute das alte Brot, nahm einige Schluck Wasser mit Wein. Wie mich Constantinus gelehrt hatte, verknüpfte ich eine Beobachtung mit der anderen, und die Pferde dienten mir als Beispiel. Wie bereits Aristoteles in seiner Schrift »Organon« sagt, hat das Sein seine Stätte im erfahrbaren einzelnen, und wenn ich etwas wissen wollte, mußte ich von einzelnen Beobachtungen ausgehen und diese logisch verbinden. Also zunächst zu den Begriffen.

Pene ... Tatsächlich hatte ich häufig gesehen, daß Hengste und Wallache beim Wasserlassen ein schlauchartiges Teil sehen ließen, Stuten hingegen nicht. Wenn Stute und Hengst zusammengebracht worden waren, war ich immer weggeschickt worden. Und doch wußte ich, daß man Stuten von den Hengsten fernhalten mußte, wenn sie rossig waren und daß Hengste nicht mehr zu reiten waren, wenn eine solche Stute in der Nähe war, und ihrem Reiter nicht mehr gehorchten. War das dieselbe Kraft, die es jene beiden am Fluß so wild miteinander treiben ließ?

Verknüpfte man diese Beobachtungen zu einem Urteil, so konnte ich mir durchaus vorstellen, daß an Nannas Ausführungen etwas dran war.

»Ist das bei Hunden ebenso?«

»Genauso wie bei allen anderen. Wieso interessiert dich das?«

»Ich möchte Gewißheit haben, und die kann ich nur erlangen, wenn ich nach den Regeln der Logik vorgehe, wie es mich Meister Constantinus gelehrt hat.«

Sie sah mich mitleidig an. »Und deshalb möchtest du das von den Hunden wissen?«

»Ja, weil ich einige Male bemerkte, daß ein Hund von hinten auf

35

dem anderen gleichsam ritt und nicht wieder herunter wollte, sondern auch so komisch zuckte wie der Mann am Fluß.«

»Es war dasselbe, das weiß ich auch ohne deine gelehrte Logik.«

Ich überhörte ihre Spitze. »Aber was wir heute nacht gesehen haben, war doch ganz anders, die Frau lag unter dem Mann, mit dem Gesicht ihm zugewandt.«

»Das besagt nichts, ich habe es auch schon anders gesehen.«

»Hör mal, Nannina, wo um alles in der Welt hast du denn diese ganzen Dinge her?«

»Von daheim zumeist, wenn ich meine Eltern besuchte. Na ja, irgendwann hat mir meine Mutter das Nötigste gesagt.«

»Das Nötigste?«

»Ja, nämlich, daß so die Kinder gemacht werden, und mein Vater würde mich totprügeln, wenn ich es je mit einem Burschen triebe.«

Meine Beobachtungen und die Folgerungen daraus ließen den Schluß zu, daß alles doch in etwa so zu stimmen schien, wie Nanna es erzählt hatte. Ich war geschockt. Deshalb also durfte mich kein Mann berühren, ja durfte ich nicht einmal allein mit ihm sprechen – außer er war so alt wie mein Lehrer. Welch eine gewaltige Kraft mußte das sein, die den Mann zu einer Frau zog? Offensichtlich handelte es sich nicht um eine Himmelsmacht, sondern um etwas Verbotenes, da es bei den Menschen stets heimlich zu geschehen schien und eine Sünde war, wie mir Vater Serafino so plastisch ausgemalt hatte. Doch konnte etwas nicht der Wille Gottes sein, dem wir doch offenbar alle unser Leben verdankten? Nanna in ihrer direkten Art und Aristoteles mit seinen Anleitungen zur Logik hatten mich zwar zu einer ersten Erkenntnis geführt, aber viele Fragen blieben noch offen.

Die Philosophie konnte augenscheinlich keine weiteren Antworten mehr geben. Lag es daran, daß sie letztendlich heidnisch war? Konnte mir darüber unsere heilige Religion Aufschluß geben? Ich mußte unbedingt mit Vater Serafino sprechen.

36

Ich kam nicht mehr dazu, meine Gedanken weiterzuspinnen, denn plötzlich hörten wir, daß zahlreiche Reiter in den Burghof kamen. Schon vom Fenster aus war zu erkennen, daß es sich um Giocondo mit einigen Begleitern handelte.

»Schnell, Nanna, ich will für ihn wunderschön aussehen!«

Das war nicht einfach, denn uns blieb nur wenig Zeit.

»Zu einem Knoten kann ich dir die Haare nicht mehr schlingen, nimm die Haube.«

Nanna kämmte mir das Haar straff zurück, und ich zog die enganliegende, reich bestickte Haube darüber. Meine lange Haare, die unter dem Rand der Haube hervorschauten, wurden einfach hinter das Stehbündchen meines Leinenunterkleides, das ich noch vom Schlafen her trug, gesteckt und fielen darunter über meinen Rücken, was man aber nicht sah. Darüber zog ich die leichte Giornea aus feiner, grüner Wolle, darauf als Jäckchen eine rote Cioppa, zu der enge weiße Ärmel gehörten, die nach unten trompetenförmig weit wurden und über die Hände fielen.

»Ich finde die Ärmel nicht«, rief Nanna verzweifelt und wühlte in meiner Truhe. Doch sie blieben verschwunden.

Andere Ärmel paßten nicht, und so zog ich die Cioppa wieder aus. »Heilige Einfalt, in dem Kleid allein sehe ich aus wie eine Handwerkertochter.«

Es war zum Verzweifeln, mein schönstes Kleid ruiniert und nun die Ärmel meines besten Jäckchens unauffindbar. Und unten wartete mein eleganter Bräutigam, der in Florenz stets die schönsten Damen vor Augen hatte. Fast kamen mir die Tränen vor Wut, aber Nanna in ihrer praktischen Art hatte wieder die rettende Idee.

»Zieh sofort alles aus!«

»Ja, aber ...«

»Nichts da, los, es eilt!«

Ich zog mich völlig nackt aus und war wegen Giocondo so aufgeregt, daß ich mich nicht einmal schämte.

37

»So, dieses Kleid ziehst zu an!«

Es war mein zweites Sommerüberkleid und ziemlich ausgeschnitten, da ja darunter ein hochgeschlossenes Unterhemd getragen wurde.

»Ohne Unterkleid?«

»Ja, ohne Hemd! Und zwar schnell!«

Ich gehorchte fast willenlos und sah dann an mir hinunter. Der Ausschnitt ließ meine Brüste fast bis zu den Knospen sehen, und diese zeichneten sich allzu deutlich unter dem dünnen Stoff ab. Auch sonst verbarg das enganliegende Gewand nur wenig; ich kam mir fast vor wie nackt.

»Haube herunter!« befahl Nanna und zog sie mir auch schon vom Kopf.

»Mit offenen Haaren soll ich meinem Zukünftigen gegenübertreten? Unmöglich!«

»Nur Mut! Wenn du schon nicht aussehen willst wie eine Handwerkertochter, mußt du auch danach handeln.«

»Aber es ist gegen die Sitte, mein Vater wird das nicht billigen.«

»Liebste Lisa, was einzig zählt, ist, daß dich Giocondo unwiderstehlich findet, lächle ihn süß an und laß ihn deine Brüste bewundern, er soll vor Begierde vergehen!«

Da war es wieder, jenes nun doch bereits fast ganz gelüftete Geheimnis um Mann und Frau. Er wird meine Brüste sehen, mein offenes Haar und in Leidenschaft entbrennen, so wie der Hengst die Stute wittert... und dann? Wird er auf mich springen wie ein Hund auf den anderen oder einen seltsamen Ringkampf aufführen wie die zwei im Flußbett? Mir wurde ganz schwindelig.

»Geht es dir nicht gut? Komm, nimm noch einen tiefen Schluck vom Wein, dann binde ich dir dein Stirnband um – und vergiß nicht den herrlichen Rubinring!«

Nanna war wirklich rührend.

»So, und nun reibe deine Lippen fest mit dem Zeigefinger, daß sie voll und rot erscheinen.«

38

Liebevoll wusch sie mir Gesicht und Hände mit einem feuchten Tuch, das diesmal mit Lavendelwasser getränkt war, dann stand schon Ettore in der Tür, um mich nach unten zu geleiten.

Vater und Giocondo waren diesmal nicht so steif und förmlich wie das letzte Mal, sie schienen fast heiter, obwohl keinerlei Anlaß dazu bestand. Vor einer Hochzeit wurden eigentlich ja nur die Bedingungen der Heirat verhandelt, und solche Angelegenheiten waren ernst, todernst, denn es ging dabei um viel Geld. Doch davon war offensichtlich noch nicht die Rede.

Wie im Traum schwebte ich in meinem unglaublichen Aufzug dem Giocondo entgegen und versank in einem tiefen Knicks vor ihm, wobei ich bemerkte, daß er wie gebannt auf meine Brüste sah. Er verbeugte sich ebenso tief, ergriff meine Hand, hielt sie länger, als dies wohl schicklich ist, und küßte sie innig. Wie neulich fühlte ich einen leichten Schauer von meinen Brustspitzen bis hinunter zur Scham rieseln, und mit einem Mal war mir direkt wohl in meinem gewagten Kleid, denn ich bemerkte, daß sogar mein jüngerer Bruder mich intensiver betrachtete, als er das jemals zuvor zu tun für nötig befunden hatte. Vater blickte mich scharf an, bewahrte aber ansonsten eisern die Haltung. Ich wußte, die halbbedeckten Brüste hätte er mir noch durchgehen lassen, aber das offene Haar! Nun, er hatte ja stets gewollt, daß Constantinus mich zu einem denkenden Menschen mit eigenem Willen und Verstand erzog. Allein schon, mich als Menschen zu bezeichnen, obwohl eine Frau zu seiner Zeit noch kaum als ein solcher galt, zeigte, daß mein Vater weiter dachte als andere; und so würde er mir schließlich auch das offene Haar nachsehen.

Es dauerte, bis sich alle wieder ein wenig gefangen hatten, und ich wunderte mich, welche Wirkung solche, mir einfach erscheinenden Dinge auf Männer offensichtlich hatten.

»Lisa, du bist wunderbar! Mir fehlen mehr denn je die Worte, um deine Schönheit zu preisen!«

Das war eindeutig, und ich ging zum Angriff über. »Nur um dir zu gefallen, edler Francesco, trage ich gleichsam die Tracht der Vestalinnen, und wie jene das heilige Feuer Roms, so will ich dir das Herdfeuer in unserem gemeinsamen Haus nähren und erhalten.«

Obwohl ich nicht die geringste Ahnung hatte, wie die Vestalinnen wirklich gekleidet waren, erschien mir mein etwas freizügiges Gewand auf diese Weise nobilitiert.

»So wahr wie die Planeten ewig sich seitwärts einwärts drehen, hoffe ich doch, du bist in einem entscheidenden Punkt nicht wie die Vestalinnen.«

Ich erschrak heftig. Giocondo hatte mein fröhlich gefälschtes Zitat von gestern aufgegriffen und mir nun seine Kenntnisse der Mythologie bewiesen. Wie hatte ich das nur vergessen können! Natürlich, die Vestalinnen waren zu ewiger Keuschheit verpflichtet gewesen. Doch war das Bewußtsein dieser Dinge für mich noch so neu, und ich begriff plötzlich, daß sie sich in alle Bereiche des Lebens drängten; wo vorher für mich nichts gewesen war, breiteten sich nun wahre Geflechte aus, die alle mit der Beziehung zwischen Mann und Frau zu tun hatten. Ich beschloß, die Sache erst einmal zu überspielen.

»Du hast ein herrliches Pferd, ich würde es gerne näher ansehen, führst du mich zu ihm?«

»Aber mit dem größten Vergnügen, erlaubst du, Antonio?« Er bot mir seinen Arm, ohne die Antwort meines Vaters abzuwarten, und wir gingen über die Treppe hinunter in den Hof.

»Ich muß dir etwas gestehen!«

Er sah mich ernst an. »Sag, was es ist.«

»Ich habe nicht den geringsten Schimmer, wie die Gewänder der Vestalinnen ausgesehen haben.«

»Ich auch nicht.«

Wir sahen uns an und mußten lachen, was die Söldner Giocondos nicht wenig zu verwirren schien, die ihren sonst wohl recht gestrengen Herrn kaum in so heiterer Laune erlebt hatten. Ihre

40

aus rotem und gelbem Samt gefertigten Wamse waren vom Ritt in der Hitze vollkommen durchgeschwitzt, und innerlich mochten sie die Ambitionen ihres Herrn verfluchen, der sie hierher befohlen hatte; doch sie verneigten sich tief vor mir. Der Deutsche, der die Zügel von Giocondos Pferd hielt, machte Stielaugen, als er mich betrachtete; wohl noch nie hatte er eine Edle in so leichtem Kleid gesehen. Dann schaute er jedoch sogleich wieder weg, um nicht den Zorn seines Herrn auf sich zu ziehen.

»Francesco, dein Pferd ist wundervoll, ich habe noch nie ein edleres gesehen.«

Er war sichtlich stolz.

»Es ist von rein arabischem Blut, ausdauernd, sehr schnell, vielleicht schneller als alle anderen, aber zum Springen über Hindernisse nicht besonders geeignet. Das ist natürlich ein Nachteil in unübersichtlichem Gelände.«

Das Tier besaß einen ausdrucksstarken Kopf mit wach blickenden Augen, und seine Ohren spielten aufmerksam hin und her. Während die anderen Pferde unter der Arkade im Schatten dösten, war der Araber ständig in Anspannung, tänzelte, scharrte mit den Hufen und erschien wie die Inkarnation von edler Kraft und Schnelligkeit.

Ich bemerkte aus dem Augenwinkel Giocondos bewundernde Blicke und fühlte mit Genugtuung, daß man mich plötzlich nicht mehr als Mädchen, sondern als Frau ansah – die offenbar begehrenswert war. Und das alles bewirkte dieser exzentrische Aufzug. Das Tollste war dabei, daß ich jetzt ja wußte, warum mich alle so anschauten: Sie wollten wahrscheinlich »dies eine«, wie Nanna gesagt hatte. Das ließ mich eine Art von Macht empfinden, von der ich vorher nicht einmal etwas geahnt hatte. Und noch etwas, als ich am Arm meines gutaussehenden zukünftigen Gatten zurück zum Haus ging, da überkam mich ein Gefühl besonderer Art. Ich mußte plötzlich meinen Arm ganz fest an sei-

41

nen pressen, und als wir vom gleißenden Licht des Hofes ins dunkle, kühle Treppenhaus traten, wo wir allein waren, konnte ich nicht anders, als mich an ihn zu schmiegen. Ich spürte seine männliche Schulter an der meinen und – noch viel aufregender – meinen Schenkel an dem seinen. Mir wurde ganz schwach zumute, denn es kam mir vor, als ob ein Blitz in mich gefahren sei, und zugleich erfaßte mich ein unsagbar süßes Gefühl, das mir fast die Sinne raubte. Befangen schritt ich an seinem Arm die Treppe hinauf und wußte auf einmal, was es war: Sehnsucht.

Gleichgültig, was geschehen würde, was für seltsame Dinge er mit mir machte, wie immer auch, ich wollte es. Ich wollte ihn! Ich wollte ganz schnell heiraten!

Doch ich mußte noch warten, wer weiß, wie viele Wochen. Und eine Ahnung stieg in mir hoch, daß dies schwer, sehr schwer für mich werden würde.

Den Gefühlssturm auf der dunklen Treppe galt es geschickt vor den anderen zu verbergen. Meine Neugier darüber, wie die Männer alle Hochzeitsmodalitäten vereinbaren würden, half mir dabei.

»Deine Tochter besitzt ein großes Verständnis für edle Pferde.«

»Ja, und nicht nur für diese, ich ließ sie in neuester Weise erziehen, sie ist des Lateins mächtig, kann selbst ein wenig Griechisch und ist mit den Lehren der platonischen Akademie des Ficino ebenso vertraut wie mit der Philosophie überhaupt.«

Donnerwetter, schwang da nicht eine Portion Stolz mit in der Stimme meines Vaters?

»Das habe ich bereits mit Freude bemerkt, lieber Antonio.«

»Lisa wird, dessen bin ich mir sicher, auch bei dir in Florenz den ihr zugewiesenen Platz perfekt einnehmen.«

»Mehr als das, sie wird Glück und Glanz in meinen doch noch etwas unbelebten Palazzo bringen. Wenn ich nur an Lisas reizende Anspielung auf die Jungfräulichkeit der Vestalinnen, an

42

ihre gelungene mythologische Verkleidung und ihr subtiles Verständnis der Dichtkunst denke ...«

Hatte Vater Giocondos leichte Ironie bemerkt? Allzu beschlagen war er nicht in der römischen Mythologie, denn als wahrhafter Edelmann verabscheute er zu große Gelehrsamkeit. Sie würde den Stolz und die Härte brechen, sagte er immer; nur die Beschäftigung mit Waffen, Pferden und der Jagd sei eines Edlen würdig. Ich glaubte, ein kurzes Aufblitzen von Unmut in Vaters Zügen gesehen zu haben, konnte mich aber auch irren. Jedenfalls ergriff er den Becher und trank seinem Gast zu.

Auf einen Wink Giocondos brachten zwei Söldner einige in kostbare Seide eingeschlagene Gegenstände und eine Lanze und legten alles auf eine der Truhen, die an den Wänden standen.

»Nicht weil es der Brauch so verlangt, sondern aus tiefer Freude und Verbundenheit habe ich euch einige bescheidene Geschenke gebracht und bitte euch, sie gütigst anzunehmen.«

Mit diesen Worten überreichte er Vater die seltsam aussehende Lanze, die dieser in die Hand nahm und bedächtig wog.

»Diese Saufedern fertigt man nirgendwo besser als in Deutschland, wo man die Menschen kaum von den Schweinen unterscheiden kann. Der Spieß wurde vom selben Waffenschmied gefertigt, der auch die Waffen des großen Imperators Maximilian herstellt. Doch im Gegensatz zum Kaiser habe ich dort auch bezahlt«, fügte er lächelnd hinzu.

Ich war verblüfft: »Zahlt denn der deutsche Kaiser nicht?«

Eigentlich durfte ich nur etwas sagen, wenn mich jemand ansprach, aber alle waren derart gespannt auf die Geschenke, daß ich nicht gleich zurechtgewiesen wurde.

»Nein, meine allerliebste Lisa, er, der sich anmaßenderweise Imperator des Heiligen Römischen Reiches nennt und behauptet, auch unser Herrscher zu sein, ist ein schwächlicher Verschwender ohne Geld, hochverschuldet in Brügge, Florenz und bei allen Wucherjuden des Okzidents. Ein Träumer und Phantast, der sein

43

Geld für Ritterspiele vergeudet und so tut, als sei er Carolus Magnus.«

Ich wußte sehr wohl um den alten Rechtsanspruch der deutschen Könige auf den Kaisertitel Karls des Großen und auch, daß sie furchtbarste Verwüstungen anrichten konnten, wenn sie nach Italien kamen, um ihre angemaßten Rechte gewaltsam einzufordern. Aber daß der Kaiser so viele Schulden hatte, war mir fremd. Das Dasein eines reichen Bankiers schien doch wesentlich interessanter zu sein, als ich mir bisher vorgestellt hatte. Ich beschloß, Giocondo gelegentlich zu fragen, ob auch er Geld an den Kaiser geliehen habe.

Mein älterer Bruder Ettore erhielt ein herrliches, silberbeschlagenes Zaumzeug und der jüngere einen leichten Brustpanzer und einen damaszierten Degen, der so flexibel war, daß sogar Vater ihn bewundernd zur Hand nahm und damit einige Probehiebe durch die Luft sausen ließ. Giocondo wußte natürlich, daß der Nachgeborene den Soldatenberuf ergreifen würde, um so Ruhm und Ehre der Familie auf dem Schlachtfeld zu mehren. Eigentlich waren Geschenke dieser Größenordnung nicht üblich und noch viel weniger aus Anlaß einer Vermählung. Nun, irgendeinen Grund mußte Giocondo wohl haben; und wenn er einen Zweck damit verband, dann hatte er gut gewählt, denn alle waren fasziniert von den Geschenken, und man sah ihnen die ehrliche Freude an.

»Ich bin glücklich, daß meine bescheidenen Gastgeschenke euch Vergnügen bereiten. So erlaubt mir, nun auch meiner verehrten Lisa eine kleine Aufmerksamkeit zu überreichen.«

Und er griff nach einem Ballen Stoff, den prächtigsten, den ich je gesehen hatte: tiefrote, glänzende Seide mit schweren Goldfäden durchwebt, die ein herrliches Ornament bildeten, dazu ein Kästchen mit Perlen, um das fertige Kleid zu besticken. Ich war hell entzückt. Die Perlen! Noch nie zuvor hatte ich so viele Perlen in meinen Händen gehalten. Sie waren ganz unregelmäßig

44

geformt und schimmerten in allen Farbschattierungen. Mein Zukünftiger war – wenn der Schein nicht trog – ein außergewöhnlich großzügiger Mann.

Liberalitas, die Großzügigkeit, ist eine der schönsten Tugenden überhaupt. Sie unterscheidet den wahrhaft Edlen von dem, der sich dessen Status nur anmaßt. Allein schon dieses Verhalten Giocondos bewies mir zur Genüge, daß er von edlem Geblüt war. Und in der Tat erfuhr ich später, daß seine Vorfahren, hohe Florentiner Adlige, ihren Titel vor langer Zeit abgelegt hatten. Damals ergriffen die Zünfte die Macht, und wer mit im Geschäft bleiben wollte, mußte einer Zunft beitreten. Wer dies nicht tat, war an weiteren Erwerbsmöglichkeiten gehindert, und so existieren jene Geschlechter nicht mehr, die es aus Stolz versäumten.

So wie ein Edler im Unglück ruhige Standhaftigkeit zeigt, so läßt er Großzügigkeit walten, wenn ihm das Glück hold ist. Dann beschenkt er alle, die es verdienen, von der Gattin bis zum geringsten Dienstboten, dem er vom Majordomus noch einen Soldo geben läßt. Von dieser Liberalitas profitiert ganz gewiß die Ehefrau am allermeisten. Bei allen Engeln – unter diesen günstigen Umständen würde ich süß sein wie Honig, sanft wie ein Lamm und meinen herrlichen Giocondo mehr lieben als die Nonnen das Herz Jesu.

Kurz nachdem Giocondo weggeritten war und ich in meinem Zimmer mit Nanna den himmlischen Goldbrokat bewunderte, trat mein Vater ein, und seine Miene verriet Ungutes. Nanna wußte sofort, daß sie nichts Gutes verhieß, und huschte hinaus. Ich stand auf und sah meinen Vater an.

»Schlag deine Augen nieder, wenn dein Vater vor dir steht!« Ich gehorchte vorsichtshalber.

»Was ist in dich gefahren, in einem so unpassenden Gewand vor deinen zukünftigen Gatten zu treten?«

»Ja, ich weiß, es ist nicht angemessen gewesen, doch war so

wenig Zeit zum Umziehen – und schließlich hat es ihm doch gefallen.«

Jetzt kam, was kommen mußte.

»Ja sicher, und auch seine Söldner sahen dich mit gelöstem Haar – so geht nur eine Hure öffentlich umher!«

»Ich weiß eigentlich gar nicht so recht, was eine Hure ist«, ging ich zum Angriff über.

Das saß. Vater konnte nämlich jähzornig werden, wenn er sich in Rage redete. Da ich immer noch die Augen zu Boden gesenkt hatte, wußte ich nicht, ob mein Giftpfeil seinen Zorn getroffen oder ihn nur noch mehr gereizt hatte. Dann sah ich meinem Vater geradewegs in die Augen.

»Mein Vater, es gibt da so viele Dinge zusammen mit meiner Hochzeit, die ich nicht kenne; mir wird angst, wenn ich an all das denke.«

»Liebes Kind«, seine Stimme klang etwas belegt, »hab keine Angst. Alles wird sich fügen, wenn ihr erst Mann und Frau seid.«

Ich blickte ihn fragend an.

»Ja, wenn deine Mutter noch lebte…«

Ich hatte gewonnen. »Bitte, liebster Vater, strafe mich nicht zu hart für mein unangemessenes Verhalten!«

»Gut, ich will davon absehen, aber geh zu Don Serafino, beichte, und dann mag die Kirche dich züchtigen.«

Mit diesem Vorschlag war ich gerne einverstanden, denn bisher war die Buße für meine Sünden stets recht milde ausgefallen; einige Gebete, und der Herr würde mir vergeben haben. Ich ließ sogleich meine Stute satteln und ritt zusammen mit Nanna auf ihrem Maultier zum Kloster Santa Trinità; zwei unserer Wächter begleiteten uns zu Fuß. Ich läutete an der Pforte und verlangte nach Don Serafino. Ein mürrischer Novize antwortete, dieser läse gerade eine Messe und sei deshalb unabkömmlich, ich solle vor dem Abendläuten wiederkommen. Natürlich wußte ich, daß

46

mein Beichtvater nur seine Mittagsruhe hielt und dies wahrlich kein Hinderungsgrund war, wenn eine arme Seele beichten mußte, noch dazu, wenn die Familie dieser armen Seele dem Kloster jährlich ein ansehnliches Deputat stellte. Ich zog nochmals energisch an dem Glöckchen, das wie wild bimmelte, doch der Novize öffnete die Klappe an der Pforte nicht.

»Becone«, befahl ich einem unserer Wächter, »verschaffe mir Gehör!«

Er grinste breit und ließ dabei eine Reihe schwarzer Stummel in seinem Mund sehen. »Wie du befiehlst, Madonna.«

Dann schlug er so kraftvoll mit seinen Fäusten an die Pforte, daß mir schien, als ob die ganze Toreinfahrt erbebte. Dazu stieß Becone die wildestens Flüche gegen den Novizen aus, Flüche, wie sie die uralten Mauern des ehrenwerten Klosters wohl noch nie vernommen hatten. Dann trat er mit den Füßen gegen die Pforte, daß deren wohl schon morscher Riegel brach und die Tür aufflog. Im hintersten Eck kauerte mit vor Angst weit aufgerissenen Augen der Novize, umklammerte mit beiden Händen ein kleines Holzkreuz und hielt seine letzte Stunde für gekommen.

»Das genügt, Becone, hilf dem ehrwürdigen Vater wieder auf die Beine.«

Der Novize fühlte sich von mächtigen Fäusten hochgezogen und stand nun schlotternd vor mir.

»Du wirst jetzt zu Don Serafino gehen und ihm sagen, eine reuige Seele, Mona Lisa Gherardini, benötige seinen geistlichen Beistand.«

Der junge Mann nickte und verschwand eilig im Halbdunkel des Kreuzgangs.

Die Zugehörigkeit zu einer edlen Familie erfordert nicht nur Stolz, sondern auch, daß man sich Respekt verschafft. Macht mußte gezeigt werden, wo es nötig war. Dieser Novize durfte mit mir nicht verfahren wie mit irgendeinem Bauerntrampel. Schließlich erhielt das Kloster von uns großzügige Unterstützung, und wer eine Gabe annahm, verpflichtete sich damit dem Schenkenden. Dafür durften einige der einflußreichsten Familien, insbesondere aber auch die Frauen, am Gottesdienst der Vallombrosanerbrüder im Männerkloster teilnehmen, was sehr angenehm war, weil es eine enge Berührung mit dem Volk ausschloß, so wie die göttliche Ordnung dies forderte.

Erst die reichen Spenden jener Familien befähigten den Abt zum Kauf bedeutender Reliquien, und diese wiederum begründeten Ruhm und Wichtigkeit eines Klosters, die Scharen von Pilgern anziehen, die den Mönchen erhebliche Einkünfte verschaffen. Nicht nur die Spenden der Frommen, sondern auch Unterkunft und Verpflegung, der Verkauf von Devotionalien und Ablässen brachte viel ein. So ruht der Segen des Allerhöchsten auf diesen Werken; doch durch unsere Großherzigkeit erst konnte der fruchtbare Kreislauf in Gang gebracht werden.

Das eilige Klappern von Sandalen war zu vernehmen, und der atemlose Novize bat uns in wohl gewählten Worten hinüber zur Kirche, wo Don Serafino bereits wartete.

»Verzeih diesem jungen Unwissenden, ich werde ihn seinen Geist durch Fastenübungen schärfen lassen, damit er das nächste Mal die Tochter unseres vornehmsten Wohltäters erkennen mag.«

»Seid bitte nicht zu streng mit ihm, Becone hat ihn bereits hart genug behandelt.«

»Nun, meine Tochter, was führt dich so eilig zu mir?«

»Viele Dinge, die ich dir unter dem Siegel der Beichte anvertrauen möchte.«

»Gut, ich höre.«

»Ich möchte dies bitte im Beichtstuhl tun.«

Obwohl niemand in der Kirche war außer einigen Brüdern, die still jeder für sich an den Seitenaltären die heilige Messe lasen, wie es die Vorschrift von den Vallombrosanern verlangte, waren die Dinge, die ich beichten wollte, so delikat, daß sie nur in der

48

dunklen Abgeschlossenheit des Beichtstuhles über meine Lippen kamen. Ich kniete in der engen Zelle nieder und war von Don Serafino nur durch eine dünne Holzwand und ein Gitter getrennt, durch das ich zu sprechen hatte. Er murmelte die lateinische Formel und bat mich zu beginnen.

»Ich fühle brennendes Begehren nach meinem Verlobten, dem edlen Giocondo!«

»Wie äußert sich das?«

»Ich, nun ... ich stelle mir vor, daß wir beieinander sind.«

»Und wie stellst du dir dieses Beieinandersein vor? Sei aufrichtig! Dem Auge unseres Herren bleibt nichts verborgen.«

»Wir liegen nackt zusammen.«

»Und was tut ihr dabei?«

»Wir umarmen und küssen uns.«

»Und weiter?«

Ich schwieg.

»Meine Tochter, wenn du verstockt bist, so kann ich dir keine Absolution erteilen. Denn ich sehe, daß bereits der Dämon Wollust von dir Besitz ergriffen hat, eine der furchtbarsten Sünden, die das Seelenheil der Weiber bedroht.« Er schlug dabei das Kreuz. »Aber ich werde dir als dein Beichtvater helfen und gewisse Fragen stellen, die du genau beantworten mußt. Also – wünschst du dir, daß dieser Mann wie ein Incubus in dich dringe?«

»Ja, ich stelle mir vor, daß er in mich dringt.«

»Und weshalb wolltest du das?«

»Ich ... ich weiß es nicht, es ist so eine Sehnsucht in mir, ich will ihn spüren, mit ihm zusammen sein, seinen Körper auf meinem fühlen.«

»Weißt du denn, wie das ist, den Körper eines Mannes auf dir zu spüren?«

»Im Halbdunkel auf der Treppe habe ich meinen Schenkel an seinen gepreßt, und das hat die süßesten Empfindungen und heißes Verlangen in mir ausgelöst.«

49

»Wo hattest du diese Empfindungen?«

»Überall.«

»Überall? Oder ganz besonders an einer gewissen Stelle? Gestehe!«

»Ja, ich gestehe es, es ... es war meine Scham.«

»So hat die Hölle von dir Besitz ergriffen, unseliges Geschöpf! Heiß und feucht ist der Dämon in dich gefahren, war es nicht so?«

»Ja, ja, so war es!«

Mich ergriff Panik, doch der unbarmherzige Priester drang weiter inquisitorisch in mich: »Befleckt hast du dich wahrhaft mit unkeuschen Gedanken, Wünschen und Werken. Empfangen sollen die Weiber in Schmerzen und in Schmerzen gebären; dienen sollst du deinem Gatten als dessen Gefäß und ihn nicht lüstern begehren! Hüte dich, deinen Verlobten noch vor der Hochzeit zu berühren, meide seine direkte Nähe, schlage die Augen nieder, wenn du mit ihm sprichst. Ich lege dir als Buße auf, von nun an bis zur Trauung ein grobwollenes Unterhemd zu tragen, jeden zweiten Tag zu fasten und alle unkeuschen Gedanken zu unterlassen.«

Er machte das Kreuzeszeichen. Dann fuhr er fort: »Ich vergebe dir deine Sünden. Bete zehn Vaterunser und gehe zu Fuß nach Hause, so möge deine Wollust nicht auch noch durch das hoffärtige Vergnügen des Reitens angestachelt werden. Gehe mit Gott!«

Ich erhob mich. Benommen, als hätte mir jemand auf den Kopf geschlagen, schleppte ich mich aus dem engen Beichtstuhl. Draußen kniete ich nieder, um die Vaterunser zu beten, und bemerkte, daß ich vor Aufregung in Schweiß gebadet war.

Ganz offensichtlich schienen diese Dinge mit einem furchtbaren Fluch beladen. So hatte ich Don Serafino noch nie erlebt. Derartige Bußübungen! Bei dieser Hitze ein derbes Unterhemd auf bloßer Haut zu tragen, war mehr als eine Tortur. Und so machte

50

ich mich sehr bedrückt auf den Heimweg und ließ mein Pferd von Becone führen. Die Reitschuhe scheuerten beim Gehen, auch der Gedanke an die Fastenübungen ließ mich fast verzweifeln. Doch am schlimmsten war, daß ich meinen zukünftigen Gemahl nicht mehr begehren durfte, mich nicht jenen erregenden Gedanken hingeben durfte, sondern Buße tun mußte für meine unkeuschen Werke und Wünsche.

Als wir zu Hause ankamen, war ich erschöpft und niedergeschlagen und beklagte mich bei Nanna über den mir auferlegten Fußmarsch.

»Sieh dir nur meine Füße an, überall aufgescheuert.«

»Hat dir Don Serafino noch andere Bußübungen verordnet?«

»Allerdings. Ich muß ein grobwollenes Hemd tragen, darf meinen Verlobten nicht mehr berühren und muß alle Gedanken an ihn aus meinem Herzen verbannen.«

»Das ist doch unmöglich!«

»Nun, es sind nur die unkeuschen Gedanken, die ich vermeiden muß.«

»Aha, dacht ich mir's.«

»Was?«

»Na ja, du wirst ihm von deinen neuen Entdeckungen und Gefühlen gebeichtet haben.«

»Natürlich. Es sind schwere Sünden, die mein Seelenheil bedrohen – ein mächtiger Dämon, wie Don Serafino sagt.«

»Ja, das höre ich auch jedesmal.«

»Und welche Bußen werden dir auferlegt?«

»Nichts Besonderes, einige Gebete, einen Tag fasten, also wirklich nichts Erschütterndes. Komm das nächste Mal doch mit mir, ich gehe immer zu Don Raimondo bei den Kartäusern.«

Die Kartäuser hatten ihre Zellen ganz oben am Monte Orso. Der Pfad dorthin war für Pferde zu steil, aber wenn ich ein Maultier nähme, müßte es gehen, und so beschloß ich, meinen Beichtvater zu wechseln.

51

Als wirkliches Problem stellte sich das lange wollene Hemd dar. Im Winter trug ich darunter noch ein dünnes, leinenes, doch bei der sommerlichen Hitze kratzte mich der Stoff unerträglich. Am Abend war meine Haut bereits völlig gerötet. Nanna litt sichtlich mit.

»Hör mal, Lisa, mit welchen Worten hat dein Beichtvater dir befohlen, dieses Hemd zu tragen?«

»Hm, er sagte, ich müsse statt eines leinenen Hemdes eines aus grober Wolle tragen.«

»Hat er sonst nichts darüber gesagt?«

»Nein.«

»Dann habe ich eine Idee. Wenn wir das Hemd abfüttern würden, zum Beispiel mit jener Seide, in die Giocondos Geschenke gewickelt waren, dann wäre doch der Buße ebenso Genüge getan.«

»Das stimmt, ob das Hemd gefüttert oder ungefüttert sein soll, hat Don Serafino nicht gesagt.«

Es war klar, daß Gott mir durch Nanna ein Zeichen gegeben hatte, denn ich konnte mir nicht vorstellen, daß es sein Wille sei, mich so über Gebühr zu bestrafen. Ich pries den Allmächtigen in seiner Güte und vor allem, daß er die Vallombrosanermönche mit Einfalt gesegnet hatte, denn demütig schienen sie mir nach den letzten Vorfällen nicht mehr. Zwar konnte ich gegen die üblichen Zuwendungen meines Vaters an das Kloster nichts ausrichten, doch würde ich ihm von den zu harten Bußübungen berichten, vielleicht mochte das seine Großzügigkeit ein wenig mindern.

In Florenz mußte ich herausbekommen, wer als besonders gütiger Beichtvater galt. Auch wollte ich dann keine so weiten Wege mehr machen, denn es war besser, möglichst oft zu beichten; die Zahl der Sünden wurde dann nicht allzu groß und ebensowenig die Buße. Als Gemahlin Giocondos würde ich über gewisse Geldsummen verfügen können, mit denen ich mir sofort erhebliche Ablässe vom Fegefeuer kaufen mußte. Das war mir sehr

52

wichtig, denn es wurden uns zwar die Sünden gnädig vergeben, aber im Fegefeuer mußten wir trotzdem ausharren, bis wir unsere Sünden abgebüßt hatten. Zu diesem Zweck gab es Ablässe, die aber meist nicht viel taugten. Sie reduzierten lediglich einen Teil der Zeit im Purgatorio, dem Vorhof der Hölle, galten nur für läßliche Sünden oder andere nur für Todsünden. Vollkommene Ablässe aber gab es nur für wenige Wallfahrten, die teuer und vor allem beschwerlich waren. Viel günstiger erschien es mir, einen einzigen, aber totalen Ablaß für alle begangenen Sünden zu erwerben. Mochte einen dann der Schöpfer heimrufen, wann immer er wollte, man hatte gebeichtet und war mit den Sterbesakramenten wohl versehen, und unsere Seele durfte direkt gen Himmel ins Paradies fahren. Natürlich konnten auch die Armen etwas tun, um die Zeit im Fegefeuer zu verkürzen. Es gab dafür spezielle Gebete, etwa ein Pater Noster, das für zehn Jahre Ablaß stand, was sehr wenig ist, da der Himmel in anderen Zeitläufen zählt als wir Irdischen. Wo tausend Jahre für einen Tag galten, mochte ich nicht meine Sünden zehnjahreweise abbeten, deshalb mußten die jenseitigen Angelegenheiten stets aufs sorgfältigste geregelt sein, denn eine Ewigkeit dauerte lange …
Diese transzendenten Dinge hatten jedoch oft ganz banale Verbindungen zum Diesseitigen. Und so nähte ich mit Nanna beim schwachen Schein der Öllampe das Seidenfutter in mein Unterhemd. Bis der Morgen graute, war das gottgefällige Werk vollendet, ich zog das Hemd an und fiel sofort in tiefen Schlaf.
Gegen Mittag erwachte ich, ließ mir von Nanna das leichte Sommerüberkleid reichen und beschloß, einen Besuch bei Constantinus zu machen. Schon auf dem kurzen Weg durch die Gänge unserer Rocca mußte ich bemerken, daß Wolle auf Seide zwar nicht aufträgt, aber wärmt. Das also war die schweißtreibende Buße, die der Herr mir aufzuerlegen entschlossen war. Ich mußte sie nun um der Vergebung meiner Sünden willen auf mich nehmen, nahm mir aber vor, Bewegung in nächster Zeit zu meiden

und lieber auf meinem Bett zu liegen, mit Nanna zu plaudern oder vielleicht in einem interessanten verbotenen Buch zu lesen.

Constantinus war schon fast wieder der alte, als er mich an der Tür zu seinem Studiolo empfing.

»»Mors et fugacem non persequitur virum‹, so etwa würde wohl Horaz gesagt haben, liebe Lisa.« (Frei nach Horaz: So schnell holt der Tod den flüchtigen Mann nicht ein.)

Er hatte also schon wieder den richtigen Spruch parat; hoffentlich würde er mich nun nicht gleich fragen, aus welcher Ode er zitierte! Doch schmal sah er aus, blaß und noch ein wenig gebrechlicher als sonst.

»Lieber Meister, dringende Fragen treiben mich zu dir, Fragen, die mit meinem baldigen Ehestand zu tun haben.«

»Ja, das glaube ich; ein großer Einschnitt in deinem Lebensweg liegt vor dir.«

»Es geht, wie gesagt, um die Stellung von Mann und Frau in der Ehe. Ich will meinem Gatten gegenüber ein angemessenes Verhalten zeigen.«

»Angemessen, das ist das richtige Wort! Denn du bist keine jener Gattinnen, die duldend und stumm ganz dem Manne sich unterwerfen!«

»So hast du es mich immer gelehrt, aber es ist mir bisher nicht gelungen, in den Schriften der Alten Aufschluß zu erhalten.«

»Das ist richtig. Ganz besonders bei Platon, aber auch bei Aristoteles, wie überhaupt bei allen griechischen Philosophen ist die Frau sehr gering geschätzt, ihr wurde bestenfalls der Status eines unmündigen Kindes zugebilligt. Sie hatte sich im Hause aufzuhalten und Kinder zu gebären. Bald nahm man ihr dann die Knaben, um sie in die Obhut eines Mannes außerhalb der eigenen Familie zu geben, der sie erziehen sollte und der zu ihnen ein päderastisches Verhältnis hatte, was bei den Griechen nicht als anstößig galt.«

54

Ich unterbrach ihn: »Ja, aber auch bei den Römern, unseren großen Vorfahren, galt die Frau nichts. Sie verfiel dem Gatten vollkommen, der sie sogar rechtens töten konnte, wenn er wollte.«

»Das stimmt, doch im Zeitalter des Imperators Claudius befreite sich die römische Edle aus dem Zwang der republikanischen Rechtsauffassung und setzte vielerlei Freiheiten durch. Fragwürdige Freiheiten zwar, aber doch ein Schritt hin zur Selbstbefreiung des weiblichen Individuums.«

»Fragwürdige Freiheiten, was meinst du damit?«

»Nun Lisa, eigentlich sind dies Dinge, die dir verborgen bleiben sollten, aber mir scheint, dein Geist ist so männlich gebildet, daß du davon erfahren darfst.«

»Etwas Unschickliches?«

»Ja, in höchstem Maße. Ich denke an das verwerfliche Tun der Messalina, die durch ihr ausschweifendes Leben gleichsam das Vorbild für viele andere Römerinnen wurde. Sie betrog nicht nur ihren Gatten Kaiser Claudius, der allerdings ein rechter Trottel war, sondern verkaufte ihren Körper in öffentlichen Häusern als Hure.«

»Die Kaiserin?«

»So ist es; und nicht nur sie. Es gab auch andere hohe Frauen, etwa die edle Vistilia, die sich als Prostituierte eintragen ließen, um einer harten Bestrafung wegen ihres Lebenswandels zu entgehen.«

»Weshalb taten diese Frau das?«

»Liebe, insbesondere die geschlechtliche, ist eine ganz außerordentliche Kraft. Sie treibt Mann und Frau einander in die Arme, selbst im Angesicht höchster Gefahr, wie bei Acis und Galateia, sie trotzt jedem Verbot, dem menschlichen, ja selbst dem göttlichen.«

Constantinus' Ausführungen waren von großer Offenheit, und ich fragte mich, ob nur die Liebe und ihre freie Wahrnehmung mir ein anderes Ansehen in unserer Weltordnung geben konnte.

55

Selbstbefreiung des Individuums – das war ein ungewohnter Begriff für mich.

»Was meinst du mit Selbstbefreiung?«

Constantinus sah mich lange prüfend an. »Gut«, meinte er ernst, »es ist die Stunde gekommen, dir nun das große Geheimnis anzuvertrauen, ein Geheimnis, das nur wenige Auserwählte und Philosophen kennen. Ich habe dich die ganzen Jahre über daraufhin vorbereitet, ohne daß du es eigentlich bemerkt hast. Also höre, Lisa: Wie du weißt, ist der Mensch als Geschöpf Gottes dessen Willen untertan und muß nach den Gesetzen leben, die in der Bibel niedergelegt sind. Das war bisher so und wird auch immer so bleiben. Mit einem kleinen Unterschied: Bis vor kurzem glaubte man, dies sei die einzige Möglichkeit der menschlichen Existenz, nämlich ganz in Gott aufzugehen. Heute hingegen sind wir einen Schritt weiter in unserer Erkenntnis. Wir wissen, daß es noch einen anderen Weg gibt als den des ausschließlichen Glaubens. Es ist der Weg des Wissens, der Weg der Philosophie.«

Ich lauschte wie gebannt seinen Worten.

»Viele Jahrhunderte haben die heiligen Kirchenväter und Lehrer, von Augustinus bis Thomas von Aquin, alles, was uns und die Welt betrifft, aus der Bibel zu erklären versucht. Manchmal aber glaubte man, daß natürliche Dinge, die uns umgaben und zweifelsfrei so und nicht anders waren, nach dem Sinn der Heiligen Schrift hätten anders sein müssen. Wer das aussprach, galt jedoch als Häretiker oder gar Ketzer und mußte widerrufen. Nun wurden aber durch die Kenntnis der alten Philosophen, insbesondere des Aristoteles und neuerdings des Platon, unsere Erkenntnismöglichkeiten bezüglich der Welt, in der wir leben, immer besser. Und die Fälle, in denen die Dinge dieser Welt nicht mit den Forderungen der Heiligen Schrift übereinstimmten, nahmen derart zu, daß ein allgemeiner großer Zweifel entstand.«

»Was zum Beispiel stimmt denn nicht mit unserer menschlichen Erkenntnisfähigkeit überein?« fragte ich entgeistert.

56

»Das ist ganz einfach: alle christlichen Mysterien!«

»Unvorstellbar!«

»Du sagst es, Lisa! Diese Mysterien sind für uns unvorstellbar, weil sie nicht von dieser Welt sind. Sieh nur einmal die Heilige Dreifaltigkeit an. Kannst du dir einen Vater vorstellen, der aber zugleich sein eigener Sohn und zugleich Geist ist?«

»Ja, aber so heißt es doch …«

»Richtig, es heißt so … Aber kannst du es beweisen? Niemand kann das.«

Ich machte eine abwehrende Bewegung. Er reagierte beinahe unwillig.

»Unterbrich mich nicht. Was ist mit der Menschwerdung Gottes durch die unbefleckte Empfängnis! Wie kann eine Frau empfangen, nur durch ein Wort? Wir wissen, daß dies nicht möglich ist; empfangen kann sie nur den Samen des Mannes, und daraus entsteht das Kind.«

»Constantinus, zweifelst du an Gott?«

»Nein, überhaupt nicht, ich glaube an Gott und die göttlichen Mysterien.«

»Weshalb erzählst du mir dann, das sei alles nicht möglich?«

»Du hast nicht richtig hingehört, Lisa, ich habe gesagt, diese Dinge glaube ich, aber wissen, wissen können wir sie nicht! Das ist die Erkenntnis eines großen Mannes aus England, des Guglielmo di Occam, der deshalb Doctor invincibilis genannt wurde, weil seine Argumentation so fehlerfrei war, daß keiner ihn im Disput besiegen konnte. Ein großer Mann. Er wurde vom Papst gebannt und mußte im Exil beim Kaiser und König der Deutschen leben, an einem armseligen Ort namens Monacum oder Munichen, wie es diese Barbaren jenseits der Alpen nennen.«

Constantinus' Rede hatte mich aufs höchste verwirrt. In wenigen Minuten schien mein gesamtes Weltbild auf den Kopf gestellt.

57

»Die Lehren der heiligen Mutter Kirche sind also zur Glaubensfrage geworden, mit unserem Verstand können wir diese Dinge nicht erkennen. Ist es so, Meister?«

»Ja, so ist es, darin liegt der Schlüssel zur menschlichen Erkenntnis. Es betrifft alles auf dieser Erde hier, dich, mich, Florenz, den Papst, selbst den Barbarenkaiser in Deutschland. Deshalb bist du auch jetzt verantwortlich für dich selbst. Was du erkennst, und wie du handelst, das liegt in dir begründet. Glaube ruhig, daß Gott deine Geschicke lenkt, glaube es, wenn du willst – aber wisse, daß dies immer unbeweisbar bleiben wird! Beweisbar hingegen sind deine eigenen Handlungen. Beweisbar vor dir und allen anderen Menschen. Also entscheide dich! Hier und jetzt, ob dein Glaube dich auf Erden leiten wird oder dein Verstand ...«

Constantinus sank erschöpft in seinem Scherenstuhl zusammen, die fulminant vorgetragene Rede hatte ihn angestrengt. Er nahm einen großen Schluck Wein mit Wasser.

»Ich werde also, wenn ich dich richtig verstanden habe, verehrter Meister, an Gott und seine Gesetze glauben, nicht aber unbedingt danach handeln.«

»Richtig«, antwortete er leise, »handle stets so, wie du es für angebracht erachtest, einzig und allein so! Das ist die Selbstbefreiung des Individuums.«

»Und wenn ich dabei sündige?«

»So beichte und bereue wie bisher. Du stehst, liebste Lisa, von dieser Stunde an unter zwei Gesetzen: dem göttlichen und dem deiner eigenen Vernunft. Und letzteres, das eben ist deine Individualität und erhebt dich zum Menschen, ebenso wie es jeden Mann erhebt. Du bist ihm ebenbürtig geworden, nicht an Kraft, doch an Mut und Erkenntnis. Ich habe dich von Kind an dahingehend erzogen, indem ich dir alles an Wissen vermittelt habe, was nötig war, damit du meine Worte in dieser Stunde hier verstehst. Und jetzt bist du wie ein Phönix aus der Asche erstanden,

58

als etwas Neues, als ein dir selbst bewußtes menschliches Individuum.«

Mir fiel es wie Schuppen von den Augen. Deshalb hatte ich seit meiner frühesten Jugend die Schriften der Alten studieren müssen, deshalb mußte ich mich mit den verschiedenen Denkweisen griechischer Philosophen herumschlagen, die formale Logik erlernen und vieles mehr. Von alters her hatten Mädchen wie ich nichts anderes erlernt als gewisse Handarbeiten, etwas Musizieren, die Aufsicht über Dienstboten zu führen, dem Gatten zu gehorchen und auf den Beichtvater zu hören. Gefäß des Mannes wie Dienerin der Kirche, das war alles. Und nun? Was hatte bewirkt, daß gerade ich anders erzogen wurde?

Gott hatte die Welt fest gefügt, alles war an seinem Platz. Diese Ordnung sah vor, daß jeder seine ihm zugewiesene Stelle im Kosmos ausfüllen sollte. Bauern, Handwerker, Patrizier und wir von altem Geblüt. Aber etwas hatte die ewig erscheinende Hierarchie gestört. Wir, die früher niemanden als Herrn anerkannten, standen nun unter der Oberhoheit von Florenz, also einer Republik, die von Wollwebern und Kesselschmieden regiert wurde. Kaufleute besaßen mehr Macht und Geld als wir mit unseren ausgedehnten Ländereien. Unsere hohen Burgen waren kein Herrschaftszeichen mehr wie früher; zu leicht konnten ihre Mauern durch Beschuß mit den neuartigen Feuergeschützen zerbrochen werden. Was war das für eine Zeit, die die Bücher der heidnischen Philosophen gleichberechtigt neben das Lehrgebäude der heiligen Mutter Kirche stellte? Am sinnfälligsten hatte sich diese Wandlung – wie mir schien – in der Kunst vollzogen. Früher waren Wände und Decken der Kirchen über und über bemalt worden mit riesigen Fresken, die seltsam aussehende Figuren von Heiligen oder dem Herrn selbst zeigten. Diese Figuren wirkten flächig, ja platt, ihre Darstellung unbeholfen, unnatürlich und starr, häßlich und stupide, wie aus einer fremden, barbarischen Zeit. Möge man mir vergeben, daß ich

59

so von den Bildern der Heiligen spreche, doch es ist die Wahrheit.

Wie ganz anders dagegen jene Gemälde, die aus Florenz kamen! Seit einigen Jahren gab es auch bei uns in der Gegend solche Bilder, die auf eine Holztafel gemalt waren und völlig neuartig aussahen. Sie seien nach römischer Art gemalt, hieß es, die alten dagegen nach der überlieferten Maniera greca. Die neuen Bilder unterschieden sich gewaltig von den überlieferten. Alles sah vollkommen naturgetreu und lebensecht aus. Man glaubte, die Dinge greifen zu können. Auch die dargestellten Personen schienen natürlich und wie von dieser Welt. Im Kloster Santa Trinità wurde eines davon aufbewahrt. Es hatte eine irrsinnige Summe gekostet, zog aber wegen der Süße seiner Madonna, die förmlich lebte, die Gläubigen aus der Gegend an. Ich selbst hatte schon davor gekniet und konnte mir daher ein Urteil bilden. Die Madonna erschien so lebensecht, daß ich versucht war, sie zu berühren; wie eine strahlende junge Frau aus guter Familie sah sie aus, die vornehm über uns Gläubige hinwegsah, das nackte Jesuskind dabei liebevoll haltend. Fra Filippo Lippi soll sie schon vor etlichen Jahren gemalt haben, ein ganz und gar unheiliger Mann, der mit einer Nonne einen Sohn, Filippino, gezeugt hatte. Auf Fürsprache der Florentiner war er damals aber nicht gestraft, sondern vom Papst dispensiert worden. Ein unglaublicher Vorgang im Gegensatz zur Tradition, der nur deshalb möglich schien, weil Filippo diese herrlichsten aller Madonnen malen konnte.

Auch wir besaßen einige Bilder, allerdings weltlichen Inhalts. Eines zeigte die Schlacht von Zama, das andere dagegen die wunderschöne nackte Vanitas mit Spiegel, die Personifikation der Eitelkeit, naturgetreu und in leuchtenden Farben. Weshalb ich die Malkunst überhaupt als etwas ganz Neues erwähne? Nun, sie hatte in Florenz geradezu ein Fieber ausgelöst. Jedermann kaufte Gemälde, aber auch Skulpturen. Es hieß, diese neuartige

60

Kunst sei die Wiedergeburt der alten römischen, wie sie zur Zeit der Cäsaren geherrscht haben solle, als die Welt Rom untertan war. Deshalb hielten sich die Florentiner allen anderen Christenmenschen für überlegen, insbesondere den barbarischen Spaniern, Deutschen und Franzosen. Darum war auch Piero de' Medici davongejagt worden, der sich vor kurzem mit dem Franzosenkönig verbündet hatte, einem unfähigen Feldherrn und Menschen ohne Bildung.

Aber nicht nur neue Kunstformen, sondern auch die platonische Philosophie war in Florenz heimisch geworden. Ficino hatte auf Geheiß der Medici eine platonische Akademie gegründet und mit ihr erregende neue Gedanken in unser Wissen eingeführt. In der Tat, viele Dinge waren anders geworden, wie mir schien. Auch Constantinus meinte immer, mit dem Untergang Konstantinopels, das anno 1453 von den Türken gestürmt worden war, sei ein Weltzeitalter zu Ende gegangen. War es also wirklich der Wille des Herrn, daß auf Erden alles so festgefügt bliebe wie seit dem Sieg des Christentums über die Heiden des alten Rom?

Zweifelsfrei war eine neue Zeit angebrochen, das konnte ich jetzt durch Verknüpfung meiner Beobachtungen ganz klar erkennen. Aber was das für eine neue Zeit war, blieb mir verborgen. Nach der Lehre von den Weltzeitaltern mußte nun eigentlich das Ende nahen, so stand es geschrieben. Ich hoffte allerdings, das möge noch ein wenig dauern, denn die Aussichten für mich erschienen mir im Augenblick derart glänzend, daß ich es schon als grausames Schicksal betrachtet hätte, wenn mir bereits im siebzehnten Lebensjahr das apokalyptische Weib erschienen wäre.

Mit einem Mal kam mir sehr deutlich zu Bewußtsein, daß ich an einem Scheideweg stand. Ich war frei zu handeln, wie mein Wille entschied: entweder folgsames Kind der Kirche und gehorsame Gattin meines Gemahls zu sein, so wie es die ehrwürdige Überlieferung und Sitte forderte, oder gleichwertige Gefährtin von Giocondo, die Gesetze der Kirche kritisch achtend

61

und mit philosophischer Erkenntnis durchdringend. Und sogleich war mir ganz klar, welchen Weg ich gehen würde: den Weg des freien Individuums.

Am nächsten Tag wollte Giocondo mit zwei Florentiner Notaren zu meinem Vater kommen, um den Ehevertrag auszuhandeln. Mir war wegen der Vorhaltungen Don Serafinos ein wenig mulmig zumute.

»Wie soll ich es anstellen, daß er mich nicht allzu unschicklich berührt, kannst du mir das sagen, Nanna?«

»Mach dir doch keine Gedanken wegen Don Serafino. Du bist zu Giocondo wie immer, und wenn du wirklich einen unkeuschen Gedanken dabei hegst, so ist das keine so schwere Sünde, glaub mir. Beichte sie den Kartäusern, und die Gnade des Herrn wird dir zuteil werden.«

»Eigentlich hast du recht. Es würde meinen Verlobten nur kränken, wenn ich mich jetzt abweisend verhielte. Er ist ja so freundlich und großzügig«, fügte ich hinzu, als ich an seine Geschenke dachte.

»Du wolltest doch deinen Vater fragen, ob er dich bei den Verhandlungen anwesend sein läßt.«

»O ja, schnell, Giocondo wird bald kommen!«

Wir gingen zum Saal, wo Vater und meine Brüder saßen. Nanna blieb draußen und lauschte.

»Lieber Vater, du sagtest zu Giocondo, daß ich eine eigentlich männliche geistige Bildung erhalten habe.«

»Das ist richtig, mein Kind.«

»Glaubst du, daß ich dem gerecht werden kann?«

»Ja. Das hoffe ich doch sehr stark.«

»Nun lieber Vater, wenn das so ist, könnte ich doch eigentlich bei den Eheverhandlungen dabei sein.«

Sichtlich überrascht antwortete er: »Unmöglich, das sind juristische Dinge, die ausschließlich von Männern geregelt werden.«

62

»Geregelt ja, aber stumm dabei sein und zuhören kann doch so schlimm nicht sein. In Florenz können Frauen neuerdings sogar als Zeugen vor Gericht aussagen. Ich weiß das von der armen Lusanna, die eine heimliche Ehe eingegangen war und deren Bestand nach langem Prozeß vom Bischof anerkannt wurde.«

»Sicher wird hart gehandelt um deine Mitgift und die sonstigen Modalitäten, willst du dich dem aussetzen?«

»Ja, es macht mir nichts, und wenn ich Giocondo dabei sanft ansehe, bleibt er vielleicht nicht ganz so hart. Vergiß nicht, er ist ein verhandlungsgewandter Bankier.«

»Um Christi willen, also bleib, wenn es dein Seelenheil ausmacht!«

Ich dankte ihm, setzte mich etwas abseits nieder und las unkonzentriert in einer Sammlung altrömischer Fabeln, die tödlich langweilig waren, noch dazu in völlig anspruchslosem Latein. Gott sei Dank hörte ich bald unsere Gäste kommen. Vater und meine Brüder gingen hinunter, um sie zu begrüßen, und obwohl es nicht üblich war, folgte ich ihnen, ungeduldig, bei meinem Bräutigam zu sein. Draußen stellten sich die beiden Notare umständlich vor, und es gelang mir, an Giocondos Seite hinaufzugehen, bevor die anderen nachkamen. Ich achtete darauf, auf der Treppe meine Röcke derart kühn zu raffen, daß er wie zufällig einen Blick auf meine Beine erhaschen mußte. Wir waren schon oben, als die anderen am Fuß der Treppe noch höfliche Floskeln austauschten, wer nun den Vortritt haben sollte. Giocondo machte einen imponierenden Eindruck: er trug eine kurze Jacke aus braunem Brokat mit reicher Fältelung im Rücken, passend dazu eine enganliegende Hose, die seine Männlichkeit mehr als ahnen ließ, weiche Stiefel aus hellem Wildleder sowie eine dunkelrote Mütze, von deren rechter Seite ein leichter Schal auf seine breiten Schultern fiel. Dazu einen eleganten, schmalen Degen mit edelsteinverziertem Griff und lange, braune Stulpenhandschuhe, die er ausgezogen hatte und in seiner Linken hielt.

Ich war hingerissen von seiner Erscheinung. Bevor er etwas sagen konnte, hatte ich mich an ihn geschmiegt und ihm einen Kuß auf die Wange gehaucht – was um so gewagter war, als mein Vater mit den anderen schon auf der Treppe war. Schnell trat ich einen Schritt zurück, und wir standen da, wie in ein harmloses Geplauder vertieft. Doch Giocondos Gesicht war dunkelrot gefärbt – weshalb eigentlich.

»Du machst mich überglücklich, liebste Lisa«, flüsterte er augenzwinkernd, »wenn dein Vater das gesehen hätte, würde er gleich versuchen, deine Mitgift um die Hälfte zu reduzieren.«

»Zu reduzieren, wenn er sähe, daß ich meinen zukünftigen Gemahl – begehre?« Das schwere Wort war ausgesprochen. Giocondo sah mich plötzlich mit einem ganz veränderten Blick an, fing sich aber sofort wieder.

»Gewiß, wenn ein Brautvater sieht, daß die Brautleute Zuneigung zueinander gefaßt haben, gibt er weniger, im Vertrauen darauf, daß der künftige Schwiegersohn seinen eigenen Vater drängen würde, ihn sehr bald heiraten zu lassen, ohne Rücksicht auf die Mitgift, denn wenn die Leidenschaft brennt ...«

O ja, ich konnte das besser nachfühlen, als Giocondo vielleicht ahnte. Was diese Sicht in bezug auf die Mitgift allerdings anging, so mußte ich die Klugheit meines Zukünftigen bewundern; von der Seite hatte ich die Sache noch nie betrachtet. Auch bei Cicero und den alten Philosophen war von dergleichen praktischen Lebensweisheiten nicht die Rede. Ich vermutete im stillen, daß Giocondo und seine Notare derart gewandt waren, daß sie meinen guten Vater bis aufs Hemd ausplündern würden, beschloß aber, eisern den Mund zu halten.

Zunächst diktierten die Notare dem mitgebrachten Schreiber alle Präliminarien: Wer, wann, wo heiraten würde und so fort. Meine Brüder hatten sichtlich Mühe, dem geschwollenen Stil des beinahe unverständlichen Juristenlateins zu folgen. Dann herrschte Stille. Die wahre Stunde der Notare schien gekommen.

64

»Edler Antonio«, deklamierte der eine, als stände er vor dem hohen Rat, und schlug dabei seinen prächtigen, pelzverbrämten Talar zurück, den er trotz der Hitze trug, »die Stellung, aber auch die noble Abkunft meines hochverehrten Mandanten, des angesehenen Giocondo, erfordert es, daß die Frage der Mitgift Eurer Tochter auf das sorgfältigste geregelt werde. Und dazu ist es wohl unumgänglich, die monetäre ... äh, hm«, er räusperte sich, »Frage zur vollsten Zufriedenheit für alle Seiten zu klären.« Er holte kaum Luft und legte langatmig dar, für welche bedeutenden Florentiner Familien er bereits solche Verträge aufgesetzt habe, welch solides Fundament die darauf gegründeten Ehen noch immer besäßen und so weiter und so weiter. Alles Argumente, die natürlich nur darauf abzielten, die Mitgift in die Höhe zu treiben. Einen Satz fand ich besonders beachtenswert: »Läßt es dein Stolz zu, edler Antonio, deine Tochter mit einer geringen Mitgift zu versehen, so möge das geschehen.«

Jetzt unterbrach ihn mein Vater aber: »Gut gesprochen, Ser Martinelli, doch steht die Summe, welche ich zu geben gewillt bin, bereits fest. Sie ist in dieser Staatsanleihe des Florentiner Monte niedergelegt«, sagte er und legte das Dokument auf den Tisch.

Ich beobachtete meinen Bräutigam, der anscheinend völlig unbeteiligt, lässig an einen Tisch gelehnt, dastand und still zu lächeln schien. Er sagte kein Wort dazu, und ich fand ihn wirklich großartig, denn insgeheim hatte ich befürchtet, er würde wie ein echter Florentiner Handelsmann drauflosfeilschen, weil es schließlich um viel, sehr viel Geld ging. Mein Zukünftiger bemerkte, daß ich ihn beobachtete, und blinzelte mich schelmisch an, als ob ihn das alles gar nichts anginge, ja, er formte tatsächlich seine Lippen zu einem Kuß, den er in meine Richtung schickte. Was für ein Mann! Ich schmolz dahin. Wie gut er aussah, seine edlen Gesichtszüge, die Haltung und die noblen Gesten, mit denen er den eifrigen Notar ironisch zu kommentieren schien. Giocondo!

Meine Knie wurden ganz weich vor Glück; bald würde er mir gehören.

Trotz meiner lebhaften Phantasien entging mir nicht, daß mein Vater noch einige Dinge sehr klar zur Sprache brachte.

»Sprich, wie hoch ist deine Vorstellung von einer angemessenen Mitgift?«

Der eifrige Ser Martinelli wurde durch diese unmißverständliche Frage jäh aus seinen offensichtlich wohl einstudierten und häufig gebrauchten Ausführungen gerissen, er kam ins Stottern.

»Äh ... nun ... wie ich meine, unter diesen Umständen ... gewissermaßen, müßten sich doch zweitausend Fiorini als durchaus angemessen realisieren lassen.«

Zweitausend Fiorini! Mir gefror das Blut in den Adern. Meine Brüder waren starr vor Schreck; besonders Ettore, der einmal den alten Besitz erben sollte, sah wie ein lebender Leichnam aus, man hörte ihn förmlich mit den Zähnen knirschen. Ich war gewiß, daß Vater diesen wahnsinnigen Notar persönlich auspeitschen und dann von den Hunden zerreißen lassen würde – zu Recht, wie mir schien. Aber das bedeutete leider auch den Abschied von meinem Traummann Francesco Giocondo ...

Zu meiner großen Verwunderung sah mein Vater den Notar freundlich an und sagte: »Ser Martinelli, deine Bescheidenheit rührt mich, doch diese Anleihe des Florentiner Monte«, er wies auf das Dokument, »weist dreitausend Goldfiorini aus; weniger bin ich nicht gewillt zu geben.«

Der Notar rang sichtlich um Fassung. »Gewiß ja, wenn Ihr erlaubt, so will ich dies fixieren«, griff in der Eile sogar selbst zur Feder, den anwesenden Schreiber völlig ignorierend.

»Unter diesen Umständen, lieber Schwiegervater«, vernahm man nun die feste Stimme Giocondos, »bestehe Ich darauf, die Aussteuer nicht festzulegen, sondern es deiner Großzügigkeit zu überlassen, Lisa auszustatten. Und noch etwas: Bitte, Ser Martinelli, schreibt weiter, daß meine Gattin vom ersten Tag der Ehe

66

an jede Summe, die sie benötigen mag, für welchen Zweck auch immer, von mir erhalten soll, ohne darüber Rechenschaft ablegen zu müssen!«

Der Notar sah aus, als hätte man ihm einen Streithammer über den Schädel gezogen, Vater bewahrte mühsam seine Haltung, und Bruder Ettore hegte offenbar vatermörderische Gedanken, so wie er seinen Erzeuger ansah.

»Dann – dann wären wir bereits am Ende«, schnappte der Notar nach Luft. Er konnte es nicht fassen, wie unglaublich beide Seiten ohne Not ihre Vermögen verschwendeten. »Bitte signiert und siegelt!«

Bald war alles erledigt. Vater und Giocondo betrachteten sich offensichtlich mit ganz anderen Augen; keiner hätte so viel Großzügigkeit vom anderen erwartet. Auch die Notare waren zufrieden, so schnell fertig geworden zu sein. Nun sprach man eifrig dem Wein zu, und mein Bruder Ettore ganz besonders, sah er doch voller Verzweiflung einen Teil seines Erbes dahingehen. Ich stand selig neben meinem Giocondo und versäumte keine Gelegenheit, ihm einen heißen Blick zuzuwerfen, wenn ich uns unbeobachtet glaubte. Wie gerne hätte ich mich an ihn gedrückt, und wenn es mein Seelenheil kostete! Vater wirkte überaus fröhlich, als er auf den Hochzeitstermin zu sprechen kam.

»Bist du einverstanden, lieber Francesco«, wandte er sich an Giocondo, »in drei Wochen Hochzeit zu halten?«

»Mit größter Freude, lieber heute als morgen.«

Er sprach mir aus der Seele. Ich mußte einfach noch einige Augenblicke mit ihm allein sein, koste es, was es wolle.

»Lieber Vater«, schwindelte ich honigsüß, »Francesco wollte sich schon neulich gern unsere Pferde ansehen, besonders den Schimmel aus mantuanischer Zucht, darf ich mit ihm hinuntergehen?«

»Wenn du es wünschst, Francesco, mögen Lisa und mein Sohn dich hinführen.«

Giocondo schaute einen kurzen Moment verblüfft, fing sich aber sofort wieder. »Ja, deine Pferde interessieren mich sehr. Wenn du mich gütigst entschuldigst – also kommt«, wandte er sich geistesgegenwärtig an meinen jüngeren Bruder und mich.

Er bot mir seinen Arm, ich schwebte an seiner Seite wie ein Engel auf den Wolken, obwohl ein eher teuflischer Dämon in meinem Leib mir diese Idee eingeflüstert hatte, Francesco in den dunklen Stall zu locken. Auch mein Bruder würde gleich Werkzeug der Hölle werden, was er jedoch noch nicht wußte. Es war in der Tat ziemlich finster; die Zeit für meinen Bruder schien gekommen.

»Bitte, hol doch eine Fackel, man kann ja fast nichts sehen.«

»Lisa, eine Fackel im Stall, das ist gefährlich und auch nicht gut für die Pferde.«

Es war schwer für mich, Haltung zu bewahren, beim heiligen Stefano, ich hätte ihn steinigen können.

»Lieber Bruder, ich ersuche dich im Namen der gebotenen Höflichkeit und Gastfreundschaft, deinen Schwager Francesco nicht länger hier im Dunkeln stehen zu lassen und deshalb Licht zu besorgen.« Dabei trat ich ihm mit äußerster Kraft und doch möglichst unauffällig gegen den Fuß. Er stöhnte leise und verschwand leicht humpelnd durch die Sattelkammer in Richtung Haupthaus, wo in der Küche stets Feuer brannte. Ich wußte, alles war in höchstem Maße unschicklich, unwürdig und sündhaft, aber ich konnte nicht anders.

»Francesco, halt mich ganz fest, bitte, nur einen Augenblick!« Ich schmiegte mich an ihn. Er nahm mich bestimmt, aber doch behutsam in seine Arme, drückte mich an sich, seine Lippen suchten die meinen, und dann bekam ich den ersten wirklichen Kuß meines Lebens. Sterne schienen vor meinen Augen zu flimmern, und da war es wieder, dieses unbeschreibliche Sehnen, das meinen Körper durchzog und ganz schwach werden ließ. Gleichzeitig fühlte ich meine Scham heiß und feucht werden. Dieser

68

Kuß berauschte mich, und ich konnte nicht von seinen Lippen lassen. Bei der Heiligen Jungfrau, ich hätte alles getan in diesem Augenblick, mich ihm hingegeben dort auf dem schmutzigen Stroh inmitten der Pferde, wie ein Tier mich mit ihm gewälzt – es wäre mir egal gewesen. Ich wollte nur eines, von ihm genommen werden, so wie Nanna es mir erzählt hatte. Dann verlor ich die Besinnung.

Als ich wieder zu mir kam, saß ich auf dem Boden am Eingang des Stalles und bemerkte, wie mir Francesco mit seiner Mütze kühle Luft zufächelte. Mein Bruder stand hilflos daneben, die unsinnige Fackel in der Hand.

»Lisa, liebste Lisa, komm zu dir, bitte«, flehte Francesco so liebevoll und sanft, wie ich es ihm nicht zugetraut hätte. Meine Sinne kehrten zurück, und ich versuchte aufzustehen; es ging schon wieder. Ich bat meinen Bruder, unbedingt Stillschweigen zu bewahren, um meinen Vater nicht unnötig zu beunruhigen; dann begaben wir uns schnell zu den anderen, bevor man nach uns Ausschau hielt.

In dieser Nacht lag ich mit Nanna noch lange wach auf meinem Bett.

»Hast du jemals einen richtigen Kuß bekommen, Nannina?«
»Was meinst du damit?«

Ich beschrieb ihr den sensationellen Vorgang.

»Nein, einen solchen Kuß habe ich noch nie bekommen, und ich habe es auch noch nicht mit einem Mann getrieben. Freilich, ein paar wollten schon, auch der jüngere Bruder von Becone.«

»Was, der wagt es!«

»Warum nicht, im Gegensatz zu Becone sieht er ja ganz nett aus, ist immer fröhlich und vergnügt. Er gefällt mir schon.«

»Und hast du ihn begehrt, wie ich meinen Francesco?«

»Nein. Ich weiß schließlich, daß man davon schwanger wird, und dafür ist er nicht der Richtige. Mit Kind nimmt mich kein Bauer mehr zur Frau, und einen einfachen Tagelöhner will ich nicht. Ich halte mir lieber die Burschen vom Leib, dann komme ich nicht in Versuchung.«

»Ja, das ist wohl richtig. Du kannst dir nicht vorstellen, wie das ist, man verliert seinen Verstand in so einem Moment, wenn der Dämon in dich fährt, du bist willenlos den Mächten der Hölle ausgeliefert.«

»Wie ist das, wenn der Dämon in dich fährt?«

»So, wie Don Serafino es gesagt hat. Der Dämon fährt durch die Scham in dich hinein. Du fühlst es sofort, wenn er das Begehren in dir aufstachelt. Zuerst ein Ziehen im Herzen, dann wird dir die Luft zum Atmen knapp. Und dann, wenn der Liebste dich in seine Arme nimmt, wie es Francesco mit mir getan hat, ist es für einen kurzen Augenblick, als ob Luzifer dir persönlich über den Rücken streicht.«

»Was? Als ob er dir über den Rücken streicht?«

»Ja und nein, es ist keine richtige Berührung, eine unbeschreibliche Kraft durchfährt dich, nur ein Schauer, dann ist es auch schon vorbei.«

»Und dann fühlst du dieses brennende Begehren?«

»Ja, du kannst nichts dagegen machen. Du fühlst dich besessen im wahrsten Sinne des Wortes. Wenn der Dämon von dir Besitz ergreift, bist du völlig willenlos. Du ersehnst es, die Todsünde zu begehen, und damit verleitest du den Mann. Es ist genau, wie die heilige Kirche sagt. So muß die Erbsünde sein.«

Nanna wirkte jetzt sehr nachdenklich, schwieg aber. Offensichtlich hatte diesmal ich ihr einige Erlebnisse voraus; so schnell verkehren sich oft die Dinge.

Ich schlief sehr unruhig und träumte von Schlangen.

Es gibt glückliche und unglückliche Tage. Wir Menschen können zwar letztendlich versuchen, unser Geschick selbst zu bestimmen, doch wenn zu viele Umstände gegen etwas sprechen, muß man dies in Betracht ziehen. Achten sollte man auf ungün-

70

stige Omen, deren es viele gab: die Geburt eines Kalbs mit zwei Köpfen, Menstruationsblut einer anderen Frau oder ein ausgestoßener Fluch, kleinere Erdbeben, Sternschnuppen, besonders Kometen waren Vorboten des Unglücks. Das Volk behauptete, daß Tage bestimmter Märtyrer ungünstig für gewisse Vorhaben seien, was die Kirche aber bestritt und bekämpfte, ebenso wie das Deuten der Sterne durch die heilige Religion. Ich glaubte an diese Vorzeichen, meinte aber, daß durch Gebete, Lesen von Messen und geweihte Amulette das Unheil gemildert werden könne, ja sogar der Fluch der Dämonen in segensreiches Wirken umgewandelt werde durch die Kraft Gottes, unseres allmächtigen Herrn.

Als für meine Hochzeit der Tag des Bartolomeo Ende August festgelegt worden war, geschah etwas ganz und gar Ungewöhnliches. Constantinus, der sich sonst größte Zurückhaltung auferlegte, wenn es um Angelegenheiten innerhalb unserer Familie ging, kam in großer Aufregung und mit schreckensbleichem Gesicht zu mir.

»Die Sterne stehen ungünstig! Dein Vater muß unbedingt die Hochzeit verschieben!«

»Constantinus, das ist ungerecht, willst du mir die Freude auf meine Hochzeit verderben?«

»Lisa, mein liebes Kind, nicht ich bin die Ursache, sondern es sind die Sterne, die furchtbares Unglück weissagen.«

»So schlimm wird es nicht sein, Segen liegt auf meiner Verbindung mit Giocondo, das sieht doch jedermann. Er ist reich, gutaussehend, großzügig, und ich gefalle ihm offensichtlich. Mein Vater hat eine Mitgift beigesteuert, wie sie einer Principessa angemessen ist. Auch der Segen des Herrn wird unserer Ehe zuteil werden; Francesco, mein Bräutigam, hat einen Goldfiorino vom Papst selbst weihen lassen, um die Münze dann nach altem Brauch ins Brautbett zu legen!«

»Schlimm, wenn sich Papa Alessandro schon dazu hergibt, Geld

71

zu weihen, wie weit mag es dann mit Rom bereits gekommen sein; ich sage dir, Fluch liegt auf diesem Fiorino.«

»Ach Constantinus, du bist zu pessimistisch.«

»Zu pessimistisch? Da sieh her!« Er wedelte mit einem Pergamentbogen, auf dem geheimnisvolle geometrische Formen zu sehen waren. »Das hier ist dein Geburtshoroskop – ungünstig genug, kann ich nur betonen; wenn du nicht achtgibst, kannst du schweren Schaden erleiden. Und das hier«, er schob ein ganz dünnes Pergament darüber, so daß das darunter liegende, etwas stärker gezeichnete, noch zu sehen war, »das ist die Stellung der Planeten an jenem 24. August, deinem Hochzeitstag.«

Ich schaute interessiert auf die Zeichnungen. Noch nie hatte Constantinus mit mir über Astrologie gesprochen, diese verbotene, heimliche Kunst. Was ich sah, war seltsam genug. Ein großes Quadrat, in das ein kleineres einbeschrieben war, derart, daß dessen Spitzen jede Seite des größeren in gleiche Hälften teilte; darin wiederum ein kleines Quadrat in derselben Weise. Von den Ecken des größten Quadrats lief je eine Linie zu den Spitzen des kleinsten, alles in brauner Tinte sorgfältig gezeichnet. In den so entstandenen geometrischen Figuren sah ich Striche, offensichtlich mit Kohle gezogen, die sich an bestimmten Stellen schnitten und dort mit dicken Punkten markiert waren. Ich sah Constantinus fragend an.

»Liebe Lisa, ich habe dieses Horoskop nach den besten Erkenntnissen der orientalischen Wissenschaft erstellt. Du weißt, ich bin einer der letzten, die das große Werk ›De judiciis Astrorum‹ des großen Aboazen Hali noch richtig zu deuten vermögen, und er, der nie irrt, gibt durch die Planeten Antwort auf unsere Fragen nach der Zukunft.«

»Du glaubst einem gottlosen Muselmanen?«

»Ja. Jedes Volk besitzt gewisse Fertigkeiten, und das ist eine solche. Niemals werde ich vergessen, daß die Sterne meinem Vater, dem großen Philosophen Argyropolos, rieten, Konstantinopel

72

beizeiten zu verlassen; wenig später wurde es belagert, gestürmt, und das große, ewig erscheinende Byzanz war damit für immer ausgelöscht. Er aber starb. Und deshalb, liebste Lisa, höre auf mich nur dieses eine Mal: Verschiebe deine Hochzeit!«

»Du hast mich gelehrt, Constantinus, mit den Gesetzen der Logik die Dinge zu sehen, sie zu hinterfragen, also erkläre mir bitte deine Befürchtungen.«

»Gut. Was du siehst, sind die zwölf Häuser des Himmels«, er wies auf die geometrischen Formen, die das Pergament bedeckten. »Das eine Horoskop hier ist das deiner Geburtsstunde, wie ich schon sagte, ein äußerst ungünstiges. Und dieses hier ist das Horoskop für den Tag deiner Hochzeit.«

Er legte das durchsichtige Pergament wieder über das andere, und ich sah, daß die Punkte an den Überschneidungen der mit Kohle flüchtig gezeichneten Linien sich fast deckten.

»Alles andere ist nicht so wichtig, nur zwei ganz besonders seltene Konstellationen prophezeihen furchtbares Unheil. Noch nie sah ich dies mit solcher Deutlichkeit: Schau, Venus steht beide Male im achten Haus, dem Haus des Todes. So etwas weist auf höchste Gefahren für das Glück deiner Ehe hin. Soll die Leidenschaft deines Gatten sterben, sollen deine Kinder tot geboren werden? Willst du das wirklich heraufbeschwören?«

»Was du mir prophezeist, kann ich nicht glauben. Es ist doch ganz augenscheinlich, daß Francesco mich begehrt – ich weiß es!«

Constantinus wirkte bekümmert. »Nun, sieh weiter. Hier Mars, er steht beide Male im zwölften Haus, dem Haus der Feindschaft, und dieses Haus ist eine der vier Angeln des Himmels, weist du was das bedeutet?«

Ich verneinte.

»Es heißt, daß von Mars hier Streit, Kampf und Tod ausgehen, Dinge, Lisa, die dich ganz persönlich betreffen, wenn ich auch nicht sagen kann, in welcher Form. Doch wie auch immer, es wird ein großes Unglück geschehen.« Er sah mich dabei mit düsterem Blick an. »Folge der Stimme der ewigen Planeten, verschiebe die Hochzeit nur um achtundzwanzig Tage, dann wird alles zum besten stehen!«

Achtundzwanzig Tage! Constantinus mußte den Verstand verloren haben. Ich sollte freiwillig noch weitere achtundzwanzig Tage warten, wo mich jetzt schon Verlangen und Sehnsucht nach Francesco verzehrten! Und was würde mein Bräutigam dazu sagen! Nein, ich wollte es nicht, wollte es nicht um alles in der Welt! Die ganze Vorfreude, das erregende Gefühl, nur noch kurze Zeit bis zu meinem größten Tag warten zu müssen... Dann endlich würde ich in Francescos Armen liegen, mich ihm hingeben mit jeder Faser meines Körpers und von ihm starke Söhne empfangen. Und erst mein Brautkleid aus dem herrlichen roten, gold- und perlenbestickten Seidenbrokat, es würde mich wie Aphrodite persönlich aussehen lassen, und ich fühlte mich schon jetzt wie die personifizierte Göttin der Anmut und Liebe.

So kam es, daß ich kühl und bestimmt, Constantinus' dunkle Befürchtungen ins Reich der Fabeln und Spekulationen verwies, ihm klarmachte, ich sei ein freies Individuum, zu dem er mich schließlich gemacht habe, ein Mensch, der sich von nichts und niemandem beirren lasse; nicht von ihm, nicht von Don Serafino, den Planeten oder sonst jemandem. Ich glaube, nicht einmal der Papst selbst hätte mir diesen Hochzeitstermin verschieben dürfen, so sehr freute ich mich darauf.

Als dann auch Nanna noch einwarf, nach alter Überlieferung sei der Tag des heiligen Bartolomeo ungünstig für eine Hochzeit, weil dieser gehäutet wurde wie eine Schlange und obendrein als Attribut ein scharfes Messer besitze, was ein Zeichen dafür sei, daß der Verlust der Jungfernschaft blutig sein werde, wurde ich vollends unwillig. Ich schalt Constantinus einen alten sternengläubigen Muselmanen und Nanna einen abergläubischen Bauerntrampel – schien es doch, daß beide mir das Glück einer

74

baldigen Hochzeit mißgönnten. Die zwei sahen mich traurig an und baten, ich möge mir alles noch einmal ruhig durch den Kopf gehen lassen. Aber ich wollte nichts davon wissen.

In Wahrheit waren mir diese Omen im Innersten nicht ganz gleichgültig, und ich beschloß, alle Mittel einzusetzen, die uns die heilige Kirche in einem solchen Fall bietet. Die Vallombrosanermönche sollten für mich fasten und beten wie nie zuvor, das schwor ich mir. Denn Geld, das ich niemals besessen hatte, war ja bald kein Problem mehr für mich. So jedenfalls deutete ich den Passus in meinem Ehevertrag, der mir freie Verfügungsgewalt über jede gewünschte Geldsumme zusagte, ohne Rechenschaft ablegen zu müssen, was wirklich eine Sensation war. So würde ich Don Serafino bitten, mich zu beraten, was getan werden konnte, um den Segen des Himmels für meine Hochzeit in ganz besonderem Maße zu erlangen. Da gab es Bittmessen, Kasteiungen der Novizen, außerordentliche Gebete, Abbrennen von Weihrauch und großen Wachskerzen, aber auch meine reichlichen Spenden an das Kloster selbst, die ich nach meiner Hochzeit stiften würde. Damit mußte doch der Fluch jener Horoskope von mir genommen werden können, denn was bedeutete schon die Wissenschaft der Muselmanen und der Aberglaube der Bauern gegen die unendliche Güte Gottes? Drei Tage nach der Hochzeit sollten dann Florentiner Nonnen zu Ehren der heiligen Elisabeth eine Prozession im Kreuzgang ihres Klosters abhalten; das schien noch eine zusätzliche Versicherung, daß die Mächte der Verdammnis unserem Glück nichts würden antun können. Das war eben die Gnade und Obhut, die wir durch die Kirche in der Gemeinschaft aller Heiligen empfangen, sofern man die irdischen und die himmlischen Dinge zu ihrem Recht kommen ließ.

Die irdischen Belange erschienen mir im Moment jedoch dringlicher als die jenseitigen, denn die Zeit drängte. Zwar lag ein Teil meiner Aussteuer schon bereit, manches aber fehlte noch, insbe-

sondere meine Kleider, die allesamt neu angefertigt werden mußten, sowie das Brautgewand aus dem traumhaften Brokat. Sehr zu
meinem Leidwesen sollten nur wenige Gäste an der Hochzeitsfeier teilnehmen, was wirklich traurig war. Doch Vater erklärte
mir, das sei Giocondos ausdrücklicher Wille, und dafür habe dieser gute Gründe. In Florenz war seit etwa einem Jahr Savonarola,
der Prior des Dominikanerklosters San Marco, tonangebend. Er
hatte das von dem davongejagten Piero de' Medici hinterlassene
Machtvakuum ausgefüllt und sich mit Unterstützung des hohen
Rates zu einem gefährlichen religiösen und politischen
Eiferer entwickelt. Prächtige Kleider, Kämme, Perücken und andere Luxusgegenstände ließ er öffentlich verbrennen. Die Denunziation blühte, es sollten sogar schon Kinder ihre Eltern angezeigt
haben, wenn diese die Fastenregeln nicht streng befolgten. Es bestand eine Situation gegenseitigen Mißtrauens in Florenz, und
jeder tat gut daran, sich nach außen hin bescheiden zu geben, da
er sonst mit drakonischen Strafen rechnen mußte.
Unter anderem waren auch die Hochzeitsbräuche reglementiert
worden. So durften nicht mehr als dreißig Personen beim Mahl
anwesend sein; wenn Kalbfleisch gereicht wurde, durfte kein anderes Fleisch mehr angeboten werden. Es bestand ein Verbot, die
beliebten Hochzeitsumzüge zu Pferde zu veranstalten, mehr als
sechs Musiker waren bei der Feier nicht zugelassen. Giocondo
als einflußreicher Mann in Florenz war natürlich durch seinen
Bekanntheitsgrad von besonderem Interesse für die Männer der
»Otto di Guardia«, der geheimen Polizei. Deshalb erschien es
ihm angeraten, die Verbote Savonarolas peinlich genau einzuhalten, besonders, da die Hochzeit ja bei uns, außerhalb der Mauern
von Florenz stattfand. Der schreckliche Dominikanermönch
hätte es als eine Herausforderung deuten können, wenn Giocondo es wagte, sich hier nicht danach zu richten. Harte Strafen
wurden verhängt, schon für kleinste Vergehen fünftausend Fiorini bis hin zum Einzug des gesamten Vermögens oder gar der

76

Verbannung und dem Feuertod. Mochte Savonarola meinetwegen ungläubige Häretiker auf den Scheiterhaufen schicken, was kümmerte es mich, aber daß er mir durch seine Maßnahmen eine große Hochzeit verdarb, machte mich wütend.

Die Aussteuer einer Braut spiegelte das Ansehen ihrer Familie wider und mußte deshalb angemessen ausfallen. Auch mein Vater maß dieser Tatsache große Bedeutung bei und hatte bereits vor langer Zeit zwei Brauttruhen in Florenz fertigen lassen. Sie waren etwa fünf Braccia lang und zwei Braccia hoch. Bemalt hatte sie der berühmte Meister Domenico, den man auch Ghirlandaio nennt. Die Vorderseite schmückten je drei Kassetten, umrahmt von vergoldetem Akanthus und Rankenwerk im altrömischen Stil. In diesen Feldern befanden sich ganz fein ausgeführte Gemälde, mit vollkommenen Proportionen, exakter Perspektive und leuchtenden Farben, wirklich kleine Wunderwerke. Eines dieser Bilder zeigte zwei Wiesel unter einem Baum, auf dem ein Adler saß, dazu Frauengestalten in antiken Gewändern, die Prudentia und Temperantia darstellen sollten. Auf der anderen Truhe waren Zentauren zu sehen. Einer raubte gerade eine Frau, der andere kämpfte mit einem Satyr.

»Daß auf einer Brauttruhe solche Sachen abgebildet sind, finde ich komisch«, meinte Nanna, als sie die Zentauren betrachtete, »was haben Pferde mit Oberkörpern und Köpfen von Männern mit deiner Ehe zu tun?«

»Die Zentauren sind Sinnbilder. Sie verkörpern die beiden Naturen des Mannes. Kopf und Oberkörper sind menschlich; dort aber, wo die Begierde sitzt, jene dunkle, gewalttätige Seite, sind sie ganz Tier, dargestellt durch den Pferdeleib.«

»Und die Frau, die er raubt, das bist du?«

»Ja, gewissermaßen.«

Nanna nickte. »Das verstehe ich, aber daß der Zentaur mit dieser komischen Gestalt kämpft und sie an den Haaren gepackt hält, das erscheint mir doch ein wenig merkwürdig.«

77

»Ganz und gar nicht. Dieser bocksbeinige Kerl, der Satyr, verkörpert zwei Dinge in seiner Person.«

»Zwei Dinge in einer Person?« Nanna war verwundert. »Wie ist das möglich?«

»Zum einen ist der Satyr Sinnbild des Rauschhaften, Wilden, Fremden; zum anderen gilt er als besonders unkeusch. Und dies soll der Mann bekämpfen, bei sich selbst und bei anderen.«

»Woher weißt du das alles?«

»Constantinus hat mir das kürzlich erklärt. Du siehst, hier ist die Sünde wieder, allerdings in heidnischer Gestalt.«

Nanna wollte noch etwas erwidern, hatte aber offenbar etwas gehört und hielt inne. Sie lief zum Fenster. »Lisa, der Schneider ist da!«

»Endlich! Er hat sich wirklich genügend Zeit gelassen.«

Ja, in der Tat, die Zeit drängte, denn in einer Woche sollte die Hochzeit stattfinden – meine Hochzeit! Welch aufregender Gedanke! Gegen allen Anstand sprang ich die Treppenstufen hinunter wie ein Kind und beobachtete neugierig die gerade ankommende Gruppe im Hof, die eher einer Karawane glich. Ein vornehm und elegant gekleideter Mann auf einem schönen braunen Wallach war offenbar der Anführer. Neben ihm standen mehrere jüngere Männer, die völlig erschöpft schienen, und eine stattliche Anzahl hochbepackter Esel. Nun entdeckte ich auch Vater und meine Brüder. Der vornehme Reiter stieg ab und ging auf meinen Vater zu.

»Meinen Gruß, Antonio, wie besprochen bin ich mit meinen Gesellen da, um die Gewänder für deine Tochter zu nähen.«

Es war ganz typisch für diese selbstbewußten Florentiner Handwerker, daß der Schneidermeister meinem Vater ohne Unterwürfigkeit entgegentrat, ja, ich meinte sogar, in seiner Stimme ein wenig Hochmut zu vernehmen. Doch damit war er bei Vater an den Falschen geraten.

78

»Ah, du bist also Luigi, jener große Meister der Nadel, der weithin in Florenz gerühmt wird. Sei willkommen.« Seine leicht ironische Art ließ ahnen, daß er die hochmütige Art des Schneiders nicht gewillt war hinzunehmen. »Mein Majordomus wird dir dein Zimmer zeigen, für deine Gesellen liegen Strohsäcke im Stall. Ich hoffe, du wirst mit uns essen.«

»Mit großem Vergnügen!« Sichtlich bemüht, eine würdige Haltung zu zeigen, schritt der Schneider an seinen Gesellen vorbei mit Constantinus ins Haus und auf mich zu.

»Dies ist Meister Luigi aus Florenz, Lisa, der deine Gewänder nähen wird.«

Der Schneider verneigte sich ungeschickt. »Du wirst eine schönere Aussteuer besitzen als Beatrice Vespucci vergangenes Jahr – bei meiner Ehre!«

Ich lächelte huldvoll. Zwar kannte ich weder Beatrice Vespucci noch deren Aussteuer, doch ließen mich die bedeutungsschweren Worte des Meisters das Beste hoffen.

»Ich bin erfreut zu hören, daß du dies bei deiner Ehre versprichst. Du bist sicher müde von der Reise, bitte laß dich nicht aufhalten.«

Bei seiner Ehre! Offensichtlich glaubte dieser Handwerker, daß er eine Ehre besäße, was bei Menschen von einfachem Stand nicht möglich war. Nur wir Edlen besaßen eine solche – bei allen anderen war es Anmaßung.

Am Abend bot unsere Tafel eine Überraschung. Statt der reichlichen, guten Speisen und des Weines gab es Wasser mit sehr wenig Wein gemischt, steinhartes altes Brot und einige Stücke rohes Gemüse.

»Du wirst dich wundern Luigi, weshalb wir so bescheiden tafeln, aber ich habe ein Gelübde getan und geschworen, daß wir uns bis zum Tage der Hochzeit nur einfachste Fastenspeisen genehmigen. Ich hoffe, du wirst das verstehen und das fromme Werk mit uns begehen.«

Dagegen konnte natürlich niemand etwas sagen. Aber der Schneider griff entsprechend lustlos zu, und auch wir aßen kaum etwas.

Wenig später hörte ich den fröhlichen Klang einer Leier, dann schlug jemand das Tamburin. Die Musik kam aus dem Hof. Mein Vater schien irgendwie darauf gewartet zu haben.

»Ich glaube, die Unterhaltung für deine Gesellen hat bereits begonnen, schau Luigi, für das leibliche Wohl deiner Leute ist gesorgt.«

Wir traten alle an das Fenster und blickten in den Hof. Dort war eine Tafel aufgebaut, die sich vor Brot, Käse und vollen Weinkrügen beinahe bog. Ein fetter Hammel wurde über dem Feuer gedreht, die Musik spielte immer lustiger, und für Meister Luigis arme Schneidergesellen war dies ein Fest ohnegleichen. Selbstzufrieden schaute Vater hinunter.

»Seht, wie sich das einfache Volk gebärdet, nichts im Kopf wie Völlerei und seichte Unterhaltung. Ich sehe, Meister Luigi, du übst wie wir lieber vornehme Zurückhaltung, wie es deiner Stellung zukommt.«

Der Schneider blickte mehr als säuerlich, kein Wunder, der herrliche Geruch gebratenen Hammels zog mittlerweile bis hier oben zu uns herauf.

»Zuviel Aufhebens um meine Arbeiter, edler Antonio, zuviel Aufhebens.«

»Ich muß dir widersprechen, Luigi, zwar gilt mein Gelübde an unserer Tafel, nicht aber für jene, deren Rang weiter unter dem unseren steht. Und darum will ich deine Gesellen reich bewirten, solange sie unter meinem Dache weilen. Doch nun darf ich dich einladen, noch zu bleiben; meine Tochter wird uns eine interessante Stelle aus dem Cicero vorlesen, die sie selbst, zusammen mit Constantinus in unsere Sprache übertragen hat. Urteile selbst, ob sie sich genügend am Stil des großen Petrarca geschult hat. Nun beginne, liebe Lisa, wähle mit Bedacht ein ausführliches Stück.«

80

Ich hatte wohl begriffen und eilte, um einen möglichst tristen und langatmigen Text zu finden. Das war nicht schwer, denn das Übersetzen von Cicero gehörte zu den Lieblingsübungen, die mir Constantinus aufzuerlegen gepflegt hatte. Als ich mit einem Stapel dicker Papierblätter zurückkam, waren bereits einige Kerzen zusätzlich entzündet worden, um mir das Lesen zu erleichtern.

Ich begann: »Von den Sitten der Alten ...« und sah dabei den Schneider freundlich an, als ob alles nur ihm zu Ehren arrangiert wäre, was in gewisser Hinsicht ja auch stimmte. »Vorzüglich waren die Sitten der Alten in dieser Weise, aber auch in jener. Manneskraft und Tapferkeit jedoch hatten stets gepaart zu sein mit Würde sowie Ansehen der Familie; so schmückte sie hingegen auch durchaus die Bescheidenheit der Mütter, die zum Wohle des Staates in stiller wie doch erhabener Zurückhaltung die Größe Roms, wenn nicht auf dem Schlachtfelde, so doch am heiligen Feuer des heimischen Herdes als demütige Dienerin ihrer Gatten ihnen starke Söhne gebaren, welche zum Ruhme und der Größe Roms dereinst die Mauerkrone erringend im Triumph oder hingegen als beweinte Helden im Trauerzuge ...« und so fort.

Der Kopf des Schneiders war bei meinem monotonen Geleiere schon bald auf die Brust gesunken, kurz darauf schlief er tief und fest. Ausgezeichnet, das ersparte mir, Ciceros Plattheiten weiter auszuwalzen. Als hätten wir es verabredet, erhoben sich alle und gingen still hinaus. Dann verschwanden wir in unsere Zimmer. Nanna wartete bereits mit einem fürstlichen Mahl auf mich, dem ich mit gutem Appetit zusprach.

Der gelungene Scherz meines Vaters zeitigte dann auch den rechten Erfolg. Bereits am nächsten Abend bat Meister Luigi, »bei seinen Leuten nach dem Rechten sehen zu dürfen«, sie seien es gewöhnt, daß er sie auch bei Tisch beaufsichtige, wohl, damit sie nicht zu viel essen sollten, wie ich vermutete.

Luigis Sorge um seine Gesellen erschien Vater so rührend, daß er verständnisvoll den Meister dispensierte. Und damit war er da, wo er hingehörte, nämlich unten in den Hof, wo er mit großem Appetit riesige Mengen vertilgte.

Schon früh am Morgen war ich bereit, und in der Tat erschien Meister Luigi sehr zeitig, um meine Maße zu nehmen. Das freilich konnte erst erfolgen, als mein ältester Bruder dazukam, denn kein Mann durfte mich berühren, es sei denn in Anwesenheit eines Familienmitglieds. Danach bat mich der Schneider in den Saal, wo er all seine mitgebrachten Stoffe ausgebreitet hatte. Ich muß gestehen, noch nie in meinem Leben so zarte, weichfallende Gewebe in Händen gehalten zu haben: feinstes Leinen, hauchdünne Wolle, glänzende Seide in herrlichen Farben und Samt, der zum Teil ornamental geschoren war, dazu Garne in Silber und Gold. Bald waren wir alle versammelt, Meister Luigi gab fachkundige Erklärungen ab, und ich konnte mir die Stoffe selbst aussuchen. Natürlich war keiner davon mit dem zu vergleichen, den ich von Giocondo erhalten hatte und aus dem mein Brautgewand geschneidert werden sollte. Selbst Luigi war von diesem herrlichen Brokat sichtlich beeindruckt.

Nach der neuesten Mode sollte das Kleid ein enges Mieder mit einem großen, geraden Ausschnitt bekommen, an den Schultern gebauschte Ärmel, die längs geschlitzt waren und darunter weiße Seide sehen ließen mit bunten Bändchen. Der Schneider schlug mir einen weiten Rock vor, dessen Saum etwa drei Braccia lang in einer Schleppe auslief. Der Ausschnitt sollte mit Perlen reich bestickt werden, dazu konnte ich die wunderschöne Perlenkette meiner seligen Mutter tragen. Bald war alles besprochen; der Meister schnitt die Stoffe zu, und die Gesellen begannen mit unglaublicher Geschicklichkeit zu nähen. Nanna schaute ganz ungläubig zu und konnte nicht fassen, wie schnell und sauber die Nähte entstanden.

Bereits am anderen Tag war erste Anprobe, und schon an diesen

82

noch unfertigen Kleidungsstücken erkannte ich, daß Luigi wirklich ein Meister seines Faches war und seine Gesellen sehr fleißig. Einer hatte Nanna erzählt, jeder von ihnen würde nach getaner Arbeit einen Goldfiorino extra erhalten; diese seltene Großzügigkeit könne der Schneidermeister sich leisten, weil in Florenz die Zunft die Stückzahlen der einzelnen Meister genau festlege, und die Arbeit bei uns sozusagen daran vorbeiliefe und gewiß auch an dem Steuereintreiber – ein vorzügliches Geschäft also.

Mir erschien es wie ein Wunder, aber am Abend des dritten Tages war meine Aussteuer fertig. Und wirklich, eine schönere konnte ich mir kaum vorstellen: zwei Camicie aus weißer Seide, drei weitere Hemden aus feinstem Leinen mit Stehbündchen am Hals, ein besticktes Hemd für besondere Anlässe. Außerordentlich stolz aber machte mich ein ganz neuartiges Gewand, das nur zum Schlafen getragen wurde, ein sogenanntes Guardachore. Weiter gab es da eine rosenfarbene Camora, als langes Unterkleid über dem Hemd zu tragen, deren prachtvolle Ärmel allein zwanzig Fiorini gekostet hatten und aus Venedig kamen, dazu noch eine etwas schmaler geschnittene hellbraune Camora. Das war noch längst nicht alles: ein Sommerüberkleid, die Giornea, aus feinster, hellroter Wolle, drei Cioppe, reich fallende Überkleider, und noch dazu ein weiter Umhang, die Mantella aus Wolle, mit Samt gefüttert und Hermelinbesatz an Saum und Kapuze, den Luigi vorsorglich dafür beschafft hatte. Ich war außer mir vor Entzücken. Ein paar seidene Pantoffeln, dann gewagt hohe Überschuhe, ein Schleier aus Seidengaze und sogar Handschuhe, die zu tragen als sehr luxuriös galt, ganz zu schweigen von einem halben Dutzend seidener Taschentücher machten meine Ausstattung mehr als komplett. Überwältigt vor Freude umarmte ich meinen Vater und dankte ihm für all diese Herrlichkeiten.

Neben allen anderen Vorbereitungen schien es mir nun höchste Zeit für eine Beichte, schon allein auch deswegen, damit ich das schweißtreibende Büßerhemd wieder loswerden konnte. Don Serafino würde mich allerdings nicht wiedersehen; diesmal wollte ich mit Nanna die Kartäusermönche aufsuchen. Doch mußten wir hierfür den beschwerlichen, ziemlich steilen Weg auf uns nehmen, einen nicht besonders hohen, aber wild zerklüfteten Berg hinauf. Für den schmalen Pfad fand ich ein Maultier geeigneter als meine Stute. So zogen wir also dahin, ich, Nanna, Becone und dessen nicht unansehnlicher Bruder. Die Männer führten unsere Maultiere. Nanna hatte zwei Körbe vorbereitet mit Brot und hartem Käse für die Einsiedlermönche, sogar einen Schlauch mit Wein. Viel Aufwand für eine Beichte, was vielleicht nicht falsch war angesichts der harten, mir von Don Serafino auferlegten Bußübungen. Wie gesagt, Geschenke verpflichten; Don Serafino hatte dies offenbar vergessen, doch würden die armen Kartäuser sicherlich dankbarer sein.

Auf unseren Maultieren, mit den Körben versehen, sahen Nanna und ich beinahe aus wie Bauersfrauen. Wenn ich nun wirklich eine Bäuerin wäre? Ein entsetzlicher Gedanke. Mit sechs Kindern, arm, schmutzig und vergrindet, einem Mann wie etwa Becone angetraut... Ich dankte still meinem Schöpfer, daß er die Unterschiede zwischen den Ständen geschaffen hatte und insbesondere, daß ich nicht jenen niederen Menschen angehörte.

Nachdem wir schon eine geraume Zeit durch die Olivenhaine geritten waren, begann nun der steile Teil des Weges. Bis dicht an den Pfad heran wucherte mannshoch das undurchdringliche Dornengestrüpp. Es bestand aus biegsamen, dünnen Zweigen, die kreuz und quer wuchsen, mit großen Pinien und kleineren Hartlaubbäumen dazwischen. Man erzählte sich, daß sich in diesem Dornenlabyrinth einst ganze Räuberbanden versteckt hielten. Heute aber sind es nur noch einzelne Verbrecher, die hier Unterschlupf finden. Ab und zu taucht dann einer dieser Unseligen auf, wie von Dämonen gehetzt, halb verhungert und verdur-

84

stet, und tötet wegen eines Krugs Wasser oder wegen eines Brotes. Wenn die Bauern einen von ihnen erwischten, schnitten sie ihm sofort die Kehle durch.

Während ich mich an diese Geschichten erinnerte, bemerkten wir zwei Reiter, die gemächlich auf uns zukamen. Ich dachte an keine Gefahr, denn es waren wohl Leute, die gerade von der Beichte und dem Gebet bei den Kartäusern kamen. Leider sollte ich mich geirrt haben. Bei den zwei Reitern handelte es sich um Teresa di Riario und ihren Bruder Andrea, beide etwa in meinem Alter. Die Riarios und wir, die Gheradinis, waren seit grauer Vorzeit, als die deutschen Kaiser in unserem Land noch die Macht ausübten, mehr oder weniger verfeindet. Diese Speichellecker waren natürlich eifrige Parteigänger der Ghibellinen, wie man die Kaisertreuen nannte, unsere Familie hingegen hielt stolz zu den Guelfen, die gegen die Ghibellinen standen. Damals hatten die Gheradinis große Taten vollbracht und die Riarios in ihre Schranken gewiesen, worauf ihnen die Lust am Streiten vergangen war und die Fehde langsam einschlief. Jetzt, unter den Gesetzen der Florentiner Republik, war die Vendetta nicht mehr erlaubt; so weit mußten wir Edlen uns diesen Krämerseelen ohne Ehrgefühl beugen.

Zunächst glaubte ich, daß wir stumm aneinander vorbeireiten würden, und blickte Teresa stolz in die Augen. Doch es kam anders.

»Was gebührt wohl einer Bauersfrau, die eine Edle wie mich so unverschämt ansieht?« wandte sie sich an ihren Bruder, obwohl sie uns natürlich erkannt hatte.

»Nun, ich glaube, sie steht so tief unter uns, daß wir sie überhaupt nicht beachten, liebste Teresa«, versuchte Andrea einzulenken. Offensichtlich war es ihm unangenehm, daß seine Schwester den Streit begann, denn ein Streit, der erfahrungsgemäß tödlich enden kann, war Sache der Männer. Frauen hatten sich da eisern zurückzuhalten. Beschimpfungen waren unter der

Würde einer Edlen. Doch Teresa gab nicht nach. Ihre Augen glitzerten bösartig.

»Ja, du hast recht, Andrea, sie steht wirklich tief unter uns, und deshalb wird sie zur Seite treten, diese Bäuerin auf ihrem Maulesel!« Sie trieb ihr Pferd direkt auf mich zu und versuchte, mein kleines Reittier in das Dornengestrüpp zu drängen. Doch der Maulesel stand wie ein Fels, ebenso Becone. Es war eine groteske Situation: Die wütende Teresa bemühte sich stumm und verbissen, ihr Pferd anzutreiben, so daß es mein Maultier und mich wegdrückte. Das aber rührte sich nicht vom Fleck, da es die Dornen bereits an seinem Hinterteil spürte. Doch was ein Mann auf einem Hengst mit Peitsche und Sporen spielend geschafft hätte, nämlich mich und mein unedles, aber standfestes Tier in die Macchia abzudrängen, war für eine Frau im Seitsitz kaum möglich, noch dazu mit ihrer lammfrommen Stute. Ich mußte sehen, diese Sache mit Würde zu beenden.

»Becone!«

»Du befiehlst, Donna?«

»Nimm das Pferd am Zügel und führe es weg von mir, es scheint seiner Herrin nicht mehr zu gehorchen.«

Becone griff Teresas kaum widerstrebender Stute unter den Nasenriemen und wollte sie ein Stück an mir vorbeiführen. Doch, wie so oft, hatte der Teufel seine Hand im Spiel. Genau in diesem Augenblick biß mein kleines hinterhältiges Maultier das Pferd herzhaft in die Seite. So ein Biß war recht unangenehm, das weitaufgerissene Maul mit den vorstehenden stumpfen Zähnen stieß blitzschnell zu, ließ aber nicht gleich los, sondern zog genüßlich an. Nur ein Huftritt oder ein starker Faustschlag konnte es nun dazu bewegen, sein Opfer wieder freizugeben. Teresas vorher so sanfte Stute ging sofort mit allen vieren in die Luft, bockte und warf ihre Reiterin ab, die benommen und mit hochgeschlagenen Röcken liegenblieb. Becone und dessen Bruder fielen natürlich fast die Augen aus dem

86

Kopf, als sie Teresas recht umfängliche Hinterbacken so jäh entblößt sahen.

Nun konnte Andrea di Riario natürlich nicht mehr zusehen, galoppierte mit einem heiseren Ruf an und ritt Becone nieder. Der Aufprall schleuderte den massigen Mann zur Seite, der sich jedoch am Boden mit einer Wendigkeit abrollte, die ich ihm gar nicht zugetraut hatte. Sofort war er wieder auf den Füßen, grunzte, wischte sich mit einer Handbewegung das Blut aus den Augen, riß sein kurzes Schwert aus der Scheide, während Andrea von neuem auf ihn zu galoppierte. Becone stand da wie ein Fels, hielt die Waffe mit beiden Händen vor sich, die Spitze etwa in Brusthöhe, geradewegs auf den herandonnernden Hengst gerichtet. Diesmal war der Aufprall frontal und von so ungeheurer Gewalt, daß Becone durch die Luft geschleudert wurde und mit einem dumpfen Laut, der sich seinem Mund entrang, in einem Dornbusch liegenblieb. Und nun sah ich etwas Seltsames: Der Hengst galoppierte noch ein Stück weiter, blieb dann mit zitternden Flanken stehen, obwohl ihm Andrea wie wild die Sporen in die Seiten rammte, knickte dann vorne ein und brach zusammen, seinen Reiter unter sich begrabend. Die Hufe zuckten noch einige Male hilflos in der Luft, dann lag der Hengst still da. Becone versuchte mühsam, sich aus den Dornen zu befreien, während sein Bruder immer noch fassungslos und wie angewurzelt Nannas Maultier hielt. Ich sprang aus dem Sattel und lief zu dem am Boden liegenden Hengst. Da sah ich, daß das kurze Schwert Becones bis zur Parierstange in der linken Brustseite des schönen Tieres steckte. Tiefe Traurigkeit überkam mich. Sein Kopf lag im Staub, und aus den Nüstern, die niemals mehr den Geruch einer Stute würden wittern können, lief ein dünnes, rotes Rinnsal auf die lehmfarbene Erde. Die noch im Tod so ausdrucksvollen schwarzen Augen mit den langen, feinen Wimpern schienen mich flehentlich anzusehen. Was hatte Andrea angerichtet, er war schuld am Tod dieses wundervollen, edlen Ge-

87

schöpfes, das Becone in seiner Not töten mußte, um nicht selbst getötet zu werden.

Gott hat den Männern die Macht verliehen, Gewalt auszuüben und um ihre Ehre zu kämpfen. Aber er hat sie auch mit Verblendung geschlagen. Und so mußte dieser herrliche Hengst sterben wegen einer lächerlichen Nichtigkeit. Leider hatte er seinen Herrn nicht mit in den Tod genommen; Andrea begann sich ächzend zu regen, lag aber derart eingeklemmt unter dem schweren Pferd, daß er sich kaum rühren, geschweige denn freikommen konnte. Einen Menschen in Not aber, selbst einen solchen Nichtsnutz wie Andrea, durften wir nicht hilflos liegenlassen.

»Becone, versuch mit deinem Bruder zusammen den Conte di Riario aus seiner Lage zu befreien!«

»Zu befreien?« fragte dieser ungläubig.

»Ja, einen geschlagenen Feind demütigt man nicht, also los!«

Sichtlich widerstrebend versuchten die beiden Männer, den Pferdekadaver von Andrea herunterzuzerren, was ihnen schließlich mit äußerster Anstrengung gelang. Schwer atmend, doch von großer Last befreit, lag dieser da, noch nicht fähig, sich aufzurichten.

»Darf ich ihm etwas Wein geben, Lisa?« Nanna war hinzugekommen und hatte eine Verschnürung des Weinschlauchs gelöst, den wir dabei hatten.

»Nun gut, um Christi Barmherzigkeit willen.«

Der Wein schien Andrea wieder ins Leben zurückzurufen. Er blickte verwirrt um sich. »Was ist geschehen?«

Wir sahen ihn nur stumm an. Er versuchte sich aufzurichten, was ihm mühsam gelang, und humpelte mit schmerzverzerrtem Gesicht zu seinem toten Hengst. Eine ganze Weile blickte er wortlos auf das Tier nieder. Dann wandte er sich um, zitternd in ohnmächtigem Zorn.

»Ich«, er schrie es mit überschnappender Stimme, »ich werde

88

euch töten! Bei meinem Leben, ihr werdet alle sterben...«
Dann drehte er sich um und ging zu seiner Schwester, die
immer noch vom Sturz benommen teilnahmslos am Wegesrand
saß. Beide sahen ziemlich mitgenommen aus, die Kleidung
zerrissen, vom Staub bedeckt. Teresas Stute war in panischer
Angst den Pfad bergab gelaufen und stand wahrscheinlich unter
einem schattigen Olivenbaum. Stumm half Andrea seiner
Schwester auf, und langsam gingen sie den Weg hinunter. Als
sie an mir vorbeikamen, warf Teresa mir einen derart haßerfüll-
ten Blick zu, daß ich ihn mein Leben lang nicht mehr vergessen
sollte.
»Nanna, gib Becone von dem Wein.«
»Ja gern. Den Schluck hat er sich wirklich verdient.«
Becone grinste, und ich bemerkte, daß sein ganzer Mund voll
Blut war. Er hielt den Schlauch hoch und trank, ohne abzusetzen. Ich habe noch nie in so kurzer Zeit eine derartige Menge Wein in einen Menschen hineinlaufen sehen. Dann wischte er sich den Mund genüßlich ab, spuckte einen Zahn aus,
und gab den nun recht schlaffen Schlauch an Nanna zurück.
Danach setzten wir unseren Weg fort. Nanna wirkte sehr nachdenklich.
»Glaubst du, Lisa, daß er seine Drohung wahr machen wird?«
»Kaum. Meinst du, er wird diese peinliche Geschichte jemandem erzählen? Nein, wahrscheinlich sagt er, sie seien von Wege-
lagerern überfallen worden, und er habe sie in die Flucht geschlagen.«
»Hm, aber wenn Andrea behauptet, wir hätten ihn zu mehreren
angegriffen, dann würde er untadelig dastehen und könnte seine
Familie zu einer Fehde veranlassen.«
»Ach Nanna, was redest du, es gibt doch keine Fehden mehr,
und darüber hinaus hat die Republik verboten, das Recht selbst
nach alter Art zu regeln. Wenn die Riarios etwas von uns wollen,
müssen sie beim hohen Rat in Florenz klagen.«

89

»Bist du dir da so sicher?«

»Ja, ganz sicher!« – Wie bitter ich mich täuschen sollte.

Nanna hatte nicht zuviel versprochen. Die Kartäusermönche waren wirklich rührend. An ihr Schweigegelübde gebunden, durften sie selbst während der Beichte nur das Allernötigste fragen, was sich sehr günstig auswirkte. Zwar immer noch ein wenig mitgenommen von den dramatischen Ereignissen, aber erfreut, vom Pater die Absolution so einfach erhalten zu haben, machten wir uns auf den Heimweg.

Von dem Pferdekadaver war nur noch ein blutiges Gerippe übrig, das andere hatten sich die Bauern bereits geholt. Denn obwohl für unsereinen das Land beinahe menschenleer wirkte, blieb den Bauern, die hier lebten, nichts verborgen. Niemand hatte es gewagt, Sattel und Zaumzeug zu rauben. Das Fleisch des Pferdes war leicht verderblich, und so war es erlaubt, es wegzunehmen, denn Nahrung zu vergeuden war eine Sünde. Neben dem Sattel lag Andreas Schwert, ein kostbarer Einein- halbhänder mit mattschimmernder, beidseitig geschliffener Klinge. Offensichtlich hatte er es beim Sturz verloren. Becone nahm es auf und hielt es verzückt in der Hand. Ich sah ihm an, wie gerne er die Waffe gehabt hätte.

»Nun, Becone, ich meine, daß du den Conte im Kampf besiegt hast und es dein gutes Recht ist, dir seine Waffe anzueignen. Nimm auch den Sattel und das Zaumzeug.«

Seine Augen leuchteten. »Ich danke dir, Madonna, das Schwert ist gut.« Dann schulterte er freudig den schweren Sattel, den er teuer verkaufen konnte, drückte seinem Bruder das Zaumzeug in die Hand, und noch vor der Dämmerung waren wir alle wieder zu Hause.

Natürlich erzählte ich Vater die Geschichte, und er meinte, man müsse sich in der nächsten Zeit in acht nehmen, die Riarios seien rachsüchtig und hinterhältig, aber auf der anderen Seite auch feige. Vielleicht würden sie Feuer an unsere Felder legen oder

90

Häuser unserer Bauern niederbrennen. Auf jeden Fall dürfe man seine Feinde nie unterschätzen.

Schnell vergaß ich den Vorfall, denn andere Dinge waren nun soviel wichtiger. Morgen würde meine Hochzeit stattfinden, und dies bedurfte noch einiger Vorbereitungen. Am schlimmsten war für mich das bevorstehende Bad, dem sich die Brautleute, dem Herkommen entsprechend, unterziehen mußten, obwohl ich das nicht nur für unschicklich, sondern auch für ungesund hielt. Gewiß, Reinigung war nötig. Doch erreichte man das in angemessener Weise, indem man sich den Körper mit feuchten, heißen Tüchern abrieb, die zusätzlich mit duftenden Essenzen getränkt waren. Ich liebte es, anschließend mit einem mit wohlriechendem Öl getränkten Schwämmchen die Haut zu benetzen. Und war es nicht viel wichtiger, das Haar zu waschen, denn schönes Haar schmückt eine Frau in ganz besonderem Maße und die verwendeten Essenzen halfen darüber hinaus auch gegen Läuse. Eine regelrechte Plage waren auch Flöhe, gegen die nur das Bestäuben der Kleidung mit Schwefelmehl half. Der Stolz einer jeden Frau von Stand war es, möglichst kein Ungeziefer oder zumindest nur ganz wenig zu haben; es juckte unangenehm und verursachte kleine Wunden, die unschön aussahen und schlecht heilten.

Es war nicht einfach, den richtigen Zuber zum Baden aufzutreiben; endlich schleppten zwei Mägde unter Nannas Aufsicht einen herbei, der so groß war, daß ich mich, wenn auch mit Mühe, hätte hineinsetzen können.

»Das Wasser ist schon bereit, möchtest du beginnen, Lisa?«

»Wenn es denn sein muß, möge mir der heilige Christophorus beistehen.«

Die Mägde brachten vier große Holzeimer mit warmem Wasser, so daß der Zuber immerhin zu einem Viertel gefüllt war.

»Wo hast du denn dieses gute Stück aufgetrieben?«

91

»Ja, äh, also, von unten.«

»Natürlich, auf dem Dach wird er wohl nicht gestanden haben. Sprich, wo stammt das Ding her?«

»Aus dem Stall.«

»So sieht er auch aus.« Mir kam ein gewisser Verdacht. »Vielleicht aus dem Schweinestall?«

Nanna wurde rot. »Die Mägde haben ihn stundenlang gesäubert, und ich selbst habe das Innere mit frischem Rosmarin ausgerieben.«

Ich sollte offenbar vor meiner Hochzeit in ein Gefäß steigen, aus dem noch kurz zuvor Schweine gefressen hatten! Welch widerwärtiger Gedanke! Dann hatte mein Gemahl in der Hochzeitsnacht eine im Schweinezuber gebadete Braut. Alles in mir sträubte sich dagegen, und ich beschloß – alter Brauch hin, alter Brauch her –, das letztlich doch sinnlose Ritual nicht vorzunehmen.

»Stellt den Zuber wieder dahin, wo ihr ihn hergeholt habt, ich brauche ihn nicht.«

Die Mägde nahmen gleichmütig den Bottich und verschwanden damit. Nanna sah ganz betroffen aus.

»Mach doch kein solches Gesicht. Was liegt mir schon daran. Ich habe mich mein ganzes Leben nicht gebadet, also wird es zur Hochzeit auch so gehen.«

»Du bist mir also nicht böse?«

»Aber nein, liebste Nannina, du hast ja sicher das beste gewollt.«

Sie war eben keine Edle und konnte nicht verstehen, daß es mir einfach unwürdig dünkte, meinen Körper mit etwas so Niederem wie einem Schweinetrog in Berührung zu bringen, selbst wenn das Ding geschrubbt und mit Rosmarin ausgerieben worden war. So ließ ich mir von Nanna das Haar waschen und in Gottes Namen meinen Körper mit feuchten Tüchern reinigen – obwohl das erst vor wenigen Tagen geschehen war.

Es ist wohl kaum verwunderlich, daß ich in dieser Nacht kein

92

Auge zubekam; doch ließ die Erwartung mich am nächsten Morgen trotzdem keinerlei Müdigkeit verspüren. Aufgeregt aß ich noch im Bett ein wenig Brot und trank dazu Wein, um mich zu stärken, dann zog mir Nanna das – aus meiner damaligen Sicht – prächtigste Brautgewand an, das der Erdkreis je gesehen hatte. Leider konnte ich mich in der kleinen silbernen Spiegelplatte nicht ganz sehen, doch was ich erblickte, war durchaus dazu angetan, daß mein künftiger Gatte sehr, sehr stolz auf seine Braut sein konnte. Mit einem Wort, ich fand mich hinreißend. Das Kleid war so eng geschnürt, daß mir buchstäblich die Luft wegblieb, doch dafür konnte Nanna beinahe meine Taille umfassen, und sie hatte wirklich kleine Hände! Meine Haare hatten wir mit einer geheimnisvollen, angeblich aus dem Orient stammenden Tinktur gewaschen, die ein fahrenden Händler mitgebracht hatte und die den roten Schimmer auf meinem kastanienbraunen Haar zum Leuchten brachte. Wie schön würde es aussehen, wenn ich in der Hochzeitsnacht den Knoten löste und es zu ganzer Länge herabfiele, magisch vom Licht einiger Öllampen und Kerzen erhellt? Aber den tollsten Einfall hatte Nanna. Eine alte Frau aus dem Dorf, die vermutlich eine Hexe war, hatte ihr eine kleine Menge leuchtendroter Salbe gegeben, mit der man die Brustknospen einer Braut färben sollte, damit ihr Gatte sie für alle Zeit heiß begehrte. Ich war der fürsorglichen Nanna wirklich sehr dankbar, denn begehren sollte mich Francesco, mich rasend vor Verlangen in seine Arme nehmen, immer wieder leidenschaftlich küssen, wie vor kurzem unten im Pferdestall, und mich dann zur Frau machen, zur glücklichsten Frau der ganzen Florentiner Republik.

In der Tat, meine roten Brustspitzen sahen umwerfend aus, einfach ganz anders als sonst, und ich war mir sicher, daß sie Giocondo gefallen würden. Daß die Farbe wirklich von einer Hexe gemixt worden war, wurde Nanna dann klar, als sie ihren Finger, mit dem sie das Rot aufgetragen hatte, säubern wollte. Es schien

93

unmöglich. Die Farbe war auf ihre Fingerkuppe gehext, nichts half. Hoffentlich fiel es meinem Gatten nicht auf, daß meine Brustknospen dieselbe auffällige Farbe zeigten wie Nannas Finger. Ich schärfte ihr ein, ihn beim Essen gleich ordentlich in Soße zu tauchen oder irgendwie sonst zu verbergen, was zugegebenermaßen bei Tisch schwierig war.

Die Sonne stand schon recht hoch am Himmel, als es endlich soweit war. Francesco Giocondo, der strahlende Florentiner Patrizier aus edelstem Geschlecht, gutaussehend, reich und großzügig, traf mit einigen prachtvoll gekleideten Begleitern bei uns ein. Ihre Pferde hatten kostbare Schabracken aus Brokat, ein unerhörter Luxus, und silberbeschlagenes Zaumzeug. Francesco selbst trug ein Wams in hell leuchtendem Blau, dazu eine reich gefältelte leichte Seidenjacke in derselben Farbe und eine enganliegende dunkelblaue Hose. Seine weichen Lederstiefel wirkten beinahe weiß. Dazu trug er noch einen turbanähnlichen Kopfputz der allerneuesten Mode »alla turca«; fast wie ein persischer Prinz sah er aus. Ja, wie ein unwirkliches Traumgebilde erschien er mir, wie er so über den Hof schritt, meinen hinzutretenden Vater und meine Brüder herzlich begrüßte und dann seine Begleiter vorstellte. Und doch, er war kein Traum, sondern aus Fleisch und Blut. Was für ein Mann! Ich gehörte ihm mit Leib und Seele, mit jeder Faser meines Körpers. Bei allen Heiligen – Francesco sollte meine Leidenschaft spüren, wie noch nie ein Mann zuvor Leidenschaft erlebt hatte.
Ich erwartete ihn oben im Saal, wie es sich bei offiziellen Anlässen gehörte. Mit gesenkten Augen, einen dünnen Schleier lose auf dem Haar, mußte ich verharren und durfte nicht aufsehen. Dann waren endlich alle versammelt.
»Erhebe deine Augen, Lisa, und sieh, daß ich, dein Gatte, gekommen bin.« Mit seiner warmen, dunklen Stimme sprach er diese uralte Formel, und jedes einzelne Wort ging mir durch und durch.

94

»Deine Braut grüßt dich in Demut und ist bereit, mit dir zu gehen.« Ich reichte ihm meine Hand mit dem herrlichen Rubin zum Kuß, schlug dann die Augen auf, und als ich Francesco leibhaftig in stolzer Größe ganz aus der Nähe erblickte, war es fast um meine Fassung geschehen, so phantastisch sah er aus. Seine Begleiter hatten die Kopfbedeckungen abgenommen, was nach altem Brauch nur bei dieser kurzen Zeremonie erfolgen muß.

»Bedeckt euch, ihr Herren, ich bitte darum.«

Nun wurden mir alle vorgestellt, und an der Wahl ihrer Worte erkannte ich, daß ich von nun an die Gattin eines einflußreichen Mannes sein würde. Man reichte mit Wasser vermischten Wein und süßes Mandelgebäck als erste Erfrischung für die Ankömmlinge nach der kurzen, aber anstrengenden Reise.

Francesco wich nicht von meiner Seite. »Nur noch wenige Augenblicke, meine süße Lisa, und wir sind Mann und Frau.«

»Francesco, ich kann es kaum fassen, es ist... es ist alles wie ein herrlicher Traum – strahlend siehst du aus wie Apoll, nein, viel strahlender, edler...« mir stockten die Worte, das Glück war einfach zu groß, Tränen der Seligkeit übermannten mich. Ich barg mein Gesicht an seiner Brust, umschlang seinen Nacken, und es war mir egal, ob dies schicklich war oder nicht. Was für ein Gefühl! Er gab mir eine solche Geborgenheit, als er meine Schultern mit seinen starken Armen umschloß, daß ich sofort getröstet war; Kraft floß durch ihn in mich, und ich fühlte eine solche Zuneigung zu Francesco, wie ich sie noch nie für einen Menschen empfunden hatte.

Dann tauschte Francesco einen kurzen Blick mit seinem Notar. »Mit deinem Einverständnis, lieber Vater, können wir mit der Zeremonie beginnen.«

Der Notar Ser Martinelli trat vor. Alle blickten ernst und bedeutend.

»Wie bereits im Ehevertrag festgelegt, beabsichtigst du, Antonio

95

di Noldo Gherardini, deine Tochter, genannt Lisa, dem Francesco Bartolommeo di Zanobi del Giocondo zur Frau zu geben. Wenn das dein Wille ist, so bekräftige es mit dem Impalmamento.«

Francesco und mein Vater gingen aufeinander zu, sahen sich fest und ernst in die Augen; dann besiegelte ihr Händedruck den Vertrag. Auch die Männer in Giocondos Begleitung, würdige Florentiner Bürger, die er in Ermangelung von Verwandten mitgebracht hatte, bestätigten als Zeugen den Vorgang ebenso durch einen Händedruck mit Giocondo, meinem Vater und beiden Brüdern. Der Notar vermerkte das auf dem Vertrag und siegelte ihn, und mein Vater ließ sich Wasser mit Wein eingießen.

»Nun erhebe ich mein Glas auf das Glück eurer Ehe. Mögen viele Nachkommen Ruhm, Ehre und Ansehen deines Hauses mehren, lieber Francesco. Nun laßt uns die Sponsalia vollziehen, indem wir alle noch einmal unser Einverständnis zum Ehevertrag erklären. Möge es so sein!«

»Möge es so sein«, antworteten die anderen gemeinsam im Chor. Auch das schrieb Ser Martinelli nieder und versah es mit seiner Signatur. Nun wurde die Sache ernst. Der Notar legte den Vertrag zur Seite und bat mit salbungsvoller Stimme um die Erlaubnis, nun die eigentliche Trauung vornehmen zu dürfen.

»Begehrst du, Francesco, nach den Gesetzen der Republik Florenz die Mona Lisa zum Eheweib, heute und für alle Zeit, so sprich!«

Mit einem deutlichen »Ja« antwortete mein zukünftiger Gemahl.

»Willst du, Mona Lisa, den Francesco zum Ehegatten, ihm untertan sein und für alle Zeiten gehorchen, so antworte!«

Mir versagte fast die Stimme. Ich hauchte ein kaum vernehmliches »Ja« und blickte dabei in das Gesicht des Mannes, der von nun an und für immer mein Gatte sein sollte. Seine Züge erschienen mir ernst und nachdenklich. Dann zog er einen kleinen Samtbeutel aus seinem Gewand und entnahm ihm einen Ehering, der

96

von einem seltsamen, dunkelsilbrigen Stein gekrönt wurde, dessen vier Kanten wie bei einem Obelisken nach oben spitz zuliefen. Er steckte mir den Ring an die Rechte, und die Berührung seiner Hand war nun entscheidend anders: Als mein Mann durfte er mich berühren. Wann, wo und wie auch immer, mich, seine rechtmäßig angetraute Frau. Ja, er sollte mich berühren, heute am späten Abend, wenn wir unser Brautlager teilten. Mein herrlicher Apoll! Und ich würde gewiß nicht so spröde sein wie Daphne.

Auch Francescos Ehering trug einen solchen matt, beinahe wie polierter Stahl schimmernden Edelstein. Ich wußte nicht recht, was jetzt, so unmittelbar nach der Trauung, zu tun war. Alle standen irgendwie umher, erhoben die Gläser auf uns und sprachen dem Wein freudig zu. Der Edelstein in meinem Ehering wirkte in seiner düsteren Pracht fast magisch, ich hätte nur allzugern gewußt, was für ein Stein es war. Francesco hatte wohl meinen Blick bemerkt und lächelte.

»Das ist ein Diamant, der härteste und seltenste aller Edelsteine und darum ein Symbol ewiger Unvergänglichkeit.«

Ein Diamant! Und von solcher Größe. Das war es also. Wundervoll, ich konnte es kaum glauben. Ihm wurden Heilkräfte nachgesagt und eine starke Abwehrkraft gegen Dämonen.

Nachdem nun die rechtliche Seite unserer Ehe nach den Regeln abgewickelt war, konnten wir uns der Hochzeitsfeier zuwenden. Ein langer, herrlicher Tag lag vor uns. Francesco lächelte mich an, als ob er etwas im Schilde führe.

»Nun, edle Gattin des Giocondo, willst du mit mir ans Fenster treten?«

»Gewiß, da ich ja eben geschworen habe, dir zu gehorchen, kann ich mich kaum weigern.«

Er legte zärtlich den Arm um meine Schultern, und wir schauten gemeinsam in den Hof. Ich konnte nicht fassen, was ich sah!

»Eine Sänfte, Francesco, bei allen Heiligen, ist die für mich?«

»Für uns, liebste Lisa, wir werden darin zum Kloster getragen.«

97

Acht stämmige Burschen, alle in den Farben Giocondos in Rot und Gold gekleidet, standen bei der Sänfte, in der sich eine bequeme Sitzbank befand. Vorne war die Sänfte offen, vermutlich eigens für einen zeremoniellen Gebrauch gebaut. Ein fester Baldachin spendete Schatten, alles war mit dunkelrotem Samt ausgeschlagen und mit Blumen reich geschmückt.

»Francesco, ich werde unter einem Baldachin sitzen wie eine Fürstin oder Heilige!«

»Wie eine Heilige vielleicht nicht, hoffe ich, aber gewiß so vornehm wie die Herzogin von Ferrara.« Er lachte. »Du wunderst dich wohl über die Sänfte? Den Hochzeitsumritt zu Pferd hat Savonarola verbieten lassen, und deshalb schlagen wir diesen Mönch mit seinen eigenen Waffen. Ich werde einen Hochzeitsumzug veranstalten, an den sich die Leute hier noch in hundertvierundvierzig Jahren erinnern werden. Und zwar, ohne zu reiten. Damit folgen wir den Gesetzen der Republik und niemand kann uns einen Vorwurf machen.«

Damals konnte ich die Gefährlichkeit Savonarolas noch nicht ermessen, und stand dem Ganzen eher gleichgültig gegenüber; ich wäre auch zu Pferde losgezogen. Natürlich war die Sänfte eine Sensation, und ich genoß die ruhige, erschütterungsfreie Fortbewegung. Es war ein prachtvoller Zug, der sich da zum Kloster Santa Trinità bewegte, zwei Lanzenreiter und dahinter die Begleiter Giocondos, dann unsere Sänfte, die von den in der Mittagshitze schwitzenden acht Männern getragen wurde, danach folgten mein Vater und meine Brüder hoch zu Roß, da nur dem Brautpaar das Reiten verboten war. Zum Schluß kamen Constantinus und Nanna auf ihren Maultieren und Becone, der stolz sein erbeutetes Schwert trug, mit seinem Bruder. Vater hatte beiden neue Gewänder geschenkt. Als erstes gelangte der Zug ins Dorf, das unterhalb unserer Rocca lag. Dort feierten die Bauern der ganzen Umgebung. Seit zwei Tagen schon drehte sich ein riesiger Ochse über dem Holzkohlenfeuer, etliche große Fässer

Wein waren zum Anzapfen bereit und frischgebackene Brotfladen lagen in den flachen, runden Körben. Alles in allem hatte es mein Vater sehr gut gemeint mit dem, was er für seine Bauern bereitgestellt hatte. Doch ich wußte natürlich auch, daß das einfache Volk alles vertilgen kann, wenn es nichts kostete. Wie das Vieh, das ohne Verstand in sich hineinfrißt und danach säuft, obwohl es davon Kolik bekommt.

Als wir eintrafen, standen schon alle neugierig da, eine große Menschenmenge, die ob der Sänfte offensichtlich sprachlos war. Dann, als wir hielten, brach der Jubel los: »Guelfa! Guelfa!« Unser Schlachtruf vergangener Zeiten. Francesco griff nach einer kleinen Truhe, die unter der Sitzbank der Sänfte stand, und öffnete sie. Ich staunte.

»Das ist ja ein ganzer Schatz!«

Francesco schien amüsiert. »Zweitausend Silbersoldi – für uns eine geringe Summe, aber für die Leute hier viel Geld.«

Er griff in die Silbermünzen und warf sie händeweise unter die Menge. Wie von Sinnen stürzten sich alle darauf. Männer, Frauen, Greise und Kinder krochen unwürdig im Staub wie Tiere, um die Münzen aufzusammeln. Und immer wieder, wenn die Rufe »Guelfa! Guelfa! Guelfa!« aufbrandeten, warf Giocondo einige Hände voll Münzen hinaus. Eine Mutter stand mit ihrem Kind auf dem Arm still daneben; sie war hochschwanger und konnte sich deshalb nicht recht gut bücken. Mit einer Geste forderte Francesco sie auf, näher an unsere Sänfte zu treten. Zögernd blieb sie in einigem Abstand stehen, und mein Mann warf ihr einen Goldfiorino zu. Sie fing ihn geschickt auf und blickte ungläubig darauf. Es war gewiß mehr Geld, als sie je in ihrem Leben zu sehen gehofft hatte. Alle Umstehenden standen starr vor Erstaunen. Die Frau bekreuzigte sich und sank auf die Knie. Dann stürmten die Mütter auf unsere Sänfte los, hielten Francesco ihre Kinder entgegen in der Hoffnung, auch ein Goldstück zu erhaschen. Staub wie Lärm waren unbeschreiblich, und mein Gatte brachte offensicht-

99

lich eine Menge Goldfiorini meiner vom Vater mühsam ersparten Mitgift wieder unters Volk. Doch wie das eben so ist: Müssen die Pächter den Zins entrichten, so verfluchen sie uns, gibt man ihnen aber einen noch so geringen Teil dessen, was sie im Laufe der Zeit gezahlt haben, als Geschenk wieder zurück, so kriechen sie im Staub und danken der Madonna für ihr Glück.

Eine seltsame Begegnung in diesem Höllenspektakel blieb mir noch lange im Gedächtnis. Bei den Frauen, die herandrängten, um einen Goldfiorino zu erhaschen, stand auch eine ganz junge, ohne Kind. Ihr langes Haar war durch den Staub wie mit Mehl gepudert, ebenso ihr fremdartig wirkendes Gesicht mit den großen pechschwarzen Augen darin. Hochaufgerichtet und stumm blickte sie Francesco an, riß dann plötzlich das aus Lumpen bestehende Gewand von ihren Schultern und entblößte zwei schöne, makellos weiße Brüste, deren Spitzen ganz dunkel waren und weit abstanden. Ein seltsamer Gegensatz zu all dem Schmutz, der sie ansonsten über und über bedeckte, und den Lumpen, die ihr als Kleidung dienten. Francesco wurde unwillig. Ich berührte seinen Arm, und als er mich ansah, nickte ich. Das seltsame Mädchen erhielt seinen Goldfiorino; aber sie schlug kein Kreuz oder dankte unterwürfig wie die anderen, sondern machte eine merkwürdige, abwehrende Geste, wie ich sie noch nie gesehen hatte; dann verschwand die junge Frau in der Menge.

Endlich konnten wir weiter, und nach geraumer Zeit waren bereits die Mauern vom Kloster Santa Trinità fern am Hügel zu sehen. Natürlich würde Don Serafino bitter enttäuscht sein, daß mein Vater die Trauung nicht hatte kirchlich vollziehen lassen. Aber sowohl er als auch Francesco fanden, daß es für uns nicht nötig sei, bei einer Eheschließung auch noch die Kirche zu beteiligen. Daß ein Notar die Sache besiegelte, mußte auf Giocondos Wunsch hin geschehen, da dies in Florenz unumgänglich war, vor allem wegen des Erbrechts. Wir Edle benötigten eigentlich weder das eine noch das andere. Bei uns genügte seit alters

100

her das Wort der Väter, das die Ehe gültig machte. Was hatte so etwas Irdisches wie eine Hochzeit auch mit der Kirche zu tun? Es war ein schlichter Handel, um Vermögen und Ansehen der Familie durch Geld und Nachkommen zu mehren. Nichts weiter. Freilich, in meinem Fall war dieser Handel sehr gut für mich ausgegangen, hatte ich doch mit Sicherheit den bestaussehenden und großzügigsten Mann von ganz Florenz zum Gatten bekommen. Das bedeutete ein großes Glück, denn ich kannte andere, die mit einem Mann leben mußten, der sie anwiderte; besonders schlecht schienen mir naturgemäß jene Frauen daran zu sein, die häßlich, wenig vermögend oder kinderlos waren. Letzteres war wohl das furchtbarste Unglück, keine Söhne gebären zu können. Dann zeugte der Gatte woanders die Söhne, nahm die Bastarde an Kindes Statt, damit seine Familie Bestand hatte. Nicht selten sollen unfruchtbare Ehefrauen schon umgebracht worden sein, um den Weg für eine neue Ehe frei zu machen.

Und damit dies nicht geschehe, hatte mein Vater die Vallombrosanermönche in Santa Trinità bezahlt: Nicht meine Trauung sollten sie durchführen und sich damit in Familienangelegenheiten mischen, die sie nun wirklich nichts angingen, sondern den Segen des Himmels demütig für meinen hoffentlich bald mit einem Sohn schwangeren Leib herabflehen.

Vermutlich hatte Vater den Mönchen eine großzügige Spende zur Ehre des Herrn zukommen lassen, denn kaum waren wir angekommen, traten uns weiß gekleidete Novizen entgegen, um uns den Staub der Reise aus der Kleidung zu bürsten. Dann reichte man Rosenwasser und Streifen feines Linnen, damit wir Hände und Gesicht erfrischen konnten. Danach trat Don Serafino in vollem Ornat aus dem Kirchenportal und geleitete meinen Vater ganz nach vorne, direkt zu den Stufen, die das Allerheiligste von dem übrigen trennen. Dort standen Sessel für uns bereit, alle anderen Personen wurden angewiesen, sich weiter hinten im Kirchenschiff aufzustellen. Unzählige Kerzen erhell-

101

ten den großen, düsteren, über und über bemalten Raum und die kostbaren Teppiche und goldschimmernden Tücher, die um die Pfeiler des Gewölbes gewunden waren. Dazu Weihrauch in solchen Mengen, daß der würzige Rauch in den Augen brannte. Fast das ganze Kloster schien sich im Mönchschor versammelt zu haben, denn der eindrucksvolle, eintönige Gesang stammte offenbar aus vielen Kehlen. Ich war sehr berührt; eine so schöne, ergreifende Messe hatte ich selten erlebt, und sie hätte meinetwegen noch sehr viel länger dauern können. Nun, da der Segen des Himmels herabgefleht und die Messe zu Ende war, wollten wir uns den irdischen Dingen zuwenden. Novizen brachten uns Krüge mit Wein und Wasser gemischt an die Sänfte, was wir dankbar entgegennahmen, denn die Hitze schien fast unerträglich nach der angenehmen Kühle in der Kirche. Und so waren wir alle froh, als wir endlich unsere Rocca erreichten, und im besonderen Maße natürlich die Träger; wir entließen sie ins Dorf, wo die Männer ihren Durst am Weinfaß löschen konnten.

Im Hof unseres Castells hatte man große Sonnensegel gespannt und die Tore weit geöffnet, so daß der Wind angenehm kühlend durchstreifen konnte. Unter diesen Sonnensegeln fand das Bankett statt. Eine lange Tafel war aufgestellt mit Blumen und frischem Grün auf dem riesigen Tischtuch, das Vater eigens zu diesem Zweck in Florenz hatte anfertigen lassen. Giocondo und ich saßen nebeneinander am Kopfende, dann mein Vater, meine Brüder, Ser Martinelli, Constantinus, Nanna und dahinter einige entfernte Verwandte meiner Familie und Freunde Giocondos. Es war höchste Zeit, daß wir endlich Ruhe fanden und etwas zu essen bekamen, denn es war mittlerweile später Nachmittag geworden, und außer etwas Gebäck am Vormittag hatte ich noch nichts gegessen. Zunächst gab es für jeden einen köstlichen Berlingozzo, einen weichen Fladen aus Honig, Mehl und Eiern, dazu kleine Melonenstücke. Aus Gaiole in den Monti di Chianti, nicht weit von Siena, kam der Wein. Er stammte von entfernten

102

Verwandten und schmeckte besser als alles, was ich vordem getrunken hatte. Die Zölle für Waren aus Siena waren normalerweise unbezahlbar, doch zum Anlaß meiner Hochzeit fand ich eine solche Ausgabe als angemessen.

Gott sei Dank stand die Sonne jetzt tief und würde bald hinter den Bergen untergehen. Ein lauer Wind wehte schon durch den Hof der Rocca, und nun war es an der Zeit, mit dem eigentlichen Festmahl zu beginnen. Als Vorspeise reichte man eine riesige Menge zarter Amselzungen auf Pastete. Ich liebe Amselzungen, sie scheinen mir die vornehmste Speise überhaupt und einer Edlen angemessen. Dann ging die Feier so richtig los. Der starke Wein wirkte sich belebend auf die Unterhaltung aus, besonders Ser Martinelli, der wortkarge, etwas steif wirkende Notar, überraschte uns mit heiteren Begebenheiten aus Florentiner Kanzleien.

Mittlerweile bog sich die Tafel vor Speisen. Pasta mit Knoblauchsoße, Minestrone, gebratene Kapaune, zarte Forellen, ganze Hammelkeulen, Spanferkel mit Kräuterfüllung, Schüsseln voll mit allerlei Braten, der in dicker Soße schwamm, Brot, Ragout, Käse, in Honig eingelegte Früchte, frisches Obst und nicht zu vergessen die in Florenz heißgeliebten Fegatelli, kleine warme Leberwürste. Das tollste aber war, daß mein Vater von einem Silberschmied in Florenz Gabeln erstanden hatte, seltsam geformte, handliche Instrumente, die neuerdings bei Tisch zum Essen verwendet wurden. Sie waren tatsächlich äußerst praktisch, konnte man damit doch große Fleischstücke aus den Schüsseln nehmen, ohne sich die Finger zu verbrennen, oder kleinere Bissen damit aufspießen und direkt in den Mund stecken, was allerdings einige Übung erforderte, und entsprechend groß war die Heiterkeit, als wir es erstmals versuchten. Nur Constantinus handhabte das silberne Gerät gekonnt; er meinte, das habe es in Byzanz schon immer gegeben.

Wir tafelten, wie es uns geziemte. Bald brannten überall im Hof die Fackeln, edler Wein schäumte in unseren Bechern, die Stim-

103

mung wurde immer ausgelassener. Es war ein Hochzeitsfest, schöner als alles, was man sich vorstellen konnte. Endlich gab Vater den Musikanten ein Zeichen, und obwohl ihre Zahl durch die Verbote Savonarolas stark eingeschränkt war, musizierten sie himmlisch. Eine Harfe, Flöten, Geigen und eine Laute bildeten das kleine Orchester, und der Sänger gab witzige Novelette zum besten, Geschichtchen mit mehr oder minder deftigen Anspielungen. In den Pausen konnten wir von fern das fröhliche Treiben des Volkes im Dorf hören.

Die Luft war wie Samt, und der Fackelschein beleuchtete flackernd die festliche Versammlung. Ab und zu schob ich mein Knie unter dem Tisch an das von Francesco. Dann hielt er im Gespräch inne, faßte meine Hand und sah mir lange in die Augen. Ich fühlte, wie uns bereits jetzt ein inniges Band tiefer Zuneigung umschloß. Dies war eine traumhafte, fast unwirkliche Nacht; der laue Wind, die flackernden Lichter, festlich gekleidete Menschen an der prächtigen Tafel, dazu die weiche Stimme des Sängers zum Klang der Musik. Er schlug seine Laute so sanft und sang dazu das traurige alte Canto Fiorentino von Orpheus und Eurydice, daß alle ganz gerührt waren.

> »Hört, ihr Damen und Herren,
> Ein Lied,
> Einst gesungen...«

Die Gespräche waren sofort verstummt, und alle lauschten gebannt dem wundervollen Gesang.

> »...Gesungen von Orpheo und
> Seiner Liebsten Eurydice,
> Die sich wahrlich liebten...«

Dabei sah der Sänger uns an.

> »...Liebten wie je sich zwei Menschen...«

104

Er hatte noch den Mund geöffnet, um weiterzusingen, aber kein Laut kam mehr hervor; nie mehr würde ein Laut von seinen Lippen kommen, denn ein kurzer Pfeil, fast unhörbar von einer Armbrust abgeschossen, war quer durch den Hals des Sängers gefahren und dann dort steckengeblieben! Die Laute entglitt seinen Händen, ein dicker Strahl hellroten Blutes schoß wie eine Fontäne aus der Wunde und traf warm mein Gesicht. Der Mann brach in die Knie und fiel langsam vornüber. Fassungslos versuchte ich zu begreifen, was soeben geschehen war.

Nun überschlugen sich die Ereignisse. Vater, Francesco und meine Brüder sprangen fast gleichzeitig auf und zogen ihre Degen. Mein Gemahl stellte sich schützend vor mich, aber die Armbrustpfeile schienen von überall heranzuschwirren. Ser Martinelli war mit zwei Pfeilen im Rücken über der Tafel zusammengebrochen. Dann donnerte Vaters Stimme:

»Zu den Waffen! Zu den Waffen! Die Männer zu mir!«

Becone, Francescos Begleiter und die zwei Lanzenträger stürzten zu ihm und meinen Brüdern. Vater hatte die Lage sogleich durchschaut.

»Alle ins Haus! Wir decken euren Rückzug!«

Wer noch laufen konnte, hastete zu dem schützenden Gebäude. Ich stand wie angewurzelt. Francesco nahm mich kurzentschlossen auf seine Arme und trug mich rasch hinein. In diesem Augenblick drangen unzählige Bewaffnete unter entsetzlichem Gebrüll durch die beiden offenen Tore. Mein Vater schrie uns entgegen: »Flieht durch den geheimen Gang, schnell – auch du, Francesco!«

Der schüttelte den Kopf. »Niemals!«

»Du bist der einzige, der Lisa retten und uns rächen kann! Nimm sie und geh!«

Noch immer rührte Francesco sich nicht von der Stelle und stand mit gezücktem Degen da, in der Linken eine Fackel, die er gerade aus dem Halter gerissen hatte. Von draußen drang bedrohlich der Lärm von wüstem Kampf und das entsetzliche Schmerzensgeschrei, wenn wieder eine Waffe die Brust eines Mannes durchbohrt hatte. Ich sah, wie Vater ausholte und Francesco mit der flachen Degenklinge an die Stirn schlug.

»Rette Lisa, es ist alles verloren! Versucht die Rocca der Montaglios zu erreichen!«

Francesco nickte kurz, er hatte verstanden.

Dann stürzte mein Vater mit dem Degen in der Hand hinaus.

»Wo ist die geheime Tür, Lisa!«

»Oben im Saal!«

Wir rannten die Treppen hinauf und wußten, daß es um unser Leben ging. Hinter einem großen Wandteppich befand sich die versteckte Tür. Ich schlüpfte dahinter und suchte den Riegel. Mein Gott, wo war er nur? Der Fackelschein drang kaum hinter den Teppich, ich tastete die Wand ab. Endlich! Doch der Riegel saß fest, denn er war seit einer Ewigkeit nicht mehr benutzt worden.

»Francesco, hilf mir!«

Er drängte sich hinter den schweren, staubigen Wandteppich. Man konnte kaum atmen.

»Schlag den Riegel heraus, sonst geht die Tür nicht auf!«

Francesco schlug verzweifelt auf den Riegel, doch der rührte sich nicht.

»Schnell, ich höre schon jemanden auf der Treppe!«

Er rammte mit aller Kraft den Knauf seines Degens unter den Eisenriegel, ein Knirschen war zu hören, dann warf Francesco sich gewaltsam gegen die Tür, die sich endlich öffnete, und ein kühler, modriger Luftzug schlug uns entgegen. Plötzlich schnelle Schritte im Saal! Francesco nahm mir die Fackel ab und wollte sich kampfbereit auf die beiden Gestalten stürzen. Ich sah, wie er seinen stoßbereiten Degen im letzten Augenblick zurückhielt.

»Nanna!«

»Giocondo!«

106

Es waren Nanna und Constantinus.

»Schnell, kommt, wir müssen weg von hier!«

Sie tasteten sich hinter dem Wandteppich entlang bis zur Geheimtür, und dann standen wir alle auf einem Vorsprung, von dem eine sehr schmale Wendeltreppe in die Tiefe führte. Francesco schloß die Tür hinter uns und legte den Querriegel vor; so schnell würde uns hier niemand folgen, denn die Tür war sehr massiv, wenn man sie denn fand. Für einen kurzen Moment sahen wir uns stumm im flackernden Schein der bereits ziemlich heruntergebrannten Fackel an. Francesco faßte sich als erster.

»Folgt mir, so schnell es geht, die Fackel brennt nicht mehr lange, und im Dunkeln sind wir verloren. Folgt mir ganz dicht, komm, Lisa!«

Er steckte den Degen in die Scheide, faßte mich fest bei der Hand und zog mich, so schnell es ging, die steilen Stufen herunter. Die Treppe war derart eng und niedrig, daß nur eine Person gebückt Platz hatte. Endlich erreichten wir einen schmalen, endlos erscheinenden Gang. Plötzlich gab der Boden unter Francesco nach, und er stürzte vor meinen Augen in ein dunkles Loch; ich konnte mich nicht mehr halten und fiel kopfüber hinterher, direkt auf Francesco. Ein stechender Schmerz zuckte durch meine Schulter, doch ich achtete nicht weiter darauf. Schlimmer war, daß die Fackel bei dem Sturz erloschen war, wir standen dort unten in völliger Finsternis. Erst jetzt bemerkte ich, daß ich barfuß war und meine seidenen Pantöffelchen natürlich längst irgendwo verloren hatte. Der Boden war naß und morastig, widerwärtiger Modergeruch stieg davon auf. Unter normalen Umständen wäre ich vor Ekel gestorben, aber jetzt wollte ich bloß heraus. Die Grube war nicht tief, wir konnten mit den Fingern den Rand ertasten.

»Seid ihr verletzt?« Constantinus Stimme klang ganz verändert, rauher als sonst.

»Nein, wir sind wohlauf.«

107

Francesco packte mich um die Hüften. »Ich hebe Lisa hoch, versucht, sie hinaufzuziehen.«

Mit einem energischen Ruck, der weh tat, hob er mich hoch, und ich lag mit dem Oberkörper auf dem Rand, verzweifelt bemüht, mich mit den Fingern irgendwo einzukrallen. Dann packten mich Nanna und Constantinus am Rückenteil des Mieders und zogen mich hinauf. Gerettet! Doch meine Freude währte nur einen flüchtigen Augenblick. Francesco erkannte die Schwierigkeit, in der wir uns befanden, ganz klar.

»Bleibt stehen, wo ihr seid, ich erkunde zuerst einmal, wohin die Grube führt, und wie tief sie ist.«

Ängstlich hörten wir, wie sich seine tastenden Schritte entfernten. Es schien mir wie eine Ewigkeit, doch dann kam er wieder zurück. Seine Stimme klang freudig.

»Die Grube führt direkt ins Freie, wir haben es nicht mehr weit.«

Nun mußte ich also wieder hinunter, ebenso Nanna und Constantinus, aber Francesco fing uns sicher auf. Ein kühler Luftzug war zu spüren. Ich stieß mir den Kopf ziemlich stark an einem Felsvorsprung und merkte daran, daß die Grube flacher wurde. Dann ging es nicht mehr weiter. Ich glaubte einen ganz schwachen Lichtschein zu sehen; hier mußte wirklich der Ausgang sein. Dem Geräusch nach zu schließen, kroch Francesco wohl nach oben zur Öffnung. Dann ein leises Flüstern: »Kommt herauf, wir haben es geschafft.«

Leider nur für den Augenblick; denn als wir im Freien angelangt waren und uns erschöpft zu Boden warfen, bemerkten wir, daß sich der Ausgang direkt am Steilhang unterhalb der Rocca befand. Zwar war er mit dichtem Gestrüpp bewachsen, fiel aber fast senkrecht ab ins Tal. Aus der Rocca drang Feuerschein, und schwerer Rauch hatte sich über alles gelegt. Ein grauenvoller Anblick. Im fahlen Mondlicht bleckten einzelne Flammen schon aus den Fensterhöhlen, denen dichter Qualm entwich. Wie furchtbar! Francesco mahnte jedoch unerbittlich:

108

»Los, wir müssen weiter!«

Es war der Höllensturz der Verdammten. Wir rutschten den Steilhang hinunter, fielen, überschlugen uns, wurden von Dornen blutig gerissen. Doch ich spürte keinen Schmerz. Nur ein Gedanke beherrschte mich: Du mußt durchkommen, überleben, um mit eigenen Augen zu sehen, wie Francesco diesen Überfall rächen würde. Denn ich wußte, wer dafür verantwortlich war: die Riarios!

Zu guter Letzt hatte der Abhang ein Ende, und wir mußten wohl oder übel ein wenig verschnaufen; die Anstrengung war zu groß gewesen. Doch nur kurz war die Ruhe, dann trieb Francesco uns weiter. Die Gegend kannten wir natürlich gut, und wir wußten, daß unsere einzige Chance darin bestand, durch das Tal zu unseren Nachbarn, den Montaglios, zu gelangen. Noch einmal blickte ich mit Grauen zurück. Hellodernde Flammen fraßen sich bereits durch den Dachstuhl des Haupthauses und erhellten unseren Pfad in dem kleinen Kiefernwäldchen. Die Szenerie war schauerlich: Hinter mir verbrannte mein Vaterhaus, der Tod saß uns im Nacken – was würde diese Nacht noch an Schrecken bringen! Doch das einzige, was nun zählte, war das Handeln. In unserem Fall hieß das: weiter, immer weiter. So schnell wie möglich weg von den Feinden.

Francesco hielt plötzlich abrupt inne, so daß ich auf ihn prallte und Nanna auf mich. Allerdings so unglücklich, daß ich mir die Lippe blutig stieß.

»Nicht sprechen, legt euch flach hin«, flüsterte er.

Blitzschnell ließen wir uns zu Boden fallen. Ich hörte, wie alle schwer atmeten von der übergroßen Anstrengung. Francesco kroch zu Constantinus, sprach leise mit ihm und kam dann zu mir und Nanna.

»Dort vorn auf der Lichtung haben sie ihre Pferde stehen!«

»Um Christi willen, laß uns schnell fliehen, da sind gewiß Wachen!«

»Ja, aber vielleicht nur wenige. Bleibt hier, ich werde es aus-kundschaften.«

Francesco entfernte sich vorsichtig und blieb lange weg. Ich fing vor Aufregung und Erschöpfung an zu zittern. Die unmittelbare Todesgefahr, in der wir alle schwebten, konnte man fast mit Händen greifen. Furchtbarste Momente mußte ich durchstehen, bis Francesco endlich wieder bei uns war. Obwohl er gedämpft sprach, klang seine Stimme fest und erweckte in mir neue Hoff-nung.

»Es sind nur zwei Mann, junge Bauernburschen. Sie stehen bei einem der Pferde und unterhalten sich.«

»Nur zwei Männer, mehr nicht?«

»Ob noch welche hinter den Bäumen versteckt sind, weiß ich nicht; auf jeden Fall müssen wir schnell handeln. Constantinus, hast du einen Dolch?«

»Ja, und er hat mir in meiner Jugend gegen die Türken gute Dienste geleistet.«

Francesco schien zufrieden. »Gut, hört nun alle genau zu. Con-stantinus und ich schleichen uns an und erledigen die beiden Wächter. Aber weder unsere Dolche noch mein Degen sind scharf genug, ihnen die Kehle zu durchschneiden. Wir müssen sie erstechen. Das heißt, die Männer werden vielleicht nicht so-fort tot sein und können, wenn wir sie nicht richtig ins Herz tref-fen, noch laut schreien und so die anderen alarmieren.«

Mir wurde fast schlecht bei dem Gedanken. Doch Francesco fuhr unbeirrt fort:

»Lisa und Nanna, ihr müßt ihnen den Mund zuhalten, damit sie nicht schreien können.«

Mich traf fast der Schlag. Wir Frauen sollten... unvorstellbar. Francesco schien meine Gedanken zu erraten.

»Ihr müßt, hörst du, Lisa, ihr müßt! Alles hängt davon ab!«

Seine beschwörende Stimme gab mir wieder Zutrauen.

»Wie soll es geschehen?«

110

»Wir schleichen uns an, dann springen wir auf und stechen auf die Männer ein. Wir werden mehrmals zustechen müssen. Ihr aber springt gleich nach dem ersten Stich hoch, werft euch jeder auf einen Wächter und haltet ihnen mit aller Kraft den Mund zu, bis sie tot sind. Und jetzt los!«
Er wartete keine Entgegnung mehr ab, sondern zog mich mit sich. Das Knacken und Prasseln des Brandes, der oben in der Rocca wütete, drang zu uns herunter und verschluckte alle Geräusche; so gelangten wir unbemerkt an den Rand eines dunklen Gebüsches. Die beiden Wachen standen dicht vor einem hellen Pferd, wahrscheinlich ein Schimmel, und waren sehr gut auszumachen. Wir sahen ringsum viele Pferde angebunden, es mußten wohl zahlreiche Männer an dem Überfall beteiligt sein.
Francesco schlich näher an die Wachen heran, drückte mir dann die Hand fest auf die Schulter, und ich verstand, daß ich hier warten sollte. Seitlich war schemenhaft eine Gestalt zu sehen, vermutlich Constantinus. Die beiden kamen immer näher an die arglosen Wächter heran, dann rannte Francesco los und stach dem einen mit seinem dünnen, geraden Dolch links durch die Brust. Der andere drehte sich blitzschnell um, doch da war Constantinus schon bei ihm und stieß ihm den langen Krummdolch von unten nach oben in seinen Leib. Ich rannte los – zwei, drei Schritte – und drückte mit der Kraft der Verzweiflung meine Hand fest auf den Mund des Wächters, auf den Francesco wie von Sinnen einstach und der sich stumm, aber vergebens wehrte; seine Bewegungen wirkten schon kraftlos. Ich hörte ihn röcheln und gurgeln. Mit der Linken hatte ich seine Haare fest gepackt, und meine Rechte preßte ich weiter auf seinen Mund. Plötzlich sackte er zu Boden, ich daneben, hielt noch seinen Kopf fest, den er wie in Krämpfen immer wieder auf den Boden schlug. Seine Beine zuckten, und Francesco ließ nicht nach, weiter zuzustoßen, wieder und wieder. Endlich lag der Mann still. Auch

der Bursche, den Constantinus angegriffen hatte, war tot. Francesco kniete neben mir, den blutigen Dolch in der Hand, beide waren wir getränkt von Blut und Schweiß.

»Schnell zu den Pferden – seht aber nach, ob die Sättel noch nachgegurtet werden müssen!«

Während sich jeder von uns ein Tier nahm, lief Francesco rasch von einem Pferd zum anderen und band alle los. Ich hatte seit Jahren nicht mehr in einem Männersattel gesessen. Als ich noch jünger war, tauschten meine Brüder manchmal mit mir das Pferd, um sich den Scherz zu erlauben, im Seitsitz auf einem Frauensattel zu reiten. Bis Vater davon erfuhr und mich streng bestrafte. Es sei das Schamloseste, was ein Mädchen tun könne, und ich wagte es daraufhin nie wieder. Nanna dagegen konnte nur im Seitsitz reiten, und vor allem war ihr Maultier gemächlicher als ein Pferd, obwohl sein Trab sehr kurz war und man recht geschüttelt wurde. Wir schwangen uns auf die fremden Pferde, als ob wir nie etwas anderes getan hätten. Ich ritt voraus, da mir der Weg zu unseren Nachbarn auch in der Dunkelheit recht geläufig war. Zweige peitschten in mein Gesicht, ich achtete nicht darauf. Mein Pferd stolperte, und ich schlug es mit der flachen Hand. Das blutige Hochzeitsgewand flatterte in Fetzen um meinen zerschundenen Körper. Nur ein einziger Gedanke beherrschte mich: Rettung! Der Hengst flog nur so dahin, ich vornübergebeugt im Sattel, die Angst, grauenhafte Todesangst im Nacken. Waren die Verfolger nahe? Traf mich schon im nächsten Augenblick ein Speer in den Rücken?

Nach einer Ewigkeit sah ich endlich im fahlen Mondlicht den Hügel mit der schemenhaften Burg der Montaglios auftauchen. »Gerettet!« schoß es mir durch den Kopf. Doch waren wirklich keine Verfolger hinter uns? Ich verhielt kurz mein Pferd, die anderen taten es mir nach. Nanna hatte sich mühsam, aber tapfer auf ihrem Gaul gehalten. Kein Hufgeräusch war zu hören! Nichts, nur das Rauschen des Waldes. Man hatte unsere Flucht

112

nicht bemerkt! Ich hieb dem Hengst die Fersen in die Seiten, daß er fast vorne hochstieg, dann sprang er in einem rasenden Galopp davon, und wenig später standen wir vor dem geschlossenen Tor des kleinen Kastells.

»Aufmachen, sofort aufmachen! Macht auf!« Ich schrie so laut, daß es mich selbst überraschte, mit einer fremden, metallisch-schneidenden Stimme. Nun riefen auch die anderen. Nach unendlich langer Zeit schließlich erschien jemand am Tor und fragte schlaftrunken, was denn los sei.

»Hol den edlen Montaglio, deinen Herrn. Hier ist Lisa, die Tochter des Gherardini. Öffne sofort, wir sind in Todesgefahr!«

Natürlich öffnete er nicht. Es war töricht, das mitten in der Nacht von einem Diener zu verlangen. Mir schien es, als hätte ich nie wirklich Angst verspürt in meinem Leben, doch jetzt, so dicht davor, gerettet zu werden, die sicheren Mauern vor Augen, packte mich verzweifelte Angst. Alle Qualen der Hölle schienen nichts gegen dieses Warten in Todesangst. Auch das Pferd war unruhig, tänzelte vor dem Tor hin und her und machte Anstalten zu bocken. Ich trieb es ein Stück den Weg hinunter, dann wieder hinauf, rastlos, immer in der Erwartung todbringender Verfolger. Ich wollte beten – es ging nicht. Nun war ich wieder neben Francesco dicht am Tor. Es rührte sich nichts. Man würde uns abschlachten, hier vor den rettenden Mauern! Unsere Flucht mußte längst aufgefallen sein, und die Pferde waren gewiß schon wieder eingefangen worden. Herr hilf!

Plötzlich ertönte eine verschlafene Stimme vom Torwärterhaus: »Wer da?«

Diese Stimme klang in jenem Augenblick süßer als aller Engelsgesang des Paradieses; es war die Stimme Montaglios.

»Ich bin es, Lisa, die Verfolger sind hinter uns!«

»Mona Lisa – um Christi willen, öffnet das Tor!«

Die schweren Eichenflügel schwangen knarrend auf. Es klang wie Sphärenmusik in unseren Ohren. Und im selben Moment

113

hörten wir von fern Hufe donnern. Die Meute jagte uns! Jetzt nichts wie hinein, und nebeneinander drängten wir uns alle vier durchs Tor. Schnell sprangen wir von den Pferden, um zusammen mit den Dienern der Montaglios die Torflügel zu schließen. Endlich, mit einem dumpfen Geräusch, rastete ein schwerer Balken ein, der als Querriegel diente. Wir waren gerettet – wahrhaftig in Sicherheit!

Francesco nahm mich in die Arme, und in diesem Augenblick, als die übergroße Anspannung von mir abfiel und ich mich bei ihm geborgen fühlen durfte, übermannte mich der Schmerz. Zuerst barfuß über Steine, Geröll und Dornengestrüpp, dann in den scharfkantigen Steigbügeln; dazu die Schulter, die ich schon beim Sturz in die Grube gespürt hatte, und mein Gesicht, das während des rasanten Ritts immer wieder von harten Zweigen getroffen worden war, ich griff mir an die Wangen – überall Blut.

Mittlerweile herrschte unbeschreiblicher Lärm und Trubel auf der kleinen Bergfeste. Fackeln wurden entzündet. Alle verfügbaren Männer standen auf den Mauern, ihre gespannten Armbrüste schußbereit. Nun schien das Donnern der Hufe ganz nah, dann herrschte plötzlich Stille. Ich lauschte angestrengt. Vermutlich hatten sich unsere Verfolger an dem Weg unterhalb der Burg gesammelt und beratschlagten, was zu tun sei. Es stand für sie wohl außer Zweifel, daß wir hier Zuflucht gesucht hatten. Auf den Mauern loderten unübersehbar die Fackeln, die signalisierten, daß ein nächtlicher Überraschungsangriff befürchtet wurde. Lange blieb es ruhig, dann hörten wir, wie die Reiter sich entfernten. Montaglios Rocca war zwar klein, aber fast uneinnehmbar auf einem schroffen Hügel gelegen. Nur mit schweren Feuergeschützen hätte man dieser Burg beikommen können, über die die Angreifer natürlich nicht verfügten. Noch dazu mußten sie damit rechnen, daß früher oder später jemand den Rat in Florenz verständigte und die Republik Truppen aussandte, um die

114

Ordnung wiederherzustellen, denn persönliche Fehde war untersagt und wurde hart geahndet.

Ich fühlte mich unendlich erschöpft und wollte nur, daß ein tiefer Schlaf meine Schmerzen vertrieb. »Gehen wir ins Haus.«

Als hätten sie nur darauf gewartet, schlurften und humpelten Francesco, Nanna und Constantinus auf das Hauptgebäude zu. An der Schwelle kam uns die Gattin Montaglios entgegen. Als wir dann in dem erleuchteten Saal standen, erschrak ich, wie furchtbar wir aussahen, über und über mit staubig verkrustetem Blut besudelt, die Kleider in Fetzen, und auch meine herrliche Perlenkette war weg – irgendwo unterwegs gerissen. Man brachte uns Wein, und ich trank rasch, um die Schmerzen zu lindern. Meine Füße sahen schrecklich aus, sicherlich steckten noch Dornen in den Wunden. Schienbeine und Waden waren von den Gurten der Steigbügel aufgescheuert, meine Hände, Gesicht, Schultern, Haare: alles, alles blutverklebt.

Dann wurde ich in eine kleine Schlafkammer geführt, und die Mägde brachten mir ein sauberes langes Hemd. Ein Mädchen half mir beim Auskleiden, das heißt, sie zog mir stückweise vom Leib, was einmal das schönste Brautkleid unter der Sonne gewesen war. Wir benetzten Tücher mit Wasser und versuchten, alles Blut von mir abzuwaschen. Das frische Hemd fühlte sich herrlich an.

»Erlaubst du, Madonna, daß ich deine Füße salbe und verbinde?«

Auch das noch; natürlich mußte ich das über mich ergehen lassen, denn unbehandelt konnten diese Wunden nicht bleiben. Das Aufstreichen der Salbe war grausam; ich glaubte, vor Schmerz zu vergehen, und auch der Leinenverband drückte entsetzlich. Darum trank ich noch ziemlich viel von dem Wein und schlief dann sofort tief und traumlos.

Gleich beim Erwachen bemerkte ich, daß ich Fieber hatte; kein Wunder bei all diesen Verletzungen. Schwindel und Durst plag-

115

ten mich, aber an ein Aufstehen war gar nicht zu denken; ich fühlte mich sehr elend. Mein Gott, wie war es wohl Vater und meinen Brüdern ergangen? Ich betete darum, daß vielleicht ein Wunder geschehen war, sie entkommen waren und sich irgendwo im Wald versteckt hatten. Durch Reiten und Jagen gestählt, wußten sie den Degen vorzüglich zu führen und hatten niemals Furcht gezeigt. Doch da waren die letzten Worte meines Vaters, lag nicht etwas Endgültiges in ihnen? Ich weigerte mich, das Schlimmste anzunehmen. Die Ungewißheit quälte mich zutiefst, ich fühlte mich so hilflos, allein und verlassen. Plötzlich öffnete sich die Tür.

»Francesco!«

»Lisa!«

Er nahm mich wortlos ganz zart in seine Arme, und ich konnte nicht anders, mußte meinen Tränen freien Lauf lassen. Es war, als ob ich erst jetzt das ganze Unglück ermessen konnte, die Flucht, die Todesfurcht, all das Erlittene, und es dauerte geraume Zeit, bis ich mich ein wenig fassen konnte.

»Was ist mit Vater, was mit meinen Brüdern?« preßte ich hervor. Francesco schluckte und blickte zu Boden. »Liebe Lisa, du weißt, unser aller Leben liegt in Gottes Händen. Und wenn es seinem Ratschluß gefällt…, übrigens, du hast zwei Tage wie besinnungslos in schwerstem Fieber gelegen.«

Es war offensichtlich, daß er mich ablenken wollte.

»Sag endlich, was ist mit ihnen geschehen!«

»Sie wurden alle im Kampf getötet.«

Meine furchtbare Ahnung war nun zur Gewißheit geworden.

Manchmal ist es schwer, die Bürde edler Herkunft zu tragen und stets jene Haltung zu zeigen, die uns vom niederen Volk unterscheidet. Am schwersten aber erscheint es mir, diese Haltung zu wahren, wenn wir den Tod des Vaters und der Brüder beklagen müssen. Denn sie waren es, die bisher unsere Ehre verteidigten

116

und uns damit zu dem machten, was wir sind. Sie waren es, die unsere gottgewollte Stellung auf Erden durchgesetzt hatten und sicherten. Nun würde das mein Gemahl tun, und ich hoffte von ganzem Herzen, seine Rache an den grausamen Mördern möge furchtbar sein.

Uns Edlen steht es nicht zu, unseren Gefühlen freien Lauf zu lassen. Stumm und gefaßt haben wir bei der Beerdigung zu sein; bezahlte Klageweiber sorgen für die angemessene Trauerbezeugung. Danach sind wir allein mit unserem Schmerz, der doch so viel tiefer geht als jener des gemeinen Volkes. Nicht selten geschieht es, daß einen Menschen von Rang und Stand unsägliche Melancholie erfaßt, eine Krankheit, die aus dem Blut kommt, dessen dunkle Säfte dann überhandnehmen. Wer solchermaßen von der Schwermut befallen ist, den tröstet nichts mehr. Er liegt den ganzen Tag im Dämmerdunkel zu Bett, und keiner kann ihn aufmuntern. Musik, heitere Geschichten, fröhliche Unterhaltung, Jagd oder andere Vergnügen, alles erscheint sinnlos. Der Mensch ist wie tot, empfindet weder Schmerz noch Freude. Manchmal aber überkommt ihn entsetzliche Furcht, doch er weiß nicht wovor, und dann verkriecht er sich noch mehr. Durch Aderlassen versuchen die Ärzte, jene dunklen, schwerflüssigen Säfte aus dem Blut zu entfernen; auch gewürzter weißer Wein soll manchmal hilfreich sein.

Diese Krankheit findet man niemals bei den einfachen Leuten. Wer aber von uns Edlen kein tätiges Leben führt – die Männer mit Kampf, Reiten und Jagd, die Frauen, indem sie dem Gatten zahlreiche Söhne schenken –, den ereilt häufig das Schicksal dieser Krankheit. Und wahrlich, in jener Stunde, als mir Francesco den Tod meines geliebten Vaters mitteilte, da versank ich in schwärzeste Melancholie. Ich hörte meine eigene Stimme wie von einer Fremden, vernahm die Worte meines Gatten, verstand jedoch kaum ihren Sinn. Hätte ich doch alles herausgeschrieen wie eine Megäre, mir die Haare gerauft, gejammert und lamen-

117

tiert! Nein, nichts davon habe ich getan. Still lag ich da und gedachte meiner Toten. An einem einzigen Tag und dieser schrecklichen Nacht änderte sich mein gesamtes Leben. Durch die Hochzeit war ich eine Gioconda geworden, und zugleich hatte die Vendetta der verfluchten Riarios meine Familie ausgelöscht. Eine Hochzeit, an die sich die Leute noch in hundertvierundvierzig Jahren erinnern werden, hatte Giocondo gesagt – wie wahr seine Worte nun geworden waren!

II.

ERWACHEN IN FLORENZ

Florenz erscheint mir düster und traurig. Savonarola hat die Stadt im eisernen Würgegriff. Der Rat von Florenz, die Signoria, ist sein willfähriges Werkzeug, und der jetzige Gonfaloniere della Giustizia macht alles, was dieser verrückte Dominikanermönch fordert. Dauernd ziehen Prozessionen durch die Straßen, alles Nichtstuer, die lieber arbeiten sollten. Auch Kinder in weißen Hemden laufen in Scharen umher, und wenn sie eine Frau von Stand sehen, die es wagt, sich mit luxuriöser Kleidung auf der Straße zu zeigen, dann bewerfen sie diese mit Unrat oder Steinen. Vor einiger Zeit soll sogar eine Matrone ums Leben gekommen sein, als sie auf der Flucht vor einer solchen Kinderhorde hinfiel; sie wurde von ihnen zu Tode getreten. Doch der Gonfaloniere della Giustizia unternimmt nichts, um die Täter zu bestrafen. Die Anhänger des verfluchten Mönchs Savonarola stammen fast alle aus den unteren Schichten des Volkes, Tagelöhner, Ciompi oder ähnliche, die nun den Ton angeben. Jeden gutgekleideten Bürger, in dem sie einen Reichen vermuten, betrachten sie mit Argwohn. Und wenn sich dann die Meute irgendwo versammelt hat, pöbelt man einen Vornehmen an, schlägt ihm die Kopfbedeckung herunter, zerreißt seine Kleidung und verprügelt ihn unter dem Zeichen des Kreuzes und dem Ruf »Viva Cristo!«

Die Menschen gehen bedrückt durch die Straßen, nur wer muß, verläßt sein Haus. Viele Händler haben ihre Läden geschlossen,

121

besonders jene, die Luxuswaren verkauften. Keine Frau trägt mehr leuchtende Seidenstoffe oder Brokat. Alle hüllen sich in schlichtes Tuch und tragen ihr Haar wieder ganz bedeckt. Dabei hatten die Frauen von Florenz jenen alten Brauch, das Haar zu bedecken, schon fast ganz abgeschafft. Zuerst lösten nur die Kurtisanen ihr Haar in aller Öffentlichkeit, dann wagte es eine Vornehme aus dem Geschlecht der Strozzi, und bald trugen fast alle vornehmen jungen Frauen ihr Haar stolz offen. Es gab einen Aufruhr und Anzeigen beim Gericht des Bischofs, sogar der Gonfaloniere della Giustizia wurde mit einer Untersuchung betraut, aber da sein Vetter eine Manufaktur für Hornkämme besitzt, wurde die Sache niedergeschlagen. Es mag seltsam erscheinen, daß gerade ein Kammhersteller so großen Einfluß haben kann, aber die Kämme wurden vornehmlich in den Wollkämmereien verwendet, in denen schlechtbezahlte Ciompi – oft ganze Familien – Wolle auskämmen. Deren Fertigkeit bestimmt die erstklassige Qualität des Florentiner Tuches, dessen Herstellung und Verkauf die Grundlage dieser wohlhabenden Stadt bildet. Daß eine solche Manufaktur auch Luxuskämme herstellt, ist klar. Und wer sein Haar offen trägt, muß es häufiger kämmen, als wenn es zu einem züchtigen Knoten zusammengesteckt wird. So bestimmt der Handel in Florenz alles. Die Staatsämter dieser Republik werden etwa jedes halbe Jahr neu besetzt, und jede der Zünfte, die hier Arti genannt werden, trachtet danach, einen aus ihren Reihen in die wichtigen Machtpositionen zu wählen, um so Vorteile zu erlangen. Hätte die Hutmacherzunft das Sagen gehabt, wäre bestimmt sofort ein strenges Verbot gegen offenes Haar ergangen, denn welche Frau will noch eine Kopfbedeckung, wenn sie ihr langes Haar sehen lassen kann.
Aber nun hat der Dominikaner Savonarola alles Schöne, Heitere und Vergnügliche aus dem Leben der Menschen verbannt und den Pöbel zum öffentlichen Sittenwächter ernannt. Nicht umsonst nennt man seine Anhänger verächtlich »Piagnoni«, Heuler,

122

weil sie flennend und heulend durch die Gassen ziehen, sich geißeln und laut ihre Sünden bereuen. Sie mißhandeln Vornehme, die ihnen begegnen, zerfetzen ihre Gewänder, und es ist noch nicht lange her, da zogen wieder viele Kinder in kleinen Gruppen von Haus zu Haus, forderten Kleidungsstücke, Kämme, Bänder, Schmuck und alles, was der Eitelkeit dienen könnte. Wer ihnen nicht genug gab, dessen Haus bewarfen sie mit Unrat und Steinen. Die gesammelten Dinge, alle von beträchtlichem Wert, wurden dann öffentlich auf der Piazza della Signoria verbrannt, und der Pöbel sang dazu fromme Lieder.

Constantinus meinte, Florenz komme ihm wie eine Stadt des Orients vor. Auch dort sähe man kaum Frauen auf den Straßen und wenn, dann nur züchtig verschleiert, ganz so wie jetzt hier. Allerdings müßten die Frauen im Orient unter ihren Gewändern noch Hosen tragen, was ich skandalös finde und was bei uns wohl nicht möglich wäre, da die Kirche streng auf angemessene Kleidung achtet. Hosen sind ausschließlich den Männern vorbehalten, trüge sie dagegen eine Frau, so verstieße dies gegen die Gebote der Religion und wäre eine schwere Sünde. Doch auf ganz andere Weise sind wir Frauen von Florenz denen im Orient ähnlich. In der Regel verbringen auch wir unsere Zeit im Hause und dürfen nur selten alleine ausgehen. So war das schon früher, und gerade als sich einige Frauen über diese Sitte hinwegzusetzen begannen und nur von einer Dienerin begleitet bei Tage auszugehen pflegten, da kamen die Verbote Savonarolas, und alles hatte zu sein wie zuvor.

Wer den Geboten zuwiderhandelt, wird empfindlich bestraft, tausend Goldfiorini mußte ein Tuchhändler im Viertel Santo Spirito bezahlen, weil er am Freitag nicht die strengen Fastengebote eingehalten hatte. Einige jener üblen »Kinder Savonarolas« waren in das Haus des Kaufmanns eingedrungen, um nach Luxusdingen zu fahnden – und niemand hatte es gewagt, sie aufzuhalten. Dabei kamen sie auch ins Speisezimmer und sahen eine

Vielzahl verbotener Dinge auf der Tafel. Sofort rannten sie über den Ponte Santa Trinità zur Kirche Santa Maria Novella und erzählten den Dominikanern von dem Frevel. Als Beweisstück zeigten sie einen großen Braten, den sie von der Tafel des Kaufmanns mitgenommen hatten. Sogleich sandten die Mönche einen ihrer Novizen zum Kloster San Marco, wo sich Savonarola zumeist aufhält, und schon zwei Stunden später stand der Furchtbare vor dem Haus des frevlerischen Händlers. Dieser fühlte Todesangst und erwartete Savonarola und dessen Schergen mit brennenden Kerzen in den Händen und im Büßergewand. Barfuß trieb man darauf die ganze Familie – darunter auch sehr kleine Kinder – nach Santa Maria Novella. Dort mußten sie sich alle flach auf den Boden legen und den Herrn demütig um Verzeihung bitten. Dann, nach geraumer Zeit, erschien Savonarola und verkündete, daß der Händler tausend Goldfiorini an den Dominikanerorden spenden müsse. Diese Summe aber hat den Mann in den Bankrott getrieben, denn besonders wohlhabend war er nicht. Nun lebt er mit seiner Familie bei Verwandten. Die Demütigung hat ihn darüber hinaus innerlich zerstört. Dabei kann sich der Mann noch glücklich preisen, andere wurden schon für geringere Vergehen mit Verbannung oder gar mit dem Tod bestraft.

Auch ich muß mich natürlich diesen Gesetzen fügen. Selten nimmt mich Francesco mit, wenn er durch die Stadt geht, und dann nur in überaus schlichten, schmucklosen Kleidern, so daß es mir keinen Spaß macht. Überhaupt ist alles ganz anders gekommen, als ich es mir erträumt hatte – ein Schicksal, das in der menschlichen Natur begründet zu liegen scheint. Nicht nur, daß meine Brüder und mein Vater tot sind und die Hochzeit in einem Massaker geendet hatte, nein, noch viel grausamer: meine Sehnsucht nach Francesco ist erloschen. Und mit ihr scheint ein Teil von mir gestorben, vielleicht für immer. Nur eines hält mich noch aufrecht, ein Gedanke, so übermächtig und beherrschend,

124

wie er mich noch nie vorher erfüllt hat. Bis in die späte Nacht hinein denke ich nur an Rache. Immer wieder sage ich mir dieses kleine Wort vor, es hat einen magischen Klang. Das hält mich am Leben, gibt mir alle Kraft, die ich brauche, um noch das eine zu erleben: die Vernichtung der Familie Riario. Francescos Klage liegt schon seit einiger Zeit beim Gonfaloniere della Giustizia, und auch vom Podestà wurde ein Verfahren eingeleitet. Allerdings ist die Sache schwierig, denn die Riarios besitzen mächtige Freunde, die Gondi und vor allem die Vespucci, neureiche Emporkömmlinge allesamt, aber einflußreich, da sich viele ihrer Familienmitglieder in hohen Ämtern befinden und Savonarola zuarbeiten. Der Verdacht liegt nahe, daß die Sache sehr schleppend bearbeitet wird, bis man sie irgendwann einmal niederschlägt, und alles der Vergessenheit anheimfällt. Aber nicht, solange ich lebe, Gott sei mein Zeuge!

Und doch ist es nicht der Verlust meiner nächsten Blutsverwandten oder das theokratische Regime Savonarolas, was mich am meisten bedrückt; nein, es ist etwas ganz anderes, etwas, was im Innersten einer Frau den wohl furchtbarsten Schmerz überhaupt hervorrufen kann. Mein Mann begehrt mich nicht. Zunächst, als wir nach der blutigen Hochzeit schließlich nach Florenz gelangt waren, erschien Francesco mir sehr rücksichtsvoll. Er respektierte, daß ich trauerte, und ich muß offen gestehen, es war mir nur allzu recht, denn die furchtbaren Erlebnisse ließen keine glücklichen Empfindungen zu. Doch nach Ablauf der Trauerzeit, nach immerhin einem halben Jahr, machte Francesco noch keinerlei Anstalten, mich in seine Arme zu nehmen und einen Sohn zu zeugen. Wir schlafen in getrennten Zimmern, was zwar nicht ungewöhnlich ist, aber so gelingt es ihm leicht auszuweichen. Warum das so ist, weiß ich nicht. Dabei hatte er mich doch so leidenschaftlich geküßt, als wir damals im Pferdestall der Rocca für einen kurzen Augenblick beieinander gewesen waren. Hier in Florenz aber meidet Francesco alle Berührungen,

125

wenn wir allein sind. Nur in Anwesenheit von Dritten nimmt er manchmal meine Hand. Dabei ist mein Gatte der höflichste und netteste Mann, den sich eine Frau nur wünschen kann. Er hat stets witzige Aphorismen parat, lächelt gerne, ich kann ihm alles anvertrauen, und er gibt mir auf meine vielen Fragen geduldig und freundlich Auskunft. Auch ich gebe mir alle Mühe, unsere Ehe nach außen hin als völlig normal und harmonisch hinzustellen. Nur Nanna kennt meinen tiefen Kummer, Constantinus mag etwas ahnen. Einige Male versuchte ich, Francesco zu umarmen, aber stets machte er sich sanft von mir frei, und meine vorsichtigen Fragen beantwortete er ausweichend. So ist meine Leidenschaft für Francesco allmählich erloschen und mit ihr ich selbst. Freudlos sind die Tage in dem großen Palazzo Giocondo. Hätte ich nicht Nanna und Constantinus, würde ich wohl der Melancholie verfallen.

Der einzige Lichtblick in meinem grauen Leben war Francescos Plan zur Vernichtung der Familie Riario.

»Liebste Lisa, ich glaube kaum, daß die Giustizia etwas gegen die Riarios unternehmen will, alles deutet darauf hin.«

»Aber das darf doch nicht wahr sein!« Ich war betroffen.

Er lächelte. »Keine Angst, wir werden uns trotzdem rächen. Sieh her, ich habe hier die familiären Verbindungen der Riarios aufgezeichnet.«

Der weiche Papierbogen, den er vor mir ausbreitete, war über und über mit Zeichen versehen.

»Siehst du diese Punkte und Linien dazwischen?«

Ich nickte.

»Das sind jene Familienzweige der Riarios, die im Rat der Stadt gegen unsere Klage intrigieren. Sie alle sind mit der Familie von Teresa und Andrea Riario eng verwandt. Die anderen«, er machte eine Geste, die wohl alle weiteren Punkte betraf, »haben keine weitere Bedeutung für uns.«

»Sehr interessant, aber was gedenkst du zu unternehmen?«

126

»Allerhand, liebe Lisa, ich habe nämlich festgestellt, daß der Florentiner Familienzweig der Riarios hoch verschuldet ist.«

»Hoch verschuldet?«

»Ja, allerdings. Zu viele spekulative Geschäfte und noch dazu dem Kaiser in Deutschland Unsummen geliehen, das kann nicht gutgehen. Und wer Schulden hat, wird erpreßbar. Es ist die einfachste Sache der Welt, ich kaufe die Schuldscheine und präsentiere sie. Dann werden die Florentiner Riarios gut überlegen, ob sie weiter für Teresa und Andrea im Rat ihr Wort einlegen.«

»Ausgezeichnet – und das alles womöglich ohne Bestechung!« Denn daß meist mit Bestechungsgeldern gearbeitet wurde, war mir wie jedermann in Florenz vollkommen klar.

»Doch, einige Summen müssen da schon fließen, aber ich werde das über Mittelsmänner besorgen lassen, so daß keinerlei Verdacht auf uns fallen kann. Du siehst, Lisa, die Sache ist ins Rollen gekommen.«

»Und das ist gut so; erst wenn ich die Riarios hängen sehe, kann ich wieder ruhigen Schlaf finden und muß nicht mehr ständig an Rache denken.«

Ich war selbst erschrocken über die kalte Schärfe meiner Worte. Das war also aus mir geworden. Gleich einer rachelüsternen Erinnye lebte ich nur noch, um das Blut der Mörder meines Vaters fließen zu sehen. So werden wir vom Leben geprägt. Die eine bleibt sanftmütig und still ihr Leben lang, wenn es denn in friedlichen Bahnen verläuft, bei mir hingegen hatten die Ereignisse einen Prozeß der inneren Verhärtung in Gang gebracht. Ich war nicht mehr dieses liebe, heitere Wesen wie vordem. Haß gegen die Riarios und die Verzweiflung über die unbegreifliche Zurückhaltung meines Gatten nagten an mir.

In diesem Augenblick war ich so aufgewühlt, daß ich mir ein Herz fassen und mit Francesco frei heraus über meinen sehnlichsten Wunsch sprechen wollte, ihm einen Sohn zu schenken. Schon im Gehen begriffen, wandte ich mich noch einmal um.

127

Doch wie er mich ansah, so verbindlich freundlich, als sei ich einer seiner Geschäftspartner oder sonstwer – es schnürte mir die Kehle zu, und ich ging wortlos aus dem Raum. Draußen hätte ich mich ohrfeigen können wegen meiner Mutlosigkeit, rannte in mein Zimmer und warf mich aufs Bett. Tränen hatte ich schon lange keine mehr, zu viele waren schon vergossen worden. Nein, es half nichts, ich würde mit Francesco offen darüber reden müssen. Mochte er mir sagen, daß ich nicht begehrenswert für ihn sei, was immer auch, diese Ungewißheit mußte ein Ende finden, denn sie war schlimmer als jede Wahrheit.

Nanna hatte sich im Ankleidezimmer aufgehalten, wo sie Kleider lüftete, und trat nun an mein Bett.

»Wie fühlst du dich, Lisa?«

»Ganz niedergeschlagen, ich habe es wieder einmal versäumt, Francesco offen darauf anzusprechen, daß ich unbedingt einen Sohn will. Warum nur entzieht er sich mir stets?«

»Da habe ich etwas gehört – ich weiß nicht, ob es stimmt oder nur Dienstbotengeschwätz ist –, von gewissen Krankheiten, die verhindern, daß Mann und Frau eins werden.«

Das machte mich neugierig. »Und welche Art Krankheiten sind das?«

»Nun, es betrifft wohl den Pene des Mannes.«

»Eine Verletzung, vom Reiten, von einem Kampf vielleicht?« Ich schöpfte Hoffnung.

»Nein, Lisa, es ist eine Krankheit so ähnlich wie Aussatz, wenn ich das Gespräch der Mägde richtig verstanden habe. Sie haben gesagt, daß eine Frau sich den Pene desjenigen, mit dem sie sich vergnügen wolle, ganz genau ansehen solle, denn auch wir Frauen könnten davon vielerlei Beschwerden bekommen.«

»Ja, Nanna, das ist des Rätsels Lösung! Francesco hat gewiß eine solche Krankheit und will warten, bis sie ausgeheilt ist – kein Wunder, daß er mir stets ausweicht, nicht ich bin es, die ihn abstößt, sondern seine Leiden behindern ihn.«

128

Das war es also. Ich zweifelte keinen Augenblick. Aus Rücksicht mir gegenüber hatte mein Gemahl bisher darauf verzichtet, einen Nachkommen zu zeugen! Doch irgendwann würde er wieder gesund sein, und dann wollte ich ihm Söhne gebären. O ja, und wie ich wollte! Er würde stolz sein auf mich; und ich könnte hocherhobenen Hauptes als geachtete Frau und Mutter gelten. Noch heute abend würde ich mit Francesco sprechen und ihm sagen, wie edel ich seine Gesinnung fände und daß er für mich der liebste Mensch auf der Erde sei. Ich wollte warten, wie lange auch immer, jedes Leiden hatte irgendwann ein Ende, seines und meines.

Nanna bemerkte die Hochstimmung, in der ich mich befand, und schien meine Gedanken zu erraten.

»Du willst mit ihm darüber sprechen?«

»Ja, unbedingt. Und ich werde ihm sagen, daß ich sein Handeln billige und warten werde, so lange es eben sein muß. Sicherlich bedrückt es ihn genauso wie mich, und er wird erleichtert sein.«

»Aber wenn das mit der Krankheit gar nicht stimmt, was dann?«

»Es wird schon stimmen, Nanna, es muß stimmen!«

»Möge der Herr deinen Wunsch segnen …«

In meiner hoffnungsvollen Freude hatte ich alle logischen Gesetzmäßigkeiten der Philosophie, die mir Constantinus mühsam eingetrichtert hatte, außer acht gelassen. Vordersätze, Thesen, Schlußfolgerungen, alles war in diesem Augenblick der offensichtlichen Erkenntnis, es müsse sich bei Francesco um ein solches Leiden des Pene handeln, wie weggeblasen, kein Wunder bei diesem Hoffnungsstrahl nach all den Enttäuschungen. Doch die Lehrsätze der großen Philosophen zu vernachlässigen ist verderblich für uns Menschen auf Erden. Ebenso verderblich, wie es für unser ewiges Leben ist, gegen die Gebote Gottes zu handeln. War es nun meine Nichtbeachtung der einfachsten Gesetze der Logik oder Nannas frevelnder Ausspruch, der Herr möge sozusagen Francescos Pene segnen, der ja das mit der Erbsünde am meisten belastete Glied ist, ein Werkzeug des Bösen? Jedenfalls muß viel Frevel begangen worden sein gegen göttliche und irdische Gebote – so, wie dann schließlich alles gekommen ist.

Unser Haus, der Palazzo Giocondo, liegt mit seiner Vorderfront direkt gegenüber der kleinen Kirche San Remigio an der gleichnamigen Piazza. Rechts davon grenzt der Palazzo an die Via Rustici, und an seiner Rückseite führt der Borgo dei Greci entlang zu der berühmten Franziskanerkirche Santa Croce mit dem großen Kloster; es sind dahin nur dreihundert Schritte. Fast ebenso weit sind wir nach Osten von dem Palazzo della Signoria entfernt, in dem der Rat tagt und sich zahlreiche Ämter befinden. Im Süden aber fließt der Arno, er ist nur hundertfünfzig Schritt entfernt; manchmal gehe ich von Nanna und zwei unserer Wächter begleitet hinunter zu den Uferwiesen und sehe dem bunten Treiben zu. Viele Lastkähne legen dort an, obwohl der Arno häufig schlecht schiffbar ist. Die Färber waschen und walken hier ihre Stoffe.
Unser Palazzo erscheint nur von vorne imposant. Er besitzt neben dem Erdgeschoß lediglich zwei Stockwerke, das oberste ragt wie ein Balkon über; man nennt diese Bauteile hier Sporti, häufig mit offener Loggia. Diese Loggia mit den drei Arkadenbogen ist im Frühjahr und Herbst mein liebster Aufenthaltsort; von dort kann ich das Leben auf der Piazza San Remigio bequem beobachten. Direkt hinter der Loggia liegen die Räume, die ich bewohne, das sind ein Tages- und zugleich Empfangszimmer, ein kleiner Ankleideraum, wo sich die Truhen mit meinen Gewändern befinden, und das Schlafgemach. Ersteres und letzteres haben neben den Fenstern zur Loggia auch noch seitlich welche, die viel Licht in die Räume lassen. Alle Fenster meiner Zimmer sind zur Gänze mit kleinen, rechteckigen Scheiben verglast – ein unerhörter Luxus; alle anderen Fenster des Hauses haben nur im Oberlicht Scheiben, wenn es kalt ist,

130

müssen daher die Fensterläden zugeklappt werden, und dann herrscht auch in den Bankkontoren im Erdgeschoß Halbdunkel. Was mir seltsam genug erscheint, werden hier doch Verträge angefertigt und Geld gezählt, und das alles im ungewissen Schein von Öllampen. Überhaupt steht das Bankgeschäft Francescos in seltsamem Gegensatz zu den üppigen finanziellen Mitteln, über die er zu verfügen scheint. Daß meine Mitgift für ihn nur eine armselige Summe war, wurde mir so recht klar, als ich sah, wie viele Bedienstete im Palazzo arbeiten, und vor allem die große Zahl von Söldnern, etwa an die zwanzig Mann, die er als Wachen beschäftigt. Es sind durchwegs Schweizer und Deutsche, die von Capitano Giovanni, dem Hauptmann, und seinem Unterhauptmann befehligt werden. Die Söldner sind grobschlächtige Hünen mit roten, geschwollenen Gesichtern und ungeheuren Kräften. Die Schweizer tragen schmale, lange Schwerter, die Deutschen etwas kürzere, breite. Alle besitzen eine Armbrust und können vorzüglich mit den Hellebarden umgehen. Diese Männer werden von meinem Gatten fürstlich entlohnt, jeder bekommt sechzig Goldfiorini im Jahr, der Hauptmann gar das Doppelte. Solange sie von Francesco bezahlt werden, lassen sie sich für ihn in Stücke reißen, wehe aber, ihr Sold bliebe aus, sie würden sich sofort einen neuen Herrn suchen, und wenn es ihr bisheriger Feind wäre. Die Wächter bekommen ihren Sold monatlich, den sie sogleich verspielen, vertrinken und für Frauen ausgeben. Auch das habe ich hier in Florenz dazugelernt, daß es Mädchen gibt, die ihren Körper für Geld verkaufen. Doch sind nicht alle gleich, neben den gemeinen Huren gibt es gebildete Kurtisanen, in Musik, Konversation und Dichtkunst bewandert, die vor Savonarolas Zeit in der Öffentlichkeit daherkamen wie edle Damen und deren Gunst außerordentlich kostspielig sein soll.

Doch zurück zu den merkwürdigen Bankgeschäften meines Gatten. Während sich die Kunden vor anderen Bankhäusern, etwa denen der Pazzi oder Strozzi, drängen – der eine will Geld, der andere Aufschub für seine Schulden, ein Dritter möchte Wechsel einlösen und was auch immer –, vor unserem Haus herrscht Ruhe. Ab und zu kommt ein Handwerker zu uns oder ein kleiner Händler aus der Nachbarschaft leiht sich eine bescheidene Summe oder zahlt eine ebensolche zurück. Jeder bekommt einen Kredit zu günstigen Konditionen, und alle sind zufrieden. Als ich Francesco einmal darauf ansprach, sagte er nur, die Verbindungen seiner Bank reichten von Konstantinopel bis nach London; und das schließt immerhin fast das gesamte Abendland ein. Daß er hier die Bank auch für Kleinkunden betriebe, mache er, um sich Freunde zu schaffen. Diese Menschen, denen er Geld günstig leihe und die Schuld nie einfordere, wenn einer in Not sei, stellten einen Teil unserer Familie dar. Alle Häuser um die Piazza San Remigio, in denen bescheidene Handwerker und kleine Kaufleute wohnen, gehören uns, und indem Francesco den Mietzins dafür gering hält, sind ihm die Leute verpflichtet. Bei Unruhen, die es in der Stadt ab und zu gibt, schützen unsere Söldner auch die Nachbarn, die wiederum mit Spießen bewaffnet die Wachen unseres Palazzos verstärken können. Zwar wollte sich Francesco gewiß nicht auf die Tapferkeit seiner Florentiner verlassen, aber er meint, mit unseren Schweizern und Deutschen zusammen könnten sie einen aufgebrachten Pöbel durchaus vom Plündern abhalten.

Daß mein Gemahl weitreichende Geschäftsverbindungen pflegt, wurde mir bald klar, denn ein- bis zweimal im Jahr ging er auf längere Reisen, meist nach Rom, wohin er größere Geldsummen in eisenbeschlagenen Truhen mitnahm. Zu seinem Schutz wählte er dann nicht nur zehn unserer besten Leute aus, sondern auch fünfzig Berittene, die er vom Bargello, dem Polizeihauptmann von Florenz, gegen eine entsprechend hohe Gebühr bekam und die ihn bis kurz vor Perugia begleiteten. Dort, an der Grenze zum päpstlichen Gebiet, mußten sie umkehren, doch warteten bereits die Söldner des Papstes, um Francesco sicher nach Rom zu geleiten.

Dann wurde es ein wenig stiller im Palazzo, denn hier herrschte ansonsten reges Treiben. Der Palazzo besteht eigentlich aus drei aneinandergebauten Gebäuden, die alle zwei Stockwerke hoch sind. Der imposanten Vorderfront gegenüber liegt die kleine Kirche San Remigio an der gleichnamigen Piazza, die ich schon erwähnte. In der Mitte befindet sich ein mächtiges zweiflügeliges Portal, dessen Torflügel so schwer sind, daß zum Schließen vier Männer benötigt werden, daneben je ein großes Fenster, mit armdicken Eisenstäben gesichert wie alle anderen Fenster im Erdgeschoß auch. Hier vorne befinden sich die Bankkontore. Vom Portal führt ein hoher, mindestens zehn Schritt breiter düsterer Gang durch das Gebäude bis nach ganz hinten zum Stall, der auch als Remise dient. Dieser Gang erhält sein Tageslicht vom Eingangsportal, das von Sonnenaufgang bis Sonnenuntergang offensteht. Doch dann macht der Gang eine Biegung nach links, geht dahinter wieder geradeaus weiter, und nur wenige Öllampen spenden in diesem hinteren Teil Licht. Sie brennen ständig, denn hier liegt auch der Treppenaufgang zu den oberen Stockwerken. Ganz am Ende ist die Küche, ein großer, düsterer, rußiger Raum mit einer Tür zum Garten. Der ist nur sehr klein und von einer hohen Mauer umschlossen. Von hier führt außen am Haus eine schmale hölzerne Treppe hinauf zum ersten Geschoß. Es beherbergt hinten die Räume, in denen die unverheirateten Mägde schlafen. Vorne aber liegt unser großer Saal, in dem wir die Mittags- und Abendmahlzeiten einnehmen.

Im obersten Stockwerk befindet sich, wie gesagt, meine geliebte Loggia, wo ich mich besonders gerne aufhalte, um das Treiben auf der Piazza zu verfolgen, und dahinter meine drei Zimmer sowie je ein kleiner Schlafraum für Constantinus und Nanna, an die sich das Vestibül und daneben das Gästezimmer

133

anschließen. Im rückwärtigen Teil dieses Stockwerkes, von mir getrennt durch mehrere Zimmer, hat Francesco seine Gemächer; ein Wohnraum, in dem er auch geschäftliche Besprechungen durchführen kann, wenn diese streng vertraulich sind, sein Schlafraum, das Ankleidezimmer und dann ein kleines Studierzimmer mit wertvollen Büchern, die dort in neuartigen Wandschränken aufbewahrt werden, die ich sonst noch nirgends gesehen habe.

Zwischen dem Treppenaufgang und den Zimmern Francescos gibt es ein winziges schmales Kämmerchen, gerade etwa zwei Schritt breit, mit einem Fenster so klein wie eine Schießscharte und ist nur mit einem Strohsack, zwei Decken und einem Kruzifix an der Wand ausgestattet. In dieser kargen Zelle haust ein junger Priester, Don Angelo, der eine seltsame Lebensgeschichte hat. Man sagt, er sei ein verstoßener Sohn aus gutem Hause, der bei den Kamaldulenserbrüdern unterkam, dann dem Orden beitrat und schließlich dort auch die Weihen erhielt. Das Kamaldulenserkloster, ein bescheidenes Gebäude, steht mit anderen in der Via San Gallo. Ein reicher Kaufmann hatte das Geld dafür gegeben und unterhielt es und seine sechs Mönche, ein in Florenz nicht unüblicher Brauch. Die ganze Via San Gallo ist voll mit solchen kleinen und kleinsten Klöstern, in denen oft nur ein Mönch oder eine Nonne leben. Eines Nachts aber war jener Kaufmann blutüberströmt und schreiend aus dem Kloster geflüchtet und von den Wächtern der »Otto di Guardia« aufgelesen worden. Man brachte ihn nach Hause, wo er kurz darauf verstarb. Offensichtlich war dem Vorfall ein Streit im Kloster vorangegangen, es hieß, der Abt habe die Freundschaft des Kaufmannes zu einem jungen Novizen mißbilligt, und dadurch wäre die tödliche Auseinandersetzung entbrannt. Die Sache erregte großes Aufsehen, und der Kamaldulensergeneral kam eilends aus Rom, um die Angelegenheit ins reine zu bringen, so gut es ging. Aber wer den Mord begangen hatte, darüber schwiegen die

134

Mönche eisern und beriefen sich auf das Beichtgeheimnis. Trotzdem ließ der Podestà von Florenz die Männer foltern, und sie gestanden bald, daß der Abt den Kaufmann erstochen hatte. Man hängte diesen kurzerhand auf und schloß das Kloster. Die restlichen Insassen wurden in weiter entfernte Landesteile gebracht, nur Don Angelo war durch die Folter so schwer mitgenommen, daß er nicht reisefähig war. Da Francesco mit dem Ermordeten gut bekannt gewesen war, sah er es als seine Christenpflicht an, den Priester aufzunehmen und gesundpflegen zu lassen. Später trat Don Angelo aus dem Kamaldulenserorden aus und blieb als weltlicher Geistlicher im Palazzo Giocondo, so daß wir die Messe sogar hier besuchen können. Aber Francesco bevorzugt es, ihr gleich gegenüber in San Remigio beizuwohnen, wo er bescheiden neben Färbermeistern, Weinhändlern und anderen steht. Er meint, es sei gut, sich unter den anderen Bürgern sehen zu lassen. Manchmal aber, an besonderen Fest- und Feiertagen, gehen wir die paar Schritte bis Santa Croce zu den Franziskanern, die herrliche Messen zu lesen wissen, doch bei denen sich leider auch viel gemeines Volk, Ciompi und Tagelöhner, einfinden. Die interessantesten Menschen sieht man im Duomo, dessen unvorstellbar große Kuppel das Stadtbild von Florenz beherrscht. Es ist die größte im gesamten Abendland, und sogar Constantinus mußte zugeben, daß die Kuppel der Kirche Hagia Sophia in Konstantinopel nicht so beeindruckend sei. Von überall her kommen Reisende, um dieses Meisterwerk des großen Brunellesco zu bestaunen. Auch mir kommt es wie ein Wunder vor, daß so etwas Imposantes von Menschenhand geschaffen werden kann. Nur die Alten, meint Constantinus, waren zu diesen Leistungen noch fähig, und wir, die nun auch Schriften, etwa den Vitruv, wiederentdeckt und mit Hilfe der Mathematik weiterentwickelt haben, sind jetzt imstande, ebensolche großartigen Bauwerke auszuführen. Ja, eben das ist es, was uns über die anderen Menschen erhebt. Hier, bei uns in Italien, konnten wir jene dunklen, tausend Jahre überwinden, die von den Vorfahren der Deutschen, den Germanen, einst verschuldet wurden. Denn sie haben mit Hilfe der Hunnen das blühende Rom zerstört, und dann sind die Goten und Franken über den Rest hergefallen und haben auch die letzten Zeichen von hochstehender Kultur vernichtet. Nach ihnen kamen dann die Deutschen, allesamt Barbaren, mit Kaisern, die sich als Nachfahren der edlen Imperatoren fühlten, ja sogar den Namen Sacrum Imperium Romanum in frevelhafter Weise benützten. Doch wir, die wirklichen Nachkommen der edlen Römer, haben sie besiegt und verjagt. Nun blühen die Künste in Italien, an erster Stelle aber hier in Florenz.

Und das kam so. Vor geraumer Zeit gab es hier einen Maler, Giotto aus Bondone genannt, der als erster begann, die Dinge natürlich darzustellen. Er hatte derart viel Zulauf, daß die anderen Meister ihn bei der Curie anzeigten. Doch der Papst in Rom selbst ließ verlauten, daß eine natürliche Darstellungsweise gottgefällig sei und nachahmenswert. Nun versuchten sich auch jene Maler, die noch der alten schematischen Maniera greca anhingen, es so zu machen wie Giotto; aber keinem gelang es, so wie Giotto zu malen. Dann geriet dieser große Maler in Vergessenheit, doch entdeckte man seine Kunst später wieder, und seit weniger als einem Menschenalter ist Florenz die Stadt, welche in der Malerei führend ist. Masaccio, Fra Angelico und Botticelli waren und sind hier die führenden Meister. Aber nicht nur Malerei und Baukunst stehen in voller Blüte, sondern auch die Bildhauerei. Hier ist es Donatello, der die Kunst Roms wiederaufnahm, ja übertraf. Hat er doch den heiligen Georg nicht in seiner Rüstung oder Halsberge wie einen Ritter dargestellt, sondern wie einen römischen Centurio. Im Gegensatz hierzu wirkt sein David nicht wie eine Person aus vergangener Zeit, vielmehr sieht er wie ein frecher Florentiner Junge aus, der gerade Goliath besiegt hat, und die Bronze soll ja auch ein Sinnbild sein für die geistige

136

Überlegenheit der kleinen Republik Florenz gegenüber jenen barbarischen Kräften, die uns bedrohen; das sind Spanien, Frankreich und natürlich die Deutschen.

Heute abend muß es geschehen! Ich werde mit Francesco offen reden, und danach ist alles gut.

»Nanna, bitte bring mir ein seidenes Hemd und die Giornea mit der Goldstickerei.«

»Du gehst noch aus?«

»Nein, Nanna, aber heute abend möchte ich besonders schön aussehen, denn ich werde mit Francesco über seine Krankheit sprechen. Und da will ich so verführerisch wie möglich wirken, damit er milde gestimmt ist.«

Ich löste mein Haar und ließ es von Nanna sorgfältig bürsten, nahm etwas Rosenwasser und zog dann die Kleider an.

»So müßte es doch gehen?«

»Du siehst großartig aus, Lisa, Francesco wird dahinschmelzen.«

»Ach, wenn es doch so wäre! Stell dir vor, heute abend lösen sich vielleicht alle meine Probleme – wie herrlich!«

»Damit du endlich einen Sohn empfangen kannst; jedesmal, wenn ich über den Markt gehe, spricht mich irgend jemand darauf an – und sehr oft mit einem spöttischen Unterton.«

»So, man spottet also darüber, daß ich Francesco noch keinen Sohn geboren habe!«

»Ja, liebe Lisa, erst gestern unterhielt ich mich mit einer Bediensteten von Giuseppe Panciatichi, das ist ein Neffe des bekannten Kaufmanns, der sein Haus am Borgo Santissimi Apostoli hat. Ich kenne die Frau nur, weil wir auf dem Markt an denselben Ständen einkaufen und uns so häufiger über den Weg laufen.«

»Und was hat sie gesagt?«

»Etwas sehr Eigenartiges. Sie meinte unter anderem, bei Männern wie Giocondo müßte die Frau Hosen anziehen, wenn sie ihn verführen wollte.«

»Wirklich seltsam, was sie damit wohl sagen wollte? Vielleicht ein Scherz, ein Aberglaube?«

»Ich weiß es auch nicht, Lisa, wahrscheinlich ist es nur Geschwätz.«

Auch ich war geneigt, die Sache abzutun, und noch bevor wir weitersprechen konnten, läuteten die etwas dünn klingenden Glocken von San Remigio zur Abendmesse. Ich wollte aber heute nicht dorthin gehen, mich nicht unter die einfachen Handwerkersfrauen mischen. Don Angelo las in dem Raum, der sonst zur Aufnahme von Gästen dient, jeden Morgen und Abend eine Messe. Von meinem Wohnraum aus gelangte ich über das Vestibül in dieses Zimmer, wo Don Angelo gerade begonnen hatte, allein für sich die Messe zu zelebrieren. Der Priester war ein außerordentlich ansehnlicher Mann, der jünger aussah, als er war. Er wirkte fast zerbrechlich, hatte ein feingeschnittenes, schönes, fast mädchenhaft anmutendes Gesicht und lockiges braunes Haar. Faszinierend erschienen mir seine Augen, die ganz dunkel, groß und sehr ausdrucksvoll waren. Zudem hielt sich Don Angelo im Gegensatz zu vielen anderen Priestern sehr sauber. Auch hörte man von ihm nicht allzuoft fromme Reden, was ich als sehr angenehm empfand. Er hing sehr an Francesco, und ich denke, Dankbarkeit ist neben der Treue eine der schönsten Tugenden. Der junge Mann betonte immer wieder, daß es ihn sehr beruhige, seine Zelle so nahe an den Gemächern meines Gatten zu haben. Er meinte, durch seine nächtlichen Gebete hier Dämonen wesentlich wirksamer vertreiben zu können, die Francesco im Schlaf bedrängen könnten. Noch dazu konnte dieser so stets vor dem Zubettgehen beichten und unbelastet von allen Sünden des Tages erholsamen Schlaf finden. Auch ich nahm die Dienste des Priesters als Beichtvater gerne in Anspruch, waren doch die auferlegten Bußen sehr milde und seine Fragen stets zurückhaltend.

Nach der Messe zog sich Don Angelo kurz in seine Zelle zurück, um die nötigen Gebete zu sprechen, ich aber ging bereits hinunter in den großen Saal im ersten Stockwerk, wo wir gemeinsam die Mahlzeiten einnehmen. Wir, das sind Francesco, der Priester, Nanna, Constantinus und Giovanni, der Hauptmann. Dieser war kein gewöhnlicher Söldner, sondern ein Edelmann aus altem deutschen Rittergeschlecht. Die Burg seiner Väter im Lande Baviera nahe bei einer kleinen Stadt namens Munichen wurde zerstört, und er ging lieber in die Fremde, als unter dem Joch der Sieger zu leben. Erstaunlicherweise sprach er unsere Sprache halbwegs ordentlich, ganz im Gegensatz zu seinen Männern, die nur wenige Worte beherrschten. Er trank unglaubliche Mengen Wein, was er aber meistens gut vertrug, ohne betrunken zu werden. Constantinus, der sich auch hier als Majordomus betätigte und Diener wie Mägde beaufsichtigte, war für Speisen und Wein zuständig, und Nanna trug Sorge, daß alles richtig gebracht wurde. Francesco war hocherfreut, daß sein etwas darniederliegendes Hauswesen einen solch gewaltigen Aufschwung genommen hatte, und es kam nicht selten vor, daß Geschäftsfreunde gerade zur Essenszeit hereinschauten in der Hoffnung, eingeladen zu werden. Unsere Mahlzeiten waren für mich die größte Abwechslung des Tages, und ich genoß sie. Heute allerdings hatte ich alle angewiesen, sich bald unter einem Vorwand zu entfernen. Ich wollte ja allein sein mit Francesco und endlich über alles, was mich bewegte, reden. Hoffentlich würde er nicht ungehalten sein.

Obwohl es erst dämmerte, brannten auf der Tafel bereits die Kerzen, keine kümmerlichen Öllämpchen wie in vielen Häusern. Jeder hatte seinen eigenen Teller aus Zinn, dazu eine Gabel. Die Männer benutzten zum Schneiden ihre eigenen Messer, für uns Frauen lagen zwei zierliche Messerchen mit Perlmuttgriff bereit. Brot und frisches Gemüse dienten als Vorspeise.

Die anderen waren noch nicht da. Ich stellte mich ans Fenster und sah hinunter auf die Piazza. Bald strömten die Gläubigen aus San Remigio, unter denen ich Francesco erkannte, der sich hier in Florenz stets betont unauffällig kleidete. Er sprach vor dem Kirchenportal kurz mit zwei Männern, offensichtlich Handwerker, dann schlenderte er herüber zum Palazzo. Als er eintrat, sagte er lächelnd: »Liebe Lisa, hast du dich heute aber schön gemacht; erwarten wir hohen Besuch?«

»Nur für dich habe ich mir alle Mühe gegeben, mein Gemahl.« Dabei sah ich ihn besonders lieb an. Ich bemerkte, wie er unsicher wurde, und wollte ihn auf die Probe stellen. Ganz nahe trat ich zu ihm hin, als ob ich ihn gleich umarmen wollte, wie damals im Pferdestall. Er wich fast unmerklich zurück, Schweißperlen standen auf seiner ebenmäßigen Stirn.

»Ah, ich glaube, die anderen kommen bereits, setzen wir uns doch.«

Jeder nahm an einer der Stirnseiten der langen Tafel Platz, weit voneinander entfernt. Doch nicht weit genug, dachte ich insgeheim, heute sollst du mir nicht entkommen. Bald erschienen die anderen, dann sprach Don Angelo ein kurzes Tischgebet und wir begannen, vom Brot und dem frischen Gemüse zu essen. Dazu ließen wir uns Wein mit Wasser mischen, und schnell war ein angeregtes Gespräch über Savonarola im Gange.

»Nun, Giovanni, was gibt es Neues auf den Straßen von Florenz, hat der Mönch schon wieder seinen Pöbel ausgesandt, um rechtschaffene Bürger zu demütigen?«

Der Capitano antwortete nachdenklich. »Nun, heute waren wieder einige von ›Savonarolas Kindern‹ hier auf der Piazza, aber ich sperrte das Portal mit zehn unserer Männer und ließ sie nicht herein. Dann kam Don Angelo und sagte ihnen nachdrücklich, daß dies ein gottesfürchtiges Haus sei …«

Der Priester unterbrach ihn. »Ja, und so ist es auch! Noch haben diese Verblendeten Respekt vor meinem Priestergewand, wie lange das aber noch so sein wird, weiß der Herr allein.«

»Eine sehr bedauerliche Entwicklung«, meinte Francesco. »Was glaubst du, Giovanni, wird sich die Lage verschlechtern?«

140

»Das fürchte ich in der Tat, es herrscht Unruhe in der Stadt, viel fremdes Volk ist da, Söldner darunter. Savonarola hat die Pforten seines Klosters San Marco schließen lassen, das deutet darauf hin, daß etwas in der Luft liegt.«

»Ja, und bei den Franziskanern in Santa Croce bemerkt man auffällige Betriebsamkeit. Was meinst du, Giovanni, ist das nicht irgendwie verdächtig?«

»Gewiß, in höchstem Maße. Man sagt, daß die Franziskaner mit Piero de' Medici zusammen dessen Wiederkehr aus dem Exil betreiben. Wenn das gelänge, käme Savonarola weg, und seine unheiligen Dominikanermönche müßten sich wieder auf ihre ursprünglichen Aufgaben besinnen.«

Francesco sah plötzlich besorgt aus. »Glaubst du, daß ein Aufruhr droht, Giovanni?«

Der Capitano zuckte mit den Schultern. »Es erscheint zumindest nicht ausgeschlossen; die Compagnacci treten in letzter Zeit immer stärker an die Öffentlichkeit. Vereinzelt hört man sogar die Rufe ›Palle, Palle‹ in den Straßen.«

»Ein bedenkliches Zeichen«, meinte Francesco. »Sind wir gerüstet?«

»Das will ich meinen! Jeder Mann hat drei Dutzend Armbrustpfeile, die Zisterne ist bis an den Rand mit Wasser gefüllt; nur sollten wir etwas mehr von unseren Vorräten in den Turm schaffen.«

Der Turm. Ich haßte dieses Monstrum. Es war einer jener uralten Geschlechtertürme, die man aber per Dekret vor vielen Jahren bereits auf zwei Stockwerke hatte kappen müssen. Er bestand aus rohbehauenen, riesigen Steinquadern, und seine Mauern waren unglaublich dick. Dieser massige quadratische Turm bildete den Mittelteil unseres Palazzos, gleich einem Fremdkörper; so wurde der vordere Teil mit der Fassade zur Piazza hin praktisch durch den Turm vom angebauten hinteren Teil des Palazzos getrennt. Als Verbindung diente das seitlich angebrachte Treppenhaus und ein kleiner Verbindungsgang. Dadurch wirkte alles leider recht verbaut, nicht so schön und ebenmäßig wie beim Palazzo Medici. Erschwerend kam hinzu, daß die Gegend hier, wie ich schon erwähnte, keineswegs die eleganteste war. Um uns herum standen ziemlich schmucklose, bescheidene Häuser, die zwar unseren Palazzo größer, aber nicht schöner erscheinen ließen. Auch die kleine Kirche San Remigio war keine architektonische Meisterleistung. Im alten Stil erbaut, erschien sie düster und von Kerzen verräuchert. Einzig der rechte Seitenaltar konnte als halbwegs gelungen bezeichnet werden; das Altarbild hatte ein Schüler Botticellis gemalt, und alles war mit weißen Marmorpilastern gerahmt, denn Francesco hatte diesen Altar gestiftet.

Doch zurück zu unserem Turm. Er eignete sich vorzüglich zur Verteidigung bei einem großen Aufruhr, da es lediglich schmale Schießscharten gab, und würde sogar unversehrt bleiben, wenn der übrige Palazzo niederbrennen sollte. Normalerweise schliefen die Söldner und zwei Knechte im Turm. Die enge Eingangspforte lag nicht direkt zu ebener Erde, sondern etwa mannshoch, so daß niemand leicht einzudringen vermochte. Sie war nur vom Innern des Palazzo zu erreichen, und zwar über den breiten Gang, der vom Portal nach hinten zu den Ställen führte. In das Obergeschoß würden wir uns zurückziehen, falls wirklich einmal Gefahr drohte. Unsere Söldner schützten den Palazzo und würden auch in den angrenzenden Straßen für Ruhe sorgen, die Nachbarn unterstützen so gut es ging. Erst wenn unsere Wächter einer Übermacht weichen müßten, würden sie sich im Untergeschoß des Turmes sammeln, von wo aus sie uns lange verteidigen könnten, sicher so lange, bis in der Stadt wieder Ruhe und Ordnung herrschten. Gott sei Dank war es so schlimm noch nicht, alles schien ruhig. Und deshalb verlief unserer abendliches Mahl trotz einiger Befürchtungen doch fröhlich und angeregt wie immer. Dann allmählich bat einer nach dem anderen unter einem Vorwand, sich entfernen zu dürfen, und bald waren wir allein.

142

Ich stand auf und setzte mich auf einen der frei gewordenen Plätze neben Francesco. Den Dienstmägden hatte ich eingeschärft, nach dem Servieren des süßen Weines zur Nachspeise nicht mehr zu erscheinen. Es war plötzlich unheimlich still, die Kerzen flackerten, ein Rest des schweren dunklen Weines schimmerte in unseren Bechern. Wir sahen uns an, und ich bemerkte, daß meine Kehle wie zugeschnürt war; trotzdem mußte ich diesmal den Mut fassen und die Dinge klar aussprechen, doch das schien mir unendlich schwer.

»Francesco, verzeih, wenn ich heute in unziemlicher Offenheit mit dir sprechen muß, aber ich sehe keinen anderen Weg.«

Er wußte anscheinend sofort, um was es mir ging, denn er wurde so blaß, daß ich es sogar im warmen Schein der Kerzen sehen konnte.

»Du machst mich neugierig.«

»Liebster, du kannst dir sicher denken, daß es mein sehnlichster Wunsch ist, dir einen Sohn zu schenken ...«

Er machte eine herrische, abwehrende Geste.

»Francesco, bitte, hör mir zu, nur dieses eine Mal!«

»Gut, es sei denn.« Seine Stimme war tonlos, und ich sah, wie er mit der Rechten den Griff seines Messers umkrampfte, das noch auf der Tafel lag.

»Dir einen Sohn zu gebären wäre mein einziger Wunsch und meine größte Freude.«

Francescos Miene schien Abneigung, ja geradezu Ekel auszudrücken, als er diese Worte vernahm, und ich verstand nicht, wieso.

»Mein liebster Francesco, wenn ich jetzt krank wäre, so würdest du mich doch pflegen und Nachsicht üben, nicht wahr?«

Er blickte verwundert auf. »Ja, ganz gewiß, ich würde besonders liebevoll zu dir sein, damit du bald gesundest.«

»Siehst du, dasselbe fühle ich auch für dich.« Ich nahm meinen ganzen Mut zusammen und tat, als wüßte ich alles über seine

Krankheit. »Jenes Leiden, das dich plagt, mag dich zutiefst bedrücken, doch sicher können wir diese Zeit zusammen überwinden. Ich werde alles tun, was du von mir verlangen magst, vor allem aber geduldig warten, warten auf dich, mein Geliebter!«

Dann konnte ich die Tränen nicht mehr zurückhalten, sprang von meinem Platz auf, daß der Schemel durch den Saal flog, und warf mich an Francescos Brust, küßte sein Gesicht, seinen Nacken – und er küßte mich wieder!

»Ja, Lisa, heute ist unser Tag! Heute soll die Zeit meiner Leiden zu Ende sein, und du sollst auch glücklich werden.«

Seine Stimme bebte, mit einem Ruck nahm er den Krug mit Wein, füllte seinen Becher bis zum Rand, stürzte den Inhalt hinunter – und gleich noch einmal. Dann nahm er mich bei der Hand, und wir liefen aus dem Saal in den dunklen Flur, die steile, düstere Treppe hinauf, bogen oben nach links ab, Francesco riß die Tür zu seinem Wohnraum auf, wo nur eine kleine Öllampe brannte. Nun standen wir in seinem Schlafgemach, das völlig dunkel war. Ich tastete mich vorsichtig zum Bett und setzte mich darauf. Obwohl es in dem Raum sehr warm, fast stickig war, begann ich zu zittern. Jetzt würde es also geschehen – endlich ein Sohn! Ich konnte nur noch daran denken. Francesco kam zu mir, und wir küßten uns. Doch jenes Gefühl aufbrandender Leidenschaft, das mich damals im Pferdestall so heiß durchfahren hatte, spürte ich nun seltsamerweise nicht. Francesco sagte dann, ich solle mich ausziehen. Dann legte er sich zu mir, und ich fühlte zum ersten Mal in meinem Leben einen nackten Körper an meinem, eine ganz neuartige, erregende Empfindung. Francesco atmete schnell und heftig. Seine Hände glitten über meinen Leib. Nun rieb er sich langsam an mir mit der Stelle, an der sein Pene sitzt.

»Leg dich auf den Bauch!«

Sein plötzlicher Wunsch zerstörte jäh alle schönen Gefühle, die gerade beginnen wollten, von mir Besitz zu ergreifen. Unwillen

144

kam in mir hoch, doch ich fügte mich. Francesco legte sich auf mich, und ich spürte, wie er mit der Hand etwas an seinem Pene machte; er keuchte, und dann stieß er ihn mir hinein. Ich fühlte einen stechenden Schmerz, Francesco stöhnte einmal auf – dann war es ganz ruhig. Sein Körper lag schwer auf dem meinen, und zwischen meinen Schenkeln war es naß und klebrig. Er rollte sich zur Seite, atmete noch immer schwer.

»Geh! Geh bitte sofort!« Seine Stimme klang brüchig.

Ich war völlig überrascht und reagierte daher nicht gleich.

»Raus!«

Noch nie hatte jemand in diesem Ton mit mir gesprochen – und er wiederholte es wie von Sinnen: »Raus, raus! Weg von hier, geh weg!«

Ich sprang vom Bett, rannte in der Dunkelheit mit der Stirn gegen die Tür, riß sie auf, lief durch den spärlich erleuchteten Wohnraum in den stockdunklen Flur, tastete mich zur Tür – alles in Angst und Schrecken wegen Francescos furchtbarer Worte. Endlich war ich in dem Vorraum, der zu meinen Zimmern führte, fiel hin, stand auf, gelangte schließlich durch den Wohnraum und das kleine Ankleidezimmer in mein Schlafgemach, wo ein Öllämpchen brannte. Dem Herrn sei Dank! Finsternis hätte ich in diesem Augenblick wohl nicht mehr ertragen können. Mit zitternden Händen entzündete ich schnell noch ein paar Kerzen und versuchte, mich etwas zu beruhigen. Was hatte ich falsch gemacht? Irgend etwas mußte den Zorn meines Gatten erregt haben, daß er so unvermutet bösartig, ja feindselig geworden war.

Ich nahm den Weinkrug, der auf dem Schemel neben meinem Bett stand, goß den Zinnbecher voll und trank in kleinen Schlucken. Das tat gut. Splitternackt, so wie ich weggelaufen war, saß ich da und bemerkte Blut an den Innenseiten meiner Schenkel. Im Ankleidezimmer mußte eine kleine Handwaschschüssel stehen mit etwas Rosenwasser darin. Ich reinigte mich,

145

so gut es ging, zog dann mein Nachtgewand an und legte mich nieder, doch an Schlaf war nicht zu denken. Meine Gedanken kreisten unablässig um das soeben Erlebte. Ein Alptraum! Wie konnte Francesco, der sonst stets so liebevoll und von großer Rücksichtnahme war, plötzlich so roh zu mir sein? Mich aus seinem Zimmer zu jagen wie eine Bauernmagd! Und dann unser eigenartiges Beisammensein – das konnte es wohl nicht gewesen sein, was damals in jener Nacht die beiden dort unten im Flußbett so hingebungsvoll getrieben hatten. Schmerz und Unwillen waren meine einzigen Gefühle gewesen, mehr nicht. Lust? Was war das, nur noch ganz fern schien mir die Erinnerung an die glückliche Zeit, als ich mit Francesco verlobt gewesen war und erstmals dieses herrliche Sehnen in mir spürte. Geblieben war nichts davon. Doch, etwas blieb mir noch, auf den Sohn zu warten, für den mein Gemahl heute nacht den Samen in mich gelegt hatte!

Gleich am nächsten Morgen beschloß ich zu beichten, und falls mein Verhalten in irgendeiner Weise falsch gewesen war, dies zu bereuen.
Don Angelo war wie immer nach dem Frühläuten in dem Raum, der Gästen zum Aufenthalt diente und im übrigen von dem Priester zur Andacht benutzt wurde. Als ich eintrat, kniete er auf dem Betschemel und schien ganz im Gebet versunken. Er stand auf, bekreuzigte sich vor seinem Kruzifix, das er auf eine Truhe gestellt hatte, und begrüßte mich mit einer leichten Verneigung.
»Guten Morgen, Don Angelo.«
Er lächelte freundlich. »Gott sei mit dir, was führt dich hierher?«
»Ich möchte beichten.«
»Gut.« Er setzte sich auf die Truhe, sprach leise die üblichen Gebete, bekreuzigte sich noch einmal, und wandte sich dann an mich.
»Welche Sünden bekennst du?«

146

Es fiel mir schwer, die Ereignisse von gestern nacht entsprechend auszudrücken, nicht zu drastisch, aber doch so, daß er verstand.

»Mein Gatte hat mir letzte Nacht beigewohnt.«

Ich sah, wie alle Farbe aus seinem Gesicht wich, er war zutiefst erschrocken und benötigte einige Zeit, um sich zu fassen; es war seiner Stimme anzumerken, wie sehr er sich beherrschen mußte. Aber wieso? Dem Gatten beizuwohnen ist für Verheiratete keine Sünde, im Gegenteil, Kinder zu zeugen ist ein gottgefälliges Werk. Weshalb also war Don Angelo so entsetzt?

»Nun, dies ist, wie du selbst weißt, kein Vergehen gegen die göttlichen Gebote. Es sei denn, ihr habt unziemliche Lust empfunden oder eure Kopulation widernatürlich ausgeführt.«

»Ich habe keine Lust empfunden, eher Unwillen ...«

»Und dein Gemahl?«

Seine Stimme wirkte irgendwie flehentlich, ganz eigenartig. Ich blickte auf und glaubte, Tränen in den Augen des Priesters zu sehen. Sicher, er war ein sanftmütiger, mitfühlender Mensch, aber weshalb sollte er hier so gerührt sein. Ich senkte den Blick schnell wieder zu Boden, wie es sich bei der Beichte geziemt, und fuhr fort: »Auch Francesco hat, wie ich annehme, keinerlei Lust verspürt.«

Don Angelo tat einen so tiefen Seufzer, daß ich ungewollt wieder zu ihm aufschaute, und nun waren seine Tränen unübersehbar.

»So habt ihr euch keiner Sünde schuldig gemacht«, konnte er mit erstickter Stimme mühsam hervorbringen.

Dann trat ein langes Schweigen ein. Don Angelo versuchte, sich wieder zu fassen, und fuhr dann fort: »Ist das alles, was du mir zu sagen hast?«

»Nein. Etwas bedrückt mich sehr, ehrwürdiger Vater; gleich nach dem Beilager hat mich mein Gatte mit harten Worten des Zimmers verwiesen.«

147

Die Miene des Priesters hellte sich auf, wie ich aus den Augenwinkeln bemerkte.

»Das allerdings ist eine Sünde, die er zu bereuen hat, nicht du«, sagte er aufgeräumt. »Zu vergeben hat dir der Herr heute nichts, Lisa, denn du hast dich nicht gegen ihn versündigt; möge dein Leib mit einem Sohn gesegnet sein. Bete ein Ave Maria, aber nicht als Buße, sondern als Bitte um Fruchtbarkeit. Gehe hin in Frieden!«

Ich ging erleichtert – doch zu Unrecht, wie sich geraume Zeit später herausstellen sollte. Und auch der jähen, seltsamen Gefühlsaufwallung Don Angelos maß ich keine weitere Bedeutung bei. Doch daß dies ein Fehler war, konnte ich natürlich damals noch nicht ahnen ...

Bei der Mittagstafel war alles wie immer. Niemand schien mir etwas anzumerken, obwohl ich mich recht elend fühlte. Alle möglichen und unmöglichen Stellen taten mir weh. So hatte mich also Francesco zur Frau gemacht, das war die so lange herbeigesehnte Hochzeitsnacht gewesen! Roh und gefühllos war mein Gemahl über mich hergefallen in einer Art, die mit seinem sonst so gefälligen, freundlichen Wesen nicht in Einklang zu bringen war. Ganz zu schweigen von der brutalen Weise, in der er mich aus seinem Schlafgemach gejagt hatte. Irgend etwas ganz Wesentliches war an unserer traurigen Liebesnacht falsch gelaufen, doch was? Ich wußte es nicht.

Francesco schien außerordentlich gut gelaunt zu sein. Er plauderte angeregt und ließ sich den Wein schmecken. Als alle schon ihr Mahl beendet hatten und wir eigentlich darauf warteten, daß er die Tafel aufheben würde, griff er in sein Gewand und zog einen kleinen Samtbeutel heraus.

»Dieses kleine Geschenk habe ich heute für meine Liebste erstanden.«

Er stand auf und ging um die Tafel herum, trat hinter meinen

148

Stuhl; dann legte er mir etwas um den Hals, und ich fühlte, daß es Perlen waren. Constantinus und Nanna sprangen auf und betrachteten bewundernd das Collier.

»Nanna, schnell einen Spiegel!«

Sie rannte hinaus und kam kurz darauf völlig außer Atem wieder zurück. Ein Blick in die polierte Silberscheibe ließ meinen Atem stocken. Perlen – aber was für welche! Weißrosa schimmernd, von beachtlicher Größe und ganz ebenmäßig, einfach umwerfend.

»Francesco!« Ich stand auf und sah ihm in die Augen. »Du hast ein Vermögen dafür geopfert!«

»Wie man es nimmt; Massimo, der sein Geschäft an der Via Porta Rossa hat, ist augenblicklich finanziell schlecht dran, äußerst schlecht. Denn seitdem Savonarola so gegen den allzu weltlichen Luxus predigt, traut sich keine Frau mehr, etwas Kostbares öffentlich zu tragen. Die Leute haben Angst. Ich habe Giovanni gedrückt, daß ihm fast die Tränen gekommen sind, aber meine Goldfiorini haben ihn schnell überzeugt. Sehr zu deinem Vorteil, liebe Lisa.«

Alle bewunderten ausgiebig die herrlichen Perlen, nur Don Angelo saß still da, und ich glaubte sogar zu bemerken, daß er Francesco insgeheim einen mißbilligenden Blick zuwarf.

»Du scheinst den Kauf nicht zu billigen, Don Angelo, gefällt dir die Kette nicht?« konnte ich mir nicht verkneifen zu fragen.

Er zwang sich mühsam zu einem Lächeln. »Nein, nein, ich dachte nur, es sei auch für dich nicht ratsam, das Geschmeide öffentlich zu tragen.«

»Dieser Meinung bin ich ja auch, doch wenn ich ausgehe, stecke ich sie einfach unter das Halsbündchen meiner Camicia, dann merkt selbst Savonarola nichts, und sobald ich dann in einem Haus bin, trage ich sie offen darüber.«

Der Priester nickte stumm, sah aber immer noch bedrückt aus, machte er sich wirklich so viele Sorgen wegen meiner Perlenkette? Ich konnte auch nicht glauben, daß er mir das Schmuckstück neidete, wir kannten ihn alle als einen aufrechten Menschen, und für ihn als Priester waren solche Dinge doch ohne Bedeutung.

Das Schicksal hat hie und da freudige Momente für uns bereit; und gerade so eine phantastische Perlenkette mildert doch Unangenehmes, wie die letzte Nacht, erheblich, so daß ich allen Ernstes meinte, mit ein wenig mehr gutem Willen meinerseits und etwas Verständnis von seiten Francescos könnte unser Eheleben wenigstens so ähnlich werden, wie ich es mir während meiner Verlobungszeit immer wieder begeistert ausgemalt hatte.

»Perlen bedeuten Tränen, denk daran«, flüsterte Nanna mir zu.

»Ach Nanna, du mit deinem Aberglauben ...«

Als wir dann in meinen Gemächern waren, sagte sie: »Man soll doch nicht ganz gleichgültig gegenüber den Zeichen sein, denk nur an Constantinus' Weissagung.«

»Stimmt. Aber wenn wir immer auf Zeichen achten sollten, wäre der ganze Tag ausgefüllt von irgendwelchen schlechten Omen. Ecco – und wenn schon, was sind ein paar Tränen gegen diese traumhaften Perlen.«

Nanna blickte nachdenklich. »Trage sie aber auf keinen Fall, wenn du vermutest, daß du in anderen Umständen bist.«

»Vielleicht bin ich es schon? Und ich denke nicht daran, die Kette in meiner Truhe zu lassen, wenn demnächst unsere Gäste aus Konstantinopel kommen.«

Solange Savonarola die Republik Florenz unter seinem eisernen Regiment hatte, war es außerordentlich gefährlich, Ungläubige, zudem Türken, bei sich im Palazzo aufzunehmen. Zwar war Florenz dringend auf Geschäftsverbindungen mit dem Orient angewiesen, doch das kümmerte Savonarola wenig. Wie alle religiösen Eiferer hatte er nur das himmlische Heil vor Augen, nicht aber das irdische, was uns aber, solange wir im Diesseits weilen, ein fast ebenso großes Anliegen sein sollte.

150

Geschäfte mußten schließlich sein, und obwohl Francesco nicht glücklich darüber schien, erwartete er die Gesandtschaft jeden Tag. Zu verheimlichen war die Sache nicht, in Florenz verbreiteten sich solche Neuigkeiten wie ein Lauffeuer. So mußte Francesco zur Sicherheit vorher einen Bittgang zu Savonarola tun.

Es war gegen Nachmittag, als wir uns auf den Weg machten. Nur von Constantinus, Nanna und Don Angelo begleitet, gingen wir zu Fuß zum Kloster San Marco, das ein gutes Stück vom Viertel Santa Croce, wo wir wohnten, entfernt lag. Ich mußte mitgehen und meine Trauerkleidung tragen, die ich eigentlich schon längst abgelegt hatte, aber Francesco meinte, den Vater betrauern dürfe man lange Zeit und eine junge Frau, die ihren geliebten Vater verloren hatte, würde gewiß Eindruck machen. Constantinus erweckte durch die Würde seines Alters Ehrfurcht, und Nanna, die man wegen ihrer Ähnlichkeit mit mir für meine Schwester halten konnte, rundete das Bild einer rechtschaffenen Familie ab. Don Angelo konnte als Priester vermittelnd eingreifen, falls es in dieser doch sehr heiklen Angelegenheit zu kritische Momenten kommen sollte.

So wanderten wir also dahin, über die Piazza della Signoria zum ehrwürdigen Baptisterium vor dem Dom, wo wir innehielten, eine Kerze spendeten und inbrünstige Gebete zum Himmel sandten, Savonarola möge uns gnädig sein. Ich sah, daß Francesco ganz blaß war, während er betete. Dann traten wir aus dem dämmerigen Rund heraus und gingen den Borgo San Lorenzo am Medici-Palazzo, der jetzt Florenz gehörte, vorbei, bis wir endlich das Kloster San Marco erreichten. Francesco fragte, wo sich der Abt Savonarola befände, und man wies ihn unfreundlich an, zur Kirche zu gehen, wo dieser gerade an einem Seitenaltar eine Messe las. Mir wurde ganz schwindlig, als wir in die düster prachtvolle Kirche eintraten, die vor etwa einem Menschenalter in neuester Bauart erneuert worden war. Unsere Schritte hallten auf dem Marmorboden; wir gingen unter einem der hohen Rundbogen hindurch, die im Kirchenschiff rechts und links Arkaden bildeten, zum Seitenaltar, wo sich das Volk dicht drängte. Alle knieten ehrfürchtig, und wir taten es ihnen nach. Vor diesem Altar, der mit einem herrlichen, goldglänzenden Mosaik geschmückt war, und einer Madonnenstatuette, noch ganz in der alten Maniera greca ausgeführt, erblickten wir Savonarola. Er sah schmal aus, verschwand fast unter dem Priestergewand, sein weißes Gesicht mit der markanten Hakennase leuchtete in dem flackernden Schein weniger Kerzen. Als er sich umwandte, erschrak ich. Seine Augen lagen tief in den Höhlen, und sein Kopf wirkte wie ein Totenschädel. Aber der Blick! Er schien jeden in der Menge zu fixieren, und als ich vermeinte, daß mich sein Blick erfaßte, durchfuhr mich eine eisige Kälte. Ich erschauerte, und ein starkes Gefühl von Unbehagen beschlich mich. Ja, dieser Mann war gefährlich. Die Menschen hier kamen aus den untersten Volksschichten, das konnte man an ihrer ärmlichen Kleidung sehen, zerlumpte Gestalten, allesamt wohl arbeitsscheu, erhofften sich offenbar das Wunder der Brotvermehrung. Es waren auch einige jener schrecklichen Kinder darunter in ihren ehemals weißen Gewändern, die nun vor Schmutz starrten. Der Gestank dieser Leute war wie immer entsetzlich, und ich hoffte schon deswegen, daß es nicht zu lange dauern würde.

Endlich hatte Savonarola seine Messe gelesen, verließ den Altar, kniete nun selbst inmitten der Menge nieder, senkte den Kopf und betete. Dann erhob er sich und segnete die Menschen. Alle standen auf, und einige alte Vetteln versuchten, den Saum seines Priestergewandes zu küssen, was er jedoch zurückwies. Er blickte kurz in die Runde und bemerkte unsere Gruppe, die etwas abseits stand und sich natürlich trotz ihrer bescheidenen Kleidung von den anderen stark abhob. Er sah fragend zu Francesco, der sofort zu ihm eilte und seine Hand küßte, wie es Savonarola als Abt zustand. Dann sprachen die beiden einige Zeit miteinander. Ich konnte beobachten, wie mein Gemahl immer

152

kleiner zu werden schien, seine Gesten immer hilfloser wurden, und der Abt immer abweisender wirkte. Irgend etwas war nicht in Ordnung. Plötzlich kam Francesco schnell auf mich zu und bat mich mit gedämpfter Stimme, die trotzdem sehr aufgeregt klang, mitzukommen. Ich ging also zu Savonarola, kniete vor ihm nieder und küßte ehrerbietig seine Hand.

»Steh auf und beantworte aufrichtig meine Fragen!«

Ich erhob mich und schlug meinen Trauerschleier zurück, so daß Savonarola mir in die Augen schauen konnte. Er wurde zornig.

»Du wagst es, im Hause Gottes einem Diener des Herrn dein Antlitz offen und frech zu zeigen!«

Seine Stimme klang metallisch hart, dazu stank sein Atem furchtbar; mir wurde fast übel, aber ich nahm mich zusammen.

»Verzeih, doch du sagtest, ich möge dir aufrichtige Antwort auf deine Fragen geben.«

»So ist es.«

»Daher will ich mein Gesicht nicht unter dem Schleier verbergen, sondern dir von Auge zu Auge alles offenbaren.«

Er blickte weiter abweisend. »Du betrauerst deinen Vater?«

»Ja, möge er in Frieden ruhen.«

»Und deine Mitgift?«

Mich traf fast der Schlag; was hatte Francesco wohl erzählt? Gewiß nicht, daß er alles unters Volk geworfen hatte.

»Meine Mitgift wurde geraubt«, log ich eiskalt und fuhr dann fort: »Das Haus meines Vaters niedergebrannt, er selbst und meine Brüder umgebracht.«

»So hat der Herr dich geprüft und beschlossen, daß du deine irdische Bürde zu tragen hast.«

»Was ich in aller Demut tue. Doch bitte bedenke, daß ich ein Kind erwarte.« Ich hoffte, dies würde der Wahrheit entsprechen.

»Gewiß. Viele Frauen gebären Kinder und machen kein Aufheben um diese Sache.«

Es lag fast ein spöttischer Unterton in seiner hellen, schneidenden Stimme. Ich merkte, daß mit dem Mann nicht zu reden war, und fühlte, daß die Lage für uns gefährlich zu werden begann. Wenn Savonarola hart blieb, würde Franceso wegen seiner Kontakte zu den Feinden der Christenheit vielleicht verbannt werden, oder noch schlimmer... Ich durfte gar nicht daran denken.

»So willst du unsere Existenz vernichten, uns ins Unglück stürzen?«

»Die Letzten werden die Ersten sein, so steht es in der Heiligen Schrift.«

»Nur ein Wort von dir, und wir sind gerettet!«

»Nur nach dem Gold trachtet ihr – widerliche Geldwechsler...« Er wandte sich wie angeekelt ab.

Plötzlich kam in mir wilder Zorn hoch. Ich, eine Edle, sollte hier die Bettlerin spielen vor diesem stinkenden, wahnsinnig gewordenen Priester!

»So geh hin in christlicher Demut, der du uns ins Unglück gestürzt hast! Was du dem geringsten meiner Brüder getan hast, das hast du mir getan!« Ich schrie es fast hinaus, und meine Worte hallten schauerlich in der hohen Kirche wider.

Savonarola bliebt wie angewurzelt stehen. Dann drehte er sich zu mir herum. Ich erschrak. Sein Gesicht war grau geworden, der Blick wie erloschen, und er wirkte auf einmal fast gebrechlich, gebeugt unter dem Anspruch eiserner Askese. Er rang nach Luft, und sein fauliger Atem schien sich über alles zu legen. Fast stammelte er.

»Es ist gut – mea culpa; ich soll mich nicht zum Richter machen. Geh hin in Frieden, es möge so sein, wie du begehrst. Amen.«

Zwei Novizen stürzten auf ihn zu und führten ihn hinaus. Der eine flüsterte mir schnell zu, daß wir gehen sollten, der Abt habe unser Vorhaben gesegnet.

So war es also. Savonarola schien kurz vor seinem körperlichen und geistigen Zusammenbruch zu stehen. Durch meinen Widerspruch war sein Starrsinn ins Wanken geraten, das war unglaub-

154

lich – ich hatte Savonarola die Stirn geboten! Jetzt allerdings versagten fast meine Knie, denn es war eine Sache, jemandem Widerworte zu geben, aber eine andere, dies bei einem Ungeheuer zu wagen, von dem ein Wink genügt hätte, uns für immer zu vernichten.

Allen war der Schreck gehörig in die Glieder gefahren, und wir machten uns still und eilig auf den Heimweg. Kaum waren wir im Schutz des Hauses angelangt, fiel der Bann von uns ab, und wir scherzten über den furchtbaren Mönch. Francesco bat alle in den großen Saal, ließ den Capitano Giovanni dazukommen und befahl einer Magd, das kleine Fäßchen vom allerbesten Berardenga aus dem Keller zu holen. So saßen wir dann in fröhlicher Runde. Ich hatte mir schnell eine schöne Giornea übergezogen und sprach dem herrlichen Roten wie die anderen reichlich zu. Bald dachte niemand mehr an Savonarola. War dieser Kelch an uns vorübergegangen?

Als die Reisegesellschaft aus Konstantinopel einige Zeit später eintraf, war meine Enttäuschung riesengroß. Irgendwie hatte ich mir, wie Nanna übrigens auch, so etwas wie eine Karawane vorgestellt, die den Heiligen Drei Königen zur Ehre gereicht hätte; doch weit gefehlt. Zeitig am Morgen war ein Bote vorstellig geworden, der uns berichtete, die Reisegruppe sei angekommen und lagere zur Stunde noch vor den Toren der Stadt. Sogleich zog Francesco mit zehn Bewaffneten los, um seine Geschäftsfreunde zu eskortieren, deren Söldner nicht mit ihren Waffen in die Stadt durften. Als der Zug dann hier am Palazzo eintraf, gab es keine Muselmanen mit Turbanen, breiten Säbeln und farbenprächtigen Gewändern zu bestaunen, keine schwarzen Moros, nichts dergleichen. Seltsam war nur, daß man je zwei Maulesel nebeneinander in ein gemeinsames Joch eingespannt hatte; auch zogen sie keinen Karren, sondern auf ihren Rücken war ein Tragegestell und darauf, also in der Mitte, ein relativ kleines, mit

155

Tauen umwickeltes Bündel, offensichtlich die einzige Fracht. Lediglich zwei dieser eigenartigen Gespanne konnte ich sehen, dann verschwanden sie gleich im dunklen Eingang des Palazzo. Drei Fremde waren dabei, die fast wie Pilger aussahen mit ihren unauffälligen Mänteln und etwas verblichenen, breitkrempigen Reisehüten. Doch keinerlei Zauber des Orients war zu spüren, was ich sehr bedauerte. Obwohl es sicher nicht statthaft erschien, eilte ich hinunter, um beim Abladen zuzuschauen. Dabei hielt ich mich etwas im Hintergrund, dort wo der breite Gang einen Knick machte und zu den Ställen führte. Von hier aus war alles gut zu beobachten, ohne daß man mich gleich bemerkte. In den Bündeln mußte etwas ungeheuer Schweres sein. Sechs kräftige Männer hoben sie von den Gestellen herunter und hatten dabei offensichtlich Mühe. Alles wurde in Francescos hinterstes Kontor gebracht, wo eine große eisenbeschlagene Truhe mit starken Bolzen an den Torre geschmiedet war. An dieser Stelle bildete nämlich der alte Turm die Rückwand des Kontors und verlieh diesem Raum eine zusätzliche Sicherheit; hier wurde das Gold unserer Banca verwahrt. Das mußte es sein, Gold. Viel, sehr viel Gold, wenn man von dem Gewicht ausging, das diese kleinen Bündel offenbar hatten. Francesco mußte fürwahr große Geschäfte tätigen, wenn so viel Geld hereinkam. Allerdings, weshalb wurde diese Sendung von Ungläubigen begleitet? Ich hatte zwar gehört, daß Florenz einträglichen Handel mit dem Orient trieb – aber so viel Gold? Von wem? Und vor allem wofür? Ich würde Francesco fragen, obwohl sich Frauen grundsätzlich nicht in so etwas einzumischen hatten, es sei denn, sie wären Marktweiber.

Die Reisenden, zwei von ihnen waren Griechen, einer Türke, speisten nur einmal mit uns zu Abend, tranken aber keinen Wein. Überhaupt waren sie sehr schweigsam. Am anderen Morgen sah ich sie nicht mehr, und auch mein Gatte verlor kein Wort über sie; die Männer schienen bereits wieder abgereist zu sein. Ich

156

beschloß, im Laufe des Vormittags Francesco in seinem Kontor zu besuchen. Die Eichentür ist so schwer, daß ich kräftig klopfen mußte, damit das Pochen auch nach drinnen drang.

»Wer ist da?« hörte ich Francescos gedämpfte Stimme.

»Ich bin's, Lisa, bitte mach auf.«

Ein schwerer Riegel knirschte, und die Tür schwang langsam nach innen auf. Ich war überrascht, daß es in dem Raum keineswegs dunkel war; hinter einer solchen gewaltigen Tür vermutete man unwillkürlich ein finsteres Verlies. Trotz der unwahrscheinlich dicken Gitter vor dem Fenster drang genug Licht ein, um eine faszinierende, ja magisch erscheinende Szene zu beleuchten: Gold, überall Gold! Märchenhaft. Es war also, wie ich vermutet hatte, in den Bündeln verbargen sich eisenbeschlagene Truhen und darin reines Gold. Tausende und Abertausende von Münzen waren auf zwei breiten Tischen gestapelt, dabei schienen die Truhen noch halb voll. Auch in der ganz großen Truhe, die mit Bolzen am Torre befestigt war, glänzten matt unzählige Goldstücke.

»Beim Schoße der Danae – Francesco! Das ist ja ein ungeheuerlicher Schatz.«

Er hatte die Tür wieder verschlossen und verriegelt und trat nun an meine Seite. Miteinander standen wir so da und sahen auf die Pracht hernieder. Manche Münzen glänzten hell im Licht, andere schimmerten matt, die, die ganz nahe am Fenster lagen, funkelten und blinkten. Die Faszination, die von dem Gold ausging, erregte mich ungemein. Es war ein Gefühl ähnlich dem damals mit Francesco im Stall. Ich konnte nicht anders, schlang meine Arme um seinen Nacken, küßte ihn fast wie seinerzeit. Er war von meinem jähen Ausbruch völlig überrascht, erwiderte aber meinen Kuß leidenschaftlich. Er packte mich und drückte mich fest an sich. Ich sah, wie er mit der Rechten an den Bändern seiner Calze zerrte, den Pene herauszog und ihn in der Hand hielt. Er war furchterregend groß. Dann drehte er mich um, so daß ich mit

157

dem Oberkörper, mein Gesicht nach unten, auf den Tisch zu liegen kam. Ich lag sozusagen im Gold. Kühl drückten sich die Münzen in meine Wange, und ich spürte, wie mich die Lust packte. Francesco schob mir die Röcke hoch und stieß seinen Pene heftig in mich. Wider Erwarten empfand ich aber keinen Schmerz, sondern höchste Leidenschaft. Immer wieder stieß er in mich; plötzlich merkte ich, wie meine Lust nachließ, und ich fühlte auch Francesco nicht mehr. Er atmete schwer, versuchte mit der Hand seinen Pene zu halten, doch vergebens, er glitt aus mir. Danach standen wir betreten da, und keiner wußte recht, was er sagen sollte. So schnell wie dieser Liebessturm gekommen war, schien er wieder abgeflaut. Ich war unsäglich enttäuscht, so sehr, daß ich es nicht beschreiben kann.

Francesco hatte sich aber schon wieder gefangen. »Lisa«, sagte er leise und strich mir beruhigend übers Haar. Sonst nichts. Aber mir entging nicht, daß er weiß war wie die Wand und innerlich vibrierte. Dann versuchte Francesco ein Lächeln.

»Ja, das ist ein gewaltiger Goldschatz. Zusammengenommen mehr, als die Pazzi, Strozzi, Rucellai und del Bene besitzen. Das alles werden wir nach Rom schaffen.«

»Nach Rom?«

»So ist es, und du, liebste Lisa, wirst mich diesmal begleiten. Ich verspreche dir, es wird eine unvergeßliche Reise werden.«

»Rom soll nicht besonders anziehend sein, habe ich gehört.«

»Stimmt, aber wir werden Gäste von Papa Alessandro sein; du wirst von ihm gesegnet werden und erhältst einen absoluten und ewig gültigen Ablaß für alle Sünden, die du begangen hast und noch begehen wirst.«

»Ist so etwas möglich?«

»Eben nur, wenn es der Papst selbst macht. Also du siehst, große Dinge erwarten uns. Nächstes Jahr werden wir diese Reise unternehmen. Eigentlich wollte ich es dir erst später sagen, aber warum sollte ich dir nicht schon heute ein wenig Freude damit bereiten.«

158

Es klang wie eine Entschuldigung, und das war auch gut so, denn ich war immer noch maßlos enttäuscht und traurig.

»Ich gehe jetzt.«

»Gut, aber nimm bitte eine Handvoll Gold mit, spende für die Armen, für die Kirche, oder tue sonst etwas damit.«

Ich nahm einige Münzen und ging, nicht ohne Francesco noch einen sehr betrübten Blick zu schenken. Draußen wurde mir erst richtig bewußt, was mein Gemahl gesagt hatte. Der Papst! Ich würde Gast von Papa Alessandro sein, eine Sensation. Unglaublich, Francesco mußte wirklich außergewöhnliche Geschäfte machen, daß er sogar im Vatikan wohnen durfte, was gewiß eine ganz besondere Ehrung darstellte. Und erst der Ablaß! Ich würde für alle Zeit frei sein von Strafen für meine Sünden – ein herrliches Gefühl. Tatsächlich, die Aussicht auf diese Reise heiterte mich auf, und ich dachte schon kaum noch an jenes seltsame Liebesspiel inmitten des ganzen Goldes. Die Münzen teilte ich in zwei Hälften und gab sie Nanna und Constantinus, letzterer war ganz gerührt.

»Goldsolidi, echte byzantinische Goldsolidi mit den Porträts der letzten Kaiser …« Er sah nachdenklich aus. »Sic transit gloria mundi, das also ist geblieben von all dem Glanz und aller Macht des zweiten Rom. Ja, mit solchen Münzen wurde damals bezahlt, als ich noch ein wildes, ungezügeltes Leben in Konstantinopolis führte. Mit achtzehn Jahren bin ich dann fortgegangen, keinen Augenblick zu früh, denn ein Jahr später haben die Türken die Stadt erobert. Nun zähle ich dreiundsechzig Jahre und sehe nach so langer Zeit wieder Dinge aus meiner Jugend.«

Er wandte sich ab und konnte kaum weitersprechen. »Entschuldige, Lisa, ich muß nun ein wenig allein sein«, und mit traurigem Lächeln: »meine Gedanken schweifen lassen in eine ferne, sehr glückliche Zeit …« Dann ging er in sein Zimmer.

Auch Nanna war verwundert. Soviel sprach Constantinus selten über sich und seine Jugendzeit.

»Was meint er wohl mit seinem wilden, ungezügelten Leben in Konstantinopel?«

»Spiel, Frauen, Pferde, nichts anderes, als alle jungen Männer hier auch tun.«

»Ich weiß nicht, Lisa, irgendwie muß das Leben in Konstantinopel doch ganz anders gewesen sein als bei uns, also unter einem ›wilden, ungezügelten Leben‹ stelle ich mir etwas Aufregendes, Geheimnisvolles vor.«

»Vielleicht?«

Trotz regster Inanspruchnahme all meiner Phantasie konnte ich mir nichts Wilderes ausmalen, als was ich von den jungen Männern hier erahnte. Ich wußte jedoch nicht, daß ich schon bald klüger sein würde.

Eines Tages ließ mich Francesco ins Kontor rufen.

»Ich habe hier etwas, das dir sicherlich große Freude bereiten wird.«

Er wies auf einige Dokumente, die vor ihm ausgebreitet lagen. Ich beugte mich über den Tisch und sah, daß es Verträge waren, in denen es um hohe Summen ging.

»Was sind das für Papiere?«

»Wechsel, alles Wechsel von denjenigen Florentiner Riarios, die unsere Prozesse beim Gericht der Signoria hintertreiben. Der Podestà, wo ich ebenfalls geklagt habe, konnte von mir durch Mittelsmänner bestochen werden, doch er hat Angst vor dem Gonfaloniere della Giustizia und wartet ab. Aber wenn die Signoria den Fall eröffnet, wird es der Podestà ebenfalls tun. Dann haben wir so gut wie gewonnen.«

»Und was haben diese Wechsel damit zu tun?«

»Wie ich dir ja schon früher andeutete, haben die Riarios riesige Verluste erlitten und sind zahlungsunfähig. Das bedeutet Bancarotta.«

»Natürlich würde es mir Vergnügen bereiten, den Capo des Hau-

160

ses Riario vor aller Augen mit dem nackten Gesäß über den Boden rutschen zu sehen, wie es bei Bancarotta der Brauch ist. Ich hoffe doch, daß er den Prozeß nicht auch noch hintertreiben wird. Wie willst du jetzt vorgehen?«

»Ich erkläre es dir, Lisa, und du wirst sehen, daß unsere Rache an den Mördern deines Vaters furchtbar sein wird.« Er räusperte sich und sah mich bedeutungsvoll an. »Also, ein Wechsel, das ist beispielsweise dieses Dokument hier. Es lautet auf dreißigtausend Lire. Für das Wechsel- und Girogeschäft werden Lire verwendet, die etwa dem Wert der Goldfiorini entsprechen. Wenn du also Waren im Wert von dreißigtausend Fiorini kaufen willst, gibst du dem Händler einen Wechsel, nimmst die Ware und verkaufst sie gegen bares Geld weiter.«

»Dreißigtausend Fiorini, damit könnte man ja die ganze Via dei Neri leerkaufen!«

»Mindestens – ich weiß auch nicht, für welche Geschäfte solche riesigen Summen benötigt wurden. Doch paß auf: Diese Wechsel sind datiert, das heißt, das Geld muß an einem bestimmten Tag zurückgezahlt werden.«

»Ich verstehe, und wenn die Summe nicht da ist, kommt es zur Katastrophe.«

»Nicht gleich; man kann verlängern lassen, gegen Geld, versteht sich, oder dafür Haus und Grund verpfänden. Die Riarios haben Pech gehabt, denn nun befinden sie sich in Form dieser Wechsel, Pfand- und Schuldscheine in meiner Hand.«

»Was wirst du unternehmen?« Ich war begierig auf Rache. Francesco lächelte. »Ich werde dem Capo der Riarios die Dokumente präsentieren lassen, von Mittelsmännern, die ihm einen unbefristeten Aufschub gewähren, wenn er unsere Prozesse nicht mehr zu verhindern sucht.«

»Du glaubst, er wird darauf eingehen?«

»Ganz gewiß, schau, jener Familienzweig der Riarios, der für den Tod deines Vaters verantwortlich ist, hat für ihn wesentlich

161

weniger Bedeutung als seine Familie hier in Florenz. Wenn es also um seine Existenz geht, was wird er wohl tun?«

»Andrea und Teresa preisgeben!«

Wilde Genugtuung packte mich. Endlich, endlich Rache für meinen Vater und meine Brüder. Viel zu lange hatte ich darauf warten müssen.

»Was meinst du, Francesco, wird die Strafe für Andrea sein?«

»Der Tod. Und Teresa muß wohl in die Verbannung gehen.«

Sollte mein Rachedurst nun bald gestillt werden?

In der Tat. Schon wenige Wochen, nachdem Francesco den Riarios ihre Wechsel hatte präsentieren lassen, erhielten wir vom Podestà die Nachricht, daß das Verfahren eröffnet sei und der Gonfaloniere della Giustizia ihm den Prozeß anvertraut habe mit der Ermahnung, streng zu urteilen. Als Andrea und Teresa, wie vorauszusehen, auf die Vorladung hin nicht erschienen, sandte die Republik fünfzig Reiter, zweihundert Bewaffnete und ein Feuergeschütz nach dem Distretto jenseits des Contado, stürmte die Rocca der Riarios und nahm die beiden gefangen. Alle Männer der Rocca wurden noch an Ort und Stelle erhängt, die Frauen und Kinder weggejagt und die Gebäude dem Erdboden gleichgemacht. Ich erfuhr dies am zweiten Tage nach Misericordia, und in dieser Woche war ich auch ganz sicher, schwanger zu sein. Obwohl mir häufig übel war, fühlte ich doch neuen Lebensmut. Endlich Francesco einen Sohn zu gebären war mein sehnlichster Wunsch und Andrea hängen zu sehen ein weiterer; das gab mir ungeheuere Kraft. Nun sollte sich alles zum besten wenden.

Nanna freute sich ganz besonders und lag mir ständig in den Ohren, ich solle mit ihr einen Bittgang zur Kirche Santa Maria Impruneta tun, wo sich ein Marienbildnis befinde, das wundertätig wirken solle und großen Zulauf habe. Ich fand die Idee gar nicht so schlecht, denn mein Wunsch nach einem Sohn war so groß, daß die Fürbitte der Madonna ein geeignetes Mittel war,

162

den Segen des Herrn herbeizuflehen. Doch bevor wir unseren Plan ausführen konnten, geschah etwas, das unser Leben für immer verändern sollte.

Eines Abends, nachdem die Tafel aufgehoben war, bat Francesco mich, Nanna und Constantinus zu sich in seinen Wohnraum im zweiten Obergeschoß.

»Liebe Nanna«, begann Francesco ernst, »Constantinus hat mir ein Geheimnis verraten, das dich betrifft und das mit deiner Herkunft zusammenhängt.«

Nanna wurde rot. »Nun, äh, du weißt Francesco, daß meine Eltern Pächter in bescheidenen Verhältnissen sind und der Familie Gheradini zinspflichtig.«

Francesco schüttelte den Kopf. »Das mag für deine Mutter zutreffen, nicht aber für deinen Vater.«

Jetzt war Nanna völlig verwirrt. »Ja aber, mein Vater Beppo ist doch auch nur ein ganz einfacher Mann.«

»Gewiß, wenn er dein Vater wäre, aber Constantinus versicherte mir, dein Vater sei in Wirklichkeit ein ganz anderer.«

»Unmöglich!«

»Keineswegs, wie mir scheint. Constantinus, erzähle was du weißt.«

»Wenn du es wünschst, Francesco.«

Welche Geheimnisse mochte mein alter Lehrer nun wohl aufdecken? Ich konnte es mir beim besten Willen nicht vorstellen. Er räusperte sich kurz, und dann begann er.

»Liebe Nanna, wunderst du dich nicht, weshalb du schon in ganz jungen Jahren in die Rocca der Gherardinis geholt wurdest?«

»Als Spielgefährtin und Dienerin für Lisa!«

»Das auch. Aber ist dir nicht aufgefallen, daß deine Familie den besten Pachthof zum geringsten Zins bewirtschaften konnte, so daß ihr es zu bescheidenem Wohlstand bringen konntet?«

»Mein Vater sagte immer, unser Patron sei ein großherziger Mann.«

»Gut gesagt. In der Tat, er war ein großherziger Mann. Und deine Mutter, Nanna, war ein sehr schönes Mädchen. Mehr brauche ich wohl nicht zu sagen.«

Nanna begann zu begreifen; sie war ganz blaß geworden.

»Du willst also damit sagen, daß Antonio Gherardini, Lisas Vater, auch mein Vater ist?«

»Genau so ist es. Er hat es mir selbst anvertraut. Am Abend der Hochzeit sollte es bekannt werden. Antonio meinte, wenn er jetzt eine Tochter an Francesco verlöre, wollte er die zweite ganz für sich gewinnen. Sie sollte als nicht erbberechtigte Tochter anerkannt und damit eine Gherardini sein.«

Nanna konnte nichts sagen, stand hilflos mit Tränen in den Augen da. Ich ging auf sie zu, und wir sahen uns lange an, dann lagen wir uns in den Armen, und unsere Freude war unbeschreiblich. Nanna und ich waren Schwestern!

Nicht viele Augenblicke in unserem Leben sind schicksalhaft. Die Zeit verrinnt in fast immer gleichem Takt. Nur manchmal scheint sie jäh zu verhalten, und wir blicken unserer Bestimmung, die ganz in Gott dem Herrn liegt, für einen kurzen Moment unter jenen Schleier, der die Zukunft verbirgt. Wir glauben zu erkennen, wie alles wird – zumindest für eine gewisse Zeitspanne. Dann senkt sich dieser Schleier wieder. Und einen solchen kurzen Augenblick lang dachte ich, mein Leben und Nannas würden immer so weitergehen. Wir beide zusammmen, die besten Freundinnen – und nun sogar Schwestern. Doch wie töricht sind solche Gedanken, denn Nanna würde natürlich auch heiraten und sich von mir entfernen. Aber als wir uns so in den Armen lagen, da empfand ich etwas Neues, ganz Seltsames. Es war, als berührte ich einen Teil meiner selbst, und ich begriff, daß Nanna die einzige von meinem Blute war.

Nun fuhr Francesco fort. »Ihr habt gehört, was der Wille eures Vaters, möge seine Seele in Frieden ruhen, kurz vor seinem Tode

164

war. Aber ich möchte noch darüber hinausgehen. Da mir als dem Gatten Lisas der Besitz der Gherardinis als Erbe zugefallen ist, habe ich folgendes beschlossen: Du, Nanna, wirst die eine Hälfte bekommen, und wir behalten die andere. Dies und eine Summe von sechstausend Goldfiorini wird deine Mitgift sein. Damit bist du eine ansehnliche Partie – hörst du überhaupt zu, Nanna?«
»Ja doch, verzeih, es ist zuviel, das alles auf einmal.«
»Ich glaube, sie hat recht«, meinte Constantinus, »hier, trink einen Schluck Wein, dann wird dir gleich besser.«
Nanna nahm ein winziges Schlückchen. »Meine Kehle ist wie zugeschnürt.«
Ich nahm sie an der Hand wie ein Kind und wandte mich zu den anderen: »Wir wollen zu Bett gehen, Nanna braucht jetzt Ruhe.« Dann verabschiedeten wir uns und gingen in mein Schlafzimmer, während die beiden Männer sicher noch einiges zu besprechen hatten.

In dieser Nacht war natürlich an Schlaf gar nicht zu denken. Wir legten uns auf mein Bett. Nanna seufzte.
»Nie hätte ich geglaubt, daß meine Mutter und ...«, der Patron, wollte sie sagen, verbesserte sich aber gleich, »... und unser Vater einst zusammen waren.«
»Ja, auch ich bin sehr überrascht.«
»So sind eben Gottes Wege, oder?« Nanna richtete sich plötzlich auf und fuhr dann fort: »Oder bin ich die Ausgeburt einer Sünde, eines Frevels? Du sollst nicht ehebrechen, heißt es.«
»Ich glaube, diese Frage wird dir Don Angelo beantworten können.«
»Du hast recht, ich werde ihn gleich morgen fragen.«
Nanna wollte in dieser denkwürdigen Stunde nicht allein sein, und so blieb sie hier, um mit in meinem Bett zu schlafen, wie wir es früher immer getan hatten. So lag sie nun auf dem Platz, der eigentlich meinem Gatten gebührte.

165

Francesco hatte sich natürlich hocherfreut gezeigt, als ich ihm von meiner Schwangerschaft erzählte, und war seitdem noch aufmerksamer und sehr liebevoll. Er vermied es allerdings, mich zu berühren und mit mir allein zu sein. Ich glaubte, es sei wegen unseres ungeborenen Kindes; wie wir uns doch irren können...

Der Tag des Prozesses rückte näher, und Francesco hatte es verstanden, mich als Zeugin zu benennen. Frauen können seit neuestem in Florenz auch als Zeugen gehört werden, was in Bologna an der juristischen Fakultät einen Streit unter den Gelehrten ausgelöst hatte, der weite Kreise zog. Früher durften nur die Männer vor Gericht befragt werden, und zu Prozessen werden auch heute noch keine Frauen zugelassen. Deshalb hätte ich dem Verfahren gegen die Riarios eigentlich nicht beiwohnen können. Als Zeugin hingegen mußte ich anwesend sein.
Der Gerichtssaal lag im ersten Stock des Palazzo della Signoria, und es war das erste Mal in den Jahren, die ich nun schon in Florenz lebte, daß ich ihn betrat. Alles im Palazzo strömte Würde und Macht aus. Das Gebäude selbst war schon von außen sehr beeindruckend mit dem riesigen Turm, der alles überragte. Wer hier in die Mühlen der Florentiner Justiz geriet, dem half nichts mehr; es sei denn, er hatte gute Beziehungen. Denn über die lief in Florenz alles, was mir nicht nur Francescos Schachzug gegen die Riarios gezeigt hatte. Das Tribunal saß schon auf den Plätzen, und der Saal war voll von Neugierigen. Der oberste Richter in seinem hermelinverbrämten Talar sah äußerst imposant aus, seine Beisitzer aber nicht minder. Er hob die Hand.
»Bringt den Angeklagten!«
Zwei Bewaffnete eilten hinaus und kamen nach einiger Zeit mit einem Mann wieder. Welch ein Anblick! Das also sollte Andrea di Riario, der einst so stolze junge Mann, sein. Ich mußte genau hinschauen, um nach und nach gewisse Ähnlichkeiten zu ent-

decken. Bei den Heiligen Laurentius und Rochus – wie sah dieser Mensch inzwischen aus. Die Hände auf den Rücken gefesselt, in Lumpen gehüllt, die einmal seine Kleidung gewesen waren. Er starrte vor Schmutz, und seine Haare waren ihm fast gänzlich ausgegangen. Ein Gestank von Blut, Urin und Kot ging von ihm aus, so daß die Zuschauer in Andreas Nähe zurückwichen. Entsetzlich.

»Bist du Andrea di Riario?«

Er reagierte mit einem Murmeln. Die Wache riß ihm den Kopf hoch, der auf die Brust gesunken war, und rammte ihm die Faust in den Rücken.

»Antworte!«

»Ja, ich bin Andrea di Riario.«

Ich bemerkte, daß man ihm die Zähne ausgeschlagen hatte. Doch der Richter schien an einen solchen Anblick gewöhnt zu sein und fuhr ungerührt fort.

»Du hast die Rocca der Gherardini überfallen und niedergebrannt, du hast die Befehle der Republik Florenz und ihres Gonfaloniere nicht befolgt, ebensowenig die meinen. Du hast Widerstand gegen die Truppen der Republik geleistet.«

Andrea blickte nicht einmal auf. Er wußte, wie alle im Saal, daß das Urteil auf Tod lauten würde. Todesarten gab es bei der Giustizia viele. Die schnellste war das Beil des Henkers, wenn der nicht schon betrunken aufs Schafott stieg und daneben schlug. Auch das Hängen sollte, wenn es ordentlich gemacht wurde, recht schnell gehen. Qualvoll hingegen war das Ersäufen und manchmal auch der Feuertod. Brannte der Scheiterhaufen zu schnell, so schrien die Verurteilten jämmerlich. Wichtig war es darum, die untersten Holzschichten langsam abbrennen zu lassen. Dann stieg dichter Qualm auf, und wenn ihn die an den Pfahl Gebundenen tief einatmeten, so verloren sie zuerst die Besinnung und waren meistens schon tot, wenn die heißen Flammen an ihnen hochzüngelten. Für gewisse Vergehen war

167

es vorgesehen, die Schuldigen vorher zu rädern, das hieß, ihnen mit einem schweren Rad die Arm- und Beinknochen zu zerschlagen.

Doch für Andrea schien mir dies alles noch zu wenig. Er hatte das Leben meines Vaters, meiner Brüder und noch vieler anderer auf dem Gewissen. Welche Tortur hätte dafür ausgereicht? Die Hölle möge ihn anschließend noch verschlingen. Die Stimme des Richters holte mich wieder in den Gerichtssaal zurück.

»Gestehe deine Taten, so möge dir Milde zuteil werden!«

Andrea sah mit stumpfem Blick den Richter an, dann bemerkte er plötzlich mich. Ruckartig flog sein Kopf hoch, und nun schaute er mir geradewegs in die Augen. Und wahrhaftig, er brachte noch ein verächtliches Lächeln zustande oder was er dafür hielt.

»Ah, die edle Mona Lisa, Gattin des noch edleren Francesco Giocondo«, stieß er hervor. »Dein Gatte ist so vornehm, daß er nicht einmal fähig zur Vendetta ist. Ein Edelmann? Einer, der sich hinter den Schergen von Wollhändlern verkriecht! Tief bist du gesunken, Lisa, dich mit einem solchen erbärmlichen Feigling einzulassen!«

Und dann nach einem kurzen Innehalten schrie er mit letzter Kraft und überschnappender Stimme: »Hat dich dein widerlicher Päderast schon besprungen, damit du ihm ebensolche Mißgeburten wirfst?«

Dann traf ihn ein Schlag der Wache, und er sackte zusammen. Ich vernahm unter den Zuschauern erregtes Gemurmel und erkannte an Francescos Miene, wie sehr ihn die Vorwürfe getroffen hatten. Denn auch er war von edlem Blut, und überdies traf es jeden Mann, als Feigling beschimpft zu werden. Doch wenn ich den zum Krüppel gefolterten Andrea ansah, auf den nur noch das Ende wartete, war mir klar, weshalb jedermann in Florenz auf die verbotene Vendetta, die Blutrache, verzichtete; die Strafe war zu grausam und der Tod letztendlich erbärmlich.

168

Nach einer ellenlangen Litanei nicht enden wollender lateinischer Gesetzeszitate schien der Richter nun zum Urteilsspruch zu kommen.

»Das oberste Gericht der Republik Florenz, im Namen des Herrn. Wir verkünden hiermit, daß der Angeklagte im Angesicht dieser würdigen Richter seine Taten nicht gestanden hat und deshalb keine Milde erwarten darf. Sein Geständnis, das er vor drei Tagen unter der Folter preisgegeben hat, genügt uns. Seht die beglaubigten Protokolle.«

Er reichte einige Dokumente seinen Beisitzern, die zustimmend nickten.

»Dann ergeht folgendes Urteil: Andrea di Riario wird morgen bei Sonnenaufgang gerädert, gehängt und geviertelt. Im Namen der ehrwürdigen Signoria von Florenz, gegeben den dritten Tag nach San Lamberto im Jahre des Herrn 1497.«

Andrea sah noch einmal zu mir herüber, aber seine letzten Kräfte schienen erschöpft, die Wächter mußten ihn hinausschleifen.

»Ist das alles?« Ich war verblüfft über die Schnelligkeit der Prozedur.

»Ja, Lisa, die Lage war klar, und ich habe mit etwas Gold nachgeholfen. Bei Prozessen, in denen es um Geschäfte oder sonstige Streitigkeiten geht, ist das natürlich anders, das kann sich ewig hinziehen und kommt zu keinem Ende. Sein ganzes Leben hat schon so mancher mit einem solchen Verfahren verbracht, bis ihm Gerechtigkeit widerfuhr.«

Mir fiel jener Ausdruck ein, den Andrea in so verächtlicher Weise gebraucht hatte. »Was meinte Andrea mit ›Päderast‹? Ich kenne das Wort nicht.«

»Ich auch nicht, das sind wohl nur Phantasien eines vom Tode Gezeichneten.«

Morgen also sollte mein Rachedurst gestillt werden. Keine Qual, keine Folter könnte grausam genug sein für diesen gemeinen Mörder. Es dauerte geraume Zeit, bis ich in Nannas Armen endlich einschlief. In dieser Nacht träumte ich lauter blutrünstige Sachen. Beim ersten düsteren Morgengrauen waren wir alle bereit, und als das Läuten der Morgenglocken ertönte, standen wir schon auf der Piazza und strebten dann eilig über die Via del Proconsolo nach Norden, am Duomo vorbei zur Via Larga, die in die Via San Gallo mündete. Dann sahen wir schon das gleichnamige Stadttor und davor eine große Volksmenge, den Henker und seine Knechte, zahlreiche Wächter und zuletzt in ihrer Mitte Andrea. Er trug ein kurzes, weißes Büßerhemd, ein Priester betete mit ihm.

Endlich öffnete man die inneren Torflügel, zog das gewaltige Gitter hoch und öffnete auch das äußere Portal. Draußen standen bereits viele Menschen, Bauern, Reisende, Tagelöhner, die herein wollten. Doch die Wächter drängten sie zur Seite, so daß zuerst der Verurteilte mit dem Henker hinaus konnte. Bis wir uns dann den Weg durch die Menge gebahnt hatten, stand der Henker mit Andrea bereits auf dem Blutgerüst. Vom Galgen hing ein Seil mit Schlinge, leise bewegte es der kühle Morgenwind. Francesco ließ uns von zwei Söldnern den Weg bis ganz nach vorn frei schaffen, von wo man alles genau beobachten konnte. Neben dem Henker stand ein Steinblock und daran lehnte ein schweres, eisenbeschlagenes Holzrad mit dicken Speichen. Nun trat der Vertreter des Podestà ans Gerüst. Aufgeregtes Gemurmel drang aus der Menge. Es wurde zusehends heller, und schließlich sah man die Sonne hinter den Hügeln von Campi aufgehen.

»Im Namen der Republik von Florenz und seiner ehrwürdigen Signoria: Henker, beginne dein Werk!«

Ich konnte von meinem Platz aus deutlich sehen, daß Andreas Hose naß wurde, sonst blieb er ganz ruhig. Mag nur derjenige darüber verächtlich denken, der noch nie wirkliche Todesangst empfand. Ich kannte sie, damals auf der Flucht, vor der verschlossenen Rocca der Montaglios; das war keine Angst mehr, sondern blankes Grauen, das dich dann packt, und du willst fort,

170

nur fort, irgendwohin. Das war Todesangst. Andrea schritt aufrecht und stolz zum Block, dann ging alles ganz schnell. Zwei Helfer packten seine Arme, ein anderer zog ihm die Füße weg. Er fiel vornüber, seine Unterarme lagen auf dem Block; unterdessen hatte der Henker das schwere Rad hochgestemmt und ließ es auf Andreas Unterarme fallen. Ich hörte seine Knochen brechen. Blitzartig trat der Henker hinter den Knieenden und brach ihm mit dem Rad auf dieselbe Weise auch die Unterschenkel. Darauf hoben die zwei Helfer Andrea hoch, der Henker steckte dessen Kopf in die Schlinge; dann warfen sie den Unglücklichen einfach vom Blutgerüst. Francesco hatte sich abgewendet. Das Seil knirschte. Ein wildes Zucken ging durch den geschundenen Körper mit den gebrochenen, grotesk verdrehten, lose herabbaumelnden Gliedmaßen. Dann war es zu Ende.

Rache, herrliche, süße furchtbare Rache! Kein Morgen hatte je zufriedener für mich begonnen als dieser. Endlich waren mein Vater und meine Brüder gerächt. Möge die Seele Andreas der ewigen Verdammnis preisgegeben sein. Beim Feuer der Hölle – nun erst merkte ich, wie sehr sich tiefer Haß in mir aufgestaut hatte gegen die Mörder meiner Familie. Um so größer jedoch war die Genugtuung über den grausigen Ausgang des Strafgerichtes, das der göttlichen Gerechtigkeit auf Erden schon vorauseilte. Obwohl ich mit einem Mal innerlich befreit war, überfiel mich ein seltsames Gefühl, so daß ich plötzlich Krämpfe bekam. Hatte mich das entsetzliche Schauspiel derart mitgenommen? Ein ziehender Schmerz fuhr durch meinen Unterleib, in kurzen Abständen, an- und abschwellend, immer stärker. Francesco sah, wie ich mich krümmte.

»Lisa, was ist dir?«

Ich konnte vor Schmerzen überhaupt nicht antworten.

»Schnell, stützt sie!« rief Francesco unseren beiden Söldnern zu. Die beiden Männer sahen ihn fragend an und zögerten, denn eine Edle berühren, das durften sie unter keinen Umständen. Fran-

171

cesco brüllte die zwei zornig an, aber diese primitiven Barbaren verstanden ihn natürlich nicht. Erst als mein Gatte mit wilder Gestik erklärte und Nanna die Söldner zu mir zerrte, verstanden sie endlich, worum es ging. Einer der hünenhaften jungen Schweizer hob mich mit Leichtigkeit hoch und trug mich auf seinen Armen wie ein Kind durchs Tor und die Via San Gallo hinunter. Hier, zwischen den vielen kleinen und kleinsten Klöstern, gab es auch eines der Augustinerinnen. Francesco ließ mich hineinbringen, und die Schwestern betteten mich in einer kargen, aber halbwegs sauberen Zelle auf einen Strohsack. Die Äbtissin ließ einen beruhigenden Kräutersud bringen, den ich trinken mußte. Inzwischen lief der andere Söldner in unseren Palazzo, um die Sänfte zu holen und nach einem Arzt zu schicken. Es schien eine Ewigkeit zu dauern, bis man mich endlich heimbrachte. Das mit der Sänfte war nicht ganz ungefährlich, denn nach Savonarolas Meinung stellte diese bequeme Fortbewegung unangemessenen Luxus dar. Gott sei Dank wurden wir nicht mit Kot oder Steinen beworfen, und ich hätte es auch keinem geraten, denn unsere Söldner waren in der Stadt als Raufbolde gefürchtet. So unbewegt und stumpf diese Menschen auch erschienen, wenn sie ihren Dienst versahen – berauscht oder im Wutanfall konnten sie zu furchtbaren Berserkern werden. Die Alten hatten dafür einen Ausdruck gehabt: Furor Teutonicus.

Zu Hause im Bett ließen die Krämpfe in meinem Unterleib nach, aber ich bemerkte, daß mein Unterkleid ganz blutig war. Der Arzt ließ sofort eine Hebamme holen, die meinen Leib abfühlte, er selbst durfte das ja nicht.

»Du hast dein Kind verloren.«

Die Stimme der alten Frau klang völlig teilnahmslos, als sie das aussprach. Mich aber trafen ihre Worte wie ein Keulenschlag.

Das Verhängnis trifft uns in Augenblicken, wo wir es am wenigsten erwarten. Stunden vorher lachen und scherzen wir noch unbeschwert, wenig später erhalten wir eine schlimme Nachricht

172

oder es ereignet sich etwas, und schon ist der Mensch vom Schicksal geschlagen. Der eine jammert und hadert, der andere verkriecht sich stumm, und doch sind im Unglück alle gleich. Die Philosophen der Griechen strebten deshalb danach, von allen Gefühlen befreit zu sein, Zurückhaltung in der Freude wie auch im Schmerz zu üben, damit ein ungünstiges Schicksal keine Macht über sie erhielte. Die Kyniker gingen noch darüber hinaus und lehrten völlige Bedürfnislosigkeit. Diogenes von Sinope besaß als einziges eine Kürbisschale, um Wasser daraus trinken zu können, doch auch diese warf er noch fort. Besonders unsere Vorväter, die Römer des Imperiums, hingen einer Lehre an, die Stoizismus genannt wird. Bescheiden zu leben, beständig im Kampf und unerschütterlich im Unglück zu sein wurde danach gefordert.

Auch ich wollte mich zwingen, mein Mißgeschick in stoischer Gelassenheit zu tragen; es gelang mir allerdings nicht. Alle besuchten mich und wirkten dabei sehr traurig. Ja, es ist tragisch, wenn so jäh die schönsten Hoffnungen enttäuscht werden. Wie hatte ich mich darauf gefreut, Francesco den ersehnten Sohn zu schenken, und nun sah ich meine Zukunft nur noch in den düstersten Farben. Die Schmerzen waren nicht mehr wiedergekehrt, und trotzdem lag ich Tag um Tag, eigentlich ohne einen rechten Grund dafür zu haben, im Bett. Ich fühlte mich matt und müde, und immer wieder kamen mir die Tränen, einfach so.

Nanna war ständig da und las mir jeden Wunsch von den Augen ab. Wenn ich sie damals nicht gehabt hätte, wäre ich wohl für immer in düstere Schwermut versunken. Obwohl sie doch jetzt als meine Schwester anerkannt war, meinte sie, es solle alles so bleiben wie bisher. Wir waren ja schon immer die besten Freundinnen gewesen, und ich hatte von ihr niemals niedrige, billige Arbeiten verlangt. Jetzt, nachdem wir wußten, daß wir Blutsverwandte waren, vertiefte sich unser Verhältnis noch

173

mehr, und es gab wohl kaum andere junge Frauen, die in solcher Harmonie lebten. Auch Francesco gefiel das, er schien sogar sehr froh darüber, denn es war offensichtlich, daß er mich nicht begehrte. Nach jenem Morgen in seinem Kontor hatte er mich nicht wieder berührt, erfüllte mir und auch Nanna jedoch jeden nur erdenklichen Wunsch. Ich aber wünschte mir nur eins, daß er mich fest in die Arme nähme und tröstete. Er tat es nicht, und ich versank immer tiefer in Schwermut.

Eines Tages erschienen zwei Doktoren der Universität von Bologna, die mein Gatte für teures Geld hatte rufen lassen, Maestro Ottavio und Maestro Ippocrato secundo, wie er sich nicht unbescheiden nannte. Die beiden redeten stets in Latein und waren nicht wenig verwundert, als ich ihnen in dieser Sprache antwortete. Das schien sie ein wenig zu hemmen, denn ich konnte alles verstehen, was sie an meinem Krankenlager beratschlagten. Von nun an hielten sie sich mit ihren Äußerungen merklich zurück. Constantinus war von Francesco beauftragt, statt seiner in meinem Zimmer anwesend zu sein, wenn die Ärzte bei mir waren; das forderte die Schicklichkeit. Mein Gemahl mußte sich ja um seine Geschäfte kümmern.

»Du bist in der Lingua Latina bewandert, Mona Lisa, verstehst du dich auch noch auf andere Künste?«

»O ja, Maestro Ottavio, ich kenne Arithmetik, Historie und bin mit den Grundzügen der Geometrie vertraut. Daneben wurde ich in Philosophie unterwiesen, auch in logischem Denken.«

»In logischem Denken?«

»Ja gewiß, was ist schon dabei!«

»Nun, eine ganze Menge. Bei uns in Bologna, das immerhin die berühmteste Universität des Abendlandes besitzt, wäre so etwas unmöglich. Das Weib wurde vom Herrn keineswegs für solche Dinge geschaffen, und zur Erkenntnis ist es überhaupt nicht fähig. Das ist doch durch die Lehren der Alten erwiesen.«

Trotz meiner Mattigkeit wurde ich ungehalten. »Wo, Maestro

174

Ottavio, steht geschrieben, die Frau sei nicht geschaffen, ihren Verstand zu gebrauchen!«

Er wich zurück; wahrscheinlich hörte er von seinen Studenten nie Widerworte. »Also, äh – bei Sextus Empiricus wird das Weib als denkendes Wesen in Frage gestellt.«

Rein zufällig kannte ich diesen Philosophen, denn Constantinus besaß ein uraltes byzantinisches Fragment mit dessen Schriften. Der Arzt wollte mich offensichtlich mundtot machen, indem er einen derart unbekannten Philosophen erwähnte.

»Sextus Empiricus, verehrter Maestro, hat an allem gezweifelt, auch, und das ganz besonders, an dem Wesen der eigenen Existenz. Wie also soll gerade er als Berufener in dieser Frage gelten dürfen?«

»Aber die Autoritäten unserer heiligen Religion, Augustinus und Paulus haben sich ganz dezidiert gegen die Frau als Vernunftwesen gewandt!« warf nun Maestro Ippocrato secundo ein.

»Augustinus hat selbst, bis zu seiner Berufung durch die Stimme des Herrn, die Frauen in allzu hohem Maße verehrt und sie dann später in seinen Schriften doch verdammt...«

»Du versündigst dich, Lisa!«

Ich mußte vorsichtig sein; die meisten Lehrer an der Bologneser Universität hatten natürlich auch die kirchlichen Weihen, und das bedeutete die Gefahr, beim Gericht des Bischofs oder – schlimmer noch – der Kurie angeklagt zu werden. Auf Häresie und Ketzerei stand der Feuertod. Ich beschloß daher, auf Paulus, den allerschlimmsten Frauenfeind, lieber gar nicht erst einzugehen, sondern auf die Alten zurückzukommen.

»Hat Plato, der gewiß kein Frauenfreund war, nicht gefordert, ein Mann solle die körperliche Vereinigung mit einer Frau nur pflegen, wenn beide sich auf der Grundlage von Verständnis und Zuneigung ihrer Seelen auch wirklich liebten?«

Meine Anspielung auf körperliche Liebe war den Herren sichtbar peinlich. Sie rangen mühsam um Fassung.

175

»Wir wollen dich nicht beleidigen, Mona Lisa, aber da bei deiner Erziehung offensichtlich wider die göttliche Bestimmung der weiblichen Natur gehandelt wurde, dessen sind wir ganz sicher, ist eine allmähliche Vergiftung des Blutes eingetreten, die zu deiner Melancholie geführt hat.«

»Auch das allzu freizügige Leben der Frauen hier in Florenz trägt dazu bei«, ergänzte Maestro Ippocrato secundo seinen Kollegen.

»Doch gleichgültig, wir werden einen Aderlaß nach allen Regeln unserer Kunst vornehmen und damit deine Gesundung einleiten.«

Mir ging es zu jener Zeit so schlecht, daß ich alles getan hätte, um den Zustand tiefster Verzweiflung zu beenden, war aber entschlossen, hier nachzufragen. Wenn die Ärzte schon glaubten, mich mit längst aus der Mode gekommenen Meinungen über das Wesen der Frau abspeisen zu können, so wollte ich ihnen doch zeigen, daß Florentinerinnen sehr wohl fähig und willens waren, sich anspruchsvollen Themen zu stellen. Auch wenn sie von Bologneser Universitätslehrern in brillantem Latein vorgetragen wurden.

»Erweist ihr mir einen Gefallen?« säuselte ich zuckersüß.

»Gewiß«, antworteten beide wie aus einem Munde, wohl froh, das heikle Thema abgebogen zu haben.

»Ich bin, wie ihr euch sicher denken könnt, in medizinischen Dingen wenig bewandert und würde dankbar sein, wenn ihr mir Auskunft über Wesen und Wirkung des Aderlasses geben könntet.«

Nun waren die beiden in ihrem Element. Sie flüsterten leise, aber ich entnahm ihren Worten, daß sie sich um den Vortritt stritten. Endlich fing Maestro Ottavio salbungsvoll an.

»Da Maestro Ippocrato secundos Neigungen eher der ehrwürdigen Anatomie gehören, läßt er mir den Vortritt, um dir das Wesen der Stoffe des Blutes zu erläutern.«

176

Er war nun ganz der große Doctor maiestatis, und ich konnte ihn mir gut vorstellen, wenn er vor seinem Auditorium vortrug.

»Dein umwölktes Gemüt, Mona Lisa, hat, wie alle wissen, seinen Sitz im Herzen, das, wie der ganze Körper, von Blut gefüllt ist. Das Blut aber besteht aus vier Säften, die nach der Meinung der Alten und auch der unsrigen den vier Grundelementen der Welt entsprechen, nämlich Erde, Feuer, Luft und Wasser. Im einzelnen sind diese vier Blutsäfte: erstens, das echte Blut, Haima, von hochroter Farbe; zweitens, ein dunklerer Teil, der die schwarze Galle, die Melancholie, enthält; diese ist, wenn sie überhand nimmt, verantwortlich für einen Zustand wie den deinigen. Drittens ist da die gelbe Galle, die Cholera; und viertens ein dünner, schleimiger Saft, das Phlegma. Nur wenn diese vier gleichmäßig gemischt sind, ist der Mensch gesund.«

Er nahm einen tiefen Schluck Wein aus dem Zinnbecher und fuhr fort: »Wir Ärzte vermögen es, durch die richtige Menge des Aderlasses zusammen mit einem starken Purgativum oder anderen Medikamenten die richtige Mischung der Blutsäfte wiederherzustellen.«

»Und wie stellt man fest, ob die Mischung richtig oder falsch ist?«

»Ganz einfach, durch einen Aderlaß und durch die Harnbeschau.«

Er nahm eine Phiole, in der sich etwas von meinem Harn befand, hielt sie gegen das Licht, und beide Ärzte sahen prüfend darauf.

»Dunkel, sehr dunkel«, beide nickten bedeutungsschwanger; dann kosteten sie mit der Zunge davon.

»Nun wollen wir dir ein wenig Blut abnehmen, um die Mischung der Säfte zu beobachten.«

Der Einstich in die Mitte meines Unterarmes tat kaum weh. Dann mußte ich den Arm aus dem Bett hängen lassen, und das Blut wurde unten in einer silbernen Schale aufgefangen. Die rote Flüssigkeit wurde immer mehr und begann dann allmählich zu

177

stocken. Maestro Ottavio band die Wunde mit einer Kompresse ab. Am Fenster beobachteten die beiden Ärzte nun genau, wie sich die Säfte schieden. Sie sprachen leise miteinander, und schließlich kamen sie triumphierend zu mir ans Bett.

»Hier«, Ottavio wies auf eine schwärzliche Masse, »ist die Menge schwarzer Galle hypertrophiert. Auch der Schleim tritt vermehrt auf, was für eine Phlegmasie spricht.«

Nun fühlte er noch meinen Puls, der ihm jedoch gut erschien. Dann entschuldigten sich die Ärzte, um ein Consilium abzuhalten. Nanna sah sie vom Fenster aus unten auf der Piazza zusammen umhergehen, wobei sie eifrig diskutierten. Nach geraumer Zeit waren sie wieder da. Sie blickten beide betont ernst, und Maestro Ottavio begann: »Nach allen Erkenntnissen der ärztlichen Kunst, sowohl die Weisheit Galens als auch die der Knidischen Schule berücksichtigend, kommen wir mit Hilfe des Allerhöchsten zu folgendem Schluß: Durch Aderlaß wird die Melancholie reduziert und mittels eines Purgativums das Phlegma vermindert. Dazu täglich ein Sitzbad in geschwefeltem Wasser. Jeden Abend ein halber Krug leichten weißen Weines ohne Wasser und eine Einreibung mit Bilsenkraut unter den Achseln.«

Dann gab mir jeder noch ein kleines Fläschchen dunkler Arznei, deren Mixtur geheim war.

Was nun folgte, war nicht besonders angenehm. Man stach wieder in meinen Unterarm und ließ mein Blut so lange in eine große Schüssel mit warmem Wasser laufen, bis ich Übelkeit verspürte. Dann flößten mir die Ärzte einen bitteren Trank ein, auf den ich erbrechen mußte. An alles weitere kann ich mich nur noch ganz dunkel erinnern. Das tagelange Dahindämmern, Nanna stets in meiner Nähe, die mich ermunterte, etwas zu essen und Wein zu trinken. Ich sah mein Zimmer durch einen Schleier, aber dann, gleich einem Wunder, am dritten Tag morgens erwachte ich und sah die Welt mit ganz anderen Augen. Alles schien heller, freundlicher, irgendwie heiterer. Nanna half mir

178

aus dem Bett, und wir versuchten gemeinsam, einige Schritte auf und ab zu gehen. Aber dann war wieder Bettruhe nötig, denn der Aderlaß hatte mich doch stark geschwächt. Die Bologneser Ärzte waren inzwischen abgereist, nicht ohne von Francesco eine unverschämte Summe gefordert zu haben, wie er mir selbst sagte.

»Hauptsache, du wirst wieder gesund, liebste Lisa!«

»Ja, das hoffe ich auch. Ach, du bist so verständnisvoll zu mir, Francesco. Wenn es mir besser geht, will ich alles gutmachen...« – und dir eine hingebungsvolle Gattin sein, hätte ich beinahe hinzugefügt. Aber ich wollte das dann doch nicht sagen, um keine Mißstimmung bei meinem Gatten aufkommen zu lassen. Stets stand die Frage unseres nicht stattfindenden Ehelebens unausgesprochen im Raum, gemahnte mich ständig, etwas zu unternehmen, um Francesco endlich einen Sohn gebären zu können.

»Don Angelo hat mir vorgeschlagen, die heilkundige Äbtissin des Klarissinnenklosters am Borgo Pinti zu fragen, ob sie deine weitere Pflege übernehmen wolle.«

»Eine weise Frau?«

»Zumindest hat sie das Wissen einer solchen, ist jedoch nicht mit den dunklen Mächten im Bunde wie diese Hexen, sondern geheiligt durch ihr verdienstvolles Amt im Kloster.«

»Gut, laß diese Frau holen; möge der Herr ihr die Kraft geben, mich gesund zu machen.«

Don Angelo zeigte sich hocherfreut, daß es mir besser ging und ich eingewilligt hatte, die heilkundige Äbtissin bei der Behandlung meiner Melancholie hinzuzuziehen. Jeden Tag kam der junge Priester, um mir die Beichte abzunehmen und das Sakrament der heiligen Kommunion zu spenden. Ich fühlte mich ständig besser und setzte große Hoffnungen auf die Nonne. Endlich sagte mir Don Angelo, daß sie käme.

Die Äbtissin mußte einmal eine sehr schöne Frau gewesen sein.

179

Trotz ihres ehrwürdigen Alters zeigte das Gesicht ebenmäßige Züge, und ihr Auftreten hatte etwas Hoheitsvolles und zugleich Gütiges. Nanna, Constantinus und auch Francesco standen um mein Bett versammelt, neugierig, was die Nonne machen würde. Doch die schickte als erstes alle hinaus, ließ sich zwei Kohlebecken bringen und bat um völlige Ruhe. Sie schloß die Tür, legte den Riegel vor und verfuhr ebenso mit den Fensterläden. Nur zwei Kerzen brannten, die Kohlebecken verbreiteten wohlige Wärme. Die Äbtissin setzte sich an mein Bett und nahm ganz fest meine Hände. Die Berührung tat mir gut.

»Liebe Lisa, Jesus Christus, dem ich mich anverlobt habe, hat mir die Kraft gegeben, Kranken Heilung zu bringen. Allerdings heile ich nicht wie die Ärzte, sondern durch die unmittelbare Gnade des Herrn, die ich mit meinen Händen auf dich übertrage.«

Schon jetzt fühlte ich mich geborgen bei dieser Frau, und ihre sanfte Stimme übte eine wunderbare Wirkung auf mich aus, die ich mir nicht erklären konnte.

»Ich werde nun von mir sprechen, Lisa, und dir zeigen, wie seltsam und verschlungen die Pfade sind, die zum Herrn führen.« Sie sah mich freundlich an und fuhr fort: »Ich bin die Tochter einer Kurtisane, einer Frau also, die sich für Geld verkauft hat.« Ihre Stimme blieb unverändert sanft. »Ich hatte alles, elegante Kleider, ein Pferd, Bedienstete und Männer, die mir den Hof machten. Ich war der ganze Stolz meiner Mutter, die meine Jungfernschaft hütete, wurde in den Künsten unterrichtet, lernte lesen und schreiben, ebenso wie einen philosophischen Diskurs zu führen. Alles schien mir offenzustehen, doch da starb meine Mutter eines Tages an der Pest. Auch ich wurde damals sehr krank, da schaute ich das Herz Jesu, verkaufte meinen gerade geerbten weltlichen Besitz, der nicht unbeträchtlich war, und schenkte ihn dem Kloster Santa Felicità. Dort trat ich auch als Novizin ein, und heute bin ich durch die Gnade des Allerhöchsten Äbtissin.«

180

Ein ungewöhnlicher Lebenslauf, wie ich im stillen zugeben mußte.

»Soweit das, was mich betrifft; aber nun zu dir, meine Tochter. Was bedrückt dich so, daß du der Melancholie verfallen bist?«

»Die Ärzte sagen, ich hätte zuviel dunkle Galle im Blut.«

Sie lächelte. »Ja, die Ärzte, mein Kind, sie wollen immer nur einen Aderlaß und ihre teuren Medikamente verkaufen. Ich hingegen frage mich, woher kommt es, daß du zuviel schwarze Galle im Blut hast.«

»Und auch zuviel Phlegma«, ergänzte ich.

»Gewiß. Das mag alles stimmen. Doch wir wollen nun einmal hören, was dich außerdem alles bedrückt.«

Ich war überrascht, so hatte noch nie jemand mit mir gesprochen.

»Ich habe vor kurzer Zeit mein Kind verloren. Daraufhin war mein Blut vergiftet, und ich verfiel der Melancholie.« Dann erzählte ich der Nonne alles, was mit meinen Ängsten zu tun hatte. Sie nickte voller Verständnis und Anteilnahme.

»Ja, Lisa, dieser Zustand von Melancholie ist mir gut bekannt. Häufig werden junge Mädchen von ihren Familien ins Kloster gegeben, die nicht für ein jungfräuliches und kontemplatives Leben geeignet sind. Nach einiger Zeit verfallen sie in tiefe Schwermut, und nichts will sie mehr trösten.«

Die Nonne machte eine kurze Pause.

»Dämonen waren in sie gefahren, und als eines dieser armen Mädchen einmal in völliger Teilnahmslosigkeit in ihrer Zelle lag, faßte ich ihre Hände, so wie jetzt deine, und streichelte sie voll Mitleid. Mit einem Mal fühlte die Novizin neue Kraft in sich, und nach einiger Zeit wich der Dämon aus ihr, ohne daß ein Priester den regelrechten Exorzismus durchgeführt hatte. Seitdem heilt Jesus Christus, unser aller Herr, durch meine Hände.«

Ich spürte tatsächlich etwas, das von ihren zarten Händen ausging; es strömte eine sanfte Kraft in mich über, wundersam beruhigend und doch belebend. Ihre wohlklingende Stimme mach-

181

te mich angenehm müde, aber zugleich war jede Faser meines Körpers angespannt.

»Ich will nun die Stelle erkunden, wo der Dämon sitzt; zieh dein Hemd aus.«

Ich streifte mein Hemd ab und lag ganz still da, hielt die Augen geschlossen. Von dem glühenden Kohlebecken ging wohltuende Wärme aus. Beruhigend sprach die Äbtissin auf mich ein.

»Ich lege jetzt Weihrauch in die Glut; atme die Düfte tief und gleichmäßig ein.«

Das betäubende Aroma des Weihrauches versetzte mich in einen seltsamen Zustand. Ich glaubte fast zu schweben. Sacht strich mir die Nonne übers Haar, meine Schläfen, machte Kreuzeszeichen über meinen Lippen. Dann griff sie unter meinen Nacken und umfaßte ihn fast liebevoll. Ihre Hände glitten über meine Schultern und strichen über meine Brüste. Ich fühlte mich herrlich; was für eine wundersame Kraft ging von dieser Frau aus. Meine Brustspitzen wurden hart, und ein leiser Seufzer entrang sich mir.

»Ich sehe, Lisa, daß sich der Dämon in dir regt.«

O ja, ich kannte diesen Dämon, und es schien mir, als wolle er nun wieder von mir Besitz ergreifen, so wie früher, als ich noch voll brennender Sehnsucht nach Francesco gewesen war. Ein Dämon, schön und schrecklich zugleich. Die Hand der Äbtissin wanderte tiefer, bis sie auf meiner Scham lag. Dort verweilte sie ganz ruhig, und ich meinte trotzdem, zerspringen zu müssen.

»Hier sitzt dein Dämon, Lisa, ich werde ihn dir austreiben …«

Nun begann ihre Hand meine Scham langsam und doch fest zu streicheln. Ich fühlte, wie der Dämon sich in meinem Leib regte, schauerlich schön. Immer heftiger bewegte sich die Hand der Nonne, ja, es war mir, als ob sie ein wenig in mich dränge. Und mit einem Mal überflutete mich eine Empfindung von unendlicher Süße, wieder und wieder fühlte ich ein Zucken in mir, dann war es vorüber. Der Dämon schien aus mir gefahren. Mir war so wohl, wie noch nie in meinem ganzen Leben, ich ver-

182

meinte, das Herrlichste verspürt zu haben, was es überhaupt gab, etwas, das man mit Worten nicht beschreiben konnte. Die Äbtissin segnete mich, und dann mußte ich beim Feuer der ewigen Verdammnis schwören, keinem Mann je etwas davon zu erzählen, außer meinem Beichtvater natürlich.

Von dieser Stunde an war ich gesund.

Nach langer Zeit erschien ich wieder zu unserer abendlichen Tafel, und alle freuten sich darüber. Auch Giovanni, der Söldner, beglückwünschte mich mit herzlichen Worten zu meiner Genesung. Endlich wieder mit Appetit essen! Es war herrlich. Francesco zeigte sich sehr aufgeräumt, bald plauderten und lachten wir wie vor meiner Erkrankung. Das beherrschende Thema war natürlich unsere Reise nach Rom, die Mitte Mai stattfinden sollte. Francesco wollte dort eine Niederlassung seiner Bank gründen, denn er meinte, Rom würde wohl, auf lange Sicht gesehen, allen anderen Städten Italiens den Rang ablaufen und wieder jene bedeutende Rolle spielen wie einst in Zeiten des ehrwürdigen Imperium Romanum.

Wir hatten wohl alle etwas mehr Wein getrunken als sonst, ich von meinem weißen und die anderen wie üblich roten. Francesco, Constantinus und Giovanni diskutierten angeregt über Wert oder Unwert der Hellebarden, was mich und Nanna keineswegs interessierte, und so verabschiedeten wir uns und verließen die hitzige Gesprächsrunde. Nanna war besonders fröhlich, man merkte ihr so recht an, wie sehr sie sich über meine Genesung freute. Überhaupt hatte Nanna, seit sie als meine Schwester galt, nicht nur an Selbstsicherheit gewonnen, sondern ihr von Natur aus heiteres Wesen schien mir noch ausgeprägter als vordem. Wir hielten uns an den Händen und rannten wie kleine Mädchen lachend die schwach beleuchtete Treppe hinauf durch das dunkle Vestibül und meine Zimmer in mein Schlafgemach. Dort warfen wir uns übermütig auf das Bett und lagen uns in den Armen.

»Deine Melancholie ist wirklich und wahrhaftig weg, Lisa?«

183

»Es ist, als ob man die Augen öffnet und die Welt neu sieht.«
Und in der Tat, ich fühlte mich so – neugeboren im wahrsten
Sinne des Wortes.

»Hat das die Äbtissin bewirkt?«

»Ja, unbedingt.«

»Wie macht sie das, kann sie Wunder tun?«

Mich ritt der Teufel. Lag es am Wein oder an meiner unglaublichen Hochstimmung: Ich beschloß blitzartig, mit Nanna dasselbe zu versuchen.

»Wenn du es genau wissen willst, dann zieh dich aus!«

»Weshalb?«

»Du wirst schon sehen.«

Nanna schlüpfte aus ihrer leichten Camora und der Camicia. Sie
fand die Sache offensichtlich recht erheiternd. »Ein bißchen kalt
ist mir schon, Lisa.«

»Also komm unter die Decke. Leg dich auf den Rücken, dann
schließe deine Augen.«

Sie tat es.

Ich legte mich neben sie und begann sie zu streicheln, genau so,
wie die Äbtissin es mit mir getan hatte, ließ meine Hände über
ihre Brüste gleiten, deren Knospen sich aufstellten und hart wurden. Dann berührte ich ihre Scham.

»Ich weiß schon, welcher Dämon in dir steckt, Lisa, hat die Äbtissin dann zu mir gesagt.«

Nanna erwiderte nichts, lag ganz still da. Ihre Scham fühlte sich
heiß und feucht an. Plötzlich begann sie zu stöhnen und wand
sich unter der Bettdecke. Es machte mir geradezu Spaß, sie so
zur Verzückung bringen zu können, wie die Nonne es bei mir
getan hatte. Mit einem Mal begann Nanna, kleine, spitze Schreie
auszustoßen, fing heftig an zu zittern, bäumte sich auf und fiel
dann erschöpft in die Kissen zurück.

Nach einer Weile öffnete sie die Augen und sah mich an. »Das
war es, was die Äbtissin mit dir gemacht hat?«

184

»Ja, genau so.«

»Was für ein unbeschreiblich herrliches Gefühl!«

Ich nahm einen kleinen Schluck Wein aus meinem Zinnbecher und reichte ihn Nanna. Sie trank ihn durstig aus.

»Sag Lisa – das soll die Austreibung eines Dämons gewesen sein?«

»So sagte die Äbtissin. Ob sie das so gemeint hat oder nur in allegorischer Weise, weiß ich nicht.«

Nanna sah mich nachdenklich an. »Ich glaube eher, das sind jene unkeuschen Gedanken und Werke, nach denen Don Serafino früher immer so eindringlich gefragt hat.«

»Vielleicht hast du recht, Nanna.«

»Aber dann haben wir gesündigt!«

»Mag sein, doch dann tat es die Äbtissin ebenso – also sündigen auch Nonnen.«

Ich neigte nun doch dazu, das mit dem Dämon nicht wortwörtlich zu nehmen. Sicher, es war wohl Sünde, aber schließlich hatte sie mich gesund gemacht. Morgen würde ich Don Angelo beichten und die Absolution erhalten.

In dieser Nacht war etwas in uns geweckt worden, das wir zuvor nicht gekannt hatten und das uns nie wieder loslassen sollte. Wie unter einem Bann standen wir beide, es zog uns magisch zueinander, am Morgen, bei der Mittagsruhe und erst recht in der Nacht. Don Angelo meinte, es sei keine schwere Sünde, und sooft wir ihm beichteten, waren seine auferlegten Bußübungen stets von Nachsicht bestimmt.

»Weißt du, an wen ich denke, wenn wir zusammen sind, Lisa?« flüsterte sie mir eines Morgens zu, »an Giovanni, den Capitano.«

Ich war erstaunt. »Ah, an unseren Ritter ohne Furcht und Tadel«, entgegnete ich spöttisch, was sie angelegentlich überhörte.

»Ja, ich stelle mir vor, daß er mich in seine Arme nimmt und die schlimmsten Dinge mit mir macht.«

»Schlimmere als wir?«

185

»Ich glaube schon. Ich stelle mir vor, daß er mit seinem Pene in meinen Schoß dringt; das muß ein noch herrlicheres Gefühl sein.«

»Liebst du ihn, Nanna?«

»Gewiß, aber er reagiert nicht auf meine Blicke. Seitdem alle wissen, daß ich deine Schwester bin, wahrt Giovanni mehr Abstand zu mir.«

»Wie es sich auch gebührt für einen Söldnerhauptmann!«

»Aber er ist doch von edler Herkunft...«

Mir tat es leid, Nanna mit meinem dummen Gerede verletzt zu haben. »Verzeih, ich habe es nicht so gemeint.«

»Ach Lisa, ich sehne mich so nach ihm!«

Ich konnte Nanna gut verstehen. Wie hatte ich mich einst nach Francesco gesehnt. Und nach wem sehnte ich mich heute? Nach Nanna? Unsere Zärtlichkeiten bedeuteten herrliche Freuden für mich; doch an einen Mann, der mich liebte und den ich wiederliebte, durfte ich nicht einmal denken. Dem stand die Wirklichkeit meiner Ehe entgegen. Was wurde, wenn Nanna heiratete? Ich weigerte mich, mir meine weitere Zukunft vorzustellen.

Die Romreise warf ihre Schatten voraus. Francesco sandte Boten nach Rom, und von dort trafen welche ein. Zwölf große Joche für Maultiere wurden angefertigt, um jeweils zwei Tiere zusammenzuspannen und sie mit einem Tragegestell zu versehen, geradeso wie jene, mit denen die Reisenden aus Konstantinopel bei uns angekommen waren. Unsere Söldner würden eine Verstärkung erhalten, die Francesco wieder vom Bargello ausleihen wollte. Zwar war eine Reise nach Rom sicher beschwerlich, aber die Stadt selbst und vor allem der päpstliche Hof, über den ja so einiges gemunkelt wurde, erregten meine Neugier. Nicht nur aus diesem Grund freute ich mich, Florenz bald für eine Weile verlassen zu können, sondern auch noch aus einem ganz anderen. Etwas Bedrohliches lag in der Luft. Offensichtlich wollte Piero

186

de' Medici wieder an die Macht kommen, da er glaubte, die Bürger seien des strengen Regiments Savonarolas überdrüssig. Wer durch die Stadt ging, hörte hie und da den Ruf »Palle, palle«, das Feldgeschrei der Medici-Partei. Wie immer in solchen Zeiten, waren zahlreiche Gerüchte im Umlauf. So etwa behauptete man, Savonarola würde ungeweihte Hostien verwenden, und seine Dominikaner brächen das Beichtgeheimnis, um Bürger beim Podestà zu denunzieren. Man sah fremde Söldner in der Stadt, viel lichtscheues Gesindel trieb sich herum. Francesco und unser Capitano sahen diese Entwicklung mit Argwohn; wir legten zusätzliche Vorräte an, um gegen mögliche Unruhen gewappnet zu sein.

Und dann begann es. Ich saß an einem warmen Junimorgen auf der Loggia, die durch ihre dreibogige Arkade nach Süden hin geöffnet ist – zu meinem Leidwesen, weil es später am Tage unerträglich heiß wurde, und man die Innenräume des Palazzo aufsuchen mußte. Die ersten Sonnenstrahlen fielen gerade ganz schräg durch die Arkadenbogen. Drunten auf der Piazza herrschte bereits reges Treiben, wenngleich auch nicht so wie früher, weil sich in den Sommermonaten fast alle wohlhabenden Bürger in ihre Landhäuser zurückzogen. Weshalb Francesco es stets ablehnte, im Sommer eine Villa im Contado zu bewohnen, weiß ich nicht; jedenfalls mußten wir immer in Florenz bleiben, was nicht ganz ungefährlich war, weil alle paar Jahre die Pest ausbrach. Meistens wütete sie in den ärmlichen Außenvierteln, wo die Ciompi hausten, bei uns hingegen gab es nur wenige Opfer. Sobald wir erfuhren, hier oder da sei jemand daran gestorben, ließ Francesco unser Portal schließen und niemanden mehr hinein oder hinaus. Der Gang, der vom Portal durch den Palazzo führte, wurde dann mit Essig gereinigt, danach das ganze Haus mit Schwefel ausgeräuchert. Ab sofort durfte dann kein Wasser mehr getrunken werden, das nicht mit Wein gemischt war. Auf diese Weise gelang es uns bisher stets, von der Pest verschont zu bleiben.

Als ich mit Nanna auf der Loggia saß, und wir hinunter auf die

Piazza blickten, hörten wir urplötzlich ein dumpfes Donnergrollen, und das, obwohl kein Wölkchen am Himmel stand. Alle, die über die Piazza San Remigio eilten, blieben wie angewurzelt stehen und blickten nach oben. Erneut ein gewaltiger Donnerschlag. Wir beobachteten, daß die Leute aufgeregt miteinander sprachen, dann fing die Glocke von Santa Croce an zu läuten, wurde immer lauter. Wie auf ein geheimes Kommando liefen die Menschen auseinander, Kaufleute schlossen die Holzläden ihrer Geschäfte, sogar das Portal unserer kleinen Kirche gegenüber wurde vom Pfarrer eiligst verrammelt. Bald lag alles wie ausgestorben da. Was hatte das zu bedeuten? Die Glocke läutete immer noch wie wild. Francesco trat neben uns auf die Loggia und sah prüfend hinunter.

»Der Aufstand ist losgebrochen.«

Ich erschrak. »Sind wir in Gefahr?«

»Nicht unmittelbar. In unserem Palazzo können wir lange standhalten. Auch habe ich nie einer Parteiung angehört oder nach politischen Ämtern gestrebt, also werden wir uns aus dem Zwist heraushalten. Wenn die derzeitige Republik gewinnt, soll es mir recht sein, wenn Piero de' Medici siegt, ist es auch gut. Meine Geschäfte berührt es nicht, und selbst der Sultan wäre noch besser als Savonarola.«

»Glaubst du, daß es klug ist, dich von aller Politik fernzuhalten?«

Er sah mich nachdenklich an. »Ja und nein. Einerseits bleibe ich von den Rivalitäten der Familien und Parteiungen verschont, andererseits kann ich mich jedoch nicht direkt an den Entscheidungen der Signoria beteiligen, was für einen Bankier durchaus von Nachteil sein kann.«

»Trotzdem ruht der Segen des Herrn auf deinen Geschäften.«

»Gewiß«, er lächelte. »Doch es ist nicht nur der Segen des Allerhöchsten, sondern auch meine ganz weltliche Vorsicht.«

»Du machst mich neugierig, Francesco.«

188

»Nun gut, ich sorge mit Bestechungsgeldern, daß dieser oder jener Handwerksmeister hier in unserem Viertel, der mir obendrein noch Geld schuldet, ein wichtiges politisches oder administratives Amt erhält. Hier mag er sich dann für ein halbes Jahr gebärden wie Perikles persönlich und dann wieder in seine armselige Werkstatt zurückkehren. Doch mir ist er verpflichtet. Der Mann wird mich warnen, wenn Gefahr im Verzug ist, oder mir einen Wink geben, wo gute Geschäfte zu machen sind. Ich jedenfalls bleibe immer im Hintergrund. Das schützt mich weitgehend vor Anklagen, Prozessen oder gar der Verbannung.«

Ich mußte seine Klugheit bewundern. Nicht umsonst hatte Francesco es zu so märchenhaftem Reichtum gebracht. Gerade wollte ich etwas erwidern, da war wieder ein solches Donnern in der Luft, das sogar die Glocken übertönte.

»Was ist das für ein seltsames Gewitter, ohne eine Wolke am Himmel?«

»Das ist kein Gewitter, Lisa, man hat ein Feuergeschütz abgehen lassen, offensichtlich ein Zeichen für den allgemeinen Aufstand.«

»Muß ich ins Haus?«

»Noch nicht, aber halte dich im hinteren Teil der Loggia auf, ein Armbrustpfeil könnte dich selbst hier oben noch erreichen.«

Dann ging Francesco hinunter zum Capitano, um die Verteidigung des Palazzo vorzubereiten. Im Laufe des Vormittags verstummten die Kirchenglocken, und die Stadt war wirklich wie tot. Kein Lüftchen regte sich, die Hitze lag bleischwer über allem. Ich glaubte schon, das Ganze sei vorüber, da vernahmen wir aus der Richtung, in der der Palazzo della Signoria liegt, Waffengeklirr und Geschrei. Es war äußerst aufregend, insbesondere von unserem luftigen Standort aus, der ja fast völlige Sicherheit bot. Auch Nanna hatte sich jetzt neben mich über die Brüstung hinausgelehnt, so daß wir einen Teil des Palazzo della Signoria sehen konnten.

Dann kamen sie die Via Vinegia herunter. Etwa hundert Bewaffnete, Florentiner Bürger und Söldner, die ich an ihrer Kleidung erkannte. Dazu fünf Mann zu Pferde, wahrscheinlich Hauptleute. Ihnen dicht auf den Fersen eine beachtliche Anzahl von Männern mit langen Spießen. Erst an der Piazza gelang es den Hauptleuten, die wilde Menge zu sammeln. Sie riefen den Söldnern etwas zu in einer mir unverständlichen rauhen Sprache, und die Männer gehorchten. Dort, wo sich die Piazza zur Via dei Neri hin verengt, nahmen sie mit gefällten Hellebarden Aufstellung, verstärkt durch einige Armbrustschützen. Dahinter ihre Mitstreiter, die ich für Florentiner hielt. Sie wirkten unschlüssig und angstvoll. Jetzt erreichte die Gruppe der mit langen Spießen bewaffneten Verfolger den Platz. Sie erblickten die offenbar zu allem entschlossenen Söldner mit ihren bedrohlich in der Sonne blitzenden Hellebarden und zögerten. Nur für einen Augenblick, doch der war bereits zu lange. Die fünf Hauptleute zu Pferde galoppierten los, und auf einen Zuruf hin rannten die Söldner ebenfalls auf die Menge mit den Spießen zu. Die Männer stoben auseinander, und nur eine kleine Truppe rettete sich mit gefällter Lanze in eine Nische gegenüber der Kirche. Die Hauptleute und die Hellebardiere beachteten sie scheinbar nicht, sondern drangen auf ihre Gegner ein und hieben viele nieder. So vermögen wenige, aber entschlossene Männer gegen eine Übermacht zu bestehen. Dann zogen sie sich langsam wieder aus der Via Vinegia zur Piazza zurück. Dort standen noch jene Männer, die sich in die Nische geflüchtet hatten, streckten ihre langen Spieße vor und hielten sich damit den Rest der noch verbliebenen Florentiner vom Leib, die es nicht wagten, sie anzugreifen. Einer lag bereits durchbohrt am Boden, und die anderen hatten offensichtlich keine Lust, sich ihm beizugesellen.

Als die von der Via Vinegia zurückkommenden Söldner um die Ecke bogen, sahen sie die lanzenbewehrte Gruppe in der Nische. Und dann geschah etwas, was ich mein ganzes Leben lang nicht vergessen werde. Die Söldner stellten sich im Halbkreis auf und zerstückelten mit ihren furchtbaren Hellebarden buchstäblich die Bedauernswerten. In völliger Ruhe, Mann um Mann, bis nur noch ein Dutzend übrig war. Die warfen ihre Spieße hin, knieten nieder und baten um Gnade. Auch die Söldner legten ihre Hellebarden ab, gingen zu den Männern, deren Jammern, Flehen, Beten und Fluchen schauerlich bis zu uns herauf drang. Dann schnitten sie ihnen in aller Seelenruhe, ohne eine Gemütsbewegung zu zeigen, die Kehle durch. Plötzlich kam eine riesige Menge bewaffneter Bürger durch die Via Rustici gerannt. Die Söldner hatten kaum mehr Zeit, zu ihren Hellebarden zu greifen. Jene Florentiner, die vorher zusammen mit ihnen gefochten hatten, verließ der Mut, sie warfen ihre Schwerter weg und liefen um ihr Leben auf den Ponte Rubaconte zu, um sich durch die nahe gelegene Porta San Miniato am anderen Arnoufer zu retten. Wohl vergebens, denn das Tor war gewiß bei den ersten Anzeichen von Aufruhr geschlossen worden.

Von den Bewaffneten, die sie bedrängten, völlig eingeschlossen, fochten die Söldner unten auf der Piazza ihren letzten Kampf. Einer nach dem anderen fiel, stumm und verbissen bis zuletzt kämpfend. Sofort zog man ihnen die farbenprächtige Kleidung aus. Nackt und wächsern lagen sie unfern jener, die sie noch vor kurzem selbst kaltblütig niedergemetzelt hatten. Die Menge zog wieder zum Palazzo della Signoria; zurück blieben nur die Leichen. Ich war erschüttert über diese unglaubliche Roheit und den völligen Mangel an Mitleid bei diesen Menschen. Und das alles geschah in Florenz, der reichsten und so hochstehenden Stadt des Abendlandes. Was brachte diese Barbaren dazu, Wehrlose, die um Schonung baten, einfach zu ermorden! Mir wurde ganz angst, wenn ich an unsere eigenen Söldner dachte; sicher waren die auch zu solchen Greueltaten fähig. Dieser Gedanke ließ mich nicht einschlafen, und ich verbrachte eine unruhige Nacht.

Am anderen Morgen lagen die Leichen immer noch da, alles blieb still, niemand traute sich auf die Straße. Die Spannung war mit Händen zu greifen. Daß es ein Aufstand der Medici war, wußte jeder, nicht aber, welche Partei schließlich gesiegt hatte. Als die Leichen auf der Piazza am anderen Tag immer noch dalagen, beschloß Francesco, sie wegschaffen zu lassen. Ihre aufgedunsenen Leiber verbreiteten nicht nur einen üblen Geruch, sondern die Toten verströmten auch ein gefährliches Miasma, das Krankheiten erzeugte. Als die Hitze etwas nachgelassen hatte, sammelte sich unsere Söldnertruppe hinter dem Portal, und dann wurden die Torflügel geöffnet. Pestilenzartiger Gestank drang ins Haus, fünf Mann schoben schnell einen Handkarren hinaus, und sofort wurde das Tor wieder geschlossen. Die Männer draußen waren ganz auf sich gestellt, doch hinter dem Portal standen ihre Gefährten bereit einzugreifen, wenn Gefahr drohte; auch bei uns oben auf der Loggia hielten sich fünf Armbrustschützen auf und beobachteten die Piazza. Achtlos warfen die Männer so viele Leichen auf den Karren, wie gerade Platz hatten, schoben ihn über die Wiesen zum Arno, um ihre schauerliche Fracht dem Fluß zu übergeben. Wohl an die zwölf Mal wiederholte sich die traurige Fahrt, dann waren alle Leichen fortgeschafft. Als Belohnung erhielt jeder der fünf Söldner von Francesco einen Goldfiorino; nicht zu viel, wenn man bedenkt, welche entsetzliche Arbeit sie dafür hatten leisten müssen.

Am nächsten Morgen ging einer der Stadtausrufer umher, trommelte laut auf der Piazza und gab lapidar bekannt, daß ein Aufruhr der Medici von der Signoria niedergeschlagen worden sei und die Bürger sich wieder aus ihren Häusern wagen könnten.

Und doch war seit diesen Ereignissen eine ständige Unruhe unter den Florentinern zu spüren. Die Menschen gingen schneller durch die Straßen; wenn einer auf der Piazza politische Gespräche mit jemandem führte, so schienen sie aufgeregter als sonst zu verlaufen. Es waren zunehmend kritische Stimmen gegen Savonarola zu hören, manche sprachen ganz offen aus, daß sie von seiner Herrschaft langsam genug hätten. Francesco war deswegen sichtlich beunruhigt. Eigentlich sollte er ja bald nach Rom aufbrechen und wir mit ihm; aber die ungewisse und wenig sichere Lage bewog ihn, hierzubleiben, bis sich alles beruhigt hätte. Die Gefahr, daß in unserer Abwesenheit der Palazzo von Aufrührern gestürmt werden könnte, war tatsächlich groß. Auch jetzt hatten Diebe die Wirren benutzt, um in Palazzi einzubrechen, deren Besitzer gerade fort waren und nur wenige Bewaffnete zurückgelassen hatten. So mußte ich meine Vorfreude auf Rom noch ein wenig zurückstellen, irgendwann würde es ja soweit sein.

Nanna und ich gaben uns ganz und gar den Freuden gemeinsamer Leidenschaft hin. Mitunter konnten wir es gar nicht mehr erwarten und fanden irgendeinen Vorwand, unter dem wir die lang ausgedehnte abendliche Tafelrunde vorzeitig verlassen konnten. Manchmal malte ich mir aus, wie das mit einem Mann wäre, der mich wirklich liebte und begehrte, so wie ich ihn. Sicher mußte es noch beglückender sein als mit Nanna, aber vorstellen konnte ich es mir kaum. Meine Schwester war weitaus besser dran, endlich konnte sie Giovanni dazu bringen, ihr schüchtern den Hof zu machen, und er verhielt sich dabei so untadelig, wie es sich für einen Edlen gebührt. Das beflügelte Nannas Vorstellungskraft, und ich merkte an ihrer leidenschaftlichen Hingabe, daß sie an ihn dachte, wenn wir Zärtlichkeiten austauschten.

Es war ein neues Leben, das ich so führte, ein Leben, das plötzlich erfüllt war von Freude, Glück und Zufriedenheit. Francesco nahm mich hin und wieder mit, wenn er ein Geschäft zu tätigen hatte oder zu einer Hinrichtung ging, die jetzt häufig stattfanden, da die Signoria den Anstiftern zum kürzlich erfolgten Aufruhr einen großen Prozeß machte. Auch der fünfundsiebzigjährige Bernardo del Nero war darunter, ein bekannter Mann, der lachend zum Henker sagte: »Mir kannst du nicht mehr viel nehmen.«

Die vielen Hinrichtungen in dieser sowieso schon äußerst ange-
spannten Lage und die wachsende Unruhe und Unzufriedenheit
ließen nichts Gutes ahnen. Savonarolas Erlasse, die von der Signoria gebilligt wurden, klangen immer schärfer, offenbar fühlte
auch er, daß etwas in der Luft lag. An das Portal des Regie-
rungspalastes ließ er die Worte anbringen: »Jesus Christus Rex
Florentinii Populi S.P. Decreto Electus.« Und daß jetzt der Allmächtige unser König sei, bekräftigten seine Anhänger, die Piagnoni, mit dem Ruf: »Es lebe Christus, unser König!« Damit
waren die Herren der Signoria praktisch kaltgestellt, und Savonarola konnte tun, was er wollte.
Doch plötzlich nahm alles eine unerwartete Wendung: Papst
Alexander verbot Savonarola das Predigen. Die Neuigkeit ver-
breitete sich in Windeseile. Und der Mönch gehorchte. Er ging
in Klausur, betete, fastete und bat den Herrn um eine Erleuchtung, wie es schien. Danach trat er wieder in die Kanzel und
wetterte weiter fürchterlich gegen den Papst. Ich habe eine dieser Predigten gehört, und was er da voll heiligem Zorn anpran-
gerte, machte mich natürlich um so neugieriger auf Rom. Unzucht, rauschende Feste und kostspielige Vergnügungen aller Art
wären dort an der Tagesordnung. Einmal soll der Heilige Vater,
Papa Alessandro, in seinem Palast heiße Maroni in eine Schar
nackter Mädchen geworfen haben, und alle hätten sich an dem
Schauspiel ergötzt. Nun, ich weiß zwar nicht, warum er das
letztendlich getan hatte, aber diese und ähnliche Geschichten
ließen mich jedenfalls auf einen sehr abwechslungsreichen Aufenthalt in der Ewigen Stadt hoffen.
Natürlich wurde dem Papst alles schnell zutragen, und er ex-
kommunizierte Savonarola kurzerhand. Das war ein gewaltiger
Schlag. Niemand ging mehr zu seinen Predigten aus Furcht,
selbst exkommuniziert zu werden. Statt in der Kirche saßen
seine treuesten Anhänger nun wieder in den Schenken, und
plötzlich war auch seine engste Gefolgschaft, die bösartigen

194

Kinder, nicht mehr auf der Straße zu sehen. Am Weihnachtstag geschah dann etwas Unerhörtes. Savonarola las drei Messen, nahm die Beichte ab und wütete wieder gegen Papa Alessandro. Nun hatte er den Bogen endgültig überspannt, und der Heilige Vater drohte mit dem allerletzten Mittel.

»Lisa, hast du schon die schlimme Nachricht gehört?« Nanna war die beiden Stockwerke heraufgerannt und ganz außer Atem.

»Was wird schon sein; hat der Mönch den Papst für abgesetzt erklärt?« spöttelte ich.

»Viel gefährlicher – Papa Alessandro will das Interdikt gegen Florenz verhängen!«

»Bei allen Heiligen …«

Soweit hatte es Savonarola also getrieben. Ein Interdikt bedeutete, daß keine Messen mehr gelesen werden durften, keine Sakramente gespendet, ja, daß die Florentiner Bürger in Rom vogelfrei sind! Nicht auszudenken, ganz besonders im Hinblick auf unsere Romreise, von der ich mir rauschende Feste beim Heiligen Vater erhofft hatte. Zu Recht war Nanna ganz aufgebracht; das konnte gefährlich werden.

»Und nun laufen seine Gegner, die Arrabiati, durch die Straßen und wiegeln zusammen mit den Franziskanern das Volk auf.«

Ich schluckte; sollte es schon wieder zu einem Aufstand kommen? »Der Herr stehe uns bei«, rief ich in ehrlicher Sorge, nicht um Savonarolas, sondern um unserer aller Wohlergehen.

»Ich lasse mir gleich von Don Angelo die Beichte abnehmen, wer weiß, wie lange das noch möglich ist. Kommst du mit, Lisa?«

»Ja, eine gute Idee; ich will auch sofort beichten.«

Meine Schwester hatte ganz recht, war das Interdikt einmal verhängt, durfte auch keine Beichte mehr abgenommen werden. Wie schlimm, wenn jemand stürbe und eine Todsünde begangen hätte! Seine ewige Seligkeit wäre für immer dahin. So gingen wir zur Zelle Don Angelos und beichteten. Danach erzählten wir

195

ihm von dem angedrohten Bann des Papstes. Er bekreuzigte sich.

»Was ihr aber noch nicht zu wissen scheint, meine Kinder, der unselige Mönch hat eine Feuerprobe angekündigt, zum Beweis seiner Lehren.«

»Unglaublich!« Ich konnte es nicht fassen. »Dann müßte ja ein Wunder geschehen.«

»So ist es, Lisa, und ich glaube nicht, daß der Herr hier ein Wunder tun will.«

»Wann soll die Feuerprobe denn stattfinden?« fragte Nanna neugierig.

»Schon morgen, ganz früh, auf der Piazza della Signoria.«

Hoffentlich würde Francesco hingehen, denn ich wollte unbedingt zusehen. Wir baten Don Angelo um seinen Segen und gingen dann in mein Wohngemach.

Zum Glück wollte Francesco; er meinte, ganz Florenz werde dasein, und er habe im Palazzo della Signoria einen Platz zur Verfügung, von dem aus wir alle bequem zuschauen könnten. Einer seiner Schuldner sei derzeit Mitglied der zwölf Buonuomini und habe dort sein Amtszimmer angeboten. Gleich nach Sonnenaufgang waren wir auf den Beinen und mit uns wirklich die ganze Stadt. Alle strebten ziemlich eilig zur Piazza della Signoria, um sich einen guten Platz zu sichern. Die Piazza war schwarz vor Menschen. Wir ließen uns von den Söldnern einen Weg bahnen und standen bald vor dem Eingang des Palazzo. Der Buonuomo erwartete uns bereits, und wir folgten ihm in sein überraschend karg eingerichtetes Amtszimmer im ersten Stock. Von hier würden wir die Szene wirklich gut beobachten können. Don Angelo stand zwischen mir und Francesco, offensichtlich wußte er mehr als wir und konnte uns die seltsame Szenerie genau erklären.

»Seht ihr die beiden zwanzig Schritt langen Holzstapel?«

Sie waren mir gleich aufgefallen. »Warum zwei Stapel?« Ich hatte keine Ahnung, wie so eine Feuerprobe vor sich ging.

196

»Nun, ein Franziskaner, Fra Giuliano dei Rondineldi, hat gemeint, wenn der Dominikaner Savonarola die Feuerprobe bestünde, so würde dies auch dem Orden des heiligen Franziskus gelingen. Deshalb die beiden Holzstöße. Sie werden entzündet, als erster soll Savonarola hindurchgehen und nach ihm Fra Giuliano.«

Ich unterbrach Don Angelo. »Hörst du auch den leisen Gesang in der Ferne?«

Alle drängten sich nun um das Fenster, um hinunter auf die riesige Piazza zu schauen; die Menschen dort standen Kopf an Kopf. Nanna reckte sich hinter mir auf die Zehenspitzen, damit sie besser sehen konnte. Dann kamen sie, voran die langen Reihen der Dominikanermönche mit ihren schwarzen Mänteln und den langen weißen Hemden darunter, hinter ihnen die Franziskaner, schlicht in ihre braunen Kutten gekleidet. Jeder Mönch trug eine brennende Kerze, und alle sangen. Dann waren sie vor der großen Loggia seitlich dem Palazzo gegenüber angelangt. Die Masse der Mönche blieb zurück, nur diejenigen, welche die Feuerprobe bestehen wollten, schritten die Stufen hinauf in die Loggia unter den mächtigen rundbogigen Arkaden. Dann sprachen sie kurz miteinander. Die Männer mit den Fackeln gingen los, um die Holzstöße zu entzünden. Gleich mußte das Schauspiel beginnen. Nanna und ich waren sehr aufgeregt, und sie schmiegte sich an mich. Auf der Piazza geschah allerdings nichts. Die Fackelträger waren zurückgerufen worden, und die Sache begann allmählich ein wenig langweilig zu werden. Ständig lief irgendein Mönch zum Bargello, dem Polizeihauptmann von Florenz, um die Prozedur offenbar endlich in Gang zu bringen.

Nun lehnten wir uns schon zwei Stunden aus dem Fenster und ermüdeten langsam. Ab und zu stärkten wir uns aus zwei vorsorglich mitgebrachten Körben, die Brot, Wein und kalten Braten enthielten. So verging der ganze Tag, und die Spannung hatte längst nachgelassen. Kurz vor Sonnenuntergang ließ der Bargello die Piazza räumen, und die riesige Volksmenge verteilte sich allmählich in die Nebenstraßen. Lachen und Schimpfen waren bis hier oben zu vernehmen. So kläglich endete das von Savonarola angekündigte Gottesurteil; er hatte es wohl nicht gewagt, sich ihm zu stellen. Dann gingen auch wir nach Hause. Ich nahm Francescos Arm. Wie nah war er, und doch so fern! Zu Hause angekommen, zog ich mich sofort mit Nanna zurück. Wir hielten uns umschlungen, da fing Nanna ganz unvermittelt an zu weinen.

»Ach, Lisa, ich liebe Giovanni so, was soll ich nur tun?«

Ihre Tränen wollten gar nicht aufhören zu fließen. Ich blickte voller Mitgefühl auf meine arme Nanna, die sich vor Sehnsucht verzehrte.

»Nanna, Nannina, liebste Schwester, hör doch bitte auf zu weinen.«

»Aber ich liebe ihn doch so, ich will ihm gehören!«

Diese Worte hatte ich schon einmal, allerdings aus meinem eigenen Munde vernommen, es schien mir eine Ewigkeit her zu sein.

»Dann zeig ihm doch deine Liebe, verführe ihn meinetwegen, dann muß er dich heiraten.« Ich war selbst erstaunt über mein unerhörtes Ansinnen, aber Nanna schien es gar nicht zu stören.

»Giovanni hat mir zu verstehen gegeben, daß er als einfacher Söldner eine Edle nicht berühren dürfe, selbst wenn auch er vornehmer Herkunft sei.«

Wieder standen ihr Tränen in den Augen, und sie konnte kaum sprechen. Ich sah ein, daß die Lage ernst war. Der Grund von Nannas Traurigkeit schien mir allerdings recht einfach zu beheben zu sein. Es mußte ihr gelingen, unseren Capitano schlichtweg zu verführen. Und ich würde die Sache einleiten.

Von dieser Stunde an haben wir uns nicht mehr berührt. Nanna schlief jetzt immer in ihrer Kammer. Am Anfang litt ich sehr. Nie mehr Nannas lustvolle Berührungen zu fühlen erschien mir

198

unerträglich. Doch irgendwann, in tiefster Verzweiflung, begann ich mich selbst zu trösten, und diese Freuden verschafften mir Zuversicht und Stärke. Es dämmerte mir, daß ich diesen Teil meines Lebens wohl in Einsamkeit verbringen müßte – wenn sich Francesco nicht doch noch mir eines Tages zärtlich näherte. Aber meine Hoffnung auf eine solche Wendung war wohl wenig erfolgversprechend.

Neben diesem Kummer hatte ich jetzt ein Ziel, das ich mit aller Tatkraft verfolgen wollte, nämlich meine Schwester und Giovanni zusammenzubringen. Keine leichte Angelegenheit. Nie waren die beiden allein, um ein vertrautes Gespräch zu führen. In unserem Palazzo hatten, wie in allen anderen auch, die Wände Ohren, so daß Heimlichkeiten nur allzu schnell ans Licht kamen. Nein, wenn Nanna ihren geliebten blonden Tedesco haben wollte, mußte dieser dazu gebracht werden, um ihre Hand anzuhalten. Doch wo mit ihm reden? In meine Gemächer durfte er allein nicht kommen, selbst wenn ich ihn rufen ließe; diese Möglichkeit schied also aus. Ihn abpassen, wenn er gerade seine Runde machte? Schwierig, ich konnte ihm ja nicht durch den ganzen Palazzo nachschleichen. Nein, das ging alles nicht, ebensowenig wie Nanna das Thema bei Tisch ansprechen konnte. Nein, er mußte handeln, und zwar gegen seine etwas altväterlichen Ansichten. Gewiß, er war nur ein Söldner, aber doch von ritterlicher Herkunft, und hier in Florenz, wo sich die Grenzen zwischen Adel und Patriziern fast schon verwischt hatten, sollten Giovannis sicher sehr ehrenhafte Bedenken gegen eine Verbindung mit meiner Schwester keine allzu große Rolle mehr spielen dürfen.

Da gab mir die Heilige Jungfrau eine Erleuchtung ein. Was nicht heimlich geschehen konnte, das mußte eben in aller Öffentlichkeit sein. Ich wartete, bis alle bei der abendlichen Tafel saßen, und als die Situation mir günstig erschien, warf ich meinen Köder aus.

»Stimmt es, daß die Republik sechs große Feuergeschütze hat

gießen lassen, die jetzt auf den Wiesen vor Santa Maria Novella stehen, damit jedermann diese Wunderwerke bestaunen kann?« Ich hatte genau in Giovannis Herz getroffen. Seine blauen Augen leuchteten.

»Ja gewiß, ich habe sie mir bereits angeschaut. Es sind großartige Zeugnisse dieser neuen Kriegskunst.«

»Du machst mich neugierig, Giovanni, was meinst du, Constantinus, ob wir sie uns ansehen?«

Der war nicht abgeneigt. »Es sollen ja welche der neuesten Art sein, und sie würden mich schon interessieren.«

»Gut, dann werden wir alle morgen hingehen«, meinte Francesco.

»Aber wir sollten den Capitano mitnehmen, damit er uns die Handhabung erklärt.«

Ich hatte es so bestimmt ausgesprochen, daß mein Gatte gewiß nichts dagegen sagte, obwohl er während seiner Abwesenheit vom Palazzo normalerweise nur wirklich beruhigt war, wenn Giovanni als Wache zurückblieb.

Der Gang zu den Feuergeschützen lohnte sich. Während wir die langen, mattglänzenden Rohre aus Erz betrachteten, gelang es Nanna tatsächlich, sich von Giovanni ganz genau die Art und Wirkungsweise eines solchen Ungetüms erklären zu lassen und sich dabei wie unbeabsichtigt immer weiter von uns zu entfernen. Plötzlich waren sie wieder bei uns, Nannas Augen glitzerten dunkel, der Capitano hatte einen hochroten Kopf und sah irgendwie verlegen aus. Zu Hause brannte ich darauf, die Neuigkeiten zu erfahren.

»Und – was hast du ihm gesagt?«

»Ganz einfach, Lisa, ich sagte, er müsse nach der Mittagstafel, wenn alle ruhten, in meine Kammer kommen, es gehe um Leben und Tod.«

»Und darauf ist er hereingefallen?« Ich konnte es einfach nicht glauben.

200

»Ja und wie! Er meinte, unschicklich wäre es zwar in höchstem Maße, aber wenn es um Leben und Tod gehe, verlange es seine Ehre als Ritter einzugreifen.«

Fassungslos sah ich Nanna an. »Meinst du, er glaubt das wirklich?«

»Warum nicht? Diese Tedeschi haben oft seltsame Ansichten von den Dingen, und vor allem besitzen sie nicht unsere elegante Art zu denken.«

Nun, ich fand keineswegs, daß Nanna die Sache elegant angefangen hatte, eher mit dem Feingefühl eines Grobschmieds. Aber was sollte es, Hauptsache war, unser braver Giovanni tappte in die Falle. Trotz meiner eigenen Sehnsucht nach einem Mann, der mich begehrte und liebte, gönnte ich Nanna ihren teutonischen Hünen. Mir waren die Männer dieses Volkes zu grobschlächtig. Berserker zwar, die gewaltige Kräfte besaßen, was manche Frauen mögen; auch ihr blondes Haar fanden viele schön. Aber insgesamt waren sie eben nicht mein Geschmack. Ein Mann sollte schlank sein und groß mit edlen Gesichtszügen und dunklen, ausdrucksvollen Augen. Hochfahrend und überlegen zu anderen, zärtlich und liebevoll aber zu mir. Ich seufzte. Mein Traumgebilde zerrann, und ich war ganz allein. Die Zeit bis zum Abendläuten wollte nicht vergehen. Endlich war die Tafel bereit. Constantinus, Francesco und ich langten ordentlich zu, es gab Wachtelbrüstchen mit Amselzungen und Honigsoße, eine Speise, für die ich meine ewige Seligkeit hingegeben hätte. Giovanni und meine Schwester aßen wenig. Ihre Augen leuchteten, und die verstohlenen Blicke über den Tisch hinweg verrieten mir alles. Sollte der Capitano etwa gegen seine ritterliche Ehre gehandelt haben? Wenn dem so war, schien es ihn jedenfalls nicht zu bedrücken; er strömte jene heitere Ruhe aus, die ich auch immer verspüre, wenn meine Lust gestillt ist. Bald, sehr bald, verabschiedete sich Nanna, um, wie sie sagte, noch einige Rosenkränze zu beten, denn heute sei der Todestag ihres Groß-

201

vaters. Ich vermutete stark, daß dies keineswegs stimmte, und Nanna ganz anderes im Sinn hatte. Meine Ahnung verdichtete sich, als auch Giovanni bat, sich entfernen zu dürfen, um, wie er sich ausdrückte, nach den Wachen zu sehen. Es schien also sicher, daß unser Plan gelungen war. Der Capitano würde um Nannas Hand anhalten müssen, um die Ehre unserer Familie nicht zu beflecken – standesgemäß oder nicht.

Am nächsten Morgen kam Nanna später als sonst zu mir. Ich hatte schon ein Stückchen Brot gegessen, dazu Wein mit Wasser getrunken und wartete ungeduldig auf den Bericht meiner Schwester. Ich erschrak nicht wenig, als sie endlich eintrat: ihr Haar war nachlässig zum Knoten geschlungen, sie hatte Ringe unter den Augen und war ganz blaß, dazu die Lippen geschwollen, wie mir schien.

»Liebe Schwester, Nannina, wie siehst du denn aus?«

Sie lächelte mich verklärt an, fiel mir um den Hals und weinte. Dazu stammelte sie immer wieder dieselben Worte.

»Ich bin so glücklich, Lisa, ich bin so glücklich …«

Ihre Erschütterung berührte mich tief, und ich freute mich von ganzem Herzen mit ihr, daß sie nun ihren Capitano gefunden hatte. Nach zwei Bechern Wein beruhigte sich Nanna zusehends.

»Nun erzähl schon, wie ist es gewesen?«

»O Lisa, es war unbeschreiblich. Er ist der stärkste Mann, den du dir vorstellen kannst, dabei zärtlich und liebevoll ohne Ende.« Sie verdrehte die Augen vor schierer Verzückung. »Ja, es ist himmlisch!«

»Nun genug der Lobpreisungen, erzähl mir genau, wie sich alles ereignet hat.«

»Also, ich bin gestern mittag in meine Kammer gegangen, habe die Tür nur angelehnt und gewartet …«

»Ja, und weiter?«

»Er kam bald nach, schloß die Tür leise hinter sich und starrte mich an.«

202

»Er starrte dich an?«

»Ja, denn ich lag völlig nackt und mit gelöstem Haar auf meinem Bett.«

Bei allen Teufeln der Hölle, das schien mir in der Tat ein starkes Mittel. Sie fuhr fort.

»Giovanni stand also wie angewurzelt da und sah mich an, sagte aber kein Wort.«

»Und dann?«

»Ich glaubte, er würde zerspringen; dann zerriß er mit einem Ruck die Bänder seiner Hose und warf sich auf mich. Keinen Augenblick zu früh, denn die Erwartung hatte mich so erregt, daß ich vor Lust fast vergangen wäre.«

Sie hielt inne und nahm noch einen tiefen Zug aus meinem Becher, allerhand, fand ich, es war ja noch Vormittag. Dann erschien da wieder dieses unsagbar glückliche Lächeln auf ihrem Gesicht.

»Er stieß seinen Pene in mich, und was dann folgte, kann ich nur schwer beschreiben. Wohl zwei Stunden lang trieben wir es, bis zur völligen Erschöpfung. Giovanni ist so wild wie ein Tier und kann doch so lieb schauen wie ein großes Kind. Manchmal umarmte er mich so fest, daß ich glaubte zu ersticken, dann wieder streicht er mit seinen kräftigen Händen so zart über meinen Leib – du könntest es nicht glauben. Wie stark er ist! Seine Kräfte schienen nicht zu erlahmen. Die ganze Nacht, mit kurzen Unterbrechungen, hat er mich geliebt, bis in die frühen Morgenstunden; ich kann mich kaum mehr rühren und habe überall blaue Flecken.« Sie schob ihre Camora und die Camicia hoch – ich erschrak. An den Hüften, der Scham, den Oberschenkeln, überall blaue Flecken.

»Und das ist noch nicht alles«, fuhr sie fort wie ein tapferer Krieger, der nach der Schlacht stolz seine Wunden vorzeigt. »Schau her!« Dann öffnete sie das Bändchen ihres Hemdes. Große Flecken, wie Bisse, waren zu sehen.

203

»Bei der heiligen Magdalena, was ist denn das?«

»Hier überall hat er mich geküßt.« Und ihre Augen leuchteten.

»Mir scheint eher, er hat dich gebissen.«

»Nein, nein, Lisa, das ist ganz anders, es ist überhaupt alles ganz anders, als du es dir je vorstellen könntest.«

»Besser als unsere lustvollen Stunden?« fragte ich leise. Ein schöneres Gefühl konnte ich mir wirklich kaum vorstellen.

»Ja, Lisa, viel, viel schöner! Wenn dich ein so starker Mann in die Arme nimmt, seinen Pene hineinstößt und du nur einen Wunsch hast, er möge es immer wieder und wieder tun – das ist so unvergleichlich schöner als alles andere.«

»Und wenn er dich beißt?«

»Das beflügelt deine Leidenschaft, steigert sie ins Unermeßliche – o Lisa, ich habe das Paradies geschaut!«

Obwohl ich Nanna das Glück gönnte, fand ich ihre blumigen Ausschmückungen doch ein wenig übertrieben. Aber natürlich weckten diese Schilderungen meine Neugier. Es mußte schon etwas daran sein an dieser Sache, und ich begann zu begreifen, weshalb es Mann und Frau so magisch zueinander hinzog. Nach der Mittagstafel ging ich auf mein Zimmer, zog das schönste Kleid an, das ich hatte. Dann betrachtete ich mich eingehend in dem Silberspiegel und fand, daß ich viel schöner sei als Nanna, bestimmt außerordentlich begehrenswert für jeden Mann …

Bei der Abendtafel bot sich uns ein ungewöhnlicher Anblick. Meine Schwester hatte ihr schönstes Gewand angelegt mit einer prächtigen Cioppa darüber, die sie nicht einmal beim Essen auszog. Auch Giovanni war auffälliger als sonst gekleidet und trug seinen silbrig schimmernden Brustharnisch, was ihm beinahe ein feldherrnhaftes Aussehen verlieh. Im Gegensatz zu Francesco und Constantinus wußte ich natürlich, was los war. Und in der Tat, als wir dann beim Wein saßen, erhob sich der Capitano zu imposanter Größe und räusperte sich.

»Francesco, erlaube mir, das Wort zu ergreifen.«

204

Donnerwetter, dachte ich, er hat sich diese gewählten Worte offensichtlich von Nanna einüben lassen.

»Lange habe ich dir, Francesco, ehrlich gedient und muß nun meinen Dienst quittieren.«

Mein Gatte blickte verwundert, sagte aber nichts.

»Denn ich möchte dich um die Hand deiner Schwägerin Maria Anna di Noldi Gherardini bitten!«

Dabei standen ihm dicke Schweißperlen auf der Stirn. Vermutlich hätte er lieber gegen ein Fähnlein Türken gekämpft, als seinen Dienst bei uns aufzugeben.

Obwohl er enttäuscht sein mußte, ließ mein Gatte sich dies keineswegs anmerken. Samt ihrer Mitgift von 6000 Goldfiorini und der Hälfte unserer Gherardini-Ländereien war Nanna eine der besten Partien von Florenz, selbst mit nicht ganz reiner Herkunft. Nun sollte sie dieser Ritter ohne Fehl und Tadel bekommen, ein Mann ohne Einfluß und Vermögen, wenn auch tapfer und aufrecht.

»Lieber Giovanni, so seien von heute an unsere Familien doppelt verbunden – ich begrüße dich als meinen und Lisas Schwager; möge alles so sein, wie du sagst!«

Er ging zu Giovanni hin, was er nie getan hätte, als dieser noch unser Söldner war, und umarmte ihn herzlich. Der Capitano schluckte – schimmerte es in seinen blaßblauen Augen nicht ein wenig feucht? Ich war mehr erheitert als gerührt; so waren diese Tedeschi nun mal. Sie konnten wehrlosen Menschen ohne jede Gefühlsregung die Gurgel durchschneiden, aber ihrem Dienstherrn aufzukündigen ging ihnen ans Herz. Am Ende übermannte alle die Rührung, wie es meistens bei solchen Gelegenheiten eben ist, und unsere Glückwünsche für die beiden endeten in vielen Umarmungen. Dann wurde dem Wein kräftig zugesprochen, und Don Angelo war hocherfreut, als er von Giovanni und Nanna gebeten wurde, nach Ablauf der üblichen Vorbereitungszeit drüben in San Remigio ihre Trauung vorzunehmen.

205

Das junge Paar wollte unsere zerstörte Rocca wiederaufbauen und dort wohnen, damit die Pächter auf unseren Ländereien wieder einen richtigen Grundherrn bekämen. Das war mir einerseits recht, andererseits würde mir Nanna nun für immer entführt. Ich war nicht töricht und hatte natürlich immer gewußt, daß sie einmal einen Mann finden und sich von mir trennen würde. Doch die Schnelligkeit, mit der die Ereignisse nun ihren Lauf nahmen und mich vor vollendete Tatsachen stellten, ergriff mich in meinem Innersten, und ich fühlte mich an diesem fröhlichen Abend sehr einsam. Während die anderen lachten, konnte ich in meinem Herzen die Heiterkeit nicht recht teilen. Es war gewiß kein Neid, sondern eher tiefe Trauer. Francesco versprach dem glückstrahlenden Paar zur Hochzeit nochmal tausend Goldfiorini, und sie trennten sich von uns in geradezu ausgelassener Stimmung.

Am anderen Morgen vernahm ich einen ungewöhnlichen Lärm von der Piazza her. Ich sprang aus dem Bett, rannte durchs Ankleidezimmer in mein Wohngemach und von dort auf die Loggia, um zu sehen, was los war. Die Leute auf der Piazza blickten alle zum Borgo dei Greci hin, und so lief ich wieder hinein, um aus dem Fenster in die andere Richtung zu schauen, wobei ich mir allerdings ziemlich den Kopf verrenken mußte. Von überall strömten Menschen hinter unserem Palazzo vorbei, und ich hörte laute Rufe: »Tod Savonarola!«, »Hängt Savonarola!« Das klang wie Musik in meinen Ohren. Sicher hatten einige Franziskaner von Santa Croce die Sache angezettelt, denn die Menge kam aus der Richtung, wo das Kloster lag, über den Borgo dei Greci zur Piazza della Signoria. Wenn ich alles besser sehen wollte, brauchte ich nur in Francescos Gemächer zu eilen, da die Fenster direkt auf den Borgo hinausgingen. Ich rannte also ins Treppenhaus, an Don Angelos Zelle vorbei, durch den Verbindungsflur in Francescos Wohngemach; von dem angrenzenden Schlafraum würde ich die Ereignisse auf dem Borgo ganz genau beobachten können. Gerade als ich die Tür aufstoßen wollte, vernahm ich

206

von drinnen gedämpfte Stimmen. Wer könnte sich hier aufhalten? Francesco war mit Sicherheit schon unten in seinem Kontor der Banca. Ich lauschte, es schienen zwei Personen zu sein, und die Laute, die sie von sich gaben, kamen mir verdächtig und doch irgendwie bekannt vor. Trieb es hier eine unserer Mägde mit einem Söldner am frühen Morgen? Der Gedanke erregte mich, und ich öffnete ganz leise die Tür einen Spalt breit. Was ich sah, ließ mir das Blut in den Adern zu Eis erstarren!

Don Angelo kniete völlig nackt vor dem Bett auf dem Boden, mit seinem Oberkörper lag er auf dem Polster. Und das Furchtbarste, Widerwärtigste, Abstoßendste, das meine Augen je erblickt haben, sah ich nun: Mein Gatte war gerade dabei, seinen Pene in Don Angelos Hintern zu stoßen. Beide waren in höchster Verzückung, Francesco keuchte, der Priester stöhnte ganz laut und voller Lust. Ich mußte mich festhalten, um nicht zu fallen – dann erbrach ich mich.

Die beiden hatten wohl mein Würgen gehört. Francesco riß die Tür auf und starrte mich entgeistert an. Er sah entsetzlich aus, die Augen weit aufgerissen, mit gerötetem, verschwitztem Gesicht, wirrem Haar, sein Pene hing jetzt ganz schlaff herab. Don Angelo hatte sich hastig erhoben, saß auf dem Bett, sein Gesicht mit den Händen bedeckend. Er schluchzte hemmungslos. Dies war das Inferno, wie Dante es nicht furchtbarer hätte schildern können. Ich in meiner besudelten Camicia, Francesco fast wahnsinnig, der Priester ein heulendes Häufchen Elend.

»Ich verachte dich, du widerwärtiger – Päderast! Das ist es also, was dich von mir fernhält!« Die ganze Enttäuschung und Bitterkeit der vergangenen Jahre stieg in mir hoch. Das war die grausame Lösung aller Rätsel. Beim Kreuze Jesu! Wie hatte mich der Unselige leiden lassen, verharren in meinem Zweifel, ob ich etwas falsch machte und er mich deswegen nicht begehrte. All die quälenden Selbstvorwürfe! Wie viele Nächte waren vergangen, in denen ich nicht schlafen konnte, voller Sehnsucht nach

207

einem Sohn! Mein Leben war zerstört, bis ans Ende meiner Tage würde ich an der Seite dieses Ungeheuers mit seinem abstoßenden Bettgenossen aushalten müssen, nur der Tod konnte mich davon erlösen!

Nur der Tod – ich erblickte Francescos Dolch an dem achtlos hingeworfenen Gürtel, bückte mich, riß ihn blitzschnell heraus und stieß zu. Der Stahl berührte heiß meine Brust. Dann traf mich ein Schlag, und ich verlor die Besinnung. Es schien nur kurze Zeit vergangen zu sein, als ich wieder zu mir kam. Jedenfalls war mein Gatte noch nackt, Don Angelo hatte schnell sein langes Priestergewand übergestreift. Francesco hielt mich in seinen Armen, was tiefen Ekel in mir erregte, und ich entwand mich ihm voller Abscheu. Meine Camicia war vorn aufgerissen und blutig. Weshalb lebte ich noch? Francesco schien meine Gedanken zu erraten.

»Ich konnte dir den Dolch rechtzeitig aus der Hand schlagen, so daß du nur leicht zugestoßen hast.«

Er tupfte mit einem Fetzen der Seide die Wunde ab, und ich bemerkte, daß es wirklich nur ein kleiner Kratzer war, der kaum noch blutete.

»Warum, warum hast du mich nicht sterben lassen! O Herr im Himmel, erlöse mich von meinen Qualen!« Ich war nahe daran, loszuschreien, mir Haare auszureißen und wie wahnsinnig meinen Kopf wieder und wieder irgendwohin zu schlagen, so wie es die Weiber der Ciompi tun, wenn ihnen ein Unglück widerfährt, aber ich war plötzlich wie gelähmt. Tränen stiegen mir in die Augen, ich konnte sie nicht unterdrücken. Dann gaben meine Knie nach, ich wankte mühsam bis zu dem großen Scherenstuhl in der Ecke und sank darauf nieder.

Auch Francesco rang sichtlich um Fassung. Er schlang ein Tuch um seine Hüften, goß einen Becher voll Wein und reichte ihn mir. Am liebsten wollte ich ihn aus seiner Hand schlagen, doch ich hatte mich soweit gefangen, daß ich es nicht tat. Mit einem

208

Zug leerte ich den Becher. Eine Zeitlang herrschte bedrückende Stille. Dann wandte sich Francesco leise an mich: »Ich weiß, Lisa, daß ich Unrecht an dir getan habe. Ich weiß, daß ich dich um dein Lebensglück betrüge. Ich weiß, daß ich dich niemals hätte heiraten dürfen. Dafür werde ich Buße tun. Buße auf Erden und Buße im Purgatorio.«

Seine Worte erstaunten mich, sie waren so voller Reue und Erschütterung. Er schien mich jetzt überhaupt nicht mehr wahrzunehmen und fuhr mehr zu sich selber fort: »Jahre meines Lebens habe ich vergeblich dagegen angekämpft, und doch zog es mich immer wieder hinaus in die düsteren Schenken an der Porta a Faenza. Ich kaufte mir Knaben für wenige Stunden. Immer öfter war ich dort, und jeden Morgen ekelte es mich vor mir selbst. Aber schon am Abend trieb mich mein Dämon wieder hinaus. Es half kein Gelübde, es halfen keine Kasteiungen, keine Wallfahrten oder Beschwörungen – der Dämon blieb in mir. Irgendwann war mir klar, daß dies das Schicksal war, welches mir vom Herrn auferlegt worden war. Als Unseliger sollte ich also durch Schenken ziehen, um mir aus dem Abschaum der Menschheit Knaben zu kaufen, die meinen Trieb befriedigten. Aber mein Sehnen nach einem Menschen, den ich lieben und achten konnte und der auch mich liebte, war mit Geld nicht zu erfüllen. Dann traf ich auf Angelo, und zum ersten Mal in meinem Leben erfuhr ich, was wahre Liebe bedeutet.«

»Aber Don Angelo ist doch ein Mann!«

»Gewiß, Lisa, das ist ja der Fluch, unter dem wir beide zu leiden haben.«

Seine Stimme wirkte so unsagbar traurig, so verzweifelt, daß ich Mitleid fühlte, was mich selbst verwunderte.

»Wir haben wahrlich gegen diesen Teufel gekämpft«, fügte der Priester hinzu, der sich erhoben hatte und nun neben Francesco stand. »Ich selbst bin in ein Kloster gegangen, um durch strengste Bußübungen diesen Dämon loszuwerden, der auch mich, wie

Francesco, umhergetrieben hatte von einem abscheulichen Ort zum anderen, immer in der Angst, entdeckt und gerichtet zu werden, denn auf diese Handlungen wider die menschliche Natur stehen entsetzliche Strafen.«

Die Geständnisse der beiden erinnerten mich plötzlich an meinen eigenen Dämon, der ja auch so tief in mir saß und so mächtig war, daß er Nanna und mich derartig in seinen Bann gezogen hatte, daß wir manchmal an nichts anderes denken konnten als die Befriedigung unserer Lust. War ich nicht im Grunde genauso wie diese zwei Männer? Nein, gewiß nicht, denn mich hatte nur die Ablehnung Francescos dazu getrieben, solche Dinge zu tun. Doch andererseits, waren nicht er und Don Angelo auch von einem Dämon besessen, gegen den selbst unsere heilige Religion machtlos schien? Konnte es womöglich der Wille Gottes sein, der sie zu diesem widerwärtigen Tun trieb? Zu viele Fragen stürzten auf mich ein. Ich bat noch um etwas Wein, und Don Angelo kam der Bitte eifrig nach, offenbar froh, daß ich die Stille unterbrochen hatte.

»Im Kloster«, fuhr er fort, »war alles noch schlimmer. Nichts half mir. In den einsamen Mauern, ohne Verbindung zur Welt draußen, kreisten meine Gedanken immer nur um das eine. Dazu kam, daß auch andere junge Mönche von demselben Dämon besessen waren. Schließlich kam ich in jenes kleine Kloster, in dem der Mord passierte; dort gingen nachts alle ihren Lüsten nach – möge die Gnade des Herrn auch für sie unendlich sein.«

»Und so haben wir uns gefunden.« Francesco sagte das so selbstverständlich, als spräche er von seiner Frau. Dann setzte er ganz leise hinzu: »Wir haben darüber gesprochen, über unseren verzweifelten Kampf gegen jenen Dämon, der uns zu Getriebenen und Verfolgten macht, der uns mit grausamen Strafen bedroht, und haben uns eingestanden, daß wir nicht stark genug sind, den Mächten der Finsternis zu trotzen. Wir beschlossen, uns unserem Schicksal zu fügen, die flüchtigen Stunden gemein-

210

samen Glücks zu genießen und uns nicht in Buße und Selbstqual zu zerfleischen. So sind wir zu dem geworden, was wir sind. Urteile über uns, verabscheue uns, aber verdamme uns nicht.«

Er sprach mit tiefem Ernst, ruhig und gelassen, und seine Worte erschütterten mich bis ins Mark. Sind wir nicht alle Getriebene des Schicksals auf einem schmalen Grat, der ein gottgefälliges Leben von den Versuchungen der Hölle trennt? Mein Urteil über die beiden stand fest, richten über sie aber mochte ein anderer...

III

EKSTASE DER SINNE

Rom ist das Inferno. Alle Arten von Verbrechen sind an der Tagesordnung, und ich habe hier in einer Stunde mehr zerlumptes, lichtscheues Gesindel gesehen als in einem ganzen Jahr in Florenz. Es gibt in Rom kein nächtliches Ausgehverbot, aber nur wer todesmutig oder verrückt ist, wagt sich nachts auf die Straßen. Es sollen sogar schon ganze Gruppen beraubt oder ermordet worden sein. Verbrechern bietet die Stadt vielfältige Möglichkeiten, sich zu verstecken. Riesige Ruinenreste befinden sich überall, weitläufige Komplexe mit Gängen und Kavernen. Dazwischen fast undurchdringliches Gestrüpp. Wer hierher gerät, ist unweigerlich des Todes. Und das mitten in einer Stadt!

Ab und zu durchstreifen die Truppen des Präfekten die Ruinen, und dann wird jeder getötet, den sie hier finden, gleich ob Mann oder Frau. Nur die Kinder geben sie in Klöster, die außerhalb der Stadtmauern liegen. Häufig hört man nachts Schreie aus den umliegenden Straßen, schauerliche Hilferufe, Flehen oder auch einen gurgelnden Todesschrei. Es ist bei den Römern ein grausiger Zeitvertreib, sich am Morgen, gleich unterhalb der Isola Tiberina, zu treffen und hinunterzuschauen, ob Leichen angeschwemmt worden sind. Hier macht nämlich der Tiber eine starke Biegung nach Süden, und dadurch werden die Toten zum Ufer hingetrieben, wo man sie gut sehen kann. Der Tiber ist auch sonst keine Zierde Roms. Träge wälzt er sich in Schleifen durch die Stadt dahin, eine stinkende, faulige Brühe mit sumpfigen Ufern, die krankmachendes Miasma verbreiten.

Die Stadtmauern stehen wohl schon tausend Jahre, was man ihnen auch ansieht. Sie sind brüchig und verrottet, wie fast alles in Rom. Wenn ich da an Florenz denke... Auch hat die Stadt keine zusammenhängende Bebauung, sondern große verwilderte Areale mit, wie gesagt, beachtlichen Ruinen, an die sich windschiefe, schmale Häuser lehnen; dazwischen die regelmäßiger bebauten Stadtviertel, meist nach den Hügeln benannt, auf denen sie liegen. Alles ist unglaublich armselig und verkommen. Selbst San Pietro, die Hauptkirche der Christenheit, befindet sich in einem unwürdigen Zustand. Das Dach ist undicht, das Mauerwerk rissig, es muß an manchen Stellen durch Gerüste abgestützt werden. In ihrem Inneren sind viele Wandmalereien und Mosaike von allerprimitivster griechischer Art, in einer Weise, wie man sie in Florenz nicht mehr dulden würde. Der Unterschied zwischen diesen beiden Städten springt wirklich ins Auge. Überall bemerke ich die erstaunliche Rückständigkeit Roms in allen Dingen.

Man ist jedoch bemüht, dies zu ändern. Neue Palazzi entstehen an verschiedenen Stellen, und der Papst läßt breite Straßen bauen. Auch Villen mit schönen Gärten gibt es in der Stadt; Platz genug ist ja vorhanden. Die Bautätigkeit scheint insgesamt recht rege zu sein, und in der Tat bekommt man irgendwie den Eindruck, daß hier in Rom eine neue Zeit anbricht. Dieser beginnende Aufschwung ist das Werk des tatkräftigen Heiligen Vaters, und Francesco tut gewiß recht daran, hier eine Bankniederlassung zu gründen.

Wir haben einen Palazzo in der Via del Pellegrino gemietet, die in einem lebhaften Stadtviertel liegt, umgeben von einigen kleinen, unbedeutenden Kirchen. Zur Engelsburg ist es etwa das Viertel einer Stunde zu gehen, bis St. Peter sicher noch einmal so weit. Rom ist zwar eine arme, verwahrloste Stadt, aber wenn ich

216

ganz ehrlich bin, muß ich zugeben, daß sie auch ihre großen Vorteile hat. Rom bietet Frauen wesentlich mehr als Florenz. Nicht nur das Fehlen eines Savonarola macht sich günstig bemerkbar, sondern auch die leichtere Lebensart. Hier ziehen Kurtisanen mit einem Hofstaat durch die Stadt und sind gekleidet wie Fürstinnen. Niemand hindert sie daran, ja man muß davon ausgehen, daß der Präfekt und Bargello selbst bei ihnen treue Kunden sind. Überhaupt sieht man hier viel mehr Frauen von Stand in den Straßen als in Florenz. Sie gehen außerordentlich prächtig gekleidet, was mir sofort auffiel, sind doch meine Gewänder dagegen äußerst bescheiden. Francesco bemerkte das auch und ließ sofort einen bekannten Schneider kommen, der auch für die Colonna, eine mächtige römische Familie, arbeitet. Inzwischen besitze ich ebenfalls außerordentlich prachtvolle Gewänder, wie sie hier zu jeder Tageszeit und Gelegenheit getragen werden. In Mode ist gerade Samt, deshalb bekam ich die Cioppa aus weinrotem Velluto rilevato, der herrlich schimmert, je nachdem, wie das Licht darauf fällt, mal heller, mal dunkler. Bestickt ist er mit kleinen Perlen, die sehr gut zu dem Samt passen. Natürlich trage ich dazu meine wunderbare Perlenkette, die mir Francesco in Florenz geschenkt hat. Für besonders festliche Gelegenheiten ließ mein Gatte mir eine Cioppa aus glänzenden Goldfäden anfertigen, deren Pracht alles in den Schatten stellt, was ich je gesehen habe; sie ist über und über bestickt mit Edelsteinen, die allein ein Vermögen gekostet haben müssen.

Doch nicht nur die Art sich zu kleiden ist in Rom anders als in Florenz, sondern auch die Sitten im täglichen Umgang. In der Republik Florenz tut man so, als seien alle Bürger gleich, die Kleidung des reiches Kaufmannes unterscheidet sich kaum von der eines bescheidenen Händlers, und alle pflegen das vertrauliche »Du«, ganz gleich, ob hoch oder niedrig geboren. Hier in Rom dagegen besteht ein jeder auf Nennung von Rang und Würden; auch duzen sich Personen von Stand niemals untereinander,

217

ein Brauch, an den ich mich erst gewöhnen mußte. Sehr streng geht es beim Gastmahl zu. Hier wird besonders auf die Sitzordnung geachtet, und es kommt nicht selten zum Streit, wem der bessere Platz gebühre.

Mein Gatte... Kann ich ihn überhaupt noch so nennen? Niemand ahnt etwas, wir tun so, als ob nichts geschehen wäre und sind nach außen hin ein Ehepaar wie viele andere. Aber das ist auch das einzige. Natürlich schlafen wir, wie ja bisher auch schon, in getrennten Schlafzimmern, die sehr, sehr weit entfernt voneinander liegen. Natürlich hat Don Angelo eine kleine Kammer unweit von Francescos Gemächern. Nachdem ich ihr widernatürliches Verhältnis entdeckt hatte, hatten wir drei uns noch einmal in aller Ruhe ausgesprochen, soweit das überhaupt möglich schien, und waren übereingekommen, daß ich diese Tatsache wohl oder übel hinnehmen mußte. Dafür gestand mir Francesco einen Liebhaber zu, vorausgesetzt, daß es nicht offenbar würde und es sich um einen Mann von Stand und Ehre handelte. Dieses Zugeständnis erschien mir ungeheuerlich, aber ich hatte es nun einmal selbst verlangt – eigentlich mehr aus Trotz. Ich hätte nie geglaubt, daß mein Gemahl derartiges überhaupt einer Erörterung fähig hielt. Einerseits war mir jegliche Lust vergangen und andererseits glaubte ich, daß der Stolz eines Mannes es nicht gestatten würde, ein so aberwitziges Zugeständnis zu machen. Mein Erstaunen war daher nicht gering, als Francesco dies ohne Zögern akzeptierte. Immerhin war Ehebruch eine schwere Sünde und wurde als Verbrechen geahndet. Francescos Liebe zu Don Angelo mußte sehr groß sein, wenn er sogar seine Ehre dafür hingab. Hätte er doch mich so geliebt! Was für ein herrliches Leben wäre das gewesen; aber nein, durch die Mächte der Finsternis alles zerstört, alles für immer verloren. Wir gingen betont freundlich miteinander um, und manchmal erschien es mir, als wäre alles so vom Herrn, unserem Schöpfer, bestimmt. Dies war meine Bürde, die ich auf Erden tragen mußte. Aber

218

eines schien mir sicher, das so leichten Herzens von Francesco gegebene Wort, ich dürfe einen Geliebten haben, wollte ich niemals in Anspruch nehmen.

Ich fühlte mich eigenartig, anders als früher, irgendwie ganz ruhig und gefaßt. Ohne große Freude, aber auch ohne großen Schmerz zu empfinden. Nur Nanna vermißte ich sehr. Sie war nach ihrer Hochzeit mit Giovanni in unsere zerstörte Rocca eingezogen, wo sie sich notdürftig eingerichtet hatten und unverzüglich mit dem Neubau begannen, allerdings sollten nun eine Villa und Wirtschaftsgebäude entstehen, alles im neuesten Baustil und einem mit Säulen geschmückten Eingang. Francesco hatte die Pläne mit mir besprochen, und ich war stolz, nun das Heim meiner Ahnen so schön und stolz wiedererstehen zu sehen. Giovanni war offensichtlich unermüdlich und steigerte die Erträge aus dem verpachteten Land erheblich. Alles in allem auch für Nanna eine schöne Zeit. Leider kamen ihre Briefe nur spärlich, das Schreiben war noch nie ihre Stärke gewesen, sie hatte ja bei Constantinus nur so nebenbei mitgelernt, ohne daß mein Vater das ausdrücklich angeordnet hatte. Das letzte, was ich von meiner Schwester gehört hatte, war, daß sie einem freudigen Ereignis entgegensah, und ihr Herz schien vor Glück überzuströmen. Ich muß gestehen, daß mich das doch etwas mit Bitterkeit erfüllte.

Es war schwer, eine Schwester, die zugleich die beste Freundin war, zu verlieren. Gewiß, sie lebte nicht allzuweit von Florenz entfernt, und manchmal würden wir sie besuchen können. Doch sie gehörte nun zu ihrem Gatten und ihrer Familie. Nannas Gedanken und Gefühle würden sich von nun an immer mehr von den meinen entfernen. Eines Tages werden wir uns dann im Grunde genommen fremd sein, denn die Jahre veränderten nicht nur unser Äußeres, sondern auch unser Innerstes. Mag sein, daß wir dann dereinst über die alten Zeiten voller Freude und Wehmut sprechen und uns fragen, was noch geblieben ist von diesen

Zeiten, als wir noch fast eins schienen in unseren Gedanken und Handlungen. Und wir werden feststellen müssen, daß wir ganz verschieden geworden sind, Nanna als stolze Mater familias, und ich...? Einsam werde ich sein, ohne Nachkommen. Wie soll ich mein Leben sinnvoll gestalten, da es mir doch durch den Willen des Allerhöchsten bestimmt ist, kinderlos zu bleiben? Mich der Dichtkunst weihen? Ich hatte nie besondere Lust empfunden, meine Gefühle und Gedanken in Hexameter zu fassen. Eher noch die Philosophie – wie einst Boethius darin Trost suchend im Kerker? Kein besonders erhebender Gedanke. Nein, ich wußte beim besten Willen nicht, wie mein Lebensweg verlaufen könnte, welche Richtung ich ihm geben wollte. Das stimmte mich noch nachdenklicher. Eigentlich sollten wir ja nach einem tugendsamen Leben streben, um einen Platz im Jenseits unter den Seligen zu finden, andererseits mochte ich aber auch nicht wie eine Stiftsdame meine Tage mit frommen Gebeten und Bußübungen verbringen. Was tun? Ich beschloß, mit Constantinus über das alles zu sprechen, denn er war ja nun der letzte mir verbliebene Vertraute. Ich dankte Gott, daß es meinen alten Lehrer noch gab.

Wir verabredeten bei der Mittagstafel, uns gegen die vierte Stunde zu treffen und hinter den sumpfigen Tiberwiesen entlang zum Ponte Sant' Angelo zu gehen, obwohl es natürlich ein Umweg war, aber so konnten wir in Ruhe über meine Sorgen sprechen. Vier Schweizer Söldner begleiteten uns in gebührendem Abstand. Wir gingen an Santa Maria Monserrato vorbei zum Tiber, dessen Verlauf ein Pfad folgte.

»Du wirst dich wundern, Constantinus, daß ich heute mit dir diesen verschwiegenen Weg beschreite.«

Er lächelte. »Du machst dir Sorgen um deine Zukunft?«

Insgeheim erstaunt, wie gut er meine Gedanken erraten konnte, wußte ich doch nicht recht, wie ich ihm meine Lage schildern sollte, ohne die Grenzen der Schicklichkeit zu überschreiten. Wie

220

es mit Francesco und Don Angelo stand, durfte ich unter keinen Umständen erwähnen, ja nicht einmal andeuten. Andererseits war jedoch mein alter Lehrer der letzte, der mir aus meinem früheren Leben noch geblieben war, dazu ein Philosoph und Weiser, der wohl auch sehr vage Anspielungen richtig zu deuten wußte.

»Ja, so ist es; ich will dir einige Dinge anvertrauen, die mich und mein zukünftiges Leben bestimmen werden.«

»Und du glaubst, wir können dies auf einem Wege von knappen fünf Viertelstunden?«

»Sicherlich nicht ganz, aber vielleicht magst du mir Hinweise geben, die mein Handeln anleiten.«

»Anleiten zu was?«

»Zu einem glücklichen Leben!«

Constantinus stieß ein bitteres Lachen aus. »Wenn das so einfach wäre!«

Ich beschloß, seine Spitze zu überhören und versuchte, nach logischen Prinzipien vorzugehen. »Ich versuche, dir einige Prämissen meines Lebensweges zu erläutern.«

»Gut, Lisa, ich sehe, meine Lehren sind auf fruchtbaren Boden gefallen, also beginne.«

»Als erstes muß ich davon ausgehen, keine Kinder zu bekommen, das heißt, ich werde keine Familie haben und wohl in Einsamkeit mein Alter verbringen.«

»Eine schwere Bürde.« Er sah mich nachdenklich an.

»So schwer dieser Gedanke auch sein mag, ich glaube mich nun damit abgefunden zu haben.«

»Reichlich voreilig, findest du nicht?«

»Nein, Constantinus, keineswegs. Es hat mich viel Kraft gekostet. Aber ich kann nicht gegen den Willen des Allmächtigen aufbegehren, der mir diese Prüfung auferlegt hat.«

»Wissen wir denn immer ganz genau, wie lange uns der Herr diese Prüfungen auferlegen will, und kann er sie nicht von uns nehmen, wenn das sein unerforschlicher Ratschluß ist?«

221

»Gewiß. Doch kannst du mir sagen, wann das sein mag?«

Er wußte es natürlich nicht und schwieg für eine Weile, um dann fortzufahren: »Wenn du dich aber, wie du sagst, damit abgefunden hast, was bedrückt dich darüber hinaus?«

»Der Sinn meines Lebens hier auf Erden. Ich weiß, wir sollen nicht an den irdischen Dingen hängen, aber ich fühle einfach nicht die Kraft, dem Diesseits zu entsagen.«

»Dem Diesseits zu entsagen...«, wiederholte er in Gedanken, »weshalb denn, Lisa? Du hast doch alles, einen Gatten, wie jede Frau ihn sich nur wünschen kann, Pferde, Kleider, Juwelen; weshalb diese Gedanken? Hat wieder die Melancholie von dir Besitz ergriffen?«

»Nein, dem Herrn sei Dank, es ist etwas anderes.«

Er sah mich fragend an.

»Mein Gatte liebt mich nicht!«

Constantinus wirkte betroffen. »Ich, ich...«, er stockte und wußte nicht mehr weiter.

»Niemand außer Nanna und jetzt dir weiß davon. Nun verstehst du, Constantinus, was mich bedrückt.« Nun brach es aus mir heraus. »Kannst du dir vorstellen, wie es ist, einsam und ungeliebt die besten Jahre des Lebens verbringen zu müssen, bis ich alt, verbittert und vertrocknet bin, ohne Söhne, ohne Enkel, allein, immer allein...«

Ich konnte meine Tränen kaum mehr zurückhalten, aber es waren Tränen des Zorns, nicht der Trauer. Ja, ich war zornig. Man hatte mich um mein Leben betrogen. Und alles, alles – Francescos Schuld! Aber ich wollte nicht gottergeben mein Schicksal auf mich nehmen, wie es von uns Frauen gefordert wird. Gefäß des Mannes, stille Dulderin, langmütige Gattin. Ja, ich wäre das alles gewesen, dazu stolze Mutter von vielen Söhnen, liebende Ehefrau und hingebungsvolle Geliebte. Doch er wollte mich nicht, er wollte Don Angelo. Niemand hatte mir geholfen – Nanna verließ mich in meinen schwersten Stunden mit

222

einem Mann. Francesco gestand mir immerhin einen Geliebten zu. Aber bitte nur einen Mann von Stand und das natürlich in aller Heimlichkeit. Mußte ich, eine Edle aus dem Stamm der Gherardini, eines uralten tapferen Geschlechts, es denn hinnehmen, daß andere mir mein Leben zerstörten? Nein! Bei allen Teufeln der Hölle, ich wollte es ihnen zeigen. Francesco sollte den Tag noch verfluchen, an dem er mich geheiratet hat. So billig lasse ich ihn und seinen Priester nicht davonkommen!

»Lisa! Lisa! Was redest du da?«

Ich erschrak; mit einem Mal kam mir zu Bewußtsein, daß ich meine Gedanken, wie zu mir selbst, laut ausgesprochen hatte und Constantinus unfreiwillig zum Mitwisser meines Geheimnisses geworden war.

»Ja, Constantinus, ich muß reden. Ich schweige nicht mehr wie früher. Und ich will geliebt werden und wiederlieben!«

Er blickte sich um, aber die Söldner hielten sich in gebührendem Abstand; sie hätten auch ohnehin nicht genug verstanden, um den Inhalt meiner Worte zu begreifen.

»Die Liebe eines Menschen läßt sich nicht erzwingen, das hast du richtig erkannt, Lisa; und wenn ich dich recht verstanden habe, willst du einen Mann suchen, der dich liebt.«

»So ist es.«

»Weißt du auch, daß dies durch Strafen weltlicher und kirchlicher Art geahndet wird, daß dein Gatte dich züchtigen darf, daß du in den Augen der anderen eine Geächtete sein wirst?«

»Ja, ich weiß es – es ist mir gleichgültig.«

»Gut, dann höre, was ich dir zu sagen habe. Zwei philosophische Schulen gab es bei den Alten, welche nach Glückseligkeit strebten, die Epikureer und die Hedonisten. Letztere hatten sich ganz dem ungehemmten Lebensgenuß verschrieben, Essen, Trinken, ihrer geschlechtlichen Lust. Jeden Tag ein Fest, jeden Abend ein Gastmahl. Die Epikureer dagegen huldigten dem verfeinerten Genuß und auch diesem nur in Maßen, ja, Epikur selbst lehnte sogar die geschlechtliche Vereinigung von Mann und Frau ab, weil sie allzu große Gefühle auslöse. Die Götter, sagten sie, seien fern von uns, betrachteten nur sich selbst in ihrer Größe, und wir brauchten sie gar nicht zu beachten. Kannst du mir bis hierher folgen?« Er machte eine Pause und setzte sich auf den mächtigen Mittelteil einer umgestürzten uralten Säule, die am Wegesrand lag.

»Bis hierher erscheinen mir deine Ausführungen nicht sehr schwierig.«

»Gut.« Er nickte zufrieden. »Wenn du also diesen Weg gehen willst, den Weg der irdischen Vergnügen, so mußt du wissen, wie. Rauschhafter Lebensgenuß oder das Verfeinerte, Raffinierte, das man nicht über die Maßen hinaus genießt, sondern beendet, wenn es am schönsten erscheint. Du siehst, Lisa, die Alten haben stets eine Lösung bereit, wenn es um unsere irdischen Belange geht.«

»Ja, aber wie stünde es dann mit den jenseitigen?«

»Diese Frage mag dir ein Priester beantworten, doch die Güte Gottes ist groß, wie du weißt, und eine reuige Sünderin ist dem Herrn allemal lieber als neunundneunzig Gerechte. Also handle nach deinem Gutdünken; auch dein Verstand ist dir von Gott gegeben – gebrauche ihn und entscheide!«

Ich war doch sehr erstaunt über meinen alten Lehrer. Er hatte die Dinge freier ausgesprochen, als ich es eigentlich für möglich gehalten hatte. Trotzdem empfand ich seine Offenheit nicht als unschicklich, eher als völlig normal. Constantinus behandelte mich, das wurde mir plötzlich klar, in geistigen Fragen nicht wie eine Frau, sondern wie seinesgleichen. Diese Erkenntnis erfüllte mich mit außerordentlichem Stolz. Also entscheiden sollte ich, meinte er; gut, das würde ich tun.

Schweigend machten wir uns wieder auf den Weg entlang den sumpfigen Tiberauen, bis wir zum Ponte Sant' Angelo kamen, hinter dem sich der mächtige Rundbau der Engelsburg mit

224

ihren Bastionen erhebt. Auf der Brücke sah man einiges Volk, das sich Leichen von gestern Gehenkten ansah. Ein riesiger Galgen stand an der Brüstung. Er bestand aus einem langen waagerechten Baumstamm, der rechts und links auf zwei übermannshohen säulenartigen Podesten ruhte. Daran hingen, nebeneinander aufgereiht, zwölf Männer und zwei Frauen. Die Männer waren Straßenräuber aus den Monti Sabatini, wie wir die Leute sagen hörten, sie hatten einen päpstlichen Legaten überfallen und ihn getötet, worauf die Söldner des Papstes eine Strafexpedition durchgeführt und sie gefangengenommen hatten. Die beiden Frauen waren Marietta, Roms schönste Hure, und ihre Kupplerin. Beide hatten Freier bestohlen und im Schlaf erdolcht. Zur Abschreckung war Marietta vorher nackt durch die Stadt geschleift worden, was natürlich einen großen Menschenauflauf nach sich zog. Nun hing sie am Galgen, mit langem Hals, den Kopf schief an dem groben Knoten der Schlinge.

Die schöne Tote berührte mich tief in meinem Innersten. Gestern noch ein engelsgleiches Wesen mit einer Seele, schwarz wie die Hölle, und heute bereits wächsern gelb, die Lippen bläulich. Ihre weit geöffneten Augen schienen mich fragend anzublicken, als ob sie es nicht recht fassen konnte, wie schnell der Tod unser Leben auslöscht.

»Die schöne Marietta ist den umgekehrten Weg gegangen.« Constantinus sah mich fragend an. »Was meinst mit umgekehrt, Lisa?«

»Ganz einfach – sie hier hat kurz gelebt und ist schnell gestorben; ich hingegen habe noch nicht recht gelebt, doch man will, daß ich in diesem Zustand alt werde, langsam verlösche. Aber so soll es nicht sein, ich werde leben!«

»Möge es so sein«, bekräftigte Constantinus.

Wir sahen uns dann noch die abgeschnittenen Hoden eines Juden an, der mit einer Christin Unzucht getrieben hatte, kein besonders lohnender Anblick, und gingen von der Engelsbrücke geradewegs über die Via del Pellegrino nach Hause.

Die Geschäfte Francescos in Rom schienen ausschließlich im Vatikan abgewickelt zu werden. Er war häufig dort und pflegte Zusammenkünfte mit Kardinälen und anderen hohen Geistlichen. Auch fanden sich öfter bei uns einige von den Palastprälaten und Kardinaldiakonen zum Gastmahl ein. Etwas allerdings war mir unklar: Weshalb hatten die türkischen Abgesandten so viel Geld zu uns gebracht, Geld, das nun offenbar über Francesco in den Vatikan gelangte? Ging unter Umständen türkisches Gold von den Feinden der Christenheit an das Oberhaupt ebendieser Christen? Seltsam genug wäre das wohl und, wie mir schien, womöglich ein dunkles Geheimnis. Aber andererseits war der Heilige Vater doch über jeden Verdacht erhaben, und ich machte mir sicher unnütze Gedanken.

In gewisser Weise war ich froh, aus Florenz weggekommen zu sein, denn nach dem Tode Savonarolas, den man im April des Jahres 1498 aufgehängt und verbrannt hatte, gärte es in der Stadt; die Zeiten waren unsicher und wechselhaft. Da es damals für Francesco unmöglich geworden war, die Reise nach Rom noch länger aufzuschieben, hatte er den Palazzo schweren Herzens dem neuen Söldnercapitano übergeben, einem ehemaligen Unterhauptmann Giovannis; zwar wenig gebildet und auch nicht von Stand wie mein Schwager, aber ruhig und zuverlässig, so daß wir hoffen konnten, unseren Besitz unversehrt wiederzusehen.

Die Reise von Florenz nach Rom war beschwerlich gewesen und noch dazu sehr langsam, weil die Maultiere unter der schweren Last häufig den Dienst verweigerten. Schließlich hatte Francesco noch einige Ochsengespanne zusätzlich beschafft, die für Erleichterung sorgten, bis wir endlich wohlbehalten in Rom angekommen waren. Bis auf jene Gefahren, die hier überall lauern,

226

ist das Leben bei Tage erträglich und durch die Scharen der Pilger sehr lebhaft. Wenn ich durch die Straßen gehe oder mich mit der Sänfte tragen lasse, kommen mir so viele fremdartige Menschen unter die Augen, daß es nie langweilig wird. Und Rom wimmelt förmlich vor Kardinälen, fast alle besitzen bedeutende Palazzi in der Stadt. Wenn nun diese Kardinäle zum apostolischen Palast gerufen werden oder ihre Kirche besuchen, um dort eine Messe zu lesen, so ziehen sie stets mit Prunk durch die Straßen, ein schönes und farbenprächtiges Schauspiel. Zuerst Ausrufer, die vorauseilen und jedermann ankündigen, daß nun gleich dieser oder jener Kardinal vorbeizuziehen geruhte. Danach Söldner in bunter Kleidung, meist in den Farben ihres Herrn, dann einige Geistliche, mindestens zwei Trompeter, gefolgt vom Kardinal selbst in seinem imponierenden Purpur zu Pferde oder in einer Sänfte. Nur Kardinal Sforza ritt stets auf einem weißen Maultier mit goldenen Schabracken. Den Schluß des Zuges bildeten wieder Söldner. Eine Vielzahl solcher Umzüge bewegte sich durch Rom, und man hatte fast immer das Gefühl, daß ein Festtag sei.

Eine besondere Stellung nahmen die ehrbaren Dirnen, Cortigiane, ein. Sie genossen hohes Ansehen, und auch wenn sie ausgingen, geschah dies mit erheblichem Aufwand. In Kleidung und Gehabe unterschieden sie sich durch nichts von den edlen Frauen; das Haar tragen hier ja sowieso alle gelöst. Hoch zu Pferde zogen diese Kurtisanen umher, begleitet von jungen Männern von Stand, die sie ritterlich verehrten. Wagte es irgend jemand, auch nur die Braue hochzuziehen, wenn eine dieser Schönen vorbeiritt, so war er des Todes, denn ihre jungen Verehrer zogen sofort die Schwerter.

Es ging also recht unterhaltsam zu in Rom, und ich war mir sicher, es gefiele Nanna auch. Meine liebe Nanna ... Was machte sie wohl gerade, wie ging es ihr in der Schwangerschaft? Wie sehr wünschte ich mir, daß sie glücklich sei!

227

Das Gespräch mit Constantinus hatte meinen Entschluß bekräftigt; ich würde den Weg der altehrwürdigen epikureischen Lehre gehen und meine ganze Tatkraft einsetzen, um Glückseligkeit zu erlangen, geradeso, wie es einst die Griechen taten.

Als ein erster Schritt schien mir die Vervollständigung meiner Garderobe durchaus angemessen. Ich ließ einige der bekanntesten Schneider kommen und befahl ihnen, mehrere prächtige Gewänder anzufertigen, deren Preis dann auch tatsächlich alles überstieg, was sich ein Mensch vorstellen konnte. Dann besuchte ich einige Läden in der Via dei Gioiellieri, in denen Schmuckstücke von großer Pracht verkauft wurden, die nichtsdestoweniger aus vergoldetem Silber und farbigem Glas gemacht waren. Alle Frauen von Stand trugen solche Schmuckstücke ganz unverblümt, denn die Römerin liebt es, sich ganz besonders herauszuputzen. Da wollte ich natürlich nicht zurückstehen und erwarb auch einige sehr schöne davon mit roten, grünen und blauen Steinen. Herrlich, diese glänzenden Ketten, Gürtel und Ringe zu tragen. Sie waren ganz fein gearbeitet, wunderbar ziseliert. Als ich die Kostbarkeiten zusammen mit meinen neuen Kleidern anprobierte, erregte mich der Gedanke leidenschaftlich, wie ich den Männern darin wohl gefallen würde, und in der Phantasie malte ich mir einen Mann meiner Träume aus. Groß müßte er sein, aber nicht so ungeschlacht wie die Deutschen oder Schweizer, schlank und drahtig, mit dunklem Haar, feingeschnittenem Gesicht und ausdrucksvollen Augen. Er sollte stets elegant gekleidet sein und über ein hochfahrendes Wesen verfügen. Stolz und stark, dazu leicht verletzbar in seiner Ehre, stets bereit, für mich sein Schwert zu ziehen. Dabei bestimmend, aber sehr liebevoll. Doch wo gab es dieses Idealbild von Mann, und gab es ihn überhaupt für mich? In der Tat, die Möglichkeiten, einen Geliebten zu finden, erschienen mir begrenzt; entweder waren die in Frage kommenden zu jung, halbe Kinder noch, oder bereits verheiratet. Und einen alten Lebemann nehmen? Nein.

Doch wie der Wahlspruch des Imperators Augustus einst lautete: »Semper festina lente.« Er schien mir hier in Rom am rechten Platz. Ich würde also beharrlich, sehr beharrlich und ohne Hast mein Ziel verfolgen.

Als günstige Gelegenheit bot sich zunächst ein Fest bei den Orsinis an, die in Rom sehr einflußreich waren. Feste wurden hier viele gefeiert, und zwar mit so großer Prachtentfaltung, wie ich es mir in dem sparsamen Florenz nicht hätte ausmalen können. Francescos gute Verbindungen zum Heiligen Stuhl und sein offensichtlicher Reichtum, den er jetzt in Rom ungehindert zur Schau stellen konnte, machten uns überall zu gerngesehenen Gästen.

»Wir begrüßen den edlen Herrn Francesco Bartolommeo di Zanobi del Giocondo und seine Gattin, die edle Mona Lisa!«

Wir gingen am Majordomus des Orsinischen Palazzo vorbei auf die Gastgeber zu. Die Männer begrüßten sich herzlich, und Antonia warf einen neidvollen Blick auf meinen neuen Schmuck, den ich zusammen mit den herrlichen Perlen trug. Meine Cioppa war aus dunkelgrünem Samt, einem bildschönen Velluto allucciolato mit glänzenden Gold- und Silberfäden, die den Schimmer des Stoffes noch verstärkten. Sie hatte so lange und weite Ärmel, daß diese fast wie Schleppen wirkten, ebenso wie die hinten reich gebauschten Röcke. Ich mußte mir eingestehen, daß in Florenz alles doch ein wenig bürgerlich und bieder war, wenn man einmal von den großartigen Kunstwerken absah, die sich dort befanden und denen Rom nichts Gleichrangiges entgegenzusetzen hat. Unter meiner wundervollen Cioppa trug ich eine leichte Camora aus hellgrüner Seide und darunter eine ganz leichte Camicia, von der aber nur das fein bestickte Bündchen am Hals zu sehen war. Der Festsaal in dem riesigen, aber altmodischen Palazzo zeigte sich durch Hunderte von Kerzen hell erleuchtet. Die anwesenden etwa vierzig Personen trugen ebenfalls prächtige Roben.

Wir gingen umher, und Francesco begrüßte die anderen Gäste, ich stets einen Schritt hinter ihm. An den Blicken der anderen Damen konnte ich deutlich ablesen, daß meine Ausstattung wirklich gelungen sein mußte; ich gab mich dementsprechend herablassend, und zwar in jener betont freundlichen Art, die von Neidern nur schwer zu ertragen ist. Denn die Bescheidenheit, die den Florentiner auszeichnet und dort als Tugend gilt, wäre hier verfehlt gewesen, hier zählte nur Prachtentfaltung der äußersten Art; nicht immer geschmackvoll, aber für mich doch mit größtem Vergnügen verbunden. Welche Frau möchte nicht immer gekleidet sein wie eine Herzogin? Ich empfand es einfach als schön, auch zu bescheidenen Gelegenheiten stets großartig auszusehen.

Der Majordomus bat zur Tafel, und wir erhielten die Ehrenplätze neben den Orsinis. Auch hier schien der Grundsatz zu gelten, daß Reichtum zur Schau gestellt werden müsse. Feinstes Leinen bedeckte die Tafel, auf der riesige silberne Platten standen mit Vögeln darauf, die fast lebendig wirkten, Schwäne und Fasane. Auf einen Befehl des Majordomus hin zogen Diener das Federkleid ab, und darunter kam gebratenes Geflügel mit Honigfrüchten zum Vorschein. Dieses Fleisch war so raffiniert gewürzt, daß man nicht immer sagen konnte, was es eigentlich war, aber ich mußte feststellen, daß die Schwanenkeule besser schmeckte als alles andere, was ich je probiert hatte. Dazu die scharf-süßen Honigfrüchte, die so gut waren, daß ich viel zuviel davon aß. Natürlich gab es auch noch verschiedene andere Braten, sehr feines weißes Brot und mancherlei Gemüse dazu, danach Fische aus dem Meer und dem Tiber. Bald konnte ich beim besten Willen nichts mehr hinunterbringen und bat einen Diener, der für diese Aufgabe vorgesehen war, mit einer langen Fasanenfeder meinen Rachen zu reizen, so daß ich in ein silbernes Gefäß erbrechen konnte, das er bereithielt. Denn es wäre ja eine Beleidigung für die Gastgeber gewesen, nicht von jedem Gericht eines Ganges zu kosten.

Nach nur etwa vier Stunden hob Bernardo Orsini die Tafel auf, damit der Tanz beginnen konnte. Francesco war begeistert, denn er tanzte leidenschaftlich gern. Ich fand, daß die recht zahlreichen Musiker nicht gerade gut spielten; doch immerhin wurde die Stimmung recht ausgelassen, und ich fand Zeit, mich ein wenig umzusehen. Ein gutaussehender junger Mann, wahrscheinlich Knappe der Orsinis, schlank, mit herausforderndem Blick und schulterlangem pechschwarzen Haar fiel mir auf. Wie zufällig ging ich zu einem Paar, das wir von anderen Festen her schon kannten, und ich wechselte einige nette Belanglosigkeiten mit den beiden. Dabei konnte ich mich unauffällig dicht neben diesen Jungen stellen, so daß ich die Wärme seines Körpers an meinem Schenkel zu spüren glaubte, obwohl ich ihn nicht berührte. Meine Erzählungen wurden immer gestenreicher, und plötzlich, wie unbeabsichtigt, drückte ich meinen Schenkel an den seinen. Nur so lange, wie ein Wimpernschlag dauert, doch das genügte. Ich bemerkte, daß er stutzte. Dann machte auch er eine scheinbar ungewollte Bewegung und berührte mich wie zufällig. Ein erregendes Prickeln durchlief mich. Das gewagte Spiel wiederholte sich noch einige Male, dann entschuldigte ich mich bei den Bekannten und ging zu Francesco zurück, der erhitzt vom Tanzen gerade einen Becher Wein leerte. Nicht allerdings, ohne meinem schönen Jüngling beim Weggehen noch einen heißen Blick zugeworfen zu haben, den er ebenso glutvoll erwiderte. Es dauerte nicht mehr lange, und er schlenderte in unsere Richtung. Ich tat so, als sähe ich ihn überhaupt nicht. Plötzlich trat er vor Francesco hin, machte eine vollendete Verbeugung und stellte sich als Orlando da Guastalla vor, Schildknappe des Hausherrn. Dann bat er Francesco, mich zum Tanz führen zu dürfen. Mein Gatte gestattete es ihm mit freundlichen Worten. Orlando tanzte wirklich gut, und jedesmal, wenn wir uns in der Reihe der anderen Mittänzer trafen, sahen wir uns nicht nur tief in die Augen, sondern berührten uns, soweit es die Schicklich-

231

keit zuließ, nicht nur an den Händen. Herrlich – der gutaussehende, gewandte junge Mann, die Musik und die Anmut des Tanzes verzauberten mich. Das hatte mir viel zu lange gefehlt. Ich mußte sehr achtgeben, daß unser Betragen nicht auffiel.

»Nach diesem Tanz möchte ich mich gerne ausruhen.«

»Wie Ihr wünscht, Madonna.« Er wirkte enttäuscht.

»Ihr schaut mit einem Mal so traurig drein, Orlando.«

Er warf mir einen zu Herzen gehenden Blick zu, dann wechselten wir die Plätze und mußten mit anderen Partnern tanzen. Nach unendlich langer Zeit kamen wir wieder zusammen, und ich sah ihm an, daß er all seinen Mut zusammengenommen hatte.

»Ich muß Euch wiedersehen!«

Auf diesen Satz hatte ich gewartet. Die Zeit drängte, und meine Antwort mußte klar sein, aber doch vieldeutig, nicht daß der schöne Knappe meinte, er hätte leichtes Spiel mit mir.

»Am zweiten Tag nach Laurentius zur Frühmesse in Santa Maria Maggiore – vielleicht…« Dann warf ich ihm nochmal einen verheißungsvollen Blick zu und wandte mich zu Francesco, der auch gerade zu tanzen aufgehört hatte. Wir waren sehr durstig und tranken dankbar den Wein, der uns von Orsinis sehr aufmerksamen Dienern gereicht wurde.

»Ein schmucker Jüngling, hat er dir den Hof gemacht?«

Sollte Francesco etwa eifersüchtig sein? »Natürlich, hast du nicht seine Blicke gesehen? Ja, er ist wirklich sehr nett.«

Francesco lief dunkelrot an und mußte sich Mühe geben, gelassen zu bleiben. »Denk an unsere Abmachung, Lisa, du solltest dich nicht auf Abenteuer mit unreifen Knaben einlassen.«

»Was heißt hier einlassen! Wir haben kaum ein Dutzend Wörter gewechselt.« Ich dachte nicht daran, Francesco in meine geheimsten Angelegenheiten einzuweihen.

»Ich hoffe, du vergißt nicht, was du unserem Namen schuldig bist. Ich will nicht richten, da ich selbst sündige, aber auf den Namen Giocondo darf kein Schatten fallen.«

232

Sehr geschickt; mein Gatte wollte mich also derart einengen, daß mir bald keine Möglichkeit mehr bliebe, mit einem Mann näher bekannt zu werden – doch er sollte sich täuschen!

»Sei gewiß, Francesco, ich werde nichts tun, was unsere Familie entehren könnte.«

Er schien beruhigt, und kurz vor dem Morgengrauen verließen wir das Fest. Unsere Söldner, die im Stall geschlafen hatten, wurden mit einem Schlage hellwach, als wir in die laue Nacht traten, denn alle wußten um die Gefahren, die dort lauerten. Wir führten zahlreiche Laternen und Fackeln mit uns und gelangten sicher nach Hause. Als wir aus unserer Sänfte stiegen, sahen wir, daß die Träger völlig erschöpft waren, die Angst hatte sie vorangetrieben. Francesco gab jedem einen Silbersoldo.

Der zweite Tag nach Laurentius war gewittrig und der Himmel daher wolkenverhangen, was mir für mein Vorhaben aber günstig erschien, denn so würde es in Santa Maria Maggiore noch dunkler sein als ohnehin schon. Wegen des weiten Weges ließ ich zwei Pferde satteln und machte mich mit Constantinus und sechs Hellebardenträgern auf. Wir ritten am Kapitol vorbei durch das wildbewachsene Forum mit den erhabenen Überresten des alten Roms bis San Pietro in Vincoli und von dort aus zu Santa Maria Maggiore. Die Messe war gut besucht, die Menge stand fast bis auf den Platz hinaus. Mir fiel ein, daß ich ja gar keinen bestimmten Treffpunkt ausgemacht hatte, wie ungeschickt von mir. Zu meiner Erleichterung sah ich Orlando am Portal stehen, wo er offensichtlich schon nach mir Ausschau hielt. Constantinus, den ich natürlich eingeweiht hatte, lud unsere Söldner in eine jener zahlreichen Tavernen ein, die sich stets in unmittelbarer Nähe von bedeutenden Kirchen befinden, so daß ich mich unbeobachtet Orlando nähern konnte. Wir drängten uns durch die Gläubigen ins düstere Seitenschiff, das von einer Kolonnade schlecht proportionierter Säulen ionischer Ordnung vom Mittelschiff geschieden wurde; hier sah man kaum die Hand vor Augen. Orlando faßte mich beim Arm, was ich ziemlich kühn fand, mir aber trotzdem gefiel, und zog mich in eine Nische.

»Madonna, heute ist der glücklichste Tag meines Lebens, kein Auge habe ich geschlossen, ich verzehre mich ...«

»Nun, Orlando, Ihr müßt Euch fassen, ich finde es schön, daß Ihr dichterisch in hohem Maße begabt seid, doch bedenkt, wir sind hier im Hause Gottes.«

»Gewiß, wie Ihr befehlt.« Er dämpfte seine Stimme. »Aber es ist die Wahrheit. Seit Euren zarten Berührungen beim Fest vor einer Woche ist es um mich geschehen!«

Seine Worte klangen wie aus vollem Herzen gesprochen, und ich war geneigt, sie für wahr zu halten. »Meßt zufälligen Berührungen kein solches Gewicht bei, vielleicht geschah es ohne Absicht oder war eine Laune ...«

»Das kann ich nicht glauben! Madonna, ich bitte Euch, erhört mich, werdet mein!«

»Mein lieber Orlando, was denkt Ihr! Ich bin eine verheiratete Frau.« Etwas Gescheiteres war mir nicht eingefallen, ich benahm mich ja schon wie eine törichte Matrone.

»Ich weiß.« Seine Stimme verriet Betroffenheit. »Ich weiß, daß ich keine Rechte an Euch habe, verzeiht mir, aber bitte gestattet, daß ich Eure Hand küsse!«

Ohne eine Antwort abzuwarten, ergriff er meine Hand und küßte sie mit solch einer Leidenschaft, daß es mir durch und durch ging. Was hatte ich angestellt – einem unerfahrenen Jüngling den Kopf verdreht. Nun war der Ärmste ganz außer sich und küßte meine Hand in der Kirche. Dem Herrn sei Dank, daß es hier stockdunkel war. Während die Gläubigen fromme Lieder sangen, hatte ich mit meinem jugendlichen Verehrer zu tun und hoffte inständig, daß niemand auf uns aufmerksam würde.

234

»Nun ist es aber genug!« Ich entzog ihm meine Hand und versuchte, ihn streng anzusehen. Aber warum eigentlich? Anstatt mich in dieses Abenteuer zu stürzen und das Feuer meines allzu jungen Knappen bis zur Neige auszukosten, spielte ich die Spröde. Irgend etwas in mir schien sich zu weigern, nur was und warum, das wußte ich nicht. Orlando wollte mich unbedingt nach der Messe hinausbegleiten, was ich mir natürlich verbat; aber ich gestattete ihm, wie zufällig in meiner Nähe zu bleiben. Tatsächlich waren Constantinus und unsere Söldner auf der Piazza noch nicht zu sehen. Ich stellte mich seitlich auf die Stufen vor dem Portal und beobachtete die herausströmende Menge, durchwegs ordentlich gekleidete Leute, die zügig fortstrebten, um ihrer täglichen Arbeit nachzugehen. Bald trat auch Orlando vor das Portal, hielt sich aber weiterhin in gebührender Entfernung von mir. Er hörte nicht auf, mir glühende Blicke zuzuwerfen, und ich mußte mir eingestehen, daß mir dieser junge Mann außerordentlich gefiel; hatte ich mich ein wenig verliebt? Kurz darauf kam Constantinus mit unseren Söldnern, deren Gesichter vom Trinken in der Taverne stark gerötet waren. Einer hielt die Zügel meines Pferdes, und Constantinus half mir in den Steigbügel. Aus den Augenwinkeln bemerkte ich, daß Orlando uns in einiger Entfernung folgen wollte, sich dann aber doch besann und eine andere Richtung einschlug.

Ach, es tat mir ja so gut, endlich von einem Mann richtig begehrt zu werden. Ich fühlte frische Kräfte und neu erwachte Lust in mir. Meine Gedanken schweiften reichlich oft ab, wie ich fand, und beschäftigten sich mit dem jungen Orlando. Das Treffen in Santa Maria Maggiore war recht kühn gewesen, ebenso wie er mir dort den Hof machte. Aber es hatte mich doch sehr erregt, und ich wollte meinen jungen Knappen so bald wie möglich wiedersehen. Aber wie? Erst jetzt kam mir so recht in den Sinn, wie schwierig es war, Francescos und meinen unsäglichen Pakt einzuhalten. Natürlich durfte ich ihn nicht

235

bloßstellen, und es war hier in Rom sicherlich leichter, sich unerkannt mit einem Geliebten zu treffen. In Florenz dagegen kannte fast jeder jeden. Trotz der geringen Bewohnerzahl war Rom sehr weitläufig, die einzelnen Stadtteile lagen oft ziemlich weit auseinander, wurden durch jene mit Buschwerk bewachsenen Ruinenfelder getrennt, von denen ich schon erzählt habe. Wer etwa in der Gegend des Monte Pincio wohnte, kannte praktisch niemanden, der am Monte Celio sein Haus hatte, und umgekehrt. Doch wenn ich meinen Wunsch in die Tat umsetzen wollte, benötigten wir eine angemessene Wohnung, wo wir uns treffen konnten. Sicher gab es genügend sinistre Herbergen mit verschwiegenen Wirten, wo man sich einmieten konnte. Doch mir grauste vor dem Schmutz und dem Abschaum, der dort verkehrte. Eine ehrbare Herberge würde uns kaum aufnehmen. Und im Freien? Unmöglich. Wir hätten zwanzig Söldner benötigt, um uns zu schützen – völlig ausgeschlossen. Und überhaupt, es so zu treiben wie jene beiden, die Nanna und ich damals im Flußbett belauscht hatten! Nein, das wollte ich auf keinen Fall. Bei längerem Überlegen erschien mir die Verwirklichung unseres Treffens immer schwieriger, nichtsdestotrotz nagte die Sehnsucht an mir. Der schöne Jüngling wollte mir nicht aus dem Sinn, und ich mußte ihn einfach wiedersehen. Aber wann und wo? Und vor allem, wie sollte ich es ihm sagen?

Am anderen Tag wurde ich aller Sorgen enthoben. Als ich mit Constantinus ausging, um an der Piazza Navona neue Handschuhe zu kaufen, da stürzte unweit unseres Palazzo eine alte Bettlerin auf mich zu, ergriff meine Hand, als ob sie ein Almosen von mir erwartete und gab mir dabei einen winzigen Zettel. Ich wußte sofort, daß dies etwas Wichtiges sein mußte und ließ der Alten von Constantinus einen ganzen Silbersoldo geben, was meinen alten Lehrer nicht wenig verwunderte. Doch als ich ihm den Zettel zeigte, lächelte er verständnisvoll.

236

»Nil admirari, wie die Alten zu sagen pflegten – obwohl mir hier Ovid angemessener erscheint.«

Tatsächlich war die Botschaft von Orlando:

>»O Beatrice, gedenke meiner Sehnsucht,
die mich verzehrt.
Laß mich mit Küssen bedecken deine Hand,
die so fein ist.
Dich nicht zu sehen, heißt leiden
wie König Tantalos.
So lange, bis du mein bist.«

Und darunter, ganz profan und nüchtern, daß er morgen wieder in Santa Maria Maggiore sei.

Obwohl ich seinen Vergleich mit Beatrice ein wenig übertrieben fand – immerhin war ich ja mittlerweile schon neunzehn Jahre alt – und mir das Versmaß keineswegs korrekt erschien, freute ich mich darüber und war aufgeregt, ihn endlich wiederzusehen.

»Nun, dein schöner Ephebe scheint dir wirklich recht zugetan zu sein.«

»So sieht es aus, und um ehrlich zu sein, ich ihm auch!«

»Wie schön für dich, Lisa. Doch andererseits ist klar, wir hintergehen Francesco.«

»Er hat es sich selbst zuzuschreiben, und du sagst auch, daß die ehrwürdige Philosophie in solchen Fällen dazu rät, den eigenen Wünschen konsequent zu folgen.«

»Gewiß, doch bedenke, es ist nur eine Seite der Philosophie, die Stoiker hingegen ...«

»Beim Jupiter! Constantinus, wir wissen beide, daß ich mich nicht dazu eigne, fürs Vaterland zu sterben, selbst wenn es süß und ehrenvoll sein sollte.«

»Nun ja, das wird dir als Frau ohnehin verwehrt, aber den Pfad der Tugend zu beschreiten, erscheint mir dagegen keineswegs allzu schwer.«

»Du sprichst fast wie Don Serafino. Nein, Constantinus, ich will es nicht, verstehst du, ich will es nicht. Wie ein alte Jungfer dahinleben, um schließlich zu verlöschen nach einem Leben ohne Freude, ohne Liebe. Ich habe vor, diesen Weg weiterzugehen, solange ich noch Sehnsucht empfinden kann. Ich werde bereuen und büßen und die Strafen des Purgatoriums auf mich nehmen – später, wenn die Zeit gekommen ist. Aber nicht jetzt. Und ich bin gewiß, daß die Gnade des Herrn meinen Ehebruch verzeihen wird!«

Ich bemerkte, wie Constantinus Augen leuchteten. »Du hast die Probe bestanden, Lisa! Das war es, was ich all die Jahre versucht habe, in dich zu legen: einen festen Willen, angeleitet durch deinen Verstand, der unzweifelhaft göttlicher Herkunft ist und nicht des Teufels, wie die Kirche uns einreden möchte. Dein Verstand ist es, der dich zu dem Ebenbild werden läßt, das Gott nach sich gestaltet hat, denn es war sein Wille, der die Welt geschaffen hat; es war sein göttlicher Funke, den er als Verstand und Vernunft in uns gelegt hat und nicht als Glaube, denn glauben heißt, nicht wissen...«

»Und die Seele?«

»Die Seele existiert jenseits des Verstandes; sie ist das, was uns vom Allmächtigen bei der Geburt eingehaucht wird und unsere sterbliche Hülle verläßt, wenn wir von dieser Welt gehen. Auch sie stellt einen Teil des göttlichen Elements dar, aber eben nur einen Teil. Denn es ist dein Wille, der bestimmt, ob die Seele in den Himmel aufsteigen wird oder der ewigen Verdammnis anheimfällt.«

»Sehr gewagt, was du da verbreitest.«

»Gewiß, vor der heiligen Inquisition möchte ich es nicht wiederholen, aber es ist die Wahrheit, und du mußt sie wissen, Lisa.«

238

»Ich bin froh und stolz, daß du mich so in dein Vertrauen ziehst, Constantinus.«

»Nun, Lisa, auch du bist ja für mich sozusagen die letzte meiner Familie, wenn ich es so aussprechen darf. Du als meine Schülerin bist zum Teil mein Geschöpf. Denn ich war es, der behutsam alle diese Gedanken griechischer Weisheit in dich legen durfte. Nun sehe ich, daß die Zeit gekommen ist, wo du wie ein Phönix aus der Asche steigst, um dich und damit deinen Willen zu verwirklichen.«

»Zu – verwirklichen?«

»Ja, das heißt nichts anderes, als deinen Willen durchzusetzen, notfalls gegen alle Gebote, die Menschen aufgerichtet haben gegen dich, gegen mich, eigentlich gegen alle ...«

»Und auch gegen die göttlichen Gebote!« warf ich ein.

Er zögerte kurz. »Ja, auch gegen diese.«

Wir schwiegen betroffen, waren lange Zeit still, während wir durch die Tiberauen gingen. Nur das Rauschen des Windes war zu vernehmen, es schien uns zuzuraunen, daß wir verdammt seien, verdammt durch unsere häretischen, ja heidnischen Worte.

Am anderen Morgen sandte ich Constantinus, dem ich die dunkle Nische in Santa Maria Maggiore genau beschrieben hatte, mit einem Brief dorthin, in dem stand, daß ich ihn, Orlando, nur wiederzusehen gedächte, wenn er mir einen standesgemäßen Treffpunkt vorschlagen könnte. Zwar plagte mich die Sehnsucht, andererseits war ich nicht gewillt, mich wie eine Dienstmagd mit ihm in dunklen Nischen herumzudrücken. Er mußte von vornherein begreifen, was es hieß, der Geliebte einer Frau von Stand zu sein. Das bedeutete sicher für ihn zunächst eine herbe Enttäuschung, und ich konnte mir seine Miene nur zu gut ausmalen, wenn statt der Angebeteten ein alter Mann kam. Tatsächlich schien er mitten ins Herz getroffen, und Constantinus berichtete mir, wie niedergeschlagen er weggegangen sei; nicht einmal eine

Nachricht für mich hatte er mitgegeben. Jetzt tat mir der Arme doch leid, und ich wollte ihn sozusagen als Buße besonders lieb trösten … Aber wann? Vorläufig bestand ja keinerlei Verbindung mehr. Erst jetzt fühlte ich, wie sehr ich mir doch gewünscht hatte, in seinen Armen zu liegen und mich von ihm liebkosen zu lassen. Wie dumm von mir, wäre ich doch selbst zur Kirche gegangen, so einfach hätte dann alles sein können. Aber nun half es nichts mehr, Constantinus mußte wieder vorgeschickt werden, und ich glaubte zu bemerken, daß er sogar Spaß an der Sache fand. Vom Palazzo der Orsinis zurück, berichtete er mir, Orlando sei überglücklich gewesen, eine Nachricht von mir zu erhalten, und ich würde sehr bald von ihm hören.

Es ist eine seltsame Sache mit der Sehnsucht. Wenn man einen Menschen liebt oder das zumindest annimmt, dann packt einen dieses Gefühl mit Macht, und man kann an nichts anderes mehr denken, ist ganz gefangen von diesem einen Gedanken. Damals, vor meiner Hochzeit und auch noch eine Zeitlang danach, hatte ich solche starke Sehnsucht nach Francesco verspürt. Aber nach und nach erstarb diese Leidenschaft, da Francesco sich meiner Zuwendung entzog. Das Feuer war aus, nur der Wunsch nach Liebe war in mir lebendig geblieben wie eine Glut, die unter den Schichten der Asche weiterglimmt. Ich wollte nichts anderes als einen Mann, der mich liebte und begehrte, doch das konnte ich mir lange Zeit nicht eingestehen, da ich fest in dem Gedanken gefangen war, außer meinem Gatten keinen anderen Mann begehren zu dürfen. Jetzt hingegen verspürte ich richtige Sehnsucht, dieses schöne und auch schmerzliche Gefühl, und das allein machte mich unsagbar glücklich. Es gab meinem Leben einen neuen Sinn: Ich war endlich wieder fähig, Liebe zu empfinden, ja, ich liebte Orlando.

Mein Überschwang wurde jedoch stark gedämpft durch den Umstand, daß ich einige Tage nichts mehr von meinem Epheben hörte. Dann endlich brachte sein Bote eine Nachricht für Con-

240

stantinus, der sie sofort an mich weitergab: Beim Mittagsläuten des nächsten Tages vor der Kirche San Cosimato im Viertel Trastevere, das jenseits des Tibers liegt, wie der Name sagt, und dazu der dringende Rat, mich unauffällig zu kleiden, weder Sänfte noch Pferd zu benützen und ohne Bewachung zu kommen. Noch nie war ich in Rom ohne Begleiter ausgegangen, und es wurde mir auch ganz seltsam zumute, wenn ich mir vorstellte, völlig allein fast eine Drittelstunde zu der Kirche zu gehen. Darüber hinaus war Trastevere eine verrufene Gegend; eigentlich eine Zumutung von Orlando, mir dieses Viertel vorzuschlagen, wo Constantinus doch ausdrücklich verlangt hatte, eine standesgemäße Unterkunft auszuwählen. Nun gut, dachte ich, du hast dich in diese Angelegenheit eingelassen, jetzt mußt du auch ungewöhnliche Umstände akzeptieren. Und vor allem trieb es mich mit großer Macht zu meinem Jüngling. Aber vielleicht sollte man seinen Grundsätzen doch nicht untreu werden.

Nun konnte ich mein bescheidenes Gewand aus Florenz gut gebrauchen und war froh, nicht alles an die Dienerinnen weggeschenkt zu haben. Es war ein brütendheißer Hochsommertag, ich wählte eine leichte Giornea aus und trug dazu einen meiner Florentiner Hüte, die sich auch in Rom einer gewissen Beliebtheit erfreuten. Der Fährmann brachte mich unterhalb der Tiberinsel nach Trastevere. Ich bildete mir ein, alle Leute würden mir nachschauen und wissen, was ich vorhatte. Die Gebäude dort machten einen schäbigen Eindruck, und von den Straßen stieg ein unerträglicher Gestank auf. Irgendwann wußte ich nicht mehr weiter. Das Haus, vor dem ich mich gerade befand, sah halbwegs vertrauenerweckend aus, auf seinen Eingangsstufen saß eine alte Frau, die in Scheiben geschnittene Äpfel und Melonenstücke auf einem zerschlissenen Lumpen zum Trocknen in der unbarmherzig brennenden Mittagssonne ausbreitete.

»Entschuldigt – wo geht es bitte zur Kirche San Cosimato?« fragte ich freundlich.

241

Die Alte sah mich feindselig an und spuckte vor mir aus. »Verschwinde, du dreckige Puttana! Welche Frechheit, eine anständige Frau nach ihrem Quartiere Equivoco zu fragen!«
»Verzeiht, Ihr habt unrecht...«
Noch bevor ich weiterreden konnte, rief die Alte nach einem Beppo, der prompt in der Tür erschien und mich zahnlos angrinste.
Nun fing die Alte erst richtig an. »Schlag ihr das Kreuz ab, du alter Hurenbock, dann kann sie sich nicht mehr hinlegen, das Miststück!«
Ich muß ziemlich entgeistert dreingeblickt haben. Diese Vettel machte einen solchen Lärm, daß überall die Fensterläden aufgingen und im Nu Dutzende von Leuten herunterstarrten. Schmutzige Kinder standen um mich herum und befühlten den Stoff meiner Giornea. Aus einer Taverne traten zwei Männer heraus und kamen näher. Die beiden schienen mir etwas ehrbarer zu sein als die übrigen Bewohner hier. Statt schnell davonzugehen, stand ich immer noch wie gelähmt von dem jähen Ausbruch der Frau, den ich nicht verstand. So wandte ich mich hilfesuchend an die zwei Männer und wiederholte meine Frage nach der Kirche. Die Alte fing wieder an loszuheulen, bis ihr der Jüngere einen mächtigen Tritt versetzte. Ich hörte ihren Kopf an die Hausmauer hinschlagen, dann fiel sie auf die Straße und blieb wie tot liegen.
»Wenn du was willst von uns«, rief der eine dem Mann zu, den die Alte »Beppo« gerufen hatte und der immer noch im Türrahmen stand, »dann komm her!«
Der blickte nur haßerfüllt und wagte nicht, aus dem Hauseingang zu treten.
»Verschwindet!« herrschte der andere Mann die Kinder an, und dann rief er hinauf zu den Fenstern: »Schert euch um euren eigenen Dreck!«, worauf hastig die Läden zuflogen.
»So, so, du möchtest also nach San Cosimato, mein Täubchen – na gut, wir werden dich hinbringen.«

242

Ich war unsäglich erleichtert, als wir gemeinsam die Straße hin-
untergingen.

»Was macht eine so hübsche Puttana wie du hier in diesem armseligen Viertel? Ich könnte dir ganz andere Freier verschaffen,
Kaufleute, reiche Pilger, vielleicht sogar einen Kardinal.«

Das ging zu weit. »Ich bin eine Edle, die sich hier verirrt hat,
und ich bitte Euch um Christi willen, mich nach San Cosimato
zu bringen!«

Der Jüngere lachte. »Eine Edle, ja tatsächlich, eine edle Puttana,
die edelste, die ich je gesehen habe, mit einer goldenen Prugna
vielleicht …«, die beiden schüttelten sich vor Lachen.

Ich sah ein, daß hier nichts zu erreichen war, und schwieg. Eine
entsetzliche Situation. Wie kam ich hier bloß wieder heraus?

»Wenn ich Euch einen Goldscudo gebe, bringt Ihr mich dann zu
der Kirche?«

»Einen Goldscudo?« Die Männer sahen mich ungläubig von der
Seite an. »Du willst einen Goldscudo besitzen?«

Ich dankte insgeheim dem Allmächtigen, daß ich die Münze
dabei hatte. Sie befand ich in einer winzigen Tasche, verdeckt im
Saum meiner Giornea.

»Diese zum Beispiel«, dabei hielt ich sie ihm unter die Nase.
Blitzschnell riß er sie mir aus den Fingern und steckte sie ein.

»Dafür, mein Engelchen, bringen wir dich, wohin du willst.«

Ich atmete spürbar auf, zu früh, wie mir gleich klarwerden sollten.

»Wir laden dich auch ein, einen Becher Wein mit uns zu trinken!«

Es schien mir ratsam, auf diesen Vorschlag einzugehen und mich
in mein Schicksal zu fügen; in diesem Gewirr von Gassen würde
ich mich allein niemals zurechtfinden. Nachdem wir eine Weile
gegangen waren, machten die Männer vor einer übel aussehenden Taverne halt. Meine ganze Hoffnung war, daß Orlando vor
der Kirche wartete und mich aus der Gewalt der beiden befreite.

»Mir gefällt es hier nicht. Kommt doch mit nach San Cosimato, dort ist auch eine Taverne«, drängte ich weiter. Meine Lage war verzweifelt. Wenn das aufkäme! Ich für eine Hure gehalten, in der Begleitung von zwei gewalttätigen dunklen Gestalten im offenbar finstersten Viertel von ganz Rom. Die Männer konnten mich verschleppen, mir Gewalt antun oder mich gar umbringen, niemand würde es je erfahren. Hier drohte nicht nur ein Skandal für Francesco, sondern die nackte Todesgefahr. Meine Knie wurden schwach. Kalte Angst packte mich, und es gelang mir nur mit Mühe, äußerlich ruhig zu bleiben. Mir schien es am besten, wenn die zwei mich weiterhin für eine Hure hielten, denn so war ich für sie ungefährlicher. Nach einer Edlen aber würde man Nachforschungen anstellen und Rache üben, und das konnte bedeuten, daß die Männer mich unter Umständen lieber spurlos beseitigten. Nur das nicht, durchfuhr es mich. Plötzlich öffneten sich die verwinkelten Gassen, und wir standen vor der Kirche auf der Piazza. Hier war die Hitze noch fürchterlicher. Trotzdem lief ich sofort um die Kirche herum zum Portal, so schnell, daß mir die Männer kaum folgen konnten. Orlando würde mich von ihrer Gegenwart befreien, ich war gerettet.

Welch eine herbe Enttäuschung; er wartete nicht vor der Kirche, obwohl das Mittagsläuten schon vorüber war. Blankes Entsetzen stieg in mir hoch, und dann hatten mich die zwei auch schon eingeholt.

»Nicht so schnell, mia Cara, wir müssen noch einen Becher zusammen trinken.« Sie zogen mich in eine Taverne, die gegenüber der Kirche lag, und bestellten lautstark Wein vom besten. Der düstere Raum, dessen Fensterläden wegen der Hitze völlig geschlossen waren, stank entsetzlich nach saurem Wein, Kot und Erbrochenem. Im Halbdunkel erkannte ich einige Männer und dazwischen einige Mädchen und Frauen, deren Aufmachung ihr Gewerbe als Huren mehr als deutlich zeigte. Die Männer tranken gleich aus den großen Weinkrügen, die ihnen der Wirt eilig brachte, nachdem sie ihm das Goldstück gezeigt hatten. Auch ich mußte mittrinken, und die Wirkung des Weines nahm mir ein wenig von meiner Angst. Ich überlegte. Wegrennen, wenn die beiden sinnlos betrunken sein würden? Ja, das schien die Lösung! Aber wohin? Wie lange müßte ich laufen bis zum Tiber? Erst von dort wüßte ich dann wieder weiter. Allmählich gewöhnten sich meine Augen an das Dämmerlicht, und ich mußte feststellen, daß in dieser Kaschemme in gröbster Weise Unzucht getrieben wurde. Herr im Himmel, was erwartete mich hier! Und Orlando – wo war er? Natürlich konnte es sein, daß er seinen Dienst als Knappe verrichten mußte, oder man hatte ihm aus einem anderen Grunde den Ausgang verwehrt. Dann blieb ich in meiner üblen Lage auf mich allein gestellt. Schon wurde der Jüngere zudringlich. Er rückte ganz eng zu mir, und seine Ausdünstung raubte mir fast den Atem. Doch aus den Augenwinkeln sah ich in diesem Moment, wie Orlando eintrat! Endlich gerettet. Er blickte in die Runde, gleich würde er zu uns herantreten und mich von den beiden Galgenvögeln befreien.

Doch wie grausam war wieder meine Enttäuschung! Er setzte sich in die hinterste Ecke der Taverne und rührte sich nicht mehr vom Fleck. Hatten mir meine Sinne einen Streich gespielt? War er es gar nicht, vielleicht nur jemand, der ihm ähnlich sah? Gewiß schien hier mein Wunsch der Vater des Gedankens gewesen. Jetzt fing der Jüngere an, mich zu betatschen. Schmerzhaft bohrten sich die Nägel seiner schwieligen Finger in die Haut meiner Schenkel, und er wurde immer dreister. Ekel würgte mich, ich wollte nur noch eines – weg von hier, weg von diesem widerlichen Abschaum. Da sprang der Mann, der wie Orlando aussah, aus der Ecke hervor, riß ein kurzes, schmales Schwert heraus, das ich im Dunkel matt schimmern sah, und rammte es ohne ein Wort dem Älteren der beiden in die Brust. Die gierige Hand unter meinem Gewand ließ plötzlich los, mein Peiniger sprang auf, während der Getroffene gurgelnd von der Holzbank auf den Boden sank, wo er an allen Gliedern heftig zuckend liegenblieb. Der andere packte den schweren dreibeinigen Schemel, auf dem er gesessen hatte, hielt ihn wie einen Schild hoch und parierte damit geschickt die Schwertstreiche von Orlando. Ja, er war es wirklich. Mit einer Kraft, wie ich sie ihm kaum zugetraut hätte, führte er die Waffe, in der anderen Hand hielt er einen schmalen Dolch mit langer, geschwungener Parierstange. Die anderen dunklen Gestalten in der Kaschemme waren aufgesprungen und hatten auch irgendwelche Messer gezogen, hielten sich aber im Hintergrund, offenbar hatte niemand Lust, mit Orlandos Schwert Bekanntschaft zu machen.

Doch mit einem Mal kam Bewegung in die Gruppe. Eine hünenhafte Gestalt, die mich irgendwie an einen Bären erinnerte, drang, wild ein Zimmermannsbeil schwingend, auf Orlando ein. Der wich zurück, und sofort nutzte der Mann mit dem Schemel neben mir das aus und stürmte vorwärts. Jetzt schien alles verloren. Verzweifelt packte ich ein Fleischmesser, das auf dem Tisch lag, und stach es seitlich durch den Hals des Mannes. Er versuchte noch einen Schritt auf Orlando zu, ließ den Schemel fallen, als ob er glühend wäre, und faßte sich mit der Rechten an die Wunde, aus der hell das Blut schoß. Er wandte mir den Blick zu, und darin las ich grenzenlose Verwunderung. Dann brach er in die Knie und blieb über dem Schemel gekrümmt liegen. Jetzt war es um den Riesen mit seinem Beil geschehen. Elegant wich Orlando seinen ungeschlachten Hieben aus, dann spaltete er mit einem blitzschnellen, aber doch kraftvollen Schwertstreich den Schädel des Mannes. Der taumelte zurück, krachte an die Wand und sackte langsam in sich zusammen; beim Herabrutschen hinterließ er an der Wand eine weißlich-rote Spur. Sofort war Orlando bei mir, nahm meine Hand und zog mich zur Tür.

»Wer mir folgt, der stirbt!« brüllte er mit sich überschlagender Stimme in den Raum, und alle wußten, daß es tödlicher Ernst war.

246

Wir traten in die gleißende Helle auf der Piazza, und die Hitze traf uns wie ein Keulenschlag. Draußen lag alles in tiefster nachmittäglicher Stille, nichts deutete darauf hin, daß in der Taverne drei Leichen lagen. Ich nahm meine seidenen Pantoffeln in die Hand, und Orlando zog mich in eine dunkle Gasse, immer weiter, bis wir etwa nach dem Viertel einer Stunde zu einem hübschen Häuschen gelangten.

»Hier sind wir.«

»Was heißt das? Ich will sofort über den Tiber und in den Palazzo zurück!«

»Ja, aber ich dachte ...«

»Was du denkst, ist mir gleichgültig, Orlando, du glaubst doch wohl nicht, daß ich hier noch länger bleibe.«

»Aber ich habe dich doch befreit!«

»Nachdem du mich zuerst in diese unmögliche Lage gebracht hast.«

Meine Lust auf ein zärtliches Beisammensein mit ihm war mir gründlichst vergangen. Ich bebte vor Wut. Er schaute ziemlich betrübt drein und tat mir fast schon wieder leid. Gewiß, Orlando hatte für mich gekämpft wie ein Held, das mußte ihm der Neid lassen. Aber es hätte eben nie dazu kommen dürfen, daß ich allein und völlig ahnungslos in eine so finstere Gegend kam. Nein, das war nicht die Art, in der ich mit meinem Geliebten verkehren wollte.

»Bring mich sofort zur Via del Pellegrino!«

»Lisa, liebste Lisa, bitte komm mit ins Haus, nur für einen Augenblick, auf einen Schluck Wein, ich bin so durstig.«

Es war mir vollkommen klar, wie der Schluck Wein enden würde, und der Teufel weiß, warum ich mich überreden ließ. Drinnen war es angenehm kühl, und der mit Wasser gemischte Wein erfrischte mich. Erst jetzt merkte ich so richtig, wie aufgeregt ich von den dramatischen Ereignissen war, denn meine Hand zitterte stark, als ich den Becher hielt. Orlando lehnte an der Wand des kleinen Gemachs, in dem ein riesiges Bett stand, und sah wieder einmal hinreißend aus. Nachdem er bewiesen hatte, daß ein ganzer Mann in dem so zart wirkenden Jüngling steckte, wirkte seine Ausstrahlung auf mich ganz besonders, und ich fühlte, wie ich dahinschmolz. Jeder seiner Blicke, jedes seiner Worte gingen mir durch und durch. Und doch befand ich mich in starkem Widerstreit meiner Gefühle; irgend etwas sagte mir, daß dieser junge Mann nicht der Richtige war für mich, eine Edle, und die auch noch älter war als er. In welche Situationen mochte er mich wohl noch bringen, wenn alles schon so anfing. Nein, ich wollte nicht. Ich wollte mich nicht mit einem Jungen einlassen, dessen Familie ich nicht kannte, der womöglich sogar ein Bastard war. Und offensichtlich verkehrte er in dunklen Kreisen, sonst hätte er mich nicht hierher in dieses Viertel gelockt. Ich sollte wirklich nicht ins Niedere abgleiten – aber war ich das nicht schon? War dies vielleicht die Regel, daß Frauen sich mit ihren Liebhabern in solchen Gegenden treffen mußten? Stand mir so etwas nun öfter bevor? Von einer zärtlichen Liebe hatte ich geträumt, von Glück, Begehren und Erfüllung, und nun stand ich ziemlich zerrupft, schweißgebadet und von den Leuten als Hure beschimpft da, zusammen mit einem mir praktisch fremden und doch wohl allzu jungen Mann unbekannter Herkunft und zweifelhaften Rufes.

»Du hast deinen Wein ausgetrunken, nun komm und geleite mich sicher nach Hause.«

Orlando sah mich mit großen Augen an, wollte etwas erwidern, schwieg aber. Er schien mit sich zu kämpfen, gab sich dann aber einen Ruck und wandte sich so leise an mich, daß ich ihn fast nicht verstand. »Es soll so sein, wie du sagst – aber ich bitte dich um einen Kuß zum Abschied.«

Ich hätte es besser wissen sollen, ging aber auf seinen Wunsch ein. Er nahm mich fest in seine Arme, und nun war es um mich geschehen. Wie es passierte, weiß ich nicht, jedenfalls lagen wir

248

beide plötzlich auf dem Bett und Orlando über mir, hatte schon meine Röcke hochgeschoben. Mit einem Mal, als er mit seinem Pene gerade ungestüm in mich dringen wollte, war es, als ob mir jemand einen Schlag vor die Stirn versetzte. Bist du denn von Sinnen, durchfuhr es mich, etwas zu tun, was du eigentlich gar nicht willst, einfach einem Augenblick deiner Schwäche nachgeben, ohne die Folgen zu bedenken! Ich zog mein Knie hoch, traf ihn, wo er am empfindlichsten war, wand mich unter ihm hervor und trommelte wie wild mit den Fäusten auf ihn ein. Erst als ich seinen Schlag in meinem Gesicht fühlte, hielt ich erschreckt inne. Noch nie hatte mich jemand derartig geschlagen. Mir wurde ganz schwindelig, ich merkte aber trotzdem, daß Orlando gleich wieder in mich dringen wollte. Mit aller Kraft rollte ich mich zur Seite, und wir fielen beide vom Bett. Rasch ergriff ich meine seidenen Pantoffeln und wollte hinaus, aber natürlich war er schneller und hielt mich fest. Sein Gesicht war nun von Wut verzerrt und dunkelrot.

»Hure – du geile kleine Hure, was glaubst du denn, wer du bist – mich zum Narren zu halten!«

Dann schlug er wieder auf mich ein wie wild. Ich hielt meine Hände schützend vors Gesicht. Dann trat er mich mit Füßen. Doch irgendwie bekam ich den Türriegel zu fassen, zog ihn heraus und rannte davon. Wohin, wußte ich nicht, nur weg, so weit ich konnte. Gott sei Dank war kein Mensch auf der Straße, wegen der großen Hitze hatten auch alle Bewohner die Fensterläden geschlossen.

Endlich, ich weiß nicht mehr wie, erreichte ich den Tiber, ließ mich von einem Fährmann übersetzen und ging auf dem schnellsten Weg zu unserem Palazzo. Die Wachen müssen nicht schlecht gestaunt haben, als sie mich ohne Hut und in einem solchen Zustand alleine ankommen sahen. Doch sonst war niemand auf, alle ruhten noch. Schnell lief ich in meine Gemächer und zog meine Giornea aus; sie war ebenso wie die Camicia darunter

249

völlig ruiniert. Auch mein Körper zeigte Spuren der gewalttätigen Behandlung, aber zum Glück mein Gesicht nicht. Als Puttana bezeichnet, einer Vergewaltigung gerade noch entkommen, dazu mit Schlägen mißhandelt, das war es also, was mir der Drang nach Freiheit beschert hatte. Mein Jüngling war Orlando furioso im wahrsten Sinne des Wortes, aber kein glorreicher Held, sondern ein übler Raufbold.

Ich allerdings hatte bekommen, was ich verdiente; wie konnte nur eine geborene Gherardini so tief sinken und dann noch so dumm sein, sich ohne Begleitung in unbekannte Viertel zu wagen. Die Sache würde mir eine Lehre sein. Von meiner Lust auf Liebesabenteuer war ich jedenfalls vorerst geheilt. Einige Tage lang taten mir alle Knochen weh, und überall hatte ich blaue Flecken. Ich verwünschte Orlando ins heißeste Höllenfeuer.

Mein Verhältnis zu Francesco war, wie schon geschildert, keineswegs schlecht, und auch Don Angelo gab sich alle Mühe, so zu tun, als sei nie etwas vorgefallen. Natürlich legte ich nicht mehr die Beichte bei ihm ab. Noch dazu gab es hier im Rom eine außerordentlich großzügige Regelung für die Vergebung unserer Sünden: in allen Hauptkirchen waren Poenitentiarien üblich. Natürlich hatten diese Bußpriester einen riesigen Zulauf, weil sie vom Heiligen Vater besondere Lossprechungsvollmachten für die Beichte erhalten hatten. Dies ersparte der armen Seele dann dereinst ungezählte Jahre im Fegefeuer, und auch ich nahm in meiner Situation diese Dienste gern in Anspruch. Ganz besonders war ich aber auf den vollkommenen Sündenablaß des Papstes neugierig, der ja auch für alle Zukunft gelten sollte. Doch von der päpstlichen Audienz, die Francesco mir so großartig angekündigt hatte, hörte ich schon lange nichts mehr. Nun, solche Dinge konnten natürlich nicht von uns direkt betrieben werden, sondern wir mußten warten, bis man uns rief. Zufällig begegnete ich Francesco allein auf dem Korridor, der zu den

250

Treppenaufgängen führt, und sprach ihn ganz im Vertrauen daraufhin an.

»Gut, daß du mich fragst, Lisa, erst vor wenigen Tagen erhielt ich vom Sekretär des Heiligen Vaters, Kardinaldiakon Cibo, die Nachricht, daß in Erwägung gezogen wird, uns im Oktober einzuladen.«

»Das ist ja schon in einem Monat.« Ich war plötzlich ganz aufgeregt.

»Ja, Lisa, und ich gedenke dort eine Vorstellung zu geben, an die alle noch lange denken werden.«

»Inwiefern?« Francesco machte mich neugierig.

»Nun, nachdem der Papst von mir alles Gold bekam, das wir mit uns führten, will er noch mehr, und ich werde es ihm geben.«

»Du leihst ihm Geld?«

»Ja, und zwar zu einem lächerlich geringen Zinssatz.«

»Das möge der Allmächtige verhüten, Francesco, Zinsen zu nehmen ist doch vom Papst strengstens verboten!«

»Ja und nein, man muß es eben geschickt anstellen.«

»Wie denn?«

»Etwa so, daß mich Papa Alessandro mit einer Grafschaft belehnt. Die Steuereinkünfte decken dann etwa den Zins, der aber nirgendwo als solcher auftaucht.«

»Von solchen Dingen habe ich schon reden gehört, aber daß der Heilige Vater dies tut?«

»Immerhin ist es zum Wohle der Christenheit, bedenke.«

Francescos spöttischer Unterton war mir nicht entgangen. »Und nur weil der Papst noch mehr Geld benötigt, lädt er dich und mich ein?«

»Genau so ist es, denn er braucht noch sehr, sehr viel.« Aus diesem Grund werden auch noch andere Bankiers geladen, aus Rom, Florenz und Venedig.«

»Und die Vorstellung, die du zu geben gedenkst, wie soll die aussehen?«

251

»Zunächst einmal werden wir am prächtigsten von allen gekleidet sein, ganz besonders du, Lisa, wirst die Königin des Abends
sein – bis auf eine Ausnahme: Lucrezia, die Tochter des Papstes,
muß noch besser aussehen, denn ihr Haß könnte tödlich für uns
sein.«
»Wie willst du wissen, welche Gewänder sie tragen wird?«
»Ganz einfach, ich werde sie ihr anfertigen lassen.«
»Ein großzügiges Geschenk.«
»Mit Sicherheit, Lisa, aber ein Geschenk, das reiche Früchte tragen wird. Ich will nicht nur Geld verdienen, wie die anderen
Bankiers, und Kunstschätze anhäufen; nein, ich will Macht. Ich
will bedeutende Grafschaften als Lehen und über sie herrschen.
Nur Macht verleiht Freiheit. Das ist die Bestimmung meines irdischen Lebens, dem ich alles andere unterordne. Und jetzt stehe
ich kurz vor dem Ziel.«
Was mir mein Gatte da offenbarte, war wirklich erstaunlich, und
ich mußte ihn bewundern. So also sahen seine Pläne aus; mir
sollte es recht sein.

Das Anfertigen der Festgewänder war wirklich eine Mühsal.
Sonst machte es mir Spaß, ein neues Kleid entstehen zu sehen,
denn ich liebte es, mich prachtvoll anzuziehen. Aber in diesem
Fall artete die Sache aus. Der Schneider wurde von Francesco
angewiesen, das Äußerste zu leisten, und entsprechend oft war
Anprobe. Sogar die Camicia sollte schwer bestickt werden, was
ich aber vehement verweigerte, da mich schon die übrigen Kleidungsstücke schier zu Boden drückten. Endlich war alles fertig.
Die seidene Camicia war also nur am großzügig bemessenen
Ausschnitt mit goldenen Verzierungen und bunten Bändchen
versehen. Auf eine Camora verzichtete ich zugunsten einer ge-
schlitzten Giornea, die ja sonst als leichtes Überkleid diente. Sie
war aus hochglänzender blutroter Seide und so reich mit Perlen
und edlen Steinen bestickt, daß der Rock förmlich von selbst

252

stand, so steif war er geworden. Dazu gehörte eine Cioppa aus ebenso rotem Samt, mit Goldfäden durchwirkt und überweiten Ärmeln, deren spitz auslaufende Schleppen mindestens zwei Braccia lang über den Boden schleiften und mit Hermelin besetzt waren. An den Füßen sollte ich Chopinen tragen mit mindestens einem Palmo hohen Sohlen. Ich hatte diese Art von Schuhen bisher stets abgelehnt, weil sie sehr unbequem waren und man eine Dienerin benötigte, die einem Halt während des Gehens gab. Und vor allem stolperte man so leicht in diesen Gebilden, was ich bei der päpstlichen Audienz auf keinen Fall wollte. Also setzte ich durch, die üblichen seidenen Pantöffelchen anziehen zu dürfen, die mir natürliche, anmutige Bewegungen erlaubten. Als Haarschmuck erhielt ich von Francesco ein Stirnband aus reinen Goldfäden, in das kunstvoll Perlen und Rubine eingeflochten waren.

Dann endlich war es soweit. Im letzten Tageslicht eines warmen Oktobertages machte sich unser beeindruckender Zug auf. Voran gingen vier Trompeter und zwei Trommler, dann kamen zwölf Söldner mit Hellebarden, alle in unseren Farben Rot und Gold gekleidet. Francesco trug Gewänder aus schwarzem Samt, der mit Silberfäden verziert war, und eine turbanartige Kopfbedeckung, die ihn aussehen ließ wie einen Orientalen. Sehr sinnig, wie ich fand, da das Gold ja von den Türken kam. Es hätte mich inzwischen nicht mehr gewundert, wenn der Heilige Vater selbst gestehen würde, ein Muselmane zu sein... Auf Francescos Turban prangte in der Mitte ein grünlicher Edelstein von beachtlicher Größe. Als mein Gatte aufsaß, machte er auf seinem großen Rappen wirklich eine imposante Figur.

Ich selbst ritt eine weiße Stute mit rot-goldener Schabracke und silberbeschlagenem Zaumzeug. Es war schwierig gewesen, mit den schweren Gewändern in den Seitsitz zu kommen, die ja noch dazu möglichst wenig verknittert werden sollten. Hinter uns ritten etwa zwanzig Lanzenreiter, die wir eigens für diesen Zweck gegen eine erhebliche Summe vom Stadtpräfekten ausgeliehen hatten. An jeder Lanze flatterte ein Wimpel mit unserem Wappen, das einen Pfeil und zwei weiße Quadrate zeigte. Auf ein Zeichen Giocondos setzte sich der Zug in Bewegung. Die Trompeter stießen in ihre Hörner und schmetterten ein Signal. Wir bogen von der Via del Pellegrino ab und strebten langsam der Engelsburg zu, die im abendlichen Dunst, der von den Tiberauen aufstieg, gerade noch von den letzten Strahlen der abendlichen Sonne beleuchtet wurde. Unser Zug verursachte einen gewaltigen Menschenauflauf; ich ritt stolz neben Francesco und blickte weder nach links noch nach rechts, bemerkte aber trotzdem die bewundernden Blicke der Menge. Immer wieder ertönten die Fanfaren, und wenn sie schwiegen, begannen die Trommler einen dumpfen Wirbel.

Wir überquerten den Ponte Sant' Angelo und bogen von den mächtigen Wällen der Engelsburg nach links, um nun geradewegs auf den Petersdom zuzustreben. Noch sah man ihn allerdings nicht, denn hohe Wohnhäuser seitlich einer sehr engen Gasse verwehrten den Blick. Dann, mit einem Mal, bogen wir aus einem schmalen, armseligen Gäßchen und standen auf dem riesigen Petersplatz mit der fünfschiffigen Basilika. Welch ergreifendes Erlebnis! Wir zogen langsam über den Platz, unsere Trompeter bliesen jetzt mit besonderer Inbrunst, und mit dem Trommelwirbel zusammen machten wir einen ohrenbetäubenden Lärm.

Plötzlich bemerkte ich einen weiteren Zug mit festlich gekleideten Menschen, der offensichtlich vom Borgo Sant' Angelo auf den Platz gekommen war. Auch unsere Männer hatten die anderen bemerkt, und mein Gatte winkte dem Söldnerhauptmann, der gleich hinter ihm ritt. Er trieb daraufhin sein Pferd an Francescos Seite, der ihm etwas zurief. Der Capitano nickte, trabte dann eilig an unserem Zug entlang und gab seinen Männern einen Befehl auf deutsch. Wie von Genien beflügelt, wurde dann der

254

Marschtritt unserer Landsknechte immer schneller, am Ende war es schon bald Laufschritt. Nun hörte ich auch vom anderen Zug her Befehle schallen, aber zu spät, wir besaßen bereits einen gewaltigen Vorsprung. Als erste gelangten wir durch das mächtige Portal des apostolischen Palastes, über dem das Borgia-Wappen, ein Stierschädel, angebracht war, in den Hof einer Art Festung, die aus verschiedenen hohen Gebäuden und einem Turm bestand; die umfangreiche Anlage schien mir ziemlich regellos gebaut, und ich war ein wenig enttäuscht. Welchen Eindruck vermochte doch die Architektur von Florenz dagegen zu vermitteln! Kaum befanden wir uns im Hof, da liefen unsere Söldner auf ein Kommando des Hauptmannes zum Portal und sicherten es nach außen mit ihren gefällten Hellebarden. So standen sie, Körper an Körper, und füllten den ganzen Eingang aus, daß niemand mehr hinein konnte. Der uns folgende Zug mußte halten, und ich hörte zornige Worte in den Hof schallen, die unser Capitano noch lautstärker beantwortete. Doch es half den anderen nichts, sie mußten vor dem Portal bleiben, bis wir abgesessen waren und ein Majordomus kam, um uns hineinzuführen. Im Hof der Festung standen die Wachen Papa Alessandros, allesamt finster blickende Spanier, aus denen seine Leibgarde ausschließlich bestand. Fackeln brannten bereits überall und verstärkten jenen beklemmenden Eindruck, der sich mir gleich bei der Ankunft auf die Brust gelegt hatte.

Der Majordomus, ein hoher Geistlicher in prächtigem Ornat, hieß uns willkommen und verneigte sich dabei tief, sogar vor mir; dann geleitete er uns mit einigen Fackelträgern durch endlose Gänge und über hohe Stiegen. Ich konnte meine Neugier nicht mehr im Zaum halten und fragte Francesco leise, was er draußen zu unserem Hauptmann gesagt habe.

Francesco sah mich belustigt an. »Hundert Goldscudi für den Capitano und zehn für jeden seiner Männer, wenn wir als erste ankämen und ungestört absteigen könnten.«

»Ein Vermögen!«

»Gewiß. Aber es ist gut angelegt, denn du weißt, Lisa, wie wichtig es hier in Rom ist, Rangfragen schnell zu klären. Verstehst du, ich bin hier die umworbene Person, nicht die anderen; von mir kommen jene Riesensummen, die der Heilige Stuhl benötigt.«

»Ja, Gold bedeutet Macht.«

»Macht, die wir jetzt bereits haben, meine Liebe, und künftig in noch viel stärkerem Maße besitzen werden!«

Inzwischen waren wir in einem sehr schönen großen Saal mit halbwegs geschmackvoller Malerei angekommen, in dem sich bereits einige Gäste aufhielten. Der Majordomus führte uns in die Mitte des Raumes und verkündete, daß der »Edle Francesco Bartolommeo di Zanobi del Giocondo und Gemahlin« als Gäste seiner Heiligkeit eingetroffen seien. Wir nickten den Umstehenden gemessen zu, dann reichten uns zwei junge Mönche Schalen mit Rosenwasser, in das wir unsere Finger tauchten. Darauf kamen zwei weitere Mönche mit einem silbernen Tablett, auf dem zwei schimmernde Pokale standen. Wir wurden gebeten, einen Begrüßungsschluck zu nehmen. Der Wein war schwer und sehr stark gewürzt. Wir stellten die Becher zurück auf das Tablett, und die Mönche verschwanden damit. Nach einiger Zeit erschien der Majordomus wieder und brachte jene Gäste, die den anderen Zug gebildet hatten, genauer gesagt, es war nur ein Gast, den er vorstellte.

»Seine Eminenz Kardinal Domenico di Riario!«

Ich war wie vom Donner gerührt. Ein Riario! Es war uns natürlich bekannt, daß ein bedeutender Zweig dieser Familie in Rom ansässig war, aber unsere Feinde an einem solchen Ort vorzufinden, machte die Gefahr, die von ihnen drohen konnte, noch größer. Wir mußten auf der Hut sein.

Kardinal Riario bebte vor Wut, sein Gesicht war dunkelrot angelaufen; er stürzte den dargereichten Wein in einem Zug hinunter,

256

forderte mit herrischer Geste noch einen Pokal und leerte auch diesen sofort. Die anderen Umstehenden hatten unseren Einzug wohl vom Fenster aus beobachtet und waren sichtlich erheitert über den erbosten Kardinal. Doch Lächerlichkeit konnte tödliche Folgen haben und ein in seiner Ehre gekränkter hoher Würdenträger uns unter Umständen sehr schaden. Wir taten jedoch, als ob wir nichts bemerkt hätten, gingen umher, hier und dort mit anderen Gästen plaudernd. Der Kardinal beruhigte sich jedoch keineswegs, sondern seine Wut schien immer größer zu werden. Plötzlich stellte Riario sich vor Francesco hin und fragte ihn laut, ob er wisse, was mit Florentiner Emporkömmlingen geschehe, die jene beleidigten, die dem Heiligen Vater am nächsten stünden. Damit war er jedoch bei Francesco an den Falschen geraten. »Ich denke, Euer Eminenz, am nächsten steht unser Allmächtiger dem Heiligen Vater, und wer Gott unsern Herrn beleidigt, der muß mit dem Verlust des Seelenheils rechnen.«
Wenn Blicke töten könnten, Francesco wäre auf der Stelle umgefallen, so von gänzlich unchristlichem Haß erfüllt starrte der Kardinal ihn an.
»Doch habt nicht Ihr mich beleidigt, Eminenz, denn obwohl ich dem Heiligen Vater nicht ausgesprochen nahestehe, so doch nahe genug, um durch den Anblick Eurer fußkranken Söldner eine Beleidigung meines Auges zu erleiden.«
Das allgemeine Gelächter war erheblich, und Riario ließ sich zu einer folgenschweren Antwort hinreißen. »Ich schwöre Euch, Giocondo, Ihr werdet bald im dunkelsten Kerker der Engelsburg Eure Frechheit bereuen!«
Francesco trat dicht an den Mann heran und sagte leise etwas zu ihm, das ich nicht verstand. Eine Zeitlang standen die beiden da und musterten sich mit funkelnden Augen. Dann durchbrach die Stimme des Majordomus das unheilvolle Schweigen.
»Seine Heiligkeit läßt bitten.«
Die Gäste wurden in einen prächtig ausgestatteten Saal geführt,

den man Sala dei Papi nannte. Beim Eintreten verneigte sich jeder tief. Am anderen Ende des von Fackeln beleuchteten Raumes war eine Erhöhung, auf der in einem prachtvollen Thronsessel Papa Alessandro saß. Um ihn herum standen etwa zehn Kardinäle, durchwegs jung und energisch wirkend. Nun trat einer von ihnen vor und kam auf uns zu.

»Der Edle Francesco Bartolommeo de Zanobi del Giocondo und seine edle Gattin Mona Lisa mögen vortreten, da seine Heiligkeit sie zu begrüßen wünscht.«

Dabei sah er mich mit einem Blick an, der mir durch und durch ging. Jetzt hieß es, Haltung zu bewahren. Francesco bot mir den Arm und wir gingen gemessenen Schrittes durch die leere Saalmitte, wobei ich im stillen betete, daß Francesco nicht auf meine langen Schleppen an den Ärmeln treten möge. Drei Schritte vor dem Papst blieb mein Gatte stehen, er nahm seinen Turban ab und kniete nieder, ich ebenso. Demütig das Haupt gesenkt, verharrten wir eine Weile.

»Bedeckt Euch, erhebt Euch, meine Kinder.« Die Stimme des Heiligen Vaters klang dünn, aber schneidend. Er war ein Mann Ende der Sechzig, sah aber älter aus. Sein Gesicht verschwand fast unter der enganliegenden Haube aus rotem Samt, die mit weißem Hermelin eingefaßt war. Über seinem weißen Gewand trug er eine goldene Stola. Mir fielen seine außerordentlich prächtigen, mit Juwelen geschmückten Schuhe auf. Wir erhoben uns, und der Papst reichte Francesco seine Hand zum Kuß, eine hohe Ehre. Ich blieb stehen, meine Augen züchtig zu Boden gesenkt.

»Auch dir, meine Tochter, erlauben Wir, Uns zu küssen.«

Ich durfte jetzt keinen Fehler machen und trat zwei Schritte vor, kniete dann nochmals nieder und küßte die Schuhe des Heiligen Vaters. Dann ging ich mit gesenktem Blick wieder zwei Schritte zurück, wobei mein Gesicht stets dem Papst zugewandt blieb, und stellte mich seitlich ein wenig hinter Francesco. Der Kardinal gab uns einen Wink, und wir mußten uns mit gesenktem Haupt rückwärts aus dem Saal bewegen. Die Vorstellung der übrigen dauerte etwa das Viertel einer Stunde, dann wurden alle in den Bankettsaal geführt. Der Kardinal, der mich vorhin so eindringlich, wenn auch nicht unfreundlich, gemustert hatte, sorgte für die Einhaltung der vorher genau festgelegten Sitzordnung. Am Kopf der Tafel stand ein reichverzierter vergoldeter Sessel für Papa Alessandro, wie ich vermutete. Dann nahmen die Bischöfe Platz, auch Kardinal Riario, und gleich dahinter wir. Die restlichen Gäste wurden am hinteren Teil der Tafel plaziert. Mir war völlig klar, daß man uns damit eine weitere hohe Ehre erwies. Francesco hatte recht, Gold verlieh eine gewaltige Macht.

Wir saßen kaum, als Fanfaren von fern erklangen, der Heilige Vater erschien und setzte sich in den goldenen Sessel am Kopfende der Tafel. Wir hatten uns alle erhoben, durften aber sogleich wieder Platz nehmen. Nun folgte ein Festmahl, das alles in den Schatten stellte, was ich jemals erlebt hatte. Ich mußte achtgeben, nicht wieder so viel zu essen wie bei den Orsinis, damit mir die unangenehme Prozedur des Erbrechens erspart blieb. Die jungen Kardinäle langten ordentlich zu, und auch Riario schien seinen Ärger vorerst mit Wein hinuntergespült zu haben. Ich aß von jeder Speise nur einen winzigen Happen, allein bei den Amselzungen in Weißweinsud wollte ich mich nicht beherrschen, sie schmeckten gar zu gut. Neben mir saß jener Kardinal, der mich so aufmerksam angesehen hatte; er entpuppte sich als sehr sympathischer, warmherziger Mensch, dessen Leidenschaft Pferde und vor allem Turniere waren, an denen er sogar, unter anderem Namen natürlich, selbst teilnahm, wie er mir freimütig gestand.

Das war hier in Rom keineswegs ungewöhnlich. Jede der bedeutenden Familien drängte danach, einem ihrer Söhne den Kardinalspurpur zu kaufen, damit sie einen Vertreter im Vatikan, also im Zentrum der Macht, hatten. Diese jungen Männer, oft erst sechzehn Jahre alt, waren jedoch alles andere als vergeistigte Kleriker. Sie führten einen luxuriösen Hausstand, hielten sich eine oder gar mehrere Geliebte, herrliche Pferde und eigene Söldner. Niemand in Rom dachte sich etwas dabei. Die Päpste früherer Zeit bezeichneten ihre Söhne stets als Neffen oder nahe Verwandte. Papa Alessandro hingegen nannte seine leiblichen Kinder auch Söhne und Töchter. Sein Sohn Cesare Borgia war früher Kardinal, bis er auf eigenen Wunsch den Purpur ablegte; nun war er der bedeutendste Feldherr Italiens, der eine Grafschaft nach der anderen für den Heiligen Stuhl eroberte. Besonders neugierig aber war ich auf Lucrezia, die Tochter des Papstes. Hinreißend schön sollte sie sein und schon mehrere Male verlobt und verheiratet. Das Geheimnis einer Giftmörderin umgab sie, aber ihr Wesen beschrieben alle als honigsüß und sehr gewinnend. Auch zahlreiche Liebschaften wurden ihr nachgesagt; einen dieser Liebhaber hatte ihr Bruder Cesare sogar vor ihren Augen erstochen. Ich war gespannt. Streng genommen durften eigentlich überhaupt keine Frauen im apostolischen Palast sein, doch manchmal wurden Ausnahmen gemacht, so wie heute.

Ganz im Gegensatz zu den Festen, die wir bisher in Rom besucht hatten, spielten hier ganz vorzügliche Musiker, die allesamt Geistliche waren, und dazu sangen drei ziemlich beleibte junge Männer, Kastraten aus dem Chor von San Pietro, wie mir mein Tischnachbar ganz unbefangen erzählte. Er hieß übrigens Sebastiano Bracci und sagte mir, daß ich ihn schon vom ersten Augenblick an in meinen Bann gezogen hätte, eine Bemerkung, die mich bei einem Kardinal doch sehr verwunderte, noch dazu er sie mit großem Ernst vorgebracht hatte. Bevor er weitersprechen konnte, ertönten wieder die Fanfaren, alle erhoben sich, und was sich nun ereignete, erschien mir wie ein orientalisches Märchen. Ein junges Paar trat ein, derart prachtvoll gekleidet,

260

daß ich es kaum fassen konnte. Der Majordomus verkündete mit lauter Stimme die Ankunft des »Alfonso von Aragon, Herzog von Bisceglie, und seine Gattin Lucrezia«. Beide waren ganz in Weiß gekleidet, und ich erkannte sofort, daß Lucrezias Gewand dem meinen ähnlich war; kein Wunder, hatte es doch Francesco beim selben Schneider wie das meine anfertigen lassen. Nur war das ihre noch kostbarer, mit größeren Edelsteinen, und die Schleppe mindestens fünf Meter lang. Die Tochter des Papstes trug dazu ein Halsband aus leuchtend blauen Saphiren. Sie war außerordentlich zart, und ihre Haut schimmerte weiß wie Schnee, ohne daß sie dafür Schminke verwendete, wie unschwer festzustellen war. Ihre blauen Augen strahlten, kurzum, sie sah aus wie der unschuldigste Engel, den man sich vorstellen konnte. Ihrer Anziehungskraft konnte auch ich mich nicht entziehen, obwohl ich gehört hatte, daß sie sicher mehr als einen Mord auf dem Gewissen hatte. Man erzählte sich, daß sie besonderen Aufwand mit ihrem blonden Haar trieb, wenn das stimmte, so lohnte es sich jedenfalls, ich hatte niemals schönere blonde Locken gesehen. Genauer gesagt, waren es zarte gleichmäßige Wellen, die wie abgezirkelt über ihre Schultern fielen. Zwei Mohrinnen, die orientalisch mit Pumphosen bekleidet waren – ein Skandal, wie ich fand, im Angesicht des Heiligen Vaters –, fächelten ihr und dem Herzog von Bisceglie mit großen Büscheln aus Pfauenfedern Kühlung zu; Lucrezias Schleppe hielt ein kleines Mohrenkind. Das strahlende Paar kam mir wie ein Traumgebilde vor. Sie knieten beide kurz vor dem Papst nieder, und Lucrezia küßte dann seine Wangen, während ihr Gatte nur die Hand zum Kuß geboten bekam. Dann mußten beide nochmals niederknien. Der Herzog sagte kurz etwas zu Papa Alessandro, der ihn daraufhin mit einer gnädigen Handbewegung entließ; seltsam, daß er nicht noch ein wenig hier verweilte, nachdem die beiden schon dem Gastmahl ferngeblieben waren. Mit dem Herzog gingen auch die Mohrenmädchen, von denen eines Lucrezias inzwischen abgenommene Schleppe mitnahm. Für die Herzogin selbst wurde ein Schemel gebracht, so daß sie seitlich neben ihrem Vater sitzen konnte. Auch wir durften uns wieder setzen, und ich stellte fest, daß die Gespräche bei Tisch jetzt nur noch ein Thema hatten: Lucrezia. Der junge Kardinal Bracci meinte nach einer Weile, wenn ich es wünschte, könnte er mich der Herzogin vorstellen. Eingedenk Francescos Mahnung, uns die päpstliche Familie geneigt zu machen, stimmte ich zu, obwohl nur zögerlich, denn ich wußte ja, welch ein Teufel in Lucrezia stecken sollte, und da wir gleichaltrig waren, war es durchaus möglich, daß sie eifersüchtig würde. Und Eifersucht war eine unberechenbar gefährliche Sache.

Der Kardinal riß mich aus meiner Nachdenklichkeit und bat mich, mit ihm zu kommen. Ich erhob mich also möglichst hoheitsvoll, was nach dem reichen Essen und dem schweren Wein gar nicht so einfach war, ganz zu schweigen von meinen steifen Röcken. Der Kardinal hielt seine Linke etwa in Augenhöhe, da ich als die Rangniedere auf dieser Seite zu gehen hatte, und ich legte meine Rechte mit dem großen Diamantring auf seine Hand. So schritten wir zum Heiligen Vater, und mein Begleiter fragte Papa Alessandro ganz beiläufig, ob er mich seiner Tochter vorstellen dürfe. Der nickte lachend, und ich merkte, daß er offenbar etwas mehr Wein getrunken hatte, als ihm in seinem hohen Alter zuträglich war. Aber Papa Alessandro war ein rüstiger Mann und vor allem lag der Segen des Herrn recht fruchtbar auf ihm, denn schließlich hatte er Lucrezia, seine Tochter, noch mit etwa fünfzig Jahren gezeugt. Zu meinem Erstaunen führte mich Kardinal Bracci dann zurück, also um die ganze Tafel herum und wieder hinauf zu der Seite, an der Lucrezia neben dem Heiligen Vater saß.

»Darf ich Euch die Gattin des Edlen Francesco Bartolommeo di Zanobi del Giocondo aus Florenz, Mona Lisa, vorstellen?«
Ich versank in einem tiefen Knicks.

262

»Erhebt Euch, Lisa!« Ihre Stimme klang ungewöhnlich frisch, wie die eines aufgeweckten Kindes, was mich sehr überraschte. Ich stand auf und sah sie offen an. Dann brachten zwei Mönche auf ihren Wink ein großes Polster, auf das ich mich setzen konnte. So saß ich fast ganz auf dem Boden und breitete meine weiten Röcke malerisch um mich aus. Wie es sich gebührte, thronte der Heilige Vater über uns auf seinem hohen Sessel, seine Tochter, die Herzogin, auf dem Schemel ein wenig darunter und ich, die edle Patrizierin, ganz unten. Wie hatte doch der Herr einst gesagt: Was ihr dem Geringsten meiner Brüder tut, das habt ihr mir getan. Ich wagte nicht, mir vorzustellen, wie weit unten einer jener zahlreichen römischen Bettler würde sitzen müssen, kein Abgrund der Unterwelt wäre wohl tief genug, hätte ihn Papa Alessandro in einer Anwandlung christlicher Nächstenliebe einmal hier bewirten wollen. Doch gewiß galt dieses Gebot nur für uns, die wir vom Herrn nicht erleuchtet werden – und überhaupt saß ich hier, um uns Lucrezia und ihren Vater geneigt zu machen, häretische Gedanken schienen da ganz fehl am Platze.

»Ihr kommt aus Florenz, Lisa, der Stadt, die mein erhabener Vater von Savonarola befreit hat?«

»Ja, Principessa, so ist es, ich hatte selbst Gelegenheit, einmal mit ihm zu sprechen.«

»Ihr habt mit dem Besessenen selbst gesprochen?« Sie war überrascht.

»Ja, jeder konnte das, wenn es ihm nur gelang, nahe genug an ihn heranzukommen.« Und ich erzählte die Geschichte, wie es dazu gekommen war.

Lucrezia wirkte nachdenklich. »Ich hatte ihn immer für ein Ungeheuer, einen Ketzer, gehalten.«

»Nein, Principessa, er war ein gebeugter, ja fast schon gebrochener Mann, ausgezehrt von den strengen Kasteiungen, doch damals, wie mein Beispiel zeigt, noch zur Umkehr fähig.«

263

»War er nicht vom Teufel besessen?«

»Das vermag ich nicht zu sagen; es war wohl eher eine Art Wahn, wie es häufig bei den Cäsaren des Imperium Romanum der Fall gewesen war.«

»Wie kommt Ihr zu solchem Wissen?«

Ich wunderte mich über die Frage, ließ mir aber nichts anmerken. »Constantinus Graecus, unser Philosoph, lehrte es mich.«

»Einen Philosophen als Lehrer hätte ich auch gerne gehabt, doch hier in Rom gibt es ja nur langweilige Kleriker ...«

Dabei drehte sie die Augen so komisch nach oben, daß ich lachen mußte. Bei meiner Seele, ich wußte, wie ungebührlich ich mich benahm, in Gegenwart des Papstes laut zu lachen! Ich hielt erschreckt inne, Lucrezia bemerkte es lächelnd.

»Nun, Ihr seht, daß mein Vater heitere Geselligkeit durchaus liebt. Die Bürde seines Amtes lastet so stark auf ihm, daß er hin und wieder der Ablenkung bedarf, um Kraft zu schöpfen.«

Gerüchte über die Art seiner Ablenkungen hatte ich ja bereits zur Genüge gehört ...

Mir fiel auf, daß der Heilige Vater nun schon fast lallte; Papa Alessandro, der Gesalbte des Herrn und Oberhaupt unserer gesamten Christenheit, war ganz offensichtlich betrunken wie ein deutscher Landsknecht! Lucrezia schien denselben Gedanken gehabt zu haben, denn sie wandte sich an ihren Vater: »Ich glaube, mein geliebter Vater, Ihr solltet Euch ein wenig Erleichterung verschaffen.«

Lucrezia winkte zwei Mönche herbei, die eine große vergoldete Schüssel unter sein Kinn hielten. Dann wurde ihm eine Phiole gereicht, an der er roch, danach reizte einer der Mönche seinen Gaumen mit einer Feder, und der Papst erbrach würgend und gurgelnd erhebliche Mengen. Nach dieser Prozedur erschien er für einen Moment erschöpft, griff aber schon kurz darauf unverdrossen nach dem Wein, den man ihm reichte. Dazu aß er einige Bissen Brot und war bald wieder wohlauf.

264

»So, jetzt werde ich die Tafel aufheben, und dann wollen wir noch ein wenig plaudern, meine Töchter.« Er winkte dem Majordomus.

Kurz darauf ertönte wieder die Fanfare. Sofort hielten alle mit dem Essen inne, und der Majordomus bat die Anwesenden, sich zurückzuziehen. Alle erhoben sich, die Männer machten eine tiefe Verbeugung zum Papst hin, und die Frauen knicksten ehrerbietig. Der Heilige Vater segnete seine Gäste mehrmals mit einer eher nachlässigen Geste, dann verließen diese die Tafel. Ich sah, wie Francesco, der wie die anderen rückwärts zum Portal gegangen war, dort aufblickte, zu mir herübersah und zögerte. Auch der Papst hatte das bemerkt, winkte Kardinal Bracci und flüsterte ihm etwas zu, worauf dieser Francesco nacheilte und zu ihm sprach. Ich sah, wie mein Gatte nickte, dann strebte er rasch hinaus.

Papa Alessandro wirkte außerordentlich vergnügt. »Kommt, ihr engelgleichen Wesen, wir ziehen uns zurück in meine Gemächer.«

Die Mönche, die ihm zur Hand gingen, und die Kardinäle schienen zu wissen, wie es nun weiterging, denn kaum hatte er ihnen einen Wink gegeben, ergriffen vier stämmige Geistliche den Sessel mitsamt dem Heiligen Vater und trugen ihn hinaus. Lucrezia, ich und die Kardinäle gingen hinterher. Als wir im flackernden Licht der Fackeln durch die verwinkelten Gänge des apostolischen Palastes schritten, wurde mir erst so richtig klar, was sich ereignet hatte: Ich war Gast des Papstes, dessen Rang noch höher ist als der des Kaisers oder sonst irgendeines Menschen auf dieser Welt, und hatte zu seinen Füßen gesessen! Dort wo Könige und Herzöge knien – ich, die unbekannte Tochter des Landedelmannes Gherardini! War das nur ein Traum oder die Wirklichkeit? Irgendwie erschien es mir einfach unfaßbar. Fand mich Papa Alessandro wirklich wert, noch mit ihm dieses Fest ausklingen zu lassen, oder war es lediglich Francescos Gold, das

265

er so dringend zu benötigen schien? Ich war keineswegs so vermessen anzunehmen, daß ich es meinem Geist, meinem Witz oder meiner Schönheit verdankte, sondern ging eher davon aus, daß es Francescos Reichtum war, der selbst das Oberhaupt der Christenheit dazu verleitete, mir zu schmeicheln – und ich sollte mich nicht getäuscht haben.

Lucrezia erzählte mir unterwegs, daß wir nun zu den persönlichen Gemächern ihres Vaters, den Appartamenti gelangten, wo wir in der Camera Papagalli, die wegen ihrer Malereien so genannt wurde, im kleinen Kreis weiterfeiern würden. In der Tat erschien der Raum sehr prächtig, wenn auch verhältnismäßig klein. Kaum waren wir dort angekommen, ließ sich Lucrezia ihre Cioppa und die schwere Giornea abnehmen, so daß sie in ihrer dünnen seidenen Camicia dastand – was mir doch sehr merkwürdig erschien. Mönche brachten Polster, auf denen wir alle gleich Muselmanen Platz nahmen, auch die jungen Kardinäle, die wie wir zu Füßen des Heiligen Vaters saßen. Dieser war in heiterster Stimmung.

»Unsere schöne Florentinerin dürstet, schenkt ihr Wein nach!« Einer der Kardinäle goß mir Wein in einen kostbaren Pokal aus feinem Glas. »Trink auf mein Wohl!«

Das allerdings konnte und wollte ich nicht verweigern, doch wie in aller Welt trinkt man dem Nachfolger des Apostels Petrus angemessen zu? Ich war verwirrt, nahm einen tiefen Schluck von dem starken süßen Wein und der Papst ebenso.

Lucrezia lächelte ihren Vater an. »Wißt Ihr, meine neue Florentiner Freundin ist bewandert in der Philosophie.«

»Ah, ich verstehe, eine deiner Schwestern im Geiste, die vergessen hat, wofür Gott der Herr sie erschuf. Sag mir, für welchen Zweck ihr Frauen erschaffen wurdet.«

Ich wußte die Antwort, hielt mich aber zurück, um die heitere Laune des Papstes nicht zu verderben. »Was ist nach Meinung Eurer Heiligkeit die Bestimmung der Frau?«

266

Er lachte. »Du bist schlau, Florentinerin, antwortest mit einer Gegenfrage wie die jüdischen Schriftgelehrten. Aber ich werde dir zeigen, was eure Bestimmung ist.« Er klatschte in die Hände, und die Musiker spielten eine fremdartige, rhythmische schnelle Weise, die ein Tamburinschläger begleitete.

Plötzlich wirbelte eines jener Mohrenmädchen, die Lucrezia bei ihrer Ankunft begleitet hatten, herein und tanzte in einer Art vor dem Heiligen Vater, die mir die Schamröte ins Gesicht trieb. Das Mädchen war völlig nackt, ich glaubte meinen Augen nicht trauen zu können. Die junge Mohrin schien direkt der Hölle entsprungen, so schwarz war sie, nur ihre Fußsohlen und Handinnenflächen schimmerten hell. Immer wilder und lustvoller tanzte sie, verdrehte ihre Augen, schüttelte die prallen Brüste und war bald schweißbedeckt. Mit einem Mal wurden ihre Bewegungen langsamer und lockender, bis sie sich schließlich dem Heiligen Vater in unglaublich obzöner Weise darbot. Dem traten beim Anblick der wippenden Brüste fast die Augen aus den Höhlen, seine Hände, die wie Krallen aussahen, zuckten vor und umschlossen ihre Hinterbacken. Dann zog er sie dichter an sich heran und griff mit seiner Rechten an ihre Scham, die andere Hand hielt gierig eine ihrer Brüste.

Endlich ließ er sie los und wandte sich an mich: »Das, meine schöne Philosophin, ist es, wofür der Herr euch Frauen geschaffen hat!«

Mich ritt der Teufel – und das in Gegenwart des Papstes... »Schließt das eine denn das andere aus? Wer sagt, daß die Kenntnis der Philosophie mich unfähig macht, ebenso zu sein wie diese Mohrin?«

»Treib es nicht zu weit – du weißt, wenn ich es befehle, mußt auch du tanzen!«

Mir wurde fast schwarz vor Augen bei dem Gedanken, und ich betete inständig, daß dieser Kelch an mir vorübergehen möge. Doch da bekam ich unerwartet Hilfe von seiten Lucrezias.

267

»War das der Grund, warum ich nicht in die Lehren der Alten eingeweiht wurde – etwa nur, damit ich besser tanzen kann?«

Papa Alessandro lächelte seine Tochter liebevoll an. »Gewiß nicht, mein Täubchen, mein Liebstes.« Er neigte sich zu dem Polster herunter, auf dem sie saß, bis er in ihr herrliches Goldhaar greifen konnte, zog sie zu sich heran und streichelte sanft darüber. Sie umschlang seine Knie und legte zärtlich ihren Kopf darauf, wobei sie ihn von unten herauf aus den Augenwinkeln ansah. Ich war gerührt über die innige Beziehung dieser schönen Frau zu ihrem allzu alten Vater und hätte nie geglaubt, daß der Papst, dem man alle Schlechtigkeiten dieser Welt nachsagte, und seine Tochter, die jeder für eine Giftmischerin hielt, ein solches Verhältnis zueinander hatten.

»Du weißt doch, Lucrezia, daß dir niemand verwehrt, die Philosophie zu studieren; weshalb also geschah es bisher nicht, wenn es denn dein sehnlichster Wunsch ist?«

»Ich hatte nie recht Zeit, mich darum zu kümmern ...«

»Natürlich, junge Frauen sind immer so beschäftigt.«

»Wenn ich Euch erst einen Enkel geboren habe, dann tanze ich wieder, und Ihr werdet viel Freude daran haben.«

Ich hatte von einer Schwangerschaft Lucrezias gar nichts bemerkt, offensichtlich war sie sehr stark geschnürt. »Ihr seid guter Hoffnung, Principessa, ich freue mich mit Euch. Erlaubt mir, die schwere Zeit vor der Niederkunft für Euch ein wenig abwechslungsreicher zu gestalten, indem ich meinen Lehrer zu Euren Diensten bereithalte. Mag er Euch mit philosophischen Aphorismen unterhalten.«

Während ich sprach, sank das Haupt des Papstes auf seine Brust, und regelmäßige Atemzüge verrieten bald, daß er eingeschlafen war. Wie auf ein Kommando erhoben sich alle ganz leise, die kräftigen Mönche trugen den Sessel mit dem Schlummernden hinaus in das Schlafgemach. Sogar die jungen Kardinäle sahen inzwischen ein wenig mitgenommen aus.

268

Kardinal Bracci trat zu Lucrezia und mir. »Erlaubt, Principessa, daß ich den Gast seiner Heiligkeit sicher in den Palazzo Giocondo bringe.«

»Gewiß, ich bitte Euch darum. Doch nur mit einem Versprechen«, wandte sie sich an mich, »daß Ihr mir so bald wie möglich Euren Philosophen sendet; und kommt selbst mit, so wird die Unterhaltung lebhafter.« Dann entließ sie uns.

Kardinal Bracci geleitete mich durch die endlos erscheinenden Gänge des apostolischen Palastes hinunter in den Hof, wo bereits eine Sänfte und zahlreiche Bewaffnete warteten, die Fackeln in den Händen hielten. Ich stieg ein und konnte gerade noch sehen, wie der Kardinal wieder hineinging – er würde mich doch nicht allein mit den Söldnern losschicken! Doch meine Befürchtung war unbegründet; nach einiger Zeit stießen zwei Wächter die schweren eisenbeschlagenen Eichenflügel des Portals auf, und heraus ritt Bracci, der den Kardinalspurpur abgelegt hatte, in einem silbrig schimmernden Brustharnisch, auf einem starken Pferd, dessen Farbe ich in der ungewissen Beleuchtung nicht erkennen konnte. Der Kardinal sah überwältigend aus, keinesfalls so, wie man sich in Florenz einen hohen geistlichen Würdenträger vorstellte – aber in Rom war eben alles anders. Ein kurzes Kommando, und der Zug setzte sich in Bewegung, ich etwa in der Mitte, mein Kardinalsritter neben mir. Seine Rüstung war nach der neuesten Mode gearbeitet, ebenso Helm und Schild, wie einst die Feldherren der römischen Imperatoren sie getragen hatten. Als wir den Borgo Sant' Angelo hinter uns gelassen hatten und etwa in Höhe der Engelsburg sein mußten, sah ich bereits einen hellen Schimmer am Horizont.

»Darf ich Euch eine kleine Überraschung bereiten, Madonna?« Meinetwegen, dachte ich, diese Nacht hatte mir schon so viele ungewohnte Eindrücke beschert – weshalb nicht einen mehr?

»Ich würde mich sehr freuen, Eminenz.«

Wir hielten vor einem Portal, das zur Engelsburg gehören konnte, wie ich vermutete. Der Kardinal rief einem der Söldner etwas zu, der rannte zum Tor und schlug mit dem stumpfen Ende seiner Hellebarde dagegen, daß es schaurig durch die Nacht dröhnte. Die anderen standen da mit den stark rußenden Fackeln und schienen im Stehen zu schlafen. Endlich ertönte eine Stimme von oben. Der Söldner verlangte den Capitano zu sprechen. Dann war wieder lange alles still. Schließlich rief jemand energisch, was denn los sei. Kardinal Bracci ritt vor und ließ sich eine Fackel geben, die er in Höhe seines Gesichtes hielt, damit ihn der Capitano erkennen konnte.

»Öffnet die Seitenpforte!«

Die kleine Tür neben dem Portal ging auf. Der Kardinal sprang vom Pferd und trat zu meiner Sänfte. »Erlaubt, daß ich Euch meinen Arm reiche.«

Ich dankte und stieg aus. Dann führte er mich durch die Pforte. Dahinter standen etwa zwanzig Männer mit Spießen, die sie auf uns gerichtet hielten.

»Es ist gut«, rief der Hauptmann, und seine Männer senkten ihre Lanzen. »Verzeiht, Euer Eminenz, ich war auf nächtlichen Besuch nicht vorbereitet.«

Bracci lächelte gewinnend. »Schon gut, Capitano. Ich möchte einem bevorzugten Gast seiner Heiligkeit etwas zeigen, wofür ich Eure Hilfe benötige.«

»Ich stehe Euch zu Diensten.« Der Hauptmann verneigte sich.

»Führt uns in das oberste Stockwerk der Festung!«

»Es ist durch Blitzschlag stark beschädigt, ich weiß nicht ...«

»Führt uns, Capitano!«

Obwohl der Kardinal leise und freundlich gesprochen hatte, war dem anderen klar, daß dies ein Befehl war, und schweigend ging er uns mit seiner Fackel voraus. Ich kann mich nur noch an schier endlose Treppen erinnern, die modrig rochen, und dann kamen wir ins Freie; ich vermutete, daß wir uns gleichsam auf

270

dem Plateau des Rundbaues befanden. Nun ging es nochmal zwei Stockwerke hinauf, und endlich standen wir ganz oben in der angenehm kühlen Luft des heraufdämmernden Morgens.

»Wir danken Euch, Capitano.« Damit entließ der Kardinal unseren Führer, und wir waren ganz allein. Diese Unschicklichkeit hätte mich unter normalen Umständen sehr gewundert, aber nach all dem, was in dieser Nacht schon vorgefallen war, konnte mich nichts mehr erschüttern. Es ist seltsam, wie der Mensch selbst außergewöhnliche Dinge hinnehmen kann. Ein nacktes Mohrenmädchen tanzend vor dem betrunkenen Heiligen Vater! Galten hier, in der Sphäre größter Macht, jene Regeln und Gebote nicht, die von Gott für uns Sterbliche gemacht worden sind? Fast kam es mir so vor. Konnte der Papst sündigen? Gewiß, auch er war fehlbar wie alle Menschen, das schien mir offensichtlich. Aber hatte er nicht das Recht, die Dinge anders zu handhaben als wir? Viele ungelöste Fragen gingen mir durch den Kopf, und erst die Stimme des Kardinals brachte mich aus meinen Gedanken in das Hier und Jetzt zurück.

»Ihr ahnt sicher bereits, warum ich Euch hierher geleitet habe?« Eigentlich war mir das noch völlig unklar. Doch er nahm mir die Antwort ab und sprach gleich weiter. »Es ist der Sonnenaufgang, schöner kann man ihn in ganz Rom nirgends sehen.«

An so etwas hatte ich nun wirklich nicht gedacht. »Ihr habt Sinn für das Schöne, Eminenz. Ich danke Euch für diese Aufmerksamkeit.«

Dann schwiegen wir und genossen den atemberaubenden Anblick der über den Hügeln Roms aufgehenden Sonne. Es war ein so einmalig überwältigendes Erlebnis, so hoch über allem, wie es schien, zu stehen, und ergriffen nahm ich das Bild in mich auf. Ganz wie von selbst kam es, daß Kardinal Bracci seinen Arm um meine Schultern legte und ich mich ein wenig an ihn schmiegte. Eine ganze Weile standen wir so da, und erst als die Sonne fast ganz aufgegangen war, löste sich der Zauber nach und nach. Wir sahen uns an, und bei allen Engeln, fast hätte ich ihn geküßt. Aber er durchbrach die Stimmung.

»Nun ist es Zeit für uns.«

Ich nickte. Er ließ meine Hand nicht los, als wir nach den ungezählten Treppenstufen endlich unten angekommen waren. Dann war er wieder ganz der Kardinal.

»Öffnet!« befahl Bracci den Torwachen, die uns durch die kleine Pforte hinausließen.

Draußen standen die Söldner bereits in guter Ordnung, aber sie wirkten sehr, sehr müde; ganz im Gegensatz zu mir, ich fühlte mich voll neuer Kraft wie schon lange nicht mehr – wäre es mir doch beinahe gelungen, einem der mächtigsten Kardinäle der Christenheit einen Kuß zu geben! Diese Erkenntnis hatte meine Müdigkeit völlig vertrieben. Überhaupt – was für eine Nacht! Mir war klar, daß der Papst nur den, den er brauchte, mit derartiger Gnade behandelte. Doch weshalb wählte er mich und nicht Francesco selbst? Von ihm stammte schließlich das Gold für die Schatzkammern des Vatikans. Sollte der Heilige Stuhl etwas mit mir im Schilde führen, so mußte ich vorsichtig sein; zu schnell verschwanden in Rom Menschen, deren Leichen man mitunter Tage später im Tiber treibend auffand. Was immer auch geschah, jetzt hieß es, auf der Hut zu sein und keine Fehler zu machen.

Unser Zug erregte nicht wenig Aufsehen, Kardinal Braccis Prunkharnisch glänzte in der Morgensonne, und nun sah ich, daß sogar zwei Bannerträger hinter uns ritten. Bald hielten wir vor unserem Palazzo in der Via del Pellegrino. Francesco wartete bereits und kam uns einige Schritte entgegen.

»Ich begrüße Euch, Eminenz, nehmt meinen Dank, daß Ihr Lisa heimgeleitet habt.«

»Ich begrüße Euch ebenfalls. Glaubt mir, noch nie war ein Weg so leicht wie in der Gesellschaft Eurer Gattin.«

»Wir sind geehrt – erlaubt mir, Eurer Eminenz eine Erfrischung anzubieten.«

272

»Mit größter Freude.«

Der Kardinal stieg ab, wobei Francesco höflich die Zügel seines Pferdes hielt. Bracci mußte in der Tat ein sehr einflußreicher Mann sein, wenn mein Gatte vor aller Augen eine solche Geste für angemessen erachtete. Nun kam auch Constantinus auf uns zu und verneigte sich tief vor dem Kardinal, der ihm gnädig seinen Ring zum Kuß reichte. Dann ging Francesco mit dem Kardinal in den Palazzo. Constantinus half mir aus der Sänfte, und wir folgten den beiden. Oben war eine Tafel aufgebaut mit allen Köstlichkeiten, die unsere Küche zu bieten fähig war. Ich bewunderte einmal mehr Francescos kluge Voraussicht, dem es offensichtlich gelang, sogar den verwöhnten Kardinal zu beeindrucken. Wir setzten uns und begannen, ein Morgenmahl einzunehmen, wie es sich üppiger nicht gedacht werden konnte; es wurde über den Mittag hin ausgedehnt bis zum Abend. Ich befürchtete schon, am Tisch einzuschlafen, so übermannte mich nun die Müdigkeit. Endlich erhob sich unser hoher Gast und verabschiedete sich in bester Laune.

Gleich darauf fiel ich wie tot in mein Bett und wachte erst am Mittag des anderen Tages wieder auf. Die Zofe sagte mir, daß mein Gatte mich zu sprechen wünsche. Ich rieb mein Gesicht mit einem duftenden feuchten Tuch ab, das sie mir reichte, und bat Francesco zu mir. Er setzte sich auf einen Sessel neben mein Bett und zeigte mir einen Brief, dessen Siegel er bereits aufgebrochen hatte.

»Eine Einladung der Herzogin von Bisceglie!«

Während ich das Schreiben las, kam mir plötzlich in den Sinn, daß Francesco zum ersten Mal in unserer ganzen Ehe allein mit mir in meinem Schlafgemach war. Zu spät – wie ich fast schon ohne jedes Bedauern dachte. Zwischen uns war ohnehin alles geregelt, und zwar so endgültig, daß er sich ganz unbefangen gab. Warum auch nicht, er begehrte mich ja nicht – im Gegensatz zu Kardinal Bracci, dessen Blicke sehr verräterisch gewesen waren.

»Nun, was sagst du dazu, Lisa?«

»Nur ich mit Constantinus bin eingeladen, morgen nach dem Abendläuten, in den Palazzo der Herzogin. Weißt du, wo er ist?«

»Ja. Der Weg dorthin ist gefährlich bei Nacht, ich werde dir zehn Söldner mitgeben.«

»Gut – doch sage mir, was soll ich tun, um die Gunst der Herzogin für uns zu gewinnen?«

Er lachte. »Nichts weiter, Lisa, unterhalte dich mit ihr, gehe mit ihr, wohin sie will, und tu stets alles, wozu auch sie Lust hat, das erhält uns ihre Freundschaft. Und zur Bekräftigung gib ihr bitte dieses Geschenk von mir.« Er wies auf ein in glänzende Seide eingeschlagenes Bündel.

»Was ist darin?«

»Ein Ballen von wertvollstem Stoff aus Cathay, sehr selten und sehr teuer. Doch nun zu dir, Lisa.« Er blickte mich ernst an. »Erzähl mir, was du an der Tafel des Papstes erlebt hast.«

Ich berichtete alles getreulich, und Francesco wurde immer nachdenklicher.

»Ich weiß nicht, was das für uns zu bedeuten hat, Lisa.«

»Wieso, der Heilige Vater war sehr freundlich zu mir.«

»Ja, gerade das erscheint mir seltsam. Weshalb diese Vertraulichkeit gerade dir gegenüber. Und warum stellte Kardinal Bracci dich der Herzogin Lucrezia vor?«

»Ich weiß es nicht.«

»Es ist ein ungewöhnliche Auszeichnung, Lisa, die mich stutzen läßt.«

»Nun, der Kardinal meinte ganz unvermittelt, er wolle mich der Herzogin vorstellen, ohne daß ich ihn etwa daraufhin angesprochen hätte.«

»Hm, vielleicht ein Zufall; doch unter Umständen für uns eine Möglichkeit, regelmäßig am päpstlichen Hof verkehren zu können.«

Da hatte der Bankier gesprochen. Natürlich wäre es von Vorteil, an den Quellen der Macht zu sitzen und frühzeitig zu erfahren,

274

was für die eigenen Geschäfte gut oder weniger gut war. Nach diesen Worten verließ mich Francesco. Eigenartig, am Anfang unserer Unterhaltung hatte ich stark den Eindruck, er mache sich Sorgen – weshalb, wußte ich damals noch nicht –, dann plötzlich, als er erkannte, daß er durch mich direkten Zugang zum Papst erlangen könnte, und somit dessen Kardinäle umgehen, denen er sonst hohe Bestechungsgelder zahlen müßte, waren seine Bedenken wie weggewischt. Ich war zur Figur in einem Spiel geworden, dessen Regeln ich noch ebensowenig kannte wie dessen Ausgang.

Lucrezia Borgia, die Herzogin von Bisceglie, empfing mich in einem weiten Gewand, und diesmal sah ich sofort, daß sie schwanger war. Wir gingen in ihr prachtvolles Schlafgemach, und sie bat mich, mich zu ihr aufs Bett zu setzen. Constantinus wartete unterdessen in einem der zahlreichen Gemächer im ersten Stock des Palazzo.
»Nicht unten an den Rand, Lisa, kommt her zu mir; so wollen wir würdig unsere Gesellschafter empfangen.«
»Unsere Gesellschafter?«
»Ja, Euren Philosophen und dazu noch einen ganz besonderen Gast.«
»Hier in Eurem Schlafgemach?«
»Gewiß doch. Wer bei mir Gast in kleiner Runde ist, kann sich völlig ungezwungen benehmen. Das ist so Brauch.«
»Wann werdet Ihr Eurer Niederkunft entgegensehen?«
»Irgendwann im November, und ich fühle, daß es ein Sohn wird!«
Herzog Alfonso trat ein, und ich wollte aus dem Bett springen, aber Lucrezia hielt mich zurück. »Wir sind hier nicht bei Hofe.«
Der Herzog war ein gutaussehender, sehr junger Mann, der irgendwie unsicher wirkte; er lächelte etwas mühsam.
»Seid gegrüßt, ich hörte, daß Ihr heute einen philosophischen Diskurs führen wollt?«

»Ja, mein Gemahl, das stimmt, möchtet Ihr nicht teilnehmen?«

»Ich hoffe, Ihr verzeiht – zählen doch eher Pferde und Waffen zu den Dingen, die ich schätze.«

»Und Frauen!« warf Lucrezia schnell ein.

»Und Frauen!« antwortete er ohne Zögern, ergriff dabei die Hand seiner Gattin und küßte sie. »Doch nun erlaubt, daß ich mich zurückziehe, ich will Euren gelehrten Kreis nicht durch meine Unwissenheit beleidigen.« Ohne eine Antwort abzuwarten, ging er hinaus.

»Da geht er hin«, lachte Lucrezia, »zu seiner Geliebten.«

»Und da lacht Ihr?«

»Warum nicht, er ist ein Mann, und zur Zeit kann ich ihm nicht geben, was sein Recht ist.«

Ich mußte an meine Ehe denken und wie sehr Francescos Zurückweisungen mich gekränkt hatten. »Ich bewundere Eure Haltung!«

»Das ist nicht nötig, denn ich liebe meinen Gatten, und deshalb bin ich glücklich, wenn er es auch ist.«

»Oder bedeutet Euch Liebe so wenig, daß Ihr die Konkubinen Eures Gemahls mit einem Lächeln abtun könnt?«

»Wie kommt Ihr zu dieser Annahme?«

»Verzeiht, Herzogin, ganz einfach; ich habe die Grundregeln der philosophischen Logik angewendet und bin zu dieser Gegenfrage gekommen.«

»Interessant, damit wären wir dann ja bei dem Zweck Eures Besuches angelangt.«

»So ist es, und wenn Ihr erlaubt, trage ich Euch meine Gedanken dazu vor.«

»Ich bin neugierig darauf.«

»Zunächst habe ich alle Möglichkeiten geprüft, die Eurer Verhältnis zu Herzog Alfonso betreffen. Also, liebt Ihr ihn so sehr, daß es Euch glücklich macht, wenn er es mit seinen Konkubinen treibt und glücklich ist? Oder liebt Ihr ihn so wenig, daß es Euch nichts

276

ausmacht, darüber zu lächeln? Oder – verzeiht mir, wenn ich so offen spreche – könnt Ihr gar nicht lieben? Ich habe also drei Stufen der Liebe angenommen: die höchste, die geringste und ihren völligen Ausschluß. Alle Eure Gefühle für Herzog Alfonso liegen zwischen diesen von der Philosophie aufgezeigten Kategorien.«

Lucrezia sah mich lange an, bevor sie eine Antwort fand. »Was ist schon Liebe …«

»Eine wichtige Frage, ich sehe, Eurer Denken befindet sich im Einklang mit den Lehren der Weisen Griechenlands.«

»Inwiefern?«

»Auch der Philosoph fragt zuerst und klärt die Begriffe, er kommt damit immer zu einfachen Wahrheiten. Doch sie aufzufinden wird schwieriger, je weiter wir fragen, das hat bereits Sokrates bewiesen.«

»Ihr meint also, ich müsse zunächst wissen, was Liebe überhaupt bedeutet.«

»So ist es!«

Lucrezia dachte eine ganze Weile nach, schien aber mit sich nicht ins reine zu kommen. »Soviel ich auch überlege, es kommt mir nicht in den Sinn, was Liebe wirklich ist.«

Ich schluckte; das war eine Überlegung, die mich selbst so auch noch nicht beschäftigt hatte. »Ja, was ist Liebe?« Ich dachte ebenfalls angestrengt nach. »Ihr habt recht, Herzogin, der Begriff selbst ist mit dem unvollkommenen Werkzeug unserer menschlichen Sprache nicht zu umfassen.«

»Nun, Lisa«, meinte sie mit einem spöttischen Unterton, »Ihr seid die Philosophin, von Euch erwarte ich eine Antwort.«

Meine Lage war fatal, ich war im Augenblick ratlos, und wie meistens in besonders heiklen Situationen fällt uns das Richtige nicht immer gleich ein. Ich beschloß, mich an das Problem heranzutasten. »Wen und was können wir überhaupt lieben?«

»Oh, ich liebe vieles«, meinte Lucrezia, »Pferde, Kleider, Juwelen, die Jagd, Männer.«

»Liebt Ihr dies alles wahrhaftig?«

»Das wiederum will ich von Euch wissen!« Die Herzogin ließ nicht locker.

»Gut, dann sagt mir, was Ihr fühlt, etwa beim Anblick Eures besten Pferdes.«

»Nun, ich fühle... ja, was eigentlich? Stolz, Genugtuung, vielleicht eine gewisse Zufriedenheit, daß es mir gehört, und nicht zu vergessen jene Freude, die mein Auge hat, wenn es auf die edlen Formen meines schnellsten Tieres fällt.«

»Und was fühlt Ihr...«, nun setzte ich alles auf eine Karte, »wenn Ihr mit einem Mann zusammen seid?« Das war hart. Entweder antwortete sie oder wies mir die Tür. Doch ich empfand mich ganz als Schülerin des weisen Constantinus, der nie ein Thema aus unseren Erörterungen ausschloß, mit Ausnahme des einen, das ihm die Schicklichkeit verbot. Ich war daher froh, daß er noch in einem der Vorzimmer wartete, und beschloß, nicht daran zu erinnern, daß er auch hier war. Denn ich – zwar im Rang unter der Herzogin stehend, jedoch am päpstlichen Hof als Edle mit dem von Francesco längst abgelegten Adelsprädikat eingeführt – ich wollte die Dinge beim Namen nennen. Lucrezia hatte einen philosophischen Diskurs gewünscht, nun sollte sie ihn auch bekommen, und zwar von mir.

Die Herzogin schien in keiner Weise irritiert zu sein, schließlich waren wir beide ja verheiratete Frauen, meine Frage erheiterte sie sogar. »Das ist gut, Ihr vergleicht Pferde und Männer...«

»Nur um den Begriff Liebe zu klären.«

»Nein, nein, Lisa, das hat schon seine Richtigkeit, ich... ich fühle keinen Unterschied, ja, so ist es.«

»Ihr empfindet dieselbe Liebe zu Männern wie zu Pferden?«

»In gewisser Weise schon. Wenn ich mit einem Mann zusammen bin, so gibt mir das Genugtuung, vielleicht auch Zufriedenheit, wenn er mich stürmisch begehrt. Auch Stolz, wenn er ein besonders schöner Mann von edelster Herkunft ist.«

278

»Ihr habt viele gekannt?«

»Beim Allmächtigen, ja. Es hat mich stets nur einen Augenaufschlag gekostet, und jeder lag mir zu Füßen.«

»Und mehr hat es Euch nicht gegeben als ein gewisses Gefühl von Genugtuung, Zufriedenheit und Stolz?«

»Was hätte ich sonst noch empfinden sollen?« Lucrezia sah mich fragend an.

Ich formulierte meine Antwort vorsichtig. »Nun, die größte Leidenschaft zu erleben ...«

»Leidenschaft, das ist etwas für jene Männer, die wie Tiere werden, gewaltsam und außer sich sind – immer dann, wenn sie sich kurz darauf in mich verströmen.«

Obwohl ich naturgemäß davon keine Ahnung hatte, so erinnerte ich mich doch an meinen jungen Knappen und wie er neulich rasend vor Lust über mich hergefallen war. »Und Ihr glaubt so etwas nicht zu empfinden?«

»In keiner Weise. Nein, ganz im Gegenteil. Wenn ich mit einem Mann zusammen bin, werde ich kalt wie Eis. Ich bemerke, wie ihn die Erregung packt und stachele ihn durch Bewegungen oder Stöhnen an, bis er immer mehr in Ekstase gerät. Dabei genieße ich eine Art Machtgefühl – aber Leidenschaft, nein, überhaupt nicht.«

So etwas war mir neu. Ich mußte an die herrlichen Zeiten mit Nanna und unsere sinnlichen Freuden denken. Wie traurig, daß Lucrezia so etwas offenbar nicht erlebt hatte. »Und Sehnsucht, verspürt Ihr nicht zuweilen Sehnsucht?«

»Gewiß, ich sehne mich nach Macht und Einfluß!«

»Nur danach?«

»Ja, das ist mein ganzes Streben und, wenn Ihr so wollt, auch meine Leidenschaft.«

»Aber Ihr als Tochter des Heiligen Vaters und Herzogin von Bisceglie ...«

»Bisceglie, was ist das schon, ein Name, nichts weiter. Ich bin

279

Herzogin dem Namen nach, ohne Macht und Einfluß. Mein Bruder Cesare, ja, der ist mächtig, er hat die Söldner und die Befähigung zum Feldherrn. Vor ihm zittern sie alle, vor dem Mann, der einen Sieg nach dem anderen an die päpstlichen Fahnen heftet.«
Eine Dienerin kam herein und meldete, daß der Gast angekommen sei. Wer mochte es sein? Wieder blieben wir beide auf dem großen prunkvollen Bett sitzen, als er eintrat. Es war Kardinal Bracci, mein gutaussehender Tischherr, dem ich den erhebendsten Sonnenaufgang meines Lebens verdankte. Er trug ein Kardinalsgewand von jenem besonderen Rot, das, wie ich mir einbilde, nur an Kardinälen wirkt. Was mich verwunderte war, daß er Lucrezia und sogar mir die Hand küßte, doch offenbar bestand er hier, im privaten Teil des Palazzo nicht auf jenen Ehren, die ihm zukamen. Überhaupt gab er sich ganz ungezwungen, setzte sich ohne weitere Umschweife zu uns auf das Bett, als ihn Lucrezia dazu aufforderte. Man reichte uns Süßwein mit Gebäck, und es war wirklich eine fröhliche Runde. Ich beobachtete Bracci und Lucrezia, während sie sich unterhielten. Wer würde mir das in Florenz je glauben, ich mit der Tochter des Papstes (welche Ungeheuerlichkeit war bereits ihre bloße Existenz!) und einem jungen, gefährlich gutaussehenden Kardinal auf einem Bett! Allein den Gedanken an so etwas konnte ein normaler Sterblicher eigentlich gar nicht nachvollziehen. Und alles erschien mir wie auf einem Narrenschiff.
»Sebastiano«, die Herzogin nannte den Kardinal sogar beim Vornamen, »erzählte mir beim Gastmahl meines Vaters, Ihr hättet Ärger mit Kardinal Riario gehabt, Lisa.«
»Ja, leider.« Ich berichtete von dem Vorfall und auch von den tragischen Ereignissen im Zusammenhang mit meiner Hochzeit samt der furchtbaren Hinrichtung Andrea Riarios. Beide schwiegen eine ganze Weile betroffen.
»Ihr habt einen Feind, der nicht zu unterschätzen ist, Lisa«, meinte der Kardinal.
»Ja«, pflichtete Lucrezia ihm bei, »Ihr seid ihm nun doppelt ver-

280

haßt. Hätte er noch den Tod von Andrea hinnehmen können, da sich das alles fern von Rom ereignete, so stellte ihn der Vorfall auf dem Fest neulich vor allen bloß. Also wird er versuchen, sich zu rächen.«

»Auf welche Weise?«

»Das weiß Jupiter allein. Doch eines ist sicher, es wird keine offene Gewalt sein, Kardinal Riario liebt andere Mittel.«

Ich atmete auf. Francesco würde er so leicht nicht überlisten. Aber Bracci blickte mich voller Sorge an. »Ihr solltet deswegen nicht erleichtert sein, Lisa, denn Riario ist ein Meister der Intrige und des Giftes. Seht Euch vor!«

Ich ahnte nicht, wie bald schon des Kardinals Worte bittere Tatsache werden sollten.

Zunächst fiel Francesco auf, daß seine Treffen mit jenen Kardinälen, die den päpstlichen Schatz verwalteten, immer seltener zustande kamen; man vertröstete ihn, wich ihm aus. Francesco hingegen war viel zu erfahren in Geschäftsdingen, um nicht zu wissen, daß dahinter jemand steckte.

»Kardinal Riario, glaube mir, es ist dieser Cretino!«

Francescos Gesicht war dunkel vor Wut. Noch nie hatte ich ihn bei unserer abendlichen Tafel so die Beherrschung verlieren sehen, erstaunlich. Machte das die ständig vorhandene Gefahr hier in Rom oder sonstige Schwierigkeiten, die ihn so heftig reagieren ließen? Jedenfalls schien die Sache ernster Natur zu sein.

»Du vermutest eine Intrige von seiten Kardinal Riarios?«

»Allerdings. Nur er kann soviel Einfluß geltend machen und mich von den Kurienkardinälen fernhalten.«

»Aber welches Interesse sollten die haben?«

»Manus manum lavat – diese Gruppe hält zusammen wie Pech und Schwefel, auch gegen Papa Alessandro selbst, wenn er nicht eisern durchgreift, und erst recht gegen einen Außenstehenden wie mich.«

281

»Aber schließlich benötigen sie doch dein Geld!«

»Und wie! Ich möchte wissen, was der Papst sagen wird, wenn er merkt, daß seine Geldquelle zu versiegen droht.« Francesco lachte heiser. »Bei meinen niedrigen Zinssätzen und den bescheidenen Forderungen bin ich unschlagbar.«

»So wird es nur eine Frage der Zeit sein, bis du wieder vorgelassen wirst.«

»Da bin ich mir ganz sicher. Trotzdem, die Verbindung zum päpstlichen Hof zu verlieren, selbst wenn es nur vorübergehend sein sollte, hat für mich etwas Beunruhigendes.«

Francesco wußte, wovon er sprach. Solange das Wohlwollen seiner Heiligkeit auf uns ruhte, würde kaum jemand wagen, direkt etwas gegen uns zu unternehmen. Aber wenn erst einmal herauskam, daß wir derzeit in Ungnade gefallen waren, kämen die römischen Ratten aus ihren Löchern hervor. Zu viele Verbrechen geschahen hier, häufig sogar bei Tage. Von Riario oder einem konkurrierenden Bankier gedungene Meuchelmörder und etwas Gift oder ein Armbrustpfeil von irgendwo her – in Rom konnte man schnell seine Seele dem Allmächtigen empfehlen, in dieser fieberverpesteten, stinkenden Stadt, deren Anspruch, die Hauptstadt der Christenheit zu sein, mir mehr denn je als blanker Hohn erschien. Sie war eher die Hauptstadt der Antichristen, woran Papa Alessandro nicht geringen Anteil hatte.

Plötzlich erschien mir das Leben hier keineswegs mehr in jenen rosigen Farben wie noch vor kurzem. Ich wurde aus meinen Gedanken gerissen, als unser Söldnercapitano eintrat und meldete, daß die Herzogin von Bisceglie einem gesunden Knaben das Leben geschenkt habe; soeben sei die Nachricht eingetroffen. Francesco war hocherfreut, denn so konnte er Lucrezia sein Taufgeschenk, das er schon vorbereitet hatte, überreichen und bei dieser Gelegenheit um Fürsprache beim Papst bitten. Wir machten uns sogleich ausgehbereit; ich zog ein blutrotes Übergewand an und trug dazu einige sehr aufwendige Stücke des rö-

282

mischen Schmuckes. Unser Geschenk bestand in verschiedenen kleinen Schüsseln, Bechern und Tellern, alle aus reinem Gold, dazu einige Löffelchen mit eingearbeiteten Edelsteinen. Lucrezias Kind sollte damit essen, sobald es der Amme entwöhnt war. Francesco hatte alles in einen mit Samt ausgeschlagenen Kasten legen lassen, aus edlem Holz gefertigt und mit silbernen Beschlägen. Wahrhaftig ein Taufgeschenk, das Aufsehen erregen mußte.

Lucrezia sah noch etwas mitgenommen aus, kein Wunder, war sie doch von Natur aus besonders zart. Eine riesige Menschenmenge hatte sich vor dem Palazzo versammelt, dazu Kutschen, Sänften, Söldner; es war ein Durcheinander ohnegleichen. Wir mußten gut eine Stunde warten, um vorgelassen zu werden. Der Raum, in dem die Herzogin lag, war gegen das Tageslicht hermetisch abgeschirmt, wie in solchen Fällen immer. Es brannte aber eine Unzahl Kerzen, die den Raum stark erwärmten, was in dieser Jahreszeit, wir hatten den 2. November, sicher angenehm war für die geschwächte Lucrezia. Ich weiß nicht, wie viele Personen ihr heute schon ihre Aufwartung gemacht hatten, gewiß an die hundert. Trotzdem hatte sie noch die Kraft, mich glücklich anzulächeln.

»Bedeckt Euch, edler Giocondo, erhebt Euch, liebste Lisa, ich freue mich über Euren Besuch.«

Francesco setzte seine turbanartige Kopfbedeckung wieder auf, trat an das Bett der Herzogin und zeigte ihr die goldenen Schüsselchen, Teller und Löffel. »Ich habe mir erlaubt, Principessa, für Euren Sohn einige nützliche Dinge anfertigen zu lassen und hoffe, Ihr mögt unser bescheidenes Geschenk gnädig aufnehmen.«

In dem Kerzenlicht funkelten die kunstvoll gearbeiteten und polierten Dinge noch schöner.

»Ich bin entzückt – das schönste Geschenk bisher. Seid meiner Zuneigung gewiß.«

Dann gab sie ihrem Majordomus einen Wink, und wir sahen uns in Gnaden entlassen. Gerade waren wir rückwärtsgehend bis an die Tür gelangt, da bat mich der Zeremonienmeister noch einmal zu Lucrezia. Sie lächelte mir zu.

»Seid übermorgen zur siebten Abendstunde hier!«

Ich knickste tief und ging stolz zu Francesco, der an der Tür gewartet hatte. Draußen zeigte er äußerst gute Laune.

»Ich nehme fast an, Lisa, die Herzogin findet besonderen Gefallen an dir.«

»So sieht es aus – nur sag mir weshalb wohl?«

Er sah mich nachdenklich an. »Ja, das muß man sich fragen. Wir sind nicht von hohem Adel, haben keinen großen Einfluß, bewohnen keinen dieser neuen eleganten Palazzi und besitzen auch keine Jagd in der Nähe ...« Fragen, die sich Francesco zu Recht stellte.

Zu große Freundlichkeit von seiten der Mächtigen war stets verdächtig; meist benötigten sie andere für das Spiel ihrer Intrigen und schieben uns wie Schachfiguren in eine gefährliche Sache, aus der man sich beizeiten herauslavieren mußte – solange es noch ging.

»Natürlich, das ist es!« Mein Gatte schlug sich mit der Hand vor die Stirn. »Auch Lucrezia hat es auf mein Geld abgesehen. Geld, Geld und immer wieder Geld; das ist es, was die gesamte päpstliche Familie benötigt.«

»Und du wirst es ihr geben.«

»Ja, das werde ich, und mein Zinssatz soll derart niedrig sein, daß sie mir stets verpflichtet bleibt. Lucrezia als Verbündete gegen Kardinal Riario ist mehr wert als alles Gold!«

Das leuchtete mir ein, und ich nahm mir vor, mich bei der Herzogin stets von der besten Seite zu zeigen.

In Rom waren wir plötzlich von verhältnismäßig frei handelnden Individuen zum Spielball verschiedenster Interessen geworden. Der Boden unter unseren Füßen schien zu schwanken. Wo in

284

Florenz, sogar während Savonarolas Treiben, eine gewisse Sicherheit geherrscht hatte, bestand in Rom nur ein brüchiges Geflecht von Beziehungen, das Francesco und mich gleich zwei auf einem Seil tanzenden Gauklern in schwindelnder Höhe hielt, von der wir jeden Augenblick hinab in den Orkus geschleudert werden konnten – wenn Papa Alessandro uns sein Wohlwollen entzog. Dann stürzten wir ins Bodenlose. Gewährte er uns seine Gunst weiterhin, standen wir ganz oben. Wie wahr erwies sich doch das Wort vom Hochmut, der vor dem Fall kommt! Vielleicht waren wir zu hoffärtig geworden, und der Allmächtige wollte uns durch die jetzige Situation vor Augen führen, daß wir eben nur ein Werkzeug in seinen Händen waren? Doch hatte uns der Herr nicht zugleich Verstand und Willen gegeben, um alle Mittel anzuwenden, einer solchen Intrige wirksam zu begegnen? Ich hatte mir eigentlich nichts vorzuwerfen, führte mein irdisches Leben gottesfürchtig, und wenn meine Kräfte auch nicht immer gegen die Dämonen der Finsternis bestehen konnten und ich mir dann jene lustvollen Freuden selbst verschaffte, die mir mein Gatte nicht zu geben imstande war, so bereute ich nachher stets aufrichtig, beichtete und büßte. Nein, die Mächte, die uns in Rom bedrohten, waren sicher nicht jenseitiger, sondern irdischer Natur. Es war die Aura der Gewalt, die vom Hofe Papa Alessandros auszugehen schien und alle erfaßt hatte, die Kardinäle, das römische Patriziat, bis hinunter zu den Handwerkern und Tagelöhnern. Der Römer war seinem Wesen nach mürrisch, verschlossen, stumpf und böse, ganz anders als die Menschen in der Republik Florenz, wo schon allein das vertraute Du im täglichen Umgang zwischen Hoch und Niedrig für eine entspannte Atmosphäre sorgte. Jeder war auf seine Weise frei, wenn auch nicht frei wie wir Edlen, so doch keineswegs gewaltsam unterdrückt wie in Rom. Ja, irgendwie übte jeder auf jeden einen Druck aus. Die Kutschen der Kardinäle rasten rücksichtslos durch die Straßen, die Söldner der großen Familien Colonna, Orsini und wie sie alle hießen, peitschten erbarmungslos die Menge zur Seite, wenn sie ihre Herren geleiteten. Das alles wäre in Florenz nicht möglich gewesen.

Und so waren auch wir in diese Mühlen geraten und hatten uns die Feindschaft des Kardinals Riario zugezogen. Nicht, daß der Vorfall am päpstlichen Palast in Florenz etwa ohne Folgen geblieben wäre, nein, auch ein Riario aus Florenz hätte sich in seinem Stolz zurückgesetzt gefühlt. Aber die Gefährlichkeit war in Rom weitaus größer. In Florenz hätte man versucht, Francesco ein wenig das Geschäft zu verwässern, mal einen Diener verprügeln lassen; doch in Rom ging es um Leben und Tod. Wir mußten uns daher um jeden Preis der Gunst des Papstes versichern.

Auf meinen Besuch bei der Herzogin war ich sehr gespannt; würde sie eine große Gesellschaft geben, oder würde es wieder ein kleinerer Kreis sein?

Lucrezia war noch recht geschwächt, so daß sie mich im Bett sitzend empfing, bei ihr stand Kardinal Bracci. Ich knickste besonders tief und ehrerbietig.

»Erhebt Euch, liebe Lisa, und kommt näher!«

Ich trat zu ihr ans Bett und küßte den Ring des Kardinals. Dabei konnte ich nicht umhin festzustellen, wie männlich ausgeprägt seine Hand war.

»Setzt Euch zu mir. Sebastiano«, sie wies auf Bracci, »wird uns Wein eingießen. Nun erzählt, wie hat man in Rom die Geburt meines Sohnes aufgenommen?«

Ich berichtete, daß es zur Zeit kein anderes Thema gäbe und daß das Volk auf Vergnügungen bei den Tauffeierlichkeiten hoffe. Sie schien zufrieden.

»Ja, ja. Nur ans Essen und Trinken und an Pferderennen denken diese Plebejer. An was denkt Ihr, Sebastiano?«

Zu meiner Überraschung war der Kardinal äußerst verlegen und wurde rot.

286

»Nun, ich gestehe offen, daß meine Gedanken gerade von einer Frau gefangengenommen sind.«

»Von der Heiligen Jungfrau Maria?« entfuhr es mir, und Lucrezia lachte laut auf.

Aber Kardinal Bracci hatte sich schon wieder unter Kontrolle. »Nein, Lisa, ich denke an eine ganz und gar irdische Frau.« Er sagte das mit eigentümlichem Ernst, ohne irgendeinen Unterton.

»Es wird eine Eurer, wie ich nicht anders vermuten kann – sicher wunderschönen Geliebten sein«, entgegnete ich mit leichtem Spott.

Er seufzte. »Ich habe keine Geliebte mehr.«

Lucrezia sah ihn ungläubig an. »Armer Sebastiano, komm gib mir einen Kuß, er soll dich trösten.«

Er setzte sich auf die Bettkante neben Lucrezia, die ihn zuckersüß anstrahlte, legte seinen Arm zärtlich um ihre so zerbrechlich wirkenden Schultern und küßte sie auf die Stirn.

Ich traute meinen Augen nicht. War der Kardinal etwa Lucrezias Geliebter? Offensichtlich, wie sonst sollte ich den vorausgegangenen Wortwechsel und diese vertrauliche Geste deuten. Ich sah, wie die Herzogin mich fixierte.

»Und Ihr, Lisa? Gesteht, wie viele Liebhaber buhlen um Eure Gunst?«

Ich war wie vom Donner gerührt. Fragen dieser Art wurden mir üblicherweise nicht gestellt. Blitzartig kam mir die Erkenntnis, daß meine Antwort über die weitere Verbindung zu Lucrezia entscheiden mochte. Wich ich aus, um mir den Anschein einer ehrbaren Patrizierin zu geben, war ich für die extravagante Herzogin von Bisceglie vielleicht zu uninteressant; kam ich gleich mit der Wahrheit heraus, könnte das plump wirken. Ich mußte mich also wieder einmal so durchschlängeln.

»Ich muß zugeben, derzeit beinahe völlig keusch zu leben…«

Der Kardinal ließ plötzlich ab, Lucrezia zu liebkosen, und sah mich groß an, hob dann seinen Weinpokal und sagte: »Ich trinke auf den Stand Eurer Keuschheit, Lisa, opfert sie nur für den Richtigen!«

»So besucht Euch Euer Gatte regelmäßig und ist so feurig, daß Ihr keinen Geliebten benötigt.«

Lucrezia wirkte neugierig; wie oft mochte sie dieses unterhaltsame Spielchen schon getrieben haben. Doch ich war eisern entschlossen mitzuspielen, so weit es von mir gefordert wurde.

»Mein Gatte liebt mich nicht.«

»Was auch gar nicht nötig ist, begehren soll er Euch, Ihr seid eine sehr schöne Frau!« warf der Kardinal schnell ein.

»Ach Sebastiano! Dein ritterliches Gemüt würde dich doch für jede Schönheit streiten lassen; sozusagen ein heiliger Georg, der gegen gleichgültige Ehemänner ins Feld zieht, um deren Gattinnen von ihren wollüstigen Gedanken tatkräftig zu befreien.«

Der Kardinal entzog sich behutsam Lucrezia und wirkte wieder ein wenig verlegen. »Ja gewiß, Herzogin, das war früher einmal so. Ihr wißt, ich habe mich geändert!« Dabei blickte er nicht Lucrezia, sondern mich an. Warum, wußte ich nicht.

Die Herzogin schüttelte in gespielter Verzweiflung den Kopf und sah Bracci vielsagend an. »Armer Sebastiano. Hast auch du plötzlich das Gelübde der Keuschheit abgelegt?« Dabei fuhr sie ihm zärtlich durchs Haar wie einem Knaben, den die Mutter tröstet.

»Aber wir wollen von Euch reden, Lisa, weshalb liebt Euch Euer Gemahl nicht, und vor allem, warum begehrt er Euch nicht?«

Diese Frage erschien mir doch zu direkt, und obwohl sie von der Herzogin gestellt wurde, war ich nicht gewillt, die beschämende Tatsache einfach so auszusprechen.

»Erlaubt mir, edle Principessa, daß ich die Antwort in enigmatischer Weise gebe?«

»Wie auch immer, Ihr beginnt, unterhaltsam zu werden, Lisa.«

»So vergleiche ich meinen Gatten, der, wie die Sitte es fordert, auch mein Herr sein soll, mit Jupiter«, lächelte ich, obwohl mir

288

keineswegs danach zumute war. »Der also sah im Gebirge Ida den Sohn des Königs Tros jagen.«

Lucrezia und der Kardinal sahen mich sehr gespannt an; sie hatten offenbar noch keine Idee, worauf die Geschichte hinauslief.

»Jupiter verwandelte sich daraufhin in einen Adler und entführte König Tros' Sohn in den Olymp.«

Jetzt flüsterte Bracci Lucrezia etwas ins Ohr. Sie nickte. »Ja, natürlich, Ganymed!«

»Ja, so war es; Jupiter entführte den Knaben Ganymed, weil er in unsterblicher Liebe zu ihm entbrannt war.«

Männerliebe. Nun hatten beide verstanden. Ohne daß ich etwas dagegen tun konnte, stiegen mir die Tränen in die Augen. Ich hätte mich ohrfeigen können, ein Gast der Herzogin hatte unterhaltsam zu sein, witzig und heiter. Lucrezia würde mich sicher sofort entlassen und so schnell nicht wieder einladen. Doch was ich nie für möglich gehalten hätte, trat ein: Lucrezia, Herzogin von Bisceglie, Tochter des Papstes, nahm mich tröstend in den Arm, strich mir behutsam über mein Haar. Dann umschlang sie mich ganz fest, und wir beide ließen unseren Tränen freien Lauf. Es dauerte lange, bis wir uns wieder fassen konnten, und wir stellten fest, daß Kardinal Bracci leise gegangen war.

Lucrezia lächelte unter Tränen. »Der liebe Sebastiano, er ist nicht nur taktvoll, sondern der einzige Freund, den ich habe.«

»Ist er Euer – Geliebter?« Ich hatte gewagt, es auszusprechen.

»Nein, Lisa, er ist ungleich mehr. Ein wahrer Freund, auch in den schwersten Stunden, selbstlos und treu. Nicht daß wir keine Anziehung empfänden, wie das so ist zwischen Mann und Frau, aber wir haben diese Dinge um unserer Freundschaft willen beiseite gelassen. So wird er für ewig mein Vertrauter bleiben.«

Ich war von Lucrezias Offenheit beeindruckt. Hier hatte ich einen Menschen vor mir, der anders war als die meisten, ebenso wie auch der Kardinal. Also gab es auch in dieser Stadt voll Verrat und Intrigen echte Gefühle? Diese Erkenntnis berührte mich tief.

»Habt Ihr niemanden dieser Art, Lisa?«

»Doch, Principessa, meine Halbschwester Nanna, doch sie lebt mit ihrem Mann in der Rocca meiner verstorbenen Eltern. Über unsere Freundschaft hinaus verbindet uns noch ein Geheimnis besonderer Natur.«

»Bevor Ihr mir das erzählt, gießt uns noch Wein nach.« Ich füllte unsere Pokale, und Lucrezia trank durstig aus. Auch ich hatte dem schweren Roten schon reichlich zugesprochen, was ja offenbar meine Zunge derart gelöst hatte, wie ich es nie für möglich gehalten hätte. So erzählte ich auch noch die Geschichte meiner zärtlichen Gefühle für Nanna.

Lucrezia sah mich unendlich traurig an. »Ach Lisa, ich habe von diesem leidenschaftlichen Verlangen wohl reden hören, aber doch niemals erfahren, was Lust ist. Was ist das, von dem ein solcher Zauber ausgeht, so daß sich Mann und Frau, aber auch Frauen zu Frauen und Männer zu Männern magisch hingezogen fühlen und nicht voneinander lassen mögen? Auch ich habe mich wohl unbewußt danach gesehnt, doch es blieb mir versagt.«

Ich war verwirrt. »Empfindet Ihr denn nichts in den Armen eines Mannes, der Euch begehrt?«

»Wie ich schon sagte, Genugtuung, wenn ich bemerke, wie er immer stärker in Erregung gerät, leidenschaftlicher wird.«

»Und so merkt er nicht, daß Ihr keineswegs erregt seid?«

»Ach, die Männer sind dann ja so beschäftigt mit sich selbst und ihrer Lust, daß die Gefühle der Frau ihnen gleichgültig sind. Sogar im Gegenteil, wenn ich in dieser Situation einen Mann ganz kühl betrachte, kann ich ihn mit gezielten Worten, Gesten und Bewegungen bis zur Raserei bringen, so daß er nicht mehr aufhören kann, bevor er ganz erschöpft ist. Das ist das einzige Vergnügen, das ich dabei habe.«

»Ihr habt nie geliebt, Principessa?«

»O doch, ein einziges Mal, meinen Sekretär, den sensiblen

290

Perotto.« Sie seufzte. »Ach, mein geliebter Perotto ...« Tränen traten in ihre Augen. »Er betete mich an, und mein damaliger Gatte, der Graf von Pesaro, war zur Liebe mit mir nicht fähig. Dann hat mich Perotto genommen, und es war wohl das einzige Mal, daß ich so etwas wie Leidenschaft verspürt habe – vielleicht, ganz genau weiß ich es nicht.«

»Was ist aus ihm geworden?«

»Mein Bruder Cesare hat ihn umgebracht, vor den Augen meines Vaters. Seither kann ich keinen Mann mehr lieben.«

Entsetzlich. So also war das Leben dieser von allen beneideten und von vielen gehaßten Frau bisher verlaufen. Wie glücklich mußte ich sein, wenigstens mit Nanna die Freuden der Lust erfahren zu haben, und ich nahm mir vor, niemals wieder mit meinem Schicksal zu hadern, wenn ich mich, wie in mancher Nacht schon, vor Sehnsucht nach einem Geliebten verzehrte.

Lucrezia war nun ganz außer sich; der Gedanke an ihre unglückliche Liebe zu dem bedauernswerten Perotto ließ sie hemmungslos schluchzen. Ich nahm mein Taschentuch aus dem Ärmel und versuchte ihre Tränen zu trocknen – vergebens. Die Herzogin beweinte ihr Lebensglück. Dann gab sie sich plötzlich einen Ruck, richtete sich im Bett auf, lächelte mich an und umarmte mich noch einmal herzlich.

»Es ist gut, liebste Lisa, geht jetzt, ich bin erschöpft. Doch will ich Euch so bald wie möglich wiedersehen!« Sie klatschte in die Hände, und zwei Dienerinnen geleiteten mich hinaus zu meiner Sänfte und den verschlafen wirkenden Söldnern. Nach einer Ewigkeit, wie es mir vorkam, gelangten wir durch die mit den Fackeln nur spärlich erhellte Finsternis endlich zu unserem Palazzo.

Einige Zeit später wurde Francesco von Cesare Borgia in den päpstlichen Palast zitiert. Allein schon die knappe Form der Aufforderung ließ nichts Gutes ahnen. Immerhin würden jetzt wohl die Karten auf den Tisch gelegt, und wir konnten uns endlich auf etwas Faßbares einstellen. Denn bisher wußten wir nur, daß Papa Alessandro keinerlei Geldmittel abgerufen hatte, seit Francesco von den Kurienkardinälen nicht mehr vorgelassen wurde.

Als mein Gatte nach etlichen Stunden wieder zurückkam, erschrak ich. Er war aschfahl im Gesicht und zitterte am ganzen Körper.

»Bei allen Heiligen, Francesco, was ist mit dir?«

Er winkte müde ab. »Wein, gib mir schnell einen Becher voll.«

Er stürzte den Wein hinunter, dann noch einen Becher und noch einen. Danach wankte er zu einem Sessel, der am flackernden Kamin stand, und blieb eine Zeitlang stumm und regungslos sitzen. Der Flammenschein warf gespenstisches Licht auf seine schreckensbleichen Züge – ich machte mir große Sorgen.

»Um Christi willen, Francesco, sprich endlich!«

Er schluckte und begann stockend mit fast tonloser Stimme zu sprechen.

»Gleich am päpstlichen Palast führte man mich durch unzählige Gänge und Stiegen immer tiefer. Dann mußte ich in einem nur von Fackeln beleuchteten Raum warten, zusammen mit zwei finsteren Gestalten, die wie Folterknechte aussahen und beharrlich schwiegen. Ich ahnte Schlimmes. Wohl nach einigen Stunden kamen endlich mehrere Geistliche, und einer von ihnen las mir ein Schriftstück des Papstes vor.«

»Ein Schriftstück?«

»Ja, Lisa, die Anklageschrift!«

»Wieso das, du hast dir nichts vorzuwerfen!«

»Das dachte ich auch. Aber dort stand, ich würde von seiner Heiligkeit Wucherzinsen nehmen, was ein schweres Vergehen sei, für das ich büßen müsse.«

»Beim Allmächtigen, was hat man dir angetan?«

292

»Es war grauenhaft. Die beiden Folterknechte rissen mir die Kleider vom Leib und spannten mich auf die Streckbank.«

»Sie haben dich gefoltert!« Mir wurde übel bei dem Gedanken und erst recht, wenn ich mir vorstellte, was uns vielleicht jetzt noch alles bevorstand. Denn soviel schien sicher: Wir waren verloren...

Francesco beachtete meinen Schreckensruf nicht. »Ich gestehe, daß ich nach den ersten Umdrehungen jener Walzen, die die Seile spannen, schon halbtot war vor Angst. Dann plötzlich kamen einige Männer herein, und die Seile wurden etwas nachgelassen. Einer von ihnen war Cesare Borgia. Er schien außer sich vor Wut und schrie mich an, ich würde seinen Vater betrügen, riß eine Fackel aus dem Halter und hielt sie mir dicht vor die Augen...«

Nun erst bemerkte ich Francescos versengte Augenbrauen und die nackten Lider, an denen keine Wimper mehr war. »Beim Martyrium des heiligen Laurentius, Francesco, laß dir feuchte Tücher auflegen!«

Er machte eine mutlose Bewegung. »Warte noch, ich möchte erst zu Ende erzählen. Ich entgegnete Cesare, daß mein Zinssatz außerordentlich niedrig sei; er möge in den Dokumenten früherer Zeiten nachlesen lassen, ob sich jemals ein günstigerer Zins finden lasse. Er aber schrie mich an, daß er jemanden gefunden habe, der die Hälfte meines Zinssatzes verlange.«

»Unmöglich, dein Zinssatz ist unglaublich günstig!«

»Das meine ich auch, und es bleibt mir ein Rätsel, wer dem Papst noch günstiger Geld leihen kann als ich.«

»Und wie ging es weiter?«

»Cesare tobte noch eine Weile herum, und ich dachte wirklich, meine letzte Stunde hätte geschlagen, weil ja bekannt ist, wie jähzornig und gewalttätig er sein kann. Endlich kam mir der rettende Gedanke.«

»Dem Allmächtigen sei Dank!«

»Ja, ich bot Cesare Borgia an, die Sache binnen einer Woche aufzuklären und gleichsam als Unterpfand meiner Rechtschaffenheit bei ihm ein Pfand von zwölftausend Goldscudi zu hinterlegen, bis ich beweisen könnte, daß mein Zinssatz kein Wucher sei.«

»Und er hat zugestimmt?«

»Zu meinem Glück. Aber die zwölftausend Goldscudi sind natürlich weg.«

»Das ist mir klar. Aber sag, Francesco, wie willst du den Beweis deiner Unschuld erbringen?«

Er schlug die Hände vors Gesicht. »Heilige Jungfrau hilf! Ich weiß es wirklich nicht!«

Noch nie hatte ich Francesco so verzweifelt gesehen, und er hatte allen Grund dazu, denn wir befanden uns in einer nahezu ausweglosen Lage. Falls der Heilige Vater wirklich Bankiers gefunden hatte, die ihm Geld zu einem derart günstigen Zinssatz zur Verfügung stellen konnten, dann war Francesco in jeder Weise überflüssig. Eines Tages würde eine Abteilung der spanischen Garde erscheinen und uns verhaften; dann müßten wir wahrscheinlich in den Verliesen der Engelsburg elend zugrunde gehen. Grauenhaft. Todesangst übermannte mich. Ich war wie gelähmt. So sah also das Ende aus. Francesco hatte sich in die Sphäre der päpstlichen Macht gewagt und würde darin umkommen, und ich mit ihm. Wie gesagt, Hochmut kam vor dem Fall. Zu Füßen seiner Heiligkeit hatte ich sitzen dürfen, an seiner Tafel speisen, und nun sollten wir in seiner Engelsburg vermodern.

Ich setzte mich auf den Schemel gegenüber Francescos Sessel und sah ihm in die Augen. »Es gibt also keinen Ausweg mehr?«

Ich bemerkte an dem stumpfen Blick seiner ohne Wimpern seltsam leer wirkenden Augen, daß er sich aufgegeben hatte.

»Keinen Ausweg...«, murmelte er, »keinen Ausweg...«

Plötzlich packte mich eine unbändige Wut. Ich sprang auf und

294

schrie meinen Gatten an: »Aufgeben? Niemals! Ich werde Riario, dieser Kreatur, nicht die Genugtuung geben, mich sterben zu sehen. Morgen gehe ich zu der Herzogin. Sie wird mir sagen, wer jetzt Papa Alessandro finanziert, und dann kannst du alle nur möglichen Gegenmaßnahmen einleiten, Francesco...«
Er hatte sein Gesicht jetzt mit den Händen bedeckt.
»Francesco! Hörst du mir überhaupt zu, sieh mich an!« Ich packte seine Handgelenke und zog die wie im Krampf zuckenden Hände von seinem Gesicht. Seine Lippen bebten, ich sah, daß er tonlos betete. Betroffen sprang ich auf – betroffen von der Erkenntnis, daß ich während meiner gesamten Zeit hier in Rom nicht mehr wirklich inbrünstig gebetet hatte. So weit war es also mit mir schon gekommen. Doch jetzt, wo nichts mehr blieb, als die Hilfe aller hundertvierundvierzigtausend Heiligen vom Himmel herabzuflehen, da besann ich mich, sank in die Knie und betete verzweifelt um unsere Errettung aus dieser furchtbaren Gefahr.
»Francesco, wir müssen ein Gelübde tun!«
Er sah mich an. »Ja, das wollen wir.«
Ich bemerkte, daß er sich zu beruhigen begann. »Ich werde ein Holzkreuz, sechs Braccia hoch, von einer Hauptkirche Roms zur anderen tragen und jeder davon eine hundertpfündige Wachskerze spenden.«
Francesco nickte. »Ich werde dasselbe tun, aber dabei...«, er stockte kurz, »auf den Knien das Kreuz noch zusätzlich um die Kirchen tragen. Und sollten wir wieder heil nach Florenz zurückkehren, will ich ein Kruzifix aus purem Gold für das Kloster Santa Croce anfertigen lassen, und man soll am Tage meiner Heimkehr jedes Jahr zehn feierliche Messen lesen.«
Es waren große Gelübde, die wir getan hatten, doch in Anbetracht unserer Verzweiflung schien mir nichts zuviel. Von dieser Stunde an betete ich um mein Leben und hoffte nur das eine, nämlich daß diese Gebete erhört würden.

295

Nun da alles getan war, um die Gnade des Himmels zu erlangen, mußten auch die irdischen Dinge geregelt werden. Ich sandte einen unserer Söldner los mit einem Brief an Lucrezia und der Bitte um eine Unterredung. Der Bote brachte kaum zwei Stunden später die Antwort mit, daß die Herzogin von Bisceglie mich anderentags zur neunten Abendstunde erwartete.

Als ich aus der Sänfte stieg, erscholl von der Kirche San Pietro in Vincoli, die gegenüber von Lucrezias Palazzo liegt, ein herrlicher, erhebender Gesang der Mönche, die dort ihre nächtliche Messe feierten. Ich blieb stehen und lauschte ergriffen dem Chor; der Gesang schien mir Kraft zu verleihen, und so trat ich voller Zuversicht in Lucrezias hellerleuchteten kleinen Palazzo.

Es wunderte mich nicht, daß auch diesmal bei der Herzogin wieder Kardinal Bracci anwesend war. Beide empfingen mich mit großer Herzlichkeit, was mir wirklich wohltat.

Ich war so aufgeregt, daß ich entgegen allen höfischen Regeln sofort auf den Anlaß meines Besuches zu sprechen kam. Der Kardinal und Lucrezia schienen ratlos. Ich entnahm ihren Mienen, daß sie sich über Francescos und meine Lage durchaus im klaren waren.

»Ich glaube, Lisa, hier müssen wir die Principessa bitten, das Geheimnis zu ergründen. Können wir mit Eurer Hilfe rechnen, Herzogin?«

Sie blickte Bracci offen an. »Natürlich. Morgen besuche ich ohnehin meinen Vater, und dann werde ich versuchen, etwas über diese wundersame Geldquelle herauszufinden.«

»Es müssen mächtige Bankiers sein, die derartige Summen bereitstellen können«, meinte der Kardinal.

Fürs erste war ich beruhigt. Gewiß konnte Lucrezia etwas erfahren und Francesco daraufhin Gegenmaßnahmen einleiten.

»Gefährlich ist zunächst einmal mein Bruder Cesare; ihn umzustimmen, wird Euren Gatten viel Geld und Überredungskunst kosten.«

296

»Und Euer Vater?«

»Auch er ist nicht so leicht zu überzeugen. Hilfreich wäre da ein witziger Einfall des edlen Giocondo, seine Gunst wiederzuerlangen.«

Die Sache schien in jeder Hinsicht schwierig. Francesco besaß zwar einen messerscharfen Verstand und eine große Gewandtheit, aber ausgesprochen witzige Einfälle ließ er durchaus vermissen.

Kardinal Bracci erriet meine Gedanken. »Keine Sorge, Lisa, wir werden alles ergründen, und ich lasse mir dann etwas einfallen. Vertraut mir.«

Ich war ihm unsäglich dankbar, und bevor ich etwas erwidern konnte, wechselte Lucrezia geschickt das Thema.

»Wir haben beim letzten Mal von der Liebe gesprochen, Sebastiano, als uns die Gefühle überwältigten und Ihr so taktvoll wart, uns still zu verlassen.«

»Ich hoffe, Ihr verzeiht mir, Principessa.«

»Gewiß mein Freund, aber wir haben neulich dieses Thema weiterverfolgt und wollen nun hören, wie Ihr darüber denkt.«

»Die Meinung unserer heiligen Mutter Kirche, oder ...«

Sie lachte. »Nein, Sebastiano, Eure ganz und gar eigene!«

Ich war sehr neugierig und sah den jungen Kardinal erwartungsvoll an. Wieder schien er für einen Augenblick verlegen, dann räusperte er sich.

»Nun, ich unterscheide die himmlische von der irdischen Liebe.«

»Also doch Lehrmeinung ...«

»Mit Verlaub, Herzogin, nein. So wie ich die himmlische Liebe sehe, ist es jene, die unsere Seelen zueinander zieht, die irdische dagegen unsere Sinnlichkeit, die dem Leiblichen gehört.«

»Ihr grenzt diese Liebe also scharf von der anderen ab?« warf ich ein.

297

»Genau das wollte ich auch gerade sagen«, meinte Lucrezia.

»Ja und nein. Ich glaube, Principessa, daß Ihr und ich der himmlischen Liebe huldigen, weil unsere Seelen einander so nahe sind.«

»Da stimme ich Euch gerne bei.«

»Aber wie sieht die Verbindung dieser Prinzipien aus«, fragte ich, »wo endet das eine und wo beginnt das andere?«

»Ah, unsere Florentiner Freundin ist scharfsinnig wie der große Thomas von Aquino«, wandte sich der Kardinal an Lucrezia.

Sie lachte. »Ich für meinen Teil halte es lieber mit Eurer himmlischen Liebe, Sebastiano. Wie Ihr wißt, überlasse ich die Freuden der irdischen Liebe eher meinem Ehegatten. Doch es würde mich schon interessieren, wie Ihr Euch die vollkommene Liebe vorstellt.«

Er zögerte. »Nun, zunächst sehe ich da einen völligen Zusammenklang zweier Seelen. Erst wenn dieser Zustand erreicht ist, dann soll der Leib und seine Lust dazukommen. Wenn sich Seele und Körper durchdringen, ist die Harmonie von himmlischer und irdischer Liebe erreicht, das stelle ich mir als Verwirklichung des göttlichen Prinzips vor.«

Ich war beeindruckt. »Dasselbe fordert auch Plato!«

»Dann scheine ich von der Wahrhaftigkeit nicht allzuweit weg zu liegen«, meinte er und lächelte mich an.

Nun konnte ich nicht umhin, meinem geheimsten Sehnen freien Lauf zu lassen. »Wie wunderbar ich mir das vorstelle – Mann und Frau in völligem Gleichklang der Gefühle; beide erheben ihre Seelen zu einer höheren Stufe der Vollkommenheit, hin zum Guten, dem obersten Prinzip. Und darauf strömt getreu der Lehre von der Emanation dann die körperliche Lust, und beide verschmelzen, werden eins...«

Der Kardinal sah mich an. »Schön gesagt und den Plotinos wohl verstanden, denke ich!«

Bracci kannte also sogar die Schriften des Porphyrios.

298

Lucrezia hatte uns still zugehört und wirkte mit einem Male recht nachdenklich. »Ich sehe, daß ich nicht in Euer System passe. Nie gelang es mir, die seelische Harmonie mit einem meiner Gatten oder Geliebten herzustellen noch die der leiblichen Lust. Aber trotzdem sage ich Euch, daß ich überlegen bin...«

Wir blickten sie fragend an.

»Da mein Leib, den die Männer begehren, von meinen klaren Gedanken bestimmt wird, kann ich durch ihn Macht ausüben. Ich kann dem Mann Wollust schenken in überreichem Maße, wie ich schon neulich andeutete. Durch ein Stöhnen im richtigen Augenblick oder einen kleinen Schrei, eine Bewegung meines Körpers.«

Bracci sah ihr erstaunt in die Augen.

»Doch alles geleitet durch meinen Willen. Und deshalb sind sie so verrückt nach mir. Ich kann jeden haben und jeden in den Wahnsinn treiben. Das ist meine Macht, und ich genieße sie. Das ist meine Art von Lust!«

Ich war Lucrezias Worten aufmerksam gefolgt; in solchen Dingen also unterschieden sich normale Sterbliche wie ich von einem wirklichen Machtmenschen. So mußte also eine Edle sein, die herrschen wollte. Während ich und auch der Kardinal nach Harmonie strebten, ging die Herzogin ganz andere Wege. Was für eine Frau!

Als hätte sie meine Gedanken erraten, gab Lucrezia das Zeichen zum Aufbruch. Schweigend gingen der Kardinal und ich durch den Palazzo nach draußen. Die Fackeln brannten rußend, und es war sehr kalt. Trotzdem blieben wir noch einen Augenblick stehen.

»Ist sie nicht ein großartiger Mensch!«

Ich nickte. Dann brachte Bracci mich zu meiner Sänfte, und als ich einstieg, flüsterte er mir zu, vereint würden wir Riarios Intrige erfolgreich abwehren, ich solle mir keine allzu große Sorgen machen. Diese Worte erleichterten mich sehr, und vielleicht hielt ich beim Abschied seine Hand ein wenig zu fest und zu lange …

Die Woche verging, aber wir hörten nichts, weder von Kardinal Bracci noch von Lucrezia. Francesco und ich wurden immer unruhiger, und die ständige Angst, jenes dumpfe Gefühl einer lauernden unbekannten Gefahr nahm mir langsam die Luft zum Atmen. Ich suchte mich zu zerstreuen, machte Spaziergänge mit Constantinus, ging in Rom umher und kaufte wahllos Dinge, an denen ich dann doch keine rechte Freude hatte. Selbst das schlimmste Schicksal milderte seinen Schrecken, wenn wir erkannten, was uns bedrohte; aber so dahinzuleben in ständiger Erwartung des Ungewissen – Kerker? Tod? Nicht auszudenken.
Endlich, als wir schon nicht mehr zu hoffen wagten, überbrachte mir ein Bote der Herzogin die Nachricht, ich solle zur achten Abendstunde bei ihr sein. Obwohl mir nicht danach zumute war, machte ich mich aufs sorgfältigste zurecht und wählte ein dunkelgrünes Kleid mit einer pelzverbrämten Cioppa.
Lucrezia und auch Bracci wirkten sehr bekümmert, als sie mich empfingen. Der Kardinal machte keine langen Umschweife.
»Die Lage ist todernst, Lisa.«
Ich erschrak.
»Hinter der ganzen Sache steckt Kardinal Riario. Er hat in unglaublich kurzer Zeit die größten deutschen Bankiers Fugger und Welser dafür gewonnen, dem Heiligen Vater ebensolche Summen zu leihen wie Euer Gatte.«
»Aber wieso zum halben Zinssatz? Ich weiß genau, daß die Deutschen und die Venezianer die höchsten Zinsen nehmen.«
»Das ist eben die Frage«, warf Lucrezia ein, »Sebastiano glaubt, Riario zahle einen Teil der Zinsen aus eigener Tasche.«
»Ist er so reich?«
»Unermeßlich, im Gegensatz zu mir.« Bracci wirkte verbittert.

300

»Könnt Ihr Euch ebenfalls vorstellen, Principessa, daß Riario den Unterschied zu unserem Zinssatz bezahlt?«

»O ja, der Kardinal ist sehr stolz und von Eurem Gatten vor allen Anwesenden so gedemütigt worden, daß er lieber sein Vermögen hingäbe als seine Ehre.«

»Solch extreme Denkweisen pflegen wir in Florenz nicht, aber mir ist natürlich vollkommen klar, daß Rom da ganz anders ist.«

»Lisa«, Bracci ergriff beschwörend meine Hand, »Euer Gatte muß dringend etwas unternehmen, sonst sehe ich ein Unglück nahen.«

»Ich weiß, aber was?«

»Ich habe mir bereits einige Gedanken gemacht: Hört meinen Plan.«

Auch die Herzogin war sehr gespannt.

»Der Heilige Vater hat San Giovanni in Laterano erwählt, um dort am Sonntag Conceptio Mariä eine Messe zu lesen. Er wird sich in einem aufwendigen Umzug vom apostolischen Palast dorthin begeben.«

»Sollen wir vor ihn hintreten, auf die Knie fallen und Vergebung erflehen?«

»Nein, das wäre ihm nur lästig und ganz falsch. Ich habe einen der Hauptleute seiner Garde bestochen, Francesco wird als Hellebardenträger direkt neben Eurem Vater«, dabei blickte er Lucrezia an, »im Zuge mitgehen. Hier muß er eine Gelegenheit finden, Papa Alessandro anzusprechen.«

Das war die einzige Hoffnung für uns, aus der Sache wieder herauszukommen. Ein gewagtes Unternehmen auf jeden Fall, wenn es fehlschlug, durften wir getrost unsere Seelen dem Allmächtigen empfehlen. Aber Kardinal Bracci hatte recht, auf normalem Wege über sämtliche Zeremonienmeister und Kurienkardinäle des päpstlichen Hofes würde es uns niemals gelingen, je ein Wort an den Heiligen Vater zu richten. Also mußte Francesco diese fast einem Handstreich zu vergleichende Tat mit all seinem

301

Mut und Können durchführen. Immerhin lag das Netz der Intrige endlich offen da, und wir wußten, worum es ging. Wie ein Alpdruck fiel die Ungewißheit von mir ab. Ich weiß nicht, was plötzlich in mich gefahren war, ich fühlte mich wie befreit und beinahe glücklich, als ob die Sache schon ausgestanden sei. Und so kam es, daß ich aufsprang, meine Arme um Kardinal Braccis Nacken schlang und ihn stürmisch auf die Wange küßte. Einen kurzen Augenblick lang schien er verblüfft, dann aber umarmte er mich fest und gab mich schnell wieder frei.

Lucrezia schien auf höchste erheitert. »Recht getan, Sebastiano, so sorgt der gute Hirte für die verirrten Schäflein seiner Herde.«

Beim Allmächtigen, was hatte ich mir erlaubt! Nur ein Dämon konnte mich dazu verleitet haben, hier im Angesicht der Principessa einfach den Kardinal zu umarmen. Nicht nur ich, auch Bracci stand verlegen da, und Lucrezia lachte.

»Bitte keine falsche Scham, Sebastiano, gebt zu, das habt Ihr doch gewollt.«

Damals habe ich den Sinn dieser Worte nicht beachtet, und was sie wirklich bedeuteten, erfuhr ich erst einige Zeit später. Jedenfalls war unsere Stimmung plötzlich recht ausgelassen, wir sprachen dem Wein zu, und mir entging nicht, daß Kardinal Bracci mich häufig aufmerksam betrachtete. Ich muß gestehen, seine kurze, aber beinahe stürmische Umarmung versetzte mein Inneres in höchste Aufregung. Nur einen Augenblick lang hatte ich in seinen Armen gelegen und ihn gespürt – sehr genau gespürt. Und damit war es um meine innere Ruhe geschehen. Gewiß, ich sehnte mich nach einem Mann, aber das mißglückte Abenteuer mit meinem bösen jungen Knappen hatte äußerst ernüchternd gewirkt und den Dämon in meinem Leib fast verdrängt. Doch nun schien er mit aller Macht der Hölle von mir Besitz ergreifen zu wollen. War ich denn nicht mehr bei Sinnen? Offenbar, es schien als hätte ich mich in Kardinal Bracci verliebt...

Ich stellte es mir schlimm vor, die Geliebte eines Kardinals zu

302

werden, und wollte mich deshalb hüten, meinen aufkeimenden Gefühlen für Bracci nachzugeben, auch wenn er noch so beeindruckend war und gut aussah. Ich mußte einerseits äußerste Zurückhaltung üben, ihn aber andererseits nicht verärgern, denn er hatte seine Freundschaft bewiesen; ohne ihn wäre Francesco Riarios Intrige ausgeliefert, und nur dank seines Einfalls konnten wir um unsere Rechtfertigung kämpfen.

Zu Hause im Bett rasten die Gedanken wie wirr durch meinen Kopf; und alle drehten sich um den jungen Kardinal, was mich beunruhigte. Unmerklich hatte er nach und nach von mir Besitz ergriffen, und heute traf mich diese Erkenntnis wie ein Blitzschlag. Aber ich würde das Gefühl beherrschen und ihm keine Macht über mich und meinen Körper erlauben. Nein – ich wollte niemals die Geliebte eines Kardinals sein.

Am Sonntag Conceptio Mariä mußte Francesco schon vor Tagesanbruch das Haus verlassen, um seine Gewänder mit denen des Hellebardiers zu tauschen. Ich mochte gar nicht daran denken, wie viele Leute mit welchen Unsummen vorher hatten bestochen werden müssen, damit sich Francesco in den Zug der Gardisten einreihen konnte, aber es war gleichgültig, hier ging es um alles.

Der Zug führte vom apostolischen Palast zur Engelsburg, von dort über den Ponte Sant' Angelo, dann an der Hinterfront unseres Palazzos vorbei, bog vor dem Kapitol ab und endete, nachdem er das Kolosseum passiert hatte, bei San Giovanni in Laterano. Ich hatte eine hervorragende Aussicht, und es wäre sicher recht unterhaltsam gewesen, Francesco in seiner ungewohnten Rolle als spanischer Gardist zu beobachten, wenn die Sache nicht so bitterernst gewesen wäre. Am Anfang des Zuges kamen zahlreiche mit Spießen und Schwertern bewaffnete Söldner, alle gleich gekleidet und mit dem Stierwappen der Borgias auf ihren Gewändern. Danach folgte eine Gruppe von Trommlern, deren Trommeln einen ungeheuren Lärm machten und mir drohend dumpf in den Ohren klangen. Eine Anzahl hoher Geistlicher ging zu Fuß hinter ihnen, und dann sah ich die Kardinäle, alle hoch zu Roß. Mein Herz schlug schneller, als ich glaubte Bracci zu erkennen, und tatsächlich, als er an unserem Palazzo vorbeiritt, blickte er herauf und erteilte mir den Segen. Trotz seiner Jugend sah er sehr würdig aus in seinem rotvioletten Kardinalsornat mit weitem, kostbarem Umhang, und ich konnte nicht umhin zu denken, was all diese Leute, die sich bekreuzigten, wenn er sie segnete, wohl sagen würden, wenn sie wüßten, daß er mich schon in seinen Armen gehalten hatte.

Nun wurde es ernst. Gut an die dreißig Trompeter kamen mit etwas Abstand, alle Augenblicke setzten sie ihre Instrumente an und schmetterten eine Fanfare, daß mein Kopf dröhnte. Die Trommeln und Trompeten steigerten meine Anspannung bis ins beinahe Unerträgliche. Endlich sah ich Papa Alessandro nahen. Er ritt auf einem Schimmel im Seitsitz, und seine weißgrundigen, goldbestickten liturgischen Gewänder, die er bereits trug, was mich verwunderte, reichten fast bis zum Boden. Das Pferd wurde von zwei Knappen geführt, und vier hohe Geistliche trugen einen Baldachin aus leuchtend blauer Seide, der sich über der Tiara des Heiligen Vaters bauschte. Vor ihm schritt ein Bischof, ganz in Gold gekleidet, der das Kruzifix vorantrug.

Und da – mein Herz wollte stehenbleiben – war mein Francesco. Ich konnte ihn ganz deutlich erkennen, da er auf der rechten, mir zugewandten Seite des Papstes ging. Und noch etwas sah ich: Der Heilige Vater sprach mit ihm! Als sie auf der Höhe unseres Palazzos waren, wandte sich der Pontifex ganz unmißverständlich zu mir herauf und segnete mich! Alle unten auf der Straße sanken vor Ehrfurcht in den Staub, und mir versagten schlichtweg die Beine den Dienst, ich mußte mich setzen. Unsere Gebete waren erhört worden, Francesco hatte es geschafft. Ich dankte den hundertvierundvierzigtausend Heiligen, die ich in den vergangenen Tagen alle einzeln um Fürsprache beim Aller-

304

höchsten angefleht hatte, und ganz besonders der Gottesmutter, der meine inbrünstigsten Gebete gegolten hatten.

Gerettet! Ich war mir ganz sicher. Nun wartete ich mit gespannter Neugier auf Francescos Rückkehr. Endlich, es dämmerte schon, kam er nach Hause. Mein Gatte wirkte völlig erschöpft vom Tragen der schweren Hellebarde und von dem langen Fußweg.

»Wein!« war das einzige Wort, das er zunächst hervorbringen konnte. Dann setzte er sich in einen Sessel, ließ sich die Schuhe und Strümpfe ausziehen, verlangte feuchte Tücher, die ihm unsere Mägde zur Kühlung um die bloßen Füße legen mußten.

»Beim Allmächtigen«, stieß er schließlich hervor, »zum Hellebardier tauge ich wahrlich nicht, meine Arme sind mir fast abgefallen vom Tragen der schweren Waffe.«

»Erzähl, wie alles gewesen ist!«

»Genau wie Kardinal Bracci vorausgesagt hatte. Der Heilige Vater war durchaus erheitert von meinem Auftritt als Gardist und unterhielt sich geraume Zeit mit mir. Umzüge dieser Art langweilten ihn sonst immer zu Tode, wie er mir sagte.«

»So ist jetzt alles gut?«

»Nicht ganz, Lisa, morgen muß ich in aller Frühe zu seiner Heiligkeit, um dort meine Gründe darzulegen, und da kann ich ihm auch auseinandersetzen, weshalb die von Kardinal Riario vermittelten Gelder einen so unglaublich niedrigen Zinssatz haben. Und«, fügte er hinzu, jetzt schon wieder ganz der mit allen Wassern gewaschene Bankier, »ich glaube schon einige gute Argumente gegen diese Fugger aus Deutschland gefunden zu haben.«

So kannte ich meinen Gatten. Ich schaute ihn von der Seite an und bedauerte in dem Augenblick zutiefst, diesen Menschen nicht mehr lieben zu können, nach allem, was er mir angetan hatte. In dieser Stunde aber war ich trotzdem nicht ganz ohne Gefühle für ihn, war ihm irgendwie verbunden. Die gemeinsam überstandene Gefahr, dazu mein Sehnen, das um Kardinal Bracci kreiste, hatten offenbar meine Sinne überreizt und riefen Gedan-

305

ken in mir wach, die ich für immer begraben wähnte. Ich mußte vorsichtig sein und mich im Zaum halten, sonst ließ ich mich womöglich zu etwas hinreißen, was ich später bereuen müßte. Und das durfte unter keinen Umständen geschehen …

Am nächsten Morgen kleidete sich Francesco besonders prächtig und zog mit beinahe allen Söldnern, die wir aufbieten konnten, mit großem Gepränge zum Palast des Papstes, um seine Aufwartung zu machen. Während er davonritt, sandte ich heiße Gebete zum Himmel, daß alles gut ausgehen möge; und dann begann das Warten. Man konnte ja nie wissen: Was Papa Alessandro gestern noch erheiterte, konnte heute schon Anlaß für seinen Zorn sein. Nicht zu vergessen jene Ratgeber, die – natürlich von Kardinal Riario bestochen – alles tun würden, um Francesco vom Heiligen Vater fernzuhalten, wenn es irgend ging. Es machte mich fast wahnsinnig, Francesco allein beim Papst zu wissen. Immerhin war dieser Morgen schicksalhaft für mein weiteres Leben. Und ich konnte nicht dabei sein.

Endlich, es war wohl um die dritte Stunde nach Mittag, kam er zurück. Schon von unten winkte er mir zu, und ich wußte, alles ist gut. Wir gingen in Francescos Schlafzimmer, er warf sich aufs Bett und blieb mit geschlossenen Augen liegen.

»Hab noch ein wenig Geduld, bis die übermächtige Spannung in mir nachläßt, und gib mir von dem Wein!«

Er trank in langen Zügen den ganzen Pokal leer. Nun erst bemerkte ich, daß auch Don Angelo mit in das Gemach gekommen war. Seit dem furchtbaren Vorfall damals vermied es der Priester, direkt mit mir zusammenzutreffen, und wir sahen uns nur bei der Mittags- und Abendtafel. Natürlich war ich auch nie mehr bei ihm zur Beichte. Jetzt aber stand er neben mir vor Francescos Bett, das Don Angelo schon ungleich häufiger mit meinem Gatten geteilt hatte als ich, und wir warteten beide gespannt auf den Bericht. Endlich begann Francesco zu sprechen, wie zu sich selbst, erst langsam und stockend, dann immer flüssiger. Und

306

wirklich, es war eine fesselnde Geschichte, bestimmte doch ihr Ausgang über unser aller Schicksal. Es geschieht nicht oft, daß wenige Stunden über Leben und Tod entscheiden, doch hier war es so, und auch Don Angelo hatte wie ich erkannt, was bei dieser Audienz auf dem Spiel gestanden hatte.

Francesco war also am Portal des apostolischen Palastes angelangt und befand sich bereits im Vestibül, als der päpstliche Zeremonienmeister heraneilte und ihm bedeutete, daß er jetzt nicht zu Papa Alessandro vorgelassen werden könnte. Francesco hatte dies erwartet und vorsorglich dreihundert Goldscudi mitgenommen, die er nun dem Geistlichen anbot. Dieser nahm das Geld und führte ihn zusammen mit unserem Schweizer Söldnerhauptmann, der meinen Gatten begleitete, in ein Vorzimmer zu den päpstlichen Gemächern, wo beide warten sollten. Dann verschwand der Zeremonienmeister und ward nicht mehr gesehen. Nach einiger Zeit begriff Francesco, daß er in dem Raum gefangen war. Was tun? Nun kam die Stunde unseres hünenhaften Söldnercapitanos, der sich gegen die Türflügel warf, bis sie aufsprangen. Schnell eilten sie durch die weiteren Vorzimmer zur Camera Papagalli, in der Papa Alessandro seine Gewänder an- und abzulegen pflegt und wohin er sich auch privat zurückzog, wenn er nicht seinen Geschäften nachging. Vor der Camera standen sechs spanische Gardisten, die jegliche Störung seiner Heiligkeit untersagten und Francesco auch auf den dringenden Hinweis, er sei eingeladen, nicht melden wollten. Sie waren dem Ziel so nah und doch so fern, denn die Türflügel zum päpstlichen Privatbereich einzutreten oder mit den Gardisten Streit zu bekommen, war nicht möglich, ohne einen Skandal mit all seinen Folgen heraufzubeschwören. Da kam dem Capitano die rettende Idee. Er und Francesco brüllten so laut immer wieder den Namen seiner Heiligkeit, daß die Wände erzitterten. Es dauerte nicht lange, da erschien Papa Alessandro, um zu sehen, wer hier einen derartigen Krach machte, und Francesco berichtete es ihm in aller Demut. Der Papst lachte über den Einfall des Capitano und ließ dann Francesco in den Saal der freien Künste führen, wo er ihm die versprochene Audienz gewährte. Dann ging es also um Sein oder Nichtsein. Francesco bat den Heiligen Vater untertänigst um Verzeihung wegen des geforderten Zinssatzes und fügte hinzu, auch er könne diesen entscheidend senken, wenn er nur jemanden fände, der bereit sei, die Hälfte der Zinsen zu übernehmen. Der Papst verstand nicht gleich, und so erzählte ihm Francesco, daß Kardinal Riario an die Fugger in Augsburg die Hälfte des Zinses bezahlte. Nun war Papa Alessandro natürlich nicht um eine Antwort verlegen, indem er meinte, es sei ihm gleichgültig, wer seine Zinsen bezahle, und wenn es der Leibhaftige selbst sei. Darauf hatte mein Gatte gewartet. Wahrlich, meinte er, in die Hand des Leibhaftigen habe sich seine Heiligkeit schon begeben. Als Papa Alessandro fragte, wie das zu verstehen sei, da legte Francesco ihm seine wohlerwogenen Argumente dar, und diese überzeugten den Papst.

Der Fugger war natürlich, obwohl er an Kaiser Maximilian ungeheure Summen ausgeliehen hatte, dessen Kreatur. Lieh nun der Heilige Vater vom Fugger Geld, mußte er einige seiner Lehen an diesen als Sicherheit abtreten. Das wiederum bedeutete, daß der Kaiser auf dem Umweg über den Fugger Einfluß auf das Patrozinium Petri nehmen konnte. Bei Bedarf ein Grund zum Einmarsch oder Krieg, den der Heilige Stuhl niemals gegen den deutschen Imperator gewinnen könnte. Francesco wußte, daß Papa Alessandro Kaiser Maximilian haßte und fürchtete; das gab auch den Ausschlag dabei, den Papst schließlich umzustimmen. Doch mein Gatte wäre kein Bankier mit Leib und Seele gewesen, wenn er die Gunst des Papstes nicht genutzt hätte, um seinerseits eine Intrige gegen Kardinal Riario einzuleiten. Er meinte ganz im Vertrauen, wenn Riario den Großteil von Fuggers erheblich höherem Zinssatz aus seiner Privatschatulle bezahlen könne, müsse er wirklich über erhebliche Mittel verfügen. Und diese verdanke er nur der Gnade seiner Heiligkeit, des Papstes. Wäre es da nicht gerecht und vor allem viel einfacher, von Riario ein schönes Geschenk zu erwarten? Francesco hatte sich kundig gemacht und schlug sechzigtausend Goldscudi als angemessen vor. Papa Alessandro meinte dazu nur, in diesem Fall könnten es dann auch achtzigtausend sein. Dem widersprach Francesco wohlweislich nicht...

Die Gunst der Stunde nutzend, fügte mein Gatte noch hinzu, wenn er als Sicherheit vom Papst eine Grafschaft erhielte, vielleicht sogar mit dem Recht, diesen Titel zu führen, dann habe seine Heiligkeit nicht nur ein vorteilhaftes Finanzgeschäft getätigt, sondern einen stets treuen und dankbaren Gefolgsmann gewonnen, der mit seinen Mannen allzeit bereitstünde, die päpstlichen Angelegenheiten zu verteidigen. So hatte er den Papst vollends überzeugt und war in höchsten Gnaden entlassen worden. Unserem Schweizer Söldnercapitano aber, der letztendlich entscheidend zu diesem Erfolg beigetragen hatte, schenkte Francesco hundert Goldscudi. Zu alledem hatte uns der Papst zu einem kleinen Fest bei sich eingeladen; offenbar beflügelte ihn der Gedanke, bald schon von Riario achtzigtausend Scudi zu erhalten.

So war diese gefährliche Sache nicht nur zu einem guten Ende gelangt, sondern Francesco würde vielleicht durch ein päpstliches Lehen in den Grafenstand erhoben. Der Gedanke faszinierte meinen Gatten – und wenn ich aufrichtig bin, mich auch. Im Augenblick allerdings, wo die fast unerträgliche Spannung von mir abfiel, machte sich eine gewissen Erschöpfung bemerkbar; fast hatte ich das Gefühl, die Melancholie wollte sich wieder meiner bemächtigen. Doch die Aussicht auf das bald bevorstehende Fest gab mir Kraft, und ich nahm mir vor, ganz besonders schön auszusehen.

Der päpstliche Palast war festlich beleuchtet, was ich schon von weitem sehen konnte, als wir aus dem Häusergewirr auf den Petersplatz einbogen. Diesmal gab es keinen Wettlauf mit einem anderen Gast, und ich war froh darüber. Überhaupt wunderten wir uns, daß sonst niemand zu sehen war. Weder standen Söldner umher noch Kutschen, Pferde oder Sänften. Nur ein Fähnlein der spanischen Garde war im Hof versammelt. Wir stiegen aus unserer Sänfte, und der Majordomus – es war nicht jener, der Francesco um die dreihundert Scudi betrogen hatte – geleitete uns mit vielen Höflichkeiten durch die mit Fackeln nur schwach erhellten Gänge. Woher also war das festliche Licht gekommen, daß ich bei unserer Ankunft bemerkt hatte? Meine Neugier wurde befriedigt, als wir zu den Gemächern des Papstes kamen. Hier brannten Hunderte, wenn nicht Tausende feinster Wachskerzen, die nicht nur Licht spendeten, sondern auch für wohlige Wärme sorgten. Wir wurden durch die Camera Papagalli, die Sala dei Misteri della Fede bis in die Sala dei Papi geführt, wo eine festliche Tafel gedeckt war, ähnlich der, die ich schon beim letzten Mal bewundert hatte, aber wesentlich kleiner. Offensichtlich würde dieses Fest in recht intimem Rahmen stattfinden. Und tatsächlich – nur einige Kurienkardinäle und wir waren geladen! Merkwürdig, irgend etwas in mir sträubte sich dagegen, warum nur? Die vergangenen Ereignisse hatten mich wohl zu ängstlich werden lassen. Der Majordomus wies uns Plätze nahe dem Kopfende der Tafel zu. Das war gegen die Regel, aber vermutlich wurde bei eher privaten Vergnügungen nicht so auf die Sitzordnung geachtet. Wir begrüßten jene Kardinäle, die wir bereits kannten, und ließen uns den anderen vorstellen. Wo war Kardinal Bracci? Es hätte mich beruhigt, einen Vertrauten in dieser Runde zu sehen. Wer allerdings erschien, war Kardinal Riario. Er sah geradezu gramgebeugt aus, kein Wunder bei der Summe, die er an Papa Alessandro bezahlen sollte, und mir war auch so, als würden die anderen Kardinäle ihn meiden. Dann ertönten die Posaunen, und ein Zug bewegte sich auf die Sala dei Papi zu. Es war Papa Alessandro in rotem Ornat und einer pelzverbrämten,

310

eng am Kopf anliegenden Samthaube. Hinter ihm ging Cesare, ganz in Schwarz gekleidet, was ihm zu seinem blonden Haar und Bart außerordentlich gut stand. In seiner Düsterheit wirkte er sehr bedeutend, und ich ahnte förmlich die Gefahr, die von diesem Mann ausgehen konnte. Gefahr nicht nur für seine Feinde oder jene, die er dazu erklärt hatte, sondern auch für eine Frau ... Wir waren niedergekniet, als der Heilige Vater eintrat. Er schritt gemessen auf uns zu. Dann verwehrte er Francesco, seine Schuhe zu küssen und hielt ihm seinen Ring hin. »Erhebt Euch, lieber Giocondo, bedeckt Euch!« Welch hohe Ehre! Nicht nur, daß Papa Alessandro auf uns zugegangen war, war sehr ungewöhnlich, sondern ich durfte ihn sogar auf die Wange küssen, was eigentlich den Familienmitgliedern und gekrönten Häuptern vorbehalten war! Aber heute wurde wohl das Protokoll nicht so streng gehandhabt, wie mir schien. Daß ich recht hatte, bemerkte ich auch, als ich die Wange des Heiligen Vaters küßte, denn er streichelte mir dabei den Nacken. Mein Gatte sah ein wenig verwundert drein. Nun, wenn es uns das Wohlwollen seiner Heiligkeit sicherte, wollte ich das gerne dulden, obwohl eine solche Berührung in der Öffentlichkeit ja gegen jegliche Sitte verstieß. Francesco begrüßte Cesare äußerst kühl, was ich als unklug empfand. Schließlich war Cesare hier der Herr, und sein Stolz könnte empfindlich getroffen werden, wenn man ihm das nicht zeigte.

Dann endlich kam Lucrezia, wieder einmal ohne ihren Gatten. Ihr feines, langes blondes Haar trug sie strähnenweise in regelmäßige Wellen gelegt und dazu ein Stirnband, das mit vielen kleinen Perlen bestickt war. Ihr Gewand bestand aus dem dünnsten Gewebe, das ich jemals erblickt habe; man sah ihren Körper darunter so gut wie nackt, und ich bemerkte, daß ihre Brüste nach der Geburt groß und prall abstanden. Tatsächlich, sie hatte sich die Brustknospen wie ihre Lippen mit dunklem Rot bemalt. Und das alles vor den Augen ihres Vaters, des Bruders und der

hier versammelten Kardinäle. Erstaunlich, sehr erstaunlich; welche Überraschungen würde dieser Abend noch bringen? Lucrezia kam auf mich zu, ich knickste tief, worauf sie mich hochzog und auf den Mund küßte. Ein herrlicher Geruch nach Blütenessenzen und allen Gewürzen des Orients ging von ihr aus.
»Du schuldest mir auch noch einen Kuß, liebste Schwester!«
Lucrezia wandte sich lächelnd zu Cesare um, schlang ihre Arme um seinen Nacken und küßte ihn lange und ausdauernd, so wie es zwei Liebende tun. Francesco und ich sahen uns verstohlen an; hoffentlich hatte niemand unsere Verblüffung bemerkt.
Dann ließen sich alle an der festlichen Tafel nieder und sprachen gleich dem Wein freudig zu. Schnell wurde die Stimmung ausgelassen, bis ein Trompetenstoß den ersten Gang des Essens ankündigte. Ich traute meinen Augen nicht, etwa zehn völlig nackte Mädchen brachten Platten mit Speisen und stellten sie auf die Tafel. Dann setzten sich die allesamt ausnehmend schönen Geschöpfe ganz ungeniert bei einigen Kardinälen auf den Schoß und ließen sich von ihnen überall streicheln. Ich dachte bei mir, daß Kardinal Bracci vielleicht deshalb ferngeblieben sei, da er sicher kein Freund solcher Spiele war. Aber ich beschloß, mir absolut nichts anmerken zu lassen. Denn erstens brauchten wir das Wohlwollen des Papstes und zweitens, was das Oberhaupt der Christenheit tat, konnte von uns gewöhnlich Sterblichen nicht verdammt werden. Irgendwie begann mir die Sache sogar zu gefallen; die schönen Mädchen und die jungen Kardinäle waren recht gut anzusehen und wirkten nicht abstoßend. Ich ertappte mich dabei, Kardinal Bracci herbeizuwünschen. Und wenn ich eines der Mädchen wäre, auf seinem Schoß sitzend… Beim Allmächtigen, was für kindische Gedanken. Sicher, er hatte einmal meine Hand ein wenig zu lange gehalten, und ein anderes Mal, als ich ihn auf die Wange küßte, kurz in seine Arme genommen. Doch was besagte das schon? Überhaupt nichts. Und es war wirklich nicht mein Wunsch, eine seiner sicherlich zahlreichen Geliebten zu werden!

312

Die Amselzungen, meine Leibspeise, waren diesmal wieder von hervorragender Güte, und ich ließ mir von einer der nackten Schönen eine ordentliche Portion auf den Silberteller legen. Plötzlich rückte Cesare, der mein Tischnachbar war, seinen Sessel näher zu mir und schaute mich so überaus freundlich an, wie ich es ihm niemals zugetraut hätte.

»Ihr seid also die schöne und philosophisch bewanderte Florentinerin, deren Gesellschaft meine Schwester so liebt.«

Ich war entschlossen, bei Cesare Eindruck zu machen, aber nur die allernötigsten Regeln der höfischen Konversation zu beachten. »Ich sah vorhin, daß auch Ihr sie liebt...«

Er lachte. »Alte Angewohnheiten, einst wollten wir ein ganz reines Geschlecht von Nachkommen hervorbringen; doch Lucrezia mußte ja unbedingt Herzogin von Bisceglie werden.«

»Ich vermisse den Herzog.«

»Alfonso hat Angst, an unserer Tafel vergiftet zu werden. Er kommt nur, wenn ihn seine königliche neapolitanische Verwandtschaft dazu drängt, beim Heiligen Vater etwas für sie zu erreichen.«

»Und nützt es etwas?«

»Zuweilen, Mona Lisa, wie Ihr an Eurer Anwesenheit seht, ist mein Vater durchaus bereit, Milde zu üben.«

»Milde, zu der Ihr nicht fähig seid?«

Er sah mich lange mit seinen dunklen Augen an. »O doch, Lisa, ich kann milde sein; doch alles zu seiner Zeit.«

»Ist es, weil Ihr als Feldherr keine Schwäche zeigen dürft?«

»Vielleicht.« Er wurde nachdenklich. »Doch wenn ich neben einer so schönen Frau wie Euch sitze, wähne ich mich schwach.«

»Weshalb das?«

»Eure Schönheit und Anmut nimmt die Schwere von meinem Herzen. Ich möchte Euch in die Arme nehmen und die Augen schließen – nur einen Augenblick lang.«

Ich dachte, daß wohl das Leben, das Cesare Borgia führte, ihn so hart gemacht hatte. Hart und gefährlich. Ich mußte aufpassen. Er nahm plötzlich meine Hand und küßte sie innig. Ein jäher Fieberschauer durchfuhr mich dabei. Aus den Augenwinkeln sah ich Francesco verstohlen herüberblicken. Doch was ging es ihn überhaupt an. Er hatte mir ja größtmögliche Freiheiten eingeräumt, und ich wollte mir dieses amüsante Geplänkel mit Lucrezias Bruder nicht nehmen lassen. Denn Cesare hatte durchaus etwas Anziehendes, etwas, was auf mich wirkte wie Magie. Seine Gesten, seine Stimme, die Berührung seiner Hand – alles löste in mir starke Empfindungen aus, ich mußte mich beherrschen, damit er es nicht bemerkte. Zu spät. Cesare klatschte in die Hände. Der Kapellmeister des Orchesters, das zur Tafel aufspielte, eilte zu ihm, Cesare sagte etwas, der Mann nickte und gab seiner Kapelle ein Zeichen. Sogleich ertönte ein Tanzlied. Cesare faßte mich bei der Hand, ohne auf Francesco zu achten, und ich folgte ihm wie willenlos. Wir nahmen Aufstellung, als ob neben uns noch andere Paare wären, und tanzten dann nur für uns, stets den anderen gegenüber im Auge behaltend. Cesare tanzte ausgezeichnet, und ich nahm mich zusammen, um die Figuren besonders graziös zu schreiten. Die Musik wurde immer schneller und verfiel in einen mir fremdartig wirkenden Rhythmus. Papa Alessandro klatschte dazu mit den Händen und rief mir zu, daß man so in Spanien tanze. Als das Stück zu Ende war, fiel Cesare vor mir auf die Knie, als ob dies zu dem Tanz gehöre, beugte sein Haupt und umfaßte meine Hüften. Dann erhob er sich unter dem Applaus der mittlerweile schon ziemlich angeheiterten Kardinäle. Er hielt mich nur für eine Weile an sich gepreßt, aber das genügte, um mich einem wahren Gefühlssturm auszusetzen.

Wir gingen wieder zu unseren Plätzen, und ich trank durstig ein ganzes Glas Wein aus, das mir noch zusätzlich zu Kopf stieg. Cesare saß ganz nahe bei mir und hielt ungeniert meine Hand.

314

Francesco blickte bewußt zur Seite, um sich mit einem der Kardinäle zu unterhalten. Was wollte Cesare von mir? Ein schnelles Abenteuer, hier vor aller Augen – unmöglich. Noch dazu konnte er jedes der Mädchen hier im Saal und wo auch immer sonst haben; weshalb sollte er gerade an mir Interesse zeigen, schließlich war ich schon zwanzig Jahre alt und zudem verheiratet. Wo also sollte für den Sohn des Papstes hier ein besonderer Reiz liegen? Vielleicht empfand er eine gewisse Zuneigung, ohne mich gleich begehren zu müssen? So war es wahrscheinlich. Oder wollte er mich in irgendein Komplott hineinziehen? Nein, dazu war ich wohl zu unwichtig und auch nicht genügend höfisch gewandt. Ach was soll's, ich wollte mir darüber keine Gedanken machen, sondern den Augenblick genießen. Cesares Gesellschaft tat mir so gut.

»Habt Ihr schon den Saal mit den Szenen aus den Heiligenleben gesehen? Pinturicchio hat ihn eigenhändig ausgemalt.«
Ich verneinte.
»So kommt mit mir, ich führe Euch!«
»Weshalb nicht.«
Er stand auf, reichte mir seinen Arm, und wir gingen hinaus. Kaum waren wir in dem düsteren, von nur wenigen Fackeln beleuchteten Nebenraum angelangt, da geschah etwas ganz Unvermutetes.
»Lisa, ich liebe Euch, ich habe Euch vom ersten Augenblick des heutigen Abends an geliebt!«
Er nahm mich ohne Umschweife in die Arme und gab mir einen leidenschaftlichen, fast schmerzhaften Kuß. Diese Liebeserklärung kam doch sehr überraschend. Ich fühlte, wie mir die Knie weich wurden, und wie willenlos ließ ich mich fortziehen zu einem Gemach, in dem viele Kerzen brannten und in dem ein Ruhebett stand. Cesare goß einen Pokal voll Wein und ließ mich trinken, er selbst nahm nur einen Schluck. Dann hob er mich auf, trug mich zu dem Bett, und schon lagen wir engumschlungen

315

darauf. Mir war plötzlich ganz schwindelig, alles drehte sich im Kreise. Cesare schob mir energisch die Gewänder hoch, so daß ich mit nackter Scham dalag. Natürlich war mir klar, daß er mich nehmen wollte. Doch ich war nicht bereit, ihm auf diese Weise nachzugeben, rollte mich mit aller Kraft zur Seite und zog dabei meine Röcke wieder herunter.

»Du willst also nicht, meine Kleine? Gut, dann werde ich dir etwas klarmachen. Ich kann dich und deinen Gatten vernichten. Heute nacht noch, wenn es sein muß. Ihr werdet hier im Palast meines Vaters sterben – wenn ich es will. Also, meinetwegen, wähle den Tod!«

Ich war zu keiner Gegenwehr mehr fähig, so sehr hatte mich der jähe Ausbruch des gewalttätigen Cesare eingeschüchtert. Ja, er war ein Ungeheuer, aber ich mußte mich ihm hingeben. Doch dann geschah etwas, das ich niemals in meinem ganzen Leben werde begreifen können, und doch schwöre ich, daß es die Wahrheit ist. Trotz meiner unsäglichen Todesangst in den Armen dieses fürchterlichen Mannes empfand ich – Lust. Wahnsinnige, jede Faser meines Körpers erfüllende Lust. Es war, als ob alles von mir abgefallen sei, was meine bisherige Existenz ausmachte: Meine Philosophie, mein Glaube, meine Erziehung – alles war plötzlich wie ausgelöscht. Und ich war im reinsten Sinne des Wortes völlig diesem Menschen ausgeliefert. Nichts zählte mehr in diesem Augenblick. Familie, Herkunft, Sitte, alles untergegangen in diesem Inferno von Lust und tödlicher Gefahr. Als er kraftvoll und rücksichtslos in mich eindrang, fühlte ich meinen Körper wie von mir losgelöst, unfähig, mich zu wehren. Nur ein einziger Gedanke beherrschte mich: Ja, nimm mich, nimm mich mit all deiner Kraft, deiner ganzen Brutalität, erniedrige mich, töte mich, aber befriedige diese irrsinnige verzweifelte Lust in mir. Nur wenige Male drang sein Pene wie wild in mich, ich schrie vor Leidenschaft, dann bäumte sich Cesare plötzlich auf, stöhnte entsetzlich, verkrampfte sich und lag dann ganz still

316

schweratmend auf mir. Kurz darauf ordnete er seine Kleidung, so als ob nichts gewesen wäre, nahm einen Schluck Wein und sah mich nicht unfreundlich an.

»Also, laß uns wieder zu den anderen gehen.«

Ich glaubte nicht richtig gehört zu haben. Das sollte alles gewesen sein? Ich stand auf, noch ganz benommen, und zog meine Gewänder glatt. Heiß und klebrig rann mir Cesares Samen die Oberschenkel hinab, als ich ihm folgte. Meine Lust aber war völlig erstorben, hatte einer ungeheuren Enttäuschung Platz gemacht. Ich fühlte mich innerlich leer, ausgebrannt, wie benutzt und weggeworfen. Scham überkam mich, in den Armen dieses widerwärtigen Mannes für kurze Augenblicke Lust verspürt zu haben. Ja, ich hatte mich ihm hingegeben, willenlos vor Angst und berauscht vom Wein – und doch erregt von jener Aura der Gewalt und des Todes, die von Cesare Borgia ausging. Nie, nie wieder, sollte mich ein Mann berühren! Ich begann, Frauen zu verstehen, die ewige Keuschheit hinter Klostermauern vorzogen, lieber die Lust in ihrem Leib abtöteten, um jenen Erfahrungen, die ich bereits machen mußte, für immer zu entgehen. Die unglücklichen Versuche Francescos, jetzt Cesares Gebahren, ganz zu schweigen von dem Verhalten des jungen Knappen Orlando furioso – nur die Äbtissin damals und Nanna hatten meine Lust stillen können. Doch was wahre Liebe und Leidenschaft zwischen Mann und Frau ausmachte, das hatte ich nie erfahren und würde es wohl auch nicht mehr…

Als wir zurück in den Festsaal kamen, wurde ich aus meinen Gedanken gerissen. Denn was sich meinem Auge darbot, war eine ausgewachsene Orgie. Die Kardinäle saßen oder lagen umher, jeder einen Knaben oder ein nacktes Mädchen im Arm. Auf der Tafel tanzte eine maurisch aussehende, ziemlich füllige Schönheit für Papa Alessandro, der nach wie vor am Kopfende des Tisches auf seinem Thron saß. Trotz ihrer Fülle konnte das ungemein gelenkige Mädchen es so einrichten, daß sie mit weit ge-

317

spreizten Beinen ihre offene rote Scham dicht vor dem Antlitz des Heiligen Vaters bewegte, was diesen stark zu erregen schien. Zwei weitere Mädchen knieten rechts und links des apostolischen Thrones. Eine davon hatte ihr Gesicht in den Schoß seiner Heiligkeit gelegt. Papa Alessandros Augen waren weit aus den Höhlen getreten, sein Gesicht dunkelrot angelaufen, er keuchte fürchterlich. Als ich Francesco erblickte, traf es mich fast wie ein Keulenschlag. In offensichtlicher Verzückung lag er mit einem etwa zwölf Jahre alten Knaben auf einem Polster, der ihn wie wild küßte und dabei Francescos Pene in der Hand hielt. In der Tat, die Gerüchte über den Lebenswandel des Papstes stimmten also, nein besser, sie wurden von der Wirklichkeit bei weitem übertroffen. Ich war zwar abgestoßen von dem wüsten Treiben, andererseits betrachtete ich die Szene mit einer gewissen Neugier. So war das also. Was die Kirche bei normal Sterblichen mit furchtbaren Strafen im Namen des Allmächtigen ahndete, das kümmerte hier, in der Sphäre absoluter Macht niemanden. Nun begriff ich, was hinter der Verteufelung der leiblichen Lust stand: Sie diente als Druckmittel, um ein schlechtes Gewissen in uns zu erzeugen. Ja, unkeusch waren wir alle, Edle wie Niedere, wir mußten diese sündigen Gedanken und Werke beichten um unseres Seelenheils willen. Mit dem Abnehmen der Beichte aber besaßen die Priester Macht über uns, die Macht, uns loszusprechen von unseren Sünden. So waren wir in ihrer Hand.
Plötzlich ertönte ein Trommelwirbel, und man führte einen riesigen weißen Ziegenbock herein, der aus seinen unheimlichen Augen starr auf die Szenerie blickte. Ein Kardinal trat hervor, sein Ornat vom Wein und den Freuden der Lust befleckt, gab den Trompetern ein Zeichen, und nach einer kurzen, aber ohrenbetäubenden Fanfare hielt er eine kurze lateinische Ansprache, von der ich wegen des Lachens und Lärmens um mich herum nur verstand, daß hier »Luzifer in die Hölle« geschickt werden

318

sollte. Die Mädchen kannten das Spiel offensichtlich schon und begannen, auf allen vieren vor dem Ziegenbock über den Boden zu kriechen; dabei mähten sie wie kleine Ziegen. Der Bock machte große Augen, und dann rannte er zwei, drei Schritte auf eines der Mädchen zu, das jedoch vor ihm durch den ganzen Saal floh. Trotz des entsetzlichen Gestanks, der von dem Tier ausging, hatten ihn mittlerweile vier Kardinäle an den mächtigen Hörnern gepackt und hielten ihn zurück. Wer weiß, was sonst mit dem Mädchen geschehen wäre, so wild gebärdete sich der Bock. Dann schleiften sie ihn unter riesigem Gejohle zu einem der Fenster, öffneten die Läden und versuchten, den ziemlich schweren Bock über die Brüstung zu zerren. Doch er wehrte sich mit größter Verzweiflung. Dann geschah etwas Entsetzliches: Einer der jungen Kardinäle ließ sich von der Wache ein Schwert geben und zertrennte mit zwei schnellen Schnitten die Sehnen der Hinterläufe. Das Tier stieß einen markerschütternden Schrei aus, der fast etwas Menschliches hatte, daraufhin erlahmte seine Widerstandskraft, und die Kardinäle hoben und schoben ihn unter Gejohle über die Fensterbrüstung. Dann ein dumpfer Aufprall im Hof des päpstlichen Palastes. Ich hörte Klirren und Rufen. Wir alle standen an den Fenstern und blickten nach unten in die Dunkelheit, die nur von wenigen Fackeln etwas erhellt wurde. Flüche schallten herauf, und nun begriff ich, daß der Bock wohl einen der spanischen Gardisten getroffen hatte; deshalb das Klirren. Gott sei Dank schien der Söldner noch einmal davongekommen zu sein, denn seine Kameraden standen um ihn herum und lachten aus vollem Halse. Papa Alessandro, dem das Ganze offensichtlich höchstes Vergnügen bereitet hatte, winkte dem Diener zu seiner Rechten und befahl ihm, einen Beutel Gold hinunterzuwerfen. Dieser platzte beim Aufprall, und die Goldstücke spritzten nur so umher. Sofort legten alle Söldner ihre Hellebarden hin, suchten am Boden nach dem Gold – und waren Schweinen nicht unähnlich.

319

Dann stellte sich einer der Kardinäle, ich glaube, es war Onofrio Terzoni, so betrunken, wie er war, unter dem Beifall aller schwankend auf die Fensterbrüstung, hob sein vom Wein und den Freuden der Lust ziemlich beflecktes Gewand hoch und ließ im hohen Bogen sein Wasser auf die Wachen im Hof fließen. Dazu schrie er, sie sollten auch das Gold eines Kardinals nicht verachten, was im Saal ein brüllendes Gelächter hervorrief. Beinahe wäre er hinuntergefallen, wenn ihn die anderen nicht gehalten hätten.

Ich bemerkte wie nebenbei, daß auch Cesare und Lucrezia aufgesprungen waren, um dem Schauspiel zuzusehen. Cesare stand hinter seiner Schwester und preßte seinen Körper an sie. Lucrezia schmiegte sich an ihn, und er küßte ihren Nacken mit Hingabe. Darauf flüsterte er ihr etwas ins Ohr, sie nickte, dann verschwanden die beiden.

Nach diesem Ausbruch von Gewalt und Obszönität machte sich allmählich eine gewisse Ernüchterung breit. Kein Wunder, eine Steigerung dieser Orgie schien auch nicht mehr möglich. Auf ein Zeichen des Heiligen Vaters gingen die Mädchen zu ihm, und er schüttete einen Beutel mit Goldmünzen vor sich auf den Boden. Wie die Wilden stürzten sie sich darauf und sammelten ihren Lohn auf. Eine fürstliche Bezahlung, wie ich vermute. Dann erhob sich Papa Alessandro, alle sprangen auf, verneigten sich ehrerbietig, und er – segnete sie. Nie habe ich eine gottlosere Geste gesehen als diese. Und wenn es eine göttliche Gerechtigkeit gibt, so hätte sie in diesem Augenblick den Papst durch einen Blitzstrahl zerschmettern müssen; aber zu meiner Verwunderung geschah nichts Derartiges. Danach gingen alle und auch wir.

Am nächsten Morgen erwachte ich wie zerschlagen, fühlte mich erniedrigt und beschmutzt. Cesare Borgia stand seinem Ruf in nichts nach. Und ich hatte alles mit mir geschehen lassen, denn

320

Widerstand hätte der Sohn des Papstes nicht zugelassen, von niemandem und schon gar nicht von einer Frau. Es war widerwärtig, allein der bloße Gedanke daran hinterließ unsäglichen Ekel. Ekel aber ganz besonders vor mir selbst. Ekel davor, daß ich bei der brutalen Überrumpelung auch noch Lust empfunden hatte! Nur für einen Augenblick zwar, doch konnte ich es nicht leugnen. Gewiß, zunächst war ich fasziniert von jener Aura der Macht und Gefahr, die von Cesare ausging. Durch seine elegante Art zu tanzen und den wilden Kuß auf dem Weg in das Gemach, in dem alles geschah, war meine Leidenschaft beflügelt worden. Dann aber, als er über mich herfiel wie ein böses, grausames Tier, da konnte ich nur noch Abscheu fühlen.

Was ging in mir vor? Offenbar war ich in meiner Unerfülltheit schon so tief gesunken, daß selbst die Berührung eines Ungeheuers wie Cesare in mir Lust erwecken konnte. Meine Gedanken zu ordnen schien mir unmöglich. Es gelang nicht mehr, mit der kühlen Logik der Philosophie dies alles zu begreifen. Im Augenblick wenigstens lag das jenseits des für mich Erkennbaren. Es schien, daß der Dämon wieder von mir Besitz ergreifen wollte, aber diesmal auf ganz seltsame Weise. Einerseits schüttelte mich der Widerwillen, andererseits war mir der Gedanke nicht unangenehm, mich einem Mann hinzugeben, mich von ihm nehmen zu lassen – vielleicht etwas weniger brutal, wie Cesare es getan hatte. Ich glaubte, verrückt zu werden. Oder war ich es bereits? Wie konnte eine Frau sich nach etwas sehnen, was auch nur im entferntesten mit jener Schande im Zusammenhang stand, die mir von Cesare angetan worden war?

Ich goß mir einen Becher Wein ein, trank ihn langsam aus und legte mich zurück in meine Kissen. Was war los mit mir? Cesare hatte ganz zweifellos etwas bewirkt, nämlich den alten gutbekannten Dämon wieder erweckt. Und damit war die Lust wieder zurückgekehrt. Aber nicht jene heitere, glücklich machende, die ich einst mit Nanna geteilt hatte, sondern eine Art von Lust, die quälend und bohrend in mir saß. Ich versuchte, dieses brennende Begehren in mir zu stillen, so wie ich es früher oft getan hatte, jedoch es wollte mir nicht gelingen. Nachher fühlte ich mich nur ausgelaugt und noch ratloser als vorher. Ich rief meine Dienerin und ließ mich zum Kirchgang ankleiden. Trost im Gebet zu suchen hilft zwar nicht immer, aber häufig schon, und so beschloß ich, die nahe gelegene Kirche Santa Maria ad Martyros zu besuchen.

Meine Wahl hatte mehrere Gründe. Zum einen war dieses Gebäude ein Rundtempel aus Roms großer Zeit, als noch die Imperatoren herrschten, der allen, auch den unbekannten Göttern geweiht war. Dieser Gedanke allein berührte mich, daß einst so etwas möglich gewesen war! Wie ich von Constantinus wußte, betrachteten die alten Römer selbst fremde Götter als heilig, und ein eigentümlicher Gegensatz zwischen jenen Heiden und uns verantwortungsbewußten Christenmenschen, die wir mit der Bekehrung der Ungläubigen eine heilige Verpflichtung haben, tat sich auf. Selbst wenn es mit Feuer und Schwert sein müßte, war es doch notwendig, ihre Seelen durch die Taufe der ewigen Verdammnis zu entreißen.

Doch abgesehen von diesen Überlegungen schien mein Besuch in gerade dieser Kirche außerordentlich wichtig. Hatten doch Francesco und ich ein schwerwiegendes Gelübde abgelegt für den Fall, daß wir mit des Allmächtigen Hilfe die Intrige des Kardinals Riario heil überstehen sollten. Ein solches Gelübde, in höchster Not getan, mußte unbedingt eingehalten werden. Es war das allerletzte Mittel, das wir vom Himmel erflehen konnten, und eine Nichteinhaltung zog furchtbarste Strafen des Herrn nach sich. Aber so war der Mensch nun einmal, schien die Gefahr gebannt, erinnerte er sich ungern an sein Gelübde. Und manch einer, der in seiner Verzweiflung alle möglichen Dinge gelobte, wurde später von der Last der Bußübungen niedergedrückt. Es soll einmal einen deutschen Fürsten gegeben haben,

322

der gelobte, bei jedem Satz, der über seine Lippen kam, hinzuzufügen: »Ja, so mir Gott helfe!« Man nannte ihn »Jasomirgott«. Unzählbar waren auch die Gelübde, ins Heilige Land zu pilgern, viele waren schon dabei umgekommen, wurden getötet von den unberechenbaren Muselmanen. Nun, so schlimm würde es mit uns nicht kommen, aber die Aussicht, ein riesiges Holzkreuz zu tragen, erschien mir doch als wahre Bürde. Und so war mir Francescos weiser Rat, damit noch ein wenig zu warten, da wir ja noch nicht wüßten, ob die von Kardinal Riario ausgehende Gefahr völlig gebannt sei, gerade recht gekommen. Ich konnte also getrost die Sache noch ein wenig aufschieben, denn das Weib gehorche dem Manne, so stand es geschrieben. Aber die Spende der großen Kerzen wollten wir in Angriff nehmen, ein Wachszieher hatte bereits fünf Stück geliefert, reich verziert und sehr groß, die im Keller unseres Palazzos in der Via del Pellegrino lagerten. Zwei Söldner mußten die Kerze tragen, und unser Zug zu der nahen Kirche erregte nicht wenig Aufsehen. Constantinus begleitete mich bis zum Portal, ging dann mit den Männern zur Sakristei, um die Kerze abzugeben und sicherzugehen, daß sie sogleich aufgestellt und entzündet wurde.

Ich trat in das Halbdunkel ein; der riesige runde Raum mit der Kuppel darüber wurde von schweren Balken gestützt, und an der linken Seite zog sich eine roh behauene Entlastungsmauer entlang. Es wurde gerade eine Messe zelebriert, ich hielt mich ein wenig abseits und ging zu einem riesengroßen, im altertümlichen Stil gemalten Bild. Es zeigte die Kreuzigung unseres Herrn mit der heiligen Mutter Maria, dem heiligen Johannes und – besonders schön anzusehen – die heilige Maria Magdalena. Ich kannte das Gemälde bereits, und obwohl die Personen etwas schwerfällig dargestellt waren, faszinierte mich die Gestalt Maria Magdalenas mit ihrem langen Haar und dem verzweifelten Ausdruck ihrer Augen, die zum Kreuz aufblickten. So wie diese Maria aus Magdala kam ich mir vor. Verzweifelt, ja, das war ich auch. Von

323

Francesco geachtet, aber nicht geliebt, von dem jungen Orlando geschlagen, von dem Scheusal Cesare mißbraucht. Und zu all dem saß wieder jener Stachel in meinem Fleisch, der Dämon der Lust, der mich peinigte. Ich schaute nachdenklich auf das Bild der Heiligen, der ich mich so verbunden fühlte. Und mit einem Mal wurde mir klar, wie furchtbar ihr Schicksal war: Sie mußte mit ansehen, wie Christus, ihr geliebter Meister und Herr, am Kreuz seinen Geist in die Hände des Vaters befahl, er, der alles für sie gewesen war. Jesus opferte sich für alle Menschen, aber eine Frau ließ er zurück, die ihn liebte. Es schien immer wieder dasselbe, wir Frauen werden zurückgelassen, verraten …

Ich erschrak furchtbar, als Constantinus leise neben mich trat, um mir zu sagen, daß unsere große Kerze aufgestellt und entzündet sei. Welche Gedanken hatte ich da gerade an diesem heiligen Ort gehegt! Das war Häresie und Gotteslästerung. Wut und Bitterkeit stiegen in mir hoch gegen die Männer in meinem Leben. Alle hatten sie versagt, selbst mein geliebter Vater, indem er mich Francesco zur Frau gab; was fast alle wußten, wollte er nicht wissen, daß dieser Mann keine Frau lieben konnte. Meine Brüder haben nicht verhindert, daß die Riarios unsere Rocca niederbrannten. Francesco, als Gatte ein Versager, war schuld, daß ich auf Kinder verzichten mußte. Orlando, Cesare, ja selbst Constantinus – alles hatte er mich gelehrt, sämtliche Weisheiten des Orients und Okzidents, aber was aus mir werden sollte, darauf wußte er auch keine Antwort.

Mit einem Mal übermannten mich meine Gefühle. Wie eine Furie trat ich mit einem Wutschrei gegen einen jener großen Leuchter, auf dem viele Opferkerzen brannten und der zufällig neben mir stand. Das schwere Gerät kippte und donnerte mit einem lauten metallischen Krachen auf den vom Lärm widerhallenden Boden der Kirche. Die Kerzen flogen aus den Halterungen, erloschen oder rollten brennend über die Marmorplatten. Constantinus sprang mit einem Laut der Überraschung zur Seite,

324

fast hätte ihn der Leuchter getroffen. Die Betenden wandten ihre Köpfe zu mir, und mit wehenden Gewändern kam ein dicker Priester angelaufen. Selbst im Halbdunkel der Kirche sah ich, daß sein Gesicht vor Zorn dunkelrot war.

»Sie schändet den Tempel des Herrn, helft, helft!« kreischte er mit überschnappender Stimme. Wie auf Kommando liefen, krochen, humpelten plötzlich von allen Seiten Bettler, Krüppel und Idioten heran, die sich ja immer in großen Kirchen aufhielten, und im Nu waren wir von einer unheimlichen Schar stinkender, zerlumpter Gestalten umringt.

Der Priester wurde immer lauter. »Die Hexe vergreift sich an den Lichtern der armen Seelen. Packt sie, holt die Männer der Inquisition!«

Die Menge rückte drohend näher, und eine Hand griff bereits nach der schmalen Schleppe an einem meiner Ärmel, da hatte Constantinus den rettenden Einfall. Er griff blitzschnell in seinen Beutel, der stets wohl gefüllt war, wenn er mich begleitete, um meine Einkäufe bezahlen zu können, und schleuderte eine Handvoll Silbersoldi weit in der Kirche umher. Ein Aufschrei ging durch die Menge, als sie das Metall hell im Halbdunkel aufblitzen sah, und dann rannten alle den verstreuten Münzen hinterher. Der Priester, der nun allein bei uns stand, wurde ganz blaß und wollte schnell wegeilen, aber Constantinus hielt ihn fest, drückte dem Dicken den noch gut gefüllten Beutel in die Hand und flüsterte ihm etwas zu, worauf der Priester eifrig nickte. Dann hoben sie zusammen mühsam den schweren Leuchter auf, der offenbar keinen Schaden genommen hatte, sammelten die Kerzen ein und steckten sie wieder darauf. Dann nahm mich Constantinus bei der Hand, und ich sah gerade noch im Hinausgehen, wie der nun völlig besänftigte Priester uns segnete. Mit Geld konnte in Rom eben alles geregelt werden.

Draußen standen ahnungslos unsere beiden Söldner, aber Constantinus rügte sie nicht, wie ich es eigentlich erwartete –

325

schließlich hätten die Bettler in der Kirche für uns gefährlich werden können. Auf dem ganzen Heimweg sprach Constantinus kein Wort, wofür ich ihm dankbar war. Auch später erwähnte er die Sache nie mehr. Seltsamerweise war ich nun von einer gewissen Zufriedenheit erfüllt, die mir unerklärlich erschien, so als hätte mich mein wütender Fußtritt und das Krachen des fallenden Leuchters von etwas befreit.

Ich war daher heiterer Stimmung als mich eine Botschaft Lucrezias erreichte, mit der sie mich, wie schon so oft, zu sich einlud. Unsere Treffen verliefen in immer herzlicherer Atmosphäre, obwohl es mich schmerzte, wenn ich den kleinen Rodrigo sah, Lucrezias Sohn, den sie über alles liebte. Dieses Glück war mir für alle Zeiten versagt, und es fiel mir schwer, nicht dauernd daran zu denken. Nach dem ziemlich strengen Winter war nun der Frühsommer Anno Domini 1500 mit großer Hitze gekommen; ich beschloß daher, über der seidenen Camicia nur eine leichte dunkelblaue Giornea aus goldbesticktem Leinen zu tragen und darüber eine weiße Cioppa, die ich leicht ablegen konnte. Lucrezia und ich waren mittlerweile so vertraut, daß es mir selbst am Abend möglich war, in bequemer, weniger förmlicher Kleidung zu erscheinen. Wie lieb mir doch diese Zusammenkünfte geworden waren. Häufig leistete uns Kardinal Bracci Gesellschaft, und ich hatte ihn von Mal zu Mal mehr liebgewonnen, so wie dies in aller Schicklichkeit möglich war. Ich gab mir aber alle Mühe, meine Gefühle vor ihm zu verbergen, denn er sollte keinen falschen Eindruck bekommen. Ich wollte ja keinesfalls die Geliebte eines Kardinals werden; dieser Beschluß stand für mich unumstößlich fest.

Lucrezias Einladung lautete für die neunte Stunde, etwas ungewöhnlich, wie ich fand, denn da fing es bereits zu dunkeln an. Francesco verabschiedete mich, wie immer, wenn ich zur Herzogin ging, ein wenig frostig. Offensichtlich paßte es meinem Gatten nicht unbedingt, daß er nie mit eingeladen wurde; zu gerne

hätte er die Verbindungen genützt, um seine Bankgeschäfte aus-
zuweiten. Aber ich erwähnte Lucrezia gegenüber nie etwas von
seinen Geschäften, und das war gut so.

Als ich vom Majordomus ins Gemach Lucrezias geleitet wurde,
saß diese auf einem Schemel neben der prachtvollen Wiege, in
der ihr Sohn Rodrigo lag. Nur einige Kerzen brannten auf einem
Leuchter, der dicht daneben stand. Es war ein schönes Bild. Das
zarte Gesicht der Herzogin, umrahmt von den goldenen Wellen
ihres herrlichen Haares, dazu ihr unglaublich liebevoller Blick,
mit dem sie ihren kleinen Liebling ansah. Es gab ein Gemälde,
noch in der alten Art gemalt, von Simone Martini, das ich im Palazzo von Girolamo Capodigrana in Florenz gesehen hatte;
Lucrezias Gesichtsausdruck erinnerte mich an diese Madonna
des Meisters Simone, und ich war von ihrem Anblick sehr
berührt.

»Willst du ihn einmal im Arm halten, Lisa?«

Damit hatte sie meinen heißesten Wunsch getroffen. Und wie ich
wollte. »O ja, bitte.«

Sie schlug die prachtvolle Seidendecke zurück, und ich bemerkte, daß der Kleine nicht straff gewickelt war, wie allgemein
üblich, sondern daß er fast nackt da lag. Das verstärkte noch den
Eindruck des Madonnenhaften, als sie den Knaben herausnahm;
war doch unser Herr Jesus Christus in der Krippe auch kein ge-
schnürtes Wickelkind gewesen, sondern nackt und bloß.

»Bleibt noch einen Augenblick so, Principessa«, bat ich, als sie
ihr Söhnchen an sich gepreßt hielt.

Die Herzogin sah mich fragend an.

»Ihr seht geradeso aus wie die Heilige Madonna mit dem Jesus-
knaben – von Meister Simone«, fügte ich hinzu.

Sie lachte. »Welch ehrender Vergleich, Lisa. Doch ich fürchte
sehr, es an Tugendhaftigkeit nicht mit der Gottesmutter aufnehmen zu können …«

»Wenn ich in meiner Eigenschaft als Priester gekommen wäre,

327

so müßte ich Euch sagen, versündigt Euch nicht«, fügte Kardinal Bracci hinzu, der gerade eingetreten war. »Aber da ich wie immer als Freund und Vertrauter hier bin, kann ich nicht umhin zu bemerken, daß Ihr an Schönheit und Lieblichkeit unserer Madonna sehr wohl ähnlich seid!«

»Ah, Sebastiano, du übertriffst dich heute selbst, ich will einen Kuß von dir.«

Lucrezia gab mir ohne Umschweife den kleinen Rodrigo und ließ sich vom Kardinal auf beide Wangen küssen.

Das Kindlein blieb ganz ruhig bei mir, sah mich aus seinen unschuldigen blauen Augen groß an und griff dann nach meiner Perlenkette. Ich hielt den Kleinen ganz fest im Arm, und ein starkes Glücksgefühl, zugleich aber auch unendliche Traurigkeit überkamen mich. Wie sehr ich doch einen Sohn ersehnte! Bracci war ganz nahe hinter mich getreten und legte seinen Arm um meine Schultern.

Lucrezia sah uns an. »Wie die Heilige Familie schaut ihr nicht gerade aus; aber dafür wirkt Sebastiano umwerfend, der jugendliche Held als Pater familias ...« Sie goß einen Becher voll Wein, trank ihn aus und warf sich lachend auf ihr Bett. »Ich bitte euch, bleibt noch ein Weilchen so stehen, ich finde euren Anblick richtig rührend.«

Wir taten ihr lächelnd den Gefallen, aber im Innern konnte ich Lucrezias Heiterkeit nicht teilen. Denn eine ganz eigentümliche Empfindung nahm mich gefangen. Der Knabe an meinem Busen war eingeschlafen, und Kardinal Braccis fürsorgliche Geste gab mir ein unsägliches Gefühl von Geborgenheit; ein innerer Frieden war plötzlich in mir, wie ich ihn kaum je zuvor verspürt hatte. So mußte es sein, wenn man eine richtige Familie hatte ... Was für ein grausames Spiel spielte Lucrezia wohl ganz ahnungslos mit mir! Dieser starke Arm, der Geborgenheit verhieß, konnte ein solches Versprechen nie erfüllen. Und das schlafende Kind – ach, wie warm und lebendig spürte ich es an meinem

Körper! – war nur vom Schicksal geborgt, für einige wenige Momente. Beinahe heftig befreite ich mich aus Braccis Arm, trat an die Wiege und legte den kleinen Rodrigo behutsam hinein. Ich hätte diese bittersüße Szene nicht mehr länger ertragen können.

»Ihr seid um Euer Glück zu beneiden, Principessa.«

»Ja, ich weiß. Und darum danke ich dem Herrn jeden Tag dafür.« Dann warf Lucrezia dem Kardinal einen längeren Blick zu, dessen Bedeutung mir zunächst nicht klar war.

Plötzlich erhob sie sich vom Bett und küßte mich auf die Wange.

»Ihr seid mir nicht böse, aber ich bin sehr müde und werde mich zurückziehen; bis bald.«

Lucrezia rief nach ihren Dienerinnen, Bracci und ich zogen uns ins Vorzimmer zurück. Dort warteten wir auf den Majordomus, der uns hinausgeleiten sollte. Der junge Kardinal schien plötzlich von einer seltsamen Unruhe erfaßt; er blickte mich an, dann wieder von mir weg, ging zum Fenster, kam gleich darauf zurück und wandte sich dann mit merkwürdig belegter Stimme an mich.

»Nun, verehrte Lisa«, er machte eine kurze Pause, räusperte sich und fuhr leise fort, »mir scheint, es ist noch nicht die zehnte Stunde, eigentlich recht früh, um zurückzukehren, findet Ihr nicht auch?«

»Gewiß, doch wüßte ich nicht, was eine Frau zu dieser Stunde anderes tun könnte.« Natürlich war ich sehr gespannt, ob Bracci mir einen Vorschlag machte und vor allem welchen. Eine dunkle Ahnung beschlich mich; sie sollte mich nicht trügen.

»Zum Beispiel, Lisa, könntet Ihr heute abend Gast in meinem Hause sein; ich habe gerade ein köstliches Konfekt aus dem Orient bekommen.«

Natürlich, Bracci wollte mich zu seiner Geliebten machen, aber den Spaß würde ich ihm verderben. »Ihr wißt, daß es äußerst unschicklich wäre, wollte ich Eurer Einladung Folge leisten; alle

329

Welt würde im Nu davon wissen.« Ich war neugierig, wie er das aufnehmen würde. Ein köstliches Konfekt! Ich mußte an mich halten, um nicht laut aufzulachen. Doch plötzlich ritt mich der Teufel, und, bei Luzifer, weshalb sollte ich eigentlich nicht mit ihm gehen? Er war ein ritterlicher Mann, der nichts Unehrenhaftes tun würde; so gut kannte ich Bracci inzwischen. Und ich hatte wirklich keine Lust, schon in unseren Palazzo zurückzukehren.

»Selbstverständlich bleiben Eure Söldner mit der Sänfte hier stehen. Ihr könntet in einer anderen Sänfte, die am Seitenausgang des Palazzo wartet, zu mir gelangen.«

Ich hatte mich nicht getäuscht. Der Kardinal war wirklich ein ritterlicher Mann und zudem sehr umsichtig. Aber so einfach sollte es für ihn nicht sein, mich zu überzeugen. »Was würde die Herzogin sagen, wenn man ihr morgen berichtet, meine Sänfte habe noch weiß der Himmel wie lange vor ihrem Palazzo gestanden?« Er schluckte. »Die Principessa«, er stockte, »ist – eingeweiht.« Seine Stimme war dabei ganz leise geworden.

»So sicher wart Ihr, Eminenz, daß ich mit Euch käme?«

Der Kardinal zuckte kurz zusammen, doch hatte er sich sofort wieder in der Gewalt. Er sah mich an, und diesen tiefen Blick aus seinen dunklen Augen werde ich nie vergessen. »Ja, ich glaube, daß Ihr mit mir geht«, sprach er sehr, sehr leise, fast tonlos.

Ich war bereit, mich überreden zu lassen, aber eines mußte vorher hier klargestellt werden, jetzt und für immer, nämlich daß ich niemals seine Geliebte werden würde. »Gut, Eminenz, ich komme mit Euch, aber...«

Er lächelte wie befreit und fiel mir ins Wort. »Nichts wird Euch geschehen, Lisa, nichts, das Ihr nicht auch wollt.«

Nichts, das Ihr nicht auch wollt... Ich wußte natürlich, was das bedeutete. Er würde mit aller List versuchen, mit mir zu machen, was Cesare gewaltsam getan hatte. Doch Bracci war ein Ehrenmann, und ich empfand tiefes Vertrauen zu ihm, er würde es

330

nicht mißbrauchen. Trotzdem wollte ich meinen Entschluß noch einmal bekräftigen.

»Selbstverständlich, Eminenz, wird keinesfalls etwas geschehen, was ich nicht will. Doch versteht mich recht, es wird überhaupt nicht so weit kommen!« Ich hoffte, das war deutlich genug.

»Ja, ich verstehe, und seid gewiß, so wird es sein.«

Manches Mal habe ich mich schon gefragt, weshalb ich denn damals trotzdem mitgegangen bin. War es Neugier, wie er lebte, oder wieder einmal meine mitunter kaum bezähmbare Lust am Abenteuer? Ich weiß nur eines, daß mir Luzifer diese Idee eingeflüstert haben mußte.

Tatsächlich, am Seitenportal stand eine große Sänfte bereit, und zu meiner Überraschung nahm Bracci neben mir Platz.

»Nur eine Vorsichtsmaßnahme, wenn ich reiten würde, könnte sich jemand fragen, wer sich in dieser Sänfte befindet.«

»Ich bin Euch für die Rücksichtnahme dankbar. Doch weshalb wart Ihr Euch so sicher, daß ich mitkommen würde?«

»Ich habe es mir so sehr gewünscht.«

Ich beschloß, Fragen dieser Art nicht mehr zu stellen. Er hätte kaum alles so vorzüglich eingefädelt ohne jeden Glauben an die Möglichkeit, daß es gelingen könnte. Was mochte dieser Abend noch bringen? Ich würde schon irgendwie mit der Lage fertig werden.

Braccis Palazzo lag auf einem Hügel; denn ich bemerkte, daß wir bergauf getragen wurden. Man vernahm das angestrengte Keuchen der Sänftenträger. Am Ziel angekommen, dauerte es eine Weile, bis die Torflügel des Portals aufschwangen, und erst drinnen stiegen wir aus. Im Schein der wenigen Fackeln sah ich kaum etwas, allerdings fiel mir auf, daß die Gänge, Treppen und Räume, durch die mich Kardinal Bracci führte, ziemlich klein waren, jedoch erlesen ausgestattet. Hier und da erblickte ich die Fragmente antiker Statuen, wie sie häufig in Rom gefunden werden.

»Ihr sammelt Antiken?«

»O ja, so manches unersetzliche Stück habe ich vor der Vernichtung im Kalkofen bewahrt.«

»Im Kalkofen?«

»Ja. Man zerkleinert die alten römischen Statuen, die man ja überall im Schutt findet, und brennt sie zu Kalk.«

»Was für ein Gedanke!«

Mittlerweile waren wir über einige enge Wendeltreppen nach oben gelangt. Zu meinem Erstaunen erblickte ich den samtschwarzen Nachthimmel, wir befanden uns im Freien. Eine unwirkliche Szenerie tat sich um mich herum auf, wie sie für kein orientalisches Märchen besser erdacht werden konnte. Wir waren auf einem Turm, der etwa zwölf mal zwölf Schritte in der Grundfläche maß. An den vier Ecken standen hohe Pylone, aus deren Feuerschalen rötliche Flammen züngelten. Ihr Schein tauchte die Zinnen in magisches Licht. Ich sah auch noch zwei Liegen von seltsamer Form mit seidig glänzenden Polstern, daneben einen Tisch und zwei große Standleuchter mit je einer Öllampe darin. Auf silbern schimmernden Platten war ein Imbiß bereitet, und in einem eigenartig geformten Krug befand sich Wein, wie ich vermutete.

»Und hier, Eminenz, pflegt Ihr schönen Sünderinnen die Beichte abzunehmen – oder sorgt Ihr vielmehr dafür, daß sie etwas zu beichten haben?«

»Spottet nur, Lisa, doch tretet zu mir.«

Die Fackelträger hatten sich still empfohlen. Wir waren allein. Ich ging zu ihm an die Brüstung. Zwischen den Zinnen spürte ich sanft eine laue Brise über meine Stirn streichen.

»Der Blick auf das nächtliche Rom nimmt mich immer wieder gefangen.« Bracci wies nach links in die Dunkelheit. »Dort etwa fließt der Tiber, und über uns«, sagte er mit einer weit ausholenden Handbewegung, »ist das Ewige, Unendliche …«

Tatsächlich hatte mich die märchenhafte Szene in einsamer Höhe auf dem Turm bezaubert; ja, ich gestehe es. Aber Bracci

332

durfte auf keinen Fall annehmen, daß er meine Grundsätze erschüttern konnte. Ich würde ihm widerstehen, mein Entschluß war unumstößlich. Denn zu groß wäre eine solche Sünde und mannigfaltig die erniedrigenden Umstände, die sich aus der Stellung eines solchen hohen Klerikers für seine Geliebte herleiteten. Trotzdem wollte ich Bracci nicht verärgern; er war unser Freund, und nur durch seine Hilfe sind wir der gefährlichen Intrige Kardinal Riarios überhaupt entkommen. Freundschaften können ein Leben lang dauern, Liebschaften dagegen nicht. Wie oft verwandelt sich Liebe in Haß. Und vor dem Haß Braccis mochte der Himmel uns behüten.

»Nehmt auf diesem Lager Platz, Lisa«, forderte er mich jetzt auf. Ich ließ mich in die weichen Polster sinken und mir vom Kardinal einen Pokal herrlich kühlen Weines geben.

»Bitte, greift zu.« Er reichte mir eine warme Silberschüssel, in der sich Amselzungen befanden!

»Amselzungen, mein Lieblingsgericht!«

»In Wein und Honig gedämpft, so wie Ihr es liebt.«

»Ich bewundere Eure Aufmerksamkeit, Eminenz.«

Sie schmeckten köstlich, dazu der erfrischende Weißwein, ich befand mich in bester Stimmung und gratulierte mir insgeheim, daß ich den Mut aufgebracht hatte, Bracci hierher zu folgen. Es war eine laue Sommernacht wie Samt und Seide, über uns wölbte sich das dunkle Firmament mit Myriaden von Sternen. Die Flammen in den Feuerschalen der Pylonen loderten, und der Kardinal wußte sich wirklich zu benehmen. Alles Schwere schien von mir abgefallen, hier hoch auf dem Turm, wo nur, wie Bracci so schön gesagt hatte, die Unendlichkeit über uns lag ... Das orientalische Konfekt schmeckte einfach himmlisch, noch nie hatte ich etwas Besseres gekostet. Der frische Wein machte mich beschwingt, und am liebsten wäre ich nie mehr von diesem Turm herabgestiegen.

»Weißt du, Lisa«, begann Bracci mit seiner angenehmen, dunk-

333

len Stimme und benutzte zum ersten Mal diese vertrauliche Anrede, »daß ich mich gleich bei unserem ersten Kennenlernen im apostolischen Palast in dich verliebt habe?«

So, jetzt war es heraus. Natürlich, der Aufwand für diesen Abend mußte ja einen Grund haben. Jetzt hieß es auf der Hut sein. »Auch ich habe gleich größte Sympathie für Euch empfunden, Eminenz.«

»Ich bitte dich, Lisa, sei nicht so förmlich, es schmerzt mich; laß uns die vertrauliche Anrede benutzen.«

»Wie du willst, Sebastiano«, kam es mir wie von selbst über die Lippen.

Er lächelte, setzte sich herüber zu mir auf den Rand des Lagers und sah mich forschend an. »Du hast also nur Sympathie für mich gefühlt – nie mehr?«

Bracci wollte sich also nicht mit höflichen Formeln abspeisen lassen. Gut, der Mann sollte meine Antwort offen und ehrlich zu hören bekommen. Hier oben, wo nur der Himmel Zeuge war, konnte er alles erfahren. »Doch Sebastiano, ich empfinde für dich mehr, viel mehr!«

»Das ist das Schönste, was du mir sagen konntest, es ändert alles…«

»Nicht ganz«, schnitt ich ihm das Wort ruhig, aber bestimmt ab. »Du bist ein gutaussehender, ritterlicher Mann von edlem Wesen, und ich müßte lügen, wollte ich nicht zugeben, daß auch ich mich in dich verliebt hatte.«

»Du hattest dich in mich verliebt – bist du es denn nicht mehr?« Seine Stimme klang beherrscht, trotzdem war ein Unterton von Enttäuschung darin enthalten.

»Ich habe das Gefühl des Verliebtseins eingetauscht gegen ein größeres…«

»Was kann es Größeres geben als die Liebe!«

»Freundschaft!« Selbst in dem rötlichen Licht der Flammen konnte ich erkennen, daß er blaß wurde.

334

»Freundschaft gibt es zwischen Männern, aber nicht zwischen Mann und Frau.«

»Weshalb, glaubst du, wir Frauen wären dazu nicht imstande?«

»Gewiß doch, aber da gibt es die Lust und das Begehren...«

»Nicht von meiner Seite, Sebastiano, und wenn du nicht fähig bist, deine Gefühle zu zügeln, wenn du mir nicht zugestehen kannst, daß ich diese Empfindungen weder habe noch haben will, was dann?«

»Heißt das, du glaubst, ich wäre zu schwach dazu?«

»Genau das!« Jetzt hatte ich ihn.

»Hör zu, Lisa«, sagte er mit rauher Stimme, »wenn du das glaubst, dann kennst du mich schlecht. Habe ich mich nicht bisher ritterlich benommen?«

»Ohne jeden Zweifel, du bist ein Ehrenmann.«

»Gut, und ich werde mich auch immer so dir gegenüber betragen. Laß uns darauf trinken.«

Wir hoben unsere Pokale und leerten sie. Dann nahm Sebastiano meine Hand.

»Wir wollen Freunde sein, solange du noch in Rom weilst, zur Jagd reiten, Ausflüge machen, uns hier oben zu Gesprächen treffen, von denen nur wir zwei und der Himmel wissen, willst du das? Schenke mir das Glück, einfach bei dir sein zu dürfen.«

Der sanfte, aber doch feste Druck, mit dem er meine Hand ergriffen hatte, das Gefühl, seine Finger in meiner Handfläche zu spüren, hatte plötzlich wie ein Blitzschlag mein Inneres getroffen; ich hoffte inbrünstig, Bracci würde es nicht bemerken. Oh, welche Prüfungen erlegte der Herr mir auf! Doch ich wankte nicht einen Augenblick in meinem Entschluß. Sebastiano küßte meine Hand lange und innig. Es war, als ob Feuer durch meine Adern rann.

»Das genügt für einen freundschaftlichen Kuß allemal.«

»Verzeih!« Er ließ meine Hand los und rückte etwas von mir ab, wofür ich ihm dankbar war.

»Ich denke nur daran, daß wir nichts tun sollten, was unsere Vereinbarung stören könnte.«

»Du hast recht; aber ich fühle mich ebenso hingezogen zu dir, Lisa.«

Sebastiano tat mir leid. Zu gut kannte ich jenes Sehnen, das uns zu dem Menschen hinzieht, den wir lieben. Aber damit mußte er fertig werden, und es erschien mir sicher, daß sich nach einer gewissen Zeit seine leidenschaftlichen Gefühle in Freundschaft wandeln würden.

»Ich verstehe dich, Sebastiano, solche Gefühle sind auch mir nicht fremd.«

»Hast du also Francesco einst geliebt?«

»Wieso nimmst du an, daß ich ihn jetzt nicht mehr liebe?«

»Nun, die Neigungen deines Gatten können eine Liebe schnell sterben lassen.«

Ich schwieg eine Weile. »Natürlich habe ich ihn damals geliebt, als wir uns vermählten, und zwar von ganzem Herzen und mit jeder Faser meines Körpers!«

»Und er hat dich enttäuscht.«

»Ja, unsäglich enttäuscht!« Es war zuviel für mich. Ich sprang auf, lief an die Brüstung des Turmes und atmete dort heftig die kühle Brise ein.

Sebastiano trat neben mich und legte seinen Arm um meine Schultern. »Ich wollte dich nicht verletzen.«

»Das hast du aber getan und alles aufgewühlt, was ich längst tief in meinem Herzen verschlossen hatte.«

Er sah mich besorgt an. »Nicht weinen, Lisa, bitte ...«

Doch zu spät. Ich konnte meine Tränen nicht mehr zurückhalten, so sehr überkam mich mein ganzes Leid in diesem Augenblick. Und dann nahm mich Sebastiano in die Arme. Nichts weiter. Ich legte meinen Kopf an seine Brust und schluchzte hemmungslos. So hielt er mich lange Zeit, strich mir manchmal mit seiner Hand besänftigend über das Haar, bis irgendwann meine Tränen ver-

336

siegt waren. Dann führte er mich zu seiner Liege, und wir legten uns wie selbstverständlich nebeneinander hin, still und eng umschlungen.

»Was fühlst du, Lisa?« unterbrach er nach einiger Zeit das Schweigen.

»Ich fühle unendliche Geborgenheit bei dir, Sebastiano.«

Schweigend zog er mich noch fester an sich. Es war so unbeschreiblich schön, in seinen Armen zu liegen, seine Nähe, seine Wärme zu spüren. Irgendwie kam es, daß unsere Wangen sich berührten, und mit einem Mal lagen meine Lippen auf den seinen, ich weiß nicht wie. Sebastiano ließ es geschehen. Dann küßten wir uns. Nur auf die geschlossenen Lippen, aber so innig und gefühlvoll, wie ich noch nie einen Kuß erlebt hatte. Langsam, ganz langsam, aber wie unter Zwang öffnete ich meine Lippen, und dann fanden wir uns in dem wildesten, leidenschaftlichsten Kuß, den es nur geben konnte!

Keiner wollte vom anderen lassen, immer wieder versanken wir in heißen Küssen. Mal wild, mal hingebungsvoll – jeder schien anders und neu, es war wundervoll. Und doch vergaß Sebastiano keinen Augenblick, was ich gesagt hatte, bevor ich ihm hierher gefolgt war; voller Respekt machte er keinerlei Anstalten, weiter zu gehen. Ich war glücklich darüber, denn das bewies mir, daß er es ernst meinte mit unserer Freundschaft. Wieviel Zeit wir so verbrachten, weiß ich nicht mehr, doch irgendwann legte Sebastiano seine Finger auf meine Lippen und meinte, er würde mich nun nach Hause geleiten. In der Sänfte küßten wir uns fast ununterbrochen, ich konnte mich einfach nicht von ihm lösen.

»Noch einen Kuß, Sebastiano.«

Er lächelte. »Gut, meine süße kleine Lisa, aber nur noch einen.«

Noch einmal küßte er mich so wild und leidenschaftlich, daß es mir fast den Atem nahm, überwältigt vom Sturm meiner Gefühle.

Der Majordomus kam zur Seitenpforte; er wirkte ziemlich ver-

337

schlafen und ein wenig ärgerlich. Seine Miene erhellte sich allerdings schlagartig, als ihm Sebastiano einen gutgefüllten Beutel zusteckte. Einen letzten Blick konnte ich meinem Freund noch zuwerfen, der mir leise zurief, daß wir uns morgen wiedersehen würden.

Ich verließ also den Palazzo der Herzogin ganz offiziell durch den Haupteingang, stieg in meine Sänfte und ließ mich heimtragen. Zu Hause zog ich meine Kleider nicht aus, sondern warf mich so, wie ich war, aufs Bett. Das war sie also, die himmlische Liebe; nun verstand ich den Unterschied zur irdischen. Meine Gedanken und mein Leib waren rein geblieben von jenen Dingen, die die irdische Liebe mit sich brachte. Doch unsere Küsse, in reinster Absicht und innigster Freundschaft ausgetauscht, sie waren von wahrhaft himmlischer Natur. Zwei Seelen hatten sich gefunden, in völliger Harmonie, so wie es die Philosophen der Alten stets gefordert haben: Mensch und Logos waren eins geworden...

Bald mußte mich wohl der Schlaf übermannt haben, denn am Morgen erwachte ich immer noch vollständig angezogen. Was für ein Tag! Ich glaubte, ein anderer Mensch zu sein. Die Sonne schien heller als sonst, der Wein schmeckte mir besser, ich meinte auf Wolken zu schweben. Sebastiano! Mein lieber, edler Freund hatte mich verzaubert mit seinen Küssen, die so rein waren und so unsagbar süß. Wie geborgen und glücklich ich bei ihm war! Wie geborgen und glücklich ich mich schon fühlte, wenn ich nur an ihn dachte! Seine edlen Züge, seine dunklen Augen, die so warmherzig blickten – und seine Lippen, die meine fanden zu jenen heißen, innigen Küssen in der vergangenen Nacht. Ich konnte an nichts anderes denken als nur daran, was wir in aller Unschuld und Reinheit in dieser Nacht zusammen erfahren hatten. Die edelste Form aller Gefühle überhaupt – eben die himmlische Liebe.

Wie ich mich nach Sebastiano sehnte! Und kein unreiner Gedanke war dabei in mir. Wir hatten eine Stufe erreicht, die wohl

338

den meisten Menschen verschlossen bleibt, den völligen Zusammenklang zweier Seelen in inniger freundschaftlicher Zuneigung. Diese Sehnsucht unterschied sich grundlegend von dem Gefühl, das ich damals auf der Rocca für Francesco gehegt oder das ich zeitweise für Nanna empfunden hatte. Nicht die körperliche Lust war das treibende Element meiner Leidenschaft für Sebastiano, sondern etwas anderes, Höheres.

Endlich kam die Botschaft von Lucrezia, ich solle mich zur zehnten Stunde bei ihr einfinden. Es war wie eine Erlösung, und doch fiel die Spannung nicht von mir ab, sondern steigerte sich bis ins Unerträgliche. Ich nahm kaum mehr wahr, daß sich Francesco wiederum sehr über die späte Stunde wunderte; ich aß kaum etwas, alles, alles gleichgültig geworden neben dem einzigen Gedanken, den ich noch hegen konnte: Sebastiano!

Wie im Traum nahm ich wahr, daß meine Sänfte vor Lucrezias Palazzo hielt, wie im Traum trat ich in ihr privates Gemach ein, und mein Traum wurde Wirklichkeit, als ich Sebastiano sah. Sein Blick sagte mir alles. Kaum hatte ich Lucrezia begrüßt, da umarmte er mich, und wir versanken in einem Kuß von solcher Leidenschaft, daß mir schwarz vor Augen wurde. Lucrezia, unsere wahrhaft gute Freundin, entließ uns umgehend, denn sie wußte, wonach uns der Sinn stand.

Als ich neben Sebastiano auf dem Turm stand und mich umschaute, da bemerkte ich, daß alles ganz anders aussah als am gestrigen Tage. Zahlreiche Kerzen in schweren vergoldeten Leuchtern spendeten mildes Licht, über die Liegen war eine wundervolle Felldecke gebreitet; auf den kleinen Tischen standen wieder erlesene Köstlichkeiten bereit. Von den vier Pylonen spannte sich nun ein Baldachin aus Seide über die Ruhelager. Ich hatte keinen Appetit, verlangte nur etwas von dem herrlich kühlen Wein, der an diesem außergewöhnlich warmen Abend angenehm erfrischte. Wegen der großen Hitze trug ich nur meine dünne seidene Camicia und darüber eine ganz leichte, aber sehr aufwendig gearbeitete Cioppa, die ich nun ablegte, was in einem so privaten Bereich durchaus statthaft war.

Sehr bald lagen wir umschlungen auf einer der Lagerstätten und küßten uns mit nie erlebter Intensität. Offensichtlich hatte auch Sebastiano diesem Augenblick entgegengefiebert, denn ich spürte all seine Sehnsucht in diesem nicht enden wollenden Kuß.

»Hast du dich auch so sehr nach mir gesehnt, Sebastiano?«

»Mehr als ich mich je nach etwas gesehnt habe ... unbeschreibliche Qualen mußte ich durchleiden, bis du endlich wieder vor mir standest.«

Ich schwieg. Durch die dünne Seide meiner Camicia konnte ich die Wärme seines Körpers spüren.

»Du liebes, du unbeschreiblich liebes Wesen ...« Sebastiano zog mich fest an sich und küßte hingebungsvoll meinen Nacken. Ich drückte mich noch enger an ihn, wollte ganz geborgen sein. Wieder und wieder küßten wir uns, ich weiß nicht wie lange. Sebastiano streichelte meinen Rücken, meine Schultern, meinen Nacken voller Zartheit, und ich tat das ebenso bei ihm. Er trug ein langes orientalisches Gewand aus matt glänzendem Velluto; es war am Hals so weit geschnitten, daß ich die Haare auf seiner Brust an meiner Wange spürte, und in diesem Moment empfand ich eine unbeschreibliche Zuneigung zu dem Mann, der so lieb und zärtlich zu mir war.

So sollte es immer sein. In liebevoller Freundschaft einander zugeneigt, ohne jenem Dämon der fleischlichen Lust Macht über uns zu gestatten – dieses Ideal war es wert, gelebt zu werden. Zärtlichkeit und Verständnis, ja, hierin lag unsere Zukunft, und in dieser Art wollte ich weiterhin mit Sebastiano zusammen sein. Ein wohliges Gefühl breitete sich in mir aus, als Sebastiano begann, meine Schenkel zu streicheln, aber irgend etwas warnte mich, ihm mehr zu gestatten. »Sebastiano, Liebster«, ich erschrak, daß ich ihn so genannt hatte, »du hast versprochen, nichts zu tun, was ich nicht will.«

340

»Verzeih, Lisa, ich liebe eben alles an dir so sehr.«

»Das glaube ich, doch bitte berühre meine Scham nicht.«

»So sei es.« Er gab mir einen langen Kuß. »Aber ich habe auch eine Bitte, Lisa.«

»Welche?«

»Deine schönen Brüste habe ich schon so oft bewundert, wenn du ein tief ausgeschnittenes Festgewand anhattest. Und immer war mein sehnlichster Wunsch, sie einmal ganz zu sehen, die schönen dunklen Knospen zu küssen.«

»Ich weiß nicht, ob ich das möchte.«

Er überschüttete mich wieder mit stürmischen Küssen, und da mochte ich es ihm nicht mehr verwehren. Warum auch, er hatte doch recht. Wenn ich in manchem meiner Kleider mit gewagtem Ausschnitt jedermann fast dreiviertel meiner Brüste sehen ließ, warum sollte ich meinem vertrautesten Freund diesen Wunsch abschlagen. Gab es überhaupt noch etwas zwischen uns, das wir uns nicht in aller Offenheit bekennen konnten? Denn eines war mir klargeworden, wir liebten uns wahrhaftig und wirklich auf unsere ganz besondere Weise; wir huldigten der himmlischen Liebe, der reinen, ewigen. Nichts, was wir taten, konnte gemein oder niedrig sein, weil kein Dämon Gewalt über uns hatte. Also erhob ich mich, zog meine Camicia aus und stand nackt vor Sebastiano. Ich empfand nichts Unrechtes dabei und auch keinerlei Scham.

»Du bist schön und rein wie ein Engel.«

Dann stand auch er auf, kam auf mich zu, die Kerzen flackerten, er nahm mich in seine Arme und küßte mich. So nackt wie ich war, empfand ich seinen Kuß irgendwie neu und aufregend. Sebastiano hob mich auf, ging zu der einen Liegestatt und ließ mich auf das weiche Fell gleiten. Seine Lippen umschlossen meine Brustknospen und liebkosten sie mit der Zunge. Ein tiefes Glücksgefühl durchflutete jede Faser meines Körpers, und ich wünschte mir nur eines, daß er nie damit aufhören sollte …

341

Plötzlich erkannte ich mit großer Klarheit wie in einer Vision, daß alles, was Sebastiano und ich je tun würden, richtig und gut sein mußte. Auch er schien so zu fühlen, denn seine Lippen wanderten von meinen Brüsten immer tiefer bis an die Scham. Sanft strichen seine Hände über meine Schenkel, und ich öffnete sie ihm. Dann küßte er diese meine geheimste Stelle ganz zart. Seine Zunge liebkoste mich dort immer heftiger, und ich verging fast vor Lust. Ich schwöre, die Hände gehorchten meinem Willen nicht mehr, als sie wie von selbst in Sebastianos dichtes Haar griffen, um sein Haupt von meiner Scham wegzuziehen, aber nur, damit sein Pene in mich dringen sollte. Ich wollte es! Ja, bei meiner ewigen Seligkeit, ich wollte es. Und während sein Pene ganz langsam in mich drang, da brachen alle Dämonen der Hölle in mir los. Als ob die Lust meinen Leib zerreißen wollte, bäumte ich mich auf, schrie, wurde von unfaßbarer Leidenschaft geschüttelt. Und mit jedem Aufbäumen steigerte sich diese Lust mehr und immer mehr, bis ich nicht mehr konnte, alle Kraft wollte mich verlassen. Aber Sebastiano gab nicht nach, er küßte mit seiner Zunge wieder meine Scham, so daß ich vor Begierde fast verging; dann drang er erneut mit seinem Pene in mich ein, und alles begann noch einmal.

So ging es die ganze Nacht. Sebastianos Liebe, unsere Lust und der kühle Wein ließen mich keine Müdigkeit kennen. Irgendwann gegen Morgen müssen wir eingeschlafen sein. Ich erwachte, als die Sonne schon blutrot aufging, von Sebastianos fordernden Küssen. Und wirklich, noch einmal führte er mich zu den höchsten Wonnen, bevor wir endlich voneinander abließen. Als wäre es das Selbstverständlichste der Welt, lagen wir beide nackt auf dem weichen Fell. Jetzt erst kam ich dazu, Sebastianos Körper zu betrachten. Schlank und sehnig wie ein attischer Ephebe. Mein junger Krieger, mein herrlicher Geliebter, es gab keinen, der sich mit ihm vergleichen konnte. Was hatte er mit mir gemacht? Alles kam mir wie ein Traum vor, und doch war es

342

zweifellos Wirklichkeit. Aber was hieß das schon? Wachen oder träumen, Schmerz, Lust, Freude, Leid – alles gleichsam Beiwerk zu dem einen großen Gedanken: Ich liebte! Liebte Sebastiano mit einer Kraft und Intensität, die mich erschauern ließ, wenn ich ihn nur anschaute.

Das ist es also, das Allergrößte, Absolute, jener Augenblick, in dem der Funke des Göttlichen in uns spürbar wird. Mein Geliebter hatte etwas Phantastisches erreicht: das Einswerden von himmlischer und irdischer Liebe. In uns war jeder Gegensatz aufgehoben. Wir standen jetzt auf der höchsten Stufe menschlicher Erkenntnis, so wie es die Platoniker fordern. Unsere Liebe verkörperte das Gute schlechthin. Was wir taten, war recht, war die Verwirklichung des göttlichen Willens! Ja, so mußte es sein. Denn nur der Allmächtige konnte soviel Liebe zulassen, Liebe von einer solchen Kraft. Gewiß, Ehebruch war Todsünde; doch hatte mich Francesco nicht selbst freigegeben? Ich erkannte immer deutlicher, wie meine Wege vom Herrn, unserem Schöpfer, geleitet worden waren. Zuerst die mannigfachen Prüfungen und Erniedrigungen, dann aber die Erhöhung, die Erhöhung bereits im Diesseits – welch eine Gnade! Ich beschloß, aus tiefer Dankbarkeit dem Kloster von Santa Maria in Cosmedin eine ansehnliche Summe zu spenden und mehrmals täglich die heilige Messe zu besuchen, denn ich wollte mich dieser Gnade des Herrn auch würdig erweisen.

Nun fiel mein Blick auf die Schüsseln mit den Speisen, die noch vom Abend dastanden, und ich verspürte großen Hunger. Leider waren die Amselzungen kalt, dafür kostete ich von den gebratenen Wachteln, aß dazu etwas süßes Brot, das ich in Olivenöl tunkte, und sprach durstig dem Wein zu. Herrlich schmeckten mir die mit Honig kandierten Veilchen- und Rosenblätter. Die frühe Morgensonne tauchte alle Zinnen des Turmes in weiches, rötliches Licht; der seidene Baldachin bauschte sich leicht in einer sanften Brise, und ich fühlte mich unendlich glücklich.

Doch mit einem Mal begannen überall die Glocken der römischen Kirchen zu läuten; eisiger Schreck fuhr mir durch die Glieder.

»Sebastiano! Ich muß ganz schnell nach Hause, bevor Francesco merkt, daß ich die ganze Nacht fort gewesen bin!«

Er sprang auf und half mir in meine Gewänder, zog sich schnell an und holte mir meine seidenen Pantöffelchen, die irgendwo lagen. Dann faßte er mich bei der Hand und rannte mit mir die enge Treppe hinunter. Vor dem Haus lagen schlafend seine Sänftenträger und einige Bewaffnete. Er weckte sie mit energischen Fußtritten und schob mich in die Sänfte.

»Ich komme nicht mit, das würde Verdacht erregen. Die Männer wissen Bescheid. Du wirst über verschwiegene Gassen zu Lucrezia gelangen. Bis morgen!«

Ich war noch ganz benommen, als ich von Lucrezias Majordomus besonders unterwürfig empfangen wurde; Sebastiano mußte ihm wohl ein gewaltiges Schweigegeld gezahlt haben. Rasch stieg ich in meine Sänfte. Gott sei Dank, hier lag in einem Kästchen mein kleiner Silberspiegel. Wie ich aussah! Die Augen glänzten fiebrig, die Haare waren völlig zerzaust. Mein Gesichtsausdruck kam mir fremd vor, verklärt von absolutem Glück ...

Die Frisur sah entsetzlich aus, da war nichts mehr zu machen. Was sollte ich nur tun? Wenn ich so nach Hause kam, würde heute der ganze Palazzo und morgen ganz Rom darüber reden. Das durfte ich Franscesco nicht antun. Alles mußte im verborgenen geschehen, und ich wollte auch nicht, daß er Verdacht schöpfte. Es sollte ein Geheimnis zwischen Sebastiano und mir bleiben. Ein Tuch! Ich brauchte dringend ein Tuch, um mein Haar darunter zu verbergen. Doch woher sollte ich es bekommen, die Straße der Händler, die Tücher verkauften, lag zu weit entfernt. Da kam mir eine Idee. Ich befahl kurzentschlossen den Trägern, nach links zur Kirche San Francesca am Palatino abzu-

344

biegen, das wich nur wenige Schritte von unserem Heimweg ab. Ich suchte nach einer Goldmünze, die in fast jedem meiner Gewänder eingenäht waren, und sprang atemlos die wenigen Stufen zum Kirchenportal hinauf. Es waren bereits zahlreiche Besucher zur Frühmesse gekommen, einfache Leute, wohl Tagelöhner. Ich stellte mich möglichst unauffällig zu den Frauen und war froh, daß ich im Dämmerdunkel der Kirche keinem auffiel. Neben mir betete eine junge Frau mit ziemlich groben Gesichtszügen, die ein dunkles, schleierartiges Tuch auf ihr Haar gesteckt hatte.

»Verzeiht, darf ich Euch etwas fragen?«

Die Frau sah mich mißtrauisch an und musterte abschätzend meine Gewänder, die in dieser armseligen Kirche natürlich völlig fehl am Platze waren.

»Ich bitte Euch, verkauft mir dieses Tuch hier.« Ich wies auf den Schleier.

»Warum?« Ihr Gesichtsausdruck zeigte eisige Ablehnung. »Ich will zwei Goldscudi!«

Ich holte die Goldmünze hervor, und ihre Augen glitzerten vor Gier. »Einen Scudo oder gar keinen, wenn Ihr nicht wollt. Eure Nachbarin hier wird freudig einwilligen. Also?«

Sie riß sich das Tuch vom Kopf, gab mir auch die Nadeln dazu, ließ die Goldmünze sofort verschwinden und rannte aus der Kirche, als ob neunhundert Teufel hinter ihr her wären. Ich folgte ihr ziemlich erleichtert.

In meiner Sänfte zog ich eines der Bändchen, das die Ärmel meiner Camicia hielt, halb heraus, riß ein Stück davon ab und band mein Haar zu einem abenteuerlich aussehenden Knoten hoch. Darüber befestigte ich den dunklen großen Schleier. In meinem Silberspiegel erblickte ich nun das getreue Abbild einer züchtigen Frau, die gerade von der Frühmesse zurückkehrt.

Die Portale unseres Palazzo standen bereits offen, wie immer von vier Söldnern bewacht. Ich ließ die Sänfte davor halten und stieg gemessen aus, verweilte ein wenig, damit jedermann sehen

345

konnte, daß ich vom Kirchgang kam, und schritt dann in scheinbarer Ruhe erhobenen Hauptes ins Haus. Mein Gatte erwartete mich und bot mir einen Gruß; wie sonst auch, gingen wir zusammen in sein Studiolo. Francesco schloß die Tür, nachdem er sich vergewisserte hatte, daß kein Diener lauschte.

»Erkläre mir bitte, warum du die ganze Nacht weg warst!«

»Francesco, wir haben vereinbart, uns diese Art Fragen nicht zu stellen.«

»Darum geht es nicht. Meine Ehre ist befleckt, wenn du offensichtlich die Nacht über wegbleibst und am frühen Morgen vor aller Augen zurückkehrst.«

»Und du glaubst, man wird es wagen, dich zu fragen: ›Edler Giocondo, wo ist Eure Gemahlin heute nacht gewesen?‹ Würdest du ihnen antworten?«

Er schluckte. »Natürlich nicht; weder würde einer diese Frage wagen, noch bekäme er eine Antwort.«

»Also ist es völlig gleichgültig, weshalb ich so lange fort war. Bin ich etwa mit zerrissenen Gewändern, aufgelöstem Haar, vom Wein trunken heimlich zurückgekehrt?« Ich bemerkte, daß er mich kurz musterte; so tief saß der Stachel gekränkter männlicher Ehre in ihm, daß er dabei war, seine Haltung zu verlieren. Mit zornesrotem Gesicht und verzerrter Miene schrie er mich an, die Faust zum Schlag erhoben.

»Du wirst es mir sagen!«

Obwohl ich befürchten mußte, daß mich gleich sein Faustschlag treffen würde, blieb ich ganz ruhig, ja, ich machte sogar einen Schritt auf Francesco zu, so daß ich ganz nahe vor ihm stand. Er war überrascht und ließ den Arm sinken.

»Gut, Francesco, wenn du dich soweit vergißt, mich fast zu schlagen, dann will ich alles getreulich berichten.« Der spöttische Unterton in meiner Stimme konnte ihm nicht entgangen sein.

Anscheinend erkannte er dann, daß er wohl zu weit gegangen

346

war; sein Ton wurde etwas zurückhaltender. »Es ist mein Recht als Gatte ...«

Ich schnitt ihm das Wort ab. »Ich war, wie du sehr wohl weißt, bei der Herzogin. Der kleine Rodrigo fieberte etwas, und sie sorgte sich. Etwa zur elften Stunde stieg das Fieber an, und auch der Leibarzt seiner Heiligkeit vermochte es nicht zu senken. Ich schlug vor, daß alle Frauen aus Lucrezias Palazzo in der Kapelle gemeinsam beten sollten, um die Gnade des Allmächtigen für das Kind zu erflehen. Du weißt, wie die Herzogin an ihrem Sohn hängt. Und so blieben wir die ganze Nacht betend wach, bis der Morgen graute. Ich durfte übrigens neben Lucrezia auf deren Betschemel knien, eine hohe Auszeichnung!«

Francesco stand mit hängenden Armen da und machte einen recht kleinlauten Eindruck. Aber so leicht sollte er mir nicht davonkommen. Ich hob meinen Schleier etwas und schaute ihm direkt in die Augen. »So sieht eine Frau aus, die übernächtigt ist vom Wachen und Beten.«

Francesco senkte schnell seinen Blick.

»Und so sieht es aus, wenn man die ganze Nacht auf einem Betschemel verbringt, sieh her!« Ich raffte meine Röcke und ließ die natürlich völlig makellosen Knie sehen, aber er schaute gar nicht hin, wie ich gehofft hatte. »Als das Fieber endlich sank, gingen wir alle erleichtert zu ersten Frühmesse. Ich mit diesem scheußlichen Schleier, den mir eine Zofe Lucrezias lieh.«

Dann machte ich eine wirkungsvolle Pause und fuhr nach einer Weile fort: »Jetzt weißt du genau, wie alles gewesen ist, und nun gehe ich schlafen.«

»Ja, gewiß ... Lisa ..., bitte verzeih meine Unbeherrschtheit.«

»Es ist gut, Francesco, es ist gut.« Ich lächelte ihn traurig an und ließ ihn einfach stehen. In meinem Gemach angekommen, riß ich mir alle Kleider vom Leib und warf mich aufs Bett; mir war zum Lachen und zum Weinen zumute, vor Erleichterung, vor Er-

347

schöpfung und – vor Glückseligkeit. Dann übermannte mich der Schlaf.

Gegen Mittag erwachte ich munter und fröhlich. Meine Dienerin brachte mir Brot, kaltes Geflügel, dazu etwas Wein mit Wasser, und ich aß mit gutem Appetit. Durch die geschlossenen Fensterläden drangen einige Sonnenstrahlen herein und tauchten mein Zimmer in ein mildes, angenehmes Licht. Immer noch meinte ich, Sebastiano zu spüren, seinen Geruch auf meiner Haut, seine Lippen auf den meinen... Was auch geschehen war, ich wollte keine logischen Schlüsse ziehen, weder an die ewige Verdammnis im Jenseits denken, die dem Ehebruch folgte, noch an das öffentliche Auspeitschen, das dafür im Diesseits als Strafe vorgesehen war. Nichts anderes wollte ich mehr, nur eines: die Geliebte Sebastianos sein. Die Geliebte eines Kardinals, plötzlich hatte das nichts Entwürdigendes mehr, nichts Schlechtes oder gar Sündhaftes. Es war etwas, das größer nicht mehr gedacht werden konnte: die wahrhaftige Liebe. Das absolute Prinzip – die höchste Vollkommenheit, Verschmelzung von Seele und Leib, ja das Einswerden von zwei Menschen. Wie ich Sebastiano liebte! Und er mich. So hatte ich ihn mir erträumt und herbeigesehnt, den Mann, der mich und nicht nur meinen Körper begehrte. Der gegen alle Gebote verstieß, um mich lieben zu können, der sogar die Tochter des Papstes für uns gewann, der alles, alles tun würde, um bei mir zu sein. Und auch ich wollte alles geben, um ihn glücklich zu sehen.

Es war auch kein Dämon, der sich meines Leibes bemächtigt hatte, nein, nur das reinste, unschuldigste Sehnen nach Sebastiano, für den mich der Allmächtige geschaffen hatte. Mehr noch, ich begriff endlich, daß es diesen Dämon nicht gab, sondern daß uns dieser Gedanke eingegeben wird von unwürdigen Dienern Gottes. Es war kein Dämon, sondern der Wille des Schöpfers, daß zwei Menschen, die sich lieben, so etwas fühlen können. Und ich wollte es wieder fühlen. Bei allen Heiligen, wie sehr ich

348

es wollte! Was mir Sebastiano in dieser Nacht gegeben hatte, war so unvorstellbar, großartig und erhebend – wie hätte ich das je ahnen sollen! Alles Vorherige war nichts gegen die Ekstase, in die mich mein Geliebter versetzen konnte, immer wieder, mit seinen Händen, seinem Pene, seinen Lippen und seiner Zunge... Ein Schauer überlief mich, wenn ich nur daran dachte. Diese glückselige Erschöpfung, die dann irgendwann nach vielen Höhepunkten der Lust eintrat, und dann ganz friedlich dazuliegen, nackt und bloß, unendlich geborgen. Sebastiano! Ja, es stand außer Zweifel, ich war die glücklichste Frau auf Erden.

Nach der Abendtafel zog mein Gatte ein in Seide gewickeltes Bündel hervor und gab es mir. Als ich es geöffnet hatte, lag ein außerordentlich kostbar gearbeiteter Spitzenschleier vor mir, wohl als Anspielung und zugleich, um nochmals um Verzeihung zu bitten wegen des Auftritts am Morgen. Doch ich mußte vorsichtig sein, Francesco war klug und hatte ein feines Gespür für die Dinge. Aber was konnte ich tun? Sebastiano einige Tage nicht sehen... ein unvorstellbarer Gedanke. Die Sehnsucht nach meinem Geliebten war so übermächtig, daß ich dazu nicht imstande war. Ruhelos wanderte ich durch die dunklen Gänge des Palazzo, ging zurück in mein Gemach, warf mich aufs Bett, versuchte zu lesen – nichts half. Wenn mir Sebastiano morgen keine Nachricht sandte, was dann? Ich würde den Verstand verlieren. Oder wenn er einem Unglück, einem Mordkomplott zum Opfer fallen sollte! Der Papst konnte ihn auch jederzeit in wichtiger Mission an einen weit entfernten Hof befehlen. Was, wenn der über alles geliebte Mann beim Heiligen Vater in Ungnade fiel und für immer im Kerker verschwand? Nicht auszudenken. Angst befiel mich, Angst wie damals auf der Flucht nach meiner Hochzeit, als wir vor den geschlossenen Toren jener Rocca standen und die Verfolger dicht hinter uns waren.
Ich lag schweißgebadet auf meinem Bett, erfüllt von der Furcht,

Sebastiano nicht mehr wiederzusehen. Nie mehr in seinen Armen zu liegen, seine Küsse, seine Berührungen – nichts von all dem wieder zu spüren. Ich sprang auf, tastete mich durch mein Schlafgemach bis zu der schwachen Öllampe am Fenster, die die ganze Nacht über brannte, entzündete daran einige Kerzen und konnte mich erst beruhigen, als ihr Schein den Raum erhellte. Nach einigen Schlucken Wein wich die peinigende Angst von mir. Ich schämte mich, daß derart dumme, wirre Gedanken Macht über mich gewinnen konnten, und hoffte, daß sich solches nicht wiederholen würde.

Am anderen Tage brachte meine Dienerin mir schon früh die Nachricht, ich würde am Abend zur neunten Stunde im Palazzo der Herzogin erwartet. Endlich! Sebastianos Botschaft versetzte mich in einen Zustand, der sich schwer beschreiben läßt. Konnte man vollkommen gelöst und doch zugleich innerlich angespannt sein? Ich jedenfalls befand mich in dieser Verfassung. Eine stille Heiterkeit war in mir, die alles gleichsam in hellste, reinste Farben tauchte, und doch schien eine innere Spannung mich zerreißen zu wollen. Bei der Mittagstafel aß und trank ich mehr als sonst, plauderte fröhlich mit allen, ohne wirklichen Anteil zu nehmen. Denn nur ein Gedanke beherrschte mich: Ich würde Sebastiano wiedersehen. Nach dem Essen zwang ich mich, einige Stunden zu ruhen; natürlich war an Schlaf nicht zu denken, obwohl er mir heute nacht fehlen würde. Am späten Nachmittag ließ ich mir etwas Wasser, dazu duftende Öle bringen und mich von meiner Dienerin waschen. Danach rieb sie mich mit wohlriechenden Essenzen ein und färbte meine Brustspitzen leuchtend hellrot, so wie ich es an Lucrezia gesehen hatte. Für Sebastiano wollte ich schöner aussehen als jede Frau, die er vor mir gekannt hatte. Nach langem Bürsten glänzte mein Haar dann besonders, und ich war stolz auf die kastanienbraunen Lichter darin; dazu ein Goldreif, der vorzüglich paßte. Als die Dienerin fertig war, betrachtete ich mich nackt in dem großen Silberspie-

350

gel und fand, daß mein Körper sehr wohl die Leidenschaft eines Mannes anstacheln konnte – wenn das bei Sebastiano überhaupt noch nötig war. Und dann ritt mich wieder einmal der Teufel. Ich zog meine Cioppa aus violett-silbernem Brokat an ohne die lange, enge Camicia oder eine Giornea darunter. Das war natürlich sehr gewagt. Zwar ist die Cioppa bodenlang und weit geschnitten mit überlangen Ärmeln, deren Schleppen bis zum Boden reichten, aber vorne offen. Ich mußte dieses mantelförmige Gewand ständig zusammenhalten, um nicht völlig nackt dazustehen. Schlug ich aber die Cioppa bei Sebastiano auseinander, stand ich so, wie mich Gott geschaffen hatte, vor ihm. Ein erregender Gedanke.

Mit starkem Herzklopfen und zitternden Knien begab ich mich gegen die neunte Stunde im Dämmerlicht zu meiner Sänfte, krampfhaft die Cioppa zusammenhaltend. Möglichst würdig schritt ich durch Lucrezias Palazzo zur Seitenpforte, wo Sebastiano auf mich warten sollte. Im Gang war es leidlich hell, und als wir von weitem Sebastiano in seinem Kardinalspurpur erblickten, empfahl sich der Majordomus taktvoll. Dann, als die Schritte des Bediensteten verklungen waren und Sebastiano mir freudig entgegeneilte, hielt ich inne und ließ meine Cioppa zu Boden gleiten. Sebastiano, der sich keine vier Schritt mehr von mir entfernt befand, blieb wie angewurzelt stehen, und ich bemerkte, wie sich sein Blick verklärte, als er mich so vor sich sah.

»Lisa!«

»Sebastiano!«

Er riß mich in seine Arme, und sein Kuß brannte wie Feuer auf meinen Lippen. Ich spürte sein Begehren und er das meine. Plötzlich lagen wir auf meiner Cioppa am Boden und liebten uns mit leidenschaftlicher Gewalt. Als es mich überkam, spürte ich Sebastianos Hand, die mir den Mund verschloß. Ich hätte sonst wohl den ganzen Palazzo zusammengeschrien vor Lust. Es war ein kurzer, wilder Rausch. Dann hob Sebastiano mich auf, legte die Cioppa um meine Schultern, und wir gingen engumschlungen zur Sänfte. Ganz benommen von dem Gefühlssturm, der uns so jäh überwältigt hatte, saß ich dann neben Sebastiano und schmiegte mich eng an ihn.

Oben auf unserem Turm war wieder ein Liebeslager bereitet, diesmal aus seidig raschelnden orientalischen Decken. Es gefiel mir, die glatte, kühle Seide auf meiner Haut zu spüren.

»Bin nur ich verrückt oder sind wir es alle beide?«

Sebastiano nahm mich in die Arme, und wir lagen eine Weile still da, bevor er antwortete: »Ich bin verrückt nach dir und du nach mir. Was würde dein Lehrer Constantinus daraus schließen?« Er lachte auf seine unbeschwerte Art, aber dann wurde er mit einem Mal ernst. »Ein größeres Glück kann zwei Menschen überhaupt nicht treffen, dieses Gefühl, daß man zusammengehört, daß man ohne den anderen nicht leben kann, nicht leben will ...«

»So fühlst du genau wie ich!«

»Warum erstaunt dich das?«

»Nun, weil du als Mann doch anders denkst und empfindest als wir Frauen. Oder ist das nicht so?«

»In gewisser Weise schon, Lisa, aber was unsere Liebe betrifft, kann ich mir nicht vorstellen, daß unsere Gefühle verschieden stark sind. Ich kenne nur noch den einzigen Gedanken, dich zu lieben, was heißt, dich zu begehren.«

Wie gut ich das verstand. Denn in mir regte sich bereits wieder die Macht der Begierde, und ich drückte mich fest an Sebastiano. »Allein schon, wenn ich deiner Stimme lausche, Liebster, packt mich die Leidenschaft ...«

Dann konnte ich nicht mehr weitersprechen, war nur noch seinen Zärtlichkeiten willenlos ausgeliefert. Wo er mich auch streichelte, durchströmte eine ungeheure Kraft meinen Leib, die sich in Lust wandelte und mir fast die Sinne raubte. Dann wollte ich nur noch eins, mich ihm hingeben in jeder erdenklichen Weise.

Ja, Sebastiano war mein Schicksal. Unvergleichlich das Gefühl, wenn dieser Mann mich umarmte. Unvergleichlich, wie er es tat, so behutsam und doch so kraftvoll. Wenn ich mein Gesicht an seine Brust drückte, fühlte ich mich geborgen wie einst bei meinem geliebten Vater. Aber wenn Sebastiano mich küßte – und er tat es oft, zuerst sanft, selbstvergessen und voller Hingabe, dann immer fordernder –, spürte ich, wie heißes Begehren sich in mir regte. Immer inniger wurden unsere Küsse, und drang er endlich mit seinem Pene in mich, begann das Spiel unserer wilden Leidenschaft von neuem, bis wir erschöpft voneinander ließen und nur noch gierig nach dem kühlen, frischen Wein verlangten. Doch nicht immer waren seine Küsse fordernd; manchmal sah er mich nur verträumt an, gab mir einen Kuß, als ob damit unsere Liebe für ewig besiegelt sein sollte. Es war das Paradies auf Erden, eine Art von goldenem Zeitalter, allein für uns beide.

Nur ein Schatten lag auf diesem Glück: Francesco. Er mußte einfach Verdacht schöpfen, und es wäre ihm ein leichtes, durch Mittelsmänner zu erfahren, was sich Abend für Abend an der Seitenpforte von Lucrezias Palazzo abspielte. Denn natürlich wußte die gesamte Dienerschaft dort Bescheid, und Francescos Gold würde keiner widerstehen.

»Sebastiano, ich muß dich etwas fragen.«

Er hörte auf, meine Brüste zu liebkosen, und sah mich an.

»Du weißt, mein Gatte muß Verdacht schöpfen und wird mit Sicherheit die Wahrheit über uns herausbekommen.«

»Du hast recht, Francesco ist kein Dummkopf.«

»Was wird geschehen, wenn er dahinterkommt?«

Sebastiano sah sehr bekümmert aus. »Ich habe mir auch schon Gedanken darüber gemacht.«

»Du?«

»O ja, denn nicht nur für dich als Gemahlin Francescos, sondern auch für mich kann unsere Liebe weitreichende Folgen haben.«

353

»Ich kann mir nicht denken, daß seine Heiligkeit so streng zu seinen Kardinälen ist.«

»Papa Alessandro nicht, ihm ist es egal, ob wir die Vita activa oder contemplativa leben. Nein, Gefahr droht auch mir von Francesco.«

»Er kann dem Heiligen Vater nicht befehlen.«

»In gewisser Weise doch. Nach Riarios Intrige ist dem Papst klar, daß er keinen anderen Geldgeber hat als deinen Gatten.«

»Und die Deutschen, Fugger und Welser?«

»Sind Gläubiger, aber auch zugleich Kreaturen von Kaiser Maximilianus. Alessandro Borgia wird sich nicht mehr in ihre Fänge begeben, das hat Francesco ihm eindringlich vor Augen geführt.« Sebastiano schaute mich sorgenvoll an. »Dein Gatte könnte mich der Verführung seiner Gemahlin anklagen, dann bin ich ein toter Mann!«

»Aber er hat mich doch freigegeben, wenn nur der Schein gewahrt bliebe!«

»Worte, leere Worte. Francesco wird es letztendlich nicht ertragen können, kein Mann könnte das.«

Ich war plötzlich sehr enttäuscht. Während ich keine Gefahr scheute, um bei Sebastiano zu sein, machte er sich Gedanken über seine Stellung als Kurienkardinal. Dachte ich denn an mein Leben oder meinen Tod, wenn ich mit ihm zusammen war? Nicht einmal die Flammen des Purgatorio bis zum Jüngsten Gericht oder gar die ewige Verdammnis schreckten mich, so sehr liebte ich Sebastiano. Ich, die die Todsünde des Ehebruchs mit ihm beging, hätte wohl mehr Grund, ängstliche Gedanken zu hegen. Wie konnte er nur so klein denken…

Ich sprang von unserem Lager auf, zog die Cioppa an und konnte kaum die aufsteigenden Tränen zurückdrängen. »Ich möchte gehen, Sebastiano, bitte bring mich hinunter!«

»Lisa, was ist mir dir?«

»Nichts, überhaupt nichts …«

354

Sebastiano sah wirklich sehr traurig aus, doch es war schließlich seine Schuld. Ich begann die dunkle Treppe hinabzusteigen, und als er mir nacheilte und versuchte, mich in die Arme zu nehmen, wandelte sich meine Enttäuschung in Wut. »Laß mich, ich finde den Weg allein!« Das klang so scharf, daß selbst mir die eigene Stimme fremd vorkam. Dann gingen wir doch zusammen hinunter zur Sänfte.

»Gut, Lisa, wenn du ungerecht sein willst! Niemand kann dich hindern. Ich jedenfalls werde heute nacht für dich beten.«

Das war nun doch zu viel. »Beten? Das ist wohl das erste Mal, daß du für mich betest. Bisher schien es ja auch nicht nötig gewesen, habe ich doch alles gemacht, was du wolltest!«

»Lisa!«

Ich hörte gar nicht hin. »Und was betest du? Vielleicht, Herr gib, daß meine Geliebte wieder wollüstige Todsünden begeht mit mir, dem Kardinal, deinem Diener! Ist es so? Oder betest du, Allmächtiger, schütze meinen Rang und Purpur am päpstlichen Hofe, daß ich nicht als geschorener Mönch bei den Barfüßerbrüdern ende, wenn meine schändliche Beziehung zu dieser Ehebrecherin aufkommt!«

Sebastiano entgegnete noch irgend etwas, aber es war mir gleichgültig. Ich befahl den Sänftenträgern loszugehen und gönnte meinem Geliebten keinen Blick mehr, er hatte mir den Abend gründlich verdorben. Als die Sänfte schon ein Stück weiter war, hörte ich noch, wie er meinen Namen rief – und es schnitt mir ins Herz.

Sebastiano hatte mir vorgehalten, ungerecht zu sein, und das stimmte. Auf dem ganzen Rückweg mußte ich daran denken, wozu ich mich in meinem Unwillen hatte hinreißen lassen, welche unsinnigen Vorwürfe ich gegen Sebastiano erhoben hatte. Warum nur? Durfte er sich denn keine Sorgen machen, wie es mit uns weitergehen sollte? Natürlich hatte er recht. Man mußte schon blind sein, um die Gefahr, in der wir schwebten, nicht

355

wahrzunehmen. Auch trugen wir beide dieselbe Schuld. Vielleicht machte sich Sebastiano bereits Gedanken, wie eine gemeinsame Zukunft aussehen könnte. Meine Worte hatten ihn mitten ins Herz getroffen. Wie er so dagestanden hatte, hilflos meinem jähen Ausbruch gegenüber. Und wenn er sich nun abwendete von mir, tief gekränkt und verletzt? Den Liebsten nie mehr wiederzusehen – nein, das konnte, das durfte nicht sein. Ich war völlig verzweifelt, als wir in die Via del Pellegrino einbogen, und kämpfte mit den Tränen.

Gewiß saß Francesco noch allein an der großen Tafel im Saal und wartete auf mich; ungesehen würde ich nicht an ihm vorbeikommen, ich mußte ihn wenigstens kurz begrüßen. Siedendheiß fiel mir ein, daß ich unter der Cioppa ja völlig nackt war. Auch mein Haar befand sich wohl in einem unmöglichen Zustand. Herr im Himmel, weshalb war ich so leichtsinnig gewesen! Ich hoffte, mit einem kurzen Gruß zu Francesco hin am Eingang des großen Saales vorbeizukommen und in mein Gemach zu entschwinden, aber weit gefehlt.

»Liebe Lisa, es ist heute ja noch so früh, bitte komm und leiste mir noch ein wenig Gesellschaft.« Seine Stimme klang eine Spur zu freundlich und ließ nichts Gutes ahnen.

»Lucrezia hat mich heute früher gehen lassen, denn ich fühle mich nicht wohl. Schlaf gut, Francesco.«

Zu meinem Schrecken stand er nun auf, goß etwas Wein in seinen Pokal und kam damit auf mich zu. »Hier, ein Schluck Wein wird dir guttun.«

Ich bemerkte, daß mein Gatte ein wenig schwankte. Das war verwunderlich, denn noch nie hatte ich ihn betrunken gesehen. Trotzdem war sein Blick noch klar, und er musterte mich aufmerksam. Ich nahm den Pokal und trank. »Danke, das hat mich erfrischt. Gute Nacht.«

Ich wendete mich ab und wollte gehen, aber Francesco hielt mich am Ärmel meiner Cioppa fest, was bewirkte, daß mein Ge-

356

wand vorn etwas aufging und für einen Wimpernschlag zu erkennen war, daß ich nichts darunter anhatte. Jetzt schien alles aus. Blitzschnell hatte ich ihm meinen Ärmel entzogen und den verräterischen Spalt meiner Cioppa wieder geschlossen. Mit verschränkten Armen hielt ich sie nun krampfhaft fest. Was für ein Glück, daß ich mich schon zum Gehen gewandt hatte, vielleicht würde Francesco dadurch meine Nacktheit doch nicht bemerkt haben. Nun lief ich so schnell es ging in mein Gemach in der Hoffnung, daß Francesco mir nicht folgte, und verriegelte die Tür. Die Cioppa flog aufs Bett, und kaum hatte ich die erstbeste Giornea aus meiner Truhe gewühlt und angezogen, da klopfte es.

»Francesco?«

»Ja. Bitte mach auf!«

Ich öffnete und stand nun sittsam gekleidet vor ihm.

»Verzeih, Lisa«, er sah seltsam verlegen aus, »du sahst eben so traurig aus, und ich mache mir Sorgen.« Wieder sah er mich ganz genau an. »Dein Haar ist ganz aufgelöst, hoffentlich warst du nicht so bei der Herzogin.«

»Doch, Francesco. Der kleine Rodrigo greift immer in mein Haar, wenn ich ihn auf dem Arm halte, und ich nehme ihn, sooft Lucrezia es mir gestattet. Er ist so süß.« Gott sei Dank war mir schnell das Richtige eingefallen. Sollte Francesco nur daran erinnert werden, wie sehr ich mir einen Sohn wünschte und was er mir schuldig geblieben war.

»Ich glaube dir, Lisa. Aber wenn es etwas gibt, was dich bedrückt – du kannst jederzeit damit zu mir kommen und es mir sagen.«

»Gewiß, und ich danke dir dafür.«

Noch einmal blickte er mich nachdenklich an und ging dann endlich. Ich war wie erschlagen, und meine Hände zitterten, als ich mein Gewand auszog. Ganz klar, Francesco vermutete etwas. Und es war genau so, wie Sebastiano sagte: Mein Gatte konnte seine Eifersucht nicht bezähmen. Also würde er etwas unterneh-

357

men. Vor noch nicht einer Stunde hatte mir Sebastiano seine Befürchtungen gestanden, und jetzt mußte ich erkennen, wie richtig sie gewesen waren. Und ich hatte mich zu so furchtbaren Vorwürfen hinreißen lassen! Natürlich mußten sie ihm ungerecht erscheinen, und ich dachte daran, wie er mir noch leise »Lisa« nachgerufen hatte.

Sebastiano, meinem Liebsten, hatte ich weh getan, ohne Grund, offensichtlich nur aus einer dummen Laune heraus. Weshalb? Ich war doch sonst nicht so. Verlangte ich zuviel vom irdischen Leben? Sicher. Niemand kann ein Glück ohne Ende genießen. Aber ich hatte schon zu lange auf dieses Glück gewartet, das war mein schwacher Punkt. Doch zu glauben, daß ich es festhalten konnte auf ewig, war töricht; das Schicksal zeigt uns immer wieder, daß dies nicht möglich ist. Darum war ich so ungerecht zu Sebastiano gewesen. Er hatte nicht kleinmütig gedacht, sondern die Dinge betrachtet, wie es ein vernünftiger Mensch tut. Ich hingegen klammerte mich verzweifelt an dieses Glück, wollte nicht wahrhaben, daß es endlich war, endlich sein mußte. Sebastiano hier in Rom, ich hingegen irgendwann wieder zu Hause in Florenz – das allein genügte, um mir die Flüchtigkeit unseres Glückes vor Augen zu führen. Im Überschwang der Gefühle hatte ich meine Augen gegen diese Erkenntnis verschlossen. Kein Wunder, wer sich im Paradiese wähnt, kann nicht anders denken. Doch unser Paradies lag im Diesseits…

Ich erwachte von einem lauten Pochen an meiner Tür und öffnete nach einer Weile schlaftrunken. Francesco kam herein und war aufs äußerste erregt.

»Du mußt dich sofort anziehen, Lisa, es ist ein Unglück geschehen!«

»Beim Allmächtigen, sprich!«

»Lucrezias Gemahl Herzog Alfonso ist tot!«

»Entsetzlich – ich muß sofort zu ihr!«

358

»Ja, deswegen ließ sie eine Nachricht schicken. Wir gehen zusammen.«

Rasch kleidete ich mich in Trauerfarben und nahm dazu den kostbaren neuen Schleier. Unten versammelten sich gerade jene Söldner, die uns begleiten sollten, und zwei Pferde standen bereit. Francesco half mir in den Sattel, dann ritten wir zügig zum päpstlichen Palast, wo sich der tote Herzog befand, unsere Begleitung im Laufschritt hinter uns. Alfonso war nicht in der Kapelle des päpstlichen Palastes aufgebahrt worden, sondern man hatte dem im Leben wie im Tode Ungeliebten nur ein kleines Nebengelaß zugebilligt. Vier Kerzen brannten in hohen Standleuchtern, von Lucrezia war nichts zu sehen. Wir knieten nieder und beteten für die Seele des Verstorbenen, als erregter Wortwechsel aus einem Nebenraum zu vernehmen war. Ich erkannte sofort Sebastianos Stimme und die von Lucrezia. Was hatten die beiden so lautstark zu besprechen? Wir erhoben uns, als Lucrezia hereinkam. Trotz ihres Witwenschleiers sah die Herzogin wieder hinreißend aus, und ich eilte auf sie zu in der Hoffnung, meine Freundin in ihrem Schmerz ein wenig trösten zu können. Unsere Begrüßung war nur flüchtig, und ich bemerkte, daß sie offensichtlich nicht um ihren Gatten geweint hatte; auch sonst sah ich ihr keine Anzeichen von Trauer an.

»Ich danke Euch, daß Ihr gekommen seid. Morgen begebe ich mich auf eine Rocca meines Vaters, nach Nepi, um dort im nahen Kloster zu trauern. Ich erwarte dich, Lisa, heute um die achte Abendstunde. Ihr dürft Euch entfernen.« Dann ging sie hinaus.

»Weshalb hat Lucrezia nach dir schicken lassen, wenn sie uns so schnell wieder entläßt?«

Ich wußte es auch nicht. Dann kam Sebastiano herein. Francesco begrüßte ihn und küßte seinen Ring, ich versank in einem tiefen Knicks und küßte absichtlich nicht seinen Ring, sondern Sebastianos Hand, wobei ich ihn zärtlich in den kleinen Finger biß –

359

ein erregendes Gefühl. Sebastiano, trotz seiner Jugend ganz Kardinal, legte nun seine andere Hand auf mein Haar, als wollte er mich segnen, und – ich spürte es ganz genau – er kraulte mich mit seinen Fingerspitzen. Nur für einen winzigen Augenblick. Das Blut stockte mir in den Adern, Francesco hatte es gesehen, ließ sich aber nichts anmerken. Er wandte sich in freundlicher Verwunderung an Sebastiano.

»Eminenz, erlaubt Ihr eine Frage?«

»Gewiß.«

»Weshalb hat uns die Principessa sofort wieder entlassen; ich hoffe doch, daß wir nicht ihren Unwillen erregt haben.«

Sebastiano biß sich auf die Unterlippe und zögerte. »Gut, ich will Euch unter dem Siegel der Verschwiegenheit ein furchtbares Geheimnis verraten.«

Ich erschrak. »Hatte der Herzog die Pest?«

»Nein. Er ist keines natürlichen Todes gestorben; es war ein Mord.«

»Wie ist das geschehen?« Francescos Stimme klang mühsam beherrscht.

»Es war hier im Palast des Heiligen Vaters. Cesare Borgia lockte Lucrezia in ein Nebenzimmer jener Gemächer, die sie manchmal mit ihrem Gatten bewohnt, und währenddessen töteten Cesares Männer den Herzog.«

»Aber weshalb?«

Sebastiano wirkte verschlossen. »Der Grund wurde mir unter dem Siegel der Beichte genannt, fragt also nicht.«

Ich war erschüttert, und wir verabschiedeten uns rasch. Auf dem Heimweg ritten Francesco und ich stumm nebeneinander, jeder in Gedanken mit dem entsetzlichen Ereignis beschäftigt. Schließlich durchbrach ich das Schweigen. »Warum mag das geschehen sein, Francesco?«

»Ich habe mir schon eine Möglichkeit zurechtgelegt.«

Erstaunlich; er machte mich neugierig.

360

»Lucrezia war unzufrieden mit ihrem Rang. Herzogin von Bisceglie, was ist das schon, ohne Macht und Einfluß.«

»Ja glaubst du etwa, daß Lucrezia...?«

»Allerdings! Ich vermute, daß sie Cesare zu dem Mord angestiftet hat.«

»Niemals! Sie ist meine Freundin!«

»Was ändert das?«

Ich schwieg betroffen, aber Francesco schien noch mehr zu wissen. »Hast du verstanden, über was Kardinal Bracci mit Lucrezia sprach, als wir vor dem Toten knieten?«

»Nein, nur daß es sehr aufgeregt klang.«

»Richtig, und ich vernahm die Wörter: Volk, Aufruhr, Flucht. Das genügte mir, um zu ahnen, daß ein Mord vorgefallen war.«

»Ein furchtbarer Verdacht, den du da gegen Lucrezia erhebst.«

»Gewiß, es ist nur eine Vermutung, aber weshalb geht sie so rasch nach Nepi?«

»Das ist in der Tat ungewöhnlich.«

»Es ist in Wirklichkeit eine Flucht; der Kardinal hat richtig erkannt, daß Unruhen in Rom drohen, wenn bekannt wird, daß Cesare den Gatten seiner Schwester umbringen ließ.«

»Es gibt aber keine Beweise.«

»Hast du bemerkt, wie unbewegt sie war, obwohl kurz vorher ihr Bruder ihren Gemahl ermordet hatte? Welche Frau könnte so reagieren?«

Mir schauderte; ich wollte so etwas nicht glauben. Dann traf es mich wie ein Keulenschlag: Wenn Lucrezia fort war, konnte ich sie nicht mehr besuchen, meine Ausrede, Sebastiano treffen zu können, war mit einem Male nichtig! Unsere Welt brach zusammen. Wie lange würde Lucrezia wegbleiben, Wochen, Monate? In der Zwischenzeit konnten wir schon längst nach Florenz heimgekehrt sein. O Herr im Himmel, würde ich den einzigen Mann, der mir je wirklich etwas bedeutet hatte, überhaupt wiedersehen? Doch, natürlich, einmal noch; Lucrezia hatte uns ja eine letzte goldene Brücke gebaut: heute zur achten Stunde!

Manchmal genügt ein Augenblick, um die Welt aus den Angeln zu heben, und so war es mir ergangen. Alfonso ermordet – und schon lag mein ganzes Glück in Trümmern; wie kurz nur war es mir treu geblieben. Ich wollte mich ganz meinem Schmerz überlassen, um meine Liebe trauern, das Schicksal verfluchen. Denn diese Nacht würde unsere letzte sein. Doch dann besann ich mich. Wenn die Hopliten der Spartaner sich einst zum Kampf bereiteten, dann wuschen, ölten und salbten sie sich, kämmten ihr Haar sorgfältig, bevor sie in die Schlacht zogen. Und genauso wollte ich Sebastiano gegenübertreten. Jene Alten wußten, daß jede Schlacht ihre letzte sein könnte; ich wußte, daß dies mein letztes Beisammensein mit dem Geliebten war. Für ihn wollte ich heute abend so schön wie nie sein. Alles andere war gleichgültig geworden, Schuld, Sünde, was kümmerte es mich. Nur eines zählte noch, Sebastianos Liebe, unsere Leidenschaft, das Glück weniger Stunden, und doch ein Glück, das so groß war, daß mein ganzes Leben daneben klein und unwichtig erschien. Ja, aufrecht und stolz wollte ich in dieses Treffen ziehen!

Ganz abgesehen von meinen martialischen Gedanken aber brannte die Sehnsucht in mir stärker denn je zuvor. Alles war wie immer und doch ganz anders. Die Sänfte, Lucrezias Palazzo, Sebastianos Liebkosungen zur Begrüßung – als ob ein völlig anderes Abendlicht auf allem liege, die Schatten länger geworden wären ... Hatte auch Sebastiano erkannt, daß unsere gemeinsamen Stunden gezählt waren? Jedenfalls kam mir unser Liebeslager vor wie ein Katafalk: schwarzer Samt und am Fuß- wie Kopfende hohe Kerzenleuchter.

»Bist du noch böse wegen des letzten Mals?«

Er lächelte. Wirkte es nicht schon ein wenig wehmütig? »Nein, Lisa, als du mich so liebevoll in den Finger gebissen hast, da wußte ich, es ist alles wieder gut.«

362

»Alles, Liebster?«

Er senkte den Blick. »Ich weiß, Lucrezia verläßt uns und wird vielleicht nie mehr wiederkehren.«

»Nie mehr?«

»Frag bitte nicht weiter; du weißt, ich darf es nicht sagen.«

»Gut, Sebastiano. Aber ist dir klar, was ihr Fortgang für uns bedeutet?«

»Natürlich. Dies wird für unsere Liebe eine schwere Prüfung bedeuten.«

»Prüfung? Glaubst du denn nicht, daß es ...«

»Nein, Lisa, ich habe mir bereits Wege überlegt.«

»Welche?«

»Du könntest etwa zur Gönnerin eines Klosters oder Findelhauses werden, dort viel Zeit mit mildtätigen Werken verbringen, Exerzitien, Bußübungen, Beichte; es gibt so vieles, was wir nutzen können, um zusammen zu sein. Alle Türen stehen mir offen.«

Ich schwieg. Konnte sich Sebastiano nicht vorstellen, wie bitter es sein mußte, sich die Zeit auf diese Art zu stehlen? Hier schnell eine halbe Stunde, dort etwas länger oder kürzer. Wie immer auch, ich hatte es im Grunde genommen so kommen sehen, wenn auch nicht wahrhaben wollen. Sicher, Sebastiano würde alles tun, um mich zu treffen, irgendwo, in den düsteren Zellen eines Konvents oder im Besuchergemach eines Hospizes. Das wäre mein Schicksal – bis zu jenem Tage, an dem Francesco nach Florenz zurückzukehren gedachte. Und dann? Nein, so sollte es nicht sein. Niemals wollte ich unsere Liebe einen solch langsamen Tod sterben sehen. Ich würde sie ein großes letztes Mal auskosten und dann mit ihr untergehen, so, wie einst die Spartaner bei den Thermopylen.

Plötzlich fühlte ich mich noch einmal von dem verzweifelten Willen beseelt, den Kampf aufzunehmen gegen die Mächte der Finsternis. Letztendlich würde ich doch verlieren müssen, denn

363

der Segen des Allmächtigen lag nicht mehr auf uns. War das die Strafe für meinen Ehebruch, für die gottlosen Gedanken, die ich gehegt hatte? Gottlose Gedanken – in dieser Stunde war mir alles gleichgültig. Wie Epikur einst lehrte: Die Götter sind fern von uns und beschauen sich selbst, nehmen keinen Anteil am menschlichen Sein. Es ist ihnen zu armselig, zu gering. Konnte es sich mit Gott, unserem Herrn, nicht auch so verhalten? Bedeutete Ihm mein persönliches Schicksal vielleicht nichts? Quälte ich mich umsonst? Ich verfluchte Ihn, der mich von den höchsten Höhen des Glückes in die tiefsten Tiefen des Hades geschleudert hatte! Nach dieser Gotteslästerung fühlte ich mich als Verlorene, Ausgestoßene, aber zugleich auch stark auf desperate Weise, stark in meiner Liebe zu Sebastiano.

Auf einmal packte mich eine wilde Gier, wie nie zuvor, ich küßte meinen Geliebten so leidenschaftlich, daß es mir fast die Sinne raubte, krallte meine Finger in seinen Rücken und rieb mich in unbezähmbarer Begierde an seinem Pene. Sebastiano stöhnte lustvoll auf, drang mit einem Ruck in mich, und dann liebten wir uns mit wahnsinniger Brutalität. Wir verbissen uns geradezu ineinander, Sebastiano packte in wilder Leidenschaft meine Brüste, so daß sie schmerzten. Immer wieder stieß er seinen Pene mit rücksichtsloser Gewalt in mich. Ich schrie und umklammerte seinen Leib mit meinen Beinen, fühlte Blut und Schweiß von seinem Rücken rinnen – ein hemmungsloser Ausbruch, der uns beide zur Raserei trieb. Verzweiflung, Schmerz und Lust vermischten sich zu etwas ganz Neuem, zu etwas, das anders war als bisher, ein grandioses Höllenfeuer der Leidenschaft. Das war weder die himmlische noch die irdische Liebe, die da in uns brannte, sondern die Macht der Dämonen. Herr der Finsternis, bei diesem unbeschreiblichen Irrsinn der Lust gab es nur das eine – sich ihr zu überlassen, immer und immer wieder. Irgendwann konnten wir beide nicht mehr. Ich glaubte, ohnmächtig zu werden; Sebastiano lag halb auf mir, ab und zu lief

364

ein leiser Schauer durch seinen Leib. Um uns herum herrschte mit einem Mal fast beängstigende Stille. Alles war naß, und ich kam mir geschunden vor, jeder Knochen tat mir weh. Meine Scham brannte, so fest hatte ich den Geliebten an mich gepreßt, ihn zu halten für alle Ewigkeit.

Sebastiano richtete sich auf, ergriff den Weinkrug und trank in langen, durstigen Zügen. Dann reichte er mir den Krug, und ich nahm einen tiefen Schluck. Der kühle Wein tat mir gut; etwas davon rann mir über Hals und Brüste, es war gleichgültig. Ich fühlte mich glücklich ohne Wenn und Aber, verzweifelt glücklich. Sebastiano hatte all meine Begierde gestillt, so daß ich nur noch daliegen mochte und an nichts mehr denken. Die Kerzen flackerten ein wenig in der leichten Brise, über uns schimmerten die Sterne am dunklen Himmel. Ich erinnere mich nicht, jemals glücklicher gewesen zu sein. Das war die Stunde des Abschieds. Diese wunderbaren Eindrücke wollte ich für alle Zeiten in meiner Erinnerung behalten. Sebastianos regelmäßige Atemzüge verrieten, daß er eingeschlafen war. So lieb und unschuldig wirkte sein Gesicht; es zeigte den gelösten Ausdruck vollkommenen Glückes. Ganz leise zog ich meine prächtigen Gewänder an, die ich heute für meinen Geliebten so sorgfältig ausgewählt hatte, und ging dann ganz still, um ihn in Frieden träumen zu lassen.

Ich betete darum, daß Francesco nicht auf mich wartete, doch leider erfüllte sich mein Wunsch nicht. Wieder saß er an der leeren Tafel im großen Saal bei einer Karaffe Wein. Heute jedoch hatte ich in der Sänfte mein Haar gekämmt und konnte so meinem Gatten unbefangen gegenübertreten.

»Welch prächtige Gewänder für einen Kondolenzbesuch.«

»Es ist nicht nötig, Trauer zu zeigen, Francesco, denn Lucrezia denkt nur an ihre Abreise; in ihrem Palazzo ging es zu wie im Tollhaus.«

»Nun, Lisa, wenn deine Freundin also für lange Zeit verreist,

365

dann haben auch wir keinen Grund mehr zu bleiben. Meine Geschäfte erfordern längst, daß ich nach Florenz zurückkehre.«

»Du bist wegen Lucrezia geblieben?«

»Es wäre unklug gewesen, dich ihr zu entziehen, obwohl ich weiß, daß auf ihren Gesellschaften die übelsten Hurenböcke von Rom verkehren.«

Das hatte Francesco also befürchtet, daß ich mich bei irgendeinem Gastmahl diesem oder jenem hingebe. Wie nahe war er der Wahrheit gekommen und ihr doch so fern geblieben; von Sebastiano ahnte er offenbar nichts. »Und es hat dir nichts ausgemacht, mich in der Gesellschaft dieser Lebemänner zu wissen?«

»O doch.«

»Aber du ließest mich gehen, weil ein gutes Verhältnis zur Tochter des Papstes für dich wichtiger ist.«

»Genau! Und bei allen Qualen der Hölle, ich hätte es sonst nicht ertragen können!«

Er schlug mit der Faust auf die Armlehne seines Sessels, und ich fühlte, wie Eifersucht und gekränkter Stolz ihm zusetzten. Trotzdem war weder Mitleid noch Schuldgefühl in mir. Für seine Bankgeschäfte hätte er alles getan, so wie Händler eben sind, die um eines guten Gewinnes selbst ihre ewige Seligkeit hingeben würden. Mir schauderte vor soviel Mangel an Stolz; blieb ich doch im Herzen immer eine Edle, eine Gherardini.

Mein Schlaf war unruhig und nur kurz, denn am Morgen wollte ich zeitig bei meiner Freundin sein, um sie zu verabschieden. Natürlich würde Sebastiano auch dort sein. Ich kam keinen Augenblick zu früh, denn vor Lucrezias Kutsche waren bereits sechs Pferde gespannt, und sie selbst trat gerade aus dem Treppenturm in den Gang, der von den Ställen auf die Straße führte. Ich beugte meine Knie und sah sie an. Doch die Principessa lächelte mir nur flüchtig zu und stieg in die Kutsche, die sofort abfuhr. So endete meine letzte Begegnung mit dieser Frau, die von vielen verkannt und gehaßt wurde, aber für mich eine wahre

Freundin gewesen war. Und ihr verdanke ich die glücklichen Stunden mit Sebastiano, ein Geschenk, wie es größer nicht sein könnte. Solange ich lebte, würde ich mich stets voller Dankbarkeit an sie erinnern.

Der Palazzo lag da wie ausgestorben. Ein Teil der Dienerschaft war bereits vor Lucrezia abgereist, um auf der Rocca alles für sie zu bereiten. Ich ging allein in das Gemach vor dem großen Saal, in dem die Gäste zu warten pflegten. Um mich herum völlige Stille. Das warme Licht der Morgensonne verlieh dem prachtvoll ausgemalten Raum etwas Unwirkliches. Wo war Sebastiano? Ich klatschte in die Hände, aber kein Bediensteter kam. Endlich waren von irgendwo Stimmen zu vernehmen. Meiner Bitte nach Brot und Wein wurde unwillig entsprochen. Ich hörte, wie die Glocken die achte, dann die neunte Morgenstunde schlugen. Von Sebastiano war immer noch nichts zu sehen. Er mußte sich doch denken, daß ich hier auf ihn wartete, nachdem wir uns beim Abschied Lucrezias nicht wie vereinbart getroffen hatten. Dann vernahm ich schnelle, energische Schritte, und er stand vor mir. Er trug seine Rüstung in altrömischer Art und sah aus wie ein Imperator.

»Verzeih, Lisa, ich bin unterwegs mit einigen meiner Söldner zu Lucrezias Zug gestoßen und habe sie bis zur Porta San Paolo geleitet. Alles verlief ohne Zwischenfälle.«

Er warf den herrlich verzierten Helm achtlos auf einen Scherensessel und wollte mich in die Arme nehmen. Aber ich ließ es nicht zu, obwohl es mir Höllenqualen bereitete, Sebastiano nicht zu küssen.

»Was hast du, Lisa? Hier im Palazzo ist ein Gemach bereitet, komm mit mir.«

»Nein, Sebastiano, ich kann nicht mehr mit dir gehen – nie mehr.«

Alle Farbe wich aus seinem Gesicht. »Das darf nicht sein.«

»Es muß sein! Hör mir gut zu.«

367

Er stand da, hilflos trotz seiner imposanten Rüstung und sah mich mit großen Augen an. Beim Herzen Jesu – diese Augen werde ich mein Leben lang nicht vergessen.

»Sebastiano, unser Zusammensein gestern war das Größte, das Absolute, was ich mir an Leidenschaft denken kann. Was danach noch käme, könnte dieses Erlebnis nicht mehr übertreffen.«

»Aber das ist doch kein Grund ...«

»Sic et non, das macht es nicht allein. So wie es war, war es gut. Doch das ist nun zu Ende. Ich will mir aber nicht die Zeit für uns zusammenstehlen, eine Stunde hier und eine halbe dort bei irgendwelchen Gelegenheiten in fremden, kalten Räumen. Sebastiano, so soll unsere Liebe nicht enden, nicht langsam und qualvoll verlöschen. Nein, sie ist gestern nacht untergegangen. Untergegangen, wie es ihr gebührt: in Größe, Leidenschaft und Würde.«

»Lisa! Lisa, ist dir klar, was du da sagst?«

»Ja, mein Geliebter. Und doch ist es unabänderlich. Aber glaub mir, ich werde dich lieben, solange ich lebe.«

»Weshalb verspottest du mich?«

»Ich spotte nicht. Es ist wahr, daß du für immer der einzige Mann in meinem Herzen sein wirst.«

»Du kannst mich nicht lieben und von mir gehen!«

»Doch, Sebastiano, ich kann es. Leb wohl.«

Tiefe Erschütterung überschattete sein Gesicht, als er den prachtvollen Helm ergriff, sich abwendete und sporenklirrend hinausging – ohne sich noch einmal umzublicken.

Dann brach alles in mir zusammen. Ich ließ mich in einen Sessel fallen, barg mein Gesicht in den Händen und weinte still.

Lange Zeit trauerte ich stumm um diesen Mann, die große Liebe meines Lebens. Irgendwann versiegten meine Tränen, doch etwas in mir war gestorben, endgültig und für immer.

Wir kehrten nach Florenz zurück, aber nichts schien mehr wie vorher; ich war eine andere geworden.

368

IV

AM ABGRUND

Mein Hades heißt Florenz, und ich existiere darin als Schatten. Charon, der Fährmann, hat mich über den Styx gerudert, er trägt Francescos Züge. Könnte ich doch Eurydike sein! Aber Orpheus' Gesang habe ich nicht vernommen. Sebastiano! Hättest du wie jener um mich geklagt, ich wäre für immer zu dir gekommen. Wochenlanges Hoffen und Beten, Tränen tiefster Verzweiflung – vergebens. Wie habe ich um dich getrauert, um unser Glück, unsere Liebe. Und dann die Sehnsucht! Nur einen Kuß, nur einmal mich an dich schmiegen können, in deine Augen blicken. Ohne deine Liebe schien aller Mut, alle Lebenskraft in mir erloschen. Ein Feuer noch brannte in meinen Leib, ein letzter Funke der großen Leidenschaft. Es war jener Dämon, der mich peinigte in jedem Augenblick meines armseligen Daseins. Alle Qualen der Hölle sind nichts gegen das, was ich durchmachen mußte. Wie oft habe ich dein Bild vor meinem inneren Auge beschworen, mich dabei liebevoll gestreichelt und mir vorgestellt, es sei deine Hand gewesen, die meine Scham liebkost. O ja, manchmal gaukelte mir der Dämon diese Bilder vor, und es war unbeschreiblich süß, wenn die Ekstase nicht enden wollte. Doch danach mußte ich weinen, denn du warst nicht bei mir.

Nach einer gewissen Zeit verblaßte dein Bild, ich meine jenes lebendige, körperhafte. Aber meine Seele und damit meine Liebe war dir immer nah. Der Dämon quälte mich nicht mehr – ich

371

schien wie innerlich gestorben, zum Schattenwesen geworden –
eine Eurydike ohne Hoffnung auf ihren Orpheus...

Innerlich bin ich niemals wirklich nach Florenz zurückgekehrt.
Gewiß, es befand sich hier wieder eine Mona Lisa Gioconda.
Doch sie war nicht mehr dieselbe, nur ihr Abbild. Äußerlich be-
trieb ich einen geradezu byzantinischen Pomp an Kleidung und
Schmuck, was mir den Neid aller Patrizierinnen eintrug,
schminkte mein Gesicht betont weiß und verließ den Palazzo
stets mit beträchtlichem Aufwand; nicht so häufig wie in Rom,
aber oft genug, um so viel Aufsehen zu erregen, daß man mich
überall die römische Vanitas nannte. Meine Kinderlosigkeit war
Anlaß zu vielerlei Sticheleien, doch ich tat niemandem den Gefallen, die vom Schicksal Gebeugte zu spielen. Francesco sah
meinen Prunk nicht gerne, da er hier wieder durch und durch
Florentiner Händler war und sich vor den anderen Bankiers nicht
allzusehr exponieren wollte. Aber das gelang ihm nur schlecht;
unser Romaufenthalt hatte auch meinen Gatten verändert. Der
Zugang zu jener absoluten Sphäre der Macht am päpstlichen
Hofe verlieh Francesco etwas Respektgebietendes, das ihn alten
Bankiers, wie den Pazzi oder Strozzi, in gewisser Weise gleich-
stellte. Denn obwohl man den Papst in Florenz nicht mochte,
wenngleich auch keineswegs derartig ablehnte wie in Venedig,
so wußten die Florentiner doch um die Gefährlichkeit Papa Alessandros. Daher bedeutete ihnen mein Gatte ein wichtiges Bin-
deglied zum Heiligen Stuhl; alle hofften, mit seiner Hilfe notfalls Schaden von der Republik abwenden zu können. Alles in
allem waren wir zwar sehr angesehen, aber nicht beliebt.

Um dies zu ändern und auch, um meinem Leben etwas Inhalt zu
geben, beschloß ich, mich Waisenkindern als Wohltäterin zu
widmen. Das Findelhaus in Florenz ist ein schöner, heller Bau,
ansprechend gestaltet mit Brunelleschis berühmter Arkade und
den reizenden runden Terracotta-Reliefs von Meister Robbia.
Wie viele Findelhäuser, besitzt auch dieses jene kunstvoll gefer-

372

tigte Einrichtung, die es ermöglicht, ein unerwünschtes Neugeborenes in einer Nische abzulegen, worauf die Klosterschwestern einen Mechanismus betätigen und das Kind hereinnehmen können, ohne der Mutter ansichtig zu werden. Obwohl die Republik erhebliche Summen für das Findelhaus aufwendet, herrscht immer Mangel. Ich frage mich, was in solchen Müttern vorgehen mag, die sich von ihrem Neugeborenen einfach trennen; meistens sind es Mädchen, die ihren Eltern keinen Nutzen bringen, sondern geheiratet werden und einer anderen Familie angehören. Wenn ich doch wenigstens eine Tochter gehabt hätte! Aber das Schicksal wollte es anders. Ich spendete reichlich und war ein gerngesehener Gast im Ospedale. So ein winziges Wickelkind im Arm zu halten tröstete mich ein wenig, war aber zugleich grausam, denn es gehörte nun einmal nicht mir.

So lebte ich dahin, Jahr um Jahr, einsam trotz der freundlichen und großzügigen Art Francescos. Einen Geliebten wollte ich nicht mehr. Wer hätte auch den Vergleich zu meinem Sebastiano ausgehalten? Einen solchen Mann gab es nicht, und so sollte die Erinnerung an meinen einzigen, herrlichen Geliebten wie ein schöner, ferner Traum in mir verschlossen bleiben.
Lucrezia hatte im Herbst 1501 den Erbprinzen Alfonso d'Este von Ferrara geheiratet. Jetzt gehörte sie also einer der mächtigsten Familien des Landes an. Möge ihr der Herr viele Nachkommen schenken. Sie konnte froh sein, nun weit weg von Rom zu leben, denn im August 1503 ereilte Papa Alessandro der Gifttod. Cesare hatte von derselben Speise gegessen, überlebte aber mit knapper Not. Danach war er gezwungen, sich als einfacher Söldnercapitano in fremde Dienste zu begeben. Wahrscheinlich wäre der Tod gnädiger gewesen, aber das Schicksal erlegte ihm diese schlimme Demütigung auf; einst der mächtigste Feldherr und nun Söldner. Ich vergönnte es ihm, denn was er mir damals angetan hatte, war furchtbar genug.

373

Giulio II. nannte sich der neue Papst, ein Feind der Borgia und als Feldherr berühmt. Ein Gewaltmensch, aber ich glaubte damals noch, es ginge uns nichts mehr an, denn mein Gatte würde unter keinen Umständen wieder nach Rom gehen, zu gefährlich wäre derzeit unser Aufenthalt dort. Was für eine grausame Täuschung. Jenes Gelübde, das wir dort in der Stunde höchster Not getan hatten, konnte Francesco Gott sei Dank in eine entsprechend hohe Geldspende zu Gunsten des Klosters Santa Croce umwandeln, so daß uns die Bußübungen mit dem schweren Holzkreuz erspart blieben.

Eines meiner schönsten Erlebnisse war die erste Reise zu unserer Rocca, die von Giovanni und Nanna aufgebaut, stolzer denn je zuvor dastand. Das bequeme, helle Wohnhaus besaß einen Portikus mit Säulen in tuskischer Ordnung und wirkte außerordentlich imposant. Eine große Zimmerflucht im Piano nobile stand leer, und Nanna meinte, daß diese Gemächer stets meine Zuflucht sein sollten, falls ich jemals auf der Rocca unseres Vaters wohnen wollte. Große Freude bereiteten mir meine kleinen Neffen Michele und Bernardo, aber besonders das jüngste der Geschwister, die süße Lisa. Als ihre Patin war ich zur Taufe gekommen mit tausend Goldfiorini von Francesco, ein beachtliches Geschenk für ihre spätere Aussteuer. Nanna hatte sich sehr verändert, war ein wenig fülliger geworden und bestimmender in ihrer Art. Das große Hauswesen und zahlreiche Bedienstete erforderten eben ein stolzes und herrisches Auftreten, gewiß Erbteil meines seligen Vaters. Giovanni, von jeher gewöhnt, seinen Söldnern zu befehlen, strahlte sichere Überlegenheit aus. Einige schlechte Pächter hatte er durch deutsche und Schweizer Söldner ersetzt, die während unserer Abwesenheit den Dienst quittiert hatten und nun die Pachthöfe bewirtschafteten. Anfangs war das nicht ohne Schwierigkeiten abgegangen, doch als die Männer Mädchen aus der Gegend heirateten, beargwöhnte man sie nicht mehr so sehr wie zuvor. Diese Söldner kamen aus für uns unvorstellbar armen Ländern,

374

wo das ganze Jahr Schnee auf den hohen Bergen liegt. Dort sollen die Menschen in Erdlöchern hausen und sich von saurer Kuhmilch, Beeren und Nüssen ernähren. Für sie war natürlich der bescheidenste Pachthof wie das Paradies, und Giovanni konnte sich ihrer Treue sicher sein.

Genauso, wie ich es früher schon vermutet hatte, verhielt es sich nun mit meiner Schwester und mir; obwohl wir uns nach wie vor sehr zugetan waren, gab es keine Gemeinsamkeiten mehr zwischen uns. Sie ging ganz auf in ihrer Aufgabe als Mutter und Herrin des Besitzes, ein wenig derb manchmal, wie Landedelfrauen wohl sein mögen, ich dagegen in meinen prächtigen römischen Gewändern, geprägt vom Umgang mit hochgestellten Personen – ein fremdes, weiß geschminktes Wesen inmitten des bäuerlich geprägten Contados. Doch meine beiden Neffen liebten mich trotzdem, kein Wunder, hatte ich ihnen doch die schönsten Spielsachen von Florenz mitgebracht, dazu bunte Gewänder, auf die sie besonders stolz waren. Diese Woche bei Nanna war für mich so unbeschwert wie lange nichts, und ich beschloß, trotz der nicht ganz unbeschwerlichen Reise bald wiederzukommen.

Als ob das Schicksal mir die kurzen glücklichen Tage auf der Rocca mißgönnte, fing Constantinus, der mich begleitet hatte, zu fiebern an und war bald ernstlich erkrankt. Ich pflegte ihn mit aller Hingabe, und am fünften Tag schien es ihm endlich besser zu gehen.

»Das Fieber hat dich offenbar verlassen, Constantinus, ich glaube, du solltest versuchen, etwas Brühe zu trinken.«

Er winkte ab und griff nach dem Weinkrug, der neben seinem Bett stand. »Heute nacht, Lisa, träumte ich von Konstantinopel, alle Tore standen weit offen, und die Glocken der Hagia Sophia läuteten ...«

»Ein schönes Traumbild.«

»Ja, und zugleich sehr tiefsinnig. Die offenen Tore bedeuten, daß ich heimkehren werde – für immer.«

»Constantinus!« Ich konnte nur mühsam die Tränen zurückhalten.

»Laß nur, Lisa, meine Zeit ist gekommen. Wie schön, daß ich mein Leben auf der Rocca beschließen darf. Hier, wo ich so viele Jahre als dein Lehrer glücklich sein durfte, soll sich mein Schicksal erfüllen.«

Lange saß ich bei ihm, hielt seine Hand, und wir erinnerten uns an frühere Zeiten. Dann war Constantinus offensichtlich von dem vielen Sprechen erschöpft und wurde zusehends schwächer.

»Soll ich den Priester holen lassen, Constantinus?«

»Nein, Lisa. Nie hat es mich zu den Priestern hingezogen, wie du weißt. Meine Seele wird rein vor Gott erscheinen; ich brauche jene nicht, die vorgeben, Mittler zwischen uns und dem Jenseits zu sein.«

Dann schwieg er. Ich bemerkte, wie das Leben allmählich aus meinem alten Lehrer wich. Irgendwann schlug er noch einmal kurz die Augen auf, sein Blick war ganz klar. Er sah mich an und lächelte. »Ich sterbe frei, sterbe als …« Plötzlich schnellte sein Oberkörper hoch, verharrte für einen Moment, und ich sah, daß Constantinus' weit aufgerissene Augen nun gebrochen waren. Er fiel zurück auf die Polster, ein leises Gurgeln kam aus seinem Mund. Constantinus war tot.

Ich schloß seine Augen. So sollte er auf dem Totenlager liegenbleiben, die Hände nicht wie zum Gebet verschränkt, ohne Kreuz darin. Ich sterbe als Philosoph, hatte er noch sagen wollen, ohne Klage, ohne mit dem Schicksal zu hadern; ja, mit einem Lächeln wie Sokrates. In heiterer Gelassenheit war mein Lehrer, Freund und Weggefährte vieler entscheidender Jahre von mir gegangen. Ich würde ihn mit dem Gesicht nach Osten begraben lassen; so könnte sich sein Blick auf das geliebte Konstantinopel richten, jene Stadt, die er einst verriet und in die er nie mehr zurückkehrte.

Nun hatte ich also meinen letzten Vertrauten verloren. Ich spürte,

376

wie die Kälte der Einsamkeit nach mir griff. Ohne Söhne, von Francesco nie richtig geliebt, mit dem verblassenden Gedanken an Sebastiano, den ich nach so kurzer, so grausam kurzer Zeit des Glückes aufgeben hatte müssen. Trotz all des Leids, das ich schon durchlitten hatte, war ich mit meinen immerhin bereits vierundzwanzig Jahren noch eine schöne Frau, reich gekleidet, mit prachtvollem Schmuck und aufwendigem Gefolge. Doch wofür das alles?

»Mona Lisa, verzeih, wenn ich dich anspreche ...«
Ich kannte den Mann nicht, der auf offener Straße so einfach das Wort an mich richtete. Seiner Kleidung und Sprache nach mochte es wohl ein Florentiner Handwerker sein; er machte einen ordentlichen Eindruck. Ich beschloß daher anzuhören, was der Mann mir sagen wollte. »Bitte sprich, wenn es denn wichtig ist.«
Er drehte verlegen seine abgeschabte Filzkappe in den Händen und druckste herum. »Ich ... also, man nennt mich Anselmo ...«, stotterte er und schwieg dann wieder.
Eigentlich ungewöhnlich für die sonst recht selbstbewußten niederen Stände in Florenz; der Mann tat mir irgendwie leid, er wirkte fast hilflos. »Und weiter ...«, lächelte ich ihn an, um seinen Mut zu stärken.
»Ich bin der Nadelschmied gleich hinter San Remigio.«
»Gut, Anselmo, was bedrückt dich?«
»Verehrte, edle Mona Lisa, ich bin deinem Gatten verpflichtet und stets ein treuer Anhänger eurer Familie gewesen, der Herr sei mein Zeuge.« Dann schwieg er einen Moment, bis es förmlich aus ihm hervorzubrechen schien. »Seit einem Jahr läßt die Kraft meines Augenlichtes nach, ich kann keine Nadeln mehr schmieden und polieren, denn ich sehe sie nicht mehr. Und auch in Zukunft wird es mir verwehrt sein, welche zu fertigen. Was soll dann aus meiner Familie werden? Wir müssen alle ins Armenhaus!«

»Und was kann ich dabei tun?«

»Darum geht es, Mona Lisa. Es gibt in Bologna einen Alchimisten, der die Kunst des Glasschleifens so gut versteht, daß er eine Brille anfertigen könnte, die mir das Augenlicht völlig wiederherstellt.«

»Ich verstehe; diese Augengläser sind vermutlich sehr teuer.«

»Zu teuer für mich und doch die einzige Rettung.«

»Warum sprichst du nicht mit meinem Gatten? Er wird dir als einem treuen Anhänger unserer Familie sicher helfen.«

»Das ist es ja; ich war schon bei ihm, und er sagte, bevor ich nicht meine alten Schulden abbezahlt hätte, könne er mir keinen weiteren Kredit geben.«

»Ach, du bist ihm noch Geld schuldig.«

»Nicht mehr viel, ich habe doch schon dreiundfünfzig Goldfiorini zurückgezahlt.«

»Und wie hoch ist der Rest?«

»Achtundzwanzig; ich zahle jeden Monat einen Fiorino ab. Noch nie bin ich in Verzug geraten, bisher jedenfalls.« Dem Bedauernswerten stand der Schweiß auf der Stirn; seine Lage war ja auch tatsächlich nicht beneidenswert.

»Wieviel Geld benötigst du für die Brille?«

»Zweiunddreißig Goldstücke, mehr, als ich in einem halben Jahr verdiene, und ... was noch dazukommt, in den letzten zwei Monaten konnte ich den fälligen Fiorino nicht zurückzahlen.« Seine Stimme klang sehr verzweifelt. »Das ist wohl der Hauptgrund, weswegen mir dein Gatte nichts mehr leihen will.«

Ich konnte mir nicht vorstellen, daß Francesco wegen einer derart geringen Summe den Mann abgewiesen hatte und vermutete eher, daß Anselmo mich täuschen wollte. Doch andererseits war sein Auftreten so bescheiden, und ich fühlte Mitleid mit seiner Familie, die gewiß am Hungertuch nagte. »Gut, Anselmo, ich werde mit meinem Gatten sprechen; mag er dann nochmals entscheiden. Hier, nimm diese zwei Goldfiorini als Geschenk von

378

mir. Gib sie Francesco als Rückzahlung; das mag ihn deinem Wunsche geneigter machen. Und noch etwas, kauf für deine Familie Brot.«

Der Mann wollte die zusätzlichen Goldfiorini nicht nehmen, und ich mußte sie ihm förmlich aufnötigen. Er sah mich an, und in seinen Augen standen tatsächlich Tränen. »Wir haben seit einer Woche nichts mehr gegessen außer einigen Zwiebeln; möge dir der Himmel für dein Geschenk danken!«

Dann ergriff Anselmo den Saum meines weiten Ärmels, und ich ließ zu, daß er ihn küßte. Denn wir Edle standen über jenen, wenn wir es auch nicht offen zeigten. Mochten sie auch im Rat von Florenz zuweilen die Mehrheit haben und bestimmen, Ruhm und Ansehen der Stadt verdankten alle ausschließlich uns, den bedeutenden Familien. Doch so war es immer; wenn ihre Geschäfte gutgehen, dann meinen sie, mit Steuern, Abgaben und Vorschriften die Reichen behelligen zu müssen. Ist aber die Stunde der Not gekommen, im großen wie im kleinen, dann kommen sie zu uns, egal ob es sich nun um zwei Goldstücke handelt oder die Rettung der ganzen Republik.

Am Abend dieses Tages saßen wir allein an der Tafel, und ich sprach Francesco auf den Vorfall hin an, allerdings ohne die zwei Goldfiorini zu erwähnen. Er hörte mir freundlich zu, aber ich bemerkte, daß seine Miene zunehmend sorgenvoller wurde.

»Du hast mich in eine schwierige Lage gebracht, Lisa. Durch deine Fürsprache glaubt nun der Mann – er war übrigens heute bei mir, um die fällige Abzahlung zu leisten –, er bekäme von mir das nötige Geld für die Augengläser.«

»Wieso gibst du es ihm denn nicht? Ist Anselmo unaufrichtig?«

»Keineswegs, Lisa, nur besitzen wir im Augenblick keine zweiunddreißig Goldstücke mehr ...«

Ich war wie vom Donner gerührt. Mein Gemahl, der unermeßlich reiche Bankier des Papstes, besaß keine zweiunddreißig Goldstücke! Was sollte das bedeuten? Wo waren all jene Schätze

379

aus der riesigen Truhe, die an den Torre unseres Palastes geschmiedet war? »Bist du – bankrott...?«

»Nicht direkt, ich... ich bin nur im Augenblick etwas knapp an Gold. Aber bald haben wir wieder genügend, wenn nur erst der Grundbesitz verkauft ist.«

Die schönen Ländereien, die direkt neben unserer alten Rocca gelegen waren! Mir tat es leid um diesen Besitz; wir Edle aus dem Contado hingen am Grund und Boden mehr als die Kaufleute und Händler aus der Stadt. Was aber um Christi willen war mit Francescos großem Vermögen geschehen? Ich kümmerte mich natürlich nicht um die Geschäfte meines Gatten, so etwas taten nur die Frauen der einfachen Händler; doch schien unsere finanzielle Lage derart beunruhigend, daß Francesco mir die genauen Gründe darlegen mußte. Würde erst allgemein bekannt, daß er zahlungsunfähig war, bedeutete dies das Ende des angesehenen Bankiers Giocondo. Wir müßten vielleicht sogar den Palazzo verkaufen, irgendeinen kleinen Handel beginnen, und ich wäre ein für allemal von den Festen der Patrizier ausgeschlossen. Nirgendwo galt der Reichtum eines Mannes mehr als in Florenz. Herkunft oder gar Adel bedeuteten hier nichts. Nur Gold zählte. Wer heute gute Geschäfte machte, wie etwa Vespucci, der war ganz oben, und die alten reichen Familien hofierten ihn. Doch wehe, sein Stern sank, dann würde er schnell wieder zum Niemand. Und ich wollte das um keinen Preis!

»Wie konnte es soweit kommen, Francesco?«

Mein Gatte blickte lange in seinen Weinpokal, als läge die Antwort dort begründet. »Geplatzte Wechsel meiner Geschäftsfreunde in Brügge, ein untergegangenes Schiff, das Seide geladen hatte – und dann die allgemeine Lage. Hundert kleine Mißgeschicke, die sich summierten...«

Francesco log. Mit solchen Ausreden wollte ich mich nicht zufriedengeben. »Ich glaube dir nicht.«

Seine Hand umkrampfte den silbernen Pokal, daß die Knöchel

weiß hervortraten. Er wollte aufbrausen, nahm sich aber doch zusammen. »Es gibt Dinge, Lisa, in die ich dich nicht einweihen darf, denn das Wissen darüber würde dich zu sehr gefährden.«

»Was sollte es schon sein – etwas, das meine ewige Seligkeit kosten könnte?«

»In gewisser Weise hast du damit recht, Lisa.«

»Bitte sprich nicht in Rätseln, Francesco. Wer oder was gefährdet mich und vor allem, warum?«

»Ich kann es dir nicht sagen!«

Das war zuviel. Ich sprang von meinem Sessel auf und stellte mich ganz dicht vor Francesco hin.

»Bitte, Don Angelo, laß uns einen Augenblick allein.«

Der Priester, der schweigend unserem Gespräch gefolgt war, blickte meinen Gatten kurz an, erhob sich sofort und ging hinaus.

Ich griff mir einen Hocker, setzte mich dicht neben Francesco, goß meinen Becher randvoll mit Wein und trank ihn halb leer. Das sollte mich befeuern, hart zu bleiben. Auch Francesco nahm seinen Pokal und trank ihn aus, ohne abzusetzen. Ich goß ihm nach, und so saßen wir eine Zeitlang wortlos nebeneinander, ein jeder darauf wartend, daß der andere etwas sagen würde. Einfach dasitzen und trinken wie unsere deutschen Söldner, Tieren gleich, waren wir schon so tief gesunken? »Nein!« Wie ein Schrei brach es aus mir hervor: »Nein, Francesco, das geht auch mich etwas an! Ich bin deine Frau und vom Schicksal für immer an dich gekettet. Wenn du bankrott bist, trifft mich das genauso; wenn du ins Armenhaus gehst, werde auch ich dorthin gehen ...«

»Und in den Tod, wirst du mir auch in den Tod folgen?«

»In den Tod? Du willst doch nicht etwa ...«

»Ob ich will, Lisa?« Francesco lachte plötzlich wie ein Wahnsinniger. »Ich muß! Man wird mich umbringen! Verstehst du?«

Er wollte aufstehen, fiel aber in seinen Sessel zurück, so betrunken war er.

381

Der Wein zeigte auch bei mir eine gewisse Wirkung, aber ich fühlte mich trotzdem hellwach. »Nun, Francesco, wenn es denn soweit kommt, dann werde ich bei dir sein.«

Mein Gatte sah mich ungläubig an. »Du ...?«

»Ja, Francesco, ich werde dir folgen – überallhin! Aber«, ich sah ihn beschwörend an, »es sollte mir wenigstens klar sein, was das für eine dunkle Macht ist, die dich, die uns bedroht. Verstehst du«, schrie ich ihm ins Gesicht, »ich will es wissen! Ich muß!«

Plötzlich zerbrach sein innerer Widerstand. War es mein jäher Ausbruch, der ihn überraschte, ich weiß es nicht; jedenfalls schrie er ebenso zurück, daß ich alles erfahren sollte – im Namen des Teufels.

Dann wurde Francesco wieder ganz ruhig. »Lisa, es ist mir nicht gelungen, mich nach dem Tode Papa Alessandros von Rom zu lösen. Nach einiger Zeit, als endlich Giulio zum Papst gewählt worden war, trat auch er mit Geldforderungen an mich heran. Seine kriegerischen Unternehmungen verschlangen irrsinnige Summen.«

»Weshalb wolltest du ihm das Geld nicht geben?«

»Weil ich keines mehr bekam.«

»Deine Geldgeber ...?«

»Frag mich bitte das eine nicht. Ich erzähle dir alles, nur nicht, von wem damals das Geld für Papa Alessandro kam. Das würde für dich nicht nur den Tod bedeuten, wenn du den Namen unter der Folter preisgäbest, sondern du hättest tatsächlich deine ewige Seligkeit für immer verwirkt.«

»Dann kann das Gold nur vom Teufel selbst stammen!« Meine Bemerkung sollte spöttisch wirken, mißlang aber; zu ernst war die ganze Lage.

»Ja, Lisa, du bist der Wahrheit ganz nahe, direkt vom Leibhaftigen – so gut wie, jedenfalls.«

Ich sah Francesco entgeistert an, doch er ging nicht näher darauf ein.

382

»Doch das Gold, Lisa, kommt nicht mehr, schon eine ganze Weile. Aber Papa Giulio fordert und fordert.«

»Und du gabst ihm ...«

»Alles, alles, was ich besaß!«

Wir schwiegen beide. Verzweiflung sprach aus Francescos Blicken.

»Aber bei allen Heiligen, warum hast du Papa Giulio nicht klargemacht, daß du kein Gold mehr von deinen Geldgebern bekommst?«

»Das habe ich wieder und wieder versucht; doch er glaubt mir nicht. Denn der Heilige Vater weiß, wie ich meinen Reichtum erworben habe.«

»Nun, ich denke doch, wie alle Bankiers, durch besondere, aber legale Vereinbarungen, denn Zinswucher ist ja verboten.«

Francesco lachte bitter. »Besondere Vereinbarungen! Ja, das waren wirklich ganz besondere ...« Er sah mich an, und sein Blick flackerte. »Kannst du dir vorstellen, wie hoch mein Anteil war? Bei Luzifer, das beste Geschäft, seit es den ehrbaren Stand des Bankiers gibt!« Francesco beugte sich vor, so daß sein Gesicht fast das meine berührte. Dann packte er mich so fest an den Schultern, daß es mir weh tat. »Die Hälfte!« Sein Gelächter kam mir vor wie das eines Irren. »Die Hälfte, verstehst du, die Hälfte von all den Summen! Ich wurde reich, unermeßlich reich! Und jetzt ...« Dann brach er zusammen, barg sein Gesicht in den Händen, lag mit dem Oberkörper halb auf der Tafel. Ein trockenes Schluchzen schüttelte ihn.

Ich konnte seine weiteren Worte kaum noch verstehen, nur soviel, daß er morgen seine Söldner löhnen müßte und nicht wüßte wovon. Das war in der Tat fatal; diese Männer blieben nicht einen einzigen Tag ohne Sold, und wenn sie uns verließen, wußte jeder in Florenz, was die Stunde geschlagen hatte. Aber mein Gatte sollte in dieser schweren Stunde nicht verlassen sein. Gewiß, er war schuld an meinem unerfüllten Leben und auch

383

daran, daß ich keine Kinder hatte. Doch andere Frauen waren noch viel unglücklicher als ich; man soll sich nicht gegen den Willen des Allmächtigen versündigen. Francesco hatte mich stets gut behandelt. Er war großzügig und züchtigte mich nie. Ich war nun einmal seine Frau, eine solche Verbindung ist unauflöslich vor Gott und den Menschen. Als Edle von Geburt mußte ich mich der Gefahr stellen, und wenn es mein Leben kosten sollte. So wie Männer um ihrer Ehre willen den Tod nicht scheuen, so wollen auch wir Frauen ihnen an Stolz nicht nachstehen. Ins Armenhaus? Nein. Da war immer noch Nanna, und wir könnten auf der Rocca leben, waren geduldet. Doch wollten wir das? Wir! Wohl zum ersten Mal in unserer Ehe dachte ich so. Francesco und ich, durch den Bund fürs Leben aneinandergeschmiedet. Niemals würde ich ihn verlassen, nicht wegen irgendeiner Gefahr oder weil er bankrott war. Nur wegen eines einzigen Menschen wäre ich von ihm gegangen. Sebastiano! Ja, allein aus Liebe, stolz und erhobenen Hauptes hätte ich alles hinter mir gelassen – damals. Bitterkeit griff nach meinem Herzen. Mein Geliebter, wo bist du? Erinnerst du dich noch an mich? Warum nicht mit Francesco in den Tod gehen, wenn es sein mußte? Was erwartete mich denn noch in diesem Leben? Es wäre ein würdiger Abgang in die Ewigkeit, einer Edlen gerecht. Ja, Lisa, sei stolz! Du bist anders als jene Florentiner Bürgersfrauen, du mußt es sein. Wir würden gemeinsam gegen die dunklen Mächte kämpfen; wir, ich und Francesco.

Und dieser Kampf war noch nicht verloren. Denn ich besaß einiges Gold. Mein Gatte hatte mich stets an seinem Reichtum teilhaben lassen, mich großzügig beschenkt. Ich hatte viel für Wohltätigkeit gespendet, gewiß, denn das forderte der Anstand, aber es war noch genug übriggeblieben. Es hatte mir Spaß gemacht, die Goldstücke zu sammeln, zuerst waren es nur einige Hände voll, dann füllte sich die kleine Truhe in meinem Gemach mehr und mehr. Es konnten jetzt tausendzweihundert Goldfiorini sein.

384

Ich stand leise auf und holte die kleine Schatztruhe. Sie war so schwer, daß ich sie kaum tragen konnte. Francesco lag immer noch über der Tafel zusammengesunken; sein Pokal war umgekippt und die Tischplatte naß vom Wein.

Es gab ein ganz eigentümlich metallisch klirrendes Geräusch, als ich den Inhalt des Kastens vor meinem Gatten ausschüttete, denn nichts auf der Welt gleicht dem Klang des Goldes! Francesco fuhr hoch, wie von Luzifers Dreizack gestochen, und schaute ungläubig auf die vielen Münzen.

»Gold! Woher hast du …?«

»Von dir, Francesco, doch leider nicht viel mehr als tausend Fiorini.«

»Das genügt fürs erste, Lisa, du hast uns gerettet!«

Uns, Francesco hatte »uns« gesagt. Er stand auf, noch ein wenig schwankend, nahm mich ungestüm in seine Arme, so daß mir fast die Luft wegblieb. O Francesco, hättest du mich früher so in deinen Armen gehalten, vielleicht wäre doch noch alles gut geworden …

Die Gefahr schien gebannt. Nur einen Monat später konnte Francesco die Ländereien zu einem erstklassigen Preis verkaufen und erlöste so viel Geld, daß wir auf Jahre hinaus versorgt waren. Dem Papst allerdings zahlte er nichts mehr. Etwas an der Geschichte blieb jedoch rätselhaft. Weshalb hatte mein Gatte sein ganzes Vermögen an Papa Giulio verliehen, obwohl er wußte, daß seine geheimen Geldgeber kein Gold mehr liefern würden? Es konnte doch kein so großes Verbrechen für einen Bankier sein, einzugestehen, daß er gerade nicht in der Lage sei, die geforderten großen Summen zu beschaffen. Mindestens ein halbes Dutzend Bankiers in Florenz oder Venedig würden Papa Giulio Gold geliehen haben. Es mußte da noch etwas geben, das mir verborgen geblieben war, etwas, das Francesco sozusagen in den finanziellen Selbstmord getrieben hatte; aber was? Eine starke, unsichtbare Macht offenbar. Geldgier war es sicher nicht;

385

mein Gatte besaß seinerzeit ja noch ungeheure Reichtümer. Leichtsinniger Ehrgeiz? Kaum anzunehmen. Wir waren alle beide froh, den Gefahren am päpstlichen Hof entronnen zu sein. War es Angst? Todesangst? Ja, das konnte einen Menschen bewegen, sein gesamtes Vermögen hinzugeben in der Hoffnung, daß vielleicht die Geldforderungen Papa Giulios irgendwann von selbst aufhörten. Doch an solche Wunder in unserer Zeit konnte ich nicht recht glauben. Und Francesco gewiß schon gar nicht. Nein, in mir wurde der Verdacht immer größer, daß mein Gatte bezahlt hatte, um sein Leben zu retten. Solange er zahlte, würde der Heilige Vater bestimmt nichts unternehmen, aber jetzt? Wieder drängte sich die Frage nach dem Warum auf. Weshalb sollte der Papst Francesco töten wollen? Das ergab keinen Sinn. Welches Verbrechen konnte man ihm vorwerfen? Es mußte sich um etwas sehr Gefährliches handeln, das Francesco vor mir verborgen hielt. Es wäre um mein Leben, meine ewige Seligkeit geschehen, wenn ich davon wüßte, hatte er gesagt. Diese Worte meines Gatten bewiesen, daß seine Vergangenheit mit einem schrecklichen, todbringenden Geheimnis belastet war.

Es ist seltsam mit der menschlichen Natur. Kaum ist eine Gefahr glücklich überstanden, wollen wir vergessen, was hinter uns liegt; und mir erging es nicht anders. Es war zwar klar, daß nicht mehr so viel Geld sorglos ausgegeben werden konnte wie früher, aber tatsächlich fiel es gar nicht recht ins Gewicht. Meine prachtvollen römischen Gewänder konnten mir mit einigen Änderungen noch lange gute Dienste leisten. Es lohnte sich eben, wenn die Kleider reich mit Perlen, Goldfäden und Edelsteinen bestickt waren, dann erschienen sie stets von neuem aufsehenerregend, allein schon wegen des erheblichen Wertes, den sie verkörperten. Und ich genoß jedes Fest in vollen Zügen, denn erst, wenn man einmal am Abgrund der irdischen Existenz gestanden hat, weiß man die Freuden des Lebens besser zu schätzen. Und

386

doch konnte mich das alles nur vorübergehend erheitern, denn die Trauer um Sebastiano blieb stets in meinem Innersten.

Etwas Ablenkung und Unterhaltung versprach ich mir von dem bevorstehenden Fest bei den Buonaventis, einer Familie, der schon Francescos Vater nahegestanden hatte. Ihr Reichtum war nicht besonders groß, und ihre Gesellschaften fanden auch nur in einem relativ kleinen Kreise statt; doch dafür waren stets sehr interessante Persönlichkeiten eingeladen, Männer mit einflußreichen Ämtern zum Beispiel oder solche, die weite Reisen gemacht hatten und über seltsame Dinge aus fremden Ländern berichteten. Auch die Speisen und der Wein waren ausgezeichnet, ebenso die wenigen Musiker hervorragende Künstler.

Dem Rahmen angemessen, wählte ich eine sehr schlichte gerade geschnittene Giornea aus himmelblauer Seide, dazu eine weiße seidene Camicia mit einem ganz kurzen hochstehenden Kragen, der mit Goldornamenten bestickt war. Als Schmuck trug ich lediglich Francescos dunkelschimmernden Diamantring. Alles an und für sich sehr zurückhaltend, doch wirkte die Giornea durch ihr herrliches Material, die glänzende Seide in der teuren Farbe Aquamarin.

Nach der Begrüßung wies man uns einen guten Platz an der Tafel zu, an der nur etwa dreißig Personen Platz hatten. Kaum saßen alle, als mir meine Nachbarin zuflüsterte, daß Ser Giovanni Testaneri von seiner Reise nach Indien erzählen würde, die er auf einer spanischen Galeone unternommen hatte. Den Spaniern war es vor wenigen Jahren gelungen, einen neuen Seeweg nach Indien zu finden; das wußte ich schon. Doch fand diese Entdeckung allgemein wenig Beachtung. Zu weit entfernt waren jene Länder, und schließlich lief der Handel mit Waren aus Indien und Cathay sowieso über Venedig und Konstantinopel völlig zufriedenstellend, auch wenn letzteres jetzt türkisch war. Im übrigen machten wir Florentiner unsere Geschäfte mit den bekannten Wollstoffen, die hier hergestellt wurden; was also ging

387

uns das westliche Indien an? Interessant erschien mir dieser Gast jedoch allemal; es sollte in jenen Ländern Menschen mit zwei Köpfen geben und solche, die nur ein Bein mit einem riesigen Fuß daran in der Mitte des Körpers besaßen.

In der Tat gab sich der weitgereiste Notar Ser Giovanni außerordentlich wichtig und setzte sich zur Erheiterung der Gäste einen Kopfputz aus bunten Federn auf. Die Gesellschaft war wirklich unterhaltsam, und der Hausherr verkündete, für später erwarte man noch eine sehr interessante Persönlichkeit. Doch niemand konnte sich vorstellen, daß jemand den phantastischen Geschichten Ser Giovannis noch etwas entgegenzusetzen vermochte. Was sich als fatale Täuschung erweisen sollte, soweit es mich betraf. Inzwischen waren sich Don Stefano und der Indienreisende über der Frage in die Haare geraten, ob die Erde nun eine Scheibe sei oder Kugelgestalt habe. Obwohl Ser Giovanni letztere Ansicht vehement darlegte, konnte ich ihm nicht beipflichten, zu seltsam erschien mir dies. Zwar wußte ich von Constantinus – der Herr möge seiner Seele gnädig sein –, daß bereits die Alten in Griechenland den Schatten der Sonne in Brunnenschächten von verschiedener Entfernung gemessen hatten und daraus den Schluß zogen, die Erde müsse eine Kugel sein. Andererseits war das aber unmöglich, denn wir müßten ja alle herunterfallen.

»Und ich sage, was die Mutter Kirche festgestellt hat, stimmt, Giovanni; die Erde ist eine Scheibe, vom Ozean umflossen, und die Sonne samt den anderen Gestirnen bewegt sich in festen Bahnen, so wie es Gott, unser Herr, einmal bestimmt hat.«

Ser Giovanni lachte verächtlich. »Hat unser Herr Jesus Christus je gesagt, daß die Erde eine Scheibe sei? Wo steht das geschrieben?«

Don Stefano wurde rot vor Zorn. »Das, was von den Kommissionen, der Kurie und dem Heiligen Vater bestimmt worden ist, hat auch für dich zu gelten, Giovanni!«

»So ist es, Amen!«

Alle fuhren herum; der erwartete Neuankömmling war offenbar gerade eingetreten, denn man hörte seine schneidende Stimme vom Portal des kleines Saales. Ich kannte diese Stimme, und sie ließ mir das Blut in den Adern gefrieren – Cesare Borgia! Der Gastgeber und seine Gattin waren sogleich aufgesprungen und begrüßten ihn eine Spur zu beflissen, wie ich fand, was sich für einen Florentiner Patrizier keineswegs ziemte. Doch ich wollte lieber nicht darüber urteilen, war es mir doch noch lebhaft in Erinnerung, wie selbst wir seinerzeit in Rom Cesare hofiert und gefürchtet hatten. Immerhin schien er die Sensation des Abends zu sein; alle Gespräche waren verstummt, die Gäste nickten grüßend dem wie üblich ganz in Schwarz Gekleideten zu. Dann gab es ein Gemurmel und Geraune, das natürlich Cesare, dem gefallenen Engel, galt, wobei der Ausdruck Engel in diesem Zusammenhang die reinste Blasphemie war; konnte ein Teufel noch tiefer stürzen? Einst der mächtigste Feldherr Italiens und nun, nach dem Tode Papa Alessandros, ein Söldnercapitano unter vielen.

Herr im Himmel, was hatte mir dieser Mensch damals angetan, mich verletzt, gedemütigt, sich brutal genommen, was ich letztendlich vielleicht zu geben bereit gewesen wäre. Es war nicht so sehr der körperliche Schmerz, den er mir zugefügt hatte, sondern jenes Gefühl des Erniedrigtwerdens, das noch lange in mir brannte. Und als ich jetzt, nach langer Zeit, diese Stimme vernahm, da loderte in meinem Herzen der Haß auf, unbändiger, kaum zu verbergender Haß gegen diesen Mann. Ich wollte Rache! Ja, die Stunde war gekommen, in der ich ihm alles heimzahlen würde.

Mir stockte fast der Atem, als man Cesare nun zu mir her geleitete, um den Platz zu meiner Rechten einzunehmen. Natürlich wußten die Gastgeber, daß Francesco und ich ihn von Rom her kennen mußten; darum lag der Gedanke nahe, Cesare neben mich zu plazieren. Ich hätte das nächstbeste Messer aus dem vor

389

mir stehenden Hammelbraten reißen mögen, um es dem Verhaßten in den Hals zu stoßen! Doch vor aller Augen hätte das für
mich den Tod von Henkershand bedeutet. Nein, bei allen Heiligen, ich mußte ruhig bleiben und klug überlegen, was zu tun in
meiner Macht stand. Auf jeden Fall war ich wild entschlossen,
seiner Gewalt ebenfalls Gewalt entgegenzusetzen, stärker noch
und von anderer Art. Statt blanker Brutalität mußte ich meinen
Verstand einsetzen, einen Plan schmieden – doch hatte ich noch
keine Idee.

»Ah, ich kenne dich, du bist doch jene schöne Florentinerin, die
am Hofe meines seligen Vaters verkehrte. Deine Schönheit ist
noch größer geworden!«

So freundlich hatte der Borgia damals auch gesprochen und sich
damit in mein Vertrauen geschlichen. Nun versuchte er es offenbar wieder auf diese Weise. »Welch eine Ehre und Freude, lieber
Cesare, dich hier so überraschend wiederzusehen.« Ich blickte
ihm dabei honigsüß in die Augen und unterdrückte meine Abneigung.

Cesare Borgia schluckte; meine Anrede war wenig respektvoll,
aber ohne mit der Wimper zu zucken, lächelte er mir gewinnend
zu. »Ja, ich erinnere mich genau, Lisa, Gemahlin des Giocondo.«

»Ich bewundere dein Gedächtnis, Cesare.«

»Jenen Mann, der mehr Geld für meinen Vater beschaffen
konnte als alle anderen zusammen, vergißt man nicht so ohne
weiteres, und schon gar nicht seine schöne, geistreiche Gattin.«
Dabei nahm er meine Hand und küßte sie unziemlich lange, was
in Florenz nicht üblich war.

Ich entzog sie ihm mit Nachdruck. »Hier in der Republik betragen sich Damen wesentlich zurückhaltender, bitte nimm darauf
Rücksicht.« Was immer ich auch an dem Abend mit Cesare noch
vorhatte, ich mußte ihn mir geneigt halten, ihn nicht verärgern.
Er sollte sich sicher fühlen, sonst würde es mir nicht gelingen,

390

etwas gegen ihn zu unternehmen. »Du bist dem Kriegshandwerk treu geblieben?« umschrieb ich vornehm seine mißliche Lage als einfacher Unterfeldherr. Doch ich hatte ihn wieder einmal unterschätzt.

»Heute ganz unten, morgen vielleicht schon wieder Freund der Könige; Fortuna ist wankelmütig, wer weiß, was sie mir noch bringt.«

Heute abend jedenfalls nichts Gutes, dachte ich bei mir, sah ihn aber mit einem schmachtenden Blick an. Er rückte näher und berührte mit seinem Knie meinen Schenkel. Ich erwiderte sanft den Druck.

Ein leises Beben ging durch Cesare; er atmete tief, und aus seinen Augen sprach die nackte Gier nach meinem Körper. »Lisa, du bist ein herrliches Geschöpf; ich hätte dich damals zu meiner Geliebten machen sollen, anstatt dir nur einen flüchtigen Moment des Glückes mit mir zu schenken.«

Ich sah ihn groß an. Meine Beherrschung wurde allerdings auf eine harte Probe gestellt. Dieser Cretino glaubte also immer noch, es sei für mich das größte Vergnügen gewesen, als Gefäß seiner Geilheit zu dienen. Ins Gesicht hätte ich ihn schlagen mögen, aber ich hauchte nur vielsagend »ja«, preßte mein Bein an das seine. Ich wollte ihn rasend vor Leidenschaft machen und ihm dann das verweigern, was er sehnlichst begehrte. Schließlich waren wir hier nicht in Rom, wo er sich jede Frau gewaltsam nehmen konnte. Cesare hielt heimlich unter dem Tisch meine Hand, eine fast rührend anmutende Geste; aber ich wußte, wozu dieser Mensch fähig war. Natürlich – seine Hand führte die meine zu seinem Pene, den ich heiß und prall durch den Stoff seines Gewandes fühlte. Dabei plauderte er ganz unverfänglich weiter, und niemand merkte etwas.

Plötzlich schoß mir eine aberwitzige Idee durch den Kopf. Sein Pene! Ich wollte ihn dort treffen, wo er am empfindlichsten war. Dazu müßte ich ihn von der Gesellschaft weglocken, was mir nicht schwerfallen dürfte. So wie er mich damals, doch diesmal sollten die Rollen vertauscht sein; ich war es, die nun ihre Befriedigung finden würde, Befriedigung meiner Rachelust.

Die Musiker spielten zum Tanz auf, gerade zum richtigen Zeitpunkt, nicht nur, um meinen Plan vorzubereiten, sondern auch für Ser Giovanni und Don Stefano, deren Streit mittlerweile wieder bedrohliche Ausmaße angenommen hatte und langsam peinlich wurde. Elegant führte mich Cesare zu den anderen Damen und stellte sich in die Reihe der Männer mir gegenüber. Der Majordomus rief etwas, und der Tanz begann.

»Folge mir, wenn ich nach einigen Tänzen hinausgehe«, flüsterte ich Cesare zu. Dieser nickte, und ich sah, wie sehr es ihn dazu drängte. Bei Tisch war es mir gelungen, unbemerkt eine lange zweizinkige Gabel an mich zu bringen, die auf einer Bratenplatte gelegen hatte, und sie in meinem Ärmel zu verbergen. Ich mußte beim Tanzen sehr darauf achten, daß sie nicht herausrutschte. Der Reigen wurde immer beschwingter, und jedesmal, wenn wir wieder zusammenkamen, um eine andere Figur zu tanzen, traf mich Cesares brennender Blick, der zu befehlen schien, jetzt sofort mit ihm zu gehen. Doch sollte er ruhig noch ein wenig leiden, sozusagen die Vorhölle dessen, was ich ihm dann bereiten würde...

Endlich war die Stimmung auf dem Höhepunkt. Ich trat aus der Reihe der Tanzenden und ging gemessenen Schrittes hinaus in den von wenigen Fackeln schwach beleuchteten Gang, der zu den Treppen führte, wo die Gäste ihre Notdurft verrichten konnten. Dummerweise ging gerade hinter mir eine Matrone. Ich trat zur Seite, bückte mich und nestelte an meinem Seidenpantoffel. Die Frau ging vorbei, weiter zu der fast dunklen Treppe. Dann hörte ich auch schon die festen Schritte von Cesare. Sein Gewand stand vorne offen, ungeduldig hatte er sich schon entblößt. »Komm«, flüsterte ich und huschte schnell in Richtung des Treppenhauses, wo die Matrone gerade ihr Wasser auf die Stufen

392

rinnen ließ. Sie sah weg, als wir kamen und an ihr vorbei ein Stockwerk höher liefen. Irgendwo brannte eine Pechfackel, der Rauch zog beißend über die Stiegen; man konnte fast nichts sehen. Mit einem Mal stieß mein Fuß an etwas Weiches. Ein halb unterdrückter Aufschrei folgte, und ich erkannte jetzt, daß offenbar auch andere Gelegenheit zu einem trauten Beisammensein gesucht hatten. Wahrscheinlich gehörten sie zum Hauspersonal, das den Platz am Treppenabsatz halbwegs sauber halten sollte, damit die Gäste nicht im Kot standen. Cesare dachte wohl dasselbe und scheuchte die beiden mit derben Fußtritten nach unten.

Nun war der Augenblick des Handelns für mich gekommen. Ich ließ die Gabel aus dem Bündchen meiner Giornea gleiten, nahm sie fest in die Rechte und wollte zum Stoß ausholen – da packte mich plötzlich seine Eisenfaust im Nacken, drückte mich brutal auf die Stufen, so daß ich auf dem Gesicht lag. Cesare warf sich von hinten auf mich, riß den Rock meines Gewandes hoch und drängte seine Knie zwischen meine Beine. Ich spürte bereits seinen Pene an meinem Gesäß – die Faust drückte immer noch gewaltsam meinen Kopf zu Boden. Verzweiflung wollte mich übermannen, doch da nahm ich all meine Kraft zusammen, und es gelang mir, mich halb zu Cesare herumzudrehen. Ich holte aus und stieß ihm mit einem Schrei die Gabel in den Unterleib. Cesare stöhnte auf, fiel zur Seite und rutschte einige Stufen hinunter, mit beiden Händen seinen Unterleib haltend. Wie damals in Rom fühlte ich es warm und naß zwischen meinen Schenkeln herunterrinnen, aber diesmal war es nicht der Ausfluß seiner Lust, sondern Blut – Cesare Borgias Blut!

Schnell fort! Ich stolperte die Treppen hinunter, zwang mich dann mit äußerster Kraft, so zu tun, als ob nichts weiter geschehen sei als die Befriedigung eines höchst normalen menschlichen Bedürfnisses, ordnete meine Gewänder ein wenig – Gott sei Dank war außen kein Blut zu sehen – und ging in den Saal

zurück. Obwohl mein Herz raste und meine Kehle wie zugeschnürt war, tanzte ich einen Reigen nach dem anderen. Cesare
kam nicht mehr zurück.

Ich beobachtete natürlich die Szene scharf, und es entging mir
nicht, daß irgendwann ein Diener offensichtlich aufgeregt zu
dem Gastgeber trat und ihm etwas zuflüsterte. Dann kamen und
gingen scheinbar ganz unauffällig einige Angehörige der Familie. Niemandem schien etwas aufzufallen. Die Söhne von Buo-
naventi erschienen immer wieder bei ihrem Vater und berichteten leise. Ich sah, wie der Alte nickte, zunächst sorgenvoll, dann
immer gelassener. Hatte ich Cesare nicht richtig getroffen? Nun,
er ließ sich jedenfalls an dem Abend nicht mehr blicken.

Als wir beim Frühläuten endlich todmüde die gastlichen Buonaventis verließen, konnte ich es mir nicht versagen zu fragen, wo
denn der edle Cesare Borgia geblieben wäre. Man antwortete mir,
ihm wäre nicht wohl gewesen, und er hätte sich deswegen zeitig
zurückgezogen. Ich wünschte sehnlichst, er würde verbluten.

Leider war dem nicht so; einige Wochen später erfuhr ich, daß
Cesare Borgia bei einem Attentat am Oberschenkel verletzt worden sei. Eine unverdiente Gnade des Schicksals, wie ich fand ...

Es war am Tage vor Innocentes, dem Fest der Unschuldigen
Kinder, das man im Findelhaus immer besonders feierlich begeht. Ich eilte mit einem großzügigen Geldgeschenk in meinem
Beutel die neun Stufen zum Portal hinauf, als mich ein Mann in
Pilgertracht ansprach. Ich sah, daß er von der Kälte schon ganz
durchgefroren war und wollte ihm einen Denaro geben, aber er
drückte mir nur ein schmutziges Pergament in die Hand und verschwand. Eine Bittschrift? Seltsam. Ich trat durch das schöne
Tor im Findelhaus, wo bereits eine freundliche Novizin wartete,
um mich zur Oberin zu geleiten, mit der ich gerne ein wenig
plauderte, war sie doch eine energische, der Welt zugewandte
Nonne, was wohl ihre Aufgabe hier im Ospedale so mit sich

394

brachte. Am Ende des Ganges war es etwas heller, und ich warf einen Blick auf das reichlich abgegriffene, verknitterte Pergament. Doch was war das? Mein Schritt stockte. Narrte mich eine grausame Vision? Nein, ganz deutlich war das Siegel mit einem Kardinalshut darauf zu erkennen! Meine Hände flogen derart, daß ich kaum das Siegel erbrechen konnte. Dann faltete ich die Seiten auf und las:

Lisa, mein Leben!
Ohne Dich kann ich nicht sein und komme bald nach Florenz.
Wenn Du in der nächsten Zeit seltsame Dinge erlebst, wundere dich nicht. Warte auf mich, Geliebte, warte!
Sebastiano

Das letzte, an das ich mich noch erinnern konnte, war, daß ich ohne Unterlaß furchtbar geschrien habe. Die Novizin floh in panischer Angst. Dann wurde es dunkel um mich.

Ein merkwürdiger Duft stieg mir in Nase. Weihrauch, ja, in der Tat, starker durchdringender Weihrauch. Von fern vernahm ich Stimmen, ein monotones Leiern, das nicht unangenehm war in meinem Zustand zwischen Wachen und Dahindämmern. Sollte ich die Augen öffnen oder einfach wieder schlafen? Schlafen, ja, und träumen von einem Brief, einem Brief von Sebastiano. Ach, wenn dieser Traum doch wahr wäre… Die Stimmen im Hintergrund wurden immer lauter, störten mich jetzt. Was war los? Weshalb ließ man mich nicht in Frieden wohlig auf meinem Lager ruhen und an Sebastiano denken?

»Ich frage dich, Lisa, bestätige mir die Abrenuntiatio diaboli! Fahr aus, du unreiner Geist. Ich beschwöre dich im Namen des Vaters, des Sohnes und des Heiligen Geistes, daß du ausfahrest und weichest von dieser Dienerin Jesu Christi!«

Die Stimme dröhnte nun ganz laut in meinem Kopf. Sie sollte verstummen! Ich hob meine Hand, um Einhalt zu gebieten, und öffnete die Augen. Aber das machte mir unendliche Mühe.

Plötzlich erscholl ein allgemeiner Aufschrei. »Der Dämon ist gewichen!«

»Was für ein Dämon?« fragte ich.

»Sie ist geheilt! Der Herr hat geholfen!«

Erst jetzt erkannte ich, daß mein Schlafgemach voller Menschen war. Mehrere Priester, Weihrauchbecken schwingende Novizen und Francesco. Er beugte sich zu mir herunter, drückte mich fest an sich und flüsterte, daß nun alles gut werde. Langsam begriff ich, daß man wohl geglaubt hatte, ich wäre von Dämonen besessen. Irgend jemand spritzte überflüssigerweise noch mit Weihwasser. Brennender Durst quälte mich.

»Gebt mir zu trinken.«

Alle sahen auf mich herab, und ich bemerkte, wie stolz und zufrieden die Exorzisten waren, daß ihre Künste gewirkt hatten. Der Wein weckte meine Lebensgeister, und ich bat, mit meinem Gatten alleingelassen zu werden. Francesco gab schnell allen reichlich aus seiner Geldtasche, und die Priester gingen hochzufrieden, einerseits wegen des Goldes, andererseits, weil sie glaubten, mir einen Dämon ausgetrieben zu haben. In Wirklichkeit aber saß der Dämon nun stärker in mir, als alle Teufel der Hölle das vermochten: Es war meine Sehnsucht nach Sebastiano...

Francesco erzählte mir, daß ich zwei Tage lang besinnungslos gewesen sei, nachdem ich das ganze Ospedale zusammengeschrien hatte. Erst dann konnte er mich nach Hause holen. Deshalb also der Exorzismus. Ich fühlte mich nun wieder wohl, aber etwas peinigte mich. Gab es diesen Brief von Sebastiano, so wie ich geträumt hatte, und wo war er geblieben? Hatte mir der Geist der Finsternis das nur vorgegaukelt?

Erst als mich die Oberin des Findelhauses besuchte, wurde offenbar, daß ich Gott sei Dank keiner furchtbaren Täuschung erlegen war. Verstohlen zog die Nonne den zerknüllten Brief hervor und meinte, sie wollte ihn mir lieber selbst geben und nicht

396

meinem Gatten, wie es eigentlich ihre Pflicht gewesen wäre. Sie habe einst als Novizin einen jungen Priester geliebt und entsagen müssen, erzählte mir die Nonne im Vertrauen, seufzte tief und fügte hinzu, es stehe ihr nicht an, über das Verhalten anderer zu richten. Gott der Allmächtige möge sie vor solchem Hochmut schützen.

Ich hütete Sebastianos Brief wie eine Reliquie. Um meine Ruhe war es allerdings geschehen. Rastlos kreisten meine Gedanken nur um das eine: Ich würde den Geliebten wiedersehen! Aber wann? Und vor allem – wollte ich es überhaupt?

Willentlich einer großen Liebe endgültig zu entsagen gehört zum Schwersten, was ein Mensch sich auferlegen kann. Wer es je durchgemacht hat, weiß, welche inneren Kämpfe das kostet, welche Kraft aufgebracht werden muß, um sich innerlich von dem geliebten Wesen zu lösen. Eine äußerliche Trennungslinie zu setzen ist relativ einfach; man legt eine gewisse räumliche Distanz zwischen den anderen und sich, so wie es mit Sebastiano in Rom und mir in Florenz geschehen war. Aber das ist nur der Anfang, wenngleich auch der bereits schwer genug ist. Daß der Mensch, den wir lieben, plötzlich nicht mehr da ist, daß es keinerlei äußere Kontakte mehr gibt, kein Wort, keine Berührung, nichts, das erscheint zunächst unerträglich. Mit aller Macht bekämpfen wir die Sehnsucht, bis es so aussieht, als ob sie überwunden sei; das Bild des Geliebten beginnt vor unserem inneren Auge zu verblassen. Doch da existiert noch die Verbindung der Seelen, und diese bleibt für ewig bestehen. Nicht etwa, daß man Tag und Nacht an den einstigen Liebsten denkt, nein, das muß keineswegs sein; es ist vielmehr so, daß der andere ständig in unserem Herzen ist. Immer. Wie selbstverständlich. Jede Handlung, mag sie auch noch so banal anmuten, geschieht in dem Gefühl, daß er ganz nahe ist. Erst wenn man das ertragen kann, ohne Schmerz zu empfinden, höchstens noch ein wenig Wehmut, dann kann der Mensch hoffen, seiner Liebe entsagt zu haben.

397

Und so weilte auch ein Teil meines Ichs stets bei Sebastiano. Jahre waren nötig gewesen, um alles zu überwinden, und dabei immer jene Angst, die Melancholie könnte wieder Besitz von mir ergreifen. Auch den Dämon der Lust hatte ich besiegt und war froh, daß er mich nicht mehr peinigte. Und nun das alles vergebens? Sollten wieder alle Freuden geweckt werden, um danach irgendwann erneut in unsäglichem Leid zu ersticken? Ich fürchtete, ein zweites Mal die Trennung von Sebastiano nicht zu überleben. Damals in Rom bei unserem Abschied in Lucrezias Palazzo, ja, wenn er mich da fest in seine Arme genommen hätte – nur ein Wort, und ich wäre für immer mit ihm gegangen, ohne Wenn und Aber. Doch heute? Alles schien wieder so festgefügt in meinem Leben; freudlos, gewiß, und ohne wirklichen Sinn. Aber in Frieden alt zu werden, war das nicht erstrebenswert genug?

Jeder Tag konnte die Entscheidung fordern. Ich mußte in mich gehen und meinen Entschluß genau abwägen, war jedoch so verwirrt, daß es nicht gelingen wollte. Ein Gastmahl bei den Vespucci kam mir da gerade recht, um ein wenig Zerstreuung zu finden. Diese Familie hatte ihren Reichtum erst vor kurzem erworben, und die Großen von Florenz hofierten sie deshalb. Ihre Gesellschaften waren sehr beliebt, und auch ich ging stets gerne dorthin, obwohl mir die Schar der Gäste manchmal recht bunt gemischt schien: Dichter, allerlei fremde wie Florentiner Kaufleute und sogar ab und zu eine prächtige Kurtisane, wenn sie gerade einen Freier aus vornehmem Hause hatte. Ich wußte, was man von mir als der früheren »Römerin« erwartete und sparte nicht mit aufwendigen Roben und reichem Schmuck. Francesco ging nicht so gerne zu den Vespuccis, sah er doch dadurch seine Reputation in der Republik gefährdet. Nachdem zum größten Bedauern meines Gatten der Plan, von Papa Alessandro mit einer Grafschaft belehnt zu werden, damals gescheitert war, strebte er nun im Florentiner Rat nach Amt und Würden – ganz im Gegensatz zu dem, was er früher stets gepredigt hatte, nämlich daß es besser sei, verborgen zu leben.

Es war wirklich wieder eine sehr heitere Gesellschaft bei den Vespucci. Die besondere Aufmerksamkeit aller galt Meister Leonardo, der im allgemeinen selten Einladungen folgte, da er ständig mit irgendwelchen undurchführbaren Plänen beschäftigt war. Ging er aber doch einmal aus, so konnte man gewiß sein, daß der Maestro Geld benötigte und schauen wollte, ob nicht jemand einen Auftrag für ihn hätte. Die Musiker spielten hervorragend. Im Gegensatz zu den Einladungen bei alten Florentiner Familien saß man nicht an einer Tafel, sondern nahm hier und da Speisen aus den großen silbernen Schüsseln, die von zahlreichen Dienern und Dienerinnen herumgereicht wurden. Leonardo schien in bester Stimmung, kein Wunder, der Gastgeber Giovanni Vespucci hatte ihm zwei besonders schöne Knaben zugesellt, die dem Meister feurige Blicke zuwarfen und wie gebannt an seinen Lippen hingen. Zu meinem großen Erstaunen löste er sich bei unserem Erscheinen von den beiden und kam auf mich zu.

»Ah, seid gegrüßt, edle Mona Lisa.« Er machte dabei eine gekonnte Verbeugung, so daß sein schulterlanges Haar fast gänzlich über das bärtige Gesicht fiel, und mit einer eindrucksvollen Geste schleuderte er es wieder zurück.

Dieser Mann legte offensichtlich Wert darauf, schon rein äußerlich als wahrer Künstler erkannt zu werden. Dann blickte er Francesco auf ganz seltsame Weise an, und dieser – ich schwöre es – errötete wie ein junges Mädchen. Leonardo fuhr sich mit seiner Linken gekünstelt durch die schon etwas gelichtete Mähne. Bei allen Teufeln, diese Päderasten erkannten einander, als hätten sie das Kainsmal auf der Stirn!

Ich bekämpfte den Drang, mich abzuwenden, und beschloß eine Spitze gegen Leonardo loszulassen. »Maestro, ich hörte von deinen großen Erfolgen in Mailand. Alle Welt rühmt die Komposition der Ultima Cena im Kloster Santa Maria delle Grazie.«

399

Er wurde blaß. »Ich sehe, du bist bestens unterrichtet, Mona Lisa.«

Mein verborgener Spott war also bei ihm angekommen, wußten hier doch noch nicht allzu viele Menschen, daß sich sein bekanntes Wandgemälde langsam, aber sicher aufzulösen begann. Aber Leonardo war immerhin lange genug Höfling der Sforza gewesen, um sich keine Verstimmung anmerken zu lassen.

»Gewiß war mein Abendmahl eine ehrenvolle und befriedigende Aufgabe, doch eine schöne Frau zu porträtieren würde mich im Moment noch mehr reizen.«

»Weshalb nicht, sieh dich nur um, es sind genügend anwesend.«

»Nicht irgendeine, Mona Lisa, sondern dich!«

War der Meister betrunken? »Ein gelungener Scherz, Maestro. Ich würde kaum Lust haben, monatelang für dich Modell zu sitzen. Auch solltest du dir eine jüngere, schönere aussuchen, diese da, zum Beispiel«, ich wies auf eine blutjunge, reizend anzusehende Magd, die eine Schüssel mit gebratenen Kapaunen anbot.

Leonardo schüttelte den Kopf. »Was soll ich mit diesem Geschöpf ohne Seele, ohne inneres Leben, nur ein ebenmäßiges Gesicht, in dem alle Dummheit der Jugend geschrieben ist. Nein, man kann nicht einmal sagen geschrieben. Ich meine, ein Ausdruck des Nichts liegt darin.«

»Gut gesagt, aber trotzdem, schlag dir den Gedanken aus dem Kopf, ich will nicht.«

Leonardo gab nicht auf, offenbar brauchte er wieder einmal Geld. »Ich verspreche dir, Mona Lisa«, sagte er eindringlich, »du wirst es nicht bereuen.«

»Ein großes Versprechen, Meister, aber selbst wenn ich ja sagte, mein Gatte würde gewiß nicht einen Fiorino für ein Porträt von mir bezahlen, obgleich er deine Kunst sehr schätzt«, behauptete ich kühn; das war so recht die Antwort, die eine gute Florentiner Bankiersgattin geben sollte, und nun würde Leonardo sicher von seinem Vorhaben Abstand nehmen.

400

»Ist es wirklich nur die Geldfrage?«

»Gewiß. Porträts sind nun mal keine gute Geldanlage, wer will schon das Konterfei eines Unbekannten kaufen?«

»So scheitert also mein Vorschlag, dich zu malen, nur am Gold.«

»Ja, so ist es.«

Der Meister biß sich auf die Unterlippe. Er schien mit sich zu ringen; gleich würde er wohl einen zu geringen Lohn nennen und sofort um Vorschuß bitten.

»Gut, Mona Lisa, dann will ich es umsonst tun!«

Leonardo war offensichtlich nicht ganz bei Verstand. Was wollte er mit einem Modell von vierundzwanzig Jahren? Merkwürdig; aber er hatte mich in der Falle. »Wenn es denn sein muß, in Gottes Namen. Aber ich komme stets nur dann, wenn ich Zeit habe.«

Der Maler knirschte vor Zorn mit den Zähnen, blieb aber nichtsdestoweniger freundlich. »Ich danke dir, Mona Lisa.« Mit einer übertriebenen Geste führte er meine Hand an die Lippen, und ich erkannte genau, daß er mich mit seiner betonten Liebenswürdigkeit demütigen wollte. Es würde ihn einige Mühe kosten, mich vor seine Staffelei zu bekommen.

Doch schon am nächsten Tage schickte er einen seiner Schüler zu meinem Gatten, um die Erlaubnis zu erlangen, mich malen zu dürfen. Francesco, der den Diskurs am Vorabend natürlich verfolgt hatte, stimmte zu und ließ mich rufen. So folgte ich dem Lehrling in mißgelaunter Stimmung zu Leonardos Haus. Ich wurde in ein helles Zimmer geführt, dessen großes Fenster gegen den Sonnenuntergang hin lag und hinter dem eine Art von gerafftem Segel aus dünnem, hellen Leinen mittels einer kompliziert anmutenden Apparatur angebracht war. Ich muß gestehen, daß Leonardos beharrlicher Wunsch, mich zu malen, meiner Eitelkeit nicht wenig schmeichelte. Obwohl der Maestro als sprunghaft galt und anscheinend selten etwas richtig zu Ende brachte, galt er doch als ein großer Künstler, der die Natur fast noch zu übertreffen vermochte.

Man ließ mich einige Zeit allein in diesem seltsamen Gemach warten, befand sich doch nur Staffelei und ein Sessel darin. Dann waren rasche energische Schritte zu hören, der Meister geruhte wohl endlich zu erscheinen. Die Tür hinter mir wurde geöffnet, und ich wandte mich um.

»Sebastiano!«

»Lisa!«

Ich sprang auf, daß der Sessel krachend umfiel, flog in die Arme meines Geliebten und drückte mich so fest an ihn, als ob ich nie wieder von ihm lassen wollte. Wir lachten und weinten abwechselnd vor Glück. Dann küßte er mich, und in diesem Kuß lag alles, Liebe, Verzweiflung, Freude, Schmerz. Alles, was sich in diesen furchtbaren drei Jahren der Trennung aufgestaut hatte. Wie hatten wir es nur solange ohneeinander aushalten können...

Dann zog mich Sebastiano mit sich, eine Treppe höher in ein kleines Gelaß, das nur ein Bett beherbergte und zwei große bronzene Leuchter mit vielen Kerzen, die alle brannten. Wir legten uns auf das weiche Lager, und ich betrachtete meinen Geliebten lange Zeit aufmerksam. Er hatte sich verändert, war noch männlicher geworden, ich bemerkte auch einen Zug um seinen Mund, der damals nicht dagewesen war. Mit meinem Zeigefinger fuhr ich behutsam die mir fremde Linie nach, und er nahm meine Hand und sagte: »Hier hat sich der Kummer über mein verlorenes Glück eingegraben...«

Ich konnte nichts antworten, sah ihn immer nur an.

Sebastiano erwiderte meinen Blick. »Und du, mein Herz, laß dich anschauen. Meine süße einzige Lisa...« Er schwieg plötzlich und blickte mir sehr ernst in die Augen. »Ich liebe dich so sehr, mehr als je ein Mann eine Frau geliebt hat. Du bist mein Schicksal, mein Leben, einfach alles, Lisa...« Und nach einer Pause fügte Sebastiano noch etwas hinzu, das ihm aber nur schwer über die Lippen kam: »Willst auch du mich wieder lieben?«

Wie konnte er das noch fragen! Vom ersten Augenblick unseres

402

Wiedersehens an war nur noch ein einziger Wunsch in mir: mich ihm hinzugeben, ihm überallhin zu folgen, mit Körper und Seele... Wortlos führte ich seine Hand an meine Brust und drückte sie fest darauf. In dieser Geste sollte alles liegen, was ich empfand, und er fühlte es.

»Ja, geliebte Lisa, ich weiß es; du gehörst mir ganz und gar, einzig mir.«

Dann streichelte er mich so sanft und hingebungsvoll wie nie zuvor, als wollte er damit alle Einsamkeit, all den durchlittenen Kummer von mir nehmen, drang dann endlich mit seinem Pene ganz behutsam in mich. Er seufzte tief und verriet damit den unsäglichen Schmerz, der ihn in der langen Trennungszeit gequält hatte. Dann lag mein Geliebter ganz still, und ich fühlte ihn in mir.

»Nur bei dir bin ich ganz geborgen, Sebastiano.«

»Ja, ich spüre es.«

»Bleib so, Geliebter, ganz ruhig, ich will dich jetzt ansehen.«

Diesen Blick seiner Augen werde ich nie vergessen. Es lag so unendlich viel Liebe und Freude, aber auch Traurigkeit darin.

»An was denkst du, Sebastiano?«

»Ich denke an die Jahre ohne dich, an die Zeit größter Verzweiflung und tiefster Trauer.«

»Aber nun bist du zu mir gekommen!«

»Beinahe zu spät, Lisa. Hätte ich länger gewartet, wäre alles zu Ende gewesen.«

»Es war genau der richtige Zeitpunkt. Ach, Sebastiano, ohne dich war alles hoffnungslos, leer, tot.«

»Ich kenne das, Lisa, wenn du keinen Sinn mehr siehst im Leben, wenn du an allem irre wirst. Ich habe zu Gott gebetet, ich habe Gott verflucht, immer schlimmer ist es geworden... und jetzt«, er stockte, »bei dir ist alles aufgehoben, ausgelöscht, was mich niederdrückte. Ich bin nach all den Jahren zum ersten Mal wieder glücklich.«

Dann umarmte er mich so fest, daß mir schwarz vor Augen wurde, und begann seinen Pene ganz vorsichtig in mir zu bewegen, fast als hätte er Angst, mir weh zu tun. Ein Glücksgefühl ohnegleichen erfüllte mich, ganz anders, als ich es in Erinnerung hatte; gewiß, lustvoll, doch irgendwie neu, still, zärtlich. Ich empfand die vollkommene Verschmelzung mit Sebastiano und er wohl ebenso. Unsagbar liebevoll drang sein Pene in mich, blieb ganz ruhig, ohne Hast, bereitete mir Wonnen, die nicht enden wollten, und ich spürte, wie er sich wieder und wieder in mir verströmte. Lange Zeit blieben wir so liegen, wahrhaftig eins geworden.

Welche Wendungen kann unser Leben doch nehmen. Vor kurzem noch schien es mir öde, ohne großen Kummer, aber auch ohne Freude, einfach leer. Dann veränderte ein zerknülltes, abgegriffenes Stückchen Papier mit wenigen Worten darauf alles. In Sebastianos Armen hatte ich wieder dieses unbeschreibliche Glücksgefühl, nicht jenes, das aus höchster Lust entsteht, sondern ein anderes, ganz stilles, inniges. Eines, das dir sagt, zu diesem Mann gehörst du, jetzt und für immer. Ist es der eigene Wille oder der des Allmächtigen, wer weiß das schon zu sagen? Doch es gab kein Zögern mehr, wir mußten unseren Weg gemeinsam gehen, denn wen das Schicksal in einer solchen Liebe zusammenführte, bei der Leib, Lust und Seele zu einer Einheit verschmolzen, hatte das Recht und die Pflicht, für immer dem geliebten Menschen anzugehören – mochten sich auch die irdischen Gesetze dagegen wenden. Oder auch jene Gebote, die von Gott stammen sollen, aber stets nur aus dem Munde von Priestern zu hören waren. Hatte der Herr nicht bereits zu uns gesprochen, indem er Sebastiano und mich diese wunderbare Liebe erleben ließ, uns wieder zusammengeführt hatte? Sollten wir verdammt sein, weil wir uns liebten? Nein! Die Antwort war ein klares Nein. Ich wußte, wir taten kein Unrecht, der Herr sei mein Zeuge.

404

Das Abendläuten riß mich unsanft aus meinen Träumen. Jetzt erst wurde mir wieder klar, daß wir uns im Hause Leonardos befanden, wo dieser mich porträtieren sollte. Es dunkelte schon, und ich mußte schnellstens weg. Aber eines wußte ich nun, Sebastiano hatte etwas mit dem Maestro vereinbart, was das Gemälde anbetraf.

»Du hast Leonardo bestochen, um mich hier treffen zu können?«

»Was heißt bestochen; ich habe ihn gekauft mit einem Teil meines Besitzes!«

So war das also, deshalb die verzweifelte Hartnäckigkeit des Meisters. Nicht ich war wichtig für ihn, sondern das Gold meines Liebsten. Ich konnte mir gut vorstellen, wie der stets in Geldnöten steckende Leonardo gezittert haben mußte, ob ich letztendlich einwilligte, mich von ihm malen zu lassen.

Die nun folgenden Tage und Wochen waren die schönsten, die ich bis dahin erlebt hatte. Dieses Glück, einander wieder gehören zu können, war unbeschreiblich. Erst wenn man den Geliebten verloren glaubt, weiß man, was er einem wirklich bedeutet. Niemals würde ich Sebastiano und damit das Glück meines Lebens erneut kampflos aufgeben, niemals! Furchtbar war meine Reue gewesen, daß ich einst im Palazzo Lucrezias mit wenigen Sätzen, fast leichthin, wie es schien, meine Liebe zu Sebastiano verraten hatte. Tausendmal hatte ich meine stolzen Worte verflucht. Welches Leid wäre uns erspart geblieben! Doch Sebastiano war es ähnlich ergangen; hätte er sich nicht so brüsk abgewendet, um zu gehen, wer weiß...

Unsere Treffen bei Leonardo bewiesen, daß auch Florenz Möglichkeiten bot, sich zu sehen. Wenn sich zwei Menschen von ihrer Liebe leiten ließen, gab es immer einen Weg: Das Glück war auf unserer Seite. Nur wenn unser Handeln von falschem Stolz oder Gesetzen bestimmt wurde, die andere gemacht hatten – denn was ist dieser Stolz denn anderes als das Bild, das andere von dir haben sollen –, dann war die Liebe verloren. Der ganze Wille mußte darauf gerichtet sein, alles, aber auch wahrhaftig alles für die Liebe zu tun, sie festzuhalten, sie immer wieder zu erneuern, ganz in ihr aufzugehen. Nur die himmlische und die irdische Liebe zusammen vermögen es, höchste Erfüllung zu geben. Dafür zu kämpfen war mein höchstes Ziel.

Natürlich mußte ich Meister Leonardo häufig Modell sitzen, denn etwas sollte er wenigstens vorweisen können, wenn die Sprache darauf kam. In Florenz war die Kunst ja beinahe schon eine öffentliche Angelegenheit, und es war nicht ungewöhnlich, daß Bürger baten, ein Gemälde oder die Studien dafür betrachten zu dürfen. Die Leute waren sehr neugierig, und in meinem Fall, wo sich herumgesprochen hatte, daß der Maestro mich sogar umsonst malen wollte, um so mehr. Viele glaubten, in meiner Schönheit läge ein Geheimnis, das den großen Künstler reizte, und die Frauen der Patrizier waren neidisch wegen dieser Auszeichnung. Ich genoß es, noch dazu da niemand wußte, welches Geheimnis ich in meinem Inneren bewahrte. Es erheiterte Sebastiano ungemein, daß alle glaubten, Leonardo da Vinci verehre mich, wo doch genau das Gegenteil der Fall war! Denn nur Sebastianos Gold hatte ihn verleitet, das ungeliebte Werk in Angriff zu nehmen. Andererseits wußte er aber auch, daß Florenz etwas Außergewöhnliches von ihm erwartete, hatten doch seine großspurigen Äußerungen auf dem Fest der Vespucci die Runde gemacht.

Es war schon eine groteske Situation: Ich wollte eigentlich gar nicht gemalt werden und ließ es nur zu, um Sebastiano zu sehen, der sich unter fremdem Namen im Hause des Meisters aufhielt. Leonardo wiederum haßte es, mein Porträt zu malen, da dies mit viel Mühe und Vorstudien verbunden war, er selbst aber, wie bereits gesagt, zur Sprunghaftigkeit neigte, ja, Fleiß und Sorgfalt als ihm unangemessen verabscheute. Er, der Uomo universale, ein Begriff, den Leonardo nur allzugern für sich in Anspruch

406

nahm, hegte hochtrabende Pläne, die Umleitung ganzer Flüsse etwa, auf denen niemals ein Schiff fuhr, oder Kriegsmaschinen, die nie verwendet werden konnten, weil sie nicht funktionierten. Was war da schon das Porträt einer Florentiner Bankiersgattin von bereits vierundzwanzig Jahren? In diesem Alter hatten die Frauen schon die besten Jahre hinter sich. So war also Leonardo durch Sebastianos Gold an die Staffelei gekettet wie Tantalus an den Felsen.

Sebastiano und ich lebten glücklich in unserem irdischen Paradies. Alle paar Tage kam ich am späten Nachmittag, wenn die Sonne schon tief stand, Leonardo zog dann im Malzimmer das Sonnensegel herunter, so daß niemand hereinsehen konnte, und ich eilte eine Treppe höher in unser kleines Gemach, wo mein Geliebter schon sehnsüchtig wartete. Wir liebten uns, bis wir nicht mehr konnten, dann streifte ich schnell das Bauerngewand über, in dem Leonardo mich unbedingt malen wollte, und begab mich nach unten. Völlig erschöpft, aber unsagbar glücklich saß ich da und ließ den Maestro an dem Porträt arbeiten. Mir war dabei niemals langweilig, denn ich träumte von der heißen Liebesstunde, die ich zuvor lustvoll mit Sebastiano verbracht hatte. Konnte ein Modell in besserer Laune sein? Der Meister hätte zufrieden sein können, aber nein, er mäkelte dauernd an mir herum. Mein Gesichtsausdruck wäre unerträglich, schwer wiederzugeben, gegen alle Natur der Porträts. Mir war das egal, sollte er doch malen, was er wollte, Hauptsache, ich sah regelmäßig meinen Geliebten.

So war alles aufs beste eingerichtet, und wenn es nach mir gegangen wäre, hätte mein Leben ewig so weitergehen können. Niemand schien Verdacht zu schöpfen, und Francesco war sogar stolz darauf, daß seine Gemahlin von Leonardo da Vinci porträtiert wurde. Da Leonardos Vorliebe für Knaben hinreichend bekannt war – insbesondere meinem Gatten –, gab es auch keinen Grund zu Eifersüchteleien. In der Gesellschaft

407

spielte ich weiter die römische Vanitas, und dort schien alles wie immer.

»Heute, liebe Lisa, werde ich dich zu Maestro Leonardo begleiten, um zu sehen, wie weit das Bild gediehen ist.«
Vor Schreck fiel mir fast der Weinpokal aus der Hand. Um Christi willen, nur das nicht! Ich versuchte, unbeteiligt zu wirken.
»Weit gediehen, kann man noch nicht sagen, Francesco, bisher gibt es nur die Vorzeichnung und einige Farbproben auf der Tafel.«
»Ja, der Meister ist dafür bekannt, daß er sehr langsam malt. Das macht aber nichts, ich werde ihm ein schönes Geschenk überreichen, hundertvierundvierzig Goldfiorini, vielleicht beschleunigt das seinen Pinsel.«
Mir war der Appetit vergangen: Ich saß an der Mittagstafel wie eine Fremde und rührte nichts mehr an. »Komm doch lieber in zwei Wochen, Francesco, dann zeigt das Porträt schon ein wenig mehr Farbe.«
»Heute oder wann immer, was macht es schon: Ich werde auch ganz ruhig sein, während er dich malt.«
Mein Gatte blieb dabei, da war nichts zu machen. Wie konnte ich Sebastiano warnen? Einen Boten senden? Unmöglich, das wäre aufgefallen. Und ich selbst? Nein, noch gefährlicher. Was nur würde Francesco denken, wenn er den römischen Kardinal dort sah? Es mußte ihm wie Schuppen von den Augen fallen. Herr, steh mir bei! Plötzlich wurde ich wieder den schwankenden Boden unter meinem Glück gewahr. Sollte alles wie einst so schnell zerrinnen? Nein, diesmal würde ich es nicht zulassen, würde kämpfen wie eine Löwin um meine Liebe. Nichts scheuen, es offen ausfechten und zu Sebastiano stehen. Mochte dann mit mir geschehen, was wollte.
Leonardo war nicht wenig erstaunt, als er meinen Gatten erblickte. Beide Männer umarmten sich zur Begrüßung herzlich –

408

eine Spur zu herzlich, fand ich. Aber das ging mich nichts mehr an.

»Ich danke dir, edler Francesco, für dein großzügiges Geschenk, und ich bin sicher, das Porträt deiner Gattin wird bei dir Anklang finden.«

Hundertvierundvierzig Goldfiorini zum Fenster hinausgeworfen, wenn mein Gatte ahnte... Francesco ging vor dem Gemälde auf und ab und betrachtete es. Er war ganz blaß, ich sah, wie Wut in ihm hochkam und er sich eisern beherrschte.

»Sag, Leonardo, weshalb malst du meine Gattin als Bauernmädchen? Ihr Gesicht ist viel zu breit, und dann dieses einfache Gewand. Kommt Mona Lisa nicht immer in den prächtigsten Roben zu dir?«

Auch der Meister kochte innerlich vor Zorn, hatte es doch ein Geldverleiher gewagt, über sein Kunstwerk zu urteilen! Doch Leonardo wußte, er durfte nicht ungehalten werden: Wenn er sich mit meinem Gatten überwarf, würde dieser mich nicht mehr zu ihm lassen, und dann wäre es aus mit der sprudelnden Geldquelle Sebastiano. Mit sanfter Stimme, eine Verstellung zu der nur ein erfahrener Höfling wie Leonardo fähig war, erklärte er Francesco, dies sei ja nur die Zeichnung und später sähe alles ganz anders aus. Ja, er beschrieb den künftigen Zustand des Porträts in derart leuchtenden Farben, daß mein Gatte zufrieden schien.

Plötzlich klopfte es an der Tür, und Sebastiano trat ein. Fast wäre er zurückgeprallt, als er Francesco sah, doch hatte er sich schnell wieder in der Gewalt und ging freundlich auf ihn zu, um ihn zu begrüßen. Mein Gatte war nicht weniger irritiert, und ich sah, wie er verwundert auf die einfache Handwerkerkleidung blickte, die Sebastiano hier stets trug, um kein Aufsehen zu erregen.

»Seid gegrüßt, Eminenz. Verzeiht, ich war einen Augenblick von Eurer Kleidung getäuscht und habe Euch nicht sogleich er-

409

kannt.« Francesco wollte seinen Ring küssen, aber es gab keinen, und Sebastiano verweigerte ihm auch den Handkuß.

»Im Vertrauen, edler Giocondo, ich möchte aus gewissen Gründen nicht, daß in Florenz jemand von meinem Aufenthalt erfährt, und bitte Euch, nichts von unserem Treffen zu erzählen.«

Francesco verbeugte sich leicht, um damit anzudeuten, daß er schweigen würde. Hätte er geahnt, weshalb der Kardinal hier war – er hätte ihm wohl seinen Dolch zwischen die Rippen gestoßen! Dann grüßte Sebastiano auch zu mir herüber, sehr förmlich, als habe er Mühe sich überhaupt an mich zu erinnern.

»Was sagt Ihr, Eminenz, zu dem Porträt meiner Gattin?«

Sebastiano trat vor die Staffelei. »Es wird ein großes Kunstwerk und übertrifft die Natur bei weitem.«

»Findet Ihr?«

»O ja, seht das Lächeln auf ihren Lippen, ist es nicht hinreißend!«

»Es ist das beseelte Lächeln einer glücklichen Frau«, warf Leonardo bestimmend ein.

»Ganz recht, Maestro, ein Lächeln wie nach den Wonnen höchster Verzückung ...«

Francesco trat der Schweiß auf die Stirn. Sebastiano nahm sich entschieden zuviel heraus, er durfte ihn doch nicht mit derart zweideutigen Worten über mich beleidigen! Man sah, wie es in meinem Gatten arbeitete, er war drauf und dran, tatsächlich zum Dolch zu greifen. Blitzartig wurde mir klar: Sebastiano wollte Streit! Mein junger Geliebter, in ritterlichen Übungen erprobt, mußte Francesco töten, wenn es zum Kampf um meine Ehre kam. Es war höchste Zeit einzugreifen.

»Ja, ich kann Euer Eminenz nur beipflichten; so wie die Märtyrerinnen einst angesichts des Todes Gottes Antlitz in Verzückung schauten, so wollte ich mich gemalt sehen. Wenn mir auch nicht die Gnade gegeben ist, ihr Schicksal zu erleiden, so soll das Bild doch Ausdruck meiner Verehrung sein.«

410

Diese Worte waren reinste Blasphemie, aber ich wußte ja bereits, daß der Zornesblitz Gottes nicht auf mich niederfahren würde. Offenbar begriff Sebastiano, daß ich keinen Streit wünschte, und hielt sich nun zurück. Auch mein Gatte, der seine Hand schon am Dolch hatte, war froh, nicht zum Äußersten schreiten zu müssen. Trotzdem war meine Einmischung eigentlich unstatthaft, Fragen der Ehre waren Männern vorbehalten. Danach blieben wir nur noch kurz, und alle waren erleichtert, als mein Gemahl sich kühl verabschiedete und wir das Haus des Künstlers verließen.

Seit diesem Tag bemühte sich Leonardo, das Bild zügig fertigzustellen. Er hatte offensichtlich erkannt, daß seine Rolle in unserem Spiel nicht ganz so ungefährlich war, wie er vielleicht angenommen hatte. Der Gedanke, von Mördern umgebracht zu werden, die ein gehörnter Ehemann gedungen hatte, schien ihm zu Recht unangenehm. Ich bemerkte seine Eile mit Sorge und wußte, daß unsere glücklichen Tage in seinem Hause gezählt waren. Was Francesco an dem Gemälde bemängelte, stimmte übrigens. Leonardo hatte mir nicht nur ein bäuerliches Aussehen verliehen mit einem viel zu breiten Gesicht, das irgendwie geschwollen, aufgedunsen aussah, sondern auch mein Haar nicht gut getroffen, es wies zu wenig Fülle auf und zeigte nicht jenen kastanienbraunen Schimmer, auf den ich so stolz war. Und dann dieses schiefe Lächeln, das der Meister ständig zu verbessern suchte, was ihm aber nicht gelang. Es war ganz klar, daß mein Porträt letztendlich mißlingen mußte, würde Leonardo es nicht abschleifen und gänzlich neu übermalen. Mir schien das eigentlich gleichgültig; was mich beschäftigte war weitaus wichtiger: Ich mußte Francesco verlassen und für immer zu meinem Geliebten gehen. Ja, nun war die Stunde gekommen. Alle Geschäfte meines Gatten liefen wieder zufriedenstellend, und von Papa Giulio hatte er nie wieder etwas gehört. Stolz, mit erhobenem Haupt, würde ich alles das zurücklassen, was früher mein Leben gewesen war. Alles hingeben für mein Glück mit Sebastiano.

Da geschah etwas, was alles grundlegend verändern sollte. Am dritten Tag nach Johannes et Paulus – es war unerträglich heiß, kaum jemand ließ sich auf der Straße sehen – gab es etwa eine Stunde vor Mittag einen fürchterlichen Lärm vor unserem Palazzo. Ich zog schnell meine Camicia über und trat an die Brüstung der Arkade, um nach unten zu sehen. An ihrer Kleidung erkannte ich zahlreiche Schergen des Bargello, dabei noch andere in schwarzen Gewändern, die mich irgendwie an Söldner von Papa Alessandro erinnerten. Aber das war ja nicht möglich. Dann sah ich, wie Francesco von fünf eigenen Söldnern begleitet aus dem Portal unseres Palazzo trat. Sofort wollten die Schwarzgekleideten auf ihn losstürmen, und dann sah ich etwas, was mir das Blut in den Adern stocken ließ: Einer der Männer führte Halseisen und Ketten mit sich! Unsere Söldner stellten sich schützend um Francesco und zogen ihre Schwerter. Als die Wachen am Portal das sahen, fällten sie sofort ihre Hellebarden gegen die Schergen, und es sah aus, als ob es augenblicklich zum Kampf kommen mußte. Ein Kampf gegen die Männer des Bargello! Das bedeutete hier in Florenz den sicheren Tod. Doch Francesco verhandelte jetzt mit dem Anführer. Ich sah, wie dieser daraufhin Eisen und Ketten in einen Sack steckte, und dann setzten sich alle in Bewegung. Francesco folgte ihnen mit unseren fünf Söldnern. Irgend etwas Schreckliches mußte vorgefallen sein. Ich zog die erstbeste Giornea über und rannte die dunklen Treppen hinunter, rief zwei Söldnern zu, sie sollten mich begleiten. Dann befahl ich den Hellebardieren am Portal, dieses zu schließen und niemanden hineinzulassen, bis ich wieder da wäre. Wir sahen die Gruppe mit Francesco gerade noch an der Ecke Via Vinegia und Via dei Leoni abbiegen. Ich lief so schnell ich konnte hinterher, hielt mich aber in gebührendem Abstand, denn man konnte nie wissen, was die Männer des Bargello tun wür-

412

den. Dann verschwanden alle im Palazzo della Signoria. Ich beschloß, auf der Piazza zu warten. Die Hitze war drückend, und wir wollten Schutz vor der sengenden Sonne in der Loggia suchen, aber ein Capitano der hier stets anwesenden Söldner verbot es uns. Francesco kam und kam nicht wieder. Ich ging die Via dei Calzaiuoli einige Schritte hinunter, um im Orsanmichele zu beten. Es begann bereits zu dämmern, und wir mußten sehen, vor Anbruch der Dunkelheit im Palazzo zurück zu sein, sonst würde man auch mich gefangennehmen. Doch zuvor mußte ich herausbekommen, was mit meinem Gatten geschehen war.

»Tretet gegen das Tor!« befahl ich meinen beiden Söldnern. Sie taten, wie ihnen geheißen, und der ganze Palazzo della Signoria dröhnte unter den Tritten. Nichts geschah. Und dann tat ich etwas, das mich noch heute verwundert. In meiner Verzweiflung schrie ich mit einer durchdringenden Stimme, deren metallischer Klang mir selbst völlig fremd erschien, die fürchterlichsten Schimpfworte und gotteslästerlichen Sprüche, die mir nur einfielen. Einige Bürger, die über die Piazza hasteten, um bei Einbruch der Nacht zu Hause zu sein, blieben stehen, und bald hatte sich eine Menschenmenge um mich gebildet. Meine Schweizer Söldner erzählten, so gut sie konnten, daß der Bargello den unbescholtenen Gatten dieser armen Frau hätte abholen lassen, aber nicht mehr frei ließe. Und da zeigte sich, was echter Florentiner Bürgergeist vermochte. Zuerst einige, dann immer mehr Männer trommelten mit Fäusten und Füßen gegen das Portal. Sie riefen dabei laut: »Palle, Palle!« Diesen Ruf der Medici-Anhänger scheute der Gonfaloniere Piero Soderini wie der Teufel das Weihwasser.

Endlich, nach all den gemeinsamen Bemühungen, öffnete jemand von innen ein kleines, schwer vergittertes Fenster, das sich im Portal befand. Jetzt fing die Menge erst richtig an zu toben. Ich trat an die Öffnung und rief hinein, mein Name sei Lisa, man solle mich zu meinem Gatten, dem edlen Francesco Bartolom-

413

meo di Zanobi del Giocondo führen. Diese Worte hatte ich in höchster Erregung hervorgestoßen, wie im Rausch: Die aufgebrachte Menge, der ungeheure Lärm, die Hitze, die Gefahr und der Gedanke, Francesco unbedingt sehen zu müssen, verliehen mir eine verzweifelte Stärke. Ich hätte in diesem Moment ein Feuergeschütz gegen den Palazzo della Signoria abgehen lassen, wenn eines dagewesen wäre; das schwöre ich bei Gott dem Allmächtigen.

Durch die Öffnung konnte man nichts sehen, weil es drinnen dunkel war. Nach kurzer Zeit kam jemand und sagte, ich könne zu Francesco, aber die Menge müsse fünfzig Schritt zurückweichen, bevor man die Pforte des Portals öffnen würde. Ich drehte mich um und versuchte, die Menge zu beruhigen. Doch das war schwierig. Ist das Volk erst einmal in Wut, kann eine Frau wie ich es schwer zur Vernunft bringen. Endlich verstanden mich einige und sagten den anderen, sie müßten zurücktreten. Dann herrschte plötzlich gespannte Stille auf der Piazza. Was würde mit mir geschehen, wenn ich hinter dem Portal war? Sollte man mich in Ketten legen, in einem Verlies vermodern lassen! Mir war alles egal. Francesco war mein Gemahl, und ihn in der Stunde höchster Gefahr im Stich zu lassen, hätte ich mir nie verziehen. Mochte danach kommen, was wollte. Niemand hätte anders gehandelt in meiner Lage. Mit wenigen Schritten war ich am Portal. Die Stille ringsumher schien beängstigend. Mit einem Ruck ging die Pforte des Tores auf, ich schritt hinein, der Riegel flog wieder in seine schweren eisernen Haken. Und dann sah ich in die gefällten Hellebarden von etwa fünfzig Söldnern und dahinter ein schweres Feuergeschütz, das aufs Portal gerichtet war und neben dem ein Capitano mit glimmender Lunte stand. Man konnte die Angst und Anspannung hier im Innern des Palazzo della Signoria spüren.

Ein reich gekleideter Mann trat auf mich zu; es war der Gonfaloniere selbst. »Niemand wird dir etwas tun, Mona Lisa, du hast mein Wort!«

414

»Ich bin in deiner Hand, Piero, mag geschehen, was will, doch führe mich zu meinem Gatten.«

»Gut, aber sage den Leuten draußen, sie mögen nach Hause gehen, dann werde ich sie nicht bestrafen.«

Ein Wagnis, denn wenn die Menge sich zerstreut hatte, konnte man mich hier für immer verschwinden lassen. Mir blieb trotzdem keine andere Wahl. Ich trat also an die kleine Öffnung und rief in die Stille hinaus, daß alle gehen sollten und dann noch: »Ich danke euch allen!«

Der Gonfaloniere überzeugte sich persönlich, daß auch der letzte Bürger aus seinem Gesichtskreis entschwunden war.

»Ich will jetzt zu meinem Gemahl.«

Der Mann nickte, winkte zwei Fackelträgern und führte mich durch unzählige dunkle Gänge. »Du mußt wissen, Mona Lisa, es ist nicht mein Wille, daß dein Gatte hier sein muß.«

»Wessen Wille dann?«

»Der des Heiligen Vaters.«

»Was haben wir und die Republik Florenz mit Papa Giulio zu tun? Kann er dir befehlen, dir, dem Gonfaloniere Ser Piero Soderini?« Ich spürte, daß sein Stolz getroffen war.

»Ich trage die Sorge um das Wohlergehen aller Florentiner Bürger, nicht nur um das deines Gatten.«

»Was wirft man ihm vor?«

»Das sagt der Papst nicht, lediglich, daß Francesco sich schwerer Vergehen schuldig gemacht habe und die heilige Inquisition ihn dazu befragen wolle.«

Ich fühlte, wie eine eisige Hand mir ans Herz griff. Die Inquisition! Niemand konnte ihr entkommen, weder, wenn er sich stellte, noch, wenn er zu fliehen versuchte. Ihre Foltermethoden waren die grausamsten, die man sich nur ausdenken konnte. Wer nicht gestand, wurde irrsinnig, wer aber gestand, war des Todes. Flucht erschien sinnlos. Die Häscher fanden ihre Opfer überall. Selbst Verfemte, die zum Sultan nach Konstantinopel geflohen

415

waren, hatten dort noch durch Schergen der Inquisition den Tod gefunden. »Was können wir tun?«

»Nichts, Mona Lisa, denn das päpstliche Schreiben kündigt das Interdikt für alle Florentiner an, wenn dein Gatte nicht ausgeliefert wird!«

Mir wurde schwindelig. Was hatte Francesco getan, daß zu diesem allerletzten Mittel gegriffen wurde ... »Ich verstehe, Piero, das ist ein zu großes Risiko.«

»Ja, bei Gott, ich muß Francesco opfern!«

»Morituri te salutant.«

»Das einzige, was ich erreichen konnte, ist eine Vereinbarung mit dem päpstlichen Legaten, wonach Francesco freiwillig und nicht als Gefangener nach Rom gehen darf.«

»Darein hat der Legat eingewilligt?«

»Ja, aber ich konnte ihn nur mit größter Mühe dazu bringen.«

»Was geschieht jetzt mit meinem Gemahl?«

»Er kann zunächst mit dir in euren Palazzo zurückkehren; innerhalb von drei Tagen muß er nach Rom aufbrechen. Die Männer der Inquisition, aber auch zwanzig Söldner der Republik werden ihn begleiten.«

»Bis Rom?«

»Das habe ich mir ausbedungen.«

»Ich werde mit ihm reisen.«

Der Gonfaloniere verhielt jäh seinen Schritt. Er wandte sich mir zu, legte eine Hand beschwörend auf meine Schulter und sah mich ernst an. »Geh nicht mit deinem Gemahl nach Rom, es besteht auch für dich große Gefahr. Die Inquisition hat schon ganze Familien ausgelöscht.«

»Ich danke dir, Piero. Das ist mir bekannt. Aber mein Platz muß an der Seite meines Gatten sein.«

Er zuckte hilflos mit den Schultern und trat in ein kleines Gelaß. Ich sah eine Falltür im Boden des Raumes eingelassen, die von zwei Söldnern bewacht wurde.

416

»Öffnet!« befahl der Gonfaloniere. Die schwere Klappe ging unter größter Anstrengung der beiden auf, und sogleich schlug uns ein unvorstellbarer Gestank entgegen. Grauenvoll. Der Ekel würgte mich, und ich mußte mich erbrechen. Hier hinein hatte man Francesco gesteckt! Die Söldner ließen ein dickes Seil mit einer Schlinge am Ende hinunter. Einer der Fackelträger leuchtete in das Verlies. Unten entstand Bewegung.

»Giocondo!«

»Ja, hier.«

Ich erschrak. Francescos Stimme klang schauerlich von unten hoch, wie von einem lebendigen Toten.

»Tritt in die Schlinge, wir ziehen dich hoch.«

Die Söldner zogen mit aller Kraft. Dann hob sich mein Gatte mit letzter Kraft aus der Öffnung und saß wie benommen am Boden. Er war bis auf ein Lendentuch nackt. Und dann der Ausdruck seines Gesichtes! Ich habe nie wieder solchen Schrecken in den Zügen eines Menschen gesehen...

»Francesco!« Ich ging auf ihn zu und bemerkte auch an ihm den entsetzlichen Gestank; dort unten mußte die Hölle sein. In seinem Blick flackerte der Wahnsinn.

»Du bist frei, Francesco, hast dich aber binnen drei Tagen auf die Reise nach Rom zu begeben.«

Mein Gatte nickte nur kurz, ihm schien alles gleichgültig zu sein.

»Kommt jetzt«, befahl Piero.

Wir folgten ihm und den anderen bis zum Portal des Palazzo. Ich zog meine Giornea aus und bedeckte damit Francescos Schultern. Vier Fackelträger begleiteten uns durch die Dunkelheit. Zu Hause ließ ich sofort ein Bad bereiten. Es war nur wenig Wasser da, wir mischten es mit viel Wein, von dem einige Fässer im Keller lagerten. Der Gestank war kaum wegzubekommen, Francesco wurde mit Rosenwasser abgerieben, mit einem Hausgewand bekleidet und ins Schlafgemach gebracht. Er wirkte wie ein kleines

Kind, ließ alles willig, aber unbeteiligt mit sich geschehen. Ich setzte mich zu ihm auf das Bett und schickte alle bis auf Don Angelo, seinen Geliebten, hinaus; in dieser Stunde hatten nur wir beide bei ihm zu sein. Ich goß einen Pokal voll Wein, Francesco leerte ihn mit gierigen Zügen. Allmählich fand er wieder zu sich, ließ seinen Kopf auf die Polster sinken, schloß seine Augen und begann leise mit tonloser Stimme zu sprechen.

»Sie haben mich einfach in das Loch geworfen, wie einen Hund!«

»Entsetzlich!«

Er schwieg erschöpft, sprach aber nach einer Weile weiter, monoton, wie unter einem inneren Zwang. »Drunten in dem Verlies lagen noch drei andere Gefangene. Allesamt wahnsinnig geworden. Wie Tiere müssen sie dort leben, auf faulem Stroh, in ihrem Kot und Urin. Sofort fielen sie über mich her, rissen mir die Gewänder vom Leib, da ihre eigenen schon völlig zerfallen waren. Wie lange war ich da unten?«

»Nicht einmal einen Tag.«

Francesco war erschüttert. Er fing am ganzen Körper an zu zittern, sein Gesicht wurde aschfahl, und es sah aus, als ob auch er dem Wahnsinn nahe wäre. Noch nie hatte ich meinen Gemahl in einem solchen Zustand gesehen.

»Hier, nimm noch etwas Wein!« Don Angelo hielt ihm den Pokal an die Lippen, doch Francesco konnte kaum trinken. Von den zuckenden Mundwinkeln rann der rote Wein auf sein Hemd und die leinene Decke.

»Sie haben mich geschlagen, wieder und immer wieder...«

»Die Männer des Bargello?«

»Nein, jene Unseligen dort unten, die mit mir in dem Loch waren.«

Mein Gott, was mußte der Arme durchgemacht haben, er tat mir unendlich leid. Ich drückte ihn an mich wie ein großes Kind, und er barg sein Gesicht an meiner Brust. Don Angelo hielt seine

418

Hand, streichelte sie beruhigend, und allmählich fiel das Zittern von ihm ab. Seltsam, es war keine Bitterkeit mehr in mir, als ich sah, wie liebevoll sich der Priester zu meinem Gatten verhielt; in dieser Stunde der größten Not war alles, was zwischen uns dreien gestanden hatte, ausgelöscht.

Doch Francesco mußte uns nun sagen, welche furchtbare Schuld er auf sich geladen hatte, die Papst Giulio veranlaßte, ihn der Inquisition auszuliefern. Was stand uns bevor, Kerker, Tod, Verstümmelung, Folter? Angst, nackte, kalte Todesangst schnürte mir fast die Kehle zu. Ich konnte kaum sprechen und brachte dann hervor: »Sag, Francesco, was hast du getan?«

Für einen Moment schloß er gequält die Augen, atmete schwer, dann aber richtete mein Gatte sich auf, sah uns an und gab sich offensichtlich alle Mühe, gefaßt zu wirken. »Gut, ihr sollt alles erfahren. Auch daß ich nicht die ganze Schuld auf mich geladen habe, sondern genauso Papa Alessandro. Schuld der ganzen Christenheit gegenüber.« Er nahm wieder einen Schluck Wein, und es war ihm anzumerken, wie ihn das Geständnis erleichterte. »Alles begann in Konstantinopel. Sultan Bajezids Bruder Djem meldete berechtigte Ansprüche auf dessen Thron an. Deshalb sollte er beseitigt werden. Aber Djem konnte nach Rom entkommen, wo er als Geisel von Papa Alessandro ein recht fröhliches Leben führte.«

»Davon habe ich gehört.«

»Und jedermann glaubte, diese Geisel sei der Garant dafür, daß die Türken das übrige Abendland nicht angriffen und vernichteten, so wie sie es fünf Dekaden vorher mit Konstantinopel getan hatten.«

»Wieso, stimmt das etwa nicht?«

Francesco brachte ein müdes Lächeln zustande. »Ganz im Gegenteil. Bajezid war froh, daß sein Bruder Djem aus dem Weg war, denn von Rom aus konnte er den Thron des Sultans nicht gefährden.«

419

»Aber die Türken hätten uns doch leicht angreifen können, sie besitzen das mächtigste Heer unter der Sonne!«

»Das mächtigste Heer vielleicht, Lisa, aber nicht die mächtigste Flotte. Und darum geht es. Bajezid ist ein kluger Herrscher. Er will in Ruhe seine Rüstungen betreiben, bis er stark genug ist – erst dann schlägt er zu.«

»So hat uns also Papa Alessandro gar nicht vor der Türkengefahr beschützt?«

»Keineswegs. Er erhielt vom Sultan jährlich fünfundvierzigtausend Stücke vom besten, ehemals byzantinischen Gold.«

»Unglaublich!«

»Das wäre an und für sich nichts so Schlimmes, ist es doch Brauch, für derart hochstehende Geiseln viel Geld zu bezahlen. Nein, das Ungeheuerliche war, daß Papa Alessandro das Geld von den Türken erhielt, damit er eine abendländische Liga gegen die Osmanen verhinderte!«

»Der Heilige Vater als Kumpan der Ungläubigen!«

»Allerdings, Lisa. Das Oberhaupt der Christenheit als Handlanger des verfluchten Türken, dieses ungläubigen Antichristen Sultan Bajezid ...«

»Doch wo liegt deine Schuld, Francesco?«

»Meine Rolle in diesem schändlichen Spiel begann im Jahre des Herrn 1495.«

»Das Jahr unserer Hochzeit ...«

Francesco wich meinem Blick aus. »In diesem Jahr starb Djem. Damit entfiel der angebliche Grund für die Tributzahlung, was ein furchtbarer Schlag für Papa Alessandro war, den seine Geldgier vor nichts zurückschrecken ließ. Er bot dem Sultan an, weiterhin einer abendländischen Liga entgegenzuwirken, obwohl er wußte, daß die Türken gegen uns rüsteten. Sultan Bajezid ging freudig darauf ein und versprach, die Zahlungen fortzusetzen.«

»Welch ein unglaublicher Verrat an der Christenheit, das Werk des Teufels!«

»Oder das Werk des Papstes, wie ihr wollt.«

Francescos Lebensgeister kehrten offensichtlich zurück, während er uns das alles erzählte. Er sah schon viel besser aus, trank nochmals durstig aus seinem Weinpokal.

»Und du hast...«

»Ja, Lisa, ich habe das in die Wege geleitet, über Mittelsmänner des Sultans wie des Heiligen Stuhls. Ich, Francesco Bartolommeo di Zanobi del Giocondo, Kaufmann und Geldwechsler aus Florenz, bin der größte Verräter des Abendlandes, ein zweiter Judas, aber ich tat es nicht für armselige dreißig Silberlinge. Jener hat nur seinen Herren Jesus Christus verraten, ich hingegen die gesamte Christenheit!«

Er lachte bitter.

»Doch darüber möge unser Schöpfer allein richten.« Francesco nahm noch einmal einen tiefen Schluck und fuhr dann fort: »Das eigentlich Verhängnisvolle aber war, daß sich Sultan Bajezid plötzlich erheblichen Schwierigkeiten gegenübersah. Häretiker im eigenen Land, die Mohammed, den Propheten der Ungläubigen, nicht anerkennen, sondern nur einen Verwandten von ihm, stifteten Unruhe. Das schien Bajezid gefährlich. Was wäre, wenn diese mächtige Gruppe gegen ihn losschlug, während er gerade dabei war, sich das Abendland untertan zu machen? Also gab er ihnen Geld und bestach ihre Anführer. Dazu kam, daß der Sultan mittlerweile so mächtig war, daß er auch einen Gegenschlag der Christenheit nicht mehr fürchten mußte. Und deshalb stellte er alle Zahlungen an mich für den Papst ein. Papa Alessandro verstand das und lieh fortan sein Geld woanders. Nach seinem Tod aber kam Papa Giulio, und der erfuhr von jenem dreimal verfluchen Kardinal Riario das Geheimnis des türkischen Goldes.«

Da war sie wieder, die alte Fehde; sollte sie nun letztendlich doch mit einem Sieg der Riarios enden? Im Augenblick sah es ganz danach aus...

»Papa Giulio wandte sich also durch Mittelsmänner an mich mit dem Befehl, das Gold wie bisher zu liefern.«

»Und du konntest nicht beweisen, daß keines mehr kam...?«

»Ich habe es ja versucht, aber, wie du weißt, wurde mir nicht geglaubt. Am Ende gab man mir zu verstehen, wenn ich die Summen nicht beschaffe, drohe eine Anklage der Inquisition.«

»Wie lautet die Beschuldigung?«

»Pakt mit dem Teufel.«

»Wieso?«

»Nun, Lisa, es ist ja klar, daß die Wahrheit geheim bleiben muß; stell dir vor, das Volk erfährt, daß ein Papst es mit den Ungläubigen hält, das würde seine Stellung für immer entscheidend schwächen. Damit wären die früheren Zustände wiederhergestellt, und jene deutschen Barbarenkönige, die sich den Titel der römischen Imperatoren anmaßen, würden tatsächlich wieder über uns herrschen wollen.«

»Papa Giulio befindet sich also in einer ungünstigen Situation; einerseits will er das Gold, andererseits aber auch vermeiden, daß der Christenheit etwas von diesem Handel zu Ohren kommt. Ist das so, Francesco?«

»Du hast das richtig erkannt, Lisa. Ohne Geld keine weltliche Macht. Also wägt der Heilige Vater ab. Bekommt er das vermeintlich türkische Gold, wird er so mächtig, daß ihm selbst der schlimmste Vorwurf nicht viel anhaben kann. Bekommt er es jedoch nicht, und die Sache wird ruchbar, ist für Giulio als Papst alles verloren. Deshalb ließ ich ihn in dem Glauben, was er bekam, wäre von den Türken. In Wahrheit preßte er damit alles verfügbare Geld aus mir heraus. Aber ich wußte, daß ich in Frieden leben konnte, solange mein Gold fließt...«

»Und nun doch die Anklage!«

»Ja, Pakt mit dem Teufel und Goldmacherei. Sehr geschickt, denn irgendwo muß es ja hergekommen sein. Mir bleibt keine Wahl, ich kann nur gestehen, daß ich mit Kräften der Hölle Gold

422

gemacht habe, und hoffen, dadurch der Folter zu entkommen. Vielleicht ist der Tod gnädig.« Francesco schwieg erschöpft.
»Und wir, Don Angelo und ich, was können wir tun?«
Francesco blickte uns lange sehr ernst an. »Auch ihr beide, fürchte ich, seid in großer Gefahr. Die Inquisition tötet alle Mitwisser als Helfer des Teufels. Möge der Herr mir vergeben, daß nun auch Unschuldige für meine Vergehen büßen müssen. Lisa – Angelo, verzeiht mir.«
Wir waren verloren.

Sebastiano war meine letzte Hoffnung. Am Nachmittag des nächsten Tages ging ich wie so oft schon zum Hause Leonardos, doch die Vorfreude auf meinen Geliebten war grauenhafter Todesangst gewichen. Denn wenn es sich so verhielt, wie Francesco erzählt hatte – und daran bestand wohl kaum ein Zweifel –, dann drohte nicht nur ihm, sondern auch uns, Don Angelo und mir, der Tod; zu nahe standen wir Francesco...
Leonardo erwartete mich wie immer in seinem Malzimmer, zog das Sonnensegel vors Fenster, und ich ging nach oben zu meinem Liebsten.
»Sebastiano, es ist etwas Grauenhaftes geschehen!«
Er sah mich verwundert an. »Was um Himmels willen ist mit dir, Lisa?«
Ich erzählte Sebastiano die ganze unglaubliche Geschichte, und bei jedem meiner Worte wurde er ernster und ernster.
»Lisa, schlimmer könnte es überhaupt nicht sein.«
»Du meinst...?«
»Ja, Lisa, auch für dich besteht höchste Gefahr!«
»Lebensgefahr?«
Er zögerte. »Ja, Lebensgefahr.«
In diesem Augenblick wurde mir erst richtig klar, wie verzweifelt meine Lage war. Sterben. Ich wollte nicht sterben! Nicht in einem Kerker erdrosselt werden, vorher vielleicht gefoltert, ge-

423

demütigt... entsetzlich. In furchtbarer Angst umschlang ich Sebastiano, klammerte mich förmlich an ihn wie eine Ertrinkende. Er mußte uns retten. Sebastiano konnte das.

»Liebster, du mußt alles versuchen, das Unglück abzuwenden. Ich habe solche Angst, Sebastiano, und ich will noch nicht sterben!« Wild und voll verzweifelter Hingabe küßte ich ihn, und er küßte mich wieder. In meiner Todesangst ergriff mich plötzlich ein fremdes, mir völlig neues Gefühl – es war die unbändige Gier nach Leben. Ja, ich wollte leben, jeden Augenblick genießen, jeden Sonnenstrahl, den Becher Wein, Sebastiano, einfach alles.

War es beschlossen, daß ich bald vor meinen Schöpfer treten mußte, so sollte es sein. Doch heute, in dieser Stunde, wollte ich noch einmal alles auskosten, was dieses Leben an Herrlichkeiten für mich bereithielt, und ich gab mich Sebastiano hin mit aller fordernden Zärtlichkeit, die ich besaß. Ich streichelte ihn, berührte seinen Pene mit meinen Lippen, zwang ihn fast, wieder und wieder in mich zu dringen. Oh, wie ich es genoß. Jeden Augenblick. Als ob Sebastiano nur noch zu dem einzigen Zweck existierte, mich zu lieben. Bis zur Erschöpfung und darüber hinaus. Mein herrlicher Geliebter, wie stark du bist. Wenn meine Finger über deinen Rücken gleiten, deinen Nacken liebkosen, dann fühle ich, wie du wieder in mir wächst und mit einem Seufzer, der nicht von dieser Welt scheint, von neuem den Rhythmus beginnst...

Damals, ja, an diesem Tag habe ich alles von dir gefordert. Und als du völlig ermattet warst, da habe ich dir wieder ins Haar gegriffen, deinen Kopf in meinen Schoß gedrängt. Du hast mich geküßt mit einer solchen Hingabe und mir wieder neue Wonnen geschenkt. Ich habe geschrien vor Lust, bis ich nicht mehr konnte, doch du hörtest nicht auf. Mit jeder Faser meines Körpers habe ich diese Ekstase genossen, bis ich nichts mehr fühlte als süßen Schmerz. Dann plötzlich warst du wieder in mir, ich

424

wollte dich zurückstoßen, doch du gabst nicht nach. Ganz langsam, o Sebastiano, hast du mir in jener Stunde der Verzweiflung einen Höhepunkt der Lust verschafft, der mich bis in die Tiefen meines Körpers und meiner Seele erschütterte. In diesen wenigen Augenblicken habe ich Hölle und Paradies zugleich erlebt! Jene sanfte Gewalt, die du auf mich ausgeübt hast, meine Erschöpfung, mein anfängliches Widerstreben und dazu den starker Pene in mir ... Ja, der Dämon hatte mich gepackt, schlimmer als jemals zuvor. Plötzlich sprang Sebastiano auf.

»Um Gottes willen, was ist?«

»Wann, sagst du, müßt ihr nach Rom abreisen?«

»Übermorgen.«

»Dann ist es höchste Zeit für mich. Bitte verzeih, ich muß sofort weg, um zu retten, was vielleicht noch zu retten ist. Wie lange werdet ihr für die Reise brauchen?«

»Etwa zehn Tage, ohne großes Gepäck.«

»Das genügt. Ich muß los.«

»Sebastiano!«

»Die Sache duldet keinen Aufschub.«

»Verlaß mich nicht!«

Er nahm mich in seine Arme. »Vertraue mir, Lisa, was immer euch zustoßen mag, ich rette dich!«

»Und Francesco?«

»Ich fürchte, Lisa, er ist verloren – unausweichlich.«

»Sebastiano, ich muß bei meinem Gatten bleiben.«

»Nein, man wird dich töten wie ihn!«

»Dann ist es der Wille des Allmächtigen. Ich bin seine Gemahlin und werde diesen Kampf an seiner Seite aufnehmen – und bestehen. Dann komme ich für immer zu dir.«

»Es wird nicht einmal ein Grab für dich geben, Lisa. Nimm Vernunft an! Denn du weißt ja selbst, was es bedeutet, wenn sich das schreckliche Geheimnis verbreitet. Stell dir vor, es wird offenbar, daß der Papst, Oberhaupt der Christenheit, Nachfolger

425

Petri auf Erden, mit den Erzfeinden des Abendlandes, den Ungläubigen, diesen verhaßten Türken paktiert hat. Damit hat er sich gegen alle Menschen rechten Glaubens gewendet. Ein Aufschrei würde durch das Abendland gehen ...«

Das Abendland war mir gleichgültig. Ich wollte nur eins, leben, leben, leben! Und zwar mit Sebastiano.

»Das Papsttum könnte untergehen, der Glaube zerfallen, Häresie die Christenheit spalten – und dann siegt der Antichrist. Weißt du nicht, was das bedeutet!« Er packte mich bei den Schultern und schüttelte mich, ich ließ es willenlos geschehen. »Versteh, Lisa, du mußt es begreifen, das ist für uns das Jüngste Gericht! Deshalb muß Papa Giulio alle beseitigen, die von dieser Ungeheuerlichkeit Kenntnis haben könnten. Es geht hier um die Existenz des Christentums selbst. Um alles!«

»Möge geschehen, Sebastiano, was der Herr vorherbestimmt hat.«

»Nein, Lisa, so darfst du nicht denken. Was würde Constantinus, dein weiser alter Lehrer dazu sagen? Handle – flieh und schütze dich.«

»Sebastiano, mein Geliebter für alle Zeiten, ich werde mich der Philosophie würdig erweisen. Diese Reise mit Francesco ist der Schierlingsbecher, den ich bis zur Neige leeren muß. Und wenn der Tod mich sucht, so soll er mich gelassen finden ...«

Mit einem Mal waren Furcht und Todesangst von mir gewichen. Ich war schon einmal gestorben, damals, als ich mich von Sebastiano trennen mußte. Ja, ich war Eurydike! Aus dem Reich der Schatten hatte mich die Gnade der Götter noch einmal zurückkehren lassen zu meinem geliebten Orpheus, und anders als jenen beiden war uns doch eine gewisse Zeit im Olymp der Liebenden beschieden gewesen. Noch einmal durften wir alle Wonnen auskosten. Nach dem heutigen Tag aber, das spürte ich, schien eine Steigerung nicht mehr möglich, es war unser Abgesang. Nun würde ich zu meinem Gatten stehen, so wie es mir als einer Edlen aus dem Stamm der Gherardini zukam. Mich feige davonzustehlen – nein. Wir wurden einst für ein Leben vermählt, und nun wollten wir zusammen sterben.

Sebastiano hatte sich angekleidet, während ich meinen Gedanken nachhing. Er trat zu mir und küßte mich zärtlich.

»Ich reite jetzt sofort; vielleicht kann ich doch noch etwas in Rom erreichen. Ich liebe dich über alles. Vertraue mir, Lisa.«

Dann ging er, und ich war mir gewiß, daß wir uns niemals in diesem Leben wiedersehen würden...

Am Tag der Abreise mußte Francesco feierlich auf die Heilige Schrift schwören, daß er mit den Schergen der Inquisition nach Rom ziehen wollte, um sich dort zu rechtfertigen. Er tat es ungerührt, und man beließ ihm sogar sein Schwert. Durch die Porta San Piero Gattolino ritten wir mit den Florentiner Söldnern, die uns schützen würden bis Rom. Und dann? Ich weigerte mich, daran zu denken. Francesco gab sich geradezu heiter. Im Angesicht des Todes hat vieles keine Gültigkeit mehr, was zuvor so unsäglich wichtig erschienen war. Die einen verzweifelten angesichts einer solchen Situation, andere wiederum empfinden eine Art kalter Ruhe in sich. Und so erging es uns. Ich sog die Bilder der herbstlichen Landschaft in mich auf, denn es mochte wohl das letzte Mal sein, daß es mir vergönnt sein würde, eine solche zu sehen. Auch sonst gering erachtete Dinge waren plötzlich von einer neuen Wertigkeit; ein schattenspendender Baum, ein Schluck kühlen Weines, ein Bissen frischen Brotes, spielende Bauernkinder – alles, alles war anders geworden im Angesicht des Todes.

Hinter dem Lago di Bolsena stieg der Weg steil an und wurde zeitweise sehr beschwerlich. Als wir auf einem Bergrücken angelangt waren, blickten wir noch einmal zurück über den fern schimmernden See. Viele Tagereisen dahinter lag Florenz und irgendwo auch die Rocca meiner Familie. Doch vor uns drohte Rom, das wir in einigen Tagen erreichen würden...

Unsere Bewacher gaben sich sehr zurückhaltend, ja, fast höflich; wir konnten uns frei bewegen, offensichtlich vertrauten die Männer der Inquisition Francescos Schwur. Die Florentiner Söldner hatten bereits vor der Abreise ein großzügiges Geldgeschenk erhalten und betrachteten die Schergen des Papstes mit unverhohlenem Haß. Und doch verlief die Reise ganz gut, trotz mancher Beschwerlichkeiten, die ein solches Unternehmen mit sich brachte. Je mehr wir uns Rom näherten, desto unruhiger wurde Francesco, und mir erging es nicht anders. Eine Spannung legte sich auf unser Gemüt, die mit jeder Stunde unerträglicher wurde. Wir ließen uns zwar nichts anmerken, wußten aber beide, wie es um den anderen stand. Fast ständig ritt ich neben meinem Gatten, und wir sprachen über alles mögliche, vermieden aber die Frage, was wohl in Rom geschehen würde. Vielleicht käme alles ja gar nicht so schlimm; jeder könnte einen heiligen Schwur tun, für alle Zeit zu schweigen, oder wir gingen freiwillig in Verbannung, zu den Muselmanen oder wohin auch immer. Francesco könnte eine große Summe bereitstellen, wenn sich Papa Giulio gerade in dringender Geldnot befand. Vielleicht ließ man uns auf ewig hinter Klostermauern verschwinden; mit Geld konnte selbst ein Leben im Barfüßerkloster noch erträglich gemacht werden ...
So schwankten meine Gedanken zwischen Bangen und Hoffen. Bald würde ich mehr wissen.
Plötzlich hörte ich einen Donnerschlag, ganz nahe und doch nicht so laut, wie er eigentlich zu sein pflegte. Er erfolgte aus tiefblauem Himmel. Der Florentiner Söldnercapitano, ein durchaus angenehmer Mann mit erträglichen Manieren, fiel genau vor mir von seinem Pferd, das offenbar wegen des Donners scheute. Auch meine Stute machte einen Satz seitwärts, aber ich konnte parieren. Der Hauptmann lag auf dem schmutzigbraunen Lehmboden mit dem Gesicht nach unten und rührte sich nicht. Jetzt erst sah ich, daß sein eiserner Harnisch zerfetzt war, Blut quoll

428

aus einer riesigen Wunde. Dann noch drei, vier Donnerschläge ganz in der Nähe, Männer fielen von ihren Pferden, die Verwirrung war unbeschreiblich. Ohne ihren Capitano schienen die Söldner völlig kopflos. Der enge Weg mit dichtem Dornengestrüpp zu beiden Seiten behinderte die Reiter. Dann brachen aus genau diesem Gebüsch Männer mit Spießen, dahinter Armbrustschützen, die dort im Hinterhalt gelauert hatten. Die gefällten Spieße bildeten einen undurchdringlichen Wall vor den Armbrustschützen, die einen Reiter nach dem anderen vom Pferd holten. Alles war so rasch gegangen, daß Francesco und ich wie erstarrt in unseren Sätteln saßen und gebannt auf das grausame Gemetzel schauten.

Plötzlich galoppierte vor uns eine Gruppe Berittener um eine Wegbiegung, in der Mitte offensichtlich ihr Anführer, der eine prachtvoll goldglänzende Rüstung nach altrömischer Art trug. Ehe wir uns versahen, war er bei uns, sein mächtiger Rappe prallte auf meine Stute, drängte sie an einen großen Findlingsblock. Dann packten mich grobe Fäuste und zogen mich mit unwiderstehlicher Gewalt auf den Rappen. Meine Schenkel schrammten über das hohe Horn meines Seitsitzsattels, warm lief das Blut aus der Wunde, doch ich spürte keinen Schmerz. Der Mann in der Goldrüstung preßte mich fest an sich, ich saß vor ihm und war zu keiner Gegenwehr fähig. Dann riß er sein Pferd herum, rammte ihm die Sporen derart in die Flanken, daß es vorne hochstieg und dann rasend schnell den Weg zurückgaloppierte. Der Reiter trieb es unbarmherzig an, hinter ihm seine Begleiter, den Berg hinauf, immer weiter. Schaum trat vor das Maul des Rappen, floß den Hals entlang. Endlich waren wir fast oben auf dem Gipfel angelangt. Trotzdem kamen wir nur langsam voran. Zu schwer war das Gewicht von zwei Menschen. Fast besinnungslos vor Angst bemerkte ich, daß uns zwei Reiter folgten. Unaufhaltsam kamen sie näher. Die Gruppe meiner Entführer wurde zunehmend unruhiger. Plötzlich erkannte ich jene

429

Männer, die mich retten wollten: Francesco und – ich glaubte meinen Augen nicht zu trauen! – Don Angelo. Einige Reiter hatten sich auf ein kurzes Kommando hin von unserer Gruppe abgesondert, wendeten ihre Pferde und galoppierten mit eingelegten Lanzen auf meinen Gatten und den Priester los.

Ich konnte nicht rufen, mich nicht bewegen, nicht einmal beten – und vermochte doch meinen Blick nicht von den beiden wenden, sah Francesco, sah den zierlichen Don Angelo, der wie der Teufel ritt und dabei einen Spieß hielt, den er, weiß Gott woher, genommen hatte. Gleich mußte sich ihr Schicksal vollenden, den auf sie zugaloppierenden Söldnern waren beide nicht gewachsen. Die zwei vordersten Lanzenreiter trafen fast zugleich Francescos Pferd, das sofort unter ihm zusammenbrach. Mein Gatte wurde aus dem Sattel geschleudert. Ich hörte, wie sein Schwert gegen einen Felsen klirrte, sah aber zu meiner Erleichterung, daß er sich noch erhob und uns nachlaufen wollte, dieses Vorhaben jedoch nicht ausführen konnte. All das geschah in so wenigen Augenblicken, wie man es nicht zu schildern vermag.

Zugleich passierte etwas völlig Unvorhergesehenes. Jene beiden Söldner, die mit ihren Lanzen Don Angelo angreifen wollten, verfehlten ihn; offensichtlich strauchelte eines ihrer Pferde, prallte auf das andere. Jedenfalls kam nur noch ein einziger Reiter aus der Staubwolke hervor – Don Angelo! Dicht über den Hals des Pferdes gebeugt, schlug er wie wahnsinnig mit dem Spieß gegen das Hinterteil des Tieres, um es noch mehr anzutreiben. Der Priester sah grauenvoll aus, sein Gesicht war blutüberströmt, das Gewand hing in Fetzen, seine Miene vor Anstrengung verzerrt. Der friedliche Don Angelo war zu einem Racheengel geworden. Nur zwei Pferdelängen trennten ihn von uns, dann nur noch eine – er hob seine Rechte und schleuderte den langen Spieß mit ungeahnter Gewalt gegen meinen Entführer. Ich spürte, wie beim Auftreffen der Waffe ein jäher Ruck durch den Mann ging, der mich immer noch mit eisernem Griff

430

hielt, hörte aber auch das helle, metallische Geräusch, als die Spitze von seinem Harnisch abprallte. Don Angelos Pferd bekam den Spieß zwischen die Beine und stolperte. Zusammen mit seinem Reiter stürzte es den Abhang zur Rechten hinunter in die gähnende Tiefe.

So endete jener Mann, dem die ganze Liebe meines Gatten gegolten hatte, und der doch niemals mein Rivale gewesen war ...

Endlich waren wir ganz oben auf dem Gipfel angelangt. Das Pferd blieb stehen, es bebte, seine Beine zitterten, so daß ich fürchtete, es würde gleich unter uns zusammenbrechen. Meine Gewänder hingen zerfetzt an mir herunter. Ganz unten in weiter Ferne sah ich winzig kleine Gestalten auf dem Weg, und ich konnte von hier oben nicht erkennen, was mit Francesco war. Plötzlich ertönten wieder einige Donnerschläge, jetzt nur noch wie von einem sehr fernen Gewitter.

»Francesco!« rief ich, aber er konnte mich von hier oben natürlich nicht hören.

»Francesco kann keiner mehr helfen.«

Ich fuhr herum. Der Reiter schob sein Visier hoch, und ich sah, was mir schon beim ersten Ton seiner Stimme klar war: Sebastiano! Er stieg ab und hob mich vom Pferd. Keinen Augenblick zu früh, denn der Rappe brach in die Knie, legte sich dann zur Seite, seine Hufe zuckten hilflos, und er verendete an Ort und Stelle.

Sebastiano nahm den Helm mit dem Visier ab, legte mir seinen Arm um die Schultern, und wir sahen zusammen ins Tal hinunter. »Bis zum Abend versperren meine Söldner den Weg; da sind wir schon längst auf dem Weg nach Venedig, wo Papa Giulio weniger Macht besitzt. Du bleibst dort bei einem Freund, bis ich dich hole.«

»Aber Francesco! Was geschieht mit ihm?«

»Dein Gemahl wird in Rom hingerichtet. Ich habe alles versucht, aber vergeblich.«

Ich schlug meine Hände vors Gesicht, hilflos, verzweifelt.

431

»Bitte glaube mir, Lisa! Ihm kann wirklich niemand mehr helfen. Ich könnte unser Leben nicht auf einer solchen Lüge gründen!«

Sebastiano sprach die Wahrheit, ich wußte es. Jetzt erst schien er zu bemerken, daß mein Bein verletzt war.

»Liebes, du blutest ja!«

»Das ist nicht so schlimm, wenn nur deinem Sohn nichts geschehen ist!«

»Du bist...?«

»Ja, ich weiß es schon einige Zeit, wollte aber ganz sicher sein.«

Ich drückte mich an Sebastiano, und die Tränen liefen mir über das Gesicht. Eng umschlungen saßen wir da. So sollte es jetzt für immer sein. Dann hob er mich auf ein frisches Pferd, und wir ritten miteinander fort, weg von dort, wo schon dunkel die Schatten lagen, weg von Rom. Die Strahlen der untergehenden Sonne beleuchteten noch die Spitzen der Berge vor uns; das Licht wies uns den Weg, den wir von nun an gemeinsam gehen würden.